TOR

Dennis Ehrhardt

nach einer Idee von Dennis Ehrhardt
und Sebastian Breidbach

SINCLAIR®

Underworld

Roman

TOR

Aus Verantwortung für die Umwelt hat sich der S. Fischer Verlag zu einer nachhaltigen Buchproduktion verpflichtet. Der bewusste Umgang mit unseren Ressourcen, der Schutz unseres Klimas und der Natur gehören zu unseren obersten Unternehmenszielen.

Gemeinsam mit unseren Partnern und Lieferanten setzen wir uns für eine klimaneutrale Buchproduktion ein, die den Erwerb von Klimazertifikaten zur Kompensation des CO_2-Ausstoßes einschließt.

Weitere Informationen finden Sie unter:
www.klimaneutralerverlag.de

FSC
www.fsc.org
MIX
Papier aus verantwortungsvollen Quellen
FSC® C083411

Erschienen bei FISCHER Tor
Frankfurt am Main, Dezember 2021

Dieses Werk wurde vermittelt durch die Michael Meller Literary Agency GmbH, München

Satz: Dörlemann Satz, Lemförde
Druck und Bindung: CPI books GmbH, Leck
Printed in Germany
ISBN 978-3-596-29996-6

WAS BISHER GESCHAH An Heiligabend 2018 werden Detective Inspector John Sinclair und Detective Sergeant Zuko Gan im Pub »Duke of Dublin« Zeuge, wie die Archäologin Rachel Briscoe vor ihren Füßen verblutet. John Sinclair folgt der Spur des vermeintlichen Mörders, Sergeant Linus Finneran, zu einem Anleger in Creekmouth, wo die Reederei Seaways mit Hilfe des Drogenbosses Logan Costello einen übermannsgroßen Würfel aus unbekanntem Material von Bord der *Baltimore* schaffen will. Sinclair beobachtet, wie ein mysteriöser *Schatten* aus dem Körper von Linus Finneran auf einen der Wachleute auf der *Baltimore* überspringt, der daraufhin seine eigenen Leute tötet. Sinclair folgt dem Amokläufer in den Bauch des Schiffes und findet den Würfel, in dessen Oberfläche geheimnisvolle Schriftzeichen integriert sind. In diesem Augenblick explodiert die *Baltimore.* Sieben Menschen sterben, einschließlich Sinclair, dessen Leiche mit Hilfe medizinischer Unterlagen identifiziert wird. Die Explosion brennt sich als »Weihnachtsattentat von Creekmouth« in das Kollektivgedächtnis der Londoner Bevölkerung ein.

Detective Sergeant Zuko Gan glaubt nicht an Johns Tod. Zusammen mit seiner neuen Partnerin Detective Constable Sadako Shao nimmt er die Ermittlungen auf, die schon bald von offizieller Seite torpediert werden. Auf Druck von Staatssekretär Paul F. Hammerstead überträgt Superintendent James

Powell die Leitung der Ermittlungen Aldous Lockhart, einem abgehalfterten Detective, der zusammen mit seinen Partnern Ashley und Dixon unter Korruptionsverdacht steht.

Zuko und Shao ermitteln auf eigene Faust weiter und stoßen auf die Spur einer mutierten Kreatur, halb Mensch, halb Spinne, die im Schacht unterhalb der U-Bahn-Station Aldwych entstanden ist und von jenem Schattenwesen befehligt wird, das nach Rachel Briscoe und Linus Finneran nun den flüchtigen Security-Mitarbeiter von Seaways, Russell Lynch, in Besitz genommen hat. Lynch ist für Shao kein Unbekannter. Vor seinem Engagement für Seaways hat er sich als Leibwächter um Logan Costellos Geliebte Deirdre Watkins gekümmert, die von Shao als Informantin rekrutiert wurde. Mit Geldern, die Costello mit dem exklusiven Verkauf der Synthetikdroge »Harmony« verdient hat, richtete Deirdre im Lund Point Tower in Stratford ein Refugium für Drogensüchtige ein, in dem diese mit Stoff versorgt wurden. In Deirdres Haus stoßen Shao und Zuko auf Lynchs Leiche. Um mehr über die Schatten herauszufinden, sucht Shao einen der höchsten »Mitarbeiter« von Logan Costello, Big Jellyfish, auf, doch offenbar wissen weder Logan Costello noch Jelly Näheres.

Da erhalten Shao und Zuko Hilfe von unerwarteter Seite: Ihr Kollege George Dixon gibt zu, dass Aldous Lockhart von Seaways geschmiert wurde und die Ermittlungen im Auftrag von Hammerstead behindert hat. Die Beweise dafür habe Lockhart zusammen mit den »echten« Ermittlungsergebnissen in einem Schließfach deponiert. Ehe Dixon ihnen mehr darüber sagen kann, wird er vor ihren Augen eliminiert. Der mutmaßliche Täter Vincent Costigan wird festgenommen, doch auf Hammersteads Hinwirken auf freien Fuß gesetzt. Auch Lockharts Schließfach ist leer. Shao und Zuko ahnen nicht, dass Bill Conolly sich der Unterlagen bemächtigt hat – ein Reporter, der mit finanzieller Unterstützung des »Daily Globe« einen Youtube-Kanal betreibt und der kurz darauf in der U-Bahn-Station Aldwych verschwindet …

Shaos und Zukos nächstes Ziel ist Costellos »Drogenhöhle« in den oberen Geschossen des Lund Point Tower, doch sie kommen zu spät. Das Spinnenwesen hat die Mehrzahl der Süchtigen massakriert und ihnen Arme und Beine abgeschnitten. Verfolgt von Logan Costellos Killern, erreichen Shao und Zuko den Ort in der Kanalisation unterhalb des Towers, an dem die Spinne einige *lebendige* Drogenopfer deponiert hat: ein unterirdisches Rückhaltebecken mit einem angrenzenden Siel, hinter dem weitere Schattenwesen lauern. Dort erwartet sie auch die vom Tod gezeichnete Deirdre Watkins. Aus Deirdres Mund löst sich der Schatten, der Shao und Zuko angreift. Im letzten Moment taucht ein myteriöser Mann namens Richard de Lucy auf, der die Schatten und die Spinne vertreibt.

De Lucy bittet Zuko und Shao, der Spinnenmutation zu folgen, die nur die Abtei von St. Lesnes zum Ziel haben könne, wo auch der geheimnisvolle Würfel liegen soll. Shao und Zuko folgen der Spinne und werden aus einem Polizeihubschrauber unter Beschuss gesetzt. An der Abteiruine erwarten sie statt der angeforderten Verstärkung nur Lockhart und Ashley. Dennoch gelingt es Shao und Zuko, die Spinne zu töten. Kurz danach wird Ashley Opfer einer Schrotladung aus dem Hinterhalt. Zuko wird ebenfalls mit einem Kopfschuss zu Boden gestreckt. Shao flüchtet sich ins Innere der intakten Abtei, die wie aus dem Nichts entsteht. Die Killer, darunter Costigan, kreisen Shao ein, als ihr Lockhart zu Hilfe kommt. Costigan stirbt, aber auch Lockhart wurde tödlich getroffen. In einem Nebenraum hinter dem Altar, der *Lady's Chapel*, entdeckt Shao einen Schacht, der zu einer geheimnisvollen unterirdischen Anlage führt – und zum Würfel, der zwei Wochen zuvor aus dem Wrack der *Baltimore* verschwunden ist. Zu seinen Füßen liegt John Sinclair, der sich nicht daran erinnern kann, was seit der Explosion geschehen ist. Als Shao zusammen mit ihm die Anlage verlässt, stoßen sie auf einen Jungen, der Richard de Lucy wie aus dem Gesicht geschnitten ist …

PROLOG

3. April 2018, 2.56 Uhr, Central Park, East Ham, London, 265 Tage vor dem Weihnachtsattentat in Creekmouth

Shao ignorierte ihren nassen Arsch und duckte sich vor das Fenster, so dass sie das Gittertor genau im Blick hatte. Unter ihr knirschte etwas, und dann wackelte das Baumhaus auf einmal, als ob King Kong an der Eiche gerüttelt hätte. Ein paar Sekunden später steckte Amphibien-Eddie seinen Kopf durch die viel zu kleine Tür. Zugegeben, die Bezeichnung war gemein, aber sein Schädel glich tatsächlich dem einer Echse – vor allem, wenn er im Büro abtauchte, während sie mal wieder Stress mit Shepherd hatte. Was regelmäßig der Fall war. Beides.

»Eddie, bist du bescheuert? Sie haben gesagt, immer nur eine Person!«

Sie, das waren Harold und Sally Beecham, die so freundlich gewesen waren, ihr Grundstück an der Grenze zum Park für eine Operation des Drug Squad zur Verfügung zu stellen. Und ihr Sohn Andy, der Shao höchstpersönlich erlaubt hatte, den Eingang zum Park von seinem Baumhaus aus im Blick zu behalten.

»Ich dachte, du willst vielleicht auch 'n Burger.«

»'n Burger? Es ist drei Uhr morgens!«

»Stimmt, und du hast seit acht Stunden nichts mehr gegessen.«

Genau genommen seit sie sich auf diesen schmalen Holzbalken gesetzt hatte, der inzwischen vermutlich mit ihrem Körper verwachsen war. Leider hatte Deirdre nur aufgeschnappt, dass die Übergabe »diese Nacht« stattfinden würde. Und das Schlimmste: Sie war sich nicht mal sicher gewesen, ob wirklich *diese* Nacht gemeint war.

Eddie schob die Tüte mit den Pommes und dem plattgedrückten Burger zwischen ihre Füße. »Mit Käse. Haben sie jedenfalls gesagt.«

Sie wollte gerade zugreifen, als es in ihrem Ohr klingelte.

»Shao. Sagen Sie doch bitte Dayton, er soll sein verdammtes Handy einschalten!«

Superintendent Shepherd, der klang, als ob er sich gerade zu Hause aus seiner Satin-Bettwäsche gewühlt hätte. Und trotzdem diesen Tonfall draufhatte – dass sie verdammt nochmal stolz darauf sein durften, um drei Uhr nachts einen Anruf von ihm zu erhalten.

Sie zog eine pappige Fritte aus der Tüte. »Mach ich, Sir.«

»Sonst irgendwas Neues?«

»Bis jetzt nicht.«

Shepherd schnaubte. »Ich hab ja gleich gesagt, dass wir hier unsere Zeit verschwenden.«

Shao zermalmte das Gemisch aus Kartoffeln und Fett zwischen ihren Backenzähnen. *Wir.*

»Bleiben Sie noch ein, zwei Stunden, dann blasen Sie die Sache ab, okay?«

Ihr blieb die Fritte fast im Hals stecken. »Warten Sie mal, Sir! Ich glaube, da tut sich was.«

Ein schlanker Typ, der auf O-Beinen herbeigeschlichen kam und sich am Gittertor zu schaffen machte. Während er den Riegel löste, glich Shao seine Silhouette im Geiste mit den Fahndungsfotos auf der Wand im Hauptquartier ab.

Kurz darauf schwang das Gittertor auf.

»Was ist da los, Shao?«

»Hast du das gesehen?« Eddies Stimme zitterte, und er schob seinen Burger zurück in die Tüte. »Ich glaub, wir sind doch richtig heute!«

»Was hat er gesagt?«, krächzte Shepherd.

»Da ist einer, Sir«, antwortete Shao. »Ich glaub, es ist Sean Miller.«

Sean Miller war nicht so gut wie Big Jellyfish oder Logan Costello persönlich, aber trotzdem gut.

Shepherd schnaufte auf einmal wie ein Walross. »Bleiben Sie, wo Sie sind! In einer halben Stunde bin ich da!«

Scheiße, nicht das noch.

Er hatte aufgelegt.

»Was hat er gesagt?«, raunte Eddie.

Shao drückte ihm die Tüte in die Hand und zwängte sich an ihm vorbei zur Tür. »Dass du hierbleibst und alles im Blick behältst.«

»Und du?«

»Und schalt dein Handy ein! Oder Shepherd dreht durch, wenn er hier auftaucht.«

Jack Bannister warf zum vierten Mal innerhalb der letzten Minuten einen Blick durch den Spalt der Gardine, hinaus auf den verwilderten Parkplatz vor der Fabrikhalle. Die Auffahrt wurde gesäumt von zwei »Privatbesitz! Betreten verboten!«-Schildern, die den Anwohnern klarmachten, dass es klüger war, die eigene Nase nicht in ein Gebäude zu stecken, in dem Logan Costellos Leute ihre Geschäfte abwickelten. Keine einzige verfluchte Karre weit und breit auf der verfluchten Gibbons Road, die hier entlang der DLR-Gleise verlief und direkt vor dem Grundstück der Halle einen Knick machte.

Jack sah auf die Uhr und überlegte schon, Jelly anzurufen, als endlich die Kegel eines Scheinwerferpaares auftauchten.

Bannister atmete aus, während die dunkelblaue Limousine

vor dem Grundstück abbremste und über die aufgebrochenen Betonplatten heraufrollte. In einer von Löwenzahn überwucherten Parkbucht blieb der Wagen stehen.

Ein Typ Mitte zwanzig stieg aus, weizenblondes Haar und breite Schultern. Er lief mit federnden Schritten um den Wagen herum und öffnete die linke Hintertür.

Eine Frau erschien, vielleicht Mitte vierzig und mit einer Figur, die für ihr Alter ziemlich ansehnlich war. Allerdings fiel Jack sofort der blasierte Gesichtausdruck auf, derselbe Blick wie bei den Studentinnen oben in Stokey, jedenfalls am Anfang, bevor sie ihn irgendwann auf Knien anflehten, ihm einen blasen zu dürfen, damit er ihnen das nächste Kügelchen Harmony rüberschob. Na ja, Stokey war lange her, fast drei Monate. Mittlerweile hatte sich Greater H etabliert, und der Geldsegen, der damit verbunden war, hatte Bannister auf der Karriereleiter nach oben getragen, mitten hinein in dieses Drecksloch hier, wo er sich mit einem alten Sack namens Gregory Turbin und einem Neuling namens Cliff um die armen Seelen kümmern durfte, die Deirdre Watkins in ihr kleines Charity-Projekt aufgenommen hatte.

Deirdre, die in letzter Zeit immer häufiger den Eindruck machte, selbst von dem Zeug zu naschen, mit dem ihr Lover ihr Geld verdiente. Aber sie war nun mal Costellos Königin, und Jack hätte sich niemals erlaubt, deswegen auch nur einen dezenten Seufzer der Kritik anzubringen.

Zumal er sich ja noch um die ganz speziellen Gäste im ersten Stock kümmern musste, die übrigens der Grund dafür waren, dass die brünette Schnalle da draußen ihr Kammerkonzert in Chelsea oder Kensington abgesagt hatte, um den kleinen geschäftlichen Termin hier wahrzunehmen.

Durch den Gardinenspalt beobachtete er, wie sie den Blick über die Fassade der Fabrikhalle schweifen ließ wie über eine faulige Frucht. Die Gibbons Road war nicht die beste Adresse, zugegeben, aber dank des unverbaubaren Blicks auf die Bahngleise war jeder Streifenwagen schon zu sehen, bevor er überhaupt zwei Meilen weiter südlich den Parkplatz des Forest Gate verlassen hatte.

Der Fahrer hatte einen handlichen Metallkoffer aus dem Kofferraum geholt und folgte der Frau zum Eingang.

Jack war schneller und öffnete die Tür.

»Dr. Lancashire? Sie können mich Jack nennen.«

»Jack.«

»Mr. Beaufort hat Sie schon angekündigt. Folgen Sie mir bitte.«

Shao verließ das Baumhaus und kletterte über die rückwärtige Mauer des Grundstücks, hinter der sich der Park erstreckte. An der Mauer entlang schlich sie in Richtung des asphaltierten Weges, der sich im Schutz weiterer Eichen hinter dem Gittertor quer durch den Park erstreckte.

Aus südlicher Richtung näherte sich ein schwarzer Fleck, schneller, als ein Mensch hätte laufen können. Als er nur noch hundert Yards entfernt war, erkannte Shao, dass es sich um einen Fahrradfahrer handelte.

Er bremste vor Sean Miller, und sie tauschten flüsternd einige Worte aus. Der Typ mit dem Fahrrad zückte ein Handy. Kurz darauf rollte eine breitere Silhouette heran – ein Transportwagen, auf dessen offener Ladefläche sie Schaufeln, Spaten und Rechen erkannte.

Shao wählte Eddies Nummer. »Siehst du den Transporter?«

»Bisschen früh, um Geranien zu pflanzen.«

»Wenn Deirdre recht hatte, dann befindet sich auf der Ladefläche die Ware. Ich seh mal, dass ich ein bisschen näher rankomme.«

»Mach keinen Scheiß. Shepherd hat gerade angerufen, er rollt mit Verstärkung an.«

»Bis der hier ist, sind die über alle Berge.«

»Also soll ich runterkommen?«

»Bleib oben und sag Bescheid, wenn dir was auffällt.«

»Mach ich.«

Aufgelegt.
Sie wählte erneut seine Nummer.
»Ist was passiert?«
»Halt die Leitung offen! Oder willst du, dass sie mich umlegen, wenn sie den Vibrationsalarm hören?«
»Klar. Ich meine, nein. Mach ich. Also, du weißt schon, was ich meine.«
Sie näherte sich dem Asphaltweg. Eine der Eichen ragte genau zwischen dem Transporter und ihr empor und verdeckte das Führerhaus. Geduckt schlich Shao darauf zu und drückte sich gegen den Stamm.
»Da kommt noch einer!«
Eddie hatte den Satz kaum beendet, als Shao neben dem Grundstück auf der Bartle Avenue das Schmatzen von Reifen vernahm. Die Silhouette eines Wagens. Ein dunkelroter Maserati Quattroporte, allerdings nicht das neueste Modell. Er blieb auf Höhe des Gittertors stehen. Die Seitenscheibe wurde runtergefahren.
Sean Miller ging dem Wagen entgegen und steckte seinen Kopf durch die Beifahrertür. Einen kurzes Gespräch, dann kehrte er zum Transporter zurück.
»Was ist los? Worauf warten die?« Eddies Stimme, gefolgt von einem Knacken.
»Eddie?«
Im nächsten Moment ertönte ein Krachen und Poltern – in ihren Ohren wie im Garten der Beechams, wo das Baumhaus mit Eddie darin sich verabschiedete und in seine Einzelteile zerfiel.
»Eddie! Alles in Ordnung?«
Ein schmerzerfülltes Stöhnen im Kopfhörer. Sean Miller rief etwas in Richtung des Maserati und rannte zum Gittertor. Der Maserati raste rückwärts die Bartle Avenue hoch, Sean Miller hinterher. Der Transporter setzte sich ebenfalls in Bewegung – in die andere Richtung, aber der Fahrer schaffte es in seiner Aufregung, den Motor abzuwürgen.

Shao glitt aus der Deckung und war mit zwei Sprüngen bei der Beifahrertür. »Stehen bleiben, Polizei!«

Der Typ geriet in Panik und sprang aus dem Wagen. Hinter sich vernahm sie eine Bewegung. Eddie, der keuchend herbeistolperte.

»Tut mir leid, aber das Scheißding ist einfach unter mir zusammengebr...«

Sie warf den Kopf herum und sah den Fahrer zwischen den Sträuchern untertauchen. Unwichtig, Hauptsache, sie hatten die Ware. »Bleib hier und lass die Karre nicht aus den Augen, bis Shepherd auftaucht!«

»Was?«

Aber da war Shao schon unterwegs in Richtung Bartle Avenue, wo der Maserati in dieser Sekunde wendete und auf die Hauptstraße einbog.

Bannister führte Dr. Shirley Lancashire und ihren Begleiter durch den verfallenen Eingangsbereich der Fabrikhalle zu einem Korridor. Er endete an einer Tür zu den »Apartments«, vor der Greg und Cliff bereits Aufstellung genommen hatten.

Gewissenhaft tasteten sie zuerst Shirley Lancashire und dann ihren Begleiter nach Waffen ab, während Jack sich eine Kippe anzündete und gelangweilt auf die Glut starrte. Vor einer Woche hatte er selbst zum ersten Mal Harmony ausprobiert und verstand seitdem, was die Mädchen in Stokey so scharf darauf gemacht hatte. Das Dumme war nur, dass seine stinknormalen Kippen seitdem schmeckten, als würde er leeres Zeitungspapier rauchen.

Cliff deutete auf den Koffer. »Aufmachen.«

Der Blonde ließ die Verschlüsse aufschnappen.

Cliff warf einen Blick hinein und nickte. »In Ordnung.«

Jack Bannister drückte erleichtert die Kippe aus. »Tut mir leid wegen der Umstände, Dr. Lancashire, aber Vorschrift ist Vorschrift. Wenn Sie mir bitte folgen wollen.«

Er trat in einen weiteren Korridor, der durch den ehemaligen Verwaltungstrakt des Gebäudes führte. Links und rechts zweigten jeweils ein halbes Dutzend Türen ab, die allesamt offen standen. In den Apartments dahinter hockten kraftlose, bleiche Gestalten an der Wand oder lagen auf alten, zerschlissenen Matratzen, die sich mit Pisse und Schweiß vollgesogen hatten. Irgendwo erklang ein verschleimtes Husten, und mit dem Rücken an einen Heizkörper gelehnt, setzte sich eine ausgemergelte Gestalt eine Kanüle auf die Vene.

»Das ist der reguläre Bereich«, erklärte Jack und versuchte dabei, seiner Stimme einen fröhlichen Klang zu verleihen. Herrgott, Greg und Cliff hätten wenigstens mal die Türen zumachen können. »Wir kümmern uns natürlich um alles, Essen, Trinken, Medikamente ... der perfekte Room-Service in unserer hübschen kleinen Hotelanlage!«

»Wo sind die Probanden?«

»Die, äh, sind im ersten Stock, wo wir auch die Kameras angebracht haben. Ist praktisch 'ne ganz eigene Abteilung. Erste Klasse sozusagen.«

Shirley Lancashire schritt mit ihrem arroganten Lächeln an ihm vorbei zu einer offenen Fahrstuhlkabine, deren Filztapete den Geruch von Erbrochenem verströmte.

Bannister drückte auf die Taste für den ersten Stock. »Wenn der Boss mir gesagt hätte, dass Sie heute kommen, hätte ich noch mal feucht durchgewischt, ist ja klar. Aber oben ist natürlich alles tippi-toppi, so wie Sie es sich gewünscht haben.«

»Davon bin ich überzeugt, Mr. Bannister.«

»Auf den Aufnahmen sehen Sie ja selbst, dass wir alles im Griff haben. Keine Ausfälle, keine Verluste, keine Unannehmlichkeiten, alles hochprofessionell.«

»Wir machen uns gern persönlich ein Bild.«

Bannister nickte. »Das versteh ich natürlich. Klar.«

Die Fahrstuhltüren öffneten sich.

»Bitte sehr.«

Er führte sie über einen dunklen Korridor, der mit grauem Linoleum ausgelegt war, zu einer weiß lackierten Tür. Dahinter lag ein Raum mit breiten, schmutzigen Fenstern. Sie wiesen auf die Rückseite des Gebäudes, die von Brombeersträuchern überwuchert war. Das Licht einer Neonröhre riss vier Kameras aus dem Dunkel, die knapp unterhalb der Decke angebracht und auf die Rückseite des Zimmers ausgerichtet waren: auf die insgesamt sieben Betten, die Pfosten an Pfosten unterhalb der Fenster aufgestellt waren.

Darin lagen vier Männer und drei Frauen im Alter zwischen zwanzig und vierzig Jahren. Sie alle waren abgemagert und trugen abgerissene Jogginghosen und Sweatshirts, die von Schweißflecken übersät waren. Auch wenn hin und wieder ein Finger oder ein Augenlid zuckte, verweilten die Blicke doch an einem imaginären Punkt an der Decke, der außerhalb der wahrnehmbaren Welt lag.

Lancashire trat an eines der Betten und musterte den Mann darin. Er war höchstens Ende zwanzig, doch seine Haut wirkte dünn wie Pergament. Die Oberlippe hatte sich zurückgezogen und offenbarte vereinzelte dunkle Zähne, die der intensive Harmony-Konsum übrig gelassen hatte.

Jack kratzte sich im Nacken. »Wie gesagt, wir haben uns um alles gekümmert, aber das Zeug ist schon heftig, vor allem in dieser Dosierung.«

»Dauer?«

»Seit Beginn der, äh, Studie? Zwei Monate.«

Lancashire ging zum nächsten Bett. Eine Frau von achtzehn oder zwanzig Jahren mit langen, verfilzten Haaren. Ihr Shirt war hochgerutscht, so dass die Schwangerschaftsstreifen auf dem Bauch zu erkennen waren.

»Wir haben es natürlich wegmachen lassen, bevor wir angefangen haben. Aber sie war vorher schon schwach und macht's bestimmt nicht mehr lange.«

»Wir brauchen weitere Probanden, vor allem jünger.«

»*Noch* jünger?«

»Der Organismus im Ausgangszustand muss stark sein, um den Verlauf bestmöglich abschätzen zu können.«

Bannister hatte ein Kratzen im Hals. »Ja. Ja, das klingt logisch.«

Lancashire deutete auf den Mann, den sie zuerst inspiziert hatte. »Den hier nehmen wir.«

Der Fahrer stellte den Koffer vor dem Bett des Mannes ab.

Mit großen Augen verfolgte Bannister, wie er ein weißes Gerät herausholte, das in Form und Größe einem Blutdruckmessgerät entsprach. Mit einer winzigen Nadel stach er dem Mann in den großen Zeh und trug den Blutstropfen auf einen Papierstreifen auf, den er in das Gerät einführte.

»Wir haben übrigens einen Hinweis erhalten, dass dieser Standort nicht mehr sicher sein könnte.«

Der Apparat gab ein Fiepen von sich, und auf dem Display tauchte eine kurze Zahlenkolonne auf.

»Wie?« Bannister riss den Kopf hoch und musterte Lancashire. »Äh, was haben Sie gerade gesagt?«

»Möglicherweise haben Sie einen Spitzel in Ihren Reihen.«

Bannister lachte hilflos. »Das ist bestimmt ein Irrtum. Aber wenn es Sie beruhigt, der Boss denkt durchaus darüber nach, den Laden ... an eine andere Adresse ... Hey, was zum Teufel macht er da?«

»Wir ermitteln die Thromboplastinzeit der Versuchsperson, um nachzuprüfen, ob der regelmäßige Konsum von Harmony die Blutgerinnung herabsetzt.«

Jack nickte, obgleich er nichts verstanden hatte.

Der Blonde zog den Papierstreifen heraus und zerknüllte ihn. »INR bei sieben.«

Dr. Lancashire nickte.

»Und, äh, was bedeutet das genau?«

»Dass wir jetzt noch prüfen müssen, ob die Viskosität anderer Körperflüssigkeiten ebenfalls herabgesetzt ist – was unserer Hoffnung entsprechen würde.«

Der Blonde verstaute das INR-Messgerät im Koffer und zog eine zweite, kleinere Apparatur heraus, die über einen Schlauch mit einer beinahe handlangen Kanüle verbunden war. Er zog den Probanden an den Beinen zu sich heran und drehte seinen Leib herum, so dass er mit dem Gesicht nach unten vor ihm zu liegen kam. Dann setzte er die Kanüle knapp unterhalb des Haaransatzes im Nacken auf die Haut.

Bannister fühlte, wie sich auf seiner Stirn Schweißperlen bildeten. »Also, wenn es Ihnen nichts ausmacht, würde ich lieber draußen warten ...«

»Es dauert nicht mehr lange, Mr. Bannister.«

Er nickte und blieb stehen.

Der Fahrer drückte den Kopf des Mannes nach vorn, bis die Halswirbelsäule maximal gestreckt war, suchte den Punkt zwischen dem obersten Wirbel und dem Hinterhauptbein des Schädels und setzte die Spitze der Kanüle senkrecht auf. Ein leises Kratzen, als sie über die Halswirbel schabte.

Jack kicherte. »Wollen Sie ihm das Rückenmark aussaugen, oder was?«

»Das Rückenmark befindet sich weiter unten, Mr. Bannister.«

»Ach ja. Richtig.«

Der Fahrer legte den Handballen auf das Kolbenende der Spritze – und trieb die Kanüle mit einem Ruck zwischen den beiden Knochen hindurch eine Handbreit tief ins Gehirn. Die Glieder des Probanden zuckten, und Jack starrte wie hypnotisiert auf den Hohlraum der Spritze, der sich zügig mit einem dunkelroten Gemisch aus Blut und Gehirnflüssigkeit füllte. Er sah, wie die Lider des Probanden flatterten, die Pupillen verdrehten sich, zuerst synchron, dann gingen sie ihrer eigenen Wege. Der Fahrer drückte den Kopf des Mannes in das Kissen, so dass er keine Luft mehr bekam, schraubte das Röhrchen von der Kanüle und ersetzte es durch ein zweites. Danach schob er die Kanüle noch tiefer ins Hirn, bis zum Anschlag, und zog den Kolben aus dem Röhrchen. Die Flüssigkeit, die in das Röhrchen spritze, war jetzt heller, dickflüssiger. Der Proband rührte sich nicht mehr.

»Tut das eigentlich weh?«, fragte Jack.

Dr. Lancashire hob eine Braue. »Es gibt wohl nur eine Möglichkeit, das herauszufinden.«

Der Fahrer nahm auch das zweite Röhrchen ab, zog die Kanüle aus dem Schädel und verstaute die Einzelteile seiner Apparatur zusammen mit den Proben in seinem Koffer.

»Ich denke, wir nehmen zur Sicherheit noch eine weitere Probe«, sagte Lancashire und deutete auf das junge Mädchen.

Jack keuchte auf, stolperte nach draußen und lehnte sich gegen die Wand. Irgendwas in seiner Brust bäumte sich auf, und dann spritzten die Überreste der Pizza, die er sich heute Nachmittag reingeschoben hatte, über den Türrahmen.

Shao erreichte die Ecke Bartle Avenue und Central Park Road und sah den Quattroporte gerade noch an der nächsten größeren Kreuzung in östlicher Richtung auf die High Street abbiegen. Mit ein paar Sätzen war sie bei ihrem CR-Z, den sie gegenüber in der Bartle Avenue versteckt hinter einem Lieferwagen geparkt hatte. Der Motor heulte auf, als sie den Wagen aus der Parklücke bugsierte und rückwärts in Richtung Central Park Road jagte.

»KF-854 an MP. Verfolge einen Verdächtigen in East Ham, wahrscheinlich Richtung Nordosten auf der … *Scheiße, verdammt nochmal!*«

Ein Golf, der hinter ihr in die Einbahnstraße einbog. Der Fahrer legte im letzten Moment eine Vollbremsung hin. Shao gab ihm mit der Hand zu verstehen, dass er sich verpissen sollte, aber der Blödmann hämmerte nur wutentbrannt auf die Hupe.

Also andersrum und über die Barking. Ihr Vorteil, dass sie die Nebenstraßen hier aus ihrer Zeit am Forest Gate kannte.

Und aus der Zeit, in der sie ein paar Straßen weiter westlich zusammen mit ihrer Mutter in Canning Town gewohnt hatte – einem Menschen, an den sie seither möglichst keinen Gedanken mehr verschwendet hatte.

Sie rammte den Vorwärtsgang rein und jagte den CR-Z mit fünfzig Sachen zwischen den engen Parkreihen der Bartle Avenue entlang.

»MP an KF-854, wiederholen Sie bitte.«

Zwei Autospiegel, die nicht eingeklappt waren, flogen über den Asphalt, dann hatte sie die Barking Road erreicht und bog nach rechts ab.

Der Quattroporte war nicht zu sehen, aber Shao konnte sich nicht vorstellen, dass er auf der High Street weiter Richtung Norden durch die Tempo-20-Einkaufszone gebrettert war.

»Hier KF-854 an MP. Wo seid ihr, verdammt nochmal? Ich sagte, ich verfolge einen Verdächtigen, dunkelroter Maserati Quattroporte, 5er Modell, fährt vermutlich auf der Barking Richtung Osten.«

Der CR-Z jagte quer über die High Street und am Backsteinturm der Town Hall vorüber. Eine Kreuzung später verengte sich die Fahrbahn, doch Shao behielt das Tempo bei, bis sie hinter einer Linkskurve in dreihundert Yards Entfernung die Rücklichter des Maserati entdeckte, der gerade auf den Kreisel unter der Autobahn einbog.

»KF-854 an MP. Hab ihn. Er ist am Kreisel! Am Kreisel unter der North Circular!«

Shao erreichte den Kreisverkehr, als der Quattroporte gerade gemütlich vor der Auffahrt Richtung Norden blinkte. Sie schloss unauffällig auf – aber im letzten Augenblick überlegte der Penner es sich anders und blieb auf dem Kreisel. Der Mistkerl fuhr eine zweite Runde, und damit war klar, dass er sie entdeckt hatte. Als er die Auffahrt zum zweiten Mal erreichte, ließ er den Motor aufbrüllen, und der Quattroporte jagte wie von der Zwille geschossen die Rampe hoch.

Shao gab Gas, doch trotz des Elektroantriebs, der den Benzinmotor ihres Hybriden verstärkte, schien der CR-Z wie mit Blei gefüllt zu sein. Ihr Glück, dass oben gerade ein Lkw vorbeiraste, der den Maserati zu einer Vollbremsung zwang – zumindest bis der Fahrer erneut auf das Gaspedal tippte, links an dem Lkw vorbeischoss und sich ein paar Yards vor Ende der Auffahrt vor der Kühlerschnauze des Lasters einfädelte.

Jetzt hatte sie wenigstens schon mal das Kennzeichen – LM 62 FTG –, aber sie musste warten, bis der Laster vorbei war. Zeit, sich das Blaulicht aufs Dach zu kleben. Mit aufheulender Sirene wechselte sie auf die mittlere Spur. Der Maserati war inzwischen an zwei Pkws vorüber und schob sich hinter einem Van noch weiter nach rechts, bis er freie Fahrt hatte.

»KF-854 an MP, er ist jetzt auf der North Circular Richtung Norden! Kann vielleicht mal jemand an der Ilford Road die beschissene Straße sperren? Wenn möglich, noch diese Woche!«

Das Funkgerät blieb still, und der Fahrer eines Autotransporters, der anscheinend Tomaten auf den Augen hatte, wechselte vor Shao auf die mittlere Spur. Der Van hupte und wich nach rechts aus. Shao blendete auf, aber der Fahrer des Van hatte nicht die Absicht, gegen den Lkw-Fahrer klein beizugeben. Im Schneckentempo schob er sich an dem Laster vorbei und gab endlich die Fahrbahn frei.

»Dämliches Arschloch!«

Die Straße vor ihr war jetzt komplett frei, aber der Maserati hatte fast schon eine halbe Meile Vorsprung.

»KF-854 an MP, verdammt, hört ihr mich? Ich brauche eine Straßensperrung und Verstärkung auf der North Circular Richtung Norden!«

»MP an KF-854. Verstärkung ist unterwegs.«

Wie nett, danke!

Der CR-Z fegte über die rechte Fahrbahn. Fünfzig PS Leistungssteigerung, die sie vor einem halben Jahr in Form eines Kompressors hatte einbauen lassen – aber gegen die brachiale Kraft des Ferrari-Motors, der in dem Maserati arbeitete, war das nicht mehr als ein Tropfen auf den heißen Stein. Allein, das Glück war ihr weiterhin hold, denn weiter vorn setzte der nächste Lkw zum Überholen an und scherte dabei so weit nach rechts aus, dass der Maserati eine Vollbremsung hinlegen musste und ins Schleudern kam. Er blendete auf, kam aber nicht vorbei, und im Nu war Shao wieder an ihm dran.

Der Wichser versuchte tatsächlich, sie abzudrängen, aber sie zog auf der linken Spur mit ihm gleich. Durch die verdunkelten Scheiben sah sie nicht mehr als die Silhouette eines Fahrers – als ihr CR-Z plötzlich nicht mehr zog. Reflexartig trat Shao das Gaspedal bis aufs Bodenblech durch, aber genauso gut hätte sie einer Schildkröte die Sporen geben können. Die Raserei hatte den Akku leergesaugt, und damit hatte der Elektromotor vorübergehend den Dienst quittiert.

Im selben Moment gab der Lkw die Bahn frei, und der Maserati schoss an der Abfahrt zur Ilford Road vorbei und verschwand in der Nacht.

»Scheiße, scheiße, scheiße, scheiße, scheiße – Mann!«

Aus dem Funkgerät quäkte die Stimme aus der Zentrale. »MP an KF-854, die Verstärkung ist gleich an der Ilford Road.«

Sie riss den Apparat aus der Halterung. »Ganz klasse, Jungs, super gemacht – *vielen Dank auch*!«

Jack versuchte, sich am Türrahmen festzuhalten, und glitt an der eigenen Kotze ab. Der Gang vor ihm drehte sich wie auf einem scheiß Harmony-Trip.

Einfach nur atmen.

Kügelchen in Stokey zu verticken war eine Sache, aber die Sache, die diese Lancashire und ihr blonder Adlatus da drin am Laufen hatten, war eine ganz andere Nummer. Er musste dringend mit Greg reden, vielleicht konnte der ihn aufklären, warum es keine Möglichkeit gab, den Stoff von einem anderen Lieferanten zu beziehen.

Jack schrak zusammen, als sich die Tür öffnete und Dr. Lancashire heraustrat. Der Blondschopf mit seinem Metallköfferchen folgte ihr.

»Sie können Mr. Costello ausrichten, dass der Test zu unserer Zufriedenheit ausgefallen ist.«

»Schön«, ächzte Jack. »Das heißt, die Lieferungen laufen weiter wie geplant?«

»Außerdem haben wir soeben einen Anruf erhalten. Anscheinend hat es bei der Übergabe in East Ham Probleme gegeben.«

»Probleme? Was für Probleme?«

»Aber wir stehen zu unserer Vereinbarung. Falls also nichts dazwischenkommt, erhalten Sie die nächste Lieferung in einem Monat. – Auf Wiedersehen, Mr. Bannister.«

Jack sah den beiden nach, wie sie in der Fahrstuhlkabine verschwanden. Die Türen schlossen sich, und der Lift rauschte nach unten.

»Schön«, wiederholte Jack heiser. »Das ist doch schön.«

Blaulichter zuckten über das Gittertor am Ende der Bartle Avenue. Eddie stand vor dem Transporter und versuchte, ein schlaues Gesicht zu machen, während Shepherd ein paar Uniformierte mit großer Geste antrieb, den Tatort abzusperren.

Die Beechams standen zusammen mit ein paar Nachbarn am Gitter und tuschelten.

»Entschuldigen Sie, Detective, aber was ist denn jetzt mit unserem Baumhaus?«

Shao winkte ab. »Einen Moment, Madam.«

Sie schlüpfte durch das Tor und passierte das Absperrband.

»Scheiße, da sind Sie ja, Shao«, röhrte Shepherd.

Sie war zu aufgewühlt, um sich für das höhnische Funkeln in seinen Augen zu interessieren. »Hab ihn leider verloren, Sir.«

»Verloren? Wen haben Sie verloren?«

Shao warf Eddie einen fragenden Blick zu, aber bevor er antworten konnte, legte Shepherd ihr auch schon den Arm um die Schulter und schleifte sie zur Ladefläche des Transporters.

»Scheißegal, mit wem Sie da draußen *Fast & Furious* gespielt haben – in der Zwischenzeit hat unser guter Eddie hier die richtige Polizeiarbeit erledigt und uns einen wahren Schatz an Land gezogen ... Na, was sagen Sie dazu?«

Shao starrte auf die Ladefläche. Zwei offene schwarze Sporttaschen, in denen Hunderte grauer handgroßer Päckchen übereinandergestapelt waren.

Eins davon war aufgerissen. Es enthielt wiederum Hunderte kleiner Kügelchen, jedes sorgfältig in ein kleines Stückchen Alufolie eingeschlagen.

Harmony. Mindestens fünfzig Kilo.

Der Jackpot.

Und Eddie hatte ihn gewonnen.

TEIL EINS
Kyvos

1 10. Januar 2019, 18.02 Uhr, Rainham, London, 17 Tage nach dem Weihnachtsattentat in Creekmouth

»Diese komischen bleichen Typen, die hinter uns her sind – die sind überall!«

Dr. Tarek Kashani schloss erschöpft die Augen – und riss sie wieder auf, als er den Seat Alhambra um ein Haar in das Schild vor dem Kreisverkehr zwischen Bridge und Rainham Road gesetzt hätte. Er riss das Steuer herum, und der Van rumpelte vom Bürgersteig. Hinter ihm hupte jemand.

»Wirklich, Dad, sie sind überall, verstehst du? Ihre Gesichter sind soo … als ob sie tot wären, verstehst du? Total bleich!«

»Bleich?«

»Und sie haben überall Wunden! Sie verfolgen mich, Dad!«

Kashani quälte weniger die Frage, wovon genau Navid redete, als die Sorge, dass sein Sohn sofort auflegen würde, wenn er ihm von der neuen Studie erzählte, die er zusammen mit Dr. Jeremias Brent, dem Leiter der Rainham-Recovery-Klinik, entwickelt hatte und die morgen anlaufen würde. Natürlich waren so kurzfristig keine Plätze mehr frei, aber in Navids Fall würde Brent sicherlich ein Auge zudrücken.

»Wenn du mir nicht hilfst, bringen sie mich um! Sie töten uns alle!«

Kashanis Gedanken schweiften weiter zu seiner Frau Valerie, seiner *zweiten* Frau – »Neue Kinder, neuer Hund, muss man auch erst mal schaffen«, hatte Brent mit einem anerkennenden Schulterklopfer kommentiert –, und er dachte an Valeries Blick, wenn er wieder mal zu spät zum Abendessen kommen würde. Sie war ein Glücksgriff gewesen, eine seltene zweite Chance, aber Navid hatte das Potenzial, auch dieses neue Leben zunichtezumachen, für das Kashani eine Hypothek in Höhe von 400 000 Pfund aufgenommen hatte.

»Hörst du mir überhaupt zu, Dad? Diese bleichen Typen, die jagen uns! Sie wollen uns verschleppen! Bei Lesley haben sie's schon geschafft!«

»Bei wem?«

Navids Stimme erstickte in Tränen, und Tarek Kashani hasste sich dafür, dass er diese Stimme hasste. Er versuchte, es zu überspielen, sich selbst gegenüber zu leugnen, aber es war die Wahrheit. Er hasste sie, weil sie aus der Vergangenheit kam.

»... doch von ihm erzählt. Ich wollt es ja auch nicht glauben, aber jetzt ist Lesley verschwunden! Sie haben ihn weggebracht, verstehst du? Und das nächste Mal ... das nächste Mal kommen sie und holen mich!«

»Hör auf, Navid.«

»Doch, sie sind ...«

»Navid, hör auf, das ist Unsinn. Es gibt keine bleichen Menschen mit Wunden im Gesicht, die dich verfolgen.«

»Ich hab sie aber gesehen! Sie sind ...«

»Brauchst du etwa Hilfe? Hast du darum angerufen?«

Ein Seufzen von Navid, weil sie beide wussten, dass »Hilfe« nur ein anderes Wort für »Geld« war. Gefolgt von einem zweiten Seufzen, der offenbarte, dass Navid den Faden verloren hatte. Süßes Greater H. »Gary haben sie auch schon mitgenommen!«

Kashani hielt vor der Ampel am Manor Way. Die leere Straße vor ihm glitzerte wie ein schwarzes Band, von den Lichtinseln der Laternenmasten wie mit einer Perlenkette geschmückt.

»Sie kommen immer nachts. Weil sie Angst vorm Licht haben, verstehst du? In der Nacht fühlen sie sich sicher.«

Kashani fuhr sich über die Augen. Er holte tief Luft, fasste sich ein Herz und begann zu erzählen. »Ich will dir *wirklich* helfen, Navid, das musst du mir glauben, und darum musst du mir jetzt ganz genau zuhören!« Er erzählte von der Studie, in deren Verlauf Harmony-Abhängige in geschlossenen Zimmern der Klinik untergebracht werden würden, tägliches medizinisches und psychologisches Monitoring, Einzelzimmer mit Chefarztvisite und zwei warme Bio-Mahlzeiten am Tag inklusive. Natürlich kostete die Teilnahme Geld, viel Geld, was die private Klinik vor der Insolvenz und Kashani vor der Aussetzung der Raten retten würde. Beim letzten Treffen mit Navid vor sechs Wochen hatte er wirklich Mühe gehabt, die Contenance zu bewahren, als der Junge ihm offenbart hatte, dass er den größten Teil der tausendzweihundert Pfund, die Kashani ihm monatlich zukommen ließ, zuletzt in kleine, braune, in Aluminiumpapier eingewickelte Kügelchen investiert hatte. Andererseits war es nur die konsequente Fortsetzung einer Karriere, die vor fünf Jahren mit Gras und dem Abziehen von Handys ihren Anfang genommen hatte. Wenn sie überhaupt je einen Anfang gehabt hatte und nicht einfach wie ein schwarzer Schwan in Dr. Tarek Kashanis Leben geplatzt war, der zuerst seine Nerven, dann seine Karriere und am Ende seine Familie zerstört hatte. Irgendwie war es fast schon komisch, dass er sein Berufsleben dem Kampf gegen die Abhängigkeit gewidmet hatte, nur um durch die Extraschichten und die Wochenendarbeit vor dem Rechner zu Hause den eigenen Sohn an die Drogen zu verlieren.

Der Fahrer hinter ihm betätigte die Lichthupe.

Kashani gab Gas. »Also, Navid. Es ist wirklich eine einmalige Gelegenheit. Wir könnten uns am Wochenende treffen und die Details besprechen.«

»Ja, Dad.« Navids Stimme klang lahm. »Ich red noch mal mit Mum drüber, wenn ich sie s…«

Noch ein Licht, diesmal von der Seite.

Kashani sah noch das hohlwangige, von grauen Haaren umrahmte Gesicht hinter der Windschutzscheibe, als der Kühler des Porsche Cayenne sich auch schon in die Beifahrertür bohrte, Kashanis Alhambra wie ein Stier auf die Hörner nahm und in Richtung der Betonbarriere der U-Bahn-Station schleuderte.

Kashani knallte mit der Schläfe gegen die Seitenscheibe, dann gegen die Nackenstütze und dann mit dem Gesicht nach vorn in den Airbag. Als er den Kopf hob, stand der Wagen quer auf der Gegenfahrbahn. Kashani fühlte sich, als hätte jemand seinen Schädel zu einem Ballon aufgeblasen. Druck von allen Seiten. Blut lief ihm aus der Nase.

Irgendwo draußen schlug dumpf eine Autotür zu. Schritte näherten sich, und der Strahl einer Taschenlampe stach ihm ins Gesicht. Kashanis Pupillen zogen sich zusammen.

»Licht aus«, röchelte eine Stimme, die so klang, wie Kashanis Schädel sich anfühlte.

Dann ein Gesicht.

Bleich.

Und voller Wunden.

Im nächsten Moment erlosch die Taschenlampe, und etwas Schwarzes kroch durch das zerstörte Fenster ins Innere des Wracks, huschte über Kashanis Gesicht und bahnte sich durch den Rachen den Weg in seinen Körper.

2

»Oookay, da sind wir wieder, Brüder, eure Helden Danger und Menace berichten live vom Ort des Geschehens.« – »Was denn für ein Geschehen, Danger?« – »O Mann, mach die Augen auf, Menace. Und dann sag mir, wo wir hier sind, hm? Erkennst du den Bauzaun?« – »Hm, warte mal …« – »Mach ich, Menace. Schon die ganze Zeit. Und so viele Bauzäune gibt's nicht in London, die außerdem mit Stacheldraht gesichert sind.« – »Stimmt, Danger! Also halt mich für bekloppt, aber ich glaub, das ist der Zaun, der die letzten Tage immer im Fernsehen war – der Bauzaun in Abbey Wood!« – »Jetzt hat Menace es auch kapiert, Leute. Wir stehen hier vor dem Gelände der Lesnes-Abtei ...« – »Also da, wo die Abtei mal stand, so vor tausend Jahren. Jetzt gibt's hier nur noch ein paar Ruinen, ein paar Mauerreste und so, einfach mal Google Earth klicken und checken.« – »Aber selbst von diesen Mauerresten sieht man jetzt nichts mehr, weil das ganze Gelände fett abgesperrt ist. Halt mal drauf, Menace. Auf die Einfahrt da.« – »Yo, mach ich. Da sind ein paar uniformierte Typen, sieht fast aus wie Polizei.« – »Security. Also Sicherheitsleute und so.« – »Und was sichern die?« – »Gute Frage. Im Moment wissen wir nur, dass hier 'ne Schießerei stattgefunden hat. Wann war die noch genau?« – »Was für 'ne Schießerei?« – »Menace ...« – »Ach, *die* Schießerei! In der Nacht, glaub ich.« – »Ja, aber in welcher Nacht? Ich glaub, das war ... Moment, hab's gleich ... Das war die Nacht vom 5. auf den 6. Januar, also heute vor genau drei Tagen!« – »Da ist auch 'n Hubschrauber explodiert, hast du das mitgekriegt? Krass, Mann, auf den Bildern sah das aus wie ...« – »Sag mal, dann ist das doch ein Tatort, und dann müssten hier überall diese gelb-schwarzen Bänder rumflattern, du weißt schon, die, zwischen denen dann Leute in weißen Anzügen und so ...« – »Richtig, Danger, aber nix da, keine Bänder. Nur dieser Bauzaun mit dem Stacheldraht und den Kameras, und keiner weiß, was dahinter ist.« – »Aaaa, *fast* keiner! *Ich* hab mir die Sache natürlich mal angesehen.« – »Echt jetzt?« – »Bin auf einen der Bäume rauf, fast bis nach oben auf die Spitze ...« – »Krone heißt das.« – »... und dann bin ich auf einen Ast, der so rüber ist, über den Stacheldraht ...« – »Das ist echt krank, Mann!« – »... und *was* ich da gesehen hab, das seht ihr jetzt! Film ab!« – »Mhmm, ziemlich dunkel alles.« – »Da drüben, bei der Lodge, siehst du das?« – »Lodge-was?« – »Lodge. L-o-dsch, Mann, googlen hilft. Da ist ein Café drin und so, und du kannst Souvenirs kaufen. Vielleicht Goldkettchen mit Anhängern von der Abtei und so.« – »Goldkettchen? Glaub ich nicht.« – »Und drum herum sind die Container aufgebaut. Also Wohncontainer, mein ich, so Dinger wie auf dem Bau halt.« – »Also bauen die irgendwas hier?« – »Ansonsten sieht man nur die Mauerruinen, wie früher … da … und da … ja, und dann …« – »Oops, was ist das denn?« – »Tja, da bin ich leider vom Baum gekracht.« – »Was???« – »Der Ast halt.« – »Alter …« – »Aber nicht nur der Ast war morsch, sondern auch das Laub abgefault, und auf dem Boden, da war das Gras total vertrocknet. Ich glaub, das kommt von dem Strom.« – »Strom? Was für Strom?« – »Der Stacheldraht ist unter Strom gesetzt.« – »Was???« – »Das hat überall rot geleuchtet, das muss Strom sein! Und der Elektrosmog hat dann die Blätter braun werden lassen. Ist doch ganz logisch.« – »Ähh ja! Also wie auch immer, wir halten euch auf dem Laufenden, jedenfalls wenn Danger es nächstes Mal schafft, auf dem Baum sitzen zu bleiben, den er hochgeklettert ist. Ansonsten gehabt euch wohl, ihr Psycho-Bros da draußen …« – »… und nicht vergessen …« – »… Danger und Menace freuen sich wie immer über jeden Kommentar!«

3

In der Finsternis wühlte der Bohrer.

John Sinclair stellte sich vor, dass es ein Bohrer war, der dieses tieffrequente, gleichförmige Wummern verursachte, indem er sich tief in der Erde durch wechselnde Gesteinsschichten grub.

Sogar der Boden unter seinen Füßen bebte.

Er bestand aus einem Gitter, das rechts und links von einem hüfthohen Geländer begrenzt wurde. Es schützte Sinclair davor hinabzustürzen, auf eine tiefere Ebene der Metallkonstruktion, die wie die Spitze einer versunkenen Bohrinsel aus der schwarzen Flut ragte. Über hundert Yards unter ihm spiegelten sich Lichtreflexe ohne Ursprung auf der Oberfläche einer schimmernden Flüssigkeit. Aus der finsteren Substanz, die viskoser und zähflüssiger schien als Wasser, ragten Quader, paarweise nebeneinander angeordnet, haushohen Grabsteinen gleich, aus der Flut. Der Blick in die Tiefe ließ ihn schwindeln. Er kämpfte um sein Gleichgewicht, unbeholfen, wie betäubt von den hellen, singenden Lauten, die in seinen Ohren klirrten.

Eine Stimme?

Worte? In welcher Sprache?

In dem Versuch, den Halt zurückzugewinnen, schlug er mit der Hand gegen das Geländer. Er *wollte* zugreifen, aber als hätten der Schwindel und die klirrende Stimme sein Nervensystem in Brand gesetzt, reagierten die Muskeln *falsch*, und er packte erst zu, als es zu spät war.

Für eine Sekunde schwebte er über dem Abgrund, über der tiefschwarzen, öligen, leimartigen, alles verschlingenden Substanz.

Dann …

»Detective Sinclair? Sie müssen sich schon ein wenig konzentrieren.«

Das Leder des Sessels knarzte, als er den Rücken durchdrückte. Mit einem Nicken signalisierte er seinem Gegenüber, dass er voll bei der Sache war.

»Natürlich, Doc.«

Campbell warf ihm über die schwarzen Hornränder ihrer Brille hinweg einen Blick zu, der ihn früher vielleicht sogar interessiert hätte. Jetzt war in seinem Kopf nur noch

das Wummern der Maschinen

das nüchterne Bild von Dr. Zelma Campbell – brünettes, schulterlanges Haar, braune Augen, perfekt sitzendes anthrazitfarbenes Kostüm –, die mitsamt dem Schreibtisch und dem Zimmer, in dem sie saß, einer Welt angehörte, die Sinclair vor drei Tagen, mit seinem Erwachen neben dem Würfel unterhalb der Abteiwiese von Abbey Wood, auf einen Schlag fremd geworden war.

Campbell blätterte in seiner Akte, als müsste sie sich noch einmal vergewissern, wer da eigentlich vor ihr saß, und tippte sich mit dem Bleistift gegen ihre Wange. »Sie sind nicht verheiratet. Sie leben allein, ohne Partner. Verstehen Sie, worauf ich hinauswill, Mr. Sinclair?«

Er sah aus dem Fenster. Vor dem Balkon des Sprechzimmers streckte eine Kiefer ihre Krone in den postkartenblauen Himmel. In den leeren Balkonkästen sammelten sich Nadeln, genauso wie auf den moosüberwucherten Fliesen. Campbell hatte jedenfalls keinen grünen Daumen. Die einzige Pflanze im Zimmer war ein Weihnachtsstern auf dem Schreibtisch, der im Verlauf der Sitzung schon zwei Blätter verloren hatte.

Natürlich wusste er, worauf sie hinauswollte.

»Ich frage mich, ob es eine Person gibt, eine *vertraute* Person, mit der Sie über die Ereignisse sprechen können.«

Wohl kaum, was den schlichten Grund hatte, dass es nichts gab, worüber er hätte sprechen können. Weil er sich nicht daran erinnerte, was während der zwei Wochen vor seinem Auffinden geschehen war. Er hob die Schultern. »Keine Ahnung. Powell vielleicht.«

»Ihr Chef?«

Sinclair fand, dass Powell mehr als ausreichend war. Ansonsten war da bis vor kurzem noch Zuko gewesen.

»Was ist mit Ihrer neuen Partnerin – Miss Shao? Sind Sie wütend auf sie?«

Er konnte Campbell nicht folgen.

»Sie hat Ihren Posten eingenommen, sie war in die Ereignisse involviert, und statt Zuko zu retten, hat sie am Ende *Sie* gerettet. Eine falsche Entscheidung?«

Er musste zugeben, dass er darüber noch nicht nachgedacht hatte. Aber Selbsthass war sowieso keine Lösung. Vielmehr musste er herausfinden, was es mit den riesigen Steinquadern auf sich hatte. Falls er wirklich dort gewesen war, auf dem Metallgang, in der Finsternis. Falls die Erinnerungslücke nicht nur das irrlichternde Produkt einiger Nervenzellen darstellte, denen ihr Job in seinem Hippocampus zu langweilig geworden war.

»Mr. Sinclair?«

Er seufzte. »Ich glaube nicht, dass Detective Shao eine Wahl hatte.«

Die Zeiger der Uhr, die wie eine Krone hinter Campbell an der Wand hing, standen auf Viertel vor elf. In fünfzehn Minuten begann die Anhörung. Hammerstead hatte sich angekündigt, außerdem der Deputy Commissioner, der unbedingt ein Opfer servieren musste, um der Presse den Schlamassel in Abbey Wood zu erklären. Sie würden Shao in den Backofen schieben, lebendig begraben in einem Römertopf, mit einem Apfel im Maul.

Campbell legte den Bleistift auf den Tisch und gleich danach ihre Brille. Distanz abbauen. »Diese Sitzungen können nur erfolgreich sein, wenn Sie aufrichtig sind. Sie müssen *sich selbst gegenüber* aufrichtig sein.« Sie betonte die drei Worte, als würde sie sich mit einem Vollidioten unterhalten. »Nehmen Sie die Gefühle an, die Sie empfinden.«

Der Tipp wäre gar nicht mal so schlecht gewesen, falls neben der Verwirrung in seinem Kopf noch Platz gewesen wäre für so etwas wie Gefühle. Für Empfindungen. Aber alles wurde beherrscht von der Erinnerung an die Riesenquader in der öligen Substanz und an die klirrende Stimme. Und dann das Erwachen: neben dem Würfel und in Gegenwart des nackten Jungen. Neben Shao, die ihn aus der Abtei nach draußen geführt hatte. Teilnahmslos verfolgte er, wie Campbell die Brille wieder aufsetzte.

»Vielleicht kommen wir besser voran, wenn wir die Ereignisse Stück für Stück rekonstruieren. Beginnen wir in dem Moment, als Sie die *Baltimore* betreten haben. Laut Protokoll haben Sie ausgesagt, es waren vier Leute bei dem Lkw, der am Anleger stand. Zwei von ihnen sind im Feuer der Maschinenpistolen umgekommen, einer ist geflüchtet.«

»Der Letzte ist auch abgehauen. Nachdem ich ihm seine Waffen abgenommen hatte.«

»Außerdem waren da noch Police Constable Linus Finneran und einer der Männer auf dem Schiff, die beide von einem weiteren Mann an Deck erschossen wurden. Die letzten beiden Männer, der Täter und eines der Opfer, zählte Ihren Worten nach zu … zu einer Art Security-Einheit.« Sie machte eine Pause und wartete auf seine Reaktion. Er wartete auf ihre Frage. »Warum, glauben Sie, hat der Täter neben Constable Finneran auch seinen eigenen Kollegen hingerichtet?«

Er hob die Schultern, weil er es nicht wusste.

»Haben Sie deswegen das Schiff betreten? Um eine Antwort zu erhalten?«

»Ich hab das Schiff betreten, um den Mörder festzunehmen.«

»Obwohl Sie damit rechnen mussten, dass sich unter Deck weitere Männer befanden? Weshalb haben Sie keine Verstärkung gerufen?«

Weil sich sein Handy in seiner Jacke am anderen Ufer des Roding befunden hatte und weil das Handy, das der Typ am Lkw dabeihatte, im Wasser gelandet war, bevor der Typ abgehauen war. Genau das sagte er Campbell und sah zu, wie ihr Stift über das Papier schrammte. Vielleicht war Shao mit Hammerstead und dem Deputy Commissioner doch nicht so schlecht dran.

»Sie sind also auf das Schiff. Und unter Deck.«

Er nickte.

»Dann haben Sie die Leichen im Maschinenraum gesehen. Und in den Labors.«

»Ich weiß nicht, ob das Labors waren. Die Leute sahen wie Techniker aus, und die Geräte, die sie bei sich trugen, gaben Geräusche von sich. Wie Geigerzähler.«

»Waren es Geigerzähler?«

»Ich hatte keine Zeit, mich zu vergewissern.«

»Weil Sie dem Security-Mann gefolgt sind, der offenbar noch mehr seiner eigenen Leute getötet hat und dann im Frachtraum die Waffe auf die Anführerin und ihren Komplizen gerichtet hat.«

Wieder nickte er.

»Was war noch in dem Frachtraum?«

Da war nur der Würfel gewesen. Der Würfel unter der Plane, die Sinclair aufgeschlitzt hatte, nachdem der Amokläufer geflohen war und die Frau und der Mann sich an seine Fersen geheftet hatten.

»Beschreiben Sie mir den Würfel.«

Sinclair beschrieb ihn. Die Kantenlänge, das obsidianähnliche Material, aus dem er gefertigt war, die seltsamen Zeichen und Linien auf den Oberflächen.

Dieselben Symbole wie auf den Steinquadern.

»Kannten Sie die Zeichen irgendwoher? Haben Sie sie früher schon einmal irgendwo gesehen oder vielleicht danach?«

»Nein, nie.«

»Was haben Sie dann getan?«

Als er nicht sofort antwortete, hob Dr. Campbell den Stift und blickte ihn an. Das perfekte Stillleben. Bis der Weihnachtsstern das dritte Blatt verlor.

»Ich hab ihn berührt.«

»Den Würfel?«

Er nickte.

»Was ist dann passiert? Nachdem Sie ihn berührt haben.«

»Dann ...«

Dann bin ich auf einmal drin gewesen. In der Schwärze.

Er hob wieder die Schultern. »Ich weiß nicht, was dann passiert ist.«

4

»Guten Morgen, Salome.«

Schwester Salome Adhout musterte Kashani überrascht, als er gegen kurz vor elf das Schwesternzimmer von Station D betrat.

»Guten Morgen, Dr. Kashani.«

Ihr Blick blieb an seiner linken Wange hängen. Offenbar eine Schramme, die er beim Überschminken nicht bemerkt hatte. Er würde den Fehler so bald wie möglich korrigieren.

»Wie geht es dem Patienten in Zimmer 17?«

Seine Absicht, Salome zu überrumpeln und damit von ihrem Gedanken abzubringen, ging auf.

»Ja, also … der Patient in Zimmer 17 … Offenbar wurde er erst heute Nacht aufgenommen und … Woher wissen Sie eigentlich davon?«

»Wenn Sie mir bitte die Akte heraussuchen würden.«

»Natürlich. Sofort, Dr. Kashani.« Sie tastete über den Aktenstapel auf dem Schreibtisch. »Hier, bitte. Die Akte hat übrigens einen roten Aufkleber.«

Ein roter Aufkleber bedeutete, dass nur ein ausgewählter Kreis des Pflegepersonals die Identität des Patienten kannte. Eine sehr effektive Kennzeichnung, die Brent und er vor Jahren zum Schutz prominenter Patienten eingeführt hatten.

»Hier steht, der Patient hat seine Medikamente nur unter Protest eingenommen. Und dass er unbedingt seine Frau anrufen will.«

»Ich kümmere mich darum. Danke, Salome.« Er streckte die Hand aus, und Adhout legte mechanisch die Akte hinein. »Sagen Sie bitte Dr. Palmer und Dr. Larkin, dass ich sie in einer Viertelstunde sprechen möchte. Ich erwarte sie im Erdgeschoss, vor den Räumen von Phil Mulligan.«

»Vor den Räumen von Phil Mulligan?«

Aber da hatte Kashani das Schwesternzimmer bereits wieder verlassen und näherte sich der Tür von Zimmer 17, die am Ende des Korridors lag, wo hinter einer Zwischentür Station E begann. Das letzte Zimmer von Station D war ein Eckzimmer mit Aussicht auf den Rasen hinter dem Gebäude und auf die Marschwiesen, die sich dahinter bis zum Themseufer erstreckten. Der metallene Türgriff fühlte sich so kalt an wie immer, nur dass die Kälte Kashani jetzt keine Gänsehaut mehr verursachte.

Der Patient lag mit dem Gesicht zur Wand in seinem zerwühlten Bett. Seine Haare standen strohig vom Kopf ab. Kashani drehte ihn unsanft auf den Rücken und leuchtete ihm in die geweiteten Pupillen.

»… willfmmeine … ffrau … schbrechn …«

Kashani präsentierte ein über zwanzig Dienstjahre einstudiertes Lächeln, das weder seine Augen noch sein Inneres erreichte. »Jetzt werden wir Sie erst einmal auf Zimmer 7 verlegen. Der Ausblick dort ist fast so schön wie hier, und wir haben Sie damit ein wenig näher am Geschehen – so, wie Sie es lieben, nicht wahr, Mr. Conolly?«

Eine Viertelstunde später schob Kashani das Faltgitter des Aufzugs zur Seite und ließ Dr. Ellen Palmer und Dr. Gerald Larkin den Vortritt. Bestürzt ließ Palmer den Blick über die von Schimmelflecken überwucherten Kacheln gleiten, während Larkin selbst hier, im trüben Zwielicht der rostigen Emaille-Lampenschirme, wirkte wie ein sorgloser Junge, der sich gleich in seinem Cabrio auf den Weg zum Tennisplatz machte.

»Was zum Teufel machen wir hier?«

»Eine hübsche Überraschung jedenfalls.« Larkin nickte grinsend. »Ich wusste nicht mal, dass es diese Etage überhaupt gibt.«

»Folgen Sie mir bitte.«

Kashani führte sie über einen Korridor, der sich an den Raum vor dem Aufzug anschloss. Palmer folgte ihm wie immer mürrisch und ungeduldig, während Larkin die alten Türen rechts und links des Ganges neugierig betrachtete. Seit Jahren ergänzten sich ihre gegensätzlichen Charaktere zum Vorzug des Rainham Recovery Hospital. Während Palmer zusammen mit Kashani die Entwicklung neuer Therapieprogramme vorantrieb, posierte Larkin als Posterboy für den zahlungskräftigeren Teil der Kundschaft, der neben einer erfolgreichen Therapie stets auch eine *Geschichte* sowie eine angemessene persönliche Behandlung erwartete. Mochte sich Dr. Brent mit »seinem« RRH während der vergangenen Jahrzehnte auch einen exzellenten Ruf erarbeitet haben, so blätterte in einigen Zimmern inzwischen buchstäblich der Putz von den Wänden. Spätestens wenn Brent in zwei Jahren in den Ruhestand ging, würde die Privatklinik nicht mehr allein von der Vergangenheit leben können. Kashani und Palmer hatten während der vergangenen Jahre fast jeden Abend und jedes Wochenende geopfert, um auf diesen Tag vorbereitet zu sein. Eine Arbeit, die mit dem Vorfall von letzter Nacht obsolet geworden war. Kashani verspürte keinen Verdruss deswegen, sondern nahm die Tatsache gleichgültig hin, so wie er auch sonst keinen einzigen Gedanken mehr an sein bisheriges Leben verschwendete, das von einem Augenblick zum anderen unwichtig geworden war.

Sie hatten inzwischen ein Dutzend Türen passiert, und der von trüben Glühbirnen beleuchtete Gang vor ihnen schien mit jedem Schritt kälter und finsterer zu werden.

»Ich hoffe sehr, diese Sache führt zu etwas«, bemerkte Palmer mürrisch. »In einer Viertelstunde beginnt meine Visite.«

Larkin zwinkerte ihr zu. »Machen Sie es wie ich und erzählen Sie den Patienten, was sie hören wollen. Dann sind Sie auf jeden Fall schneller fertig.«

Palmer würdigte ihn keiner Antwort.

»Ich zeige Ihnen diese Etage aus einem bestimmten Grund. Wenn die neue Studie beginnt, werden wir weitere Patientenzimmer brauchen. Ich glaube, dies wäre der richtige Platz dafür.«

Palmer stieß hörbar die Luft aus. »Ihr Ernst, Tarek? Wir brauchen Monate, um aus dieser Etage eine vorzeigbare Station zu machen. Von den Kosten für den Umbau ganz zu schweigen.«

Larkin zeigte zwei Reihen perlweißer Zähne. »Ich dachte, bei der neuen Studie geht es um diese neue synthetische Droge, dieses Harmony. Wer das Zeug lange genug nimmt, kriegt von seiner Umgebung sowieso nichts mehr mit.«

Palmer quittierte seinen Kommentar mit einem verächtlichen Schnauben.

»Die nächste Tür ist es. Ich habe dahinter etwas vorbereitet, das Sie beide auf der Stelle überzeugen wird.«

»Und das muss unbedingt jetzt sein?«

»Keine Sorge, Ellen. In zehn Minuten sind Sie wieder bei Ihren Patienten.«

Kashani blieb vor der Tür stehen. Larkin sah ihm neugierig zu, wie er den Schlüssel ins Schloss schob. Die Scharniere heulten auf, als er die Tür öffnete. Das Zimmer dahinter lag im Dunkeln.

»Bitte sehr.«

Der Geruch von Schimmelsporen verstärkte sich. Ellen Palmer trat als Erste ein und drückte auf den Lichtschalter. Nichts geschah. Larkin strich mit den Fingern über die schwarzen Flechten an Decke und Wänden, die in ihrer Ausbreitung und Struktur an ein Geflecht von … Adern erinnerten.

»Was zum Geier ist das?«, murmelte Larkin.

Ellen Palmer ließ einen mürrischen Laut hören. »Kann vielleicht mal jemand Licht machen?«

Larkin keuchte auf und sprang zur Seite.

»Oh, Vorsicht«, sagte Kashani. »Durch den Schimmel könnte es hier und da etwas glitschig sein.«

»Ich bin nicht ausgerutscht!«, keuchte Larkin. »Das war der Boden. Er war auf einmal weich wie …«

Palmer, die sonst nie um eine gehässige Antwort verlegen war, drehte sich einmal im Kreis, in dem hilflosen Versuch, in dem schmalen Lichtstreifen, der vom Korridor hereindrang, mehr von ihrer Umgebung zu erkennen. Larkin zitterte und rieb sich die Arme, als ob sich die Temperatur um sie herum auf einmal dem Gefrierpunkt näherte.

Kashani schloss die Tür.

Vor einem Moment zum anderen standen sie in tiefer Finsternis.

»Was soll das?«, flüsterte Palmer. »Machen Sie sofort die Tür wieder auf!«

Larkin schluckte. »Ich muss auch sagen, Tarek, so langsam schulden Sie uns eine Erklärung.«

Aber Kashani schuldete ihnen gar nichts mehr.

Aus der Finsternis hinter ihnen zuckten zwei dunkle Schwaden auf Ellen Palmer und Gerald Larkin zu, die beide vor Schreck den Mund aufrissen.

Die Nebelschwaden nahmen die Einladung an.

5

Shao musste die Augen gegen die tiefstehende Sonne abschirmen, um die beiden Plastikstühle in der Mitte des Konferenzraums zu erkennen – der Grillrost, als den Powell sie in seiner unnachahmlichen Art bezeichnet hatte. Heimspiel im dritten Stock der Forest Gate Police Station –, aber vielleicht hatte Staatssekretär Hammerstead aus genau diesem Grund diesen Schauplatz gewählt. Damit Shao sich in falscher Sicherheit wiegte.

Powell mit seinen ausgreifenden Schritten erreichte die beiden Stühle als Erster. Graues Haar, grauer Anzug wie immer, nur der Hemdkragen zur Feier des Tages gesteift und in der Brusttasche eine zerknitterte Packung Chesterfield für den Notfall: ein fünfeinhalb Fuß hoher lebender Schutzschild für Shao, den Hammerstead erst mal sturmreif schießen musste.

Sie nahm Platz, wobei ihr ein stechender Schmerz durch die Schulter schoss – an der Stelle, an der Vincent Costigans Kugel ihrer Schutzweste einen Huftritt verpasst hatte –, und musterte das Tribunal, das sich auf der Fensterseite im Gegenlicht nur schattenhaft abzeichnete.

Hammerstead saß in der Mitte, der Rumpf schlaff und untersetzt, was ihn auf den ersten Blick einfältig wirken ließ. In seinen Augen lag allerdings jener raubtierhafte Blick, den Shao aus den Pressekonferenzen kannte.

Mit seinen fleischigen Fingern drückte er auf die Taste einer Fernbedienung vor sich auf dem Tisch. Die Rollläden an den Fenstern in seinem Rücken glitten herab und stoppten auf halber Höhe, so dass Shao jetzt auch seine beiden Sitznachbarn betrachten konnte. Der Typ links trug eine altmodische Nickelbrille und auf den Epauletten ein verschränktes Zepter vor dem Lorbeerblatt, das Abzeichen für »Commander«, der rechts zusätzlich, unter der Krone, in doppelter Ausfertigung das Tria Juncta In Uno, Drei Vereint In Einem. Voller Christbaumputz also.

Dabei überraschte es sie durchaus, dass es auch den Deputy Commissioner hierher verschlagen hatte. Eher hätte sie mit ihrem Erzfeind Detective Superintendent Shepherd aus dem Drogendezernat gerechnet, mit Popcorn und Tacos in der ersten Reihe, um zu genießen, wie sie aufgrund einer windig begründeten Dienstenthebung ihre Pensionsansprüche verlor.

Abschließend, ganz rechts, durch die Videokamera mit Stativ vom Triumvirat abgetrennt, die Schriftführerin: eine magere Frau Anfang vierzig, mit blondem Pony und Lidschatten, den Blick verbissen auf den Laptop vor sich gerichtet.

Ein Wink an den Techniker hinter der Kamera, und Hammerstead setzte zur Begrüßung an. »Willkommen, Detective Constable … Sadako Shao …« Das Arschgesicht musste wahrhaftig in die Akte vor sich auf dem Tisch linsen, um ihren Namen richtig auszusprechen. »… Dienstnummer KF-854, zur Anhörung im internen Ermittlungsverfahren im Fall Baltimore. Anwesend sind Deputy Commissioner Ryan Goodspeed, Commander Samuel Dayton, Staatssekretär des Inneren Paul Fitzgerald Hammerstead sowie die Schriftführende. Ebenfalls zugegen neben der Befragten Detective Constable Shao ist Detective Superintendent James Powell, Leiter des Murder Investigation Team am Forest Gate und verantwortlicher Ermittler im Fall Baltimore.« Hammerstead hob den Kopf und blickte ihr zum ersten Mal in die Augen. »Als Beamter der formal übergeordneten Instanz, des Innenministeriums, werde ich die Befragung leiten. Sind Sie einverstanden und bereit, Detective Shao?«

Aber so was von, schon seit Tagen.

»Ja, Mr. Secretary.«

Er lehnte sich zufrieden zurück. »Nun, wie Sie wissen, geht es um die fragliche Nacht, die mit dem Absturz des Hubschraubers und dem Feuergefecht zwischen den Ruinen der Lesnes-Abtei endete. Beginnen wir allerdings mit der Ankunft von Detective Sergeant Zuko Gan und Ihnen einige Stunden vorher im Lund Point Tower.« Hammerstead öffnete demonstrativ die Akte und klopfte sich nachdenklich gegen die Vorderzähne, was eine beknackte Marotte von ihm war. »Aus welchem Grund haben Sie den Tower aufgesucht?«

»Weil wir dort ein Drogenquartier vermutet haben.«

»Welche Grundlage gab es für diese Vermutung?«

»Wir hatten schon länger danach gesucht, weil wir Hinweise hatten, dass der Mörder von Livia Parson und Gregory Turbin ebenfalls dorthin wollte. Also, in das Quartier. An dem Abend hatten wir außerdem Vincent Costigan festgenommen, den Mörder von George Dixon …«

»Den *mutmaßlichen* Mörder von Detective Sergeant George Dixon, Detective.«

»… den definitiven Mörder von George Dixon, und wir hatten Hinweise darauf, dass die Morde mit der Explosion auf der *Baltimore* in Verbindung standen. Das Verhör von Costigan brachte uns nicht weiter, wir mussten ihn gehen lassen, und am Ende kam der Tipp, wo wir die Drogenhöhle finden konnten, von Quincy Hobart, einem Immobilienmakler, Schrägstrich, Bindestrich, Verwalter, der für Logan Costello arbeitet.«

»Logan Costello?« Hammerstead war wie ein Felsen, der ihre Worte als Echo zurückwarf.

»Smack und Charly, aber auch Greater H. Zuletzt fast *nur noch* Greater H, als hätte er dafür 'ne Art Exklusivlizenz erworben.« Sie bemerkte das Stirnrunzeln, das sich auf das Gesicht des Deputy Commissioners schlich, und schob hinterher: »Koks, Heroin und Harmony. Harmony ist eine synthetisch hergestellte Droge, die sich während des letzten Jahres in der Stadt ausgebreitet hat. Logan Costello investiert außerdem in Mädchenhandel und Prostitution. Vermutlich auch Mord. Fragen Sie Shepherd vom Drug Squad, falls Ihnen der Name unbekannt ist.«

Das Stirnrunzeln vertiefte sich, und Powell rutschte unruhig auf seinem Sitz hin und her.

Reiß dich am Riemen, Shao.

»Gut, gut«, befand Hammerstead und klopfte sich wieder gegen die Zähne. »Lassen wir die Frage, wie eng die Verbindungen zum Fall Baltimore wirklich waren, erst einmal außen vor, und konzentrieren wir uns stattdessen auf die Situation, die Sie im Tower vorgefunden haben.«

»Wir fanden Leichenteile. Arme, Beine, und zwar jede Menge davon. Sie waren in Kokons eingesponnen.«

Natürlich hatten alle drei da vorn im Vorfeld ihre Aussage gelesen, trotzdem ruckten Deputy Commissioner Goodspeed und der Commander, dessen Name Shao vergessen hatte, hoch und schienen auf einmal hellwach zu sein.

»Aber keine Rümpfe und keine Köpfe«, präzisierte sie. »Wir schlossen daraus, dass der … also, der Mörder, dass er die Rümpfe und Köpfe weggeschleppt hat. Die Spuren führten in den Keller und weiter in die Kanalisation.«

»Und? Haben Sie ihn dort gefunden?«

»Falls ja, hätten Sie aus den Akten davon erfahren.«

Hammerstead lächelte maliziös. »Ihr kleiner Ausflug in den Matsch da unten war also vergeblich. Welche Schlussfolgerung haben Sie gezogen?«

»Wir haben uns entschieden umzukehren.«

Er blätterte weiter. »Ich habe hier die Aussage eines Police Sergeant namens Nash aus dem Bezirk Tower Hamlets. Nach seinen Worten haben Sie die Kanalisation erst bei der U-Bahn-Station Mile End wieder verlassen.«

»Wir hatten uns verlaufen und waren am Ende froh, dass wir überhaupt wieder rausgefunden haben.«

»Nash berichtet auch, dass er Sie – und zwar *nur* Sie, weil Detective Sergant Zuko Gan sich zwischenzeitlich entfernt hatte – zu einem weiteren Mordopfer an der U-Bahn-Station Bromley-By-Bow gefahren hat. Auch dort wurden Spinnweben an den Gleisen gefunden, genauso wie zuvor bei« – wieder ein Blick in die Akte – »bei Livia Parson und Gregory Turbin.«

»Wir konnten nicht ausschließen, dass der Killer uns auf eine falsche Fährte lockt. Darum haben wir uns aufgeteilt.«

»Aber Sie sind dieser Fährte trotzdem gefolgt. Zur Lesnes-Abtei. Auf dem Weg am Woolwich-Fußgängertunnel ein weiterer Verletzter – ein Junge, nicht mal sechzehn Jahre alt – und später in Woolwich ein Lkw-Fahrer, dem bei einem Unfall mit dem Wagen, den Detective Gan in der Zwischenzeit entwendet hatte, *der Kopf abgerissen wurde.*«

»Wir haben uns am Tunnelausgang wieder getroffen, aber Zuko hat den Wagen nicht entwendet, sondern …«

»Die Fingerabdrücke, die im Unfallfahrzeug sichergestellt wurden, stammen von Ihnen und Detective Sergeant Zuko Gan, soweit stimmt Ihre Aussage mit dem Tathergang überein. Hat Detective Gan den Unfall provoziert, Detective Shao?«

»Wie bitte? Wir wurden angegriffen! Und dann ist der Laster frontal in uns reingeknallt.«

»Auch im Laster fanden wir Ihre Fingerabdrücke – nachdem DS Gan und Sie damit den Unfallort verlassen hatten.«

»Wie gesagt, es war Gefahr im Verzug. Darum hatte ich übrigens schon auf der anderen Seite des Fußgängertunnels Verstärkung angefordert.«

»Ein Hubschrauber aus dem Hauptquartier ist der Spur des Killers gefolgt«, pflichtete Powell ihr bei. »Ich habe die Verbindung zwischen Detective Constable Shao und dem Piloten hergestellt.«

Hammerstead nickte, nickte noch mal – und schüttelte den Kopf. »Das irritiert mich, Superintendent, denn laut Protokoll wurde um die Uhrzeit kein Hubschrauber aus dem Hauptquartier angefordert.«

Shao verschränkte die Arme vor der Brust. »Tja, dann ist er wohl irgendwo zwischen Westminster und Abbey Wood aus einem Ei geschlüpft. Der Pilot hat sich jedenfalls mit der Dienstnummer CW-148 zu erkennen gegeben.«

Powell warf ihr einen mahnenden Blick zu, vermutlich, um sie an die Vereinbarung zu erinnern, die sie im Vorgespräch getroffen hatten.

Bleiben Sie höflich, Detective, egal was der Mistkerl Ihnen für Frechheiten vor den Latz knallt. Und wenn wir schon mal dabei sind: Erwähnen Sie nie, nie, niemals, unter gar keinen Umstän-

den irgendwelche mutierten Monster, die Sie angegriffen haben sollen. Ist das klar, Detective?

Ich bin nicht bescheuert, Guv.

Hammerstead warf seinen Beisitzern rechts und links einen Blick zu. »Mit Ihrem Einverständnis, Detective, werde ich Ihre ungehörige Antwort nicht ins Protokoll aufnehmen lassen. Streichen Sie den ersten Satz der Antwort, Mrs. …«

Mrs. Wie-auch-immer hämmerte beflissen nickend auf die Löschtaste.

»Jedenfalls«, griff Hammerstead den Faden wieder auf, »im Hauptquartier gibt es keinen Beamten mit dieser Dienstnummer.«

»Kann ich mir vorstellen. Dasselbe Spiel wurde ja auch schon bei der Explosion der *Baltimore* durchgezogen.«

»Dasselbe Spiel?«

»Nummer Alpha-sieben-acht. Die beiden angeblichen Beamten der City-of-London-Police, die Detective Gan an der River Road aufgelauert haben.«

Falls Hammerstead nervös wurde, verbarg er es perfekt. Stattdessen wechselte er einen weiteren Blick mit dem Deputy Commissioner, dessen Miene sich bei Shaos letzter Antwort in Granit verwandelt hatte. »Ich glaube, der Vorfall, von dem Sie sprechen, tut in diesem Zusammenhang nichts zur Sache.«

»Der Funkverkehr damals hätte übrigens protokolliert sein müssen, aber ausgerechnet an Heiligabend fällt in der Funkzentrale der Server aus. Ist das nicht komisch?«

»Shao«, murrte Powell an ihrer Seite.

»Bleiben wir bei dem Hubschrauber. Nach Ihrer Aussage ist er Ihnen über die Themse gefolgt und dann weiter nach Abbey Wood …«

»Er ist uns vorausgeflogen.«

»… und dort hat er das Feuer auf Sie eröffnet.«

»Exakt.«

»Weil er es auf den Killer abgesehen hatte und Sie beide versehentlich ins Schussfeld gerieten.«

»Das wäre grundsätzlich möglich, Mr. Secretary, aber dann bliebe immer noch die Frage, warum ein Überwachungshubschrauber überhaupt über MPi-Bewaffnung verfügt – und wieso der Schütze das Feuer nicht eingestellt hat, als wir uns zu erkennen gegeben haben.«

»Wie haben Sie sich ihm zu erkennen gegeben?«

»Ich hab ihm zugewinkt.«

Hammerstead lächelte wie ein Hai. »Zugewinkt?«

»Wir hatten die Funkverbindung verloren, nachdem der Laster in die Hausfassade an der Abbey Road gekracht war.«

»Was ist dann passiert?«

»Der Hubschrauber feuerte weiter, selbst noch, als der Pilot schon die Kontrolle verloren hatte. Die Garbe traf die Häuserfassade, überall totales Chaos, dann ist die Maschine abgeschmiert und auf den Asphalt geknallt.«

»Gibt es Zeugen für den Absturz?«

»Aber hallo, mindestens drei Dutzend. Die kamen alle aus den Häusern, die Hälfte mit einem Scheißhandy vor der Nase.«

Powell räusperte sich. »Auf den privaten Videoaufnahmen, von denen Detective Shao spricht, ist der brennende Hubschrauber eindeutig zu erkennen.«

»Richtig, Superintendent. Genauso wie Detective Shao, die mit ihrer Waffe in die Menge der Schaulustigen feuert.«

»Ich habe einen *Warnschuss in die Luft* abgegeben! Um die Idioten zurück in die Häuser zu treiben.«

»Die Lage war unübersichtlich«, sprang Powell ihr bei. »Es gab das brennende Wrack, den MPi-Schützen, der beim Absturz herausgeschleudert worden war, und außerdem den Killer, der sich nach wie vor in Schussweite befand.«

»Plus Detective Gan, den ich aus dem Laster ziehen musste!«

»Gut, gut«, wiederholte Hammerstead mit falscher Freundlichkeit. Und immer wieder dieses dämliche Klopfen gegen die Vorderzähne. »Aber aus den Videoaufnahmen lässt sich nicht schließen, was genau der Grund für den Absturz des Hubschraubers war.«

Das war natürlich die Killer-Spinne, Mr. Secretary. Die ihre Fäden nach dem Hubschrauber geschleudert hat und ihn damit vom Himmel geholt hat, als wäre sie Spider-Man.

»Ich meine, vielleicht ist er abgeschmiert, weil Sie ihn unter Feuer genommen haben.«

»Bei allem Respekt, Mr. Secretary«, entgegnete Powell, »aber Ihr Verdacht ist nicht nur absurd, er entbehrt auch jeder technischen Grundlage.«

»Ihr Einwand wird ins Protokoll aufgenommen, Superintendent, aber da Sie ebenso wenig Physik studiert haben wie ich, schlage ich vor, dass wir uns der nächsten Frage zuwenden. Wo befand sich in dem Augenblick, als der Hubschrauber abgestürzt ist, unser Killer?«

»Er ist die Böschung rauf, Richtung Abteiwiese. Zuko und ich wollten hinterher, aber da kamen auch schon Lockhart und Ashley mit ihren Schrotflinten und erzählten irgendwas davon, dass die Firearms Unit das Gelände abgeriegelt hätte.«

»Es gab keinen Einsatz der Firearms Unit an diesem Tag.«

»Tja, was für 'ne Überraschung.«

»Es gab nur Detective Gan und Sie, die einen angeblichen Killer jagen, den außer Ihnen niemand zu Gesicht bekommen hat, und eine halbe Stunde später liegen zwei unserer besten Detectives tot zwischen den Mauern der Abteiruine, einem dritten wurde in Canary Wharf direkt ins Gesicht geschossen, gar nicht zu reden von all den weiteren Leichen, die ...«

»Dann fragen Sie sich doch mal, wo diese Leichen so plötzlich hergekommen sind – inklusive der Kevlarwesten, Sturmgewehre und Schrotflinten, die sie dabeihatten!«

»... die ebenfalls hingemetzelt wurden von Kugeln aus Ihrer Beretta sowie, in der Tat, *einer einzigen* Schrotflinte, auf der wir ausschließlich *Ihre* Fingerabdrücke gefunden haben, Detective!«

Shao lachte verzweifelt auf. »Ich soll auf Zuko und Ashley geschossen haben? Ich hab die Flinte Ashley *abgenommen*, und zwar als er schon tot war! Es müssten also mindestens noch seine Fingerabdrücke drauf sein!«

»Heißt das, Sie wollen die Morde einem Kollegen in die Schuhe schieben? Ashleys Dienstakte ist so sauber wie das Trinkwasser von London, er hat von seinem Vorgesetzten Lockhart stets nur die besten Bewertungen erhalten!«

»Der verdammte Penner hatte die Waffe auf *uns* gerichtet!«

»Shao«, wiederholte Powell kaum hörbar.

»Tatsächlich, Detective?«, entgegnete Hammerstead mit ätzendem Spott. »Denn nach dem, was Sie zu Protokoll gegeben haben, haben Ashley und Lockhart doch gleichzeitig die Südseite des Geländes abgesichert.«

»*Lockhart* wollte die Süd*ost*seite absichern, Ashley die nordöstliche Flanke. Aber dann ist Ashley plötzlich bei uns auf der Wiese aufgetaucht!«

»Die Sie betreten haben, ohne auf Verstärkung zu warten.«

Meine Güte, wie konnte ein einzelner Mensch so dämlich sein. »Lockhart *war* die Verstärkung! Er sagte, dass Powell den Einsatz ohne Blaulicht und Sirene angeordnet hatte ...«

»Was gelogen war«, ergänzte Powell mit einem Nicken.

»... und er hatte von der Firearms Unit erzählt, die den Wald absichert!« Shaos Stimme zitterte jetzt vor Zorn. »Also *was verflucht nochmal* hätten wir denn tun sollen, außer der Spinne zu folgen, um sie auf der Abteiwiese in die Enge zu treiben? Und dann, als wir sie erwischt hatten, taucht plötzlich Ashley auf, die Flinte in der Hand, und erklärt uns, dass er von Lockharts Verbindung zu Seaways wusste. Aber bevor er mehr sagen kann, zerfetzt ihm die Schrotladung den Schädel. Wir dachten natürlich, dass es Lockhart war, aber später in der Abtei wäre ich erledigt gewesen, wenn Lockhart nicht aufgetaucht wäre. Es waren die *anderen* Killer, die uns auf der Wiese unter Feuer genommen haben. Costigan und die Frau waren darunter, aber es waren noch mehr, und nachdem sie Zuko erwischt hatten, haben sie mich in der Abtei eingekesselt und dann ...«

Sie hielt erschöpft inne und registrierte erst jetzt, dass jeder im Saal außer ihr den Atem angehalten hatte. Hammerstead hatte den Kopf auf das Kinn gestützt, der Commander kniff sich erschöpft in die Nasenwurzel, und Deputy Commissioner Goodspeed betrachtete Shao durch seine Brillengläser wie ein Insekt, das sich auf seinem Suppenteller niedergelassen hatte. Selbst die Schriftführerin hatte den Blick vom Laptop gehoben und starrte Shao an, als hätte sie sich vor ihren Augen in ein rosa Einhorn verwandelt.

»Die Spinne?«, hakte Hammerstead süffisant nach.

6

»Und, Steve? Was sagt die Spektralanalyse?«

Hannah wollte nach dem Papier in Steves Hand greifen, aber er drückte ihre Finger zur Seite. Eine elektrisierende Berührung, trotz der bleiernen Müdigkeit, die Hannah umfing.

»Warte, warte, warte!«

Steves Grinsen wurden breiter, so dass ihr Blick automatisch zu Spencer und Lewis huschte. Beruhigt stellte sie fest, dass die beiden sich ausschließlich um die Zahlenkolonnen auf Lewis' Monitor kümmerten. Auch der bewaffnete Typ in Uniform, den Seaways zu ihrer aller »Sicherheit« am Eingang des Labors abgestellt hatte, wandte gerade den Blick ab.

»Jetzt gib schon her!« Sie faltete den Zettel auseinander. »Ergebnis der Analyse: Wir treffen uns um Mitternacht hinter den Containern! – Hä?«

Steve schenkte ihr ein neckisches Grinsen, das ihren Zorn über die Albernheit dahinschmelzen ließ wie einen Schneeball im Sonnenlicht. So albern und unbeholfen sein Annäherungsversuch war, er lenkte Hannah wenigstens für ein paar Sekunden von den Kopfschmerzen ab, die sie seit ihrer Ankunft vor zwei Tagen auf dem Abteigelände plagten.

Es war ihr Dekan Prof. Dr. Allan Spencer gewesen, der sie für das private Projekt der Reederei Seaways begeistert hatte: die

Erforschung eines riesigen obsidianschwarzen Würfels unterhalb der Abteiruinen von St. Lesnes im Londoner Stadtteil Abbey Wood, dessen Existenz für Hannah als wissenschaftliche Fachkraft der Archäologischen Fakultät der University of London eine ähnliche Sensation darstellte wie das Projekthonorar, das Seaways ihr auf Anweisung des Geschäftsführers Randolph Scott angeboten hatte. Hannah hatte Scott nie zu Gesicht bekommen, aber als Spencer vor zwei Tagen mit der für ihn so typischen linkischen Handbewegung seine Woody-Allan-Brille von der Nase genommen und Hannah von den geheimnisvollen Symbolen auf der Oberfläche des Würfels vorgeschwärmt hatte, war für sie die Entscheidung gefallen.

Und nun stand sie, abgesehen von zwei kurzen Schlafpausen, seit über achtundvierzig Stunden hier unten – in dem »Labor«, das Seaways rund um den Würfel eingerichtet hatte: ein Raum mit metallenen Wänden, in dessen Zentrum der Würfel mit einer Kantenlänge von exakt 7,43 Yards, umgeben von Glasscheiben und Dutzenden Schreibtischen, Computern sowie Atomabsorptions- und Röntgenspektrometern, *vibrierte.* Als ob eine unbekannte Maschine in seinem Innern allen thermodynamischen Gesetzen zum Trotz ohne Erzeugung irgendwelcher elektromagnetischer Wellen und ohne jede erkennbare externe Energiezufuhr ihren Dienst tat.

»Also? Was sagst du dazu?«

Sie blickte auf die Uhr. Mitternacht war nur noch eine halbe Stunde entfernt. »Selbst wenn ich Interesse hätte – so früh lässt Spencer uns garantiert nicht raus.«

»Dann leisten wir eben aktiv Widerstand! Ich mein's ernst, Hannah. Wir klettern einfach über den Zaun und hauen ab von hier!«

»Und was ist mit dem Typen von der Security?«

»Shelford? Mit dem hab ich alles geklärt.«

»Ach, *Shelford* heißt er also. Ich dachte, wir dürfen nicht mit denen reden.« Sie knüllte den Zettel zusammen, steckte ihn in eine Tasche ihres Kittels und streckte die Hand aus. »Die Spektralanalyse.«

Steve deutete mit einem Seufzer auf den Ausdruck, der vor ihnen auf dem Schreibtisch lag. Ein Gewirr von Zahlen, mit dem Hannah auf den ersten Blick nichts anfangen konnte.

»Was bedeutet das?«

Er nahm die Brille ab und rieb sich über die Augen. »Ehrlich gesagt, bedeutet es mal wieder rein gar nichts. Als wäre das Ding da ...« Er deutete auf den Glaskasten mit dem Würfel darin. »Als wäre das Ding einfach nur ein massiver Stein.«

»Und was ist mit der Analyse durch die Röntgenfluoreszenz-Spektrometer?«

»Dafür brauche ich eine Materialprobe, und das können wir nach dem, was gestern passiert ist, wohl erst mal vergessen.«

Nur zur gut erinnerte sich Hannah an Steves Versuche, die ihn zwei seiner Diamanthohlbohrer gekostet hatten. Beim dritten Mal war das Getriebe in Flammen aufgegangen.

Jetzt war es Steve, der einen Blick hinüber zu Spencer und Lewis warf, bevor er die Stimme senkte. »Wenn du mich fragst, ergibt nichts an diesem steinernen Ding einen Sinn. Nicht mal die Symbole auf der Oberfläche. Hast du nicht gesagt, die sind ägyptisch? Oder numerisch?«

»Du meinst, *su*merisch.«

»Genau!«

Sie brauchte einen Moment, um zu kapieren, dass er sie veräppelt hatte. »Was ich gesagt hab, ist: Es gibt *Ähnlichkeiten* mit gewissen Hieroglyphenschriften. Jedenfalls handelt es sich um Ideogramme und vereinfachte bildhafte Darstellungen.«

»Du meinst, diese endlosen Linien auf dem Teil?«

»Nein, ich meine die *Symbole* zwischen den Linien. Zum Beispiel dieses liegende Rechteck, das sich immer wiederholt, mit den beiden Strichen rechts und links.«

»Sieht aus wie ein viereckiger Käfer, wenn du mich fragst.«

»In altägyptischen Aufzeichnungen bezeichnet ein ähnliches Symbol die Göttin Neith ...«

»Also hatte ich recht mit Ägyptisch!«

»... aber das passt nicht zu den restlichen Darstellungen, die eher Ähnlichkeiten zu Schrift-Vorläufern wie der Vinca-Symbolik aufweisen. Allerdings nur formal, nicht im Hinblick auf die Zeichen selbst. Diese parallel verlaufenden, ineinander verwinkelten Mäanderlinien zum Beispiel, die du meinst ...«

»Stopp, stopp, stopp. Ich versteh kein Wort von dem, was du da redest!«

Sie deutete auf die großflächigen dunklen Stellen auf der Würfeloberfläche, die sich bei genauerem Hinsehen als Hunderte, vielleicht Tausende haarfeiner Linien entpuppten, die in einem gleichförmigen Strom verlaufend die Symbole umschlossen. »Solche Mäanderstrukturen gibt es in einfacher Form auch als Schmuckborten auf antiken Gewändern, die ...

»Hey, ich muss dir übrigens was zeigen!«

»Jetzt hör mir doch mal zu! Es geht nicht immer nur um euren Technikkram! Die Symbole sind ...«

»Es muss aber *jetzt* sein! Solange Spencer und Lewis draußen sind!«

Hannah blickte sich um. Sie hatte überhaupt nicht bemerkt, wie Professor Spencer und Lewis am ID-Scanner vorbei im Korridor verschwunden waren, der zum Ausgang führte.

»Komm mit!«

»Steve ...!«

»Jetzt komm schon!«

Steve zog sie zum *zweiten* Korridor, der in direkter Verlängerung des ersten auf der gegenüberliegenden Seite des »Labors« begann und tiefer in die geheimnisvolle unterirdische Anlage führte. Der Eingang war mit Klebeband abgesperrt.

»Aber da dürfen wir doch nicht rein!«

»Ich sag doch, ich hab mit Shelford gesprochen. Er verrät uns nicht.«

Hannahs Blick glitt zu dem Mann in Uniform am Eingang – der sich in diesem Augenblick abermals, wie zufällig, von ihnen abwandte. »Steve, was läuft hier?«

»Jetzt komm schon.« Er packte einfach ihre Hand und zog sie unter dem Absperrband hindurch in den Korridor, der – wie sein Pendant auf der anderen Seite – Wände aus mattgrauem Metall besaß, die im Schein einer unsichtbaren, gelblichen Lichtquelle schimmerten. Und wie auf der anderen Seite stießen sie auch hier nach einem Teil der Strecke auf ein Schott, das beinahe lautlos vor ihnen zur Seite wich.

»Mir gefällt das nicht, Steve!«

»Los, weiter!«

Sie hätte sich losreißen und umdrehen können, aber die Neugierde trieb sie an, Steve zu folgen. Natürlich gab es unter den Labormitarbeitern Spekulationen über diese merkwürdige unterirdische Anlage – genauso wie über die Schießerei vom letzten Wochenende oben auf dem Gelände, die einen Tag lang die Stadt bewegt hatte und dann, über Nacht, aus den Nachrichten verschwunden war.

»Shelford weiß so einiges über das Projekt hier – und über Seaways. Er sagt, die Anlage wurde überhaupt nicht von Seaways gebaut!«

»Was?«

»Keiner von denen hat einen Plan, was das hier ist! Übrigens meinte er, dass auch Rachel Briscoe für Seaways gearbeitet hat!«

Hannah blieb stehen. »Was? – *Rachel?*«

Rachel Briscoe war eine Kollegin von ihr gewesen, bis sie Ende letzten Jahres von einem Tag auf den anderen auf eigenen Wunsch die Fakultät verlassen hatte. Kurz darauf war sie gestorben – an einer mysteriösen Krankheit, wie es hieß.

»Rachel war auf dem Schiff, das den Würfel aus dem Meer geborgen hat. Da hat sie sich infiziert!«

»Infiziert? Moment mal, was für ein Schiff denn überhaupt? Ich versteh überhaupt nichts!«

Steve zog sie weiter. »Du hast doch von der *Baltimore* gehört, die an Weihnachten in Creekmouth explodiert ist.«

»Die *Baltimore*? Ja, klar …«

So wie jeder andere Mensch in London und ganz Großbritannien von der Explosion am 24. Dezember wusste, die die Medien seitdem als »Weihnachtsattentat« bezeichneten.

»Sie haben den Würfel mit einem Hochseeschiff an die Themsemündung gebracht – und von dort mit der *Baltimore* in den Hafen!«

»Du spinnst! Das ergibt doch überhaupt keinen Sinn!«

»Darum haben sie sie ja auch anschließend in die Luft gejagt! Um die Sache zu vertuschen!«

»Und wie ist der Riesenwürfel dann hier unter die Abtei gekommen?«

Er ging nicht auf ihre letzte Frage ein. »Hinter dem nächsten Schott geht es los. Danach wirst du einige Sachen hier mit ganz anderen Augen sehen …«

»Stopp, mir reicht es! Ich hab keine Lust, deinetwegen den Job zu verlieren!«

Steves Blick wurde flehend. »Nur noch das Schott da vorne, dann sind wir da. Ich versprech's dir. *Bitte.*«

Hannah warf ihm einen bösen Blick zu. »Aber nur noch bis da vorn, dann kehre ich um.«

»Ich werd dich dran erinnern«, erwiderte er grinsend, »aber dafür musst du mir auch was versprechen. Nur für den Fall, dass Spencer uns beobachtet.«

»Dass Spencer uns beobachtet?« Hannah warf ängstlich einen Blick über die Schulter. Der Korridor hinter ihnen war leer. »Ich versteh nicht. Der ist doch drüben im Labor …«

»Du darfst dir auf keinen Fall was anmerken lassen! Versprich es mir, okay? – Bitte!«

Hannah ließ einen tiefen Seufzer hören. »Ich verspreche es.«

Er nickte erleichtert und setzte sich wieder in Bewegung. Hannahs Blick glitt zu ihrem eigenen Spiegelbild, das Steve auf der mattschimmernden Metallwand folgte. Sie fühlte sich bei jedem Schritt unwohler. Endlich erreichten sie das Schott, das ebenso wie das vorige automatisch zur Seite glitt.

»Nicht stehen bleiben!«, raunte Steve. »Geh einfach weiter. Als wär nichts passiert.«

Hannah hatte das Gefühl, den Verstand zu verlieren.

Und ging weiter.

Als wäre nichts passiert.

Und passierte den ID-Scanner *am Eingang des Labors, an jenem Korridor, der die Treppe am Einstieg mit dem Labor verband*! Drüben, auf der anderen Seite des Raumes, hinter Allan Spencer und Lewis, die inzwischen zurückgekehrt waren, befand sich der Eingang des Korridors, in dem sie vorhin verschwunden waren – und der sie offenbar in einem großen Bogen hierher zurückgeführt hatte!

Spencer blickte auf. »Nanu, wo kommen Sie denn her?«

»Wir kommen ... Wir sind ...«, stammelte Hannah und rieb sich die Schläfen, als könne sie die grässlichen Kopfschmerzen wegradieren.

»Wir wollten eigentlich mal kurz frische Luft schnappen«, sprang Steve ihr zur Seite, »weil wir ja dachten, dass Sie auch gerade Pause machen und ...«

Spencer nickte. »Das hatten wir auch vor, aber oben hat es gerade angefangen zu regnen. – Nur, wieso sind wir uns dann nicht begegnet?«

Hannah hätte zu gern etwas darauf geantwortet, aber in ihrem Kopf waren nur Schmerz und Leere. Steve lächelte ihr wissend zu und wollte Spencer und Lewis ins Labor folgen, aber Spencer hielt ihn zurück und deutete auf den ID-Scanner.

»Sie müssen sich noch einloggen.«

Steve stotterte. »Ähm, wir haben uns gar nicht ausgeloggt, als wir vorhin rausgegangen sind. Tut mir leid, das hatte ich vergessen.«

Spencer runzelte die Stirn. »Nicht so wichtig. Ich muss Ihnen was zeigen!« Mit raumgreifenden Schritten näherte er sich dem Schreibtisch. »Ich glaube, Lewis hat etwas herausgefunden.«

Hannah folgte den dreien wie betäubt.

Lewis zeigte ein breites Grinsen, das eine Zahnlücke rechts oben offenbarte. »Wir haben eine Stelle am Würfel gefunden, die *anders* ist.«

»Inwiefern anders?«, fragte Steve.

Spencer deutete auf die Glastür. »Ich möchte, dass Sie sich die Sache direkt am Würfel ansehen. Zusammen mit Hannah. Außerdem haben wir unsere Kamera installiert. Lewis und ich werden hier draußen bleiben und alles auf dem Bildschirm verfolgen.«

Lewis gab einen Kurzbefehl über die Tastatur ein, und ein Teil der Würfeloberfläche erschien in Großaufnahme auf dem Bildschirm. Es zeigte den Fokus der Kamera, die Lewis und Spencer innerhalb des Glaskastens auf ein Stativ montiert hatten. Scheinbar eine gewöhnliche Spiegelreflexkamera, war der Apparat jedoch in der Lage, außerdem Signale im Infrarot- und Ultraviolettbereich aufzuzeichnen. Während der letzten Tage hatten sie damit Tausende Fotos der Würfeloberfläche geschossen.

Hannah betrachtete das Bild auf dem Monitor. Es handelte sich um eines der Rechtecke mit den Strichen an den Seiten, die an die Fühler eines Insektenkopfes erinnerten. Am Rand des Bildes waren deutlich die mäandernden Linien zu erkennen, die das Symbol in parallel verlaufenden, immer wieder rechtwinklig abkippenden Bahnen umflossen.

»Das ist die Stelle, die Sie sich ansehen werden, Hannah. Ich möchte, dass Sie sich hinter der Kamera postieren und die Stelle auf dem Würfel fest im Blick behalten – egal, was das Kameradisplay anzeigt. Verstanden?«

»Ich denke schon.«

»Steve wird bei Bedarf das Objektiv neu ausrichten.«

»Aber geht das nicht auch über W-LAN? Dann kann Steve meinen Posten übernehmen. Ich … ich fühl mich nicht so gut.«

Spencer schob sich die Hornbrille zurecht und warf ihr einen tadelnden Blick zu. »Falls Sie die Kopfschmerzen meinen – glauben Sie ja nicht, dass es Lewis oder mir bessergeht. Oder Steve.«

Steve verzog das Gesicht und nickte.

»Außerdem muss Steve den Elektronenstrahler bedienen, der leider nicht über eine Funkschnittstelle verfügt.«

»Welchen Elektronenstrahler?«, erwiderte Hannah schwerfällig.

Spencer deutete auf das zweite Stativ, das neben der Spiegelreflexkamera aufgestellt war. »Steve, würden Sie Hannah vielleicht kurz erklären, wie der Strahler funktioniert.«

»Natürlich, Sir.« Steve warf ihr einen entschuldigenden Blick zu. »Im Grunde geht es um niederenergetische Elektronenzufuhr – ein bisschen wie bei der Strahlentherapie im Rahmen einer Krebsbehandlung. Das Verfahren wird gerade in der Lebensmittelindustrie getestet. Dabei wird Saatgut mit Elektronen beschossen, deren Energie so exakt dosiert wird, dass sie nur in die Samenhülle eindringt, aber nicht in den Pflanzenkeim. Auf diese Weise können Schädlinge auf oder in der Außenhülle beseitigt werden, ohne dass …«

»Der Vergleich hinkt natürlich«, warf Allan Spencer mit einer gewissen Ungeduld ein. »Die Energie ist äußerst niedrig dosiert, so dass Sie außerhalb des Strahlenkanals absolut keiner Gefahr ausgesetzt sind.«

Hannah nickte. »Und was wollen Sie damit herausfinden?«

Ein Lächeln huschte über Spencers Gesicht. »Keine Sorge, das werden Sie gleich selbst sehen, wenn es alles so klappt, wie ich es mir vorstelle!«

Steve strich Hannah über den Arm, aber die Berührung war ihr auf einmal unangenehm, so dass sie einen Schritt zur Seite wich.

»Keine Sorge«, raunte er, »die Strahlung ist wirklich ungefährlich.«

»Gibt es noch Fragen?«

Hannah schüttelte den Kopf.

»Gut!« Spencer strahlte. »Dann prüfen wir zur Sicherheit noch mal die Funktionalität der Kamera. Lewis?«

Lewis schaltete mit kurzen Tastaturbefehlen von der normalen Aufnahme auf Infrarot und schließlich auf Ultraviolett um. Das Symbol und die Linien drum herum waren in beiden Modi nur noch verwaschen zu erkennen.

»Sehr gut! Lassen Sie uns anfangen!«

Hannah folgte Steve. Beim Passieren der Glastür hielt sie unwillkürlich die Luft an. Wie sie befürchtet hatte, verstärkte sich der Schmerz hinter ihrer Stirn.

Mach dir keine Gedanken. Spencer sagt ja, es ist alles in Ordnung.

So in Ordnung wie ein schnurgerader Gang, der zurück an den eigenen Anfang führte.

Hör auf!

Hannah trat an die Kamera. Das Display auf der Rückseite der Kamera schien vor ihren Augen zu verschwimmen.

Du bist total überarbeitet.

Und wenn da noch mehr war? Wenn die Kopfschmerzen, die sie alle plagten, entgegen Spencers Annahme bedeuteten, dass etwas an diesem Würfel …?

Sie schob den Gedanken beiseite. Sobald sie das Experiment hinter sich gebracht hatten, würde sie Spencer darum bitten, Feierabend machen zu dürfen. Einmal sechs oder sieben Stunden durchschlafen, nur einmal.

»Fertig«, rief Steve.

Spencers Stimme drang dumpf durch die Glaswand. »Sie müssen gar nichts tun, Hannah! Bitte schauen Sie auf den Bildschirm der Kamera! Wir schalten jetzt wieder auf Infrarot um!«

Es klickte leise, und der Minibildschirm zeigte erneut das leicht verwaschene monochrome Bild.

»Steve? Würden Sie bitte die Strahlenkanone einschalten?«

Steve trat hinter das zweite Stativ. Am Elektronenstrahler leuchtete eine Diode auf, und ein Touchscreen schaltete sich ein.

»Bitte erhöhen Sie die Zufuhr schrittweise. Zunächst um jeweils ein Watt.«

Steve nickte, und seine Fingerkuppen huschten über das Display. »Wie gesagt, keine Sorge. Solange wir außerhalb des Strahlenkanals bleiben, kann uns nichts passieren.«

Hannah nickte stumm.

Zunächst geschah überhaupt nichts.

»Gehen Sie auf zwei Watt!«, vernahm sie Spencers Stimme durch die Glaswand. »Achten Sie auf das Symbol *und* auf die Linien!«

Hannah tat es. Das Bild war unverändert.

»Drei Watt!« Spencer richtete den Blick auf Lewis. »Haben Sie die Aufzeichnung gestartet?«

»Aufnahme läuft die ganze Zeit, Sir.«

Immer noch nichts.

»Fünf Watt!«

»Fünf?«, erwiderte Steve.

»Gehen Sie auf fünf Watt!«

»Alles klar …«

Hannah hob die Schultern. »Vielleicht ist deine komische Kanone kaputt, Steve.«

Er winkte ab, während seine andere Hand über den Touchscreen fuhr.

»Und jetzt verdoppeln Sie die Leistung!«

Steve nickte. »Auf zehn Watt verdoppelt.«

Immer noch tat sich nichts – außer dass sich die Kopfschmerzen hinter Hannahs Stirn zu einer ausgewachsenen Migräne steigerten. Als würde ihr jemand mit einem Beil den Schädel spalten.

»Noch mal verdoppeln!«

»Ist verdoppelt!«

Hau ab. Verschwinde von hier. Solange du noch laufen kannst.

Aber sie verharrte hinter der Kamera, die immer noch dasselbe verfluchte Bild anzeigte, obwohl Steve die Energiezufuhr inzwischen abermals verdoppelt hatte. Und noch mal.

Immer dasselbe Bild.

Dann jauchzte Lewis auf.

Hannah stockte der Atem. Die Symbole wie das Rechteck und die beiden ineinander liegenden Kreise befanden sich immer noch an ihrem Platz – aber die Linien, die sie umgaben …

Für einen winzigen Moment hatte Hannah das Gefühl, dass sie in Bewegung gerieten, zu fließen begannen.

»Auf sichtbares Licht umschalten.«

Der Befehl hatte nicht ihr gegolten, sondern Lewis. Die Kamera gab einen Klicklaut von sich.

Der Eindruck hatte sich verflüchtigt, die Linien wirkten wieder starr und unbeweglich. Wobei Hannah sich nach dem Augenschein nicht zu beurteilen traute, ob sie sich immer noch in derselben Position befanden.

»Und wieder auf Infrarot!«

Klick.

Die Linien flossen.

Hannah spürte, wie ihre Knie weich wurden.

Lewis schaltete noch zweimal hin und her und schließlich auf Ultraviolett. Im UV-Spektrum war wie bei sichtbarem Licht keine Veränderung wahrzunehmen. Als Steve wieder auf Infrarot ging, hatte Hannah das Gefühl, auf die Stromlinien eines Fließgewässers zu blicken. Die rechtwinkligen Knicke folgten dem Strom wie Steine, die vom Wasser mit sich gerissen wurden – oder sie flachten ab und wechselten ihre Richtung. Die Bewegungen innerhalb des Geflechts waren jetzt so vielzählig und verwirrend, dass Hannah die Augen schließen musste, um nicht das Gleichgewicht zu verlieren.

»Und was bedeutet das jetzt?«, flüsterte Steve.

Ganz egal, was es bedeutet. Wir sollten den Strahler ausmachen und unsere Beine in die Hand nehmen.

»Die Leistung weiter erhöhen!«, rief Spencer. »Vervierfachen!«

Vervierfachen??

»Leistung vervierfacht auf dreihundertzwanzig Watt!«

Hannah öffnete die Augen wieder. Ihr Blick klebte jetzt förmlich auf dem Infrarotbildschirm.

»Umschalten, Lewis!«, rief Spencer aufgeregt. »Auf sichtbares Licht umschalten!«

Klick.

Hannah gab ein unverständliches Krächzen von sich. Ihr Blick flog zwischen dem Kameradisplay und der Würfeloberfläche hin und her. Jetzt, mit der Verzögerung von fast einer Minute, hatte die Veränderung der Linien auch den sichtbaren Bereich erfasst.

»Das ist … Das ist …« Sie fand keine Worte für das, was sie sah. Was bedeutete die Veränderung der Linien? Waren sie so etwas wie ein Energie- oder Informationsträger? Reagierte der Würfel auf die Energiezufuhr, indem er ihnen eine Botschaft sendete?

»Gehen Sie in die Totale, Lewis«, befahl Spencer. »Wir brauchen einen größeren Ausschnitt.«

Steve nahm murmelnd vorweg, was gleich darauf auch auf dem Kameradisplay zu sehen war. »Es verändert sich nur im Bereich des Strahlers.«

Hannah tastete nach seiner Hand. Die Kopfschmerzen, die sie für einen Moment glatt vergessen hatte, waren mit Macht zurückgekehrt. Als versuchte der Unhold, der ihr den Schädel gespalten hatte, jetzt im Anschluss, das Beil wieder herauszuziehen. Und zwar vergeblich.

»Hey, alles in Ordnung?«

Die Schmerzwellen wurden stärker und stärker – und gerieten in Resonanz mit dem tieffrequenten Wummern, das aus dem Würfel drang! Hannah klammerte sich an Steves Schulter.

»Hannah! Was ist los?« Er wandte sich um. »Wir müssen aufhören!«

Sie registrierte noch, dass Spencer irgendwas antwortete. Lewis tippte hektisch auf der Tastatur, während Steve mit einer Hand versuchte, den Elektronenstrahler auszuschalten.

Hannah wollte ihm in den Arm fallen. *Nein, nicht aufhören, nicht meinetwegen!*

Da schwoll das Hämmern auf die Lautstärke eines Orkans an und riss ihr die Worte von den Lippen. Zuerst dachte sie, der Lärm wäre *in ihr,* in ihrem Kopf, aber dann sah sie, dass Steve taumelte und die Kamera umriss.

Spencer und Lewis schrien etwas hinter der Glaswand.

Shelford brüllte in sein Funkgerät, und die Linien schwappten genau an der Stelle auseinander, an der sich das Rechteck mit den Fühlern befand.

Die Oberfläche platzte nicht auf wie unter zu großem Druck, sondern schien zu verschwinden, transparent zu werden. Aus dem Innern spritzte etwas Schwarzes, Glitzerndes hervor, und augenblicklich, noch bevor sie die Situation einordnen konnte, überkam Hannah der Eindruck, als würde dieses schwarze, ölige, viskose Etwas, das durch die Würfelwand drang, nicht den üblichen physikalischen Gesetzen gehorchen, sondern selbst entscheiden, in welche Richtung es schoss!

Es klatschte gegen Steves Brust und breitete sich über seinen Oberkörper aus, durchtränkte seinen Pullover. Er torkelte nach vorn und knallte mit dem Kopf gegen die Würfelwand, die sich blitzartig wieder schloss. Mit dem Rücken zur Wand rutschte Steve zu Boden.

»Steve! … Steve!«

Hannah wusste nicht, ob sie selbst es war, die schrie, oder vielleicht doch Lewis. Oder Allan Spencer, der durch die Glastür hereingestürzt kam.

Auf einmal wirkten seine Bewegungen überhaupt nicht mehr linkisch, sondern erfolgten fließend und präzise. Hannah zerrte Steve den Pullover vom Leib, aber das schwarze Zeug war überall, und es wurde von seiner Haut aufgesogen wie von einem Schwamm!

»Steve!«

»Weg da, Hannah!« Spencer versuchte, sie fortzuziehen, doch Hannah wehrte sich. »Sofort weg von ihm!«

Steve! Vor ihren Augen flimmerte alles: der Elektronenstrahler und das Bild auf der umgestürzten Kamera ebenso wie Steve und Spencer – und Lewis, der kreidebleich in der Glastür auftauchte.

»Steve, hören Sie mich?«, schrie Spencer. »Steve, ist alles in Ordnung mit Ihnen?«

Steves Brustkorb brach mit einem Knacken, und etwas schoss daraus hervor, lang und sehnig – wie ein zusätzlicher Arm, nur ohne Knochen, ohne Gelenke. Das Ding endete in einem faustgroßen, hornigen Absatz, der wie ein Peitschenriemen durch die Glaswand stieß und im Zurückschnellen Lewis' Unterleib zerteilte. Blut spritzte aus den Arterien wie aus einer zertrennten Kompressorleitung, und Lewis' Oberkörper rutschte weg. Erst dann gaben seine Beine nach.

Hannah schrie und schrie und nahm die Menschen um sich herum kaum wahr – uniformiertes Sicherheitspersonal, das auf Shelfords Anweisung hereingestürmt kam. Die Männer legten auf Steve an, der sich aufrichtete, während aus seinem Rücken und Bauch weitere Fangarme platzten, einer lang, dünn wie der erste Tentakel, zwei weitere dick, stumpf und schwerfällig.

Der Tentakel, dessen Hornklinge Lewis getötet hatte, zerteilte um ein Haar auch Spencer, aber der Professor duckte sich weg und verlor dabei seine Brille. Glas knirschte, als das ... Geschöpf, in das Steve sich verwandelt hatte, über die Scherben hinweg auf Spencer zuglitt. Es bewegte sich einfach weiter, während seine Halsschlagader riss, der Kopf nach hinten kippte und sich, in einem Nebel aus Blut, etwas anderes aus der offenen Halsöffnung stülpte: ein ringförmiger Wulst aus Fleisch, aus der ein Maul nach Hannah schnappte. Sie sprang zurück. Steves Torso verlor das Gleichgewicht und klatschte in eine Blutpfütze.

Eines der Tentakel zuckte auf Hannahs Unterleib zu. Sie spürte den Schmerz kaum und starrte auf das rohe blutige Etwas, das das Monster aus ihrem Leib gerissen hatte und mit einer schnellen Bewegung in sich hineinstopfte.

Hannahs Knie gaben nach.

Über sich sah sie die Mündungen der Waffen aufblitzten, mit denen Shelford und die anderen auf das Monster feuerten. Blut, Fleisch und Knochen spritzten, während Spencer Hannah mit kalter Ruhe aus dem Gefahrenbereich zog.

Das Geschöpf brüllte auf, ein Tentakel zerfetzte zwei der Uniformierten die Kehle und wirbelte anschließend den Elektronenstrahler durch die Luft. Er knallte einem dritten der Männer – es war Shelford, wie Hannah zu erkennen glaubte – gegen den Schädel, so dass er bewusstlos zu Boden sank. Seine drei verbliebenen Kollegen feuerten, was ihre Magazine hergaben, während die Hornspitze des Tentakels die nächste Trennscheibe aus Sicherheitsglas wie Papier zerfetzte. Das verwundete Geschöpf raste vor Wut und schleuderte zwei der Sicherheitsleute mit den Köpfen voraus in das Scherbenmeer. Der dritte Mann wollte fliehen, aber der Tentakel zerschmetterte ihm das Rückgrat.

Endlich zeigten die unzähligen Verletzungen Wirkung. Das Ungeheuer sank zu Boden und wälzte sich im Blut der Leichen, unfähig, sich vom Fleck zu bewegen. Allan Spencer, der Hannah in Sicherheit gebracht hatte, ergriff eine der Pistolen, die ihm vor die Füße geschlittert war, und pumpte dem Geschöpf den Rest des Magazins ins Maul.

Bis sich die Kreatur nicht mehr regte.

Irgendwo war ein Alarm losgegangen, und Hannah, die auf dem Rücken nur eine Armeslänge von Lewis' Leiche entfernt lag, versuchte, den Kopf zu heben, um einen Blick auf ihre Bauchwunde zu werfen.

Da erschien Spencer über ihr. Die Blutspritzer auf seiner Stirn und seinen Wangen wirkten wie eine Kriegsbemalung. Sie wollte ihn fragen, wo er seine Brille gelassen hatte, stattdessen kam nur ein unverständliches Stammeln über ihre Lippen.

»Nicht bewegen, Hannah! – Hören Sie? Nicht bewegen!«

Sah sie vielleicht aus, als wäre das überhaupt eine Möglichkeit, verdammt?

»Es ist alles in Ordnung. Die Wunde ist … nicht schlimm. Wir bringen Sie hier raus, und dann werden Sie wieder gesund, verstanden?«

Und wie sie verstand.

Spencer hob den Kopf, als irgendwo Schreie ertönten. Weitere Security-Typen, die aus Richtung der Treppe

aus dem Gang gegenüber

herbeigestürzt kamen und sich mit bleichen Gesichtern um Spencer und Hannah scharten.

»Wir brauchen einen Notarzt!«

Einer von ihnen, der offenbar das Kommando hatte, zückte ein Handy. »Das entscheidet Mr. Scott. Wir haben Anweisung, keine Fremden auf das Gelände zu lassen.«

»Sind Sie bescheuert?«, brüllte Spencer, weiß vor Wut. »Ich brauche hier sofort einen Notarzt, der Hannah ins Krankenhaus bringt!« Der Uniformierte wollte etwas erwidern, aber Spencer schnitt ihm das Wort ab. »Einer ihrer Männer da hinten ist auch verletzt! Rufen Sie den verdammten Notarzt, oder ich sorg dafür, dass Sie in einer Minute so aussehen wie Ihre toten Kollegen da drüben!«

Die Männer wechselten hilflose Blicke.

Der Kommandierende nickte. »Aber das Gelände bleibt abgesperrt. Niemand darf rein oder raus – ausgenommen der Rettungswagen für Ihre Kollegin!«

»Und ihr Mann?«

Er sah zu Shelford rüber. »Vielleicht hat er nur eine Gehirnerschütterung. Dann kann er ohne Probleme auf dem Gelände versorgt werden.«

»Lecken Sie mich doch am Arsch!«, fauchte Spencer und wandte sich wieder an Hannah, während der Uniformierte nach draußen lief, um endlich die Verbindung herzustellen. »Haben Sie noch andere Verletzungen? Haben Sie etwas von diesem schwarzen Zeug abbekommen, das aus dem Würfel gespritzt ist?« Er hob ihre Hände und drehte sie nach allen Seiten. Sie waren schneeweiß und sauber – dabei hätte Hannah schwören können, dass etwas von der öligen Flüssigkeit daran kleben geblieben war, als sie Steve den Pullover vom Leib gerissen hatte. »Das wird schon wieder! Kann ich jemanden informieren, der Sie auf dem Weg ins Krankenhaus begleitet?«

Eine gut gemeinte Lüge, weil ihnen beiden klar war, dass Seaways und Scott sicherstellen würden, dass niemand von außerhalb erfuhr, was hier gerade geschehen war.

Hannah war es egal.

Der einzige Name, den sie Spencer hätte nennen können, hatte dem Mann gehört, der sich vor ihren Augen in ein Monster verwandelt hatte.

Die Wachleute trugen Hannah durch einen Nebel aus Farben, der zunächst hell und kalt war wie der Metallgang und dann schwarz und von blitzenden Lichtern durchzogen wie der Nachthimmel über Abbey Wood, über den das Blaulicht des Rettungswagen zuckte.

Spencer drückte ihr die Hand, dann wurde sie in den Innenraum geschoben, und die Sanitäter schlossen die Türen.

Der Rettungswagen holperte vom Zelt über der Lady's Chapel den provisorischen Pfad entlang bis zum Asphaltweg, der an den Containerbaracken auf der Westseite vorbei in Richtung Ausgang führte. Die Stoßdämpfer ächzten, als der Wagen über den Bordstein auf die Fahrbahn der Abbey Road rumpelte und nach rechts abbog, wo er in einem Bogen über die Gilbert und Picardy Road in Richtung des Belvedere Medical Centre fahren würde.

Hannah wusste nicht, wie viel Zeit vergangen war, seit der Würfel sich geöffnet hatte, aber sie wunderte sich darüber, dass sie immer noch keinen Schmerz empfand. Als hätte sich irgendwo in ihrem Körper eine Schleuse geöffnet und den gesamten Adrenalinvorrat freigegeben, schwebte sie weiter auf einer Wolke, während die beiden Sanitäter alles daran setzten, die Blutung in ihrem Bauchraum zu stillen.

Lasst es einfach. Ist doch sowieso sinnlos.

Die paar Dünndarmschlingen, die Spencer vor ihrem Aufbruch zurück in den Unterleib gestopft hatte, waren entweder von den Bissen zerfetzt oder so gründlich verschmutzt worden, dass sie allein an der Sepsis verrecken würde.

Lasst mich einfach hier liegen und nach oben sehen. Bis es vorbei ist.

Die helle Decke des Rettungswagens wurde zu einer verwaschenen Fläche, während Hannahs Blick sich nach innen richtete und dort, vor ihrem geistigen Auge, etwas erblickte, was in der Realität seit ungefähr einer halben Stunde nicht mehr existierte.

Steves Gesicht, das sie anlächelte.

Hannah erwiderte das Lächeln.

Ihr Bewusstsein folgte Steve an einen herrlich schweigsamen Ort, der ihr bislang unbekannt gewesen war.

»Scheiße, Dave, ich verliere sie!«

Archies Stimme überschlug sich, während seine Hände im Unterleib der Patientin versanken und Dr. David Shields fieberhaft nach den Epinephrin-Ampullen suchte, die irgendein Arschloch aus der Tagschicht in die falsche Schublade einsortiert hatte. Vorn im Fahrerhaus nahm Bernhard die Einfahrt zur Picardy wie eine Kurve auf dem Albert Park Circuit in Melbourne, so dass Shields, als er sich festhalten musste, fast den Intubationsschlauch aus der Maschine gerissen hätte.

Archies Augen waren inzwischen größer als die der Patientin. »Beeil durch, Dave, die stirbt mir hier weg!«

»Draufdrücken, Archie! Bin gleich so weit.«

In der dritten Schublade war auch nichts. Bernhard raste um die nächste Kurve, und Archies Hände rutschten noch tiefer zwischen die Darmschlingen der Patientin, in der durch nichts begründeten Hoffnung, die Blutung stillen zu können, bevor das Herz aussetzte.

Es setzte aus.

Shields entdeckte die Ampullen in der untersten Schublade. »Welcher Pisser hat die da unten reingetan, he?«

Für eine intravenöse Verabreichung war es zu spät. Also direkt ins Herz.

»Du musst es verdünnen!«

»Halt die Klappe.« Shields riss der Patientin das T-Shirt hoch. Jod zwischen die Brüste, dass es spritzte, dann die Kanüle auf die Ampulle und ab dafür. Shields drückte den Kolben bis zum Anschlag runter, warf die Spritze in den Mülleimer und begann mit der Herzmassage.

Eins. Zwei. Drei. Vier. Fünf … »Zeit?«

Archie hätte fast die Hand aus der Wunde genommen, um auf seine Armbanduhr zu sehen. »Äh, fünfzehn Sekunden … sechzehn.«

Elf, zwölf, dreizehn, vierzehn …

»Dave?«

Irgendwas in Archies Stimme veranlasste Shields aufzusehen. Hatte er sie zurückgeholt? Der Monitor zeigte immer noch Nulllinie.

»Dave!«

In der Wunde im Bauch. In dem Gemisch aus Blut und Gedärmen bewegte sich etwas, das nicht Archies Hand war.

Ein Maul?

Archie zog seinen Arm heraus, dessen Handgelenk in einem blutigen Stumpf endete. Seine Knie gaben nach, und er verschwand irgendwo hinter der Trage.

Einundzwanzig, zweiundzwanzig.

Shields zählte immer noch, obwohl seine Hände in der Luft hingen, als wären sie zu Eis gefroren.

Ein schwarzes Ding, das aussah wie ein Magen mit Zähnen, wühlte sich aus der Wunde, wurde *länger*, wobei es ein paar Darmschlingen hinter sich herzog, und bohrte sich in Shields' Brust. Wie von einem Greifarm emporgehoben, knallte er gegen das Sichtfenster zum Fahrerraum.

Bernhard draußen trat auf die Bremse, aber da hatte das Ding, in das sich die Patientin verwandelt hatte, den Leichnam von Dr. David Shields auch schon wie Wurstbrät durch das Sichtfenster zum Fahrerraum gepresst, folgte ihm nach und verbiss sich in Bernhards Nacken.

Der Transporter brach aus und raste in die hüfthohe Grundstücksmauer an der Freemantle Road. Der Aufprall drückte den Wagen zu einem Knäuel aus Blech, Glas und Leichen zusammen, aus dem sich wenige Sekunden später ein fleischiges, dunkelrotes Ding in einem zerfetzten blauen Pulli den Weg ins Freie erkämpfte.

Das Monster tötete einen Passanten, der herbeigelaufen war, um zu helfen, und verfehlte einen zweiten um Haaresbreite, der gerade damit beschäftigt war, seine Handykamera zu aktivieren. Verfolgt vom Fokus des Objektivs kroch, stolperte und schob sich das Geschöpf in zuckenden, konvulsivischen Bewegungen die Freemantle Road hinunter Richtung Themse, stur dem Weg folgend, den sein Instinkt ihm vorgab.

7

»Gestern Abend?«

»Eher kurz vor Mitternacht. Der Notruf kam gegen halb zwölf, und um drei Minuten vor zwölf hat der Rettungswagen das Gelände in Abbey Wood verlassen.«

Abbey Wood, dachte Sinclair, während er zum siebzehnten oder achtzehnten Mal auf das Handy auf dem Beifahrersitz tippte und die Videoaufnahme startete. Im Halbdunkel des Blackwell-Tunnels leuchtete der Bildschirm wie ein Raubtierauge, und trotzdem konnte Sinclair auf der verwackelten, körnigen Nachtaufnahme nicht mehr erkennen als einen merkwürdig verformten Körper – ein Mensch, ein Tier? –, der sich in einiger Entfernung auf dem Bürgersteig bewegte … um dann in einer offenen Garage zu verschwinden. Der Anblick dieses *Dings* verursachte ihm allerdings eine Gänsehaut, gefolgt von einer Assoziation, die ihn weit mehr irritierte.

Auf einmal hatte er wieder die Bilder der Steinquader vor Augen, die in der öligen, schwarzen Flüssigkeit standen, und vernahm das tieffrequente Wummern, das von ihnen ausging.

Der Eindruck verflüchtigte sich, als Powells Stimme aus dem Handylautsprecher krächzte.

»Die Straße auf dem Video ist die Freemantle Road, und der Zeuge, der gefilmt hat … Na ja, sagen wir so: Er hatte immerhin genügend Verstand, um damit nicht zur Presse, sondern zu uns zu gehen.«

»Gibt es Kopien? Hat irgendjemand sonst Zugang zu diesen Aufnahmen?«

Powell gab ein undefinierbares Schnauben vor sich, und Sinclair vernahm das Aufschnappen eines Feuerzeugs. »Er dachte, er bekommt eine Belohnung. Dafür, dass er nichts hochgeladen hat.«

»Oder irgendwelche anderen Zeugen?«

»Offenbar nur die Toten. Dieses Ding muss sie praktisch durch den Wolf gedreht haben: zuerst den Notarzt, dann den Fahrer des Rettungswagens, und dann den Mann auf dem Bürgersteig – ein Altenpfleger, der auf dem Weg zur Frühschicht war.«

»Augenblick mal, der Rettungswagen hatte nur einen Arzt an Bord?«

»Plus einen jungen Rettungssanitäter namens Archibald Mullan.«

»Mit dem würd ich gern sprechen.«

»Ich auch.« Powell nahm einen tiefen Zug. »Ist leider an den Folgen des Unfalls gestorben.«

Sinclair verspürte ein unangenehmes Gefühl im Magen, als er von der Plumstead High in die New Road einbog. Rechts lagen, hinter Sträuchern und Bäumen verborgen, die Ruinen der Abtei von Lesnes und das Loch im Boden, aus dem Shao ihn vor vier Tagen gerettet hatte.

»Was haben Sie in diesem Augenblick gespürt?«, fragte Campbell. »Als Sie den Raum mit dem Würfel verlassen haben?«

»Mir war kalt.«

»Nur kalt?«

»Meine Klamotten waren nass, und ich hatte meine Jacke am Ufer liegen lassen, bevor ich ins Wasser bin.«

»Am Ufer des Roding.«

Sinclair nickte.

»Das war an Heiligabend. Als Sie vor dem Würfel aufgewacht sind, war es der 6. Januar, zwei Wochen später. Haben Sie dafür eine Erklärung?«

Rhetorische Frage. Er versuchte seit drei Tagen, eine Erklärung dafür zu finden.

Campbells Blick glitt zur Seite, zu einer zweiten Mappe. »Das ist der Obduktionsbefund Ihrer Leiche.« Wieder dieser Blick über die Brille hinweg. Vielleicht, um herauszufinden, ob die Bezeichnung Unbehagen bei ihm auslöste. Die Bezeichnung war ihm scheißegal. »Es passt alles: Körpergröße, Kleiderfasern, Zahnschema.«

»Das Zahnschema wurde gefälscht.«

»Der Einbruch bei Dr. Peelham?« Sie nickte. »Was halten Sie davon?«

Von Peelham? Freundliches Personal, Termine auch nach Feierabend. An der Decke im Behandlungsraum ein Druck von Chagall, zur Erbauung der Patienten.

»Ich will damit sagen, wer sollte ein Interesse daran haben, Ihren Tod vorzutäuschen?«

Das war ohne Zweifel eine gute Frage. Detective Inspector John Sinclair, Mitglied der Mordkommission auf dem Revier Forest Gate in Newham. 34 Jahre, schlank, sportlich, keine nennenswerten Hobbys. In hundert Jahren würde nichts mehr auf dieser Welt an ihn erinnern, abgesehen von einem Facebook-Account, den er irgendwann vor ein paar Jahren angelegt und seitdem nie wieder genutzt hatte.

»Es muss jemand sein, der Zugriff auf meine Patientendaten hat. Jemand, der schnell reagieren konnte, nachdem er erkannt hat, dass ich Finneran zum Schiff gefolgt bin.«

»Jemand, den Sie kennen?«

Sinclair hob die Schultern. »Kann ich mir nicht vorstellen.«

Campbell nickte und betrachtete die drei Blätter unter dem Weihnachtsstern. »Versuchen Sie, den Täter zu visualisieren.

Manchmal hilft uns eine Vorstellung darüber weiter, wie er aussehen könnte.«

Schon erledigt. Dunkelhaarig, blass, männlich, etwa sechzehn Jahre alt. *Nackt.* Egal, wie absurd es sich anhörte – der Junge, der tatenlos zugesehen hatte, wie Shao und er den Raum unterhalb der Abtei verlassen hatte, *musste* etwas mit der Sache zu tun haben.

»Beschreiben Sie ihn mir.«

Sinclair beschrieb den Jungen, während er sich vorstellte, wie er unbekleidet in die Zahnarztpraxis einbrach und die Dateien auf Peelhams Server frisierte – nachdem er zuvor einen hundertneunundsechzig Pfund schweren Detective Inspector der Mordkommssion zusammen mit einem tonnenschweren Riesenwürfel aus der brennenden *Baltimore* gerettet und auf seinen schmalen Schultern durch die Themse nach Abbey Wood getragen hatte.

»Ein Junge also. Wie heißt er?«

»Er hat keinen Namen.«

»Wo würden Sie ihn suchen?«

»Im Wald.«

»Im Wald?«

»Oberhalb der Abtei.«

Er war dort gewesen. Am Abend nach seiner Entlassung aus der Notaufnahme. Allein. Weil Shao aufgrund ihrer Schulterverletzung noch eine weitere Nacht im Krankenhaus verbracht hatte. Er hatte auf der Anhöhe gestanden, genau unter der Erle, von der Shao ihm später verraten hatte, dass sie dort den erhängten Mönch gesehen hatte. Von hier hatte er einen perfekten Blick auf das Gelände werfen können. Und auf den Bauzaun, den jemand in aller Eile drum herum hochgezogen hatte – laut Hammerstead, um der Spurensicherung die Arbeit zu erleichtern. Nur dass innerhalb des abgesperrten Bereichs keine Labortechniker in weißen Anzügen herumliefen, sondern in Kevlarwesten gehülltes Security-Personal.

Wie auf der Baltimore.

In dessen Schutz ein halbes Dutzend Zivilisten jede Menge Kästen und Umzugskartons aus Transportern im Loch an der Lady's Chapel verschwinden ließen.

»Ein nackter Junge«, sagte Dr. Campbell nachdenklich, »könnte Ihren unbewussten Wunsch symbolisieren, den Anschlag auf die *Baltimore* nicht auf sich zu beziehen. Ein ahnungsloser Junge macht aus Unwissenheit einen Fehler und sucht sich das falsche Opfer. Eine Entlastungsprojektion. Verstehen Sie, was ich meine?«

Er schüttelte den Kopf.

»Es ist wie mit den Halluzinationen, von denen Sie berichtet haben. Ein Flackern der Erinnerung, Mr. Sinclair, wie eine Art Doppelbelichtung, nur auf psychologischer Ebene. Sie können nicht mehr unterscheiden, was Einbildung und was Wirklichkeit ist.«

Sinclair sah wieder nach oben. Lieber hätte er einen Blick auf seine eigene Uhr geworfen, aber die war am 24. Dezember 2018 stehengeblieben.

In der Sekunde, als die *Baltimore* mit ihm an Bord in die Luft geflogen war.

Vor der Garage auf der Freemantle Road überall Blaulichter. Vor der Absperrung stoppte er seinen Dienstwagen, einen grauen Ford Focus mit altersschwachen Stoßdämpfern, und winkte mit seinem Ausweis die Schaulustigen zur Seite, die von einem Police Constable mit nackenlangem, blondem Haar gebeten wurden, ihre Handys runterzunehmen: zwanzig, vielleicht fünfundzwanzig Leute, von denen die Hälfte rot wurden und sich peinlich berührt abwandten, als sie Sinclairs verärgerten Blick bemerkten. Ein paar andere grinsten nur dämlich und filmten weiter. Ein Typ in einem Parka hielt sein Handy über den Kopf, um einen Blick auf das Geschehen hinter der Plastikplane zu erhaschen, die vor dem Garagentor flatterte.

Der Constable baute sich vor ihm auf. »Bitte unterlassen Sie das Filmen und stecken Sie das Handy ein!«

»Ich mach doch gar nichts.«

»Tun Sie, was ich gesagt habe, oder ich muss das Handy beschlagnahmen …«

»Constable?« Sinclair winkte ihn zu sich. »Detective Inspector Sinclair vom Forest Gate in Newham.«

»Guten Morgen, DI Sinclair. Constable Godwin.«

»Geben Sie mir einen groben Überblick?«

»Natürlich. Also, wir haben eine Leiche in der Garage. Wahrscheinlich weiblich. Sie sieht … merkwürdig aus. Und es ist ein Spurensicherungsteam von Ihrem Revier eingetroffen.«

»Unter der Leitung von Eszter Baghvarty?«

»Ich glaube, ja. Außerdem gibt es noch eine zweite Leiche. Männlich. Auf dem Grundstück, hinter der Garage.«

Sinclair bemerkte, das Godwins rechtes Hosenbein aufgerissen war.

»Ja, diese verdammten Weißdornsträucher. Der Tote liegt da mittendrin, auf der linken Seite.« Godwin kratzte sich am Kopf. »Wir vermuten, dass die Frau, also die Tote aus der Garage, dass sie den Mann auf das Grundstück verfolgt hat. Nachdem sie ihn getötet hat, ist sie dann wieder nach vorne in die Garage.«

»Aus welchem Grund?«

»Tut mir leid, aber dazu kann ich nichts sagen.«

»Waren Sie als Erster am Tatort?«

»Zusammen mit Constable Harris, ja. Wir haben uns auf dem Grundstück umgesehen, und dann hat er die Hausbewohner befragt. Allerdings ohne Ergebnis. Keiner aus der Familie hat irgendwas gehört oder gesehen.«

Sinclair nickte. »Danke, den Rest wird mir Baghvarty erklären.« Er deutete auf den Typen im Parka. »Der Kerl geht mir übrigens auf den Sack. Tun Sie mir bitte den Gefallen und beschlagnahmen Sie sein Handy und nehmen Sie die Personalien auf.«

»Ja, natürlich, Detective. Wird sofort erledigt.«

»Danke, Constable Godwin.«

Sinclair verschwand hinter der Plane. Am Eingang der Garage hatte die Spurensicherung zwei mannshohe Strahler aufgebaut, die den Schatten eines Vauxhall Combo auf die weiß verputzten Innenwände zeichneten. Und auf das Gesicht von Eszter Baghvarty, die neben dem rechten Kotflügel kniete.

»Morgen, E.«

»Hey, John.«

Ein ungewöhnlich distanzierter Tonfall, was vermutlich normal war gegenüber einem Menschen, der von den Toten auferstanden war. Sinclairs Blick fiel auf ein unförmiges, dunkelrotes Etwas in ihrem Rücken, das von Baghvartys knochiger Gestalt verdeckt wurde, als sie sich aufrichtete.

»Interessant, dass wir jetzt schon für Erith zuständig sind, was?«

»Ist das die Leiche von dem Ding auf dem Video?« Sinclair fiel das bleiche, fast weiße Gesicht auf – so ziemlich das Einzige an der Leiche, was noch an einen Menschen erinnerte.

Baghvarty nickte. »Kopf, Arme, Beine plus ein paar … andere Gliedmaßen, für die ich im Oxford Medical Dictionary keinen Eintrag finden konnte. Davon abgesehen gebrochene Rippen, gebrochenes Rückgrat, gebrochene Beckenflügel, gebrochene Oberschenkelknochen und außerdem gebr … «

»Und ihr seid wirklich sicher, dass es eine Frau ist?«

Sie kratzte sich mit dem Gummihandschuh im Nacken. »Nach Auskunft der Notrufzentrale wurde der Rettungswagen für eine Frau angefordert. Sie sollte ins Belvedere Hospital gebracht werden, wegen einer Verletzung im Unterbauch.«

»Vom Abteigelände, ich weiß.«

»Kann sein.«

Womit es ganz so aussah, als ob Powell, der alte Fuchs, mal wieder den richtigen Riecher gehabt hatte.

»Name?«

»Kein Ausweis, kein Handy, kein Portmonnaie. Nicht mal eine *Tasche* für ein Portmonnaie. Alles, was an dem … Ding dran war, sind Reste eines blauen Pullovers und einer Jeans.«

Sinclair blickte sich um und versuchte, sich zusammenzureimen, was geschehen war. »Sie hat sich also verwandelt, ist aus dem Rettungswagen raus und hierher. Sieht mir allerdings nicht nach einer geplanten Flucht aus.« Er betrachtete die Auswüchse, die aus dem Körper der Toten gewuchert waren. »Haben Sie so was schon mal gesehen?«

Baghvarty nickte. »Das letzte Mal, als ich Tintenfisch gegessen hab. Nur dass die hier größer sind.«

Er deutete nach draußen. »Die Straße führt direkt Richtung Themse. Vielleicht wollte sie ins Wasser.«

Baghvarty strich sich eine verschwitzte Haarsträhne aus der Stirn. Der Blick ihrer Augen blieb unergründlich. Sinclair dachte an die mutierte Spinne, von der Shao erzählt hatte: Baghvarty hatte auf dem Bahnhof von Canning Town Teile der Spinnweben-Kokons aus dem Gleisbett gekratzt. Trotzdem fragte er sich, wie viel sie wirklich über den Fall wusste.

»Aber dann hat sie sich anders entschieden. Sie ist hier rein, vielleicht instinktiv, weil der Mann vor ihr weggelaufen ist. Sie folgt ihm nach hinten auf das Grundstück und tötet ihn zwischen den Weißdornsträuchern.«

Baghvarty schüttelte den Kopf. »Ich hab mir die Leiche da hinten zwar noch nicht angesehen, aber diese Frau hier war garantiert nicht auf dem Grundstück.«

»Sind Sie sicher?«

»Die Spuren führen von der Straße direkt in die Garage.«

»Okay, danke.«

Sinclair verließ die Garage. Ein Plattenweg führte zur Rasenfläche hinter dem Haus. Die Weißdornsträucher standen dicht an dicht, nur weiter hinten waren ein paar der Zweige abgeknickt. Ein Fuß und ein Hosenbein ragten aus dem Dickicht. Ein übergewichtiger Constable kniete auf dem Boden und sammelte ein Absperrband ein. Es hatte sich von den Stäben gelöst, die rund um den Tatort im Boden steckten. Sinclair nahm einen fauligen Geruch war, der von der Fundstätte herüberwehte.

»Constable Harris?«

Harris richtete sich auf und zog den Gürtel nach oben. »Stets zu Diensten, Mr. …?«

»Detective Sinclair. Constable Godwin hat mir erzählt, dass er zusammen mit Ihnen am Tatort eingetroffen ist.«

»Stimmt.«

Sinclair ging um die Absperrung herum, schob die Ärmel seiner Jacke über die Hände und drückte die Zweige zur Seite. Dornenspitzen schleiften über seine Jacke. Reflexartig presste er sich den Ärmel vor die Nase, überwältigt von dem Gefühl, in das verfaulende Gesicht von Rachel Briscoe zu blicken. Vor ihm lag ein Mann zwischen vierzig und fünfzig, dem seine blaue, blutverschmierte Strickmütze halb vom Kopf gerutscht war. Das Gesicht war aufgedunsen, die Haare klebten schweißnass an den Schläfen, eine eitrige Wunde unter dem Auge war aufgebrochen. Das linke Bein ragte nach oben, als ob ihn jemand am Fuß gepackt und zwischen die Sträucher geschleudert hätte.

Sinclair dachte an Shaos Erzählungen von dem schwarzen Nebel, der sich aus dem Mund von Deirdre Watkins gelöst hatte, bevor sie zusammengebrochen war. »Haben Sie oder Godwin sich der Leiche genähert?«

»Wir wussten ja erst gar nicht, dass es sie gibt. Ich bin ins Haus, um die Familie zu befragen, und Godwin hat sich den Garten angesehen.«

Sinclair rannte zurück nach vorne.

Vor der Garage drängten sich immer noch die Schaulustigen. Godwin war nicht mehr zu sehen, dafür diskutierte ein anderer Uniformierter mit dem Typ im Parka, der sich so weit vorgelehnt hatte, dass er fast über die Absperrung fiel.

»Sir, entweder Sie nehmen sofort Abstand, oder ich muss eine Verwarnung …«

Sinclair riss dem Typ im Parka das Handy aus der Hand.

»Hey, was soll das, Mann?«

»Kannst es dir heute Nachmittag auf dem Forest Gate Revier

in Newham abholen.« Er wandte sich an den Uniformierten. »Wo ist Godwin?«

Er hob die Schultern. »Keine Ahnung. Er war gerade noch hier …«

»Hey, was ist jetzt mit meinem Handy?«

Sinclair bahnte sich einen Weg zwischen den Schaulustigen hindurch zum Bürgersteig, von dem aus er einen freien Blick über die Freemantle Road hatte. Die Straße verlief hier tatsächlich abschüssig in Richtung Themse.

Gegenüber, sechs Häuser weiter, verschwand ein Police Constable mit nackenlangem, blondem Haar gerade in einer Querstraße.

Zehn Sekunden vom Absperrband bis zur Straßenecke.

Trotzdem war die Querstraße leer, als Sinclair sie erreichte. Er eilte weiter, rüber auf die andere Straßenseite, an einem breiten Ziegelbau vorbei. Ein weiteres halbes Dutzend Backsteinreihenhäuser, jedes ein Stück tiefer angesetzt als das vorige, die abschüssige Straße entlang bis zur Einmündung am Regent Square.

Eine Sackgasse. Aber Godwin konnte sich ja nicht in Luft aufgelöst haben.

Links und rechts Grundstücksmauern. Die Straße teilte sich und verlief unter einem Strommast hindurch, der über eine Oberleitung ein Dutzend zweistöckige Vorstadtreihenhäuser versorgte. Nach einer Biegung hatte Sinclair das Ende der Sackgasse erreicht: rechts ein Holzzaun, der das letzte Grundstück begrenzte. Vorn eine mannshohe Backsteinmauer, darüber die dichtstehenden kahlen Äste mehrerer Ahornbäume.

Links, hinter einem ungenutzten Parkplatz, ein letztes Haus. Ebenfalls Backstein, aber älter als die anderen und mit blinden, eingeschlagenen Fenstern.

Sinclair drückte die zersplitterte Eingangstür auf, die hinter ihm mit einem ohnmächtigen Seufzer ins Schloss sank. Ein milchiges Oberlicht tauchte den Flur in Halbdämmer. Er dachte an die Beretta, die Powell ihm übereignet hatte, nachdem Zuko … Sie lag warm und trocken im Handschuhfach des Focus.

Ein Geräusch.

Auf der Treppe?

Er schob dem Kopf vor und spähte die Stufen hinauf. Alles dunkel. Er sicherte zunächst die Küche, dann das Wohnzimmer und die Gästetoilette, dann stieg er die Treppe hoch. Die Stufen knarrten kaum hörbar.

Nur ein handtuchgroßer Flur, drei Türen.

Badezimmer.

Schlafzimmer.

Was-auch-immer-Zimmer.

Sinclair drückte die Tür auf, bis sie die Wand berührte. Niemand im Türschatten. Das einzige Fenster wurde von einer Jalousie abgedunkelt. Ein Bücherregal, ein Tisch mit zwei Stühlen plus ein paar Kartons und ein zusammengeklapptes Matratzengitter.

Godwin lauerte hinter ihm, auf dem Flur.

Sinclair vernahm die Bewegung, riss den Ellbogen hoch und spürte noch, wie er seinen Gegner an der Nase erwischte.

Aber zu spät.

8

Welche Spinne?

Die Frage hatte Shao bis tief in die Nacht verfolgt, als sie mit offenen Augen an die Decke ihrer Apartmentwohnung im Britannia Village gestarrt hatte.

Im Gegensatz zu ihr war Powell auf Draht gewesen. »Detective Shao meint natürlich den *Killer*. Wir haben ihn im Laufe der Ermittlungen hin und wieder als Spinne bezeichnet wegen … na ja, wegen der Spinnweben natürlich.«

Made my day, Guv.

Nachdem sie zwei Stunden lang die Trockenrisse an der Zimmerwand gezählt hatte, war sie endlich in einen leichten

Dämmerschlaf gefallen. Um jetzt, fünf weitere Stunden später, erneut auf dem Grillrost Platz zu nehmen – und zu ihrer eigenen Überraschung festzustellen, dass Hammerstead die schweren Geschütze von gestern zur Seite gelegt hatte. Stattdessen versuchte er es heute mit dem Florett, aber alles, was er mit seinen scheißmanipulierenden Fragen erreichte, war, dass sie mit jeder Antwort gelassener und selbstsicherer wurde.

»Kommen wir noch einmal auf den Killer zurück, den Sie gejagt haben, Detective. Sie waren nach Stand der Ermittlungen absolut sicher, dass es sich um den Mörder von Livia Parson und Greg Turbin gehandelt hat.«

Shao nickte.

»Von George Dixon behaupten Sie, dass Vincent Costigan ihn erschossen hat – ein Verdächtiger, den Sie im Anschluss an die tödlichen Schüsse in Canary Wharf verhört haben.«

»Das ist ebenfalls richtig.«

»Also war Vincent Costigan, der auf der Abteiwiese ums Leben gekommen ist, unser Killer?«

Ums Leben gekommen. Als wäre Costigan beim Abendgebet von einem verkackten Herzinfarkt dahingerafft worden. »Das glaube ich nicht, Sir. Bei den Leichen von Parson und Turbin wurden Hinweise gefunden, die …«

»Sie sprechen von den Spinnweben und Kokons, für die Sie immer noch keine Erklärung haben.«

»… die nicht Mr. Costigans Vorgehensweise entsprechen. Er hat für den Mord an Detective Dixon ein Scharfschützengewehr verwendet.«

»Ein Gewehr?«

»Er war in Afghanistan stationiert und im Gebrauch von Distanzwaffen geschult.«

»Also können wir davon ausgehen, dass Vincent Costigan auch Russell Lynch ausgeschaltet hat?«

Russell Lynch, den Shao und Zuko mit eiternden Wunden und halb verfault im Haus von Deirdre Watkins aufgestöbert hatten, bevor ihm zwei Kugeln durch das Küchenfenster endgültig den Garaus gemacht hatten. Shao hatte immer noch das Bild vor Augen. Russells faulige Leiche auf dem Boden. Das Spielen der Kinder auf dem Rasen vor dem Haus, wo kurz zuvor die schwarzhaarige Frau vorübergegangen war.

»Davon sind wir jedenfalls ausgegangen, ja.«

»Und Jack Bannister.«

Der Dealer am Dawn Cres, von dem die Spinne nur ein Unterbein im blutrot gefärbten Wasser der Badewanne zurückgelassen hatte.

»Nein, das glaube ich nicht. Bei Bannister gab es ebenfalls Spinnenfäden.«

Hammerstead lehnte sich zurück. *Klopf, klopf.* »Also hatten Sie *zwei* Killer, aber der Superintendent hat Sie trotzdem angewiesen, in einem einzigen Fall weiterzuermitteln.«

Ganz hinten in Shaos Kopf tauchte eine Ahnung auf, welche Absicht Hammerstead mit seinem Weichspülprogramm verfolgte.

»Ich frage mich, worauf Sie hinauswollen, Mr. Secretary«, meldete Powell sich mit unüberhörbarer Ungeduld zu Wort.

»Ich möchte auf die Frage hinaus, warum Sie angesichts der Widersprüchlichkeiten kein zusätzliches Personal bereitgestellt haben, Superintendent.«

»Ich habe Detective Inspector Lockhart die Leitung übertragen. Ihm zur Seite standen, wie Sie wissen, Ashley und Dixon und darüber hinaus jede Menge Leute, die dem Fall als Sonderfahnder zugeteilt waren.«

»Ja, im Fall Baltimore! Aber was, wenn die beiden Fälle, von denen wir hier sprechen, in gar keinem Zusammenhang zum Attentat auf die *Baltimore* stehen? Dann hätten Sie Lockhart und Ashley in dieser Nacht fälschlicherweise nach Abbey Wood beordert und wären somit direkt mitverantwortlich dafür, dass mit Zuko Gan ein dritter Beamter auf der Abteiwiese ausgeschaltet wurde.«

Shao verspürte den Impuls, dem Dreckskerl mit dem Arsch

voraus ins Gesicht zu springen. »*Sie* waren es doch wohl, der die Super-Idee hatte, die Fälle zusammenzulegen!«

»Hören Sie auf, Shao«, mahnte Powell.

»Nein, ich höre nicht auf, wenn er jetzt auch noch versucht, Sie in die Sache reinzuziehen! Es war jedem von uns klar, dass Lockhart eine Fehlbesetzung war! Aber Sie waren gezwungen, ihm die Leitung zu übergeben – weil Hammerstead es Ihnen aufgetragen hat!«

»Das ist Unsinn«, sagte Powell.

»In der Tat«, erwiderte Hammerstead mit kaum verhohlenem Spott. »Ich wüsste nicht, dass das Innenministerium dem Superintendent vorzuschreiben hat, welche Ermittler er einsetzt.«

»Wer hat denn dafür gesorgt, dass auf der Abteiwiese keine Verstärkung kam? Wer hat denn dafür gesorgt, dass das Gelände noch in der Nacht nach der Schießerei von privaten Sicherheitskräften abgeriegelt worden ist, he?«

»Also wirklich, Detective. Wollen Sie etwa auch noch behaupten, ich hätte den Leuten im Hubschrauber persönlich die Anweisung erteilt, auf Sie zu schießen?«

»Weiß nicht, haben Sie?«

»Der Superintendent hat Sie bisher an der langen Leine laufen lassen. Ein Fehler, wie er bereits anhand Ihrer Akteneinträge hätte erkennen müssen.«

»Ashley hat bezeugt, dass Lockhart und Sie sich von Seaways haben schmieren lassen! Es war Ihr Job, die Ermittlungen zu behindern!«

»Ashley?« Hammersteads Haifischgrinsen wurde noch breiter. »Wann hat er diese ohne Zweifel höchst interessante Aussage denn getätigt – bevor oder nachdem ihm in Ihrer Gegenwart das halbe Gesicht weggeschossen wurde?«

»Seien Sie sich bloß nicht zu sicher! Zuko hat alles mit angehört!«

In Powells Blick klirrte Eiseskälte. Ja, ja, verdammt, sie wusste, dass sie ihre besten Trümpfe ausspielte, aber wenn sie zuließ, dass Hammerstead mit Powell ihren einzigen Unterstützer im Forest Gate ausschaltete, konnte sie sich ebenso gut gleich mit offener Kehle auf den Rücken legen.

Hammerstead nickte langsam und bedeutungsvoll. »Detective Gan war also Zeuge dieses ominösen Bekenntnisses.«

Ganz richtig, Sie mieses Arschgesicht, und: »Ich bin sicher, er wird es Ihnen gern bestätigen, sobald er aufgewacht ist.«

9

Die wummernden Quader.
Die schwarze, zähflüssige Substanz in der Tiefe.
Die klirrende Stimme.

Die Szene zerfloss zu grauen Nebelschwaden, als er das Bewusstsein wiedererlangte. Das abgedunkelte Zimmer mit dem Tisch und dem Matratzengitter.

Er saß auf einem der beiden Stühle, die Hände mit seinen eigenen Handschellen an die Stuhllehne gefesselt.

Auf dem zweiten Stuhl, im Dunkel nur schemenhaft erkennbar, saß Constable Godwin, in dessen tiefschwarzen Pupillen sich Neugier spiegelte, während er sich mit einer irritierend menschlichen Bewegung das verschwitzte Haar in den Nacken schob.

»Wer bist du?«

Sinclair sah keinen Grund, die Wahrheit zu verschweigen. »Detective Inspector John Sinclair, Mitglied des Criminal Investigation Department auf dem Revier Forest Gate, Dienstnummer KF-426 …«

»Hör auf!« Godwins Stimme überschlug sich fast, und als er den Kopf zur Seite drehte, erkannte Sinclair, dass der Kehlkopf hüpfte wie ein Pingpongball. »Ich will wissen, wer du *bist*! Du kannst es uns nicht verheimlichen!«

»Sie bluten.«

Godwin strich sich hastig über die Nase, aus der ein Blutfaden auf seine Oberlippe rann, und wischte die Hand beiläufig an der Uniformhose ab.

Sinclair bewegte die Handschellen. »Warum machen Sie mich nicht los, und wir reden über die Sache?«

Der Constable griff in die Tasche seiner Uniformjacke. Eine Taschenlampe leuchtete auf, aber zu Sinclairs Überraschung richtete Godwin sie nicht auf ihn, sondern auf den Reißverschluss seiner eigenen Jacke, den er mit zitternden Fingern öffnete. Unter dem Hemd wurde eine nesselfieberähnliche Hautrötung sichtbar, die sich vom Bauchnabel bis hinauf zur Brust zog. Die Schweißtropfen auf Godwins Stirn glitzerten stärker. »Dieser Körper ist schwächer als der vorherige. Viel schwächer.«

Sinclair hob die Schultern. »Solange es nicht ansteckend ist.«

Godwin antwortete mit einer Stimme, die mit jeder Sekunde rauer und quietschender wurde: »Bist du ein Deszendent der Großen Mutter?«

»Ehrlich gesagt, bin ich ziemlich verärgert.«

Godwin rümpfte die Nase, als schnüffelte er nach etwas. »Wir Magoi spüren die Blutlinien.« Und grinste. »Mach dir keine Hoffnungen. Ein paar von uns sind schon auf dem Weg hierher.«

»Meine Leute auch. Über das Handy in der Tasche können sie meinen Standort anpeilen. Und zwanzig Zeugen haben gesehen, wie Sie vor mir weggerannt sind.«

Der Constable beugte sich weit vor, so dass Sinclair ein leichter Blutgeruch in die Nase stieg, und schnupperte erneut.

Sinclair rief sich ins Gedächtnis, was Shao und Powell ihm von den Leuten erzählt hatten, die von einem Schattending in Besitz genommen worden waren. Erst Briscoe und Finneran, dann Russell Lynch und Deirdre Watkins. Wie sie ausgesehen hatten, nachdem es sie wieder verlassen hatte.

»Du bist uns gefolgt, John Sinclair. Bis zum Schiff.« Godwin lehnte sich zurück und massierte seine Nase. »Was ist auf der *Baltimore* passiert?«

Wieso fragt mich das nur jeder? »Ich bin rauf aufs Schiff. Dann ist es explodiert. Das ist alles, woran ich mich erinnere.«

»Nein, das ist nicht alles!« Eine bleiche, geäderte Hand, die seine Schulter packte. Der grelle Strahl der Taschenlampe stach ihm ins Gesicht. »Du hast den Kyvos betreten!«

Er durfte wohl davon ausgehen, dass Godwin – oder besser gesagt: das Wesen, das in Godwin steckte – den Würfel meinte.

Godwin senkte die Taschenlampe. Flecken auf Sinclairs Netzhaut, die langsam verblassten und Platz schafften für zwei Reihen gelber Zähne im Mund des Constable. »Wie kann es sein, dass du den Kyvos betreten hast – und noch am Leben bist?«

»Keine Ahnung. Aber meinen Sie, Ihre Kumpels könnten auf dem Weg hierher irgendwo halten und eine Flasche Wasser mitbringen?«

Klick.

Auf einmal war die Taschenlampe aus.

»Darf ich Ihnen auch eine Frage stellen? Wie konnten Sie so schnell dort sein, dass Sie den Körper von Godwin übernehmen konnten? Wie haben Sie von dem Unfall erfahren?«

Sinclair spürte, wie der andere näher kam.

Er roch ihn.

Vielleicht war er deinetwegen dort.

Aber woher hätte das Schattending wissen sollen, dass Powell ihn auf den Fall angesetzt hatte?

»Zeig uns, was du bist«, hechelte Godwin.

Sinclair wandte den Kopf ab. Aus dem Augenwinkel nahm er inmitten der Finsternis etwas noch Dunkleres wahr, das aus dem Hals des Constable emporstieg.

Etwas Lebendiges, das sanft wie ein schwarzes Tuch um Sinclairs Kinn, um seine Wange strich und nach einem Zugang suchte.

Und ihn fand.

TEIL ZWEI
Rausch

1

Harmony.

Frank Jordan war froh, dass er endlich davon runter war.

Er legte die Hand auf die Scheibe des Badezimmerspiegels, wie um die Ruine zu betasten, die das Gift von seinem Gesicht übrig gelassen hatte: graue, trockene Haut und gerötete, tief in den Höhlen liegende Augen. Und natürlich die Lücke oben rechts im Kiefer, wo sich der erste Backenzahn verabschiedet hatte, exakt zwei Tage vor Stephanies Rettungsaktion. Drei volle Tage hatte sie nach ihm gesucht, bevor sie schließlich auf die Idee gekommen war, in Abney Park nachzusehen, wo er zwischen den wuchernden Kirschlorbeersträuchern seine Zelte aufgeschlagen hatte – nicht weit entfernt von der Stelle, an der bis vor kurzem Greg Turbin seine kleinen grauen Kügelchen verkauft hatte. Greg war ein Kerl vom alten Schlag gewesen, der Jordan sogar dann noch beliefert hatte, als Stephanie ihn endlich rausgeworfen hatte und damit seine Geldquelle versiegt war. Aber dann war Greg plötzlich weg gewesen – von einem irren Killer zerhackt, wenn man den Gerüchten auf der Straße glauben sollte –, und an seiner Stelle hatte da einer von diesen schlaksigen jungen Typen gestanden, Moses oder so. Als Jordan es gewagt hatte, ihn nach einem Vorschuss zu fragen, hatte der Typ nur gelacht und ihm einen Arschtritt verpasst.

Danach hatte sich Jordan zwischen den Büschen versteckt, in eine stinkende Decke gehüllt, die er einem Penner in Stokey geklaut hatte, überwältigt von der Kälte und den Schmerzen, die der Entzug auslöste, und von den Schuldgefühlen gegenüber Stephanie, die ihn zu Recht hasste, weil er ihr Leben zerstört hatte. So war er, sich in Selbstmitleid suhlend, langsam vom Leben in den Tod rübergedämmert – bis ihn kurz vorm Eintritt in das weiße Licht eine Hand an der Schulter gepackt hatte.

Stephanies Hand.

Dunkel erinnerte er sich, wie sie ihn zum Wagen geschleppt hatte und wie er irgendwann auf der Couch im Wohnzimmer aufgewacht war, mit warmen Umschlägen an den Füßen und einer Tasse Tee, die neben ihm auf dem Tisch dampfte.

Er hatte geweint, und Stephanie hatte geweint, und sie hatten sich gegenseitig geschworen, sich nie wieder im Stich zu lassen, und danach hatte sie ihm das Versprechen abgenommen, dass er sich nicht vom Fleck rührte, bis sie von der Schicht bei Sainsbury's zurückkehrte.

Und jetzt, gerade mal eine Viertelstunde nachdem sie verschwunden war, stand er hier im Badezimmer und verspürte in sich den verdammten Drang, nach draußen zu gehen und sich irgendwo ein paar der verfluchten Kügelchen zu holen. Aber wovon, wenn er doch kein Geld hatte? Steph hatte das Sparschwein oben links im Küchenschrank vorsorglich leergeräumt. Außerdem wollte er sein Versprechen nicht brechen, er wollte nicht weggehen und sie enttäuschen, was verdammt schwer war, verdammt schwer, weil da eben auch dieser Schmerz war und der Drang und die Erinnerung an den letzten Trip, der so, so, so großartig gewesen war, richtig, richtig großartig, und wenn der Drang eben so groß war, dann würde ihm halt nichts anderes übrigbleiben, als …

Die Wohnungstür fiel ins Schloss.

Jordan griff nach seiner Armbanduhr, die auf dem Rand des Beckens lag. Stephanie war erst eine halbe Stunde weg. Er legte die Uhr zurück und lauschte, sicher, dass er sich nicht getäuscht hatte.

»Steph?«

Jordan schlüpfte in Unterhose und Jeans und öffnete die Badezimmertür. Der Flur lag verlassen da.

»Steph?«

Auf nackten Fußsohlen schlich er zur Wohnungstür und öffnete sie, nur um sie anschließend wieder zu schließen. Und noch mal. Der Schnapper senkte sich tadellos ins Schließblech, alles in Ordnung. Auch das Treppenhaus lag verlassen da. Nirgendwo ein Geräusch.

Das ist die verdammte Droge. Du musst davon loskommen.

Auf einmal verspürte er Durst.

Die Becher im Küchenschrank waren ihm schon immer zu klein gewesen, also nahm er sich eines der Pintgläser aus dem Wohnzimmer und schlurfte zurück in die Küche.

»Guten Tag, Mr. Jordan.«

Jordan ließ vor Schreck das Glas fallen.

Vor ihm standen zwei Typen in Rettungssanitäterwesten, einer groß und schmal, mit Fönwelle, der andere schmächtiger und mit unverkennbar indischem Einschlag. Beide wirkten verschwitzt und irgendwie erschöpft, als ob sie schon eine lange Zeit in der Gegend herumgerannt wären, so dass Jordan automatisch an Mrs. Scobel dachte, die im obersten Stock wohnte und wegen ihres überhöhten Blutdrucks schon oft den Notarzt gerufen hatte.

Anscheinend ging es ihr diesmal wirklich schlecht, denn sie hatten gleich eine Trage mitgebracht.

»Mrs. Scobel wohnt …«

»Medizinischer Notfalldienst für Suchtmittelprophylaxe. Wir haben ein paar Fragen an Sie, wegen Ihres Harmony-Konsums.«

»Medizinischer was? Was für Fragen überhaupt? Und wie kommen Sie hier rein?«

»Ihre Freundin Stephanie war so zuvorkommend, uns den Wohnungsschlüssel zu überlassen.« Es war der Inder, der gesprochen hatte.

»Wie?«, fragte Jordan.

Der mit der Fönwelle grinste schelmisch. »Nun, ein bisschen mussten wir sie schon überreden.«

Frank Jordan schluckte. »Dürfte ich bitte mal Ihre Ausweise sehen?«

Der Inder lächelte. »Aber sicher doch.«

Jordans Blick klebte an der bleichen, verschwitzten Hand, die fast aufreizend langsam in die Hosentasche glitt.

»Das ist überhaupt kein Problem, Mr Jordan.«

Eine Bewegung in Jordans Augenwinkel.

Der andere Kerl.

Jordan fühlte einen Einstich an der Schulter.

»Was …?«

»Machen Sie sich keine Gedanken. Sobald Sie wieder wach sind, führen wir die Befragung an einem anderen Ort fort.«

2

Sinclair wusste, dass es seine letzte Chance war.

Er ließ den Oberkörper hochschnellen und rammte dem anderen den Kopf unter das Kinn. Die Wucht des Treffers ließ den Constable zurückstolpern, und das unheimliche schwarze Ding, das Sinclair umschmeichelt hatte, schoss hinterher und mit einem Satz zurück in den aufgerissenen Mund des Constables. Immer noch an den Stuhl gefesselt, ließ Sinclair sich nach vorn fallen und drehte sich herum. Die Stuhlbeine erwischten den Unterleib des Constable und zerbrachen.

Sinclair wälzte sich hin und her, und die Überreste des Holzstuhls fielen klappernd zu Boden, aber noch fesselten ihm die Handschellen die Hände auf den Rücken.

Der Constable wehrte sich. Feuchte, teigige Hände, die nach Sinclair schlugen. Sinclair sprang auf und hörte, wie etwas in Godwins Brustkorb brach. Der Constable spuckte Blut und packte Sinclairs Kehle. Keine Luft. In Notwehr klemmte Sinclair den Kopf des Gegners ein und warf sich auf die Seite. Knirschend brachen die Halswirbel, und die Hände lösten sich von seinem Hals.

Sinclair rutschte von dem Leichnam herunter und versuchte, die Handschellen unter seinem Leib nach vorne zu führen.

Er hielt inne, als er ein Knacken vernahm.

Der Kiefer der Leiche war nach unten geglitten, und etwas huschte daraus hervor. Dasselbe schwarze Ding wie vorhin, nur dass es sich diesmal nicht die Zeit nahm, Sinclair zu belauern, sondern mit aller Macht versuchte, in ihn einzudringen.

Sinclair riss den Kopf zur Seite, aber das Ding war schneller und schlüpfte in seine Nase. In der nächsten Sekunde hatte er das Gefühl, dass da etwas Fremdes in seinen Gedanken war. Es war, als würde sein Kopf einfrieren, taub werden, gefolgt von so etwas wie einem wutentbrannten Aufschrei, von dem er spürte, dass er ausschließlich *in* seinem Kopf aufgeklungen war … und dann schoss das schwarze Ding wieder aus ihm heraus und huschte zitternd über den Tisch, das Fenster, die Wand, wie auf der verzweifelten Suche nach einem anderen Wirt, den es besetzen konnte.

Die Taschenlampe, die der Constable hatte fallen lassen!

Sinclair ertastete den Griff und schaltete sie ein. Der Lichtkegel erwischte das schwarze Ding, das wie von der Sehne geschnellt davonjagte – hinter die zusammengeklappte Matratze.

Sinclair stemmte sich auf die Beine und stieß die Matratze zur Seite. Diesmal verfügte das schwarze Ding nicht mehr über die Kraft auszuweichen. Der Lichtkegel nagelte es förmlich an die Wand, wo es zu vibrieren schien, *dunkler* wurde und an den Rändern zu zerfasern begann – wie eine Wasserdampfwolke, die vom Wind auseinandergetrieben wurde.

Sinclair sprang zum Fenster und löste die Arretierung der Jalousie. Tageslicht flutete das Zimmer und löschte die letzten Reste des *Schattens* aus.

Sinclair lehnte sich mit dem Rücken gegen die Wand und

rang nach Luft, während er zu begreifen versuchte, was er da gerade gesehen hatte.

Ein Geräusch im Erdgeschoss.

Die Haustür!

Sinclairs Blick flog umher. Wo war der Schlüssel für die Handschellen? Er kniete sich hin und tastete die Brusttaschen der Leiche ab. Treffer.

Schritte auf der Treppe.

Zwei Männer. Eher drei.

Die Handschellen klickten, und Sinclair fing sie auf, bevor sie zu Boden fallen konnten. Er sprang zum Fenster, schob es leise nach oben und zwängte sich durch die Öffnung.

Mit einem Sprung war er im Garten und huschte, die verwilderten Sträucher als Deckung nutzend, zur Grundstücksmauer. Mit einem Satz überwand er sie und duckte sich auf der anderen Seite zu Boden.

Lauschte.

Nach ein paar Sekunden wagte er es, den Kopf zu heben. Hinter der Scheibe das Gesicht eines hochgewachsenen Mannes. Für eine Sekunde wirkte es, als würden ihre Blicke sich treffen, dann verschwand das Gesicht.

Der Weg hinter der Mauer entlang war von einer Reihe wuchernder Stechpalmen versperrt. Sinclair umrundete sie und flankte über eine weitere Mauer auf ein gepflegtes Rasengrundstück. Neben dem Haus führte ein Durchbruch in der Mauer nach vorn zur Straße.

Er vernahm das Starten eines Motors und rannte zu dem Durchbruch, hinter dem im selben Moment ein blauer Van vorbeiraste und mit quietschenden Reifen um die Ecke bog. Ein VW oder Seat, keine Chance, das Nummernschild zu erkennen.

Aber dafür die notdürftig überlackierten Schrammen rechts und links der erneuerten Beifahrertür.

3 Die schwarze Substanz spritzte aus dem Würfel und ergoss sich auf Steve Rundle. Manchmal ergoss sie sich auch auf Rundles Kollegin, die er Minuten vor der Katastrophe in das Geheimnis des Korridors eingeweiht hatte.

Ab diesem Punkt verlief der Traum immer gleich. Steve Rundle oder die Frau verwandelten sich, rissen Allan Spencer die Brille vom Kopf und anschließend seinen Leib in zwei Hälften, die sie sich mit Hilfe ihrer Tentakel in die riesigen, zahnbewehrten Mäuler stopften, die auf ihrer Brust entstanden waren.

Das war der Zeitpunkt, an dem Benjamin Shelford erwachte.

Jedes Mal.

Um sich im Halbschlaf noch für einige Sekunden der Illusion hinzugeben, dass die Bilder tatsächlich nur seiner Phantasie entsprungen waren. Aber das Monster, in das Steve Rundle sich verwandelt hatte, war real gewesen. Das Blut überall im Labor, die Leichen zwischen den zersplitterten Trennscheiben – alles real.

Jake, du musst mich hier rausholen. Rette mich.

»Mr. Shelford?«

Er keuchte auf und blinzelte in das Zwielicht. Am Fußende des Bettes ein weißer Schrank mit Glastüren, hinter denen sich Packungen mit Mullbinden, Wundauflagen, Schmetterlingskanülen und Gummihandschuhen stapelten. Fast hätte man glauben können, sich in einem richtigen Krankenhaus zu befinden und nicht in einem der Container, der behelfsmäßig als Lazarett eingerichtet worden war. Neben dem Bett leuchtete das Display eines EKGs. Siebenundachtzig Schläge pro Minute, viel zu viele für einen durchtrainierten Mann seines Alters, aber wenigstens bedeutete es, dass er noch am Leben war.

Der Mann, der ihn angesprochen hatte, war Allan Spencer. Er saß auf der anderen Seite des Bettes auf einem Klappstuhl und hatte die dürren Beine übereinandergeschlagen. Shelford fiel auf, dass seine Hornbrille tatsächlich verschwunden war.

»Es tut mir leid, Mr. Shelford, ich wollte Sie nicht erschrecken. Wie fühlen Sie sich?«

Er ließ sich zurück aufs Kissen sinken und drehte den Kopf zur Seite. »Keine Ahnung. Geht so.« In Wahrheit hatte er ziemlich üble Kopfschmerzen. Kein leichtes Druckgefühl, wie er es ihn schon seit der Ankunft auf dem Abteigelände vor knapp einer Woche plagte, sondern einen richtigen, ekligen, mörderischen *Schmerz.*

Spencer stand auf und zog die Lamellenjalousie hoch, so dass Shelford an dem Infusionsständer vorbei einen Blick aus dem Fenster werfen konnte.

Auf die vertrockneten Heidesträucher und den Bauzaun. Der Stacheldraht blitzte in der Sonne. Die rot leuchtenden Dioden zeigten an, dass die Stromzufuhr am Zaun nach wie vor funktionierte.

»Wie lange hab ich geschlafen?«

»Der Unfall ist gestern Nacht passiert.« Spencer sah auf seine Armbanduhr. »Vor exakt sechzehn Stunden.«

»Vor *sechzehn ...?*«

»Aber keine Sorge: Ihr Kopf ist offenbar härter als das Gehäuse unseres Elektronenstrahlers, und die kleine Gehirnerschütterung wird auch wieder vorbeigehen.«

»Das Monster ...«

»Sie hatten großes Glück«, sagte Spencer mit Blick auf den Plastikbehälter am Haken des Ständers. »Mehr Glück als die meisten anderen von uns. Das ist übrigens nur eine Kochsalzlösung, der wir ein leichtes Beruhigungsmittel beigemengt haben. Sie waren dehydriert, und Sie hatten Albträume während der Nacht.«

Albträume? Er hatte sich *erinnert.* Er hatte sich erinnert, wie Steve der Frau seinen Tentakel in den Bauch gebohrt hatte. Ein paar Sekunden danach hatte der Elektronenstrahler seinen Kopf erwischt und alle Lichter verlöschen lassen. Das war wirklich *passiert*!

»Muss ich ins Krankenhaus?«

Spencer lächelte. »Anfangs war ich tatsächlich dieser Ansicht, aber ich denke, Mr. Scott hat recht gehabt. Noch ein paar Stunden Schlaf, und Sie werden sich fühlen wie neugeboren.«

»Was ist mit … mit … Ihrer Kollegin?«

»Sie meinen vermutlich Hannah Caroll. Sie hat es leider nicht geschafft und ist auf dem Weg ins Krankenhaus … gestorben.«

Shelford versuchte zu verstehen, was das bedeutete. Die Toten hier unten im Labor konnte Seaways vielleicht noch vertuschen, aber eine Frau, die in einem Rettungswagen starb, musste doch Fragen aufwerfen. Wieso wimmelte es auf dem Gelände nicht von Polizisten?

Weil es ihnen gelungen ist, auch das zu verschleiern. Du wirst hier niemals rauskommen. Keine Chance.

Dabei hatte letztes Wochenende nur ein Tag gefehlt, ein einziger gottverdammter Tag. Vor zwei Wochen hatte er sich das letzte Mal mit Detective Aldous Lockhart getroffen. Shelford hatte immer gewusst, dass Lockhart mit drinhing – vielleicht weil Seaways ihn schmierte, vielleicht auch weil er erpresst wurde. Trotzdem hatte er Lockhart vertraut und beständig Informationen an ihn weitergegeben. Und Lockhart hatte versprochen, Seaways hochgehen zu lassen.

Innerhalb einer Woche.

Shelford hatte schon seinen Rucksack geschnürt. Flugticket, Geld und neue Papiere hatte Lockhart ihm am Sonntag aushändigen wollen. Nur noch zwölf Stunden bis zum Aufbruch in die Freiheit, als in der Nacht von Samstag auf Sonntag der Anruf gekommen war. Stattdessen Aufbruch nach Abbey Wood, und zwar für die ganze Truppe, wo sie mitten in der Nacht acht Leichen aus dem Gras der Abteiwiese gekratzt hatten. Sechs aus der eigenen Mannschaft, darunter Vincent Costigan, der ihr Teamleiter gewesen war, sowie zwei Bullen, von denen einer – Detective Inspector Aldous Lockhart gewesen war.

Eine Schrotladung hatte seinen Wanst in Hackfleisch verwandelt. Shelford hatte mitgeholfen, die Überreste zusammen mit den anderen Leichen zu beseitigen – auf Anweisung der Lady, von der man innerhalb der Mannschaft munkelte, dass sie früher mal mit Scott liiert gewesen war. Shelford fragte sich, was sie mit der Aktion zu schaffen hatte. Ihm war die Frau unheimlich, die mit steinerner Miene beobachtet hatte, wie sie die Toten in graue Plastiksäcke schnürten und in einen Transporter verluden.

Transporter raus, Wissenschaftler rein.

So einfach ging das, wenn man Randolph Scott hieß.

Ihren Mienen nach zu urteilen, waren Professor Allan Spencer und seine Leute ziemlich überrascht gewesen, in dem Gängesystem unterhalb der Abteiruine einen Raum mit einem Würfel von den Ausmaßen eines kleinen Hauses zu entdecken. Spencer war sofort Feuer und Flamme gewesen, aber seine Helfer … ihre Euphorie hatte sich von Anfang an in Grenzen gehalten – vor allem als ihnen klarwurde, was es bedeutete, auf einem wenige Hektar großen Areal kaserniert zu werden, ohne Kontakt zur Außenwelt, zu Freunden oder zur Familie.

Laborratten eben. Wie wir alle.

Wenn sie dann noch gewusst hätten, was Shelford wusste … Er hatte es bei einem seiner Rundgänge durch das unterirdische System von Korridoren herausgefunden, die er manchmal unerlaubterweise unternahm, wenn sich die Schicht dem Ende zuneigte. Der abgesperrte Gang jenseits des Raumes war tabu, hatte Scotts Ex ihnen allen eingeschärft. Was bedeutete, dass dort ein Geheimnis verborgen lag. Nachdem Shelford es gelüftet hatte, war er mit zitternden Knien auf seinen Posten zurückgekehrt. Fieberhaft hatte er überlegt, welchem seiner Kameraden er sich anvertrauen konnte. Keiner von ihnen hatte gezögert, die Leichen auf der Abteiwiese wegzuschaffen – Männer, mit denen sie einen Tag zuvor noch im selben Team agiert hatten.

Blieb nur einer der Wissenschaftler, die doch eigentlich schlau genug sein mussten, um aus seinen Erkenntnissen die richtigen Schlüsse zu ziehen.

Nämlich dass hier etwas nicht mit rechten Dingen zuging.

Steve Rundle war der Wankelmütigste von ihnen, also hatte Shelford ihn angesprochen. Shelfords Meinung, dass die Anlage unter der Abtei ein Ort war, der nicht existieren durfte, hatte Steve nicht geteilt, sondern versucht, ihm das Phänomen einer Raumzeitverkrümmung zu erklären. Shelford hatte nichts übrig für diesen Schwachsinn, und jetzt, da Hannah und Steve und eine Menge seiner Kollegen tot waren, würde er erst recht die nächste Gelegenheit nutzen, um sich abzusetzen. Aber die verdammten roten Dioden am Zaun blinkten Tag und Nacht.

»Ich will in mein eigenes Bett«, seufzte er, während er an Lockhart und an sein Flugticket dachte und wie schön alles sein könnte, wenn man in Neuseeland war, in einer Blockhütte mit Blick aufs Meer.

»Keine Sorge, Mr. Shelford. Ich schätze, das wird sehr bald möglich sein.«

Shelford schloss die Augen und nahm das Bild von Professor Allan Spencer, der seine Schulter tätschelte, mit in den Schlaf.

4

Der Lichtstrahl der Taschenlampe glitt über die weißen Kacheln und streifte zwei mächtige Säulen mit quadratischer Grundfläche. Dahinter lagen die Holztüren der beiden Fahrstuhlschächte.

»Kommen Sie, Mr. Conolly. Hier entlang bitte.«

Bill wollte widersprechen, aber sein Schädel fühlte sich irgendwie taub an. Vielleicht war die Whiskyflasche auf dem Beifahrersitz während der Fahrt von der Trinity Buoy Wharf bis hierher doch keine so gute Idee gewesen.

Mein Name ist Bill Conolly von Wild-Bill.com, ich bin … ich bin … Er streifte die vordere Säule. Die Taschenlampe. Wieso lag die plötzlich auf dem Boden?

»Vorsichtig, Mr. Conolly. Wir wollen doch nicht, dass Sie sich verletzen.«

Mit einer lässigen Bewegung öffnete der übergewichtige Uniformierte, der sich als Constable Rowles oder so vorgestellt hatte, die Tür der hinteren Fahrstuhlkabine einen Spaltbreit.

Matthew Rowles, genau.

Er ließ Bill den Vortritt.

Bill zögerte. »Ich bin nicht sicher, ob …«

»Vertrauen Sie mir, Mr. Conolly. Dort unten werden Sie finden, was Sie suchen.«

Bill nickte und zwängte sich durch den Spalt. Die gesamte Fahrstuhlkabine war aus altem Holz, Handarbeit, schönes Teil. Die Tür auf der anderen Seite der geräumigen Kabine stand auch offen. Dahinter lag ein ehemaliger Schalterbereich sowie, hinter einem Gitter, eine Treppe, die aufwärts führte, wahrscheinlich zum Ausgang an der Hauptstraße oder so.

»Wir müssen noch weiter. Folgen Sie mir bitte.«

Bill wollte eigentlich nicht weiter folgen, aber er war in Gedanken immer noch bei dem Auftritt bei Susan Waite vor ein paar Stunden. Acht Millionen Zuschauer hatten mit angesehen, wie er sich zum Trottel gemacht hatte. Dabei hatte er *Beweise*. Lockharts Ordner zum Beispiel. Und in Lockharts Ordner war diese verlassene U-Bahn-Station angegeben.

»Nehmen Sie meine Hand, Mr. Conolly. Ich helfe Ihnen.«

Constable Matthew Rowles, Dienstnummer 348 aus dem Polizeibezirk City of Westminster, war eine große Hilfe. Seine Hand auf der einen Seite und das Geländer auf der anderen, schritt Bill Stufe um Stufe nach unten – möglichst ohne einen Blick in den Schacht zu werfen, der in der Mitte der Wendeltreppe gähnte.

Ups.

»Vorsicht, Mr. Conolly.«

Als hätte die Stufe unter ihm für einen Moment *nachgegeben.* Aber da war nichts. Nur Beton.

»Danke, Constable.«

»Keine Ursache.« Rowles lächelte, während er weiter Bills

Hand hielt. Mit der anderen Hand, in der er die Taschenlampe hielt, wischte er sich beiläufig über die Nase.

»Ich glaube, Sie bluten, Constable.«

»Ach, das ist nichts.«

Vier Stockwerke weiter unten erreichten sie den Absatz der Treppe. Der Bahnsteig lag hinter einem Gitter, das im Licht von Rowles Taschenlampe schimmerte.

»Wissen Sie, Constable, es gibt da einiges … einiges, was Sie über diese U-Bahn-Station wissen sollten. Es sind hier unten nämlich bestimmte … ich nenne es mal: *Phänomene* … aufgetaucht, über die … über die …«

Über die Detective Aldous Lockhart Notizen angefertigt hat.

Der verdammte Aktenordner, der im Kofferraum von Bills Wagen schlummerte. In dem alles drinstand. Leider war keine Zeit gewesen, sich alle Einzelheiten durchzulesen, aber wer konnte denn auch ahnen, dass Susan Waite ihn so unter Feuer nehmen würde?

»Was machen wir eigentlich hier unten?«

Rowles öffnete die Gittertür. »Wir erweitern unsere Möglichkeiten.« Er schaltete die Taschenlampe aus.

Bill stockte, als er das Wispern vernahm.

Vor ihm in der Dunkelheit war etwas! Etwas, das Teil der Finsternis war und sich dennoch aus ihr löste und auf Bill zugeschwebt kam. Er konnte es nicht sehen, aber er hörte es.

Flüstern.

Und er konnte fühlen, wie es um seinen Hals strich, um sein Kinn, seine Wangen.

Wie ein sanftes Tuch.

»Nicht bewegen, Mr. Conolly.«

Rowles hielt ihn fest.

Panik ergriff Bill, als sich das *Ding* über sein Gesicht stülpte. Instinktiv presste er die Lippen zusammen, aber da war es schon in seiner Nase, kroch die Scheidewand entlang in seinen Rachen und *sondierte.*

Bill schrie um Hilfe, aber kein Laut drang über seine Lippen.

Sheila!

Er dachte daran, wie sie bei ihrer letzten Begegnung auseinandergegangen waren. Wie sie ihm die kalte Schulter gezeigt hatte angesichts seiner Zusage bei »Susan fragt«.

Hol mich hier raus, Sheila. Ich …

Seine Gedanken wirbelten durcheinander und wurden brutal zur Seite gedrängt von dem Fremden, das seinen Geist sezierte. Er bekam keine Luft mehr, krümmte sich und wäre zu Boden gestürzt, wenn Rowles nicht zugegriffen hätte. Der Constable stützte ihn mit der linken Hand, während er sich mit der Rechten erneut das Blut aus dem Gesicht wischte.

Bill röchelte.

Seine Hände krampften sich in Rowles' Uniform.

Das schwarze Ding war jetzt überall, füllte jede Ecke seines Verstandes aus, übernahm die Gewalt über sein Denken, sein Fühlen und wurde eins mit ihm, bis …

… es sich mit einem Schlag aus ihm zurückzog!

Bill schnappte nach Luft.

Er konnte atmen!

Rowles schaltete die Taschenlampe wieder ein. Aus dem Blick seiner schwarzen Knopfaugen sprach auf einmal unverhohlenes Interesse.

»Sie nehmen also Drogen, Mr. Conolly.«

Sie nehmen also Drogen Mr. Conolly Drogen Sie nehmen also Wann haben Drogen Mr. Conolly Wann haben Sie Drogen Wann ---

»Wann haben Sie zum letzten Mal Drogen genommen, Mr. Conolly?«

Bill riss die Augen auf. »Wie bitte?«

Der Typ vor ihm trug einen weißen Kittel und eine Kümmerermiene zur Schau: beruhigendes Lächeln und eine tiefe Sorgenfalte zwischen den buschigen Augenbrauen. Bill erinnerte sich dunkel, das Gesicht schon einmal gesehen zu haben.

Gestern, bevor er in ein anderes Zimmer verlegt worden war. Oder vorgestern?

Der Mann im Kittel leuchtete Bill mit einer kleinen Stablampe in die Pupillen.

»Ey, Scheiße, Mann!«

»Nehmen Sie Methylamphetamine?«

»Was?«

»Oder selektive Serotonin-Noradrenalin-Wiederaufnahmehemmer? Venlafaxin vielleicht?«

»Venla…?«

Das Licht erlosch. »Wahrscheinlich Kokain. Wie lange schon, Mr. Conolly?«

»Ich …«

»Dem bescheidenen Allgemeinzustand nach zu urteilen, einige Jahre. *Mindestens* einige Jahre. Notieren Sie das bitte, Salome.«

»Natürlich, Dr. Kashani.«

Halb hinter dem Arzt verborgen: eine zierliche Frau in Schwesterntracht. Sie trug das Haar zusammengeknotet, was ihr rundliches Gesicht betonte. In der linken Hand trug sie ein Klemmbrett mit einem Papierblock darauf, auf dem sie fleißig notierte. Bill blickte nach oben. Nach links und rechts. Und nach unten.

Er saß in einem Bett.

»Ist das hier etwa ein Krankenhaus?«

»Sie haben Glück, Mr. Conolly. Als Teilnehmer unserer neuen Studie kommen Sie in den Genuss eines kostenlosen Aufenthaltes inklusive Monitoring und psychologischer Betreuung. Letzteres selbstverständlich nur, falls Sie das ausdrücklich wünschen.«

»Ich wünsche vor allem …« Bill atmete aus und sank entkräftet in das Kissen zurück.

Der Arzt, der auf der Bettkante gesessen hatte, stand auf. Hinter ihm kam ein Fenster zum Vorschein. Trüber Eierschalenhimmel. Regen.

Bill versuchte, sich zu erinnern, was der Kerl zuletzt gesagt hatte. »Was heißt hier, mein bescheidener Allgemeinzustand?«

»Ihr Zustand ist hervorragend. Hervorragend geeignet für unsere Studie. Schwester Salome hier wird Sie in die Details einführen, und dann können wir auch schon loslegen.«

»Wo bin ich hier? Wo ist Constable Rowles?«

»Es wird Ihnen innerhalb weniger Tage bessergehen, und nach spätestens einer Woche können wir Sie verlegen.«

»Verlegen?«

»Mein Name ist Dr. Tarek Kashani, und ich heiße Sie im Namen unseres gesamten Teams herzlich willkommen in der Rainham-Recovery-Klinik.«

»Sagen Sie, Dr. ... Kashani ...«

»Ja?«

»Haben wir wirklich schon Mittwoch?«

Ein kompletter Tag war seitdem vergangen.

Nach dem ersten Gespräch mit Dr. Kashani hätte Bill noch darauf geschworen, dass er es in diesem Kasten nicht mal eine *Stunde* aushalten würde. Aber dann waren sein Unwillen, sein Misstrauen, seine Panik innerhalb kürzester Zeit dahingeschmolzen.

Nicht wegen Kashani.

Nicht wegen des Griffs, der auf seiner Seite der Tür fehlte – wobei diese Tatsache allein schon beängstigend war, doch er beschloss, zu einem späteren Zeitpunkt darüber nachzudenken.

Und auch nicht wegen Schwester Salome, die mit Nachnamen Adhout hieß und sich wirklich größte Mühe gegeben hatte, Bills Fragen zu beantworten, ohne dabei gegen die Interessen ihres Arbeitgebers zu verstoßen.

»Wo bin ich hier?«

»Die Rainham-Recovery-Klinik liegt im Osten von London, zwischen Dagenham und Wennington. Wenn die Sonne scheint und wir die Fenster öffnen dürfen, kann man von hier aus das Rauschen der Themse hören.«

»Und was behandeln Sie hier?«

»Dr. Jeremias Brent, der Leiter der Klinik, und Dr. Kashani, sein Stellvertreter, helfen Suchtkranken, mittels eines innovativen Therapieansatzes einen Ausweg …«

»Ich bin nicht suchtkrank.«

»Dr. Brent genießt einen exzellenten Ruf. Gemeinsam mit Dr. Kashani hat er sogar kurzfristig entschieden, Obdachlosen eine kostenfreie Behandlung im Rahmen seiner neuen Studie zu gewähren.«

»Ich bin auch nicht obdachlos. Also, wie bin ich hierhergekommen?«

»Nun, Mr. Conolly, mit Ihrer Anamnese passen Sie auf jeden Fall exzellent auf das Profil der Studienteilnehmer, und da Sie sich mit der Teilnahme einverstanden erklärt haben …«

»Nein, ich meine, *wie bin ich hierhergekommen*! Außerdem hab ich mich mit gar nichts einverstanden erklärt!«

Sie wirkte ein wenig verunsichert. »Nun, sicherlich haben Sie die Einverständniserklärung unterzeichnet, die besagt, dass …«

»Ich will mein Telefon!«

»Es tut mir leid, aber das ist zurzeit leider nicht möglich.«

»Ich will sofort mein scheiß Telefon!«

»Mr. Conolly …«

»Entweder Sie bringen mir jetzt *sofort* meine Sachen, oder ich hol sie mir! Ich bin nicht freiwillig hier!«

»Aber Sie haben …«

»Ich bin *entführt* worden! Ich verlange, dass Sie auf der Stelle die Polizei informieren! Ich werde Kashani verklagen! Und jeden anderen Quacksalber, der es wagt, mich anzurühren! Aber vorher will ich mein verdammtes Telefon! Sagen Sie mir endlich, wo es ist, oder muss ich die ganze Station durchwühlen?«

Wie gesagt, nicht Kashani oder Salome Adhout hatten dafür gesorgt, dass er seine Meinung änderte.

Sondern die beiden Pfleger, die, durch sein Geschrei alarmiert, in der Tür erschienen und ihm die erste Injektion verabreichten.

Natürlich streng nach Medikationsplan.

5

Shao hasste Krankenhäuser.

Und noch mehr hasste sie es, wenn es nicht sie selbst erwischt hatte.

Sie zog die Vorhänge zur Seite, so dass Zuko etwas mehr Licht bekam, stellte die Gerbera, die sie mitgebracht hatte, in ein halbvolles Wasserglas, das ein anderer Besucher freundlicherweise zurückgelassen hatte, und fläzte sich in den Besucherstuhl vor dem Bett.

Zuko sah aus, als würde er schlafen. Ein bisschen erschöpft, aber zufrieden. Vielleicht lag es daran, dass er ein ganzes Zimmer für sich hatte. Und für die Maschine, die an seiner Seite arbeitete. Sauerstoffzufuhr, EKG, mehr war nicht nötig. Jedenfalls noch nicht. Noch schlug sein Herz von allein, noch sorgte sein vegetatives Nervensystem dafür, dass die Atmung funktionierte. Der Mullverband um die Stirn, mit den faustdicken, übereinandergelegten Wundauflagen auf der rechten Seite oberhalb des Ohrs, wo die Kugel seine Schädeldecke zersplittert hatte. Auch der Frontallappen war in Mitleidenschaft gezogen worden, am hinteren Ende, oberhalb des Sulcus Lateralis an der Grenze zum Temporallappen.

Neurologen verorten im Frontallappen die Persönlichkeit eines Menschen sowie die Grundlagen seines Sozialverhaltens …

Dr. Dr. Malcolm Bartholomew hatte sich gerade mal zehn Minuten Zeit genommen, um Powell und ihr die möglichen Konsequenzen zu erklären, wovon er mindestens eine Minute verplempert hatte, sie vollzuschwafeln, wie glücklich sie sich schätzen konnten, weil er ausnahmsweise zur Auskunft berechtigt sei, da Zukos Schwägerin Shenmi freundlicherweise die Einverständniserklärung blablablahaltsmaulundsoweiter. Nachdem er anschließend immer wieder in sein scheißlateinisches Kauderwelsch verfallen war, hatte er Powell die Hand gedrückt und sich zum Polospielen verpisst oder was man mit einem solchen Namen sonst so in seiner Freizeit anstellte.

Seitdem rotierte der Satz in einer Art Dauerschleife in Shaos Hirn. *Neurologen verorten im Frontallappen die Persönlichkeit eines Menschen sowie die Grundlagen seines Sozialverhaltens.*

»Und was heißt das genau, Dr. Bartholomew?«, hatte sie nachgehakt. »Dass er als kompletter Psychopath wieder aufwacht oder als Mönch, der nach Tibet auswandert, um den achtfachen Pfad zu studieren?«

Wobei Letzteres, wenn sie genauer darüber nachdachte, keine wirklich wesentliche Veränderung zu vorher dargestellt hätte.

»Das kann niemand sagen«, übte Bartholomew sich beredt in Demut. »Wir werden es frühestens an dem Tag erfahren, an dem er aufwacht.« *Falls er je wieder aufwacht*, lautete der weggelassene Halbsatz, den Shao in seinen Augen hatte lesen können.

Frontallappen.

Sulcus Lateralis.

Abgesplittert.

Fast hätte sie die Gerbera wieder aus dem Glas gezogen und in den Papierkorb geworfen. »Mann, was ist los mit Ihnen, Sarge? Ich hatte gedacht, Sie fragen wenigstens mal, wie es bei der verkackten Anhörung gelaufen ist!«

Sie verschränkte die Hände im Nacken und starrte auf die hellblauen Muster über Zukos Kopf. *Scheiße, bei der Tapete kann ich verstehen, dass Sie lieber weiterschlafen wollen.*

»Seien Sie froh, dass Sie verhindert waren. Hammerstead will die anderen Weihnachtsbäume Glauben machen, dass ich auf Lockhart und Ashley geschossen hab. Und auf Sie. Sagt er zumindest, aber ich glaube, eigentlich hat er es auf Powell abgesehen. – Hey, wie ist das eigentlich so, wenn man den ganzen Tag schläft? Ist man dann überhaupt noch irgendwann müde? Ich bin ziemlich müde, wenn Sie's genau wissen wollen. Aber ich kann nicht pennen. Nie. Nicht mal 'ne einzige Stunde krieg ich die Augen zu, ohne dass ich von der scheiß Spinne träume oder von den Kokons oder von Deirdre. Powell meint, Dr. Campbell könnte helfen, aber ich will nicht in denselben Eimer heulen wie mein neuer Partner, wenn Sie verstehen, was ich meine. Sinclair, genau. Powell hat uns getraut, und das Hochzeitsgeschenk an ihn war Ihre Beretta. Nur für den Fall, dass wieder irgendein Hubschrauber vorbeifliegt und das Feuer auf uns eröffnet. – Wissen Sie was, Sarge? Sie könnten mir eigentlich mal 'n Tipp geben. Kann ich Sinclair vertrauen? Ich schätze mal, Sie würden mit Ja antworten. Aber ich hab da so ein Gefühl … Ich weiß nicht, wie ich es sagen soll, aber ich frag mich, ob es wirklich derselbe Typ ist, der da aus der Abteiruine zurückgekehrt ist. Ich mein, er sagt, er kann sich an nichts erinnern, und das nehm ich erst mal so hin. Und ich kannte ihn ja vorher auch gar nicht. Aber ich seh, wie Powell ihn ansieht. Und Glenda. Irgendwas an ihm ist – komisch, und …«

Sie schrak zusammen, als hinter ihr im Badezimmer die Toilettenspülung betätigt wurde. Kurz darauf öffnete sich die Tür.

»Miss Shao.«

»Tian! Was machst du denn hier?«

Was schon, Shao. Er besucht seinen Onkel und ist zwischendurch pinkeln gegangen.

Sie hatte Tian bisher nur einmal gesehen – als er sich hinter seiner Mutter versteckt hatte, während sie die verdammte Erklärung unterschrieben hatte.

Tians Blick fiel auf das Glas, in das sie die Blumen gestellt hatte.

»Ach, das war deins? Tschuldigung.«

Sie sprang auf, um ihm Platz zu machen, aber er schüttelte den Kopf und zog die Schnallen seines Schulranzens fest.

»Ich muss in 'ner halben Stunde zu Hause sein.«

»Kommst du grad vom Unterricht?«

»Ich bin nur kurz hier vorbei, um …« Er schlug die Augen nieder. Schulschwänzerblick.

»Ich fahr dich nach Hause, kein Problem.« Sie fragte sich, wie lange er wohl noch an den Schnallen ziehen konnte, ohne sich die Arterien abzuklemmen. »Jetzt komm schon. Setz dich.«

»Okay, danke.«

Er löste den Rucksack von seinen Schultern und nahm in kerzengerader Haltung auf dem Stuhl Platz.

»Zuko hat mir übrigens von dir erzählt. Dass du bei den neuen Garagen wohnst. Wren Close.«

Ein Blick, wie er misstrauischer nicht ausfallen konnte.

»Ich heiße Shao.«

»Ich weiß.«

»Ich meine, du kannst mich Shao nennen.« Sie bot ihm die Hand. »Meinen Vornamen kann ich nicht ausstehen.«

Er sah sie an, als müsste er erst darüber nachdenken. Dann nickte er und schlug ein.

»Zuko hat mir erzählt, dass er sich um dich kümmert. So ab und zu.«

Tian nickte.

»Ist er oft bei euch?«

Schulterzucken.

»Einmal im Monat … einmal in der Woche?«

Tians Blick klebte an Zukos Gesicht. Er blinzelte, und Shao fiel auf, dass er lange, fast seidig schimmernde Wimpern hatte. Sie schätzte ihn auf höchstens dreizehn, aber sein Adamsapfel war bereits groß wie ein Golfball. Außerdem war Tian dünn, um nicht zu sagen spindeldürr. Fast wie Wallace, der ein paar Zimmer weiter lag. Sie sah Wallace vor sich, wie sie ihn vor dem Eingang des Woolwich-Tunnels auf den Steinen gefunden hatte. Die Spinne war eigentlich ziemlich nett zu ihm gewesen. Hatte ihm nur den linken Arm genommen. Es war einfach egal, welcher Gedanke ihr gerade durch den Kopf kroch. Sie landete immer wieder in diesem scheiß Krankenhaus.

»Er hat mir bei den Hausaufgaben geholfen.«

»Mathe, hm?«

Tian schüttelte den Kopf. »Ich bin gut in Mathe. Also, normalerweise.«

Sie hakte nicht nach, aber auf einmal war er nicht mehr zu bremsen.

»In Geschichte bin ich nicht so gut. Und in Englisch. Und in Naturwissenschaft.«

»Geht mir genauso.«

»In Naturwissenschaft bin ich eigentlich schon gut, aber nicht so sehr, wenn es um Chemie geht.«

»Ich hab Chemie gehasst«, sagte Shao.

»Ich hasse Spanisch!«

»Du lernst Spanisch? Nicht übel.«

»Und am schlimmsten finde ich Sport!«

Shao grinste. »Ich fand Sport immer ganz gut. Aber das lag wohl daran, dass ich nicht so schlau bin.«

Wieder warf er ihr einen misstrauischen Blick zu. »Ich weiß, dass du neu bist. Auf dem Forest Gate.«

Sie schüttelte den Kopf. »Ich war schon auf dem Forest Gate, da hast du noch in die Hosen gemacht.«

»Echt?«

»Aber dann bin ich zu einem anderen Revier gegangen, in der Stadt.«

»Warum?«

Shao hob die Schultern. »Viele Sachen. Mal was anderes sehen.«

»Was anderes als Newham?«

»Zum Beispiel.« *Was anderes als meine Mutter.*

»Und warum bist du dann zurück?«

Sie schlug sich auf die Oberschenkel. »Halbe Stunde, sagtest du?«

Tian nickte.

»Was hältst du davon, wenn wir losfahren und noch irgendwo anhalten? Ich geb 'n Eis aus.«

»Ein Eis? Jetzt, im Winter?«

»Oder 'n Kaffee.«

Tian grinste.

»In drei Minuten sind wir am Auto. Kannst es dir ja noch überlegen.«

Eine Viertelstunde später hielten sie bei Rose's in Canning Town, und Shao bestellte zwei Becher mit Vanilleeis. Tian futterte seinen so schnell leer, dass sie sich Sorgen machte, ihm könnte der Rachen zufrieren.

»Kommst du eigentlich immer so früh aus der Schule?«

»Ein paar Stunden sind ausgefallen«, lallte Tian mit eiskalter Zunge und präsentierte grinsend einen abgebrochenen Schneidezahn.

»Wie ist das denn passiert?«

»Bin hingefallen.« Er kratzte auf dem Grund des Bechers einen letzten Löffel voll zusammen. »Hab nur so 'n altes Klapprad, das mir zu klein ist. 'n Neues kann sich meine Mutter nicht leisten.«

Shaos Gedanken schweiften zurück zu Zuko. Sie hatte zum Abschied seine Hand berührt. Das erste Mal, seit sie sich kennengelernt hatten. »Hör zu, Tian. Ich mein, wenn's dir 'ne Hilfe ist, könnte ich mich mal umhören. Ob ich jemand anderen finde, der dir Nachhilfe geben kann.«

Der Löffel im Becher erstarrte.

»Also natürlich nur, bis dein Onkel wieder da ist, meine ich.«

Tian drehte den Löffel vor seiner Nase, bis das Eis in den Becher zurücktropfte. »Er kommt nicht wieder. Wir hatten das in der Schule. Wenn das Gehirn verletzt ist und so. Dass man dann stirbt. Sogar Zombies sterben daran.«

Shao setzte sich den Zeigefinger an die Schläfe. »Zombies sterben, wenn man ihnen den Kopf *wegpustet*! Du musst das Gehirn *zerstören.* So eine kleine Verletzung wie bei Zuko, die würde sie nicht aufhalten. Nicht mal eine Sekunde.«

Er legte den Kopf schräg.

Ihr fiel auf, dass sie inzwischen auch lallte. Sie schob ihren Eisbecher über den Tisch. »Wiiehst du noch?«

»Das ist wirklich sehr nett von Ihnen, Miss Shao. Ich hatte schon angefangen, mir Sorgen zu machen.«

»Keine Ursache, Mrs. Gan.«

»Wieso hast du dir Sorgen gemacht, Mum?«

»Hast du die Englischarbeit heute zurückbekommen?«

»Mhm. Noch nicht.«

»Aber Mr. Saunders hat doch gesagt …«

»Mr. Saunders war heute krank.«

»Ach, wirklich?«

»Ich geh auf mein Zimmer, okay?«

»Ja, gut. Aber spiel nicht so viel auf der Playstation, hörst du?«

»Bye, Shao.«

»Bye, Tian.«

Shenmi Gan sah ihrem Sohn nach, während er mit dem Rucksack auf dem Rücken die Treppe hochstiefelte. Sekunden später klappte oben eine Tür, und kurz darauf ertönte das Hämmern von Maschinengewehren.

Shenmi Gan seufzte. »Ich habe das Gefühl, er entgleitet mir mit jedem Tag weiter. Und jetzt auch noch die Sache mit Zuko.«

»Es tut mir sehr leid, Mrs. Gan.«

»Zukos Bruder ist gestorben, als Tian zwei Jahre alt war. Zuko ist für ihn seitdem wie ein Vater.«

Interessant, Sarge.

»Möchten Sie vielleicht einen Tee trinken?«

»Oh, nein, ich … ich muss eigentlich … Na ja, vielleicht doch.«

Zwei Stunden später wusste sie alles über Tians schulische Probleme und darüber, wie es war, als alleinerziehende Frau Beruf und Familie unter einen Hut zu bringen.

»Haben Sie Kinder, Shao?«

»Nein, tut mir leid.«

Shenmi Gan lächelte und klammerte sich an ihren Teebecher. Eine alte Frau von nicht einmal vierzig Jahren, deren Hände rau und spröde vom Gebrauch der Putzmittel waren, mit denen sie täglich acht Stunden hantierte.

»Ich weiß nicht, wie ich das sagen soll, Miss Shao … aber ich würde Sie gern um einen Gefallen bitten.«

»Klar.«

»Zuko hat mir erzählt, dass Sie mit Drogen zu tun hatten. Dass Sie bei einer Drogeneinheit in der City gearbeitet hatten und sich mit so was auskennen.« Als Shao nichts erwiderte, fuhr sie fort: »Seit letztem Monat fallen ständig Stunden aus. Mindestens an drei Tagen in der Woche kommt Tian nach Hause, bevor meine Schicht zu Ende ist. Ich habe darum in der Schule angerufen, weil ich wissen wollte, was da los ist.« Sie nahm einen letzten Schluck, und Shao sah, dass ihre Hand zitterte. »Es gab keinen Ausfall, in den ganzen acht Wochen nicht.«

Shao verstand, welcher Film bei ihr ablief. Derselbe Film, den sie schon bei Troy und Wallace und einem Dutzend anderer Kinder gesehen hatte, in ständiger Wiederholung. Mit hoher Wahrscheinlichkeit vermutete Shenmi richtig, trotzdem sagte Shao: »Vielleicht ist es ganz anders, als sie denken.«

»Es wäre mir trotzdem lieb, wenn Sie ein Auge auf ihn haben könnten. Ich bin sicher …« Shenmi tat einen lautlosen Seufzer. »Ich bin sicher, dass Zuko das auch gewollt hätte.«

»Ich seh, was ich tun kann.« Sie stand auf. »Danke jedenfalls für den Tee.«

Aber jetzt hatte sie noch einen Termin.

Sie hatte absolut keine Lust auf Sex, aber wenn sie schon mal da war. Außerdem war es eine Gelegenheit, auf andere Gedanken zu kommen. Oder auf gar keine Gedanken. Was auch schon ein Erfolg gewesen wäre.

Vielleicht hatte es mit Deirdre Watkins zu tun, dass es Antwon nicht besser zu gehen schien. Shao hatte ihn nach der Sache in Abbey Wood angerufen und erzählt, wie sie gestorben war. Sie hatte natürlich nicht alles gesagt, von wegen Spinne und so, aber doch genug, damit er sich schuldig fühlte. Schließlich war es Antwon gewesen, der sie damals mit Deirdre bekannt gemacht hatte. Ohne ihn wäre sie keine Informantin des Drogendezernats geworden und keine Geisel in Shepherds Klauen, der sie gnadenlos gegen Logan Costello ausgespielt hatte.

Und vielleicht noch am Leben.

Schwachsinn, Shao. Deirdre war damals schon drauf gewesen, und sie hatte direkt an der Quelle gesessen. Ihr Weg war also vorgezeichnet gewesen, nur hatte niemand voraussehen können, dass sie dabei einem schwarzen Nebelstreif über den Weg laufen würde, der in der Lage war, in ihren Körper zu schlüpfen.

Shao dachte an das, was in der Kanalisation irgendwo unterhalb des Lund Point Towers geschehen war. An den Moment, als das schwarze Ding Deirdres zu Tode geschundenen Körper wieder verlassen hatte: wie sie nach Blut und Eiter stinkend vor ihr zusammengesackt war wie eine Marionette, der mit einem Schwertstreich die Fäden gekappt worden waren.

Das Schatten-Etwas hatte anschließend versucht, von Shao Besitz zu ergreifen, aber dann war Richard de Lucy aufgetaucht und …

»Hey, Sadako.«

»Hm?«

»Alles okay bei dir?«

Sie merkte erst jetzt, dass sie zu einer leblosen, in sich zusammengesunkenen Statue erstarrt war.

Antwon, der unter ihr lag, zeigte seine Zähne. »Weißt du, wie du grad aussieht? Als würdest du auf ’m Pott sitzen.«

»Ach, halt die Klappe.«

Sie ließ sich zur Seite fallen und blickte an die Decke. Dasselbe geschmacklose Schweinchenrosa wie ehedem. Ihre Haut war schweißnass. Trotzdem fühlte sich ihr Bauch kalt an.

»Zigarette?«

Sie schüttelte den Kopf.

De Lucy. Natürlich hatte sie am nächsten Tag in der Lodge an der Abtei angerufen – und dann von Powell erfahren, warum niemand abgenommen hatte. Die Begründung der Absperrung durch Hammerstead: so hanebüchen wie bescheuert. Als ob ernsthaft jemand glaubte, dass der Bauzaun dort aus Gründen der nationalen Sicherheit errichtet worden war.

Shao hatte versucht, mit Sinclair über das Problem zu reden. Sie hatte es wirklich *versucht*, aber genauso gut hätte sie ein Gespräch mit der Yucca-Palme in ihrem Büro führen können.

Er hatte nicht mal angerufen, nachdem die Befragung vorbei gewesen war.

Ein Schmatzen ertönte, als Antwon das Kondom abzog und nach der Zigarettenpackung auf dem Nachttisch griff. Ein blauer Kringel, der langsam nach oben stieg und am Bücherbrett zerfaserte.

»Wolltest du dir nicht mal irgendwann ’n richtiges Apartment suchen? Mit richtigen Tapeten?«

»Sobald ich meinen Master hab, Baby.«

»Klar.«

Sein Hinterkopf lehnte an der Wand, so dass das Kinn auf seine Brust drückte. Es war Shao ein Rätsel, wie man in der Haltung rauchen konnte, ohne auf der Stelle zu ersticken.

»’n paar Kundinnen werd ich auf jeden Fall behalten«, sinnierte er, »vor allem die zahlungskräftigen. Ist nie von Nachteil, breit aufgestellt zu sein.«

»Steht das etwa auch in deinen Büchern?«

Er drehte den Kopf und blies den Rauch knapp über ihren Kopf hinweg. »Du stehst derzeit noch auf der Kippe, Baby.«

»Lass den Scheiß, du stinkst.« Sie richtete sich auf und umfasste ihre Knöchel. Vielleicht hätte sie besser laufen gehen sollen. Aber da war ja immer noch der Grund, weswegen sie hergekommen war. »Und? Wo ist es?«

»Unterm Bett.«

Sie rutschte von der Matratze und ging auf die Knie, bis sie einen Blick unter das Bettgestell werfen konnte.

»Hattest du nicht die Anhörung heute?«

»Nicht jetzt, okay?« Sie zog die rote Sporttasche hervor. »Hast du mal Tennis gespielt, oder was?«

»Hatte nichts anderes da auf die Schnelle. Verpackung ist inklusive.«

Sie zog den Reißverschluss auf. Eine MP5 und, säuberlich in Schachteln verpackt, dreihundert Schuss Munition. Eine Beretta 92FS, also genau das Modell, das sie auch offiziell trug, nur das bei diesem hier die Nummer ausgefeilt war. Auch die Munition war identisch: Kaliber 9 mm Parabellum. Dazu ein Survival-Messer, die Klinge auf der einen Seite glatt, auf der anderen gezackt, das in einer Lederscheide steckte. Sowie eine zweite Lederscheide, die leer war, weil der Dolch, der dort Platz finden sollte, bereits in Shaos Handschuhfach lag. Außerdem fand sie noch einen 100-Watt-LED-Strahler, der eigentlich als Außenleuchte konzipiert worden war, und schließlich, als Sahnehäubchen und ebenfalls mit entsprechender Munition versehen, eine Remington 870, wie Ashley und Lockhart sie verwendet hatten.

Noch ein Rauchkringel. »Sollte ich vielleicht irgendwas wissen?«

Shao antwortete nicht, sondern überprüfte die Magazine und Schlitten.

»Ich mein nur, falls du dir selbst in den Bauch schießt, muss ich meine Monatseinnahmen neu kalkulieren.«

Die Ware war einwandfrei. Was nebenbei gesagt eine Selbstverständlichkeit sein sollte bei dem Halsabschneiderpreis, den Antwons Leute für alles zusammen verlangt hatten. Sie schob den Strahler und die Waffen zurück in die Tasche und zog den Reißverschluss zu.

»Oder ich wander in den Bau, weil irgendwo auf der scheiß Tasche meine Fingerabdrücke sind.«

»Wär doch super. Dann könntest du endlich ganz in Ruhe deinen Master machen.« Sie kroch zurück ins Bett und fischte nach ihrem Telefon auf dem Nachttisch. Gleich zehn vor acht. »Ich hab übrigens noch zwölf Minuten.«

Antwon legte gleichmütig die Zigarette in den Ascher und langte nach der zweiten Packung auf dem Nachttisch.

Der für Kondome.

Shao drehte sich auf dem Bauch und reckte ihm das Hinterteil entgegen.

»Kundin ist Königin.« Er grinste. »Weißte ja.«

»Leck mich.«

Er umfasste ihre Schenkel und brachte sich gehorsam in Stellung, als das Telefon unter ihr klingelte.

Video-Anruf.

Von Sinclair.

6

»Und?« Sheila knipste ein breites Lächeln an. »Zufrieden mit dem Ergebnis?«

Detective Superintendent James Powell senkte den Blick, als hätte sie von der wirklich ausgezeichneten Brixham-Dover-Seezunge auf seinem Teller gesprochen.

»Fangen Sie ruhig schon an. Meins kommt sicherlich auch gleich.«

Powell rührte keinen Finger, und Sheila ahnte, dass es mehr als nur ein Lächeln brauchen würde, ihn zu knacken. Sie lehnte sich kaum merklich nach vorn, fuhr sich mit der Linken scheinbar verträumt durch den frechen Pixie Cut, den Fred ihr heute Nachmittag geschnitten hatte, und nickte in Richtung des Strandpanoramas, das von den Fischerbooten der Hermitage Community und, weit im Westen, von der Silhouette der Tower Bridge dominiert wurde. »Wussten Sie, dass all das da draußen – und ich meine wirklich *alles,* von der Brücke bis rüber nach Shadwell –, dass das alles noch das echte Wapping war, als mein Vater den Daily Globe gegründet hat?«

Die Bewegung, mit der er über die Schulter sah, wirkte ein wenig bemüht.

»Und ich meine damit nicht nur das alte Fischerdorf – Sie wissen schon: nach Tran stinkende Kutter, Anglernetze, Aalreusen und so weiter –, sondern auch die Zeitungsredaktionen und Druckereien, die früher hier untergebracht waren. Ich erinnere mich sogar an das Klappern der Schreibmaschinen und den Geruch der Druckschwärze, der durch die Straßen wehte.« Sie verschwieg, dass die letzten dieser Redaktionen dem gläsernen Daily-Globe-Komplex gewichen waren, dessen bessere Kantine das Edelrestaurant »Smiths of Wapping« mit seinen exquisiten Fischgerichten jetzt darstellte. »›Wir stehen auf den Schultern der hart arbeitenden einfachen Bevölkerung, Sheila.‹ Diese Worte hat mein Vater mir eingetrichtert – lange bevor ich sie wirklich verstehen konnte.«

Powell setzte zu einer Erwiderung an, als sie in ihrem Rücken eine Stimme vernahm.

»Der Wolfsbarsch in Flammen, Mrs. Conolly.«

Sie konnte gerade noch ihr Handy vom Tisch ziehen, bevor der weiß livrierte Kellner die dampfende Pfanne mit dem Rechaud abstellte und die geölten Kräuterzweige entzündete. Im Schein der Flammen leuchtete eine SMS von Phelps auf. Phelps war ohne Zweifel der schlechteste Politik-Chefredakteur, den sie je beschäftigt hatte – was wirklich etwas heißen wollte, da zuvor Bill diesen Job innegehabt hatte –, aber darum würde sie sich später kümmern, wenn sie *dieses* Problem hier aus der Welt geschafft hatte. Sie ließ das Handy im Etui verschwinden.

»Danke, Alex.«

Alex verbeugte sich und schwebte wie ein Geist davon.

»Ich bin nicht sicher, ob ich verstehe, was Sie von mir erwarten«, sagte Powell, während die letzten Flämmchen über die Schwanzflosse des Wolfsbarsches züngelten.

Gott sei Dank, er kann sprechen.

Sie schätzte, dass ihr höchstens noch eine Minute blieb, bevor Powell sie in seine Schublade der nervigen Medien-Quasselstrippen einsortierte und die Lade schloss, um sie nie wieder aufzuziehen. Zeit, den Köder auszuwerfen. »Bill hat im Fall Baltimore ermittelt und ist mit seinen Informationen an die Öffentlichkeit gegangen. Auf seinem eigenen Kanal, aber auch in der Talkshow von Susan Waite letzten Samstag, an die Sie sich vielleicht erinnern.«

Powells Gesicht blieb eine Felslandschaft.

»Der Auftritt geschah *selbstverständlich* gegen meinen ausdrücklichen Rat, weil die Qualität der Informationen, die Bill zu diesem Zeitpunkt zusammengetragen hatte ... sagen wir so: Ich hatte nicht das Gefühl, dass die Story wirklich schon reif war für eine Veröffentlichung. Ehrlich gesagt, hatten wir sogar einen kleinen Streit deswegen. Aber vielleicht ... vielleicht habe ich mich ja auch geirrt ... *schrecklich* geirrt. Verstehen Sie, was ich meine?«

»Was für eine Story?«

»Wir haben seinen Wagen gefunden, in der City, an der Westseite der Temple Gardens! Sie wissen schon, die U-Bahn-Station.«

»Ich weiß.«

»Er war verbeult, als ob Bill einen Unfall gehabt hätte, und ich hab natürlich sofort eine Vermisstenanzeige aufgegeben und ... und ... o Gott, bitte entschuldigen Sie.« Sie schnäuzte in das Taschentuch, das sie zuvor mit Zwiebelschalen eingerieben hatte. »Ich mache mir solche Vorwürfe! Ich hab praktisch seit einer Woche nicht mehr geschlafen deswegen. Ich meine, was wäre, wenn ich ihm eine Chance gegeben hätte, die Story rechtzeitig beim Globe zu veröffentlichen, bevor ... bevor diese Leute, gegen die er ermittelt hat, ihn ... Mr. Powell, *bitte*! Sie *müssen* mir helfen, ihn zu finden!« Sie steckte das Tuch weg, bevor sich ihr Gesicht in ein Schlachtfeld verwandelte.

Powell nippte an seinem kohlensäurefreien Wasser und stellte es exakt auf den Platz zurück, an dem sich der Kondensring in die Stofftischdecke gezeichnet hatte. »Es tut mir leid, Mrs. Conolly, aber selbst wenn ich auf dem Forest Gate genügend Leute hätte, um der Sache nachzugehen, läge der Fall immer noch außerhalb meines Zuständigkeitsbereichs.«

»Aber Sie ermitteln doch in der Baltimore-Sache. Sie wissen, was an Heiligabend passiert ist, und könnten darum herausfinden, wer Bill … wer ihn aus dem Verkehr ziehen wollte.«

»Außerdem, Mrs. Conolly, bin ich mir nicht sicher, …«

»*Ich flehe Sie an,* Detective Superintendent! Ich würde wirklich alles tun, um meinen Mann zu finden. Absolut *alles* … verstehen Sie?«

»… ob Ihr Interesse an diesem Fall wirklich rein privater Natur ist.«

Sie blinzelte durch ein Meer echter Tränen. »Wie meinen Sie das?« Sie fühlte sich ertappt, hatte es doch Tage gegeben – ach was, *Wochen, Monate* –, an denen sie sich gefragt hatte, ob sie sich in Bill getäuscht hatte. Ob ein herzerfrischendes Lachen und ein stets ein wenig spitzbübisch wirkender Blick wirklich ausreichten, um die offensichtlichen Schwächen zu kaschieren. Und das war bereits gewesen, bevor seine pathologische Rechthaberei und die Kokainsucht sie in den Wahnsinn getrieben hatten. Aber jetzt, da er wirklich *fort* war … sie hätte niemals für möglich gehalten, dass er ihr so fehlen könnte.

»Ich glaube Ihnen, dass Sie sich um Ihren Mann sorgen«, erwiderte Powell ausweichend, »und sollte sein Verschwinden wirklich etwas mit der *Baltimore* zu tun haben, sichere ich Ihnen gern meine Unterstützung zu. Unter einer Bedingung.«

Sie nickte erfreut.

»Sie müssen mir die Wahrheit sagen und dürfen mir nichts verschweigen, was für die Ermittlungen wichtig wäre.« Auf seiner granitenen Stirn entstand eine steile Falte. »Ich habe nämlich den Eindruck, dass Sie in dieser Sache mehr auf der Hand haben als ein Taschentuch, das Sie vorab mit Zwiebeln eingerieben haben.«

Sheila blinzelte. *Warum so überrascht, Mädchen? Wegen seiner Beobachtungsgabe hast du ihn ausgewählt.*

Na ja. Um der Wahrheit die Ehre zu geben, hatte sie ihn ausgewählt wegen der Aufrichtigkeit, die man ihm nachsagte – und wegen der Hexenjagd, zu der Hammerstead geblasen hatte. Wenn er außerdem kein Schwachkopf war, umso besser.

Sie tupfte mit einem sauberen Taschentuch über ihre Wimpern und schenkte Powell ein tapferes Lächeln. »Ich habe die Presseberichte verfolgt. Über die *Baltimore* natürlich sowieso, aber auch über die Anhörung gestern und heute. Ich bin Ihnen ehrlich zu Dank verpflichtet, dass Sie sich nach einem solchen Tag noch die Zeit für dieses Gespräch nehmen.«

Die Falte auf Powells Stirn glättete sich. Ein wenig. »Sie sagten, Sie hätten da etwas, das wichtig sein könnte. Für den Fall Baltimore.«

»Richtig, richtig. Ich dachte mir, es wäre doch nur fair, wenn ich Ihnen, sozusagen im Gegenzug für Ihre Aufmerksamkeit, anbieten würde … sich ein wenig Bewegungsfreiheit zurückzuholen.« Sie zog ein einzelnes Blatt Papier aus ihrer Waldviertler-Lederhandtasche und schob es über den Tisch. Der Drucker ihres Kontaktmannes im Hauptquartier der Metropolitan Police war nicht nur in der Lage, den Lebenslauf eines hochrangigen Kriminalbeamten auszuspucken. Es gelang ihm sogar hin und wieder, die Kopie eines verschollen geglaubten Server-Protokolls ans Licht zu zaubern.

Powell überflog die Zeilen, und Sheila bemerkt zufrieden, wie er sich versteifte.

»Woher haben Sie das?«

»Ich hoffe, Sie können damit mehr anfangen als Bill. Es ist nämlich alles, wirklich absolut alles, was ich Ihnen im Augenblick anbieten kann.«

Powell fuhr sich mit der Zunge über die spröde Unterlippe, dann faltete er das Blatt zusammen und ließ es hinter der Zigarettenpackung in der Brusttasche seines Hemdes verschwinden.

Sheila griff strahlend nach ihrem Besteck. »Lassen Sie es sich schmecken, Superintendent.«

Sie war billiger davongekommen, als sie erwartet hatte.

7

Bill schwamm.

Ob es ein Swimmingpool war oder das offene Meer, es musste auf jeden Fall so etwas wie Wasser sein, das ihn umspülte. Warmes Wasser, das ihn schweben und dahindämmern ließ wie einen Rentner im Rheumabecken.

Schwester Salome störte die Ruhe, obwohl er sich durchaus freute, sie zu sehen.

Salome war nett.

Im Gegensatz zu den anderen Pflegern und zu Dr. Kashani, den er schon länger nicht mehr zu Gesicht bekommen hatte.

»Haben Sie mein Telefon?«

Sie lächelte und reichte ihm einen Medikamentenplaner: eine Schachtel mit jeder Menge weißer Kapseln, die ihn aus den sieben Vertiefungen für Montag, Dienstag, Mittwoch, Donnerstag, Freitag, Samstag und Sonntag anlachten. Die Fächer für Montag, Dienstag und Mittwoch waren leer, also musste heute wohl Donnerstag sein. Bill stellte freudig überrascht fest, dass in der Mulde für Donnerstag sein Telefon lag. Es war nicht mal mehr fingerhutgroß und hatte die Form einer weißen Kapsel angenommen, aber es war sein Telefon. Faszinierend.

Er schluckte es herunter.

»Ich möchte Ihnen etwas mitteilen, Salome. Ich halte die Studie, die Dr. Kashani und dieser andere Arzt …«

»Dr. Brent.«

»…/ entwickelt haben, für reine Scharlatanerie. Ich glaube, dass die Menschen in diesem Haus gefügig gemacht werden sollen. Sie müssen wissen, ich bin Reporter. Ich habe einen siebten Sinn für Leute, die Dreck am Stecken haben. Es ist mein *Beruf*, Leute mit Dreck am Stecken zu erkennen, und Dr. Kashani *hat* Dreck am …«

»Sie sollten sich jetzt ausruhen, Mr. Conolly.«

»Nein, ich …«

»In einer Viertelstunde geht das Licht aus.«

»Halt, warten Sie, das geht nicht! In einer Viertelstunde ruft meine Frau an.«

Salome schlug das Kissen auf und half ihm, sich hinzulegen. Das Gesicht ein wenig *zu* rund, okay, aber sie war schon ziemlich hübsch, das musste er zugeben. Nur durfte ihn das nicht ablenken von den wichtigen Fragen, die zu klären waren.

»Wer befindet sich in Zimmer 17?« Er grinste sie triumphierend an. »Es ist das Zimmer, in dem *ich* vorher gelegen habe, aber ich wurde ausquartiert, weil jemand *Wichtigeres* eingetroffen ist!«

»Mr. Conolly, ich …«

»Sie glauben wahrscheinlich, ich hätte es nicht mitbekommen, wie Dr. Kashani und Sie darüber gesprochen haben. Ich habe es auch nicht mitbekommen, aber einer der Pfleger hat darüber gesprochen, dass *Sie* darüber gesprochen haben. Und das habe ich mitbekommen. Können Sie mir folgen, Salome?«

»Die Klingel befindet sich direkt über Ihnen, Mr. Conolly. Falls Sie etwas benötigen, zögern Sie nicht, mich zu rufen.«

»Vielen Dank, aber ich habe alles, was ich brauche.« Er schlug auf die Bettpfanne, die an dem Metallgitter seitlich der Matratze eingehängt war, dass es klapperte. »Ich bin komplett versorgt, vor allem weil ich ja jetzt mein Telefon habe.«

»Gute Nacht, Mr. Conolly.«

Salome griff sich das Tablett mit dem Abendessen, das er nicht angerührt hatte, und schlich auf leisen Sohlen zur Tür.

»Sie können auch normal gehen, Salome. Ich höre sowieso, dass Sie zur Tür gehen.«

Klick.

Bill riss die Augen auf und drehte den Kopf. War sie etwa schon fort?

Er versuchte, sich aufzurichten, aber es war, als drückten ihn bleischwere Gewichte zurück in das Kissen. In seinem

Kopf drehte sich irgendetwas. Ein Gedanke, der flatterhaft war wie ein Vogel und sich einfach nicht einfangen lassen wollte. Er hatte nichts mit der Studie zu tun und auch nichts mit dem Telefon, das er gerade eben verspeist hatte.

Richtig, er hatte mit Sheila sprechen wollen. Aber dafür war es jetzt wohl zu spät. Vielleicht morgen.

Nein, nein, der Gedanke drehte sich um etwas anderes.

Um den Patienten in Zimmer 17. Es musste doch eine Möglichkeit geben herauszufinden, wer dort untergebracht war – und zwar ohne dass Dr. Kashani oder Salome oder irgendjemand anderes etwas davon bemerkten.

Er würde schon noch einen Weg finden.

Er war Wild Bill von Wild-Bill.com, und er würde gleich morgen, sobald es ihm wieder besserging, seine Reporterspürnase einschalten und sich auf die Suche machen.

Grinsend stellte er sich vor, wie Kashani und die anderen Kappen herumstanden und sich fragten, wie er ihnen hatte entwischen können.

Wir sehen uns morgen exakt hier an dieser Stelle, liebe Freunde und Fans von Wild-Bill.com, verlasst euch drauf.

Verlasst euch drauf!

Zufrieden verneigte er sich und nahm die Jubelrufe und Glückwünsche seiner Follower mit in den Harmony-Rausch.

8

Als Shelford erwachte, war es dunkel.

Die Kopfschmerzen waren immer noch da, aber der Infusionsständer und die Schrankwand mit den Mullbinden waren verschwunden.

Spencer hatte also sein Versprechen gehalten. Er befand sich in seinem eigenen Container. Das Bett gegenüber war leer, weil Michael, der dort geschlafen hatte, von dem Tentakel-Geschöpf, in das Steve Rundle sich verwandelt hatte, aufgespießt worden war. Shelford nahm an, dass Scott bereits daran arbeitete, das Kontingent aufzufüllen.

Er schob die Beine aus dem Bett und setzte sich auf. Abgesehen von dem ekligen Brummen in seinem Schädel fühlte er sich recht fit.

Der Blick durch das Fenster auf Michaels Seite ging auf das Gelände, im Gegensatz zu seinem eigenen, das nach Süden wies, wo nur der Zaun zu sehen war. In der Dunkelheit erblickte er drüben an der Einfahrt Bennet und Shane, die vorgestern Nacht nur Bereitschaft gehabt hatten. Zwischen den Containern und ihnen das riesige Areal der Abteiruine, von der lediglich noch ein paar einzelne Mauern wie Reihen von Zahnstümpfen zwischen den Heidesträuchern aufragten. In nördlicher Richtung dahinter erhoben sich die kahlen Äste eines Maulbeerbaums, und etwas weiter rechts, in nordöstlicher Richtung, lag das Zelt über der Lady's Chapel, in dem sich der Eingang zum unterirdischen Labor befand.

Shelford ließ den Blick über die Sträucher schweifen, die zwischen den Mauerruinen wucherten. Die meisten von ihnen hatten schon während der letzten Tage keinen guten Eindruck gemacht. Jetzt konnte man selbst in der Dunkelheit erkennen, dass sie vertrocknet waren. Nirgendwo eine lebendige Blume oder grünes Gras …

Und noch etwas fiel Shelford auf, als er den Kopf in den Nacken legte. Das blasse rosa Blinken, das ansonsten jede Nacht sanfte Muster auf die Gipsplatten an der Decke zeichnete, fehlte.

Er drehte sich um und sah aus dem gegenüberliegenden Fenster auf den Bauzaun.

Jemand hatte die Stromzufuhr abgeschaltet.

9

Die Gänsehaut kam wieder, als sie den Parkplatz des Lund Point Tower erreichte. Die obere Hälfte des Hochhauses lag komplett im Dunkeln, darunter auch die Etagen, in denen Costellos Drogenhöhle untergebracht gewesen war. Nur in den unteren Stockwerken brannten ein paar

Lichter. Mieter, die von Costello abhängig oder so verschuldet waren, dass sie sich keine andere Bleibe leisten konnten.

Sinclair stand unter der einzigen Laterne in der Mitte des Parkplatzes, in einem Kegel aus schwefelgelbem Licht.

Shao drehte den CR-Z und parkte rückwärts direkt vor seinen Füßen ein.

»Guten Abend, Detective.«

»Sparen Sie sich den Scheiß, okay? Im Kofferraum hab ich was für Sie.«

Sie öffnete die Klappe, öffnete die Sporttasche und trat drei Schritte zurück. »Suchen Sie sich was aus.«

Sinclair warf einen Blick in die Tasche, deren Inneres von der Laterne ausgeleuchtet wurde. »Und mit dem ganzen Zeug wollten Sie allein da rein?«

»Ich geh bestimmt nicht noch mal unvorbereitet da runter, so viel ist sicher.«

»Darf ich?«

»Bitte.«

Er nahm die Remington heraus und betrachtete sie von allen Seiten, wobei er darauf achtete, vom Tower aus gesehen hinter dem Wagen zu bleiben. Schließlich legte er sie wieder zurück und griff nach der Beretta. »Die Seriennummern sind weggefeilt.«

Shao zog ihre eigene Waffe aus dem Holster und richtete sie auf Sinclair. »Und jetzt möchte ich, dass Sie sich ausziehen.«

Er hob die Brauen. »Hier? Wie wär's 'n paar Schritte weiter da rüber, wo es dunkel ist.«

»Ich find's ganz gut mit dem Licht hier. Und die Hose können Sie gern anbehalten, falls Sie sich dann besser fühlen.«

Er nickte in Richtung des Towers. »Ich dachte, falls uns jemand zuschaut und die Polizei ruft.«

»Keine Sorge, wer hier einzieht, kennt nicht mal unsere Nummer. Und vergessen Sie am besten auch die Pistole. Ist sowieso nicht geladen. Keine von den Waffen in der Tasche ist geladen.«

Ein mattes Lächeln glitt über seine Mundwinkel, als er die Beretta mit Daumen und Zeigefinger am Griff fasste, sie zurück in den Kofferraum fallen ließ und sich die Jacke abstreifte.

»Weiter.«

»Glauben Sie wirklich, dass ich so ein Schattending in mir habe?«

»Drauf geschissen, was ich glaube. Sie waren wochenlang weg, und als ich Sie gefunden hab, lagen Sie neben dem Riesenwürfel, für den sich auch diese komischen lebenden Schatten interessieren. Und Seaways.«

Sinclair streifte sich den Pullover über den Kopf. »Ziemlich kalt hier.«

»Mir nicht.«

Er schüttelte den Kopf und ließ auch noch das Unterhemd folgen. Wie den Pullover zuvor, warf er es über die offene Kofferraumklappe. »Zufrieden?«

»Umdrehen.«

Er drehte sich um, so dass Shao seinen Rücken in Augenschein nehmen konnte. Nicht ganz so muskulös wie Antwon, aber an den Oberarmen zeichnete sich deutlich der Trizeps ab. Der Rücken makellos. Keine Wunden.

»Genug gesehen?«

»Was ist, wenn es Sie gerade erst erwischt hat? Normalerweise dauert es, bis sich die Verletzungen zeigen. Das war jedenfalls bei Rachel Briscoe so, und wahrscheinlich auch bei Russell Lynch und Deirdre. Also, wo waren Sie heute?«

»Darf ich mich vorher wieder anziehen?«

Sie zögerte und nickte schließlich.

Er fischte nach seinem Unterhemd. »Powell hat mich zu einem Verkehrsunfall nach Belvedere geschickt.«

»Ein Verkehrsunfall?«

»Ein Rettungswagen, der vom Abteigelände in Abbey Wood runter ist und auf dem Weg ins Krankenhaus eine Grundstücksmauer mitgenommen hat. Vier Tote.«

Vielleicht war sie ja schwer von Begriff, aber sie kapierte immer noch nicht, wieso das ein Fall für das Murder Investigation Team in Newham sein sollte.

»Die Patientin hat sich unterwegs … na ja, sagen wir mal, sie hat sich *verändert* und dabei den Notarzt und den Fahrer und einen Passanten getötet und sich dann zum Sterben in eine Garage zurückgezogen.«

»Ich kapier überhaupt nichts.«

»Ging mir genauso, als ich sie gesehen hab. Aber Powell hat anscheinend schon geahnt, dass da was nicht stimmte.«

»Aha. Und das ist dann also alles oder wie?«

Sinclair hielt ihrem Blick stand, während er in seine Jacke schlüpfte. »Das wäre im Moment alles, ja.«

»Ist doch Bullshit! Warum haben Sie am Telefon nichts davon erzählt?«

»Darum wollt ich ja den Video-Anruf machen. Damit Sie selbst einen Blick auf die Tote werfen können.«

Sie hatte den Anruf bei Antwon entgegengenommen, aber der App die Verwendung der Kamera untersagt.

»Aber der Bildschirm ist schwarz geblieben, na ja, und da dachte ich mir, wenn Sie Ihre Geheimnisse vor mir haben, hab ich eben meine.«

Sie schnaubte. Inzwischen bereute sie längst, dass sie ihm am Telefon von ihrem Plan erzählt hatte. Zumal auch Antwon ein paar Details aufgeschnappt hatte, die nicht für ihn bestimmt gewesen waren.

Sinclair breitete die Arme aus. »Also, Sie können jetzt weiter da rumstehen und schmollen, oder Sie erlauben mir, die Waffen zu laden, und wir gehen gemeinsam da runter.«

Er wartete geduldig, obwohl es offensichtlich war, dass er fror.

Endlich nickte Shao und steckte die Beretta zurück ins Holster. »Remington oder MP5?«

Sie drückte alle Klingeln auf den untersten drei Etagen. Zehn Sekunden später ertönte der Summer. Ein schmaler, mit

Graffiti beschmierter Gang führte zwischen Wohnungstüren hindurch in Richtung Treppenhaus. Shao fröstelte, als sie die Einkerbungen in den Wänden erblickte. Von den Kugeln, die Big Jellyfish und seine Leute Zuko und ihr hinterhergeschickt hatten. Die Querschläger hatten sich links und rechts neben ihnen in den Putz gefressen. Und würden dort steckenbleiben bis in alle Ewigkeit, weil Logan Costello schon vor Jahrzehnten beschlossen hatte, in den Lund Point Tower keinen Cent mehr zu investieren.

Die Kellertür war verschlossen, wie letzte Woche. Shao zückte das Pickset, das sie aus dem Büro mitgenommen hatte. Eine Minute später schnappte das Schloss auf.

Sie folgten der Kette von Neonröhren über den sauberen Betonboden, der noch vor einer Woche vor Blut- und Sekretspuren gestarrt hatte. Wahrscheinlich hatte Costello auch oben im siebzehnten Stock jeden Hinweis auf die Spinne und die Kokons entfernen lassen.

Aber der Geruch nach verschmorter Scheiße war noch da. Er führte sie zu der offenstehenden Holztür vor der Parzelle, in der die Spinne sich den Zugang zur Kanalisation verschafft hatte. Sinclair schob ein paar Pappkisten und einen Stapel verschimmelter Bücher zur Seite und nahm das Loch im Boden in Augenschein. Es besaß einen annähernd ovalen Grundriss und maß an der längsten Stelle beinahe zwei Yards im Durchmesser.

»Gehen Sie ein paar Yards runter, dann stehen Sie im Kanal.«

Sie hatte damit gerechnet, dass er zögern würde, aber er drückte ihr die Remington in die Hand, nahm seine Taschenlampe zwischen die Zähne und ließ sich auf den Hosenboden sinken.

Shao fragte sich noch, ob das alles wirklich eine so gute Idee war, da verschwand er bereits in dem Loch, und es gab kein Zurück mehr.

10

Powell starrte sehnsüchtig auf den Humidor auf seinem Schreibtisch und dachte darüber nach, welche Schachzüge Hammerstead wohl morgen anbringen würde, als das Telefonklingeln wie eine Messerklinge durch seine Gedanken schnitt.

Shao hatte sich verdammt gut geschlagen während der ersten beiden Tage. Der Ausrutscher zwischendrin, nun ja, so was konnte jedem passieren, der vor einem Gespräch mit Hammerstead keine Flasche Baldrian geleert hatte. Andererseits, viel weiter würde der Kerl nicht gehen können, ohne das Misstrauen von Deputy Commissioner Ryan Goodspeed zu erregen. Für Goodspeed, Ausbildungsjahrgang '82 in Hendon, zwei Jahrgänge über Powell, gab es nichts Schlimmeres als eine Intrige, die er nicht selbst ersonnen hatte. Falls Shao cool blieb, würde es ihnen beiden vielleicht doch noch gelingen, den Kopf aus der Schlinge zu ziehen.

Ach ja, das Telefon.

»Powell.«

»Guten Abend, Mr. Powell. Sheila Conolly hier.«

»Mrs. Conolly.«

»Haben Sie die Informationen, die ich Ihnen gegeben habe, verwenden können?«

»Unser Gespräch ist gerade mal zwei Stunden her …«

»Und doch sind Sie noch am Abend wieder ins Büro gefahren. Ich wusste, Sie sind ein Mann der Tat.«

»Wer hat Ihnen die Kopie der Serverdaten zugespielt?«

»Wo ist mein Mann, Detective Superintendent? Das ist die Frage, die uns beschäftigen sollte.«

»Und ich sagte Ihnen, dass wir der Sache nachgehen werden.«

»Oh, bitte heben Sie sich das Flunkern für unser zweites Date auf. Sagen wir, morgen Abend? Falls Ihnen das ›Smiths of Wapping‹ nicht zugesagt hat, dürfen Sie gern eine andere Lokalität vorschlagen.«

Powell sah auf die Uhr. »Ich muss mich auf die Anhörung morgen früh vorbereiten …«

»Wussten Sie übrigens, dass Staatssekretär Hammerstead an der Verschleppung der Ermittlung im Fall Baltimore beteiligt war? Er soll außerdem in engem Kontakt zu einem gewissen Mr. Randolph Scott stehen, vielleicht ein Geschäftsführer von Seaways PLC, der London am 11. Dezember letzten Jahres in einem Hubschrauber verlassen hat und zwei Tage später, am 13. Dezember, zurückgekehrt ist – und zwar in Begleitung von Rachel Briscoe.«

Powell hatte automatisch nach einem Stift gegriffen und den Namen und die Daten notiert. »Woher haben Sie diese Informationen? Vielleicht aus einem Aktenordner, der einem unserer Beamten vor einigen Tagen aus einem Schließfach bei Big Green gestohlen wurde?«

»Wahrscheinlich liegt es an der Seezunge, dass Sie mir gram sind. Ich hatte Ihnen ja den Wolfsbarsch ans Herz gelegt.«

»Sie machen sich strafbar, wenn Sie ihn nicht unverzüglich zurückgeben.«

»Ich kooperiere vollständig. Jetzt müssen wir nur noch einen Termin finden, an dem es uns beiden passt.«

»Kommen Sie am besten direkt morgen früh auf dem Revier vorbei. Unsere Sekretärin Miss Perkins wird Sie sehr gern empfangen.«

»Ich habe übrigens noch einen Namen für Sie. Benjamin Shelford. Er arbeitet für Seaways und war einer der Leute, die Detective Lockhart mit Informationen versorgt haben.«

Powell gab den Namen in die interne Datenbank ein. Ein einziger Eintrag, der zudem sieben Jahre alt war. Eine Festnahme wegen der Ausrichtung eines illegalen Raves auf einem alten Schrottplatz in Hamden …?

»Ach ja, Superintendent, das hätte ich um ein Haar vergessen: Leider kann ich Ihnen den Ordner nicht aushändigen. Er wurde mir gestern gestohlen.«

Er atmete tief durch. »Mrs. Conolly. Wenn ich Ihnen helfen soll, müssen Sie aufhören, Spielchen zu spielen.«

»Je schneller Sie Bill finden, umso schneller wird sich der

Dieb bei mir melden, um mir den Ordner zurückzubringen. Auf Wiederhören, Superintendent.«

Powell legte auf und tippte mit den Fingern auf den Humidor. Der Aktenordner war der Schlüssel zu diesem Fall. Außerdem war es vielleicht sowieso eine gute Idee, sich morgen früh noch einmal mit Shao zu besprechen, um etwaige böse Überraschungen während der Anhörung auszuschließen.

Er rief sie an, erreichte aber nur die Mailbox.

Dasselbe bei Sinclair.

Der Humidor leuchtete inzwischen wie eine Gestalt gewordene Verheißung.

Aber Vorsatz war Vorsatz, und so begnügte er sich schweren Herzens mit einer Chesterfield, die er aus der zerknüllten Packung in seiner Brusttasche klaubte.

11

Shao hatte den Zugang über den Lund Point Tower aus einem guten Grund gewählt. Sie bewegten sich von hier aus auf exakt demselben Weg und in derselben Richtung auf das Siel zu wie Zuko und sie bei der Verfolgung der Spinne. Sie war nicht sicher, ob sie den Weg umgekehrt von der U-Bahn-Station Mile End wirklich wiedergefunden hätte.

So aber folgten sie der Spur, die sich ihr wie mit einem Brandeisen ins Gedächtnis gebrannt hatte, durch das Labyrinth aus Kanälen und Abwasserröhren, an den Abzweigungen und Kreuzungen vorüber, zuerst in Richtung des Wasserrauschens, bis sie das Gitter erreichten, das aus der Verankerung gebrochen war. Genau gegenüber, auf der anderen Seite des reißenden Baches aus Scheiße, befand sich, wie mit einem riesigen Hohlbohrer in die Wand gefräst, das Einstiegsloch des nächsten Ganges. Im weiteren Verlauf dann die Stellen, an denen die Decke sich so weit absenkte, dass sie auf Knien kriechen mussten, und schließlich das Rattern der Central Line irgendwo in der Ferne. Mit den schweren Waffen im Gepäck war der Weg noch beschwerlicher. Außerdem verharrte Shao immer wieder und ließ den Strahl der Taschenlampe über die Kanalwände und den morastigen Untergrund streifen.

Nichts. Keine Bewegung.

Bisher.

Dann erreichten sie das Loch im Boden, und Shao spürte, wie ihr Herz wild zu klopfen begann. Sie leuchtete hinter sich. Sinclair war immer noch da, die Taschenlampe zwischen den Zähnen. Sein Gesicht war schwarz von Scheiße.

»Halten Sie meine Beine fest, okay?«

Er tat es, so dass sie Zoll um Zoll an den Rand des Loches heranrobben konnte, in der Linken die Taschenlampe, in der Rechten die Beretta im Anschlag.

Vorsichtig schob sie Kopf über den Rand und leuchtete in die Tiefe.

Nichts.

Nur Schlamm und Betonfragmente und keine Spur von dem bräunlich-roten, schleimhautähnlichen Wurmgeflecht, das sich neulich aus dem Schacht auf sie gestürzt hatte.

»Und was jetzt?«

»Wir müssen da runter.«

»Wie tief ist der Schacht?«

»Keine Ahnung.« *Entschuldigung, war leider von einem Teppich aus Monster-Tubifexwürmern eingehüllt, als ich das letzte Mal da runtergestürzt bin.* »Drei, vier Yards, schätze ich.«

»Soll ich als Erster?«

Shao leuchtete ihm direkt ins Gesicht. »Das hätten Sie wohl gern, wie?«

Der Sprung ins Rückhaltebecken war weniger schlimm, als sie erwartet hatte.

Sie ließ ihre Knie einknicken und nahm dem Aufprall die Energie, indem sie sich seitlich abrollte und sich dabei ein paar blaue Flecke durch den Lauf der MP5 einhandelte. Die

Taschenlampe hatte den Sturz heil überstanden. Sofort federte sie hoch und leuchtete umher.

Das gesamte Rückhaltebecken, an dessen Seitenwänden die Spinne die Kokons mit den Überresten der Süchtigen aus dem Tower aufgeschichtet hatte, war leer. Nicht mal ein einzelner Spinnfaden fluoreszierte noch in der Dunkelheit.

»Okay, bin unten!«

Sie machte einen Schritt zur Seite, und eine Sekunde später hörte sie, wie Sinclair herabgerauscht kam. Sie hatte die Taschenlampe auf den Beton unter ihm gerichtet, so dass er den Aufprall abschätzen konnte. Ebenso wie sie rollte er über die Seite ab und richtete sich wieder auf.

»Alles klar?«

Er nickte und blickte sich um. »Hier ist es?«

»Hier *war* es jedenfalls.«

Shao war nicht nach Worten, weil sie an Deirdre dachte, die fünf Yards entfernt zu ihren Füßen gestorben war. Der Schatten war aus ihrem Körper geschlüpft und hatte zunächst Zuko und dann Shao auf ihre Tauglichkeit als neuer Wirt überprüft. Das war der Moment gewesen, in dem Richard de Lucy …

Ein rot glitzernder Reflex im Augenwinkel, dort, wo die Zulaufrohre aus der Wand ragten, in die das Wurmgeflecht geflüchtet war. Shao riss die MP5 von der Schulter und feuerte. Die Lichtblitze der Mündung tauchten das Rückhaltebecken in gleißendes Licht. Dauerfeuer, mit achthundert Schuss pro Minute. Zwanzig deformierte Kugeln sirrten kreuz und quer durch das Becken, bis Sinclair ihr den Lauf nach unten schlug.

Das Jaulen der Querschläger verstummte.

»Verdammt, sind Sie wahnsinnig?«

Sie bedeutete ihm zu schweigen, schob die Waffe zurück über die Schulter und näherte sich mit dem Silberdolch in der Hand dem Rohr. Sie schob die Klinge vor, so dass die Spitze in das Rohr hineinragte. Erst dann leuchtete sie hinein.

Das Rohr war leer.

Sinclairs Schritte hinter ihr. »Was haben Sie gesehen?«

»Da war … da war …«

Da war gar nichts gewesen. Nur Gespenster.

»Da drin hatte es sich verkrochen!«

Sinclairs Miene blieb starr. »Das Geflecht?«

Shao nickte.

Er ging in die Hocke und leuchtete in das Loch. Schließlich stand er auf und ließ den Strahl der Taschenlampe durch das Becken streifen. »Hier ist überall absolut gar nichts.«

»Aber wir waren hier, in genau diesem Becken! Da oben am Rand ist Deirdre aufgetaucht, mit der Spinne im Schlepptau.« Sie deutete auf den Boden neben Sinclair. »Und hier lag Zuko, nachdem das Vieh ihn eingesponnen hat. Und da …« Sie zeigte auf die beiden mannshohen Metallflügel des Sieltores auf der Rückseite. »… ist de Lucy rein, nachdem er Zuko und mich befreit und uns den Dolch gegeben hat.«

Mit der Taschenlampe leuchtete Sinclair über die Betonwände rechts und links des Siels. Zerlaufene Spuren, Rückstände von Schwarzwasser, Kotschmiere und aller mögliche andere Dreck, den Shao sich lieber nicht genauer vorstellen wollte. Aber keine Kokons, keine Überreste von Spinnenfäden.

»Hier muss jemand gründlich aufgeräumt haben. Auch in den Kanalröhren. Beim letzten Mal haben wir überall irgendwelche Viecher gesehen. Ratten zum Beispiel, die so groß waren wie … wie Katzen.«

Sinclair warf ihr einen Blick zu, der nicht verriet, ob er ihr glaubte oder sie für bescheuert hielt.

»Und dann diese Geflechte aus Tubifexwürmern. Das war, als ob alles Leben hier unten irgendwie … verändert wäre.«

Shao schluckte und verfolgte, wie Sinclair vor dem Tor in die Hocke ging und den Boden ableuchtete.

»Hier ist jedenfalls nichts. Und wenn de Lucy die Kadaver beseitigt hat?«

»Aber wie sollte er das gemacht haben? Außerdem ist er tot. Ich hab doch gesehen, wie hinter dem Siel sofort der Schatten in ihn rein ist!«

In Wirklichkeit hatte sie sogar noch mehr gesehen. Nämlich, dass de Lucy anders auf das schwarze Ding reagiert hatte als Deirdre oder Russell Lynch. Sein Körper war von dem Ereignis *sofort* in Mitleidenschaft gezogen worden. Shao hatte gesehen, wie ihm der Arm abgefault und zu Boden geklatscht war. De Lucy hatte nicht überrascht gewirkt, als hätte er die Sieltore im vollen Bewusstsein geöffnet, damit die Schattendinger ihn auf der Stelle töteten.

»De Lucy kann es also nicht gewesen sein, okay. Aber sagten Sie nicht, der nackte Junge aus der Abtei ist ihm wie aus dem Gesicht geschnitten?«

Shao nickte, legte die MP5 ab und schnallte sich den Strahler vom Rücken. »Die Schatten waren hinter dem Siel. Sie haben in der Finsternis gelauert. Um sie zu finden, müssen wir das Ding da also wohl oder übel aufmachen. Sind wir uns da einig?« Sie stellte den Strahler neben Sinclair auf den Boden und schaltete ihn ein, so dass die beiden Torflügel in gleißendes Licht getaucht wurden.

Sinclair warf ihr einen ernsten Blick zu. »Sind Sie wirklich sicher, dass Sie das tun wollen?«

Warum zum Teufel hatte sie nur das Gefühl, dass er rein gar keine Angst vor den Schatten hatte? Sie verscheuchte den Gedanken, bevor ihr Misstrauen von neuem erwachen konnte.

»Bereit, Sinclair?«

»Ich heiße John.«

»Shao. – Ich meine … sagen Sie einfach Shao, okay?«

»Okay.« Er lächelte, wenn auch nur für einen flüchtigen Moment. Es war das erste Mal, seit sie sich kennengelernt hatten. »Ich bin bereit, Shao.«

Sie nickte, doch ihr Herz hämmerte wie wild gegen ihre Rippen, als er auf das Siel zutrat und mit beiden Händen gegen die Metallflügel drückte.

Knirschend schwangen sie nach hinten.

Atemlos verfolgte Shao, wie das Licht des Strahlers die Finsternis dahinter zerriss und … auf einen Widerstand stieß.

Eine Mauer.

Aus Backsteinen und Mörtel.

Die dem bloßen Augenschein nach bereits vor vielen Jahrzehnten an dieser Stelle aufgeschichtet worden waren.

12

Aus Beauforts Vorzimmer war im Handumdrehen Lancashires Vorzimmer geworden. Lancashire hatte zwei Gläser stilles Wasser auf den Tisch gestellt und die beiden Sessel um den Tablet-Bildschirm herum gruppiert, auf dem Prof. Dr. Allan Spencer über eine sichere Leitung aus dem Labor unterhalb der Abteiruine zugeschaltet war. Im Halbdunkel hinter ihm erhoben sich die Umrisse des Würfels. Davor die Überreste der Glaswand und, inmitten eines Haufens von Elektronikschrott, zwei, drei funktionstüchtige Rechner, deren Monitore wie Geisteraugen glühten.

»Haben Sie schon etwas herausgefunden, Allan?«, erkundigte sich Randolph Scott.

Der Tablet-Bildschirm zwischen Scott und Lancashire hatte eine zu hohe Farbsättigung, und dennoch wirkte Spencer ohne die Hornbrille bleich wie sein eigener Leichnam. »Ich habe die Videoaufnahmen weitestgehend ausgewertet. Der Elektronenstrahler ist leider defekt, aber ich konnte das Log auf der Festplatte auslesen und mit den Daten abgleichen, die ich aus der Erinnerung niedergeschrieben hatte …«

»Wie lautet das Ergebnis?«

»Wir sollten das Projekt zumindest aussetzen, bis wir die Gründe für das Unglück eruiert haben.«

»Ich brauche keine Empfehlung, sondern eine Einschätzung der Situation. Wann wissen wir, wie es zu der Mutation kommen konnte?«

»Ich müsste Messungen anstellen, Analysen vornehmen, und das bedeutet, wir müssen zunächst das Labor wiederaufbauen und, wichtiger noch, qualifizierten Ersatz für das zu Tode gekommene Personal finden …«

Lancashire und Scott wechselten einen Blick.

»Haben Sie schon jemanden im Auge?«, fragte Shirley Lancashire.

»Nun, ich könnte selbstverständlich meine Verbindungen über die Universität nutzen, aber man kann immer nur die zweitbesten Leute anheuern, wenn die besten gerade bei einem Laborunglück ums Leben gekommen sind.«

»Was ist mit dem Gang auf der anderen Seite des Labors?«, fragte Scott. »Könnte dieses Krümmungsphänomen den Vorfall begünstigt haben?«

»Ich fürchte, das ist im Augenblick nicht mehr als eine Arbeitshypothese.«

Scotts Augen wurden schmal.

»Es gibt da allerdings noch etwas, das Sie wissen sollten, Mr. Scott.«

»Und das wäre?«

»Es gab einen Stromausfall. Wahrscheinlich ausgelöst von einem elektromagnetischen Impuls, der durch die Reaktion des Würfels induziert wurde und die Steuerungseinheit des Generators aus dem Tritt gebracht hat. Dabei hat übrigens einer unserer Security-Mitarbeiter diese Gelegenheit genutzt, um das Gelände zu verlassen.«

»Name?«, fragte Lancashire.

»Benjamin Shelford. Aber ich glaube nicht, dass er für das Projekt eine Gefahr darstellt. Ich halte Mr. Shelford für einen sehr loyalen Mitarbeiter, der …«

»Ist er mit der Substanz aus dem Würfel in Kontakt gekommen?«, fragte Scott.

»Nicht, soweit wir es im Augenblick beurteilen können.«

»Die Kameras auf dem Zaun sind auch ausgefallen?«, hakte Lancashire nach.

Spencer nickte. »Das Phänomen betrifft alle Systeme, die über den Generator versorgt wurden. Die Räumlichkeiten der Lodge waren allerdings nicht betroffen.«

»Was doch wohl klar gegen einen EMP spricht.«

Spencer wiegte den Kopf. »Ich bin kein Experte auf diesem Gebiet, und Mr. Steve Rundle, der uns da sicherlich hätte weiterhelfen können, ist … nun ja. Wie ich schon sagte, eine umfassende Fehleranalyse wäre in diesem Fall sicherlich …«

»Sie halten Shelfords Flucht also nicht für problematisch?«

Spencer blinzelte irritiert. »Er hat vermutlich einen Schock erlitten. Er könnte verängstigt oder desorientiert sein. Schwindel, Kopfschmerzen und Übelkeit sind wahrscheinliche Folgen eines Schädel-Hirn-Traumas. Bei einem GCS-Schweregrad zwischen acht und drei wäre außerdem eine retrograde Amnesie denkbar, die dazu führen könnte, dass …«

»Was wird es uns kosten, die Untersuchungen am Würfel ohne Verzögerung fortzusetzen?«

»Ich glaube nicht, dass das möglich sein wird, Mr. Scott. Und ich kann ehrlich gesagt nur dringend davon abraten, ohne vorhergehende Analyse eine solche Entscheidung zu treffen, die …«

»Lassen Sie Ihre Verbindungen an der Universität spielen. Ersetzen Sie die Verluste in gleicher Qualität, und sobald das erledigt ist, nehmen Sie mit dem neuen Team eine fundierte Risikobewertung vor. Ich will wissen, was das für ein Zeug war, das aus dem Würfel gespritzt ist, und was wir in dieser Hinsicht noch zu erwarten haben.«

»Ich … ich verstehe, Mr. Scott.«

»Danke, Mr. Spencer.«

Allan Spencers Gesicht verschwand vom Bildschirm. Scott trank einen Schluck Wasser und warf einen Blick auf die Zeitanzeige rechts oben. Kurz vor Mitternacht.

»Wolf oder Lamm?«, fragte Shirley Lancashire in die Stille.

Scott schaltete das Tablet aus und blickte sinnierend aus dem Fenster. »Du meinst, er könnte Shelford absichtlich die Flucht ermöglicht haben, um das Projekt zu stoppen? Egal was er sagt, er hat auf jeden Fall Blut geleckt und weiß, dass er eine solche Chance kein zweites Mal bekommt.«

»Und Shelford? Wir könnten die Jungs auf ihn ansetzen.«

»Pam übernimmt Shelford, und du kümmerst dich um die Leiche der Frau im Rettungswagen.«

Lancashire nickte, und Scott verließ grußlos das Zimmer.

Ihr Blick schweifte zu der mit Lederpolstern gedämmten Tür, hinter der Ernest Beaufort vor fünf Tagen an seinem Schreibtisch sitzend seinem Leben ein Ende gesetzt hatte.

Scott hatte sie befördert, weil er davon ausging, dass sie sich zurechtfinden würde. Und ihr war völlig klar: Falls er zu der Ansicht kam, sich geirrt zu haben, hatte der Mateba 6 Unica, Kaliber .357 in Beauforts Schreibtischschublade garantiert noch eine zweite Patrone in der Trommel.

TEIL DREI
180 bpm

1

»… Pressekonferenz des Innenministeriums zur Aufarbeitung ermittlungstechnischer Pannen im Baltimore-Fall ließ der zuständige Staatssekretär Paul F. Hammerstead verlauten, dass selbst ein mögliches Fehlverhalten einzelner Beamte auf dem Revier Forest Gate keine Rückschlüsse zulasse auf die allgemeine Qualität der Londoner Polizeiarbeit, die …«

Shao schaltete das Radio gerade noch rechtzeitig aus, bevor sich ihr Frühstück explosionsartig über das Armaturenbrett verteilte. Sie ließ das Seitenfenster einen Spaltbreit herunterfahren. Fast zehn Grad draußen und kaum Verkehr auf der Barking Road. Auf der anderen Straßenseite, unter einem strahlend blauen Himmel, das finstere Gebäude der Rokeby-Gesamtschule mit seinen rechtwinkligen Stahlsäulen, endlos hingestreckt wie der Leichnam eines riesenhaften Tausendfüßlers. Die meisten Klassenräume waren noch dunkel, auch wenn sich der Leichnam langsam mit Leben füllte.

Von Tian bislang keine Spur.

Wobei sie sich ehrlich fragte, was Shenmi Gan eigentlich von ihr erwartete. Dass sie Tian wie eine Stalkerin bis in sein Klassenzimmer folgte, um sicherzustellen, dass in seiner Federtasche auch ja kein Gras versteckt war?

Vielleicht rührte ihre schlechte Laune auch daher, dass sie sich um kurz vor halb sieben mit dem dritten Anlauf des

Weckers aus dem Bett gequält hatte. Nach weniger als zwei Stunden Schlaf, nachdem Sinclair und sie gegen vier Uhr morgens von ihrer ergebnislosen Tour de Scheiße unterhalb des Lund Point Towers zurückgekehrt waren. Die Klamotten in die Waschmaschine und sofort unter die Dusche, einseifen, waschen, einseifen, waschen, rund eine halbe Stunde lang, bis das kochend heiße Wasser ihr fast die Haut vom Körper geschält hatte. Aber selbst im Bett – im verdammten *Schlaf*! – hatte sie noch den Gestank in der Nase habt. Genau wie vor einer Woche, als Zuko und sie nur mit Richard de Lucys Hilfe den Angriffen des Schattens und der Spinne entronnen waren.

Derselbe Ort.

Derselbe Schacht, der in die Tiefe führte.

Dasselbe Rückhaltebecken, dasselbe Siel.

Es war einfach *unmöglich*, dass der Durchgang dahinter zugemauert war!

So unmöglich wie ein erhängter Mönch im Wald hinter dem Abteigelände, Shao.

So unmöglich wie ein Abteigebäude, das zweimal vor ihren Augen aus dem Nichts erschienen war.

Und an beiden Orten war Richard de Lucy aufgetaucht.

Sagen Sie bloß, Sie haben den Namen nicht überprüft?

Natürlich hatte sie das inzwischen erledigt. Richard de Lucy war Anfang des 12. Jahrhunderts als Sohn einer anglonormannischen Familie geboren worden. Der Name de Lucy leitete sich von Lucé ab, einem Dorf oder wohl eher einem Weiler in der Normandie, aus dem de Lucys Familie stammte. Richard de Lucy hatte seine Karriere unter Heinrich I. begonnen und war später als Richter in Middlesex, London und Essex zu einem der einflussreichsten Vertrauten von Heinrich II. geworden, der ihn als Justiziar zum zweitmächtigsten Mann von ganz England gemacht hatte. Als solcher hatte de Lucy die Constitutions of Clarendon entworfen, die den englischen Klerus der weltlichen Gerichtsbarkeit unterwarfen. In der Folge musste Thomas Becket, der Erzbischof von Canterbury, der die neue

Ordnung ablehnte, nach Frankreich fliehen. De Lucy folgte ihm, es gab jede Menge Ärger, bei dem de Lucy von Becket exkommuniziert wurde, und zwar zur Sicherheit gleich zweimal, und schließlich kehrte Becket nach Canterbury zurück, wo er erneut in Ungnade fiel und von vier Rittern eine neue Tonsur verpasst bekam, die runter bis zum ersten Halswirbel reichte. In den Monaten darauf jede Menge Gerüchte, de Lucy sei in den Mord involviert gewesen, woraufhin ihm Heinrich II. gebot, im Mönchsgewand Buße zu tun und die Abtei von Lesnes zu errichten. Drei Monate nach ihrer Fertigstellung wurde de Lucys Leiche gefunden – erhängt im Wald.

Shao hatte sich die Details dieser seltsamen Geistergeschichte ausgedruckt und war sie im Bett liegend immer wieder durchgegangen. Der de Lucy von damals war natürlich tot. Klar. War der Mann, der sich ihr in der Abtei als Richard de Lucy vorgestellt hatte, ein Nachkomme? Oder hatte er einen falschen Namen gewählt, um sie zu täuschen? Wer war der Junge neben dem Würfel gewesen, der de Lucy wie aus dem Gesicht geschnitten war? Und wenn de Lucy – also der Ältere, der sie in der Kanalisation rausgehauen hatte – nur ein Schwindler gewesen war, wieso war er dann freiwillig in den Tod gegangen, um Shao und Zuko zu retten?

War er überhaupt in den Tod gegangen?

Was, wenn er schon tot gewesen *ist, Shao? Wenn er überhaupt kein Mensch war.*

Konnte ein Mensch die gesamte Abtei von Lesnes – Kirchenschiff, Mönchsunterkünfte, Mauern, Säulen, Fenster, Torbögen, jede Menge verfluchte *Steine*! – etwa nach Belieben erscheinen und wieder verschwinden lassen?

Vielleicht ist er einer von ihnen.

Eins dieser schwarzen Schattenwesen, die sich in den Körpern von Menschen einnisteten. Ein Schatten, der aus irgendeinem Grund abtrünnig geworden war und sie jetzt bekämpfte, wie Darth Vader die Jedi, nur umgekehrt.

Sinclair hatte sie von ihren Überlegungen nichts erzählt,

weil der gottverdammte Mistkerl *ihr* auch nichts erzählt hatte, während sie stundenlang durch den Dreck gerobbt waren. Zum Beispiel, wo er vorher den ganzen Tag gewesen war. Oder warum es ihm anscheinend am Arsch vorbeiging, was ihm während der zwei Wochen seiner Abwesenheit widerfahren war. Jedenfalls wirkte er nicht wie ein Mann, der sich wegen einer offensichtlichen Frage übermäßig den Kopf zerbrach. Die Sitzungen bei Campbell, okay, aber die *musste* er ja hinter sich bringen, um die Dienstmarke zu behalten, die er im Augenblick nur unter Vorbehalt trug.

Und wenn er weiß, was er erlebt hat, und es nur nicht sagen will? Wenn er uns allen Theater vorspielt?

Unwahrscheinlich. Shao kannte Typen wie Sinclair. Die fraßen die Dinge in sich rein. Zorn und Wut sowieso, vielleicht auch Unsicherheit.

Du willst wissen, wie alles zusammenhängt? Dann arbeite mit ihm zusammen. Erzähl ihm von de Lucy und überlass es nicht Powell, euch beide an einen Tisch zu zwingen wie zwei bockige Kinder.

Nun gut, flüsterte ein Teufelchen hinter ihrem linken Ohrläppchen, vielleicht *würde* sie Sinclair alles erzählen. Aber vorher musste sie wissen, ob sie ihm vertrauen konnte. Sie musste sichergehen, dass er …

Shao ruckte hoch.

Ein schlaksiger fünfzehnjähriger Junge, der sich allein dem Eingang der Schule näherte. Die flatternde Jacke wurde von einem abgewetzten Nylon-Rucksack an ihrem Platz gehalten, ein Rucksack, den Shao zuletzt vor fünf Tagen im Fußgänger-Tunnel in Woolwich gesehen hatte.

Was zum Teufel machte Troy hier, über zwei Meilen von Woolwich entfernt, wo er normalerweise Gras im Auftrag von Logan Costellos Leuten vertickte?

Die Antwort hieß vermutlich Wallace.

Wallace, dem die Riesenspinne vor dem Nordeingang des Woolwich-Tunnels den Oberarm in Fetzen geschnitten hatte.

Der Nordeingang war Troys und Wallaces regelmäßiger Treffpunkt gewesen, an dem Wallace die Ware an Troy übergeben hatte. Gras, Pillen, zuletzt wohl auch Greater H. Da Wallace als Lieferant vorerst ausfiel, musste Troy sich die Ware jetzt anscheinend selbst in Canning Town abholen, direkt am Eingang der Rokeby, unter den Augen der verdammten Schulbibliothekarinnen.

Shao hatte schon die Hand am Türgriff, als ein Maserati an Troy vorbeipreschte und mit quietschenden Reifen am Eingangstor hielt. Und zwar nicht irgendein Maserati, sondern ein dunkelroter Quattroporte V. Die Seitenscheiben waren verdunkelt, und Troy öffnete die hintere Tür und stieg ein, als hätte ihn die Rektorin eingeladen, eine Runde um den Schulparkplatz zu drehen.

Shao vergrößerte den Ausschnitt auf dem Handybildschirm, bis sie das Nummernschild identifizieren konnte.

Leck Mich 62 FTG.

Die Nacht in East Ham.

Als Amphibien-Eddie aus dem Baumhaus gekracht war.

Noch während sich ihr Blick an der Fahrertür festsaugte, befürchtete sie, dass der Fahrer Gas geben und hinter der nächsten Ecke verschwinden würde, aber nichts geschah. Der Quattroporte stand einfach nur da, während mehr und mehr Schüler über den Bürgersteig Richtung Eingang strömten.

Na los, Arschloch. Steig aus, damit ich dein Gesicht sehen kann.

Natürlich hatte sie das Kennzeichen damals gecheckt. Zugelassen in London, und zwar im Winter 2012 bei der Zulassungsstelle in Borehamwood, wie der zweite Buchstabe und die beiden Ziffern des Nummernschildes verrieten. Wie hatte der Besitzer noch mal geheißen? Richtig, Edoardo Manchini. Ein ehemaliger Wäschereibesitzer aus Stratford, der vor drei Jahren pleitegegangen war und seitdem auf der Straße lebte. Die Adresse der früheren Wäscherei: eine Nebenstraße im Carpenter's Estate, zwei Minuten von Deirdres Haus im Doran

Walk entfernt. Shao hatte gar nicht erst versucht, Manchini aufzuspüren und ihn nach dem wahren Besitzer des Maserati zu fragen.

Und warum dann jetzt?, flüsterte eine böse Stimme in ihrem Hinterkopf. *Steck das Handy ein und lass Troy, Costello und das Drug Squad Vergangenheit sein.*

Obwohl ihr Abschied gerade mal ein paar Wochen zurücklag, war sie sowieso nicht mehr auf dem Laufenden, was Costellos Infrastruktur anging. Die Verluste am Anleger in Creekmouth sowie die unwürdigen Abgänge von Gregory Turbin und Jack Bannister hatten ihn sicherlich gezwungen, Umbesetzungen vorzunehmen.

Blieb noch die andere Stimme, die sagte, dass Amphibien-Eddie ihr bei Jack Bannisters Leiche im Dawn Cres auch geholfen hatte, und leise hinzufügte, *dass es außerdem ihr verfluchtes Recht war herauszufinden*, wer ihr damals auf der North Circular durch die Lappen gegangen war.

Immer noch hielt sie das Objektiv auf die Fahrertür gerichtet. Gleich würde Troy aussteigen und der Wagen würde wegfahren und Signor Manchini würde später behaupten, dass er den Wagen ausgerechnet an diesem Morgen einem Freund geliehen habe, an dessen Namen er sich leider nicht mehr erinnern könne.

Und dann geschah das Wunder, und die Seitenscheibe der Fahrertür surrte herab. Shao knipste einen Ellbogen und den blauen Saum eines T-Shirt-Ärmels, bevor sie erstarrte: ein haarloser fleischiger Unterarm, der in eine schweinsrosafarbene Hand mündete, mit einer Kippe, die zwischen den wulstigen Fingergliedern hervorlugte.

Der Gestank nach altem Schweiß war auf einmal wieder ganz nah, und der Geruch nach Reinigungsmittel, als Jelly ihr Gesicht auf die Fußmatte vor seiner Wohnungstür gepresst hatte. Das Knacken ihrer Rippen und das Röcheln, als ihre Lungenflügel unter dem Gewicht seines Körpers kollabiert waren. Die Mündung der eigenen Beretta an ihrem Hinterkopf …

Du hast also an meinem Arsch geklebt, hm? Ist ja interessant … Ich hab nicht gehört, was du gesagt hast, kleine Fotze!

Shao versuchte, weitere Fotos zu schießen, aber ihre Finger waren auf einmal kalt wie Eis und ihre Luftröhre schmal wie eine Hohlnadel.

Einundzwanzig, zweiundzwanzig …

Big Jellyfish warf die Kippe auf den Asphalt und ließ die Scheibe wieder hochfahren.

Shaos Bronchien öffneten sich ein Stück weit. Sie sog pfeifend die Luft ein – und hätte dabei fast übersehen, wie sich ein schwarzhaariger Junge im Alter von dreizehn Jahren in einem Knäuel älterer Schüler dem Maserati näherte, plötzlich stehen blieb, verstohlen einen Blick nach rechts und links warf und blitzschnell die Tür öffnete, um sich zu Troy auf den Rücksitz zu gesellen.

Tian.

2

»Benjamin Shelford. Okay, hab's notiert.«

»Sie sagen, er hat bei ihnen gearbeitet«, krächzte Powells Stimme aus den Lautsprechern am Armaturenbrett, »ist aber vor ein paar Tagen entlassen worden.«

»Und aus welchem Grund?«

»Die Dame am Telefon, eine Anwältin namens Lancashire, erging sich in Andeutungen über Disziplinprobleme. Für eine genauere Auskunft brauchen wir allerdings einen …«

»… einen richterlichen Beschluss, ist klar.«

»Aus Shelfords Akte geht hervor, dass er mal Kampfsporttraining gemacht hat. Und es gab eine Festnahme. Bei der er einem Kollegen fast den Kiefer gebrochen hat.«

»Festnahme weswegen?«

»Wegen, äh …« Sinclair hörte, wie Powell sich über den Schreibtisch beugte. »… illegaler Raves. Was auch immer das sein soll.«

Mattes Grinsen.

»Seien Sie auf jeden Fall vorsichtig, für den Fall, dass er sich doch noch auf dem Abteigelände aufhält. Sind Sie schon vor Ort?«

»Fast.«

Kurz darauf stellte Sinclair seinen Dienstwagen in einer Seitenstraße der Woolwich Road ab und näherte sich durch den Wald aus südlicher Richtung kommend der Abteiruine, bis er abermals die Anhöhe erreichte, die von den Ästen der mächtigen Erle beschattet wurde. Diesmal allerdings würde er sich nicht mit einem oberflächlichen Blick auf das Gelände zufriedengeben.

Er stellte erneut die Verbindung zu Powell her. »Der Holzzaun umfasst das komplette Areal mit den Resten der Abteimauern. Darüber hinaus vierzehn Wohncontainer, die alle auf der Westseite untergebracht sind, und laufende Patrouillen, zwei oder vier Einsatzkräfte, mit Westen ausgestattet und wahrscheinlich bewaffnet.«

»Bewaffnet wie auf der *Baltimore*?«

»Könnte dieselbe Truppe sein, von hier aus schwer zu sagen.«

»Und die Container?«

»Unterkünfte, meiner Meinung nach. Inklusive Verwaltung, Speisesaal, Toiletten und so weiter.« Ein richtiges kleines Dorf, angeordnet um die Lodge, in der angeblich Richard de Lucy gearbeitet hatte. Das hatte dieser zumindest Shao erzählt, die ihm allerdings nie da drin begegnet war.

»Die Verwaltung wovon, zum Teufel?«

»Fragen Sie Hammerstead. Ich dachte, der hat das alles hier angeordnet.«

Powell knurrte in den Hörer. »Laut offizieller Stellungnahme des Innenministeriums wurde die Absperrung im Rahmen einer Public Private Partnership von einer privaten Sicherheitsfirma übernommen.«

»Seaways?«

»Eine Unterabteilung, die in Sicherheitsfragen mit der Polizei kooperiert.«

»Dann brauchen wir wohl doch einen Beschluss, zumindest für das Gelände hier.«

»Gegen Hammersteads ausdrücklichen Willen? Das können Sie vergessen.«

»Ich soll improvisieren?«

»Ich muss zur Anhörung, John. Machen Sie mir bitte keinen Kummer. Ich hab mich noch nicht von Ihrem letzten Tod erholt.«

»Viel Glück, Guv.«

»Ihnen auch, John.«

Der Pfad führte in einem Bogen nach unten zur Abteiwiese und endete an einer knorrigen Buche direkt vor dem Bauzaun, der zusätzlich mit Stacheldraht gesichert war. Und Stromkabel, die wahrscheinlich nicht nur dazu da waren, die Kameras zu versorgen, die in Abständen von etwa zwanzig Yards auf dem Zaun angebracht worden waren.

Warum diese doppelte und dreifache Absicherung? Damit niemand das Gelände unbemerkt betreten konnte?

Oder damit niemand rauskam?

Sinclair trat unter einen Ast, der sich außerhalb des Sichtfeldes der Kameras Richtung Zaun streckte. Kurz bevor er die Bretter erreichte, war er abgebrochen. Das Astende war in den Morast geklatscht. Sinclair untersuchte die Bruchstelle. Sie war frisch, höchstens zwei Tage alt.

Als er sich wieder aufrichtete, quatschte der schlammige Untergrund unter seinen Schuhsohlen. Fauliges Herbstlaub – oder …? Auch die Gräser vor dem Zaun waren braun und teilweise verfault.

Sinclair kletterte auf den Baum. Der Ast war dick genug, um sein Gewicht zu tragen. Er musste nicht bis nach vorn zur Bruchstelle kriechen, um zu erkennen, dass auch die Heidesträucher auf der Wiese vertrocknet und faulig waren. Er fotografierte das Innere der Umzäunung mit dem Handy. Die Container, die Lodge. Die Einfahrt. Die Patrouille. Und natürlich das Einstiegsloch bei der Lady's Chapel, das von einer mannshoch aufgespannten Zeltplane abgedeckt wurde.

Im Westen erstreckte sich der Wald bis zur New Road und im Osten sogar bis nach Belvedere, wo der Rettungswagen mit Hannah Caroll an Bord verunglückt war. Die Baumgrenze verlief teilweise nur wenige Yards vom Zaun entfernt. Falls das Zelt an der Lady's Chapel an der Rückseite eine Öffnung hatte, könnte er von der Ostseite aus …

»Hey! Was machen Sie da?«

Ein drahtiger Mann in dunkler Tarnkleidung war auf dieser Seite des Zauns aufgetaucht. Dunkles Haar umrahmte ein knochiges Gesicht mit Lippen, die schmal wie Klingen waren. In seinem Gürtel steckte eine Makarov 9 mm.

»Ich hab Sie gefragt, was Sie da machen!«

Sinclair rutschte vom Ast und sprang zu Boden. »Ich gehe spazieren.«

»Spazieren auf dem Baum, he? Wen, glaubst du, kannst du hier verarschen?«

Er drehte sich um. Ein zweiter Mann, breiter und größer als der erste, mit kurzgeschorenen blonden Haaren und Stiernacken. Wie sein Partner trug er Armeekleidung und eine Kevlar-Weste darüber. Die Maschinenpistole über seiner Schulter schien für ihn nur ein lästiges Anhängsel zu sein. Stattdessen spielte er lieber mit dem zwölf Zoll langen Armeemesser zwischen seinen Fingern.

Sinclair griff in die Jackentasche.

»Nicht so schnell, mein Lieber!«

»Ich will mich nur ausweisen.« Er zog die Hand wieder heraus und warf dem Drahtigen den Ausweis zu. »Ich bin Polizist. John Sinclair, Metropolitan Police.«

Der Mann betrachtete den Ausweis von allen Seiten, wie um sicherzustellen, dass es sich nicht doch um eine Fälschung handelte. »Forest Gate Police Station, hm?«

»Ist das nicht in Newham?« Der Blonde strich grinsend über das Blatt seiner Klinge.

»Sie haben recht, aber ein paar unserer Leute waren in das Feuergefecht hier verwickelt. Darum wollte ich nachsehen, was sich so verändert hat in den letzten Tagen. Und wenn ich mich hier so umsehe, ist das eine ganze Menge.«

Der Drahtige trat näher und drückte ihm den Ausweis in die Hand. »Sie haben sich hier aber nicht umzusehen. Das Gelände ist abgesperrt.«

»Sagt wer?«

»Sagt der Zaun, vor dem du stehst, Schwachkopf!«

Der Drahtige legt die Hand auf den Griff seiner Waffe. »Wir haben den Befehl, jeden, der sich dem Zaun nähert, zu überprüfen.«

Er nickte dem anderen zu, der sich grinsend die MPi auf den Rücken schob.

»Beide Hände an den Baum. Und die Beine auseinander. Oder muss ich nachhelfen?«

»Mach ich gern. Wenn ich mir dafür Ihre Personalien aufschreiben darf.«

Der Drahtige zückte stirnrunzelnd die Makarov. »Machen Sie lieber keinen Ärger. Wir sind befugt, Gewalt anzuwenden.«

Sinclair ließ es geschehen, dass der Stiernacken ihn packte und mit dem Gesicht gegen den Baumstamm drückte. »Beine auseinander, hab ich gesagt!«

»Das wird teuer für Sie beide. Und teuer für Ihren Auftraggeber.«

Der Blonde fand das Handy und klappte es auf. »Hey, guck dir das mal an. Auf welchem Flohmarkt hast du das Teil denn mitgehen lassen?«

Sinclair hob die Schultern. »Man kann damit telefonieren, das reicht mir.«

»Tja, jetzt nicht mehr, Bruder.«

Er zerbrach es und drückte es Sinclair in die Hand.

»Wie gesagt, wird teuer für Sie.«

»In Ordnung«, sagte der Drahtige. »Und jetzt verschwinden Sie bitte von hier.«

»Ihnen ist hoffentlich klar, dass ich wiederkommen werde.«

»Freu mich schon drauf!« Der Stiernacken fuchtelte mit dem Messer. »Und jetzt verpiss dich, oder du lernst meine kleine Freundin hier kennen!«

Sinclair hob lächelnd die Hand zum Gruß und folgte dem Pfad zurück in den Wald. Auf der Anhöhe bei der Erle angekommen, wandte er sich um. Ernie und Bert standen noch immer unten am Zaun, als wollten sie sich davon überzeugen, dass er es sich nicht doch noch anders überlegte. Er winkte ihnen zu und ging weiter, bis er die Anhöhe hinter sich gelassen hatte.

Und wartete zehn Minuten, bevor er kehrtmachte und abseits des Pfades, im Schatten der Sträucher zurück in Richtung Zaun schlich und dabei versuchte, möglichst außerhalb der Kamerafelder zu bleiben. Niemand zu sehen. Unbehelligt erreichte er den Zaun und fischte sein Smartphone von dem Ast, auf den er geklettert war.

Sobald er sich wieder im Wald und außer Sichtweite des Abteigeländes befand, warf er einen Blick aufs Display. Eine Nachricht von Powell. Die Adresse von Shelford. Und zwei Anrufe in Abwesenheit von Shao. Ohne Nachricht. Er sah auf die Uhr. Kurz nach elf, also lief das Kreuzverhör schon. Er wollte das Handy gerade in der Jackentasche verstauen, als das Display erneut aufleuchtete.

»Morgen, E. Schön von Ihnen zu hören.«

»Glaub nicht, dass Sie das schön finden werden, John. Ich hab grad versucht, Powell zu erreichen.«

»Ist in der Anhörung, zusammen mit Shao.«

»Ach ja, stimmt. Tja, also, ich habe gerade das *Ding* auf meinem Tisch, das … na, Sie wissen schon, die Leiche der Frau aus dem Rettungstransportwagen in Belvedere.«

»Und?«

»Falls Sie wissen wollen, was mit ihr los ist, sollten Sie sich lieber beeilen.«

3 Nicht mal ein Bier im Kühlschrank.

Durch den diffusen Schleier, der ihn auf dem nächtlichen Weg von Abbey Wood bis hierher begleitet hatte, erkannte Shelford im Vorratsschrank zwei Dosen rote Bohnen, die er offenbar vor seinem Abgang dort vergessen hatte, und eine Packung Zwieback. Das MHD war abgelaufen, aber scheiße, sollte er vielleicht noch trockener werden?

Er öffnete eine der Dosen, schüttete den wabbeligen Inhalt in einen Topf auf dem Herd und dachte nach, soweit seine Kopfschmerzen das zuließen. Zurück konnte er nicht mehr. Jedenfalls nicht zurück zu Seaways.

Aber vielleicht zurück zu Jake.

Jake, Lenny und er, das Dreamteam, das früher die Partys organisiert hatte. Shelfords Pläne, den Rahmen von Mal zu Mal professioneller zu organisieren, um irgendwann vielleicht als DJ in echten Läden auflegen zu können, hatten nicht mehr mit Lennys Plan zusammengepasst, der darin bestand, keinen Plan zu haben – und Jake, der Idiot, hatte zu Lenny gehalten, einfach weil es für ihn bequemer gewesen war. Da hatte Shelford eine Entscheidung getroffen. Ende der Geschichte.

Aber da war auch noch dieser andere Typ auf den Partys gewesen. Wie hieß er noch? Ghosh oder so. Eine Art Späthippie, der ein paar Jahre in Indien gewesen war und jetzt irgendwo nördlich von London im Wald sein eigenes Gras züchtete. Nicht die schlechteste Adresse, um für ein paar Tage unterzutauchen. Leider hatte Ghosh kein Telefon, aber Jake und Lenny organisierten immer noch ihre Partys, und vielleicht hing er da immer noch rum. Einen Versuch war es wert.

Shelford suchte in seinem Handy nach Jakes Nummer, während er die Bohnen umrührte. Prompt bekleckerte er sein T-Shirt.

»Benny? Echt jetzt?«

»Hey, wie geht's. Können wir kurz sprechen?«

»Ah, ist grad schlecht, Mann …«

Im Hintergrund schrie jemand rum, der sich anhörte wie

Lenny, und fragte, wo die verdammten Kabel für den DJ-Controller seien.

»Stör ich euch?«

»Nein, Lenny hat nur wieder die scheiß Kabel verlegt, und ich muss gleich noch den Generator aus der Reparatur holen und mich um die Getränke kümmern. Das wird megageil heute Abend, geile Location, so 'ne alte Lagerhalle in Dagenham. Alles drumrum unbewacht oder verwaist. Soll ich dir die Adresse schicken?«

»Nee, lass mal. Aber kennst du noch diesen Typen aus dem Wald, der damals immer dabei war?«

»Ghosh, klar. Aber wieso damals? Ich schätz, der kommt nachher auch noch vorbei. Wieso, was willst du von ihm?«

»Ist 'ne längere Geschichte, und ihr habt ja zu tun.«

»Ja, ich muss weitermachen. Also, kommst du jetzt vorbei oder nicht?«

Shelford zögerte, aber hier zu Hause konnte er sowieso nicht bleiben, und wenn Ghosh tatsächlich auf der Party auftauchte, würde das einiges erleichtern. »Ja, okay, ich komm vorbei. Gib mir die Adresse.«

»Oder warte mal, ich schick Lenny zu dir. Der geht mir sowieso grad auf den Sack mit seinem Gelaber.«

»Nein, lieber nicht, ich muss weg von hier.«

»Er holt dich heute Abend um sechs ab. Dann könnt ihr euch auf der Fahrt schon mal wieder aneinander gewöhnen.«

»Jake, es wäre wirklich besser, wenn …«

Jakes Lachen brach ab. Aufgelegt.

Shelford rief wieder an, aber der Mistkerl hatte das Handy ausgeschaltet.

Er nahm die Bohnen vom Herd, fand irgendwo noch eine Scheibe Toast und setzte sich an den Küchentisch. Sein Schädel brummte wie ein Bienenstock, aber immerhin konnte er mit dem Frühstück im Magen wieder einigermaßen klar denken. Es war zweifellos eine Schwachsinnsidee gewesen, hierher zurückzukehren. Nicht nur wegen Seaways, die hier bestimmt zuerst nach ihm suchen würden, sondern auch wegen Mrs. Eldrige nebenan. Sie war Witwe, dreiundachtzig Jahre alt und litt darunter, dass sie keine Enkelkinder hatte. Shelford hatte sich letzte Woche kaum dazu durchringen können, ihr den Wohnungsschlüssel zu überlassen, aber irgendjemand musste sich ja um den antarktischen Baumfarn im Wohnzimmer kümmern.

Noch während er den Rest der Bohnen runterwürgte, spürte er, wie seine Kräfte zurückkehrten. Sein Puls ging wieder normal, und er schwitzte auch kaum noch. Trotzdem hatte er weiterhin das Gefühl, als würde ihm jeden Moment die Schädeldecke auseinanderfliegen.

Steve Rundle. Hannah Caroll.

Das Monster.

Ihm wurde klar, dass er die Bilder nie wieder aus dem Kopf bekommen würde.

Jetzt hau endlich ab von hier! Oder willst du, dass sie dich holen und nach Abbey Wood zurückbringen?

Jetzt, da er sich durch seine Flucht verdächtig gemacht hatte, würde man ihn jedenfalls erst recht rösten und sezieren, bis sie alle Informationen aus ihm herausgeholt hatten: Was er über den Würfel in Erfahrung gebracht hatte, welche Informationen er an Lockhart weitergegeben und wen er darüber hinaus in seine Pläne eingeweiht hatte.

Und das war das Problem. Alle, die er eingeweiht hatte, waren tot. Shelford hatte nicht die Absicht, ihr Schicksal zu teilen. Er steckte den Zwieback ein und warf sich die Jacke über, als an der Wohnungstür mit einem Schlag die Kopfschmerzen zurückkehrten.

Irgendein Teil seines Gehirns explodierte, und Shelford spürte nicht mehr, wie er zu Boden fiel und die Zwiebackpackung unter sich zerdrückte.

4

Kaum war Tian eingestiegen, wendete Jelly den Maserati und preschte an Shao und McDonald's vorbei in die Beckton Road, die den Zubringer zum Newham Way darstellte. Shao rangierte aus der Parklücke und folgte Jelly, bevor die Ampel auf Rot sprang. Der Maserati war leicht im Auge zu behalten, aber das galt auch für ihren weißen CR-Z, zumal sich vielleicht auch Jelly an die Nacht in East Ham erinnerte, auch wenn er sicherlich nicht wusste, dass es Shao war, die ihm damals auf den Fersen gewesen war.

In Dagenham unterquerte der Maserati die Bahngleise. Links der Straße die Schienen, rechts Industriegebiet, mit Lagerhallen, endlosen Parkplätzen und Brachflächen, und zu beiden Seiten Dutzende Strommasten, die sich gegenseitig die Kabel zuwarfen.

Jelly fuhr weiter Richtung Stifford und bog an der Ausfahrt Basildon / Tilbury Richtung Norden ab. Die Straße führte aus der Ortschaft heraus durch sanfte Hügel zu ein paar alten Cottages auf ausgedehnten Grundstücken, an die sich ein verwaistes Tennisclubgelände anschloss. Shao wartete, bis der Maserati hinter der wuchernden Ligusterhecke verschwunden war, die den Parkplatz zur Straße abgrenzte. Sie legte den Rückwärtsgang ein und ließ den Wagen zum letzten Cottage vor der Sportanlage rollen, wo sie ihn in der Einfahrt zur Garage abstellte. Nicht gerade der Trick des Jahres, aber immer noch besser, als ihn offen an der Straße stehen zu lassen. Zur Sicherheit klingelte sie an der Haustür. Wie sie gehofft hatte, war niemand da. Sie verließ das Grundstück und lief zum Sportplatz.

Der Parkplatz vor dem Clubhaus war leer.

Auf den Tennisplätzen, die sich östlich davon erstreckten, gammelte Laub. Ein Asphaltweg, kaum breit genug für einen Wagen, führte an einem Clubhaus vorbei und an der Außenmauer einer Tennishalle entlang zur Rückseite des Gebäudes. Shao stellte ihr Handy stumm und wollte schon dem Asphaltweg folgen, als sie bemerkte, dass die Tür des Clubhauses in den Angeln klapperte. Sie schlüpfte durch den Spalt.

Dunkelheit.

Tische und Stühle auf schmutzigem Laminatboden, ein paar davon an eine Bretterwand gereiht, darüber verstaubte Schwarzweißbilder, auf denen die Sieger der Stifford Championchips stolz ihre Holzschläger präsentierten. Auch der Tresen war von Spinnweben überzogen. Neben der Tür zur Toilette ein Durchgang nach hinten, in die Tennishalle. Eigentlich war ihr Plan gewesen, Jelly aus dem Schutz der Halle zu beobachten, doch zu ihrer Überraschung bemerkte sie, dass die Rückwand der Tennishalle aus zwei Rolltoren bestand, die offen standen. Darüber eine Wellblechwand mit großflächigen Fenstern, die blind vor Staub waren. Aber das Licht, das durch die Tore hereinfiel, reichte aus, um zu erkennen, dass Jelly den Maserati auf dem ehemaligen Spielfeld geparkt hatte – vor einem blauen Van, der ihn offenbar hier erwartete hatte.

Shao traute sich nicht, die Zwischentür zu öffnen, aber am Ende der Wand befand sich ein Fenster, das zerbrochen war. Vorsichtig lugte sie über die Scherben hinweg, die im Kitt steckten.

Das Nummernschild des Van war nicht zu erkennen. Ein Mann in Jeans und dunklem Mantel stand an der Fahrertür.

Jelly war ausgestiegen und wechselte ein paar Worte mit dem Mann im Mantel. Kein Händeschütteln, keine Umarmung. Geschäftspartner, vielleicht sogar Fremde.

Shao zückte das Handy und startete die Videoaufnahme.

Jelly ging zum Kofferraum des Maserati und öffnete ihn. Der Mann im Mantel war ihm gefolgt.

Shao zoomte mit beiden Fingern näher ran.

Ein Koffer.

Jelly klappte ihn auf und trat einen Schritt zurück. Der Mann überprüfte den Inhalt und zückte einen Umschlag, den er Jelly in die Hand drückte.

Eine Übergabe. Aber wieso ließ Jelly zwei Kinder dabei zuschauen? Hatte der Typ im Mantel die beiden aus irgendeinem Grund sprechen wollen?

Ihr Handy leuchtete auf.

Scheiße, Powell.

Sie nahm den Anruf entgegen.

»Haben Sie Ihre Uhr verloren? Ich stehe vor dem Konferenzraum, zusammen mit Hammerstead und dem Deputy Commissioner.«

»Tut mir leid, Guv, aber ich kann nicht.«

Pause, Schnaufen, dann: »Wie bitte?«

»Sagen Sie, dass ich krank bin. Ich erklär's Ihnen später.«

»Das kommt überhaupt nicht in Frage, Sie werden mir sof...«

Sie unterbrach die Verbindung und schaltete den Flugmodus ein.

Zurück zum Video.

Inzwischen hatte der Mann im Mantel den Koffer im Van verstaut und war eingestiegen. Der Motor sprang an. Der Van rollte aus der Einfahrt. Sie beglückwünschte sich, den CR-Z nicht direkt am Gelände geparkt zu haben.

Sie rechnete damit, dass auch Jelly losfuhr, aber stattdessen ging er wieder zum Kofferraum, winkte Troy und Tian zu sich und gab jedem von ihnen ein Paket, das sie hastig in ihren Rucksäcken verstauten.

Drecksack.

Jelly klopfte ihnen gönnerhaft auf die Schulter und deutete in Shaos Richtung. Ihr blieb fast das Herz stehen, aber dann bemerkte sie die beiden Fahrräder, die auf halbem Weg zu ihr an der Wand lehnten und denen sie bisher keine Beachtung geschenkt hatte. 28er Cross-Bikes, mit Stoßdämpfern vorn und hinten, soweit sie erkennen konnte, mit Elektromotor und unsichtbar in den Rahmen integrierten Akkus. Fünftausend Pfund das Stück, mindestens.

Troy und Tian schwangen sich in die Sättel und rasten johlend um den Maserati, wobei Tian fast die Kontrolle über sein Rad verloren hätte. Jelly rief ihnen zu, dass sie sich verpissen sollten, und machte eine entsprechende Handbewegung. Tian und Troy traten in die Pedale und rasten mit einer Beschleunigung, die beinahe ihren CR-Z in den Schatten gestellt hätte, zum Tor hinaus. Das Handy zeichnete immer noch auf, aber der Akku neigte sich langsam dem Ende zu. Jelly griff nach seinem Mobiltelefon, lehnte sich an den Maserati und ließ den Blick durch die Tennishalle schweifen. Shao duckte sich instinktiv tiefer, aber Jelly blieb entspannt und wechselte ein paar Worte, vermutlich mit Costello. Dann steckte er das Handy weg.

Und kam näher.

Shaos Herz rutschte zwei Stockwerke tiefer. Sie sah sich um. Auf dem schmutzigen Boden im Schrankraum waren ihre Fußabdrücke kaum zu erkennen, aber falls Jelly misstrauisch geworden war, würde er das gesamte Gebäude durchsuchen. Sie schlich geduckt zurück zur Zwischentür, als sie bereits seine Schritte vernahm. Nach draußen schaffte sie es nicht mehr. Blieben nur die Toilettentüren. Sie waren nicht verschlossen. Shao nahm ihre Schuhe in die Hand und schlüpfte auf Socken durch die Tür des Damen-WCs, um sich direkt hinter der Tür zu verbergen. Atemlos legte sie ihre Schuhe auf den Boden, und zog die Beretta. Jelly öffnete die Zwischentür. Die Laminatschollen bogen sich unter seinem Gewicht.

Geh weiter.

Geh weiter, Arschloch.

Die Tür flog auf und wurde eine Handbreit vor Shaos Nase von einem Stopper auf den Fliesen gebremst. Jellys Keuchen direkt vor ihr, als er stehen blieb und das Licht einschaltete. Eine Wolke aus Schweißgeruch quoll um das Türblatt herum und hüllte Shao ein. Derselbe Gestank wie im Treppenhaus, als Jelly sie unter sich begraben hatte.

Knall ihn ab, flüsterte eine zornbebende Stimme in ihr. *Tu es, solange du noch kannst!*

Ihr Herz rasselte wie die Glocke eines Weckers.

Mach. Ihn. Kalt.

Aber selbst wenn sie gewollt hätte, sie konnte ihre Hände

nicht mehr bewegen. Vom Abzug der Beretta ganz zu schweigen.

Sie hörte, wie Jelly sich auf dem Absatz umdrehte, als würde er etwas suchen, und dann auf die Kabinen zustampfte und eine der Türen aufriss.

Das Öffnen eines Reißverschlusses. Ein erleichtertes Keuchen, mit dem er sich auf die Kloschüssel sinken ließ.

Shao wagte nicht, um die Tür herumzulugen, weil sie nicht gehört hatte, wie er die Kabinentür hinter sich geschlossen hatte. Stattdessen machte sie die Augen zu und versuchte, die Geräusche auszublenden, die Jelly von sich gab.

Es war ein Kampf, der Minuten dauerte. Zwischendurch einzelne Laute der Erleichterung, die Shao hoffen ließen, dass er endlich die Spülung betätigte. Stattdessen wurde sie von einer Wolke eingehüllt, die eigentlich den Raum hätte verdunkeln müssen.

Irgendwann verebbte das Keuchen.

War er auf der Schüssel gestorben?

Ein Klingeln.

Ächzend zog er sein Handy raus und meldete sich.

»Ja? … Nein … Ja, Mann, bin gleich so weit … Ja … Bis gleich.«

Er unterbrach die Verbindung und fluchte.

Dann Stille.

Dann wieder ein Fluchen, und Shao hörte, wie er seine Taschen durchsuchte. Zellophan knisterte, als er eine Packung Taschentücher öffnete.

Endlich, endlich die Spülung.

Jelly schloss den Reißverschluss und latschte, ohne sich die Hände zu waschen, aus der Tür.

Shao hörte, wie er die Zwischentür passierte und die Schritte in der Tennishalle verklangen.

Trotzdem wagte sie nicht, sich zu rühren, bis sie den Motor des Maserati vernahm, aufbrüllend wie ein Löwe, und anschließend das Quietschen der Reifen.

Das Motorengeräusch verebbte.

Shao stieß die Tür von sich, rannte aus dem WC und unterdrückte den Impuls, sich zu übergeben.

Nur frische Luft.

Und zurück zur Straße.

Abgehetzt erreichte sie den CR-Z auf dem Nachbargrundstück und warf sich hinters Steuer. Drei Minuten später hatte sie Jelly wieder, auf der Landstraße, die Richtung Stifford verlief.

In Stifford wählte er nicht den Weg Richtung Schnellstraße, sondern durchquerte den Ort und bog dann nach Süden ab, auf eine zweispurige Straße, die unter der A13 hindurchführte. Shao folgte ihm über zwei Kreisverkehre zu einem riesigen, belebten Parkplatz vor einem Einkaufszentrum namens »Thurrock Lakeside«, auf dessen gelber Backsteinfassade auch das Logo eines Fastfoodschuppens prangte, der sich zwischen Marks & Spencer und eine Primark-Filiale gequetscht hatte. Shao beobachtete, wie Jelly den Maserati auf dem Parkplatz abstellte und das Restaurant betrat.

Durch die Glasfassade sah sie, wie er sich in die Schlange vor dem Schalter einreihte. Kurz darauf pflanzte er sich mit einem schwerbeladenen Tablett an einen der Tische. Wie ein riesiger Sack Schrauben, den jemand zwischen Lehne und Tisch gequetscht hatte.

Shao warf einen Blick aufs Handy. Kurz vor eins, und immer noch kein Rückruf von Powell. Gutes oder schlechtes Zeichen? Einen Augenblick lang war sie versucht, ihn anzurufen. Ihm die Situation zu erklären. Aber dann fiel ihr Tian ein und dass sie gar nicht wusste, ob die Videoaufnahme überhaupt was geworden war, und noch ein halbes Dutzend weiterer Argumente, die verschleierten, was offensichtlich war: Dass sie sich schlecht fühlte, weil sie Powell im Stich gelassen hatte. Sie warf das Handy zurück auf den Beifahrersitz.

Jelly verschlang seinen dritten Burger. Nachdem er einen halben Liter Cola hinterhergeschüttet hatte, streckte er sich und griff zum Handy.

Endlich schob er seinen fetten Hintern vom Sitz und latschte in Richtung Ausgang.

Kurz vor der Tür bog er ab und stellte sich wieder in die Schlange.

Zweite Runde.

5

Baghvarty erwartete Sinclair auf einem der PVC-Schalensitze im Gang der Rechtsmedizin, den Kopf in den Nacken gelegt und eine halb aufgerauchte Zigarette zwischen den Fingern.

»Ich dachte, das ist hier verboten.«

»Hab den Rauchmelder abgeschraubt.« Sie nahm einen letzten tiefen Zug und stand auf. Ihre Augen wirkten so müde wie ihr Gang, als sie die Metalltür aufzog und Sinclair bedeutete, ihr zu folgen. »Sie müssen eine PSA anziehen, Anordnung von Powell.«

»PSA?«

Sie drückte die Zigarette in einer Nierenschale aus und öffnete einen Schrank mit einem Korb gelber Schutzanzüge. »Persönliche Schutzausrüstung. Das ist ein Anzug der Kategorie III, Typ 3b, nicht gerade an der Spitze der Skala, was die Sicherheit angeht, aber Besseres war in meiner persönlichen Schatzkammer nicht aufzutreiben.«

»Muss ich mir Sorgen machen?«

»Kommt drauf an, ob Sie heute noch was vorhaben. Es dauert ziemlich lange, so ein Ding alleine anzuziehen, aber ich kann Ihnen vormachen, wie's geht.« Sie schnappte sich einen eigenen Anzug, schlüpfte in die Hosenbeine und Ärmel und schloss die Abdichtung über der Brust. »Jetzt kommt der komplizierte Teil. Sie müssen natürlich Handschuhe tragen und außerdem Überschuhe. Das Klebeband liegt da drüben. Außerdem müssen Sie die Kapuze überstülpen und den Halsansatz verschließen. Die FFP3-Maske ist fest in das Kopfteil integriert. Spätestens nach zwanzig Minuten werden Sie keuchen wie ein

Asthmatiker in Peking, aber länger werden wir sowieso nicht brauchen. Achten Sie darauf, dass das Klebeband festsitzt und alle Falten abschließt, damit der Anzug flüssigkeitsdicht ist.«

Sinclair befolgte ihre Anweisungen und betrachtete sein verwaschenes Spiegelbild auf den Türen der Metallschränke. »Sitzt besser als mein Konfirmationsanzug«, drang seine Stimme dumpf aus der Maske. Er spürte, wie er durch die eingeschränkte Sauerstoffzufuhr automatisch tiefer einatmete.

»Dann kommen Sie.« Baghvarty öffnete die Tür, die zum Obduktionsraum führte. »Ich musste zwei Bahren zusammenschieben, weil mir die Hälfte des Objekts ständig zur Seite weggerutscht ist.« Sie zog das blutbefleckte Tuch von dem *Ding*, das im Licht der LED-Deckenstrahler noch furchterregender wirkte als im Zwielicht der Garage von Belvedere.

»Ich würde sie auf Ende zwanzig schätzen, maximal dreißig. Wenn ich die Fremdextremitäten mal weglasse und mich allein auf das Skelett konzentriere, komme ich auf eine Größe von etwa fünf Fuß und einen zierlichen Körperbau. Hundert Pfund, würde ich sagen, höchstens.«

»Fremdextremitäten?«

Baghvarty griff nach einer Zange und hob eines der Tentakel an, so dass das hornige Ende über das Blech der Bahre schabte. »Sieht mir jedenfalls nicht nach einem künstlichen Fingernagel aus.«

»Eher wie bei einem Tintenfisch.«

»Keine Ahnung, was für Tierfilme Sie gesehen haben. Dieses Ding besitzt mehrere Hornplatten – hier unten, sehen Sie? Die Anordnung folgt keiner erkennbaren Symmetrie. Zwei der anderen Auswüchse haben ebenfalls Hornflächen, allerdings mit Stacheln oder Noppen bewehrt, das vierte keine. Und falls Ihnen das bisher nicht gruselig genug war, hab ich noch das hier.«

Sie ließ den Tentakel zurück auf die Bahre rutschen und deutete auf die Mulde, die sich wie ein Krater im Brustkorb der Frau aufgetan hatte.

»Ist das ein Maul?«

»Ich weiß nicht, was das ist. Ich weiß überhaupt nicht, ob es klug ist, dieses Ding zu untersuchen, ohne vorher ausgiebige Tests auf Viren und Krankheitserreger vorgenommen zu haben. Hinter dem Maul oder wie Sie das Ding nennen wollen, hab ich übrigens jede Menge von dem hier gefunden.« Sie öffnete einen Schlitz in dem Krater, so dass Sinclair einen Blick in den Bauchraum werfen konnte. »Nur zu Ihrer Information, das sind Darmschlingen. Oder waren. Das weißliche Zeug dazwischen sind Raumforderungen, dieselben unbestimmbaren Tumoren, wie sie bei Rachel Briscoe und Russell Lynch zu finden waren.«

»Aber Briscoe und Lynch hatten keine Tentakel.«

»Gut beobachtet. Was mich zu der Frage bringt, ob dieses *Ding* hier einfach nur eine Bereicherung meines Panoptikums der letzten Wochen darstellt – oder ob es sich um eine Art Weiterentwicklung der Linie Briscoe / Lynch handelt.«

Sinclair ging um die Bahre herum und betrachtete die anderen Gliedmaßen, die Baghvarty beschrieben hatte. »Vielleicht eine Mutation aufgrund von Strahleneinfluss?«

»Meine Zählrohre hier unten sind gewartet und funktionstüchtig. Und auch wenn ich das gerne gestempelt und abgezeichnet hätte, so würde ich drauf wetten, dass wir wie bei Lynch und Briscoe keine unbekannten Keime oder Viren finden werden.«

»Also – woran ist es gestorben?«

»An einer Bauchverletzung.« Sie fischte einen Zettel aus der Papierablage. »Die ist jedenfalls im Protokoll des Notrufs vermerkt. Kein Wort von … von *dem* hier.«

»Was bedeuten würde, dass die Verwandlung erst im Rettungswagen stattgefunden hat.«

»Das würde auch den Unfall erklären.«

»Sie haben vorhin gesagt, ich soll mich beeilen. Aus welchem Grund?«

»Weil Staatssekretär Hammerstead offenbar der Ansicht ist,

dass der Fall eine Nummer zu groß für uns ist. Laut Powell hat er angeordnet, dass …«

In diesem Augenblick wurde die Tür aufgestoßen, und drei uniformierte Polizisten traten ein, gefolgt von vier Männern in Tarnanzügen sowie einer blonden Frau in einem grauen Hosenanzug.

»Dr. Eszter Baghvarty?«

»Was soll der Auftritt? Sofort raus hier!«

»Dr. Shirley Lancashire, Seaways PLC. Ich danke Ihnen für Ihre Vorarbeit, aber ab jetzt übernehmen wir die Sache.«

Sie gab den Männern in Tarnanzügen einen Wink. Sie setzten sich in Bewegung, aber Baghvarty trat ihnen in den Weg. »Sie werden hier gar nichts übernehmen, sondern im Gegenteil erst wiederkommen, wenn Sie einen Schutzanzug tragen!«

»Es tut mir leid, aber Sie sind nicht befugt, uns Weisungen zu erteilen. Wir werden den Leichnam mitnehmen und mit unseren Mitteln untersuchen.«

»Detective John Sinclair. Darf ich fragen, wer Sie dazu autorisiert hat?«

Dr. Lancashire taxierte ihn von oben bis unten. »Ich habe schon von Ihnen gehört, Detective. Danke, dass Sie mir den Weg in Ihr Büro ersparen.« Sie zog ein Dokument aus der Innentasche und drückte es ihm in die Hand. Unterschrieben von Staatssekretär Paul F. Hammerstead. »Die Untersuchung des Leichnams wurde zu einer Sache der nationalen Sicherheit erklärt. Sie erhalten selbstverständlich eine Kopie des Untersuchungsberichts – zumindest von den Passagen, die für die Öffentlichkeit freigegeben werden.«

Sinclair und Baghvarty blieb nichts anderes übrig, als dabei zuzusehen, wie die Männer den Leichnam in einen Plastiksack verfrachteten, der exakt die passenden Maße aufwies, und ihn auf die linke der beiden Bahren schoben.

Shirley Lancashire gab ihren Leuten einen Wink.

Baghvarty wollte erneut protestieren, aber Sinclair hielt sie davon ab. Die Metallrollen der Bahre schepperten über die

Fliesen, als die Männer den Leichnam nach draußen brachten. Die drei Uniformierten folgten ihnen.

Lancashire schenkte Sinclair ein schmallippiges Lächeln. »Ich kann Ihnen nur raten, sich ab jetzt aus diesem Fall herauszuhalten.«

»Nehme ich zur Kenntnis.«

Sie nickte Baghvarty zu und ließ die Tür hinter sich ins Schloss fallen.

Sie hörten, wie sich das Scheppern der Bahre entfernte.

»Fotze.« Baghvarty öffnete die Kapuze des Schutzanzugs und tastete nach der Zigarettenpackung, während ihr Blick über das Blut auf dem Boden durch den leeren Raum schweifte, bis er Sinclairs Gesicht erreichte. »Woher wussten die überhaupt, wie *groß* der Sack sein musste, um das Ding mitzunehmen?«

Sinclair warf seinen Anzug in die Ecke. »Wir sehen uns, E.«

»Ja, aber … hey!«

Er musste zu Benjamin Shelford, bevor sie ihm auch dort zuvorkommen würden.

6

Jellys zweiter Gang bestand aus drei Eisbechern und einer Apfeltasche.

Kaum hatte er den letzten Becher leergelöffelt, sank er zurück und rührte sich nicht mehr.

Nach einer halben Stunde fragte Shao sich, ob er einen Schlaganfall erlitten hatte.

Um halb drei konnte sie der Versuchung nicht länger widerstehen, schlüpfte aus dem Wagen und schlug einen Bogen, um sich in Jellys Rücken dem Restaurant zu nähern.

Sie erreichte den Eingang und drückte sich neben einem Hot-Dog-Stand an die Fassade. Eine junge Blondine mit zwei Einkaufstaschen musterte sie kurz und ging weiter. Shao schob den Kopf vor, so weit, bis er ihr abzufallen drohte, und sah, dass Jelly auf seinem Handy spielte. Sie sah ihm eine Minute dabei zu und kam sich dabei komplett bescheuert vor.

Okay, vergiss es. Ruf einfach Eddie an, erzähl ihm von dem Video und lass die Kavallerie anrollen, um den Fettsack festzusetzen …

Sie bekam fast einen Infarkt, als Jelly sich erhob. Erschrocken duckte sie sich hinter den Hot-Dog-Stand. Sekunden später verließ Jelly das Restaurant, schleppte sich zu seinem Wagen und ließ sich hinter das Steuer sinken. Kurz darauf verließ der Maserati in erstaunlich gemächlichem Tempo den Parkplatz.

»Mit oder ohne Zwiebeln?«

Shao fuhr herum.

»Ich tippe auf ohne.« Der bejahrte Verkäufer hielt ihr lächelnd einen Hot-Dog entgegen.

»Nein, ich … okay, danke.«

Sie zahlte und schlang den Hot-Dog auf dem Weg zum Wagen hinunter. Kurz nach der Ausfahrt hatte sie Jelly schon wieder eingeholt. Er schaukelte durch die Gegend wie auf einem Sonntagnachmittagsausflug.

Allerdings fuhr er nicht zurück zur Schnellstraße, sondern über eine Brücke Richtung Norden. Ein paar Wohnstraßen rechts und links und wenig Verkehr, so dass Shao ihn ziehen lassen musste, um sich nicht verdächtig zu machen. Dann verließen sie Stifford. An einem Golfplatz vorbei. Shao verspürte ein mulmiges Gefühl im Magen, als hinter ihr ein dunkelblauer Lexus LC auftauchte. Jelly erreichte das Ende des Golfareals und bog in einen unbefahrenen Feldweg ein. Überall Wiesen und kahle Äcker. Keine Menschen. Shao fischte das Handy aus der Tasche. Sie rief nicht Powell an, der vermutlich immer noch im Konferenzraum festsaß, sondern wählte Sinclairs Nummer.

Freiton.

Geh ran, verdammt nochmal!

Der Feldweg kam näher. Links und rechts Ackerflächen und freie Sicht. Der Maserati fuhr jetzt langsamer, was bedeutete, dass Jelly Verdacht geschöpft hatte.

Also geradeaus weiter.

Doch da war plötzlich der Lexus neben ihr und schnitt ihr den Weg ab. Shao riss das Steuer nach rechts und bog auf den Feldweg ein. Der Lexus setzte zurück und folgte ihr.

Weiter vorn legte Jelly den Rückwärtsgang ein und raste auf sie zu.

Fuck, fuck, fuck.

Mit fliegenden Fingern wählte sie noch mal Sinclairs Kontakt aus und danach das Video, das sie in der Tennishalle aufgenommen hatte. *Senden!* Kurz bevor das Heck des Maserati sich in ihre Kühlerhaube bohrte, stieg sie in die Eisen. Jelly genauso. Das Handy flog ihr aus der Hand und landete irgendwo im Fußraum.

Hinter ihr schloss der Lexus so weit auf, dass sie praktisch eingekeilt war. Sie löste den Gurt und riss die Beretta aus dem Holster. Vor ihr stieg Jelly aus und kam auf sie zu. Sie stieß die Tür auf, suchte Deckung und richtete die Waffe auf ihn.

»Stehen bleiben, keine Bewegung!«

Er breitete lachend die Arme aus. »Die letzte Schlampe, die mir so am Arsch geklebt is' wie Sie, Detective, das war die läufige Hündin von meinem Nachbarn!«

»Ich hab gesagt, stehen bleiben!« Ihr Finger lag auf dem Abzug.

»Na los, schießen Sie. Wird 'ne Riesenerleichterung für Sie sein.«

Worauf du einen lassen kannst.

Die Autotür hinter ihr.

Aus dem Lexus stieg ein Mann. Schlank, groß, schwarzes Hemd, darüber ein dunkles Jackett. Das Gesicht scharf gezeichnet, fast mager, und ein wachsamer, gleichsam hypnotischer Blick. Die Haare ähnlich kurz geschnitten wie auf den Fotos an der Wand im Drug Squad, versenkte er die linke Hand in der Tasche seiner Leinenhose und kam mit hundertneunzig Pfund geballter Selbstsicherheit auf Shao zu.

»Gehen wir ein Stück?«, fragte Logan Costello.

7 Shelford wohnte im ersten Stock eines heruntergekommenen Backsteinbaus in der East Arbour Street, einer verkehrsberuhigten Nebenstraße, schräg gegenüber einem Park mit hübsch angelegten, verwaisten Flanierwegen.

Sinclair klingelte. Hinter einem der Fenster im ersten Stock bewegte sich ein Vorhang. Er drückte auf die Klingel daneben. Ein Summer ertönte.

Eine ausgetretene Holztreppe führte in den ersten Stock. Oben vor der Wohnungstür wartete eine hagere Frau um die achtzig, Latzhose und grauer Pferdeschwanz, mit einen Kochlöffel in der Hand. Um ihre Beine schlich ein Rehpinscher, der Sinclair misstrauisch beäugte.

»Guten Tag, Mrs. …«

»Eldridge.«

»Mrs. Eldridge. Detective Inspector John Sinclair, Metropolitan Police. Ich habe eigentlich bei Benjamin Shelford geklingelt, aber …«

»Dachte mir doch, dass der Junge was ausgefressen hat!« Sie fuchtelte mit dem Kochlöffel. »Er hatte so einen Blick in den Augen. Ich nehme an, Sie wissen genau, welchen Blick ich meine.«

»Nein, ich …«

»Ich habe übrigens nicht viel Zeit, bin grad in der Küche.«

Sinclair lächelte. »Was gibt es denn Leckeres?«

»Pansen. Der gute Steward ist schon ganz hungrig, nicht wahr?« Steward kläffte. »Ruhig, Stew. Der Mann ist von der Polizei.«

»Sie kennen Mr. Shelford also sehr gut?«

Mrs. Eldridge lachte, aber ihre Augen lachten nicht mit. »Max und ich haben uns immer Enkel gewünscht. Dabei hatten wir nicht mal Kinder. Und jetzt ist Max tot. Prostata. So was passiert. Ja. Aber jetzt hab ich ja Benny.«

Steward bellte.

»Und dich natürlich, Stew, entschuldige. Benny ist übrigens noch neu hier. Ist erst vor sieben Jahren eingezogen.«

»Nachdem er bei Seaways angeheuert hat?«

»Ich weiß nur, dass er früher was mit Tanzen gemacht hat. Oh, warten Sie bitte einen Moment. Der Pansen.«

Sie verschwand. Steward verharrte auf der Schwelle und hielt Sinclair mit glühenden Augen in Schach.

»Keine Sorge, ich tu dir nichts.«

Steward knurrte – und bellte erleichtert auf, als sein Frauchen zurückkehrte, jetzt mit einem Portmonnaie statt des Kochlöffels in der Hand.

»Hörst du wohl auf, Stew? Der Mann ist doch nett! Und jetzt mach Sitz. Sitz, hörst du? Sitz!« Sie begann im Münzfach zu kramen. »Wissen Sie, Mr. …«

»Sinclair.«

»Richtig. Benny hat einen antarktischen Baumfarn. Der ist zwar nicht kälteempfindlich – das ist ja wohl auch klar bei dem Namen –, aber er braucht viel Wasser. Besonders die neuen Blätter, wenn sie noch zusammengerollt sind wie ein Schneckenhaus, und darum bin ich jeden Tag bei ihm drüben. Ich meine, wenn ich gewusst hätte, dass er heute vorbeikommt …«

»Mr. Shelford war heute hier?«

»Na, endlich, da ist er ja!« Ein Wohnungsschlüssel, den sie zwischen den Münzen hervorgekramt hatte. »Den hat er mir gegeben, bevor er letzte Woche los ist.«

»Haben Sie vielleicht eine Telefonnummer, unter der ich ihn erreichen kann?«

Eldridge lachte. »An sein Handy geht er sowieso nie.«

»Wann genau ist er denn losgefahren? Letzte Woche.«

»Also, das war … das war am Sonntag. Er hat mich rausgeklingelt, als es noch dunkel war. Um mir das mit dem Farn zu erklären.«

Sonntagfrüh. Ein paar Stunden nachdem Shao und Zuko in den Hinterhalt auf der Abteiwiese geraten waren.

»Würde es Ihnen etwas ausmachen, mir den Schlüssel für einen Moment zu überlassen?«

Mrs. Eldrige und Stew sahen ihn schief an. »Haben Sie denn so was wie einen, na, Sie wissen schon, einen Durchsu…?«

»Nein, aber ich bin auch nicht hier, weil Mr. Shelford verdächtig wäre. Er könnte ein wichtiger Zeuge sein. In einer Mordsache.«

Sie presste die Lippen zusammen. »Ich hab ihm immer gesagt, er soll sauber bleiben. Hab ich es ihm nicht gesagt, Stew? Da haben Sie den Schlüssel, Mr. Sinclair.«

»Vielen Dank.«

Er wartete, bis Eldridge die Tür hinter sich geschlossen hatte, und öffnete die Tür zu Shelfords Wohnung. Der Geruch von Baked Beans und Toastbrot drang in seine Nase. Er blieb stehen, als es unter seinen Füßen knirschte.

Zwiebackkrümel, die sich aus einer aufgeplatzten Verpackung über den Boden verteilt hatten.

»Mr. Shelford …?«

In der Küche fand er einen Topf mit einem Rest Bohnen, der noch handwarm war.

8

»Ist ja gut, Stew. Ist ja gut, Junge, gleich kriegst du was zu fressen.«

Linda Eldridge strich Steward über den Kopf und kehrte in die Küche zurück. Aus dem Topf auf dem Herd stieg beißender Qualm auf.

»O nein, o nein, o nein!«

Sie riss den Topf vom Herd und stellte ihn unter den Wasserhahn. »Ich hab's gleich gewusst, dass das nicht gutgeht. Hörst du, Stew, ich hab's gleich gewusst! Aber ich musste dem Herrn von der Polizei ja helfen!«

Steward bellte zustimmend.

»Aber weißt du was?« Sie ging in die Knie, wobei ihre Gelenke ächzten, und öffnete das unterste Fach des Tiefkühlschrankes. »Gott sei Dank hab ich ja noch eine zweite Portion für dich!«

Steward wedelte mit dem Schwanz – und zuckte zusammen, als es an der Tür läutete.

»Oh, anscheinend hat Mr. Sinclair noch etwas vergessen. Die Sache ist aber auch zu seltsam, Steward. Ich meine, wieso sagt Benny uns nicht einfach guten Tag, wenn er zwischendurch wieder da ist?«

Steward wusste darauf auch keine Antwort.

»Ich hab's jedenfalls immer gewusst, dass da was faul ist. Und ich hab es dir auch *gesagt.* Daran erinnerst du dich hoffentlich?« Steward folgte ihr zur Wohnungstür. Sie zog den Riegel zurück und öffnete. »Ja, Mr. Sinclair?«

»Detective Alison«, sagte eine schwarzhaarige Frau, die Mrs. Eldrige noch nie gesehen hatte, und präsentierte ihren Dienstausweis. »Wären Sie wohl so nett und würden mir einige Fragen beantworten?«

9

»Haben Sie schon mal Weizen geerntet?« Costello sprang über den Böschungsgraben. Er ging neben der ersten Ackerfurche in die Knie, ohne dass der Hosensaum seines pastellfarbenen Anzugs die vertrockneten Halmstoppeln auch nur berührte, und seine Stimme drang wie ein fernes Wispern an Shaos Ohren. »So richtig, meine ich. Mit der Sense. Den ganzen Tag lang, während Ihnen die Sonne in den Nacken knallt und Sie jemanden umbringen würden für ein Glas Wasser.« Er grub die Hand in den kalten Boden. »Dann wüssten Sie nämlich, wie die Erde riecht, wenn der Abend kommt. Wenn sie die Energie der Sonnenstrahlen abgibt und sich langsam mit Feuchtigkeit vollsaugt.«

Costello stand auf und zerbrach die Erdkrumen zwischen den Fingern. »Mein Großvater hatte einen Hof in der Nähe von Macari. Als Junge war ich oft im Sommer dort. Überall Weizen. Ist das Einzige, was da oben wächst. Keine Ölbäume, kein Wein, nur Weizen. Und Sie müssen doppelt so viel anbauen wie auf dem Festland, um denselben Ertrag zu bekommen.«

»Ihr Großvater war ein Schmuggler. Gerade gut genug, um für die Familien in Palermo zu arbeiten, aber nicht gut genug, um mit ihnen am selben Tisch zu sitzen.«

Costello hielt die Nase in den kalten Wind und rieb sich die Reste der Erde von der Handfläche. Mit einem Satz war er zurück auf der Straße. »Wir hatten einen schlechten Anfang letzte Woche im Lund Point Tower. Aber vielleicht geben Sie mir ja eine zweite Chance?«

In Shaos Ohren rauschte das Blut. Oder war es nur das Rascheln, mit dem ihre Gehirnwindungen zu Staub zerfielen und an den Innenseiten ihres Schädels herabrieselten? Big Jellyfish hatte es sich in der Zwischenzeit auf dem Fahrersitz ihres CR-Z gemütlich gemacht. Shao spürte seine Blicke in ihrem Rücken, ebenso hämisch wie misstrauisch, als könne er es kaum erwarten, ein zweites Mal über sie herzufallen. Sie stellte sich vor, wie *sie* ihm das Knie ins Kreuz drückte und die Handschellen um seine fetten Handgelenke schnappen ließ.

»Wir können aber auch umkehren, wenn Sie möchten. Ich werde Sie nicht daran hindern, in Ihren Wagen zu steigen und von hier zu verschwinden.«

»Etwa mit Jelly?«

»Er interessiert sich für Autos. Sie müssen ihm seine Neugier verzeihen.« Costello Schuhsohlen klackten auf dem Asphalt. Santoni Oxfords, mindestens siebenhundert Pfund.

»Was auch immer Sie auf dem Herzen haben, Mr. Costello, von mir aus können wir bis zum Nordpol wandern.«

Ein knappes Lächeln zuckte um seine Mundwinkel. Er blieb stehen und musterte sie. »Sie sind mutig. Etwas überspannt vielleicht, aber mutig. Wie Ihr Kollege und Sie im Tower meinen Leuten eine Nase gedreht haben. Alle Achtung.«

Shao hob die Schultern. »Jelly hätte uns sicherlich erwischt, wenn er bereit gewesen wäre, in die Scheiße runterzusteigen. Aber er musste ja oben aufräumen. Die Spuren beseitigen.«

»Ich weiß nicht, was Sie meinen, Detective.«

Sie lachte auf. »Eine Dreiviertelstunde später ist eine Schar unserer Kollegen in den Tower rein, hat alles durchsucht. Im Bericht steht, dass die beiden Etagen oben picobello sauber waren. Keine Spur von Kokons, Blut oder Spinnenfäden.«

»Sicherlich ein Missverständnis. Wer hat die Aktion geleitet?«

»Detective Ashley, soweit ich weiß.«

»Dann fragen Sie ihn doch, ob er etwas übersehen hat.«

Sie musterte ihn aus dem Augenwinkel. Vielleicht wusste er wirklich nichts von Lockharts und Ashleys Verbindung zu Seaways. Und dass sie beide seit einer Woche tot waren.

Watschelnde Schritte hinter ihr.

Jelly, mit ihrem Handy in der Hand. »Ein Anruf für Sie, Detective. Hört sich wichtig an.«

10

Shelford wusste nicht mehr, wann er aus seiner Bewusstlosigkeit erwacht war.

Er konnte sich an überhaupt nichts mehr erinnern. Nicht daran, wie er sich schließlich auf die Beine gestemmt und seine Wohnung verlassen hatte, und auch nicht, wie er die Stufen runter auf die Straße getorkelt war.

Irgendwann fand er sich in den Arbour Square Gardens wieder, dem aufgeräumten Park, der seiner Wohnung schräg gegenüberlag. Er saß im Schatten eines riesigen Rhododendronstrauchs auf einer Bank neben einem Obdachlosen, der ihm gerade das Portmonnaie aus der Tasche zu klauen versuchte.

»Ey, verpiss dich, Mann!«

»Ist ja gut, Mann, ist ja gut, ich dachte, du wärst … «

Der Penner stolperte davon, und Shelford stützte die Ellbogen auf die Knie. Er sah auf das Handy. Wie spät war es eigentlich? Kurz vor vier. Hatte er etwa den ganzen Mittag über hier auf der Bank gepennt? Er wollte aufstehen und sackte sofort wieder zurück. Herrgott, fühlte er sich beschissen. Schließlich schaffte er es doch, über den Rhododendron hinweg einen Blick auf seine Wohnung zu riskieren.

Halb erwartete er, auf der Straße davor einen Konvoi von Seaways zu sehen. Oder wenigstens ein paar Streifenwagen mit Blaulichtern.

Fehlanzeige.

Er überlegte, es noch einmal bei Jake zu versuchen, aber er hatte Angst, den Flugmodus auszuschalten. *Dass du paranoid bist, heißt nicht, dass sie nicht hinter dir her sind.*

Er stellte sich den Wecker auf Viertel vor sechs, legte sich auf die Bank und versuchte, an etwas Schönes zu denken, während sich alles vor seinen Augen drehte: die Dächer rundum, die Bäume, die Wolken.

Aber er dachte nur an Lenny, der wahrscheinlich immer noch in seinem altersschwachen Corolla unterwegs war. Mit dem großen Omega für »Ohm« auf der Motorhaube. Das »Ohm« war ein Club gewesen, in dem sie früher jeden Sonntagmorgen zur Afterhour abgehangen hatten. Lenny hatte sich schon damals aufgespielt, als wäre er derjenige gewesen, dem sie alles zu verdanken hatten. Der das Equipment herbeischaffte, der sich um das »Marketing« kümmerte, also um die Flugblätter, to be honest, und um die Finanzierung und überhaupt.

Einen Scheiß hatte Lenny, und so hatte Shelford sich nach der Trennung von Jake und Lenny auf seine zweite Leidenschaft konzentriert. Kickboxen. Was seine finanziellen Probleme weiter verschärft hatte, da er jeden Tag stundenlang trainierte und somit keine Zeit mehr blieb, um irgendwo in einem Supermarkt die Regale aufzufüllen. Acht Monate später und kurz vor dem Rauswurf aus seiner Einzimmerwohnung auf der dunklen Seite von Woolwich hatte er beim Training Perry kennengelernt. Perry hatte niemals Geldprobleme, weil er für Seaways arbeitete. Und Seaways, so Perry zu Shelford in der Umkleidekabine, suchte immer Leute, die fit waren und gewisse Grundvoraussetzungen erfüllten. Das Angebot hatte ihn stolz gemacht, obwohl ihm heute klar war, dass er aus ganz anderen Gründen perfekt in Perrys Profil gepasst hatte:

Ein Einzelkind, das den Kontakt zu den Eltern schon lange abgebrochen hatte und auch keine anderen nennenswerten Beziehungen pflegte. Frau? Kinder? Niente. Das perfekte Opfer für Seaways. Innerhalb von Sekunden hatte er sich an der Flasche festgesaugt, die Perry und sein damaliger »Teamleiter« bei Seaways, Vincent Costigan, ihm hingehalten hatten, und Costigan hatte ihn dann …

Der Wecker.

Shelford, der beinahe von der Bank gefallen wäre, rieb sich die Augen. Er streckte sich und stand langsam auf.

Es war dunkel geworden.

Er torkelte in Richtung Süden, wo die East Arbour Street auf die A13 führte.

Er wollte wenigstens versuchen, Lenny abzupassen, bevor der Trottel arglos vor seiner Wohnung vorfuhr.

11

Sie blickte Costello an.

»Gehen Sie ruhig ran, Detective.«

Stirnrunzelnd nahm sie das Handy entgegen.

»Ja?«

»Wieso sind Sie nicht bei der Anhörung?«, vernahm sie Sinclairs Stimme.

»Ich dachte, die ist inzwischen vorbei«, erwiderte sie lahm.

»Kennen Sie den Bahnhof Dagenham Dock?«

»Schon mal gehört, ja.« Wenn sie nicht alles täuschte, war sie vorhin auf dem Weg nach Stifford dran vorbeigefahren. »Wieso?«

»Südwestlich davon gibt's eine alte Lagerhalle für Container und so Zeug. In der Choats Road.«

»Sagt mir nichts.«

»Ich brauch Sie dort, jetzt.«

»Oh, aber sicher doch. Erleuchten Sie mich auch noch mit der Information, worum es geht, oder soll ich mich allein von Ihrer Aufmerksamkeit geehrt fühlen?«

»Bis Sie dort sind, ist es wahrscheinlich schon dunkel. Folgen Sie einfach den Lichtern.«

Er hatte die Verbindung unterbrochen.

Shao schob das Handy schnell in ihre Tasche, bevor Jelly auf die Idee kommen konnte, erneut danach zu greifen.

Costello hob die Brauen. »Wichtig?«

Sie hob die Schultern. »Schon möglich.«

»Dann ist unser Gespräch wohl leider beendet.«

»Sie haben mir noch nicht gesagt, was Sie von mir wollen.«

Die Birken am Feldrand beugten ihre Häupter unter einer Bö, die in wenigen Sekunden auch sie erreichen würde. Costello schlug den Kragen seines Mantels hoch und warf Jelly einen Blick zu. »Hat sie dich gefilmt?«

»Hat sie.«

»Und das Video verschickt?«

»Der Empfang hier ist ziemlich beschissen. Ich glaub nicht, dass irgendwas durchgegangen ist.«

Shao hatte auf einmal kein Gefühl mehr in den Füßen.

Costello gab Jelly ein Zeichen, zum Wagen zurückzukehren.

Jelly schenkte ihr ein lüsternes, fleischiges Lächeln und machte sich auf den Rückweg.

Costello sah ihm nach, und Shao fiel auf, dass sein Gesicht jetzt fast weiß war und die Haut trocken und spröde von der kalten Luft. Halb erwartete sie, dass er eine Waffe ziehen und sie über den Haufen schießen würde. Hier draußen würde es Wochen dauern, bis Powell oder Sinclair sie in irgendeinem Straßengraben fanden. Vorausgesetzt, dass sie sich überhaupt auf den Weg machten, um nach ihr zu suchen.

»Wir hatten vier Leute am Anleger«, sagte Costello und zwinkerte der Sonne zu, die sich inzwischen bis auf eine Handbreit an den Horizont herangeschoben hatte. »Jack Bannister war einer von ihnen – der Einzige, der entkommen ist. Später hat er Gregory Turbin erzählt, dass Detective Sinclair beim Lkw aufgetaucht ist, angeblich nur wenige Sekunden nachdem der Mann auf der *Baltimore* das Feuer auf meine Leute eröffnet hat.«

Und jetzt ist Gregory Turbin tot. Genauso wie Jack Bannister. Shao versuchte zu ergründen, was Costello ihr sagen wollte.

»Bannister bekam später Besuch von Russell Lynch, von dem wir zunächst annahmen, dass er es war, der Bannister getötet hat. Aber das war nicht Lynch, sondern das Ding, das auch meine Mieter im Lund Point Tower aufgeschlitzt hat.«

»Die Spinnenmutation.« Die beiden Worte kratzten wie Wollknäuel in Shaos Kehle. Wenn sie doch nur eine Gelegenheit bekommen hätte, auf die Aufnahmeschaltfläche zu drücken und das Gespräch mitzuschneiden!

»Die Leute auf dem Schiff gehörten nicht zu uns, sondern zu Seaways. Eine Art Security-Einheit, die von einem Mann namens Vincent Costigan geleitet wurde. Ihr hatte sich auch Russell Lynch angeschlossen, nachdem er uns damals verlassen hat. Unser Job, das sollten Sie vielleicht noch wissen, war es ganz allein, den Kranlaster bereitzustellen, mit dem das Paket weggebracht werden sollte.«

»Mit dem Paket meinen Sie den Würfel?«

»Ich weiß nichts von einem Würfel, und es interessiert mich auch nicht, was mit ihm passiert sein könnte.« Costello blickte in die Ferne. Der Himmel über der City hatte sich orange verfärbt. »Was mich interessiert, ist Folgendes. Sie haben vor neun Monaten in East Ham eine geschäftliche Transaktion von mir gestört und dabei etwas an sich gebracht, das ich gerne zurückhaben möchte.«

Shao brauchte einen Moment, um zu begreifen, dass er von der Ladung Greater H redete, die Eddie sichergestellt hatte.

»Wo befinden sich die Taschen jetzt?«

Sie hob die Schultern. »Woher soll ich das wissen? Wahrscheinlich in der Asservatenkammer im Hauptquartier.«

Costello nickte langsam. »Ich möchte, dass Sie sie da rausholen und mir zurückgeben.«

Sie lachte auf. Es geschah, ohne dass sie es wollte; es platzte einfach aus ihr heraus. »Ich soll Harmony für Sie klauen?«

»Ich habe Verpflichtungen, denen ich nachkommen muss.

Meine derzeitigen Quellen reichen nicht aus, um die Nachfrage zu befriedigen.«

»Das tut mir leid! Vielleicht fragen Sie mal bei Jelly nach. Er scheint gut im Geschäft zu sein.«

»Wollen Sie nicht wissen, wer bei Deirdre auf Sie geschossen hat?«

Sie blinzelte ob des erneuten Gedankensprungs. »Sie wollen mir im Austausch Costigan anbieten? Ernsthaft? Ich war dabei, als er in der Abtei erschossen wurde.«

Costello schüttelte den Kopf. »Vincent Costigan hatte Lynch im Visier. Aber er hat nicht abgedrückt.«

Shao spürte, wie ein Eiswürfel langsam ihren Rücken hinunterrutschte, Wirbel für Wirbel.

»Er lag in einem leerstehenden Haus gegenüber auf der Lauer. Hinter einem Fenster im ersten Stock. Eine Nachbarin hat den Lichtreflex des Zielfernrohrs gesehen.«

»Sie haben die Nachbarn befragt? Echt jetzt?«

»Außerdem hat Jelly das betreffende Zimmer unter die Lupe genommen. Auf dem Teppichboden konnte man sehen, dass ein Tisch verschoben war. Vor das Fenster, um ein Scharfschützengewehr darauf zu platzieren.«

»Das beweist gar nichts.«

Costello lächelte schmal. »Geht es Ihnen darum, Ihre Aktenordner zu füllen, oder um die Wahrheit? Sie haben es bisher nicht mal geschafft, einen Durchsuchungsbeschluss gegen Seaways zu bekommen.«

»Begleiten Sie mich zurück zum Revier und wiederholen Sie Ihre Aussage. Dann kriegen wir den innerhalb von Minuten.«

»Die Sache an Weihnachten wurde von einem Anwalt namens Ernest Beaufort eingefädelt. Er war unser Kontakt bei Seaways – für die Übergabe in Creekmouth, aber auch für einige andere Geschäfte.«

»Sie verkaufen Ihren Geschäftspartner für zwei Taschen Greater H? Schätze, er wird nicht erfreut sein, wenn er davon erfährt.«

»Beaufort ist tot. Jelly hat ihn vor ein paar Tagen in seiner Fischerhütte auf Foulness Island gefunden. Er hatte kein Gesicht mehr, so dass man wohl annehmen könnte, dass er erschossen wurde. Aber auf dem Boden war kein Blut, wenn Sie wissen, was ich meine.«

»Vielleicht wurde es von der Flut weggewaschen?«

»Eine Frau namens Shirley Lancashire hat Beauforts Posten bei Seaways übernommen. Bis dahin hatte sie Beaufort nur hin und wieder vertreten, aber jetzt ist sie anscheinend so etwas wie die Nummer zwei hinter Randolph Scott.«

»Möchten Sie meinen Gegenvorschlag hören?«, unterbrach Shao, die das Gefühl hatte, das es Zeit wurde, das Gespräch zu beenden. »Und keine Sorge, ich komm Ihnen nicht mit so einem Schwachsinn wie Zeugenschutz oder so.«

»Bitte.«

»Sie haben offenbar keine Lust mehr, mit Seaways zusammenzuarbeiten. Warum, bleibt Ihre Sache. Sie erzählen uns nur, was Sie über die Nacht in Creekmouth wissen und natürlich über Ihre Kooperationspartner und die gesamte Struktur von Seaways: Geschäfte, Unterfirmen, der ganze Krempel. Im Gegenzug halten wir Ihren Namen aus der Sache raus, und Sie können den Untergang der Firma von einem Logenplatz aus mit Popcorn und Cola genießen.«

Costello schob die Hände in die Hosentaschen. »Das ist Ihr Vorschlag?«

Shao nickte. »Einen besseren kann ich Ihnen nicht bieten. Und versuchen Sie bitte nicht, mir mit Jelly zu drohen. Beim nächsten Mal bin ich vorbereitet.«

»Davon bin ich überzeugt.« Sizilianischer Weizen hin oder her, unter dem mokanten Lächeln schwelte eine Glut, die sich nur während einer Kindheit in Stratford ins Fleisch gebrannt haben konnte. »Tian hat übrigens wirklich gute Arbeit geleistet bisher. Darum wollte ich eigentlich davon absehen, ihm das Fahrrad in Rechnung zu stellen.«

Shao kniff die Augen zusammen. »Wie bitte?«

»Ich gebe Ihnen exakt achtundvierzig Stunden. Dann liegt entweder der Inhalt der Taschen aus der Asservatenkammer bei mir auf dem Tisch – oder der Junge.«

12

Shelford winkte, bis ihm fast der Arm abfiel, aber Lenny, der Penner, rollte wie befürchtet mit glasigen Augen und wummernden Bässen an ihm vorbei in Richtung Wohnung.

Shelford torkelte hinterher und schlug aufs Wagendach.

Lenny trat auf die Bremse, als hätte er sich verschluckt.

Shelford stieg ein.

»Sorry, Mann, hab dich voll übersehen! Ist ja mega, Alter, wie geht's denn so?«

Shelford antwortete nicht, und so legte Lenny, der über die Jahre noch hagerer geworden war, schulterzuckend den Rückwärtsgang ein und wendete den Wagen. Shelford warf durch das Fenster an der Beifahrerseite einen misstrauischen Blick zur Hausfassade. Bei Mrs. Eldrige brannte kein Licht mehr, aber das war kein Grund, sich in Sicherheit zu wiegen.

Die gesamte Fahrt über schwallte Lenny ihn zu, was Jake und er in den letzten Jahren neu auf die Beine gestellt hatten. Shelford ließ es über sich ergehen und sah aus dem Fenster, wo sich die Backsteinfassaden von Limehouse erhoben und dahinter, wie tausend funkelnde Augen in der Finsternis, die Bürotürme von Canary Wharf.

Die Party hatte längst begonnen, als sie in Dagenham eintrafen. Lenny stellte den Corolla auf dem weitläufigen Parkplatz vor der Lagerhalle ab, direkt neben dem Eingangstor zu »Halle 4«, vor dem bereits Jakes Kleinbus und ein halbes Dutzend andere Wagen parkten. Shelford vernahm das entfernte Dröhnen des Stromgenerators und folgte Lenny zwischen leergeräumten Hochregallagern hindurch an einer Treppe vorbei in den hinteren Teil der Halle, wo die Strobos bereits zuckende Lichtblitze an die Betonwände warfen. Ungefähr fünfzig Leute tanzten im Licht der Laser und Moving Lights, die Jake und Lenny an einer Metalltraverse über dem DJ-Pult angebracht hatten. Plus noch mal so viele, die in dicken Winterjacken auf den Treppen und zwischen den Regalen rumhingen. Jede Menge Joints und Wodkaflaschen, und Gerüche wie in einem Amsterdamer Coffeshop. Unter den Tischen ein Wust von Kabeln, die zwischen Mischpult, Verstärkern und Boxen hin und her liefen, sowie natürlich die Stromtrasse, die zu einem der Fenster führte, wo draußen im Freien der Generator dröhnte.

Jake, der am Pult stand, sah aus wie damals: Undercut, Baggy Jeans und selbst im Winter nur das übliche T-Shirt, das um seinen schmächtigen Oberkörper flatterte. Die Stroboskop-Blitze zeichneten die Ringe unter seinen Augen etwas tiefer, als Shelford es in Erinnerung hatte.

Er grinste, als er Shelford bemerkte, und gab Lenny einen Wink, sich um ein paar Leute zu kümmern, die am Getränketisch lauerten.

»Willst du was trinken?«, rief Lenny. »Wir haben sogar 'n paar Kisten Ale und Wodka angeschleppt diesmal.«

»Danke, ich brauch nichts. Ist Ghosh schon da?«

»Jetzt entspann dich mal. Warum nimmst du nicht erst mal was zum Runterkommen? Ich versorg inzwischen die Leute, und dann lös ich Jake ab, damit ihr ein bisschen quatschen könnt, okay?«

Lenny wartete seine Antwort erst gar nicht ab, sondern latschte in Richtung Getränketisch.

Shelford sah sich um. Eine weitere Treppe auf der Rückseite des Raumes, ungefähr in der Mitte ein Fahrstuhl. Obwohl er allein schon aus Routine die Fluchtwege abcheckte, musste er doch zugeben, dass die vertraute Umgebung, die Musik etwas Beruhigendes hatten. Vielleicht hatte Lenny ja sogar recht. Vielleicht war es das Beste, sich zu entspannen. Ein bisschen Gras konnte dabei schon helfen. Er ging zum Tisch, an dem Lenny die Getränke ausgab, und tastete nach dem Portmonnaie.

»Lass mal. Jake hat gesagt, geht alles aufs Haus.«

»Alles?«

Lenny zog Tütchen mit Gras aus der Tasche. »Für den Anfang.«

Shelford nickte und zog sich an den Rand der Tanzfläche zurück. Während er die ersten Züge nahm, ließ er den Blick durch die Menge schweifen, aber Lenny hatte recht. Ghosh war noch nicht da. Er beobachtete Jake, wie er eine Platte vom Teller löste und zurück in die Papierhülle schob.

Die Minuten vergingen, und Shelfords Augenlider wurden auf einmal schwerer. Durch die scheiß Aufregung hatte er überhaupt nicht mitgekriegt, wie erschöpft er eigentlich war. Andererseits war da die seltsame Euphorie, die ihn durchfloss und die wohl kaum auf das Gras zurückzuführen war. Sogar die Kopfschmerzen waren auf einmal verflogen. Von einer Sekunde zur anderen einfach weg, und ihm wurde klar, dass nicht seine Wohnung und schon gar nicht Seaways, sondern *das hier* sein echtes Zuhause war. Er gab den Joint weiter an eine Kleine mit blauen Dreadlocks, die neben ihm mit den Füßen wippte, und mischte sich unter die Tanzenden. Nicht irgendeine Waldhütte, sondern *hier in der Menge* war der perfekte Ort, um unterzutauchen, der perfekte Ort, um sich von den Bässen aufsaugen zu lassen und den ganzen Mist auf dem Abteigelände endgültig zu vergessen. Das unterirdische Labor. Das ölige Zeug, das aus dem Würfel gespritzt war. Steve Rundle, der sich vor seinen Augen in ein Monster verwandelt hatte.

All das war nie passiert.

Nur ein alberner, beschissener Traum, der …

Bis der Schmerz mit einem einzigen, wuchtigen Schlag zurückkehrte.

Shelford sah noch die Feuerwalze auf sich zurasen, spürte die Flammen über die Innenseiten seines Schädels lecken, dann zerriss der Schmerz seinen Verstand, und er brach mitten auf der Tanzfläche zusammen.

13

Die A13 schien in Falschfarben getaucht.

Das Motorengeräusch entgegenkommender Autos, das als verzerrtes Fauchen in den Lamellen der Lüftungsschlitze flatterte, und ein grellblauer Himmel, der aufs Wagendach drückte wie eine Wassersäule.

Hände und Rücken schweißnass, und das, obwohl es auf dem Feld in Stifford kalt gewesen war wie an einem Berghang der Lofoten.

Shao drückte aufs Gas.

Nur weg aus Stifford, weg von Costellos Santoni Oxfords und von Jellys Grinsen. Weg von dem bedeutungsvollen Nicken, mit dem Costello sie verabschiedet hatte, bevor er in seinem Lexus davongerauscht war. Die digitale Geschwindigkeitsanzeige auf dem Display hinter dem Lenkrad wurde zu einem Countdown.

Achtundvierzig Stunden.

Dann liegt mein Eigentum bei mir auf dem Tisch – oder der Junge.

Die Bilder vermischten sich, Jelly, Costello, Tian, Sinclair, bis …

Das Handy auf dem Beifahrersitz klingelte. Shao erschrak und hätte fast einen Autotransporter gestreift, an dem sie gerade mit einhundertzwanzig Sachen vorbeiraste. Das bleiche Gesicht des Fahrers leuchtete im Rückspiegel.

Sie sah Powells Name auf dem Display und beschloss, nicht ranzugehen.

Das Display erlosch.

Und leuchtete wieder auf.

Sie murmelte einen Fluch und schaltete den Lautsprecher ein. »Guv?«

»Ich hoffe, Sie haben eine gute Erklärung.«

»Es tut mir leid, aber … wie ist es denn gelaufen?«

»Alles andere als eine Beurlaubung mit anschließender Annullierung Ihrer Pensionsansprüche wäre eine Überraschung.«

»Es ... es tut mir wirklich leid, aber ... aber ...« Sie fügte etwas hinzu, was sie selbst nicht verstand, weil ihr Nuscheln vom Motorengeräusch überdeckt wurde.

»Was haben Sie gesagt?«

»Ich sagte, Costello hat mich abgefangen.«

Stille.

»Was ist passiert?«

»Ich war in der Barking Road, heute Morgen, vor der Schule, auf die Tian geht, und da ...«

»*Wo* waren Sie?«

»Tian ist Zukos Neffe, und ... und ich hatte seiner Mutter versprochen, dass ich ... Also, was ich sagen wollte, ist: Da war auf einmal Big Jellyfish, und Tian ist zu ihm in den Wagen. Mit einem Freund. Ich bin ihnen nachgefahren, zu einem alten Sporthalle in Stifford, wo ich sie bei einer Übergabe beobachtet habe ... also Jelly, die Jungen saßen nur hinten im Wagen. Aber es ist nicht so, wie Sie denken, es hat mit der Sache zu tun, an der wir dran sind, es ging um die *Baltimore* und um Abbey Wood. Und Logan Costello meinte, dass ...«

»Shao?«

»Wie?«

»Der Fall Baltimore gehört nicht mehr uns.«

»Ja. Ja, ich weiß, aber diese Frauenleiche in Belvedere, von der Sinclair erzählt hat, die Veränderungen, das sieht doch so ähnlich aus wie ... ich meine, das hängt doch alles miteinander zusammen!«

»Auch die Leiche ist nicht mehr unser Fall. Sie wurde aus der Rechtsmedizin abtransportiert.«

»Was?«

»Seaways hat die Ermittlungen an sich gezogen. Aus Gründen der nationalen Sicherheit. Anweisung von Hammerstead.«

»*Was?*«

»Wo sind Sie jetzt?«

»Ich ...« Sie suchte nach einem Hinweisschild. »Irgendwo auf der Thames Gateway, Richtung Newham.«

»Dann dürfte Sinclair Ihnen gerade entgegenkommen. Ich hab ihn auf der anderen Leitung.«

»Warten Sie, Guv! Das ist doch ein abgekartetes Spiel!«

»Shao …«

»Wir wissen, dass Hammerstead versucht, Sie abzusägen! Wir wissen, dass er von Seaways geschmiert wird! Dass er uns den Helikopter auf den Hals gehetzt hat! Und jetzt hat er einfach … ich meine, anscheinend hat er einfach …«

»Ich gebe Sie jetzt weiter an John. Über alles andere sprechen wir später.«

Es klickte in der Leitung.

»Shao. Sind Sie schon in Dagenham?«

Gerade raste ein Schild an ihr vorüber. »Fast. Kurz vor der Ausfahrt Wennington und Rainham.«

»Okay, dann müsste es die dritte Ausfahrt sein. Direkt nachdem die Straße die Gleise überquert hat. Fahren Sie da runter und warten Sie unten am Kreisverkehr, an der Abzweigung zum Industriegebiet.«

»Worum geht es?«

»Hat Powell Ihnen von der Sache bei Baghvarty erzählt?«

»Dass sie die Leiche mitgenommen haben, ja.«

»Ich war danach in der Wohnung von Benjamin Shelford. Das ist ein Mitarbeiter von Seaways. Powell meint, er könnte Aldous Lockhart mit Tipps versorgt haben. Shelford hat eine Akte bei uns, weil er zwischen 2009 und 2011 mit zwei Kumpels illegale Partys in Wäldern am Stadtrand veranstaltet hat. 2011 hat Shelford sich dann aus dem Trio verabschiedet und bei Seaways angeheuert und wurde jetzt von ihnen auf dem Abteigelände eingesetzt.«

Auf einmal war sie wie elektrisiert. »Was heißt ›jetzt‹? Jetzt oder Sonntagnacht?«

Die Bilder von vor fünf Tagen erschienen vor ihrem geistigen Auge: die Jagd auf die Spinne, die Begegnung mit Ashley und Lockhart. Sinclairs Rettung. Und Zukos blutüberströmtes Gesicht, als er mit dem Rücken zur Abteimauer zu Boden sank.

»Wohl erst nach Sonntagnacht, denn am Morgen danach war er noch in seiner Wohnung. Ich glaube, er hat geholfen, das Gelände nach der Übernahme durch Seaways zu sichern. Aber dann ist irgendwas passiert, das ihn bewogen hat abzuhauen.«

»Der Unfall, bei dem der Rettungswagen gerufen wurde!«

»Vielleicht kann er uns erzählen, warum die Frau sich verwandelt hat – und was Seaways mit dem Würfel vorhat.«

Shao erreichte die Abfahrt Dagenham und schaltete den Blinker ein.

»Jedenfalls ist er nach seinem Verschwinden noch mal zurück in seine Wohnung, wo er allerdings nur ein paar Stunden geblieben ist. Sein Handy ist ausgeschaltet, aber Powell hat die Handys der beiden Leute tracken lassen, die damals mit ihm verhaftet wurden. Jake Edwardson und Lennart Whilmes. Lennart Whilmes ist vorhin aus der Choats Road nach Limehouse zu Shelfords Wohnung gefahren und anschließend wieder zurück.«

Sie fragte lieber nicht, ob Powell dafür einen Durchsuchungsbeschluss abgewartet hatte. »Und Sie glauben, er will sich bei seinen Exkumpels vor Seaways verstecken?«

»Ich glaube nicht, dass das möglich ist, und wenn Shelford kein Vollidiot ist, sieht er das genauso. Aber vielleicht kennen Edwardson oder Whilmes jemanden, der ihm weiterhelfen kann. Der Funkmast in der Choats Road, bei dem die beiden den halben Tag über eingeloggt waren, liegt in einem Industriegebiet, das normalerweise sogar tagsüber verlassen ist. Aber in dieser Sekunde sind da über hundert Handys eingeloggt. Alles, was wir jetzt noch brauchen, ist die genaue Adresse.«

Shao überlegte. »Also, zu meiner Zeit wurden solche Raves noch per Handzettel angekündigt, die man mit irgendeiner gecrackten CorelDraw-Version erstellt hatte.«

»Zu Ihrer Zeit?«

Inzwischen war es dunkel geworden. Die Scheinwerfer des

CR-Z strichen über den Kreisel. »Ich bin jetzt vom Thames Gateway runter. Wo sind Sie?«

»Fahren Sie in den Choats Manor Way. Ich warte an der ersten Abfahrt auf der linken Seite.«

Fast hätte sie die Abfahrt übersehen. »Wenn das mit dem Rave stimmt, haben Edwardson oder Whilmes das wahrscheinlich in irgendwelchen Messengerdiensten gepostet. Dürfte schwierig sein, da auf die Schnelle dranzukommen.«

Pling.

Ein Bildschirmfoto. *Ab 18 Uhr, Ferry Lane No. 78, Halle 4, Aufgang 3, untere Ebene. Getränke selbst mitbringen.*

Sinclair gluckste. »Sieht aus, als hätte Glenda magische Fähigkeiten. Das liegt etwa eine Viertelmeile von hier. Bleiben Sie einfach an mir dran.«

Er hatte aufgelegt.

Aber gern doch, Chef.

Allerdings war eins in ihren Augen glasklar: Wenn es Glenda gelungen war, Shelfords Spur bis nach Dagenham zu folgen, dann schaffte Seaways das auch.

14

»Hey, Benny … Benny, wach auf … scheiße, Mann, Benny!«

Shelford blinzelte in die Blitze des Stroboskoplichtes und in die Gesichter, die ihn umringten.

Jake. Lennart. Und zwei Dutzend weitere Gesichter. In das Bassgewitter hinein schrie jemand, dass die Bullen im Anmarsch wären, aber Jake achtete nicht darauf.

»Benny, Alter. Ich dachte schon, dir wär was passiert!«

»Wie?«

»Ich dachte schon, dir wär … Hey, Lenny, verdammt. Mach doch endlich mal die Musik aus!«

Lenny riss die Hände hoch und gab dem DJ ein Zeichen. Die Boxen verstummten, und nur noch die Strobos und Moving Lights zuckten pantomimisch in der Stille.

Jake ging in die Knie. »Alter, Mann. Was ist denn mit dir los?«
»Nichts, gar nichts. Geht schon, Mann. Alles in Ordnung.«
»Wirklich?«
»Ja. Alles … alles bestens.«
Rufe, weil irgendjemand die anderen Leute abräumte wie Kegel und sich zu Jake und Benny durchkämpfte.
Jake drehte sich immer noch nicht um, sondern bot Benny seine Hand. »Okay, komm hoch, Alter.«
Shelford griff danach, als ein mörderischer Druck seine Halswirbelsäule zerfetzte und etwas Schwarzes, Glitschiges aus seinem Nacken brach, das Jakes Brustkorb umschlang und ihm mit einer einzigen Bewegung die Rippen zerquetschte.

15

Shao folgte Sinclairs Rücklichtern über den Choats Manor Way an Industriegebäuden und mit Stacheldraht abgezäunten Brachflächen vorbei bis zu einem weiteren Kreisel, von dem zu beiden Seiten die Choats Road abführte. Nummer 78 lag in östlicher Richtung, hinter einem weiteren ausgedehnten Brachgrundstück und unterhalb der Stromtrasse, deren Kabel die Sterne über ihnen zu verbinden schienen.
Hinter einem Maschendrahtzaun, der von Zaunwinde und Brennnesseln belagert wurde, erhoben sich die Umrisse sechs riesiger, miteinander verbundener Hallen. Jede Halle besaß einen torhohen Wareneingang. Davor drei Reihen Parkplätze, die sich über die gesamte Fläche zogen. Vor Halle 4 standen zehn, fünfzehn Autos auf brüchigen Asphaltplatten. Dahinter ein paar Dutzend Fahrräder, was in etwa zu Glendas Funkzellenanalyse passte. Shao parkte den CR-Z zwischen Sinclairs Focus und einem Lampenmast, dessen Glasschirm zerschlagen war. Als sie ausstieg, vernahm sie von Süden das Flüstern der Themse und aus der anderen Richtung das entfernte, gleichmäßige Tuckern eines Generators.
Sinclair schlug die Wagentür zu und umrundete den Focus.

Shao schüttelte den Kopf. »Hat das eigentlich irgendeinen Hintergrund mit der Karre?«

»Was meinen Sie?«

»Ich schätze, das ist das abgewrackteste Teil aus dem gesamten Fuhrpark. Aber vielleicht stehen Sie ja auch auf den Schweißgestank von zehntausend Überwachungsstunden im Sitzbezug.«

Er hob die Schultern. »Ich steh auf einen Wagen, der mich von A nach B bringt. Und weil er so abgewrackt ist, will ihn keiner sonst haben, und ich muss den Schlüssel nicht abgeben.«

Shao grinste, während Sinclair über das Dach des Wagens hinweg die Umgebung sondierte. Irgendwo hinter der Halle zuckten Lichter, und ein wummernder Bass setzte ein und überlagerte die Geräusche des Generators.

Auf Sinclairs Handy erschien eine Nachricht.

»Glenda. Hat Bilder geschickt, von Shelford und seinen Freunden. Sie schreibt, die Aufnahmen sind ungefähr sieben Jahre alt.«

Benjamin Shelford war rothaarig, mittelgroß und wirkte durchtrainiert, aber nicht bullig. Lennart Whilmes hager und Jake Edwardson hohlwangig und irgendwie entkräftet, mit einem Blick, der nie zur Ruhe zu kommen schien.

Sinclair steckte das Handy weg, überprüfte das Magazin seiner Beretta und zog den Reißverschluss seiner Jacke zu.

»Was ist mit Verstärkung?«, fragte Shao. »Dann könnten wir auch hinten rum absichern. Ich meine, sobald einer von denen checkt, wer wir sind, rennen die auseinander wie Kakerlaken, wenn man das Licht anmacht.«

»Und sobald die Zentrale weiß, wo wir sind, weiß es auch Seaways.«

Sie biss sich auf die Lippen. Darauf hätte sie echt selbst kommen können.

Sie überquerten den Parkplatz und tauchten in die Halle ein. Der stampfende Rhythmus wurde lauter. Irgendwo weiter hinten in der Halle, hinter einem Durchgang, leuchteten die Stroboskopblitze. Der Weg dorthin führte durch eine Reihe leergefegter Hochregallager, auf denen Überreste von Putzutensilien standen. Die Regale reichten zehn, zwölf Yards hoch, bis unter die Decke. In der Mitte der Halle, auf dem Hauptgang, hatte sich in einer flachen Mulde im Beton Kondenswasser gesammelt. Die wenigsten Besucher hatten sich die Mühe gemacht, um die Pfütze herumzulaufen. Die feuchten Abdrücke dahinter führten alle zum Durchgang.

»Wie lange dauert so eine Veranstaltung?«, erkundigte sich Sinclair. »Inklusive Auf- und Abbau.«

»Keine Sorge, die haben grad erst angefangen.«

Hinter dem Durchgang lag ein Treppenhaus. Auf den Stufen Reste von Papierfetzen, die zerrissene Hälfte einer *Sun*-Titelseite und plattgetretene Zigarettenschachteln, die jemand in die Ecken gekickt hatte. Und Spinnweben.

Für eine Sekunde sah Shao das Blut auf den Stufen im Lund Point Tower vor sich, die Schleifspuren und die Kokons mit den blutigen Gliedmaßen, die die Spinne zurückgelassen hatte.

»Hey, alles in Ordnung?«

»Was? Ja, klar.«

»Dann kommen Sie.«

Hinter der Treppe ein weiterer Durchgang, der in den rückwärtigen Teil der Halle führte: noch mal fünfzig mal fünfzig Yards, mit übereinanderliegenden offenen Geschossen an der Treppenseite. In der Mitte der Halle ragten metallene Lichttraversen in die Höhe. An der Brüstung des ersten Geschosses war ein Laser befestigt, der rote Linien auf die Gesichter der Tanzenden malte. Strobos und Moving Lights tauchten die Menge darunter in gleißendes Licht. Irgendwo hinter den Leuten, an Tischen mit Controller, Verstärker, Notebook und jeder Menge Kabelsalat, kauerte der DJ: Jake Edwardson, sichtbar gealtert, aber immer noch einwandfrei zu identifizieren. Neben ihm stand Lennart Whilmes, der ihm irgendwas ins Ohr schrie und auf die Tanzfläche deutete, wo ein paar Leute innegehalten hatten und sich zu einer Traube zusammendrängten.

Edwardson rief einen Kumpel herbei, übergab den Kopfhörer und folgte Whilmes.

Irgendwas war passiert.

Ein Unfall?

Von Benjamin Shelford jedenfalls keine Spur.

Sinclair bedeutete Shao, einen Bogen zu schlagen und sich der Traube von hinten zu nähern. Sie sprang über eine Kabeltrommel und gelangte in Edwardsons und Whilmes' Rücken, während diese gerade zwischen den anderen Leuten verschwanden.

Shao hatte Mühe, sich zwischen den Leuten hindurchzudrängeln. Ein Typ mit rot gefärbten Haaren spuckte ihr Flüche ins Gesicht, die vom Wummern der Boxen erstickt wurden. Endlich hatte sie sich durch den äußeren Ring gekämpft und erblickte Lennart Whilmes, der sich umdrehte und dem DJ signalisierte, die Musik auszumachen.

Stille setzte ein.

Shao drängelte weiter.

»Scheiße, pass doch auf!«

»Ist die Alte bescheuert, oder was?«

Gegenüber erblickte sie Sinclair, der ebenfalls zwei Leute zur Seite räumte. Zwischen ihnen stand Jake Edwardson, der jemandem auf die Beine zu helfen versuchte.

Shelford!

Jake reichte ihm die Hand, als Shelford ausholte und nach Jake schlug. Allerdings nicht mit seiner Hand, sondern einem schwarzen, glitschigen Etwas, das eine halbe Sekunde zuvor aus seinem Hals gebrochen war. Der Schlag zerfetzte Jakes Brustkorb und Halspartie. Blut spritzte über ein halbes Dutzend Gesichter. Atemlose Stille, offene Münder, dann erste Schreie, während das glitschige Ding weiterpeitschte. Noch mehr Knochen brachen. Noch mehr Blut.

In Panik drängte die Menge auseinander. Der Typ mit den roten Haaren rammte Shao den Ellbogen gegen die Wange. Weitere Hände und Fäuste, die sie zur Seite stießen. Ein schwarzhaariger Junge von vielleicht zwanzig Jahren, der zusammensackte, als der Tentakel seine Milz und Niere perforierte und neben dem Bauchnabel wieder hervortrat. Und da waren noch mehr Tentakel, beleuchtet vom Lichtgewitter der Strobos und den Mündungsblitzen von Sinclairs Beretta.

Endlich gelang es ihr ebenfalls, die Waffe aus dem Holster zu reißen. Das Wesen, in das sich Benjamin Shelford verwandelt hatte, brach mit einem Rundumschlag seiner Gliedmaßen zwei Jungen und einem Mädchen das Rückgrat. Am Hals der Bestie – oder dem, was früher der Hals gewesen war – baumelte der Kopf von Benjamin Shelford wie ein blutiges Accessoire. Die Bestie fegte einen Verwundeten, der sich kriechend in Sicherheit zu bringen versuchte, zur Seite und stürzte sich auf Sinclair.

Shao jagte dem Ding zwei Kugeln in den Rücken, die scheinbar wirkungslos in Benjamin Shelfords Kleidung verschwanden. Sinclair duckte sich unter einem Tentakel hinweg. Trotzdem hätte ein zweiter seinen Brustkorb durchbohrt, wenn die Hornplatte nicht Sekunden vorher abgestoppt hätte, als das Monster, von Shaos dritter Kugel in die Brust getroffen, herumfuhr. Shao wich zurück, aber der monströse, scheinbar so schwerfällige Leib hatte nicht sie zum Ziel erkoren, sondern walzte an Sinclair vorbei in Richtung Treppe. Um Shao herum ein halbes Dutzend Tote, darunter Jake Edwardson, und mindestens zehn Schwerverwundete. Vor ihren Füßen wimmerte Lennart Whilmes.

Sie half Sinclair auf die Beine. »Sind Sie verletzt?«

»Rufen Sie einen Notarzt! Ich hol mir Shelford!«

»Halt, warten Sie!«

»Was?«

Ohne viel darüber nachzudenken, drückte sie ihm den Silberdolch in die Hand.

Sinclair nickte und rannte zur Treppe.

Lennarts blutüberströmte Finger tasteten nach ihrer Hand.

»Nicht bewegen, Mr. Whilmes! Ich rufe Hilfe!« Sie forderte

gleich mehrere Rettungswagen an. Danach – scheiß auf Seaways! – rief sie bei Powell an und erstattete in knappen Worten Bericht. »Wir brauchen Verstärkung, mindestens zehn Einheiten.«

»Ich kümmere mich darum.«

Als sie die Verbindung unterbrach, war Lennarts Kopf zurückgesunken. Er hatte das Bewusstsein verloren, wahrscheinlich durch einen Schock, denn das Blut an seiner Hand war definitiv nicht seins. Auf den ersten Blick waren keine äußeren Wunden festzustellen.

Auch die anderen Opfer waren nur leicht verletzt und so weit stabil, dass sie die Zeit bis zum Eintreffen der Rettungswagen überstehen würden.

»N-nicht … gehen …«

Whilmes, der wieder zu Bewusstsein gekommen war.

»Lennart! Was ist mit Shelford passiert?«

Er runzelte die Stirn, als müsste er erst über die Antwort nachdenken.

»Hat er irgendwas gesagt, als Sie mit ihm unterwegs waren?«

Lennart warf einen Blick auf Jakes Leiche, verdrehte die Augen und sackte wieder zurück.

Shao sprang auf und folgte Sinclair.

Die Spur des Monstrums war nicht zu übersehen. Mit fünf, sechs Gliedmaßen hatte es sich die Stufen hinaufgeschwungen bis zur dritten Ebene, in der Wände, halb aus Plexiglas, die Abtrennungen früherer Großraumbüros markierten. Auf der rechten Seite eine Brüstung und dahinter der vordere Teil der Halle, das Hochregallager. Die Spur führte am Geländer entlang zu den Büros, wo sie plötzlich nach links abbog und in der letzten Tür verschwand. Die untere Hälfte der Trennwand bestand aus Rigipsplatten, so dass der Boden des Büros nicht einsehbar war.

Den Dolch in der Linken und die Beretta in der Rechten, näherte Sinclair sich der Tür. Noch zehn Patronen im Magazin.

Plus eine im Lauf. Plus Ersatzmagazin. Falls er die Zeit bekommen sollte zu wechseln.

Er drückte die blutverschmierte Tür auf. Der Raum dahinter war leer, und sein Blick sog sich an der Blutspur fest, die zwei Schritte vor ihm im Nichts zu enden schien – als von der Decke etwas Dunkles herabstürzte und ihn zu Boden riss. Die Beretta rutschte über den Betonboden. Sinclair wollte ihr nach, aber da war plötzlich ein Gewicht auf ihm, das ihm die Rippen zu zerquetschen drohte. Er versuchte zuzustechen, aber Tentakel und Auswüchse wirbelten durch die Luft und schienen der Klinge instinktiv *auszuweichen*, bis ihm ein Schlag auch den Dolch aus der Hand prellte. Er durfte aus nächster Nähe einen Blick auf Shelfords Oberkörper werfen, der aussah, als hätte sich die Lunge von innen nach außen gewendet und würde die Reste des Brustkorbs wie ein glitschiger Film bedecken. Die Hornplatten der Tentakel nagelten Sinclairs Hände auf den Boden, und zwischen den Rippen öffnete sich etwas, das einem Maul gleichkam, mit einem wulstigen, nach außen geworfenen Kiefer. Das Ding schien an Sinclair zu *riechen*, bis es ihm provozierend gemächlich die scharfe Kante der Hornplatte an die Kehle setzte.

Schüsse.

Vier, fünf Kugeln aus Shaos Beretta, die das Maul des Monsters zerfetzten! Ein ohrenbetäubender Schrei, mit dem es sich herumwarf und Shao fokussierte, die an der Tür aufgetaucht war.

Kugel sechs, sieben und acht fanden ihren Weg in den Leib der Kreatur. Tentakel peitschten auf, und das Monstrum torkelte in Shaos Richtung. Einer der Tentakel erwischte Sinclair an der Schläfe, so dass er für einen Moment Sterne sah. Und weitere Schüsse vernahm. Als sich sein Blick klärte, waren Shao und das Monster verschwunden.

Sinclair suchte nach dem Dolch, sah ihn nirgendwo, schnappte sich die Beretta und folgte Shao und dem Monstrum durch die Tür auf den Gang. Die Kreatur hatte Shao bis zur Treppe verfolgt, aber durch die Verletzungen hatte sie an Tempo eingebüßt. Mit den Tentakeln versuchte sie, Shao zu erwischen, die sich zurückzog, bis sie hinter sich die Brüstung spürte.

Sinclair schoss.

Die Kugel trafen den Oberleib des Monstrums – etwa dort, wo sich die maulartige Öffnung befand. Das Geschöpf kreiselte herum, und die Tentakel klatschten gegen die Brüstung – über Shao hinweg, die sich auf den Boden geworfen hatte und davonrobbte.

Die Kreatur hatte sich jetzt zu voller Größe aufgerichtet. Sinclair erkannte die blutenden Wunden, die die Kugeln hinterlassen hatten, und vermeinte irgendwo in der Masse Augen zu sehen, die ihn wütend musterten – Augen, die nicht mehr Benjamin Shelford gehörten.

Die Tentakel packten Shao und hätten sie um ein Haar über die Brüstung geschleudert. Mit dem Rücken krachte sie gegen das Geländer. Im selben Moment war Sinclair da und pumpte den Rest des Magazins in den Leib der Kreatur. Die Wucht der Einschläge trieb das Monster an Shao vorbei gegen die Brüstung. Wie in Zeitlupe verlor es den Schwerpunkt und versuchte, sich noch mit den Fangarmen festzukrallen, doch vom eigenen Gewicht abwärts gerissen, stürzte es in die Tiefe und krachte auf eines der Hochregale.

Sinclair rannte zur Brüstung und sah gerade noch, wie das Monster sich aufzurichten versuchte. Die Tentakel streiften ziellos durch die Luft – und verfehlten die Stahlsäulen. Die Kreatur rutschte erneut über die Kante und schlug zehn Yards weiter unten mit einem platschenden Geräusch auf dem Betonboden auf.

Das Gebrüll steigerte sich für wenige Sekunden zu einem nervenzerfetzenden schrillen Kreischen, bevor es schwächer wurde und schließlich verebbte. Die Gliedmaßen, die eben noch durcheinandergewirbelt waren, erschlafften.

Shao stemmte sich auf die Beine. Sie hatte das Gefühl, dass ihr Körper ein einziger blauer Fleck war. »Leck mich, was für ein Scheißding! Ist es erledigt?«

»Werd ich gleich feststellen.«

Sinclair schien einen Schädel aus Stahl zu besitzen, denn noch bevor sie etwas erwidern konnte, war er auch schon auf der Treppe nach unten verschwunden.

Sie folgte ihm auf wackligen Beinen und erreichte das Treppengeländer, als sie aus dem Augenwinkel eine Bewegung wahrnahm – und die Mündung einer Waffe im Nacken spürte.

»Nicht bewegen.«

Shaos Brustkorb zog sich zu einem Klumpen zusammen. Sie kannte die Stimme.

»Ruf ihn.«

Doch selbst wenn sie gewollt hätte: Alles, was ihr über die Lippen kam, war ein hilfloses Krächzen.

Der Schlitten wurde zurückgezogen. »Sag ihm, du bist verwundet und er soll raufkommen, um dir zu helfen. Du hast drei Sekunden. Eins …«

»I-ich … ich …«

Ich kann nicht sprechen!

»Zwei.«

Atme, verflucht nochmal! – Atme!

»Drei!«

Der Schuss löste sich, aber es war nicht die Waffe an Shaos Hinterkopf, deren Mündung explodiert war.

Sinclair war zurückgekehrt und am Treppenabsatz unter ihr aufgetaucht. Die Kugel erwischte die Frau hinter Shao am linken Unterarm. Ein heller, wütender Schrei, mit dem sie das Feuer erwiderte. Instinktiv duckte Shao sich und wirbelte herum. Aber die Gegnerin war schneller, und der Tritt fegte ins Leere. Ein Ellbogen raste auf Shao zu und schleuderte ihren Kopf gegen das Geländer. Die Frau lief rückwärts zu einem weiteren Treppenabgang an der Rückseite, wobei sie Sinclair und Shao unter Feuer setzte. Shao presste sich flach auf den Boden.

»Hier rüber!«

Sinclair gab ihr Feuerschutz.

Shao robbte auf ihn zu, bis sie seine Hände spürte. Er riss sie die Stufen runter, in Deckung. Inzwischen war die Gegnerin auf der Treppe nach unten verschwunden. Sinclair und Shao wollten ihr auf dieser Seite folgen, als auf der Ebene unter ihnen Schüsse aufblitzten! Nicht einmal, nicht zweimal, sondern stakkatoartig aus mindestens zwei Mündungen und in einer Geschwindigkeit, die selbst die Strobos an der Lichttraverse in den Schatten stellte. Ein Hagel aus dreißig, vierzig, fünfzig Projektilen ließ den Beton von den Wänden des Treppenaufgangs platzen.

Shao begrub ihren Kopf zwischen den Händen. »Scheiße, wer ist das?«

»Keine Ahnung.«

Irgendwann endeten die Salven.

Sinclair ächzte.

»Halten Sie den Kopf unten, okay?«

Er lugte um die Ecke, und sofort setzte das Dauerfeuer wieder ein. Hastig zog er Shao tiefer in die Deckung des Treppenaufgangs. Diesmal dauerte es eine halbe Minute, bis die Gegenseite das Feuer einstellte. Die Betonwand gegenüber sah aus, als wäre sie von den Schrapnellen eines Sprengkörpers zerfetzt worden.

Sinclair wechselte das Magazin und schob sich an die Betonkante. Gab zwei Schüsse ab und zog sich sofort wieder zurück.

Auf der anderen Seite blieb es still.

Von ganz unten hörten sie Rufe, dann angestrengte Laute.

»Scheiße, da sind noch mehr. Was ist, wenn sie uns einkreisen?«

»Wir bleiben auf jeden Fall in Deckung!« Sinclair feuerte noch zweimal, dann verhielten sie sich still.

Wieder Rufe unten, dann schleifende Geräusche.

»Was zum Teufel machen die da?«

»Vielleicht wollen sie nur, dass Sie neugierig Ihren Kopf über die Brüstung strecken.«

Sie warteten fast fünf Minuten, in denen sie nach unten lauschten. Shao inspizierte ihre Wunden, dann die Beule, die Sinclair sich an der Schläfe eingefangen hatte.

Irgendwann verstummten die Geräusche.

»Sind sie weg?«

Sinclair erhob sich. »Sie geben mir Feuerschutz.«

»Aber mein Magazin ist fast alle! Also geben *Sie mir* Feuerschutz!«

»Geht leider nicht mit 'ner leeren Waffe.«

»Was? Was ist mit Ihrem Ersatzmagazin?«

»In zehn Sekunden folgen Sie mir. Wir treffen uns unten!«

Er sagte es in einem Tonfall, der keinen Widerspruch duldete.

Shao nickte und zählte in Gedanken bis drei. Sprang auf die Beine und feuerte. Sinclair hetzte los, zwei Stufen auf einmal nehmend. Ein Stockwerk tiefer kauerte er sich in Deckung.

»Klar!«

Shao folgte ihm, und sie wiederholten das Spiel, bis sie das Erdgeschoss erreicht hatten.

Die Strobos flackerten immer noch und zeichneten die Schatten der Verwundeten auf den Boden, die sich um das DJ-Pult zusammengedrängt hatten.

Im vorderen Teil der Halle, wo das Monster hätte liegen müssen, war nichts zu sehen außer einer Blutlache und Abdrücken von einem Dutzend Stiefeln, die entlang einer Spur aus Blut und Schleim in Richtung Parkplatz führten.

Pneus quietschten.

»Scheiße«, ächzte Sinclair.

Shao sagte nichts. Sie lehnte sich mit dem Rücken gegen eine der Gerüststangen und fuhr sich mit beiden Ärmeln über das Gesicht. Lauschte dem Schlag ihres eigenen Herzens, wie um sich zu vergewissern, dass sie noch am Leben war. Das Metall in ihrem Rücken war eiskalt.

Sie gab Sinclair die Waffe zurück, und er ließ das Magazin herausfedern.

»Ich hab sie erkannt«, flüsterte sie.

»Wen erkannt?«

»Die Frau, die in der Abtei auf mich geschossen hat.«

TEIL VIER
Abbey Wood

1

Powell erschien kurz nach der Verstärkung, als begleitender Passagier im Rückraum einer schwarzen Mercedes-Limousine, die sich als Hammersteads Dienstwagen entpuppte. Vier Personenschützer flankierten den Staatssekretär, während er den Tatort in Augenschein nahm und den Verletzten Trost spendete, als wäre er Jesus Christus. Außerdem Notärzte, Rettungssanitäter, Leichenwagen und mindestens zwei Dutzend Streifenpolizisten, denen die Absperrbandrollen auszugehen drohten: Eine Stunde nach Shelfords Tod drängten sich die Menschen zwischen den Boxen und Lichttraversen wie in einer Messehalle.

Shao hatte sich auf den Absatz der hinteren Treppe gehockt, die den Vorzug hatte, frei von Blut und Schleifspuren zu sein, und war in dumpfes Brüten verfallen. Ihr Herz fühlte sich an wie ihr Hintern, der mittlerweile zu Eis gefroren war. Sinclair lehnte am Geländer, die Arme vor der Brust verschränkt. Zwischen ihnen stand Powell, der in seinem gewohnten grauen Anzug mit der Betonwand hinter ihm zu verschmelzen schien. Über ihre Gesichter zuckten die blassen Ausläufer eines Blaulichts, als die letzten Rettungswagen mit heulender Sirene vom Parkplatz rasten.

Powell zupfte eine Zigarette aus der Packung. »Also die gleichen Auswüchse wie bei der Frau in der Garage. Gibt es einen Hinweis darauf, was die Verwandlung ausgelöst hat?«

Sinclair fühlte sich offenbar nicht bemüßigt zu antworten, darum sprang Shao ein.

»Auf jeden Fall hatte sie schon eingesetzt, als wir eingetroffen sind. Die Kreatur hat zuerst Jake Edwardson und die anderen Besucher getötet und ist dann nach oben auf die dritte Ebene geflohen.«

Powells Blick glitt die Treppenstufen hinauf. »Vielleicht doch ein Erreger. Irgendein Keim, der auf dem Abteigelände freigesetzt wurde.«

»Ja, genau.« Shao legte den Kopf in den Nacken. »Oder eine Verstrahlung durch Kryptonit. Oder Shelford war ein Alien, dem Edwardsons Musikauswahl nicht gefallen hat.«

»Was glauben Sie, was er war?«

Sie schloss erschöpft die Augen. »Keine Ahnung, vielleicht das Opfer von irgendeinem beschissenen Experiment. Woher soll ich das wissen?«

Powell tippte auf die Zigarette, so dass die Asche vor Shao auf den Boden rieselte. »Die Veränderungen der Frau im Rettungswagen und die Veränderungen von Benjamin Shelford – identische Ursache?« Die Frage war an Sinclair gerichtet.

»Vermutlich.«

»Was ist mit den Fällen Briscoe, Lynch und Finneran?«

Shao schüttelte den Kopf. »Briscoe, Finneran und Lynch waren voll mit Tumoren, aber sie waren immerhin noch Menschen. Das Ding hier, das war … das war … «

Sie blickte hilfesuchend zu Sinclair, der mit unbewegter Miene verfolgte, wie Hammerstead sich drüben bei den Streifenbeamten einschleimte. Falls sein Gesicht ein offenes Buch war, dann war es jedenfalls auf Suaheli verfasst. »Sagen Sie doch mal was dazu!«

»Der Dolch.«

Powell hob fragend die Brauen.

»Der Silberdolch, den Shao mir gegeben hat. Er muss noch irgendwo da oben sein, auf der dritten Etage.«

Shao fluchte.

»Es war, als hätte das Ding mit seinen Auswüchsen irgendwie Angst davor gehabt.«

»Auswüchse?«, fragte Powell.

»Deformierungen. Missbildungen. Wie auch immer Sie es bezeichnen wollen.«

»Das waren Tentakel«, stellte Shao klar. »Und vergessen Sie bitte das Maul in seinem Bauch nicht. Sah beinahe aus wie 'n scheiß Tintenfisch oder so.«

Powell nahm einen tiefen Zug. »Sind Sie wirklich sicher, dass es ein Maul war?«

»Es war ein Loch mit Zähnen, und es hat sich was reingestopft!« Sie sah ihn schief an. »Aber klar, es könnte natürlich auch sein Arschloch gewesen sein, falls es zu der Sorte von Monstern gehört, die sich ihr Essen hinten reinschieben.«

»Haben Sie das Ding fotografiert?«

Wieder schüttelte sie den Kopf. Sie fühlte sich schrecklich müde. »Keine Zeit dafür.«

»Was ist mit der Frau? Haben Sie ihr Gesicht gesehen?«

»Sie stand hinter mir. Aber es war ihre Stimme, ich bin absolut sicher.«

»Es müssen vier, eher sechs Mann gewesen sein, die mit ihr hier waren«, sagte Sinclair. »Sie waren bewaffnet und ähnlich gut vorbereitet wie vorhin bei Baghvarty. Sonst hätten sie es kaum geschafft, Shelfords Leiche so schnell wegzuschaffen.« Er nickte in Richtung der Straße. »Der Thames Gateway ist kameraüberwacht. Wir sollten uns die Aufnahmen ansehen.«

Shao ließ ein raues Lachen hören. »Sie meinen, wie im Fall Rachel Briscoe? Oh, vielleicht ist es Ihnen entgangen, weil Sie kürzlich ein zweiwöchiges Nickerchen gemacht haben, aber George Dixon hat zugegeben, dass Seaways die Aufnahmen *manipuliert hat.* Genauso wie bei Ihrem Auftritt auf der *Baltimore,* als der Funkverkehr lahmgelegt wurde. Serverausfall! Ich verwette meinen Arsch darauf, dass wir auch dieses Mal keine Beweise finden!«

Powell räusperte sich. »Ich habe da vielleicht etwas … einen

Kontakt, der uns weiterhelfen könnte ... Hey, Shao! Wo wollen Sie hin?«

»Ich hol mir den Dolch, bevor ihn sich irgendein anderer krallt.«

»*Stopp!* Sie können da jetzt nicht hoch. Die Spurensicherung hat alles abgesperrt.«

»Aber ...«

»Ich kümmere mich nachher um die Sache, versprochen.«

»Aber der Dolch ist ...«

Sie unterbrach sich, als Hammerstead näher trat. Unter dem rechten Arm trug er eine zusammengeknüllte Tageszeitung und auf dem Gesicht immer noch das Grinsen, das er sich vor der Schulterklopforgie hineingemeißelt hatte.

»Detective Constable Sadako Shao, was für eine Überraschung. Ich hatte eigentlich erwartet, Sie heute Morgen bei der Anhörung zu sehen.«

Sie stand auf, aber Sinclair ging dazwischen, bevor sie etwas erwidern konnte.

»Ich hatte einen Tipp bekommen und brauchte Shao hier, Sir. Ich übernehme die volle Verantwortung.«

»Die volle Verantwortung?«

»Ohne Shao wäre ich jetzt erledigt. Von den Verwundeten da drüben ganz zu schweigen.«

Straight to the point. Sie warf ihm einen dankbaren Blick zu.

Aber Hammerstead war noch lange nicht fertig. »Das wundert mich jetzt ein wenig, Detective, weil ich seit dem Weihnachtsattentat eigentlich davon überzeugt war, dass Sie unsterblich sind.« Er breitete die Arme aus. »Außerdem frag ich mich, von welchen Geretteten Sie reden. Ich seh nur jede Menge Leichen, ein paar verstörte Zeugen, die von einem Ungeheuer faseln, und einen Haufen Blutspuren, die mir verraten, dass Sie beide den Mörder haben entkommen lassen.«

Powell drückte in aller Ruhe seine Zigarette aus. »Die Ergebnisse der Spurensicherung werden die Angaben meiner Leute bestätigen.«

»Das hoffe ich für Miss Shao, denn auf die Unterstützung ihres Vorgesetzten wird sie bei der nächsten Sitzung verzichten müssen! Der versucht nämlich gerade, vor der Presse erst mal seinen eigenen Arsch an die Wand zu bringen!« Er klatschte Powell die Zeitung gegen die Brust. Es war die heutige Ausgabe des Daily Globe. »Nehmen Sie sich ruhig Zeit, ist 'n langer Artikel.«

Powell faltete die Zeitung auseinander. »›Murder Investigation Team wird durch interne Ermittler an der Aufklärung gehindert. Superintendent Powell stellt sich vor sein Team!‹ – Was soll denn der Blödsinn?«

»Die Frage ist doch wohl eher, was der Preis für diese kleine Gefälligkeit war! Vielleicht ein Interview mit diesem Youtube-Spinner Conolly? Der wird meines Wissens ja auch vom Globe finanziert.«

»Conolly ist verschwunden«, sagte Shao. »Das letzte Video auf seinem Kanal wurde vor einer Woche veröffentlicht.«

»Schön für ihn. Ich wäre auch gern verschwunden. Stattdessen muss ich der Öffentlichkeit morgen früh erklären, dass ein durchgedrehter Irrer ein halbes Dutzend Teenager auf einer Tanzparty aufgeschlitzt hat. Haben Sie eine Ahnung, in wie viele Ärsche ich kriechen muss, vom Innenminister aufwärts, um die Sache kleinzuhalten?«

»Gern geschehen. Wo Arschkriechen doch Ihre Leidenschaft ist.«

»Shao«, murmelte Powell und zündete sich eine neue Zigarette an.

»Der Mörder war kein Irrer«, beharrte Sinclair.

Hammerstead lachte auf. »Jetzt kommen Sie mir bitte nicht mit diesem Bullshit! Ich weiß, ich weiß, fünf Tentakel, drei Schwanzflossen und sieben Elfenbeinstoßzähne – je nachdem, welchen der Zeugen da drüben Sie fragen, kriegen Sie eine komplett andere Geschichte aufgetischt!«

»Sein Name war Benjamin Shelford, und er hat für Seaways gearbeitet. Also für dieselbe Firma, der Sie die Ermittlungen auf der Abteiwiese übertragen haben.«

»Darf ich fragen, woher Sie diese Information haben, Mr.?«

Sinclair zog den zerknitterten Zettel aus der Tasche, den Shirley Lancashire ihm überreicht hatte, und drückte ihn Hammerstead in die Hand.

Der hob die Schultern. »Na und? Die Entscheidung wurde in der Ministerrunde getroffen – um die Ermittlungen im Fall Baltimore zu beschleunigen.«

»Was für Ermittlungen?«, giftete Shao. »Detective Lockhart ist vor einer Woche erschossen worden, Ashley und Dixon genauso, und exakt seit diesem Tag wehen bei uns im Forest Gate nur noch die Steppenläufer über den Gang.«

Hammersteads Grinsen wechselte von selbstgerecht zu süffisant. »Es mag Ihrer Aufmerksamkeit entgangen sein, Miss Shao, aber praktisch seit Weihnachten kümmert sich der Geheimdienst um die Sache. Lockharts Abteilung war von Anfang an nur eine Ergänzung, die den Jungs vom MI-5 zugearbeitet hat. Dasselbe gilt übrigens für unsere Partner von Seaways, die Ermittlungsansätze verfolgen, mit denen unsere eigenen Leute – *aus welchen betrüblichen Gründen auch immer* – derzeit überfordert wären.«

»Ermittlungsansätze am Arsch, Mr. Secretary! Seaways hat Sie mit irgendwas an den Eiern, denn sonst würden nicht mal Sie auf die bescheuerte Idee komm, die Firma gegen sich selbst ermitteln zu lassen. Sie haben von Anfang an gegen uns gearbeitet!«

Hammerstead schnaubte verächtlich, aber seine Nervosität war nicht zu übersehen.

»Lockhart dachte wirklich, Sie wären auf seiner Seite! Dabei haben Sie dafür gesorgt, dass Zuko und ich in Abbey Wood keine Verstärkung kriegen! Sie haben diesem Miststück von Seaways und Vincent Costigan Bescheid gegeben, damit sie uns auflauern, und ich wette, dass Sie uns auch den Hubschrauber auf den Hals gehetzt haben!«

Hammerstead war rot angelaufen. »Sie werden jetzt Ihre verfluchte Klappe halten, Shao!«

»Mäßigen Sie sich bitte, Mr. Secretary«, mahnte Powell.

»Lecken Sie mich am Arsch, Superintendent. Und schreiben Sie das auch gerne ins Protokoll. Ich bin schließlich nicht der Erste, der im Umgang mit Ihrer neurotischen Mitarbeiterin die Nerven verliert.«

»Lecken *Sie* mich, Mr. Secretary!«, fauchte Shao.

Powell räusperte sich. »Nachdem wir uns jetzt so viele nette Sachen gesagt haben, werden wir Sie bei der Suche nach dem Killer selbstverständlich auf dem Laufenden halten, Mr. Secretary – allein schon für den äußerst unwahrscheinlichen Fall, dass es Überschneidungen zum Fall Baltimore gibt.«

»Das ist überaus freundlich, Superintendent. Wir sehen uns Montag in alter Frische. Shao. Sinclair.«

»Mr. Secretary«, sagte Sinclair.

Shao flüsterte etwas Unverständliches und wandte sich ab. Ihre Augen brannten, als hätte sie den Kopf in einen der Eimer mit Seifenlauge getaucht, die am Eingang herumstanden. »Dieser Wichser fickt uns, und wir halten ihm auch noch den Arsch hin!«

»Wir halten ihm den Arsch hin?«, erkundigte sich Powell ruhig.

»Und ob wir das tun! Für Hammerstead sind wir doch nur …«

»Wir haben einen Haufen Tote! Menschen, die an Tumoren gestorben sind. Und Menschen, die sich in Monster verwandelt haben, nachdem sie auf dem Abteigelände tätig waren. Die Abtei, unter der sich ein Würfel von den Ausmaßen eines Ferienhauses befindet, ohne dass jemand von uns eine *Idee* hat, wie er von der explodierenden *Baltimore* dorthin gelangt ist. John hier hat ebenfalls keine Idee, obwohl er selber dabei war. Außerdem haben wir unheimliche schwarze Dinger, die Menschen in Besitz nehmen und Riesenspinnen befehlen, menschliche Rümpfe in der Kanalisation von Stratford aufzuhäufen, um dort *Gott weiß was* damit anzustellen! Falls Sie, Shao, auch nur den *Hauch* einer Erklärung für all das haben, wäre ich Ihnen dankbar, wenn Sie *darüber* sprächen, anstatt den Staatssekretär durch irgendwelche dämlichen Beschimpfungen gegen uns aufzubringen!«

Sie blinzelte und breitete die Arme aus, während sie Luft holte. »Magie.«

»Wie bitte?«

Sie hob die Hände. »Ich sag nicht, dass es Magie *ist.* Ich sage nur, dass wir es vielleicht so nennen sollten, solange … solange wir keine bessere Erklärung haben.«

»Eine großartige Idee, die uns enorm weiterhilft.«

»Die Spinnenkokons in der Kanalisation sind übrigens verschwunden«, warf Sinclair ein, der zuletzt geschwiegen hatte. »Shao und ich haben gestern Abend nachgesehen.«

»Schön, dass ich das auch mal erfahre. Was kommt als Nächstes? Ich meine, hat irgendjemand von uns vielleicht eine Ahnung, wie viele Leute Seaways noch hinter dem Bauzaun eingesperrt hat?«

Shao hob die Schultern. »Fragen Sie Hammerstead.«

»Ich würde von etwa zwanzig ausgehen«, sagte Sinclair. »Vor allem Security, aber auch ein paar Wissenschaftler, die den Würfel untersuchen.«

Powell legte die Stirn in Falten. »Wie kommen Sie darauf?«

»Wenn ich bei Seaways was zu sagen hätte, würde ich das veranlassen.«

»Hm. Und wir haben nur noch uns drei, wie es aussieht.«

»Was ist mit Donovan und Raye?«, fragte Shao. »Außerdem könnten Sie uns ein paar Kollegen als Sonderfahnder zuteilen.«

Sinclair schüttelte den Kopf. »Wir halten alle anderen raus. Sie sehen ja, was mit den Leuten passiert, die Hammerstead oder Seaways in die Quere kommen.«

Powell schnippte die halb aufgerauchte Zigarette weg. »Ob es Ihnen gefällt oder nicht, Sie beide werden nachts das Abteigelände unter die Lupe nehmen und tagsüber bei Hammerstead und Dr. Campbell lächelnd Ihre Gesprächstermine wahrnehmen. Ich bin mittlerweile sicher, dass dieser Würfel der Schlüssel zu allem ist, aber trotzdem dürfen wir Seaways nicht von der Liste streichen. Wir müssen *alles* umgraben, bis wir endlich einen verdammten Angriffspunkt finden! Irgendwelche Einwände von Ihrer Seite, Detectives?«

»Vielleicht sollten wir mal mit einer gewissen Miss Lancashire sprechen«, schlug Shao vor.

»Lancashire? Sie meinen die Anwältin von Seaways?«

»Anscheinend hat sie dort Beaufort ersetzt, der erst vor einer Woche Costigan aus der Arrestzelle geholt hat. Vielleicht ist Beaufort ja etwas zugestoßen?«

»Und wie kommen Sie darauf?«

»Keine Ahnung, nur so ein Gefühl«, stotterte sie.

Powell machte eine wegwerfende Handbewegung. »Ich werde Glenda bitten, alles über diese Lancashire in Erfahrung zu bringen. Und über Beaufort. Wir drei werden darauf jedenfalls keine Zeit verschwenden.«

»Haben Sie tatsächlich mit dem Daily Globe gesprochen?« Es war Sinclair, der die Frage gestellt hatte.

Powell nickte. »Ich habe mit Sheila Conolly gestern zu Abend gegessen, ja.«

Shao glaubte ihren Ohren nicht zu trauen.

»Von ihr stammte übrigens auch der Hinweis auf Benjamin Shelford.«

»Das ist ja wirklich super, Guv! Verraten Sie uns auch, was sie dafür von Ihnen bekommen hat?«

»Noch gar nichts, danke der Nachfrage. Aber sie verfügt offenbar über den Ordner, den ihr Mann aus Lockharts Schließfach geklaut hat. Sie bat mich, ihr bei der Suche nach Bill Conolly zu helfen. Im Gegenzug würde sie mir den Ordner aushändigen.«

»Bitch!«

»Ich habe ihr nur gesagt, dass ich sehe, was ich tun kann. Es war nicht abgesprochen, dass sie im Globe Partei für mich ergreift.«

»Sie hätten den Ordner beschlagnahmen müssen, Herrgott!«

»Sie behauptet, dass er ihr gestohlen wurde.« Er zog ein Blatt Papier heraus und faltete es auseinander. »Das hat sie mir als Appetithäppchen mitgegeben, und ich muss sagen, dass ich ziemlich auf den Geschmack gekommen bin.«

Shao betrachtete den Zettel, auf dem Tabellen abgebildet waren, in die jemand offenbar codierte Daten eingetragen hatte. »Und was ist das?«

»Das Protokoll des Funkserver-Ausfalls von Heiligabend. Es bestätigt Detective Gans Angabe, dass er vor seiner Ankunft in Creekmouth mit einem Wagen der City of London Police gesprochen hat. Einem Wagen wohlgemerkt, dessen Dienstnummer nicht existiert.«

Shao lief es kalt den Rücken herunter. »Damit haben wir Hammerstead bei den Eiern! Das müssen wir ihm sofort …«

»Detective.« Powell faltete in aller Ruhe den Zettel zusammen und schob ihn zurück in die Tasche. »Wenn ich jemanden ›bei den Eiern‹ habe, wie Sie es nennen, drücke ich nicht sofort zu. Ich warte, bis es für mich am besten passt.«

2

Der dritte Tag.

Fast hätte man meinen können, dass er sich inzwischen eingelebt hätte: Er war nett zu den Pflegern, er war sogar überaus nett zu den Schwestern, vor allem zu Salome, die er nicht noch einmal in Verlegenheit brachte, indem er sie nach dem Patienten in Zimmer 17 fragte, und er war sogar nett zu Dr. Kashani, der gestern überraschend zur Visite erschienen war. Der hatte Bill »mit großem Bedauern« mitgeteilt, dass der Leiter der Klinik, Dr. Jeremias Brent, verspätet von einer Vortragsreise zurückkehren und deshalb er, Kashani, vorerst alleinverantwortlich die Studie leiten werde. Bei diesen Worten hatte er sich an einer geröteten Stelle am Hals gekratzt, die er notdürftig mit einem hautfarbenen Pflaster überdeckt hatte.

Wer zur Hölle war Brent? Scheißegal.

Auf jeden Fall war Kashani kurz darauf wieder verschwunden, und Bill hatte sich wieder darauf konzentrieren können, seinem Ziel näher zu kommen: Schwester Salome für sich einzunehmen. Sie war das schwächste Glied in der Kette, der Stein, dessen Wegfall das Monument zum Einsturz bringen würde. So hatte sie ihm zum Beispiel verraten, dass sich sein Handy in einem abgeschlossenen roten Spind im Schwesternzimmer befand, in einem Fach, das seinen Namen trug und zu dem sie wie auch der Rest des Pflegepersonals keinen Zugang hatte. So, wie sie es sagte, würde es nicht einfach werden, da ranzukommen. Er musste sich clever anstellen. Und das bedeutete, dass er erst mal von dem Zeug wegkommen musste, das ihm regelmäßig verabreicht wurde. Es hatte ein bisschen gedauert, bis er kapiert hatte – bis er überhaupt *klar* genug gewesen war, um zu kapieren –, dass die Infusionen nicht das Problem waren. Einfache Kochsalzlösung, bei Bedarf vermischt mit schwachen Beruhigungsmitteln, ein harmloser Cocktail also, der wohl nur sicherstellen sollte, dass er nicht austrocknete, während er high auf seiner Matratze vor sich hindämmerte.

Das Problem waren die Kapseln in dem Medikamentenplaner. Auch davon die meisten harmlos: Acetylsalicylsäure als Thrombosehemmer und ähnlicher Kleinkram, zumindest wenn er dem Aufdruck glauben wollte.

Und Harmony.

Natürlich waren *diese* Kapseln als einzige nicht beschriftet. Und sie sahen auch komplett anders aus als die grauen Kügelchen, die er damals – nur zur Probe im Rahmen einer journalistischen Recherche, versteht sich – bei Greg Turbin hatte bestellen wollen. Greg, der immer behauptet hatte, mit Harmony nichts am Hut zu haben, obwohl alle um ihn herum es irgendwann besser wussten. Rest in piece, armer Greg, warst ’n guter Kerl.

Trotzdem *war* es Harmony, ganz sicher, darauf deutete nicht nur der Rausch hin, in den er nach dem Einnehmen jedes Mal verfallen war. Vor einer Stunde hatte er seine tägliche Ration

Kapseln zwar in Salomes Gegenwart eingenommen, aber dann so lange unter der Zunge behalten, bis sie das Zimmer verlassen hatte. Danach war er auf die Toilette gewankt und hatte die Kapsel mit den Fingerspitzen aufgepult. Sofort war ihm der graue, brüchige Inhalt entgegengerieselt. Ab ins Klo damit, tschüs, Wiedersehen.

Schon eine halbe Stunde später hatten die Entzugserscheinungen eingesetzt, und während er sich in seinem Schweiß wälzte, wurden ihm die Ausmaße des Komplotts klar. Kashani und möglicherweise auch der phantomhafte Leiter Dr. Brent waren nicht nur Kurpfuscher, sondern Dealer, die den Patienten der Rainham-Recovery-Klinik mittels einer betrügerischen Studie das Geld aus der Tasche zogen, um sie anschließend …

Ja, was?

Was würde mit ihm geschehen, wenn er nach einer Woche »reif genug für die Verlegung« wäre, wie Dr. Kashani vorausgesagt hatte?

Bill hatte nicht die Absicht, so lange zu warten. Er würde umgehend handeln und den ganzen verdammten Laden hochgehen lassen. Das Einzige, was ihm dafür noch fehlte, war

Kraft

ein Beweis. Irgendein hieb- und stichfester Beweis. Nicht irgendwelche beknackten Kapseln, sondern Fotos und Aussagen von Patienten, er brauchte

was noch mal? Denk nach, Bill

Geständnisse von allen Beteiligten,

genau

einschließlich des großen Unbekannten in Zimmer 17, am besten auf Video,

richtig!

er brauchte Aufnahmen, die jeden Schritt der Beweiskette lückenlos dokumentierten.

Und dafür brauchte er sein verdammtes scheiß Telefon.

3

Forest Gate, nächster Morgen.

Die Ausluchten, Zinnen und Türmchen der verspielten Klinkerfassade blitzten unter einem wolkenlos blauen Wochenendhimmel, aber Shao kam es trotzdem vor, als würde sie einen finsteren, stillen Tunnel betreten, der vom Massaker in Dagenham, das in den Nachrichten rauf und runter lief, komplett unberührt geblieben war. Der Police Constable in Uniform, der die Veranstaltungsplakatwand im Vorraum aktualisierte, die blonde Mittfünfzigerin hinter dem Empfangstresen – Shao erinnerte sich aus ihrer ersten Zeit beim Forest Gate dunkel, dass sie Jenny hieß, nur war ihr Blick da noch nicht so müde gewesen –, ein Typ von der Sitte eilte vorüber, Handy am Ohr, und grüßte Shao, ohne sie wahrzunehmen. So viel Dienstbeflissenheit, so viel Demut lieferten eine ebenso einfache wie gruselige Antwort auf die Frage, wie es Hammerstead und Seaways gelungen sein mochte, umfassende Teile des Polizeiapparats lahmzulegen oder, besser noch, in ihrem Sinne zu manipulieren.

Im dritten Stock angekommen, erblickte sie Glenda, die ihren Kopf hinter dem Drachenbaum hervorstreckte.

»Morgen, Shao. Hätten Sie vielleicht einen Moment Zeit?«

»Klar. Morgen.«

Shao trat an den Schreibtisch, der wie immer übersät war von benutzten Tellern und Pizzakartons, und ignorierte Glendas Angebot, ihr einen Becher Kaffee einzuschenken.

»Haben Sie gut geschlafen? Ich mein', Powell hat mir von dem Scheiß erzählt, der gestern passiert ist.«

Shao fragte sich, *wie viel* Powell ihr erzählt hatte, und hob die Schultern. »So lala, würde ich sagen.« Tatsächlich hatte sie geträumt, dass Benjamin Shelford sich in ihrem Schlafzimmer in einen Cyborg verwandelt hatte, mit Armen, aus denen Läufe von Maschinengewehren wuchsen. Er hatte sie langsam in Fetzen geschossen, von den Beinen aufwärts, während Shao versucht hatte, die Wunden mit Sekundenkleber abzudichten. Kurz vor halb acht war sie aufgewacht, mit einem Ruhepuls wie nach einer Fußreflexzonenmassage. So war das wohl, wenn die Wirklichkeit selbst den übelsten Albtraum wie eine harmlose Gutenachtgeschichte erscheinen ließ.

»Ist John schon da?«

»Nein, aber Zukos Schwägerin, mit ihrem Sohn.«

Ach ja, Tian.

»Sie sagte, dass Sie sie sprechen wollten. Sie warten vor Ihrem Zimmer.«

»Danke.«

Glenda fuhr sich mit der Linken durch ihr struwweliges Haar. »Ja, also, außerdem ... Sie waren ja fast nicht da die ganze Woche, immer bei den Anhörungen und so, und da hab ich beschlossen, dass ich ... Ähm, passt es Ihnen jetzt überhaupt gerade, oder ...?«

»Passt schon, ja.«

»Gut. Ja, ich hab nämlich noch mal rumtelefoniert wegen der Bilder auf Rachel Briscoes Handy. Weil ich dachte, es gibt vielleicht doch irgendwo jemanden, der uns etwas über diese Symbole sagen kann.«

Das Bild, das sie in Briscoes Mails gefunden hatten, plus weitere Bilder auf ihrem Handy, das Zuko in der Aldwych-Station aufgestöbert hatte, wenige Stunden, bevor Costigan und die Frau ihn zwischen den Abteimauern ins Koma geschossen hatten. Das Ganze war erst vor einer Woche passiert, aber Shao kam es vor, als würde es Monate zurückliegen.

»Und? Haben Sie jemanden gefunden?«

»Ich hab's natürlich zuerst bei der Universität probiert, an der Rachel Briscoe gearbeitet hat, aber der Dekan, Professor Allan Spencer, hat die archäologische Fakultät Anfang dieser Woche verlassen, so dass der Posten zurzeit unbesetzt ist.«

»Spencer? War das nicht der Typ, mit dem Zuko sich in Verbindung gesetzt hat?«

»Richtig, es gibt einen Bericht, in dem steht, dass Professor Spencer versprochen hat, Zuko die Personalunterlagen von Rachel Briscoe zukommen zu lassen. Ich hab ja eine Weiterleitung von Zukos Account installiert. Zu mir, zu Powell und zu Ihnen, weil ich mir schon dachte, dass Sie in der aktuellen Situation vielleicht keinen Kopf dafür haben.«

»Danke. Muss ich in der Hektik tatsächlich übersehen haben.«

Glenda schüttelte den Kopf. »Es gibt keine Mail von der Universität. Spencers Sekretärin sagte mir, sie habe keinen Auftrag erhalten, uns irgendwas zu schicken.«

»Vielleicht hat er einfach vergessen, es weiterzugeben. In der letzten Woche im Job hat man vermutlich anderes im Kopf.«

»Das ist ja das Komische. Seine Sekretärin sagte, dass sie von seinem Abgang völlig überrascht wurde. Auch in Zukos Bericht steht nichts darüber, dass Spencer ihm gegenüber erwähnt hat, dass er die Universität verlassen würde.«

»Vielleicht ist er keiner von der mitteilsamen Sorte.«

»Die Sekretärin sagte, der Spencer, den sie kannte, wäre nie, nie gegangen, ohne ihr rechtzeitig Bescheid zu sagen.«

Shao überkam plötzlich ein ungutes Gefühl. Sie setzte sich auf die Tischkante und verschränkte die Hände vor der Brust. »Worauf wollen Sie hinaus?«

»Ich hab sie gefragt, ob ihr noch anderes aufgefallen ist. Sie wollte erst nicht mit der Sprache raus, aber als ich ihr sagte, es geht um das Weihnachtsattentat und die Sache in Abbey Wood und dass Rachel Briscoe wahrscheinlich darin verwickelt war, da meinte sie, dass Rachel so was wie der junge Star der Fakultät gewesen ist.«

»Der Star?«

»Spencer hat sie wohl extrem hofiert. Außer ihr gab es nur noch eine Mitarbeiterin, eine Linguistin, die er in ähnlicher Weise gefördert hat – durch Mitarbeit an Vorträgen, Networking unter Kollegen, Teilnahme an internationalen Kolloquien. Allerdings ist diese Frau erst Mitte zwanzig und war ihm damit vielleicht zu jung, um sie auf die Expedition zu den Azoren zu schicken.«

Shao versuchte, Glenda zu folgen. »Sie wollen sagen, Spencer wusste, dass dort der Würfel geborgen werden sollte?«

»Ich weiß nicht, ob er es wusste. Aber ich hab außerdem einen ehemaligen Mitarbeiter gefunden, einen Marokkaner, der heute im Pergamonmuseum in Berlin arbeitet, nachdem er die Londoner Fakultät vor zwei Jahren verlassen hat – angeblich im Streit mit Spencer.«

Shao fuhr sich über die Schläfe. »Glenda, ich weiß nicht, ob ich jetzt die Zeit dafür habe …«

»Okay, okay, es geht auch ganz schnell. Dieser Marokkaner, das ist Samir Choumicha. Vielleicht erinnern Sie sich nicht an den Namen, aber Dr. Cartwright hat ihn erwähnt. Sie wissen schon, Cartwright, der Rachel Briscoe geantwortet hat auf ihre anonyme Mail, mit der sie das Foto vom Würfel rumgeschickt hat, um Hilfe zu bekommen.«

Shao erinnerte sich. Dunkel. »Dieser Wissenschaftler aus Schottland, der bei einem Autounfall gestorben ist?«

»Mathematiker und Genommediziner, und er war zur selben Zeit verreist wie Rachel Briscoe.«

Scheiße.

»In Cartwrights Antwort steht, dass Choumicha die Anfrage an ihn weitergeleitet hat – aber weder Cartwright noch Choumicha wussten, dass Briscoe die Absenderin ist. Choumicha war total aus dem Häuschen, als ich ihm weitere Bilder von dem Würfel geschickt hab. Er hat zugegeben, dass er die Sache beim ersten Mal wegen der anonymen Absenderin wohl falsch eingeschätzt hat, und er meinte, dass es sich bei den Abbildungen auf dem Würfel möglicherweise um Teile von Mäanderbändern handelt.«

»Mäanderbänder.« Shao hatte diesen Begriff noch nie gehört.

Glenda blätterte in den Ausdrucken, die ungeordnet auf dem Tisch herumlagen. »Ein Mäander ist ein orthogonales Ornament, das seit der Jungsteinzeit bekannt ist. Es handelt sich, äh … äh, ach hier. Sehen Sie? Es handelt sich um ein Band, dessen gezeichnete Elemente verwinkelt oder ineinander verdreht sind. So dass man auf den ersten Blick denkt, es sind ganz viele verschiedene Linien, aber in Wirklichkeit ist es nur eine einzige!«

»Aha …«

»Einfachere Versionen von Mäanderbändern gibt es auch als Schmuck, zum Beispiel am Saum von Kleidern. So was wurde im 19. Jahrhundert oft verwendet, um mit antiker Symbolik zu spielen, weil man glaubte, dass Mäanderbänder in der Antike eine besondere Rolle …«

Shao hörte nur mit halbem Ohr zu, weil sie sich zu erinnern versuchte, wo sie eine ähnliche verschlungene Linie schon mal gesehen hatte. »In Ordnung, Glenda. Noch mal zu Samir Choumicha. Hat er noch irgendwas gesagt?«

»Über die Bilder nicht, aber er meinte, dass Allan Spencer schon öfter Ressourcen der Universität für solche Projekte zweckentfremdet hat.«

»Sie meinen, er hat Angestellte der Universität gegen finanzielle Zuwendung an Seaways vermietet?«

»Choumicha hat nicht bestritten, dass das legal ist. Er hielt es nur für falsch, dass auf diese Weise die Forschung einer Fakultät von den Interessen eines Konzerns dominiert wird.«

»Guter Mann.«

»Choumicha sagte, Rachel Briscoe hätte zwar die Reise mitgemacht, aber aus der Ferne hätte bestimmt Spencer die Fäden gezogen.«

Shao wiegte den Kopf. »Ehrlich, ich fürchte, da brauchen wir schon etwas mehr, um Spencer unter Druck zu setzen.«

Glenda öffnete ein Fenster auf dem Bildschirm. Das Foto einer jungen Frau. »Das ist die junge Linguistin, von der ich gesprochen hab. Sie hat auch letzten Freitag gekündigt, zusammen mit Spencer. Ihr Name ist Hannah Caroll.« Sie rief ein weiteres Foto auf, das eine blutverschmierte Bahre in Baghvartys Untersuchungsräumen zeigte.

Zwei blutverschmierte Bahren.

»Und das ist das Ding, das das Massaker im Rettungswagen veranstaltet hat. Baghvarty hat uns die Fotos rübergeschickt, bevor die Leute von Seaways bei ihr eingelaufen sind.« Glenda deutete auf den blutüberströmten, halb abgerissenen Kopf, der irgendwo an der rechten Schulter an einem Sehnenfaden klebte.

»Gruselig, oder?«

»Schicken Sie mir die Fotos auf meinen Account! Mit Kopien an Sinclair und Powell!«

»Schon erledigt.«

Shao hatte auf einmal Mühe, ihre Gedanken zu sortieren. »Ach ja, und hat Powell Ihnen schon gesagt, dass Sie sich um Lancashire und Beaufort kümmern sollen?«

»Wen?«

Shao schrieb ihr den Namen auf einen Zettel. »Beide arbeiten für Seaways. Beziehungsweise gibt es Hinweise, dass Beaufort … Suchen Sie nach einer Hütte. Auf Foulness Island.«

»Die Insel an der Themsemündung?«

»Und wenn Sie sie gefunden haben, schicken Sie jemanden hin, um nachzusehen.«

»Aber …«

»Ich muss jetzt zu unserem Besuch. Würden Sie sich bitte drum kümmern?«

»Ja, klar. Mach ich.«

»Danke!«

Shaos Schädel rauchte immer noch, als sie Shenmi Gan und Tian in ihr Büro führte. Tian guckte überallhin, bloß nicht in ihre Richtung, und Shenmi wirkte, als würde sie von tonnenschweren Gewichten niedergedrückt.

Shao legte zwei unbeschriftete Aktenmappen auf den Tisch und setzte sich. Die erste Akte enthielt die alten Dienstpläne seit Sommer 2017, die zweite die Tabelle der M.I.T.-Fußballtipprunde vom 31. Dezember 2018, als Lockhart mit drei Punkten vor Ashley geführt hatte. Tians Blick saugte sich an den Umschlägen fest.

»Warum sind wir hier?« Shenmis Stimme zitterte unüberhörbar.

»Ich glaube, das sollte Tian dir lieber selbst erklären. Na los, Tian.«

Shenmi rückte ein Stück zur Seite, um ihrem Sohn ins Gesicht sehen zu können, aber er flüchtete unter ihren Arm wie ein Vogeljunges in das schützende Nest.

»Tian«, flüsterte Shenmi.

Sein Oberkörper begann zu zucken. Shao schloss die Augen und ritzte in Gedanken eine zusätzliche Kerbe in den Lauf der Flinte, mit der sie Costello erledigen würde. Und Jelly.

»Ich ... Ich ... Ich bin nur in den Wagen, weil Troy gesagt hat ... weil, sie haben mich gezwungen!«

»Das sah für mich anders aus.« Shao war der Überzeugung, dass der Schuss vor den Bug so kräftig wie möglich ausfallen musste. »Troy saß schon drin. Du bist aus freien Stücken eingestiegen. Also bist du selbst verantwortlich für alles, was passiert ist.«

»Augenblick, Augenblick, was für ein Wagen?«

»Ein dunkelroter Maserati mit Chromfelgen, der heute Morgen vor der Rokeby-Schule stand. Am Steuer saß ein Fettsack, der in den Kreisen, in denen ich verkehre, auf den Namen Big Jellyfish hört.«

»Jellywas? Hör zu, Tian, ich versteh kein Wort von dem, was Shao da sagt. Kannst du mir das erklären?«

Tian schlang die Arme um ihren Körper, ein Junge von dreizehn Jahren, der nichts weiter getan hatte, als denselben Wunsch zu verspüren wie so ziemlich jeder Junge seines Alters. Den größeren Jungs zu imponieren. Nicht nur Tian, sondern auch Shenmi tat ihr leid. Und sie selbst tat sich leid, weil sie ihre Zeit damit vergeudete, ein Kind einzuschüchtern, während einen Verhörraum weiter der einzige Zeuge saß, der ihnen helfen konnte, die Spur zu Benjamin Shelfords Leiche und zu Seaways aufzunehmen, bevor sie vielleicht ein für allemal erkaltet war.

»Shenmi, würdest du Tian und mich bitte für einen Moment allein lassen?«

»Was?«

»Bitte, Shenmi.«

Sie schloss die Augen und erhob sich von ihrem Stuhl. Tian fiel gegen die Lehne wie ein Grashalm, der vom Wind geknickt wurde.

»Tian, du wirst Shao die Wahrheit sagen! Versprich mir das!«

Er hielt den Kopf gesenkt. Seine Lippen bebten.

»Nur zwei Minuten, Shenmi. Ich hol dich gleich wieder dazu, versprochen.«

Sie presste die Lippen zusammen und nickte.

Nachdem sie die Tür hinter sich geschlossen hatte, schob Shao die beiden Akten zur Seite. »Okay, sieh mich an. Sieh mich an, Tian.«

Er hob vorsichtig den Blick.

»Hast du Jelly heute zum ersten Mal gesehen?«

Er nickte zögernd.

»Aber Troy kennst du schon länger?«

Wieder ein Nicken.

»Seit wann?«

Schweigen. »Seit ein paar Wochen.«

»Und? Ist er ein guter Typ? Hast du das Gefühl, dass er in Ordnung ist? Dass man sich auf ihn verlassen kann?«

Keine Regung.

»Wenn er in Ordnung wäre, hätte er dir nämlich auch gesagt, womit er sein Geld verdient. Und womit Big Jellyfish sein Geld verdient. Hat er dir das gesagt?«

Tian nickte furchtsam.

»Du willst mir erzählen, er hat dir gesagt, dass er ein Dealer ist, und du bist trotzdem in den scheiß Wagen gestiegen?«

Er kaute auf seiner Unterlippe herum wie auf einem Schnitzel.

»Okay, dann sag ich dir jetzt was. Das Gejammer, wie kacke Drogen sind, lass ich weg, denn bei dem Thema kennst du dich ja offensichtlich aus. Ich erzähl dir also nur, dass meine Kollegen und ich, dass wir jahrelang versucht haben, den Boss von Jelly dranzukriegen. Und Jelly auch. Ich hab Jelly mal besucht. Ich wollte mit ihm sprechen, eine Aussage von ihm bekommen. Er hat sich auf mich geworfen und mich mit seinem fetten Körper auf den Boden gedrückt. Und dann hat er mir meine Waffe weggenommen – die Waffe hier, Tian, er hat sie hier rausgerissen, so, siehst du? –, er hat sie durchgeladen und mir gegen den Kopf gehalten. Hat mich eine Fotze genannt und gefragt, ob er abdrücken soll. Ich konnte nicht mal antworten, weil er mit seinem ganzen Gewicht auf mir draufgelegen hat. Ich konnte nicht mal atmen! Ich dachte, ich sterbe. Ich hab nie jemandem erzählt, dass das passiert ist, nicht mal deinem Onkel, und ich werd's im ganzen Leben auch keinem mehr erzählen. Es wird nie jemand davon erfahren, wenn du es nicht weitererzählst.« Sie musterte ihn zehn, zwölf stumme Sekunden, steckte die Beretta zurück ins Holster und lehnte sich zurück. »Und jetzt sag mir, ob dieser Jelly jemand ist, für den du gerne arbeiten würdest.«

Tians Kopf war auf die Brust gesunken, der ganze Körper ein lebloses Stück Fleisch, das jemand auf einen Stuhl gesetzt hatte.

»Die Antwort ist einfacher, als du denkst. Jelly hat nämlich Kohle. Vielleicht nicht so viel wie Salah oder Mané, aber mehr, als deine Mutter und ich und dein Onkel jemals verdienen werden. Und sein Boss, der hat richtig Asche. Die beiden Bikes, die Jelly euch gestern geschenkt hat, hat Logan Costello wahrscheinlich aus den Tageseinnahmen bezahlt. *Falls* er sie bezahlt hat. Wenn dir also Geld wichtig ist, musst du zu Jelly und Costello gehen. Vielleicht zeigt Jelly dir sogar, wie man Leuten, die einem nichts getan haben, eine Pistole an den Kopf hält. Irgendwann wird das passieren, und er wird sagen, du musst dich entscheiden. Aber die Wahrheit ist: Dann hast du dich schon entschieden. Weil du zu einem von denen geworden bist. Zu einem Menschen, der andere Leute umbringt, wenn es ihm nützt. Vielleicht wirst du irgendwann mich umbringen. Oder deine Mutter. Natürlich nicht absichtlich, das würdest du nicht tun, sondern aus Versehen. Oder jemand anderen. Aber tot ist tot. Also, Tian. Willst du ein cooler Drogendealer werden, der Leute umbringt? Ist deine Entscheidung.«

Tian öffnete den Mund. Die Zunge drückte gegen seine Wange, als wollte sie ein Loch hineinbohren, während ein paar geflüsterte, halb zerquetschte Worte den Weg über seine Lippen fanden.

»Was hast du gesagt?«

»Ich … ich hab … also, es ging doch gar nicht um Drogen!«

Sie kniff die Augen zusammen. »Was?«

»Big Jellyfish hat gesagt …« Er zog die Nase hoch und wischte sich eine stille Träne aus dem Gesicht. »Er hat gesagt, wir sollen nur die Leute finden.«

»Die Leute? Was für Leute?«

Tian rollte mit den Augen und rutschte auf dem Stuhl hin und her. »So ganz bestimmte Leute halt. Auf der Straße oder in Häusern. Und für jeden, den wir finden, bekommen wir fünfzig.«

4

Schwester Salome.

Bills Eindruck, dass sie den Angriffspunkt der feindlichen Phalanx darstellte, verfestigte sich, als sie am Morgen nach seiner durchwachten Nacht sein Kissen aufschüttelte. Aus nächster Nähe betrachtet, wirkte ihre Haut trotz der indischen Abstammung merkwürdig grau und blass, fast durchsichtig, und die leichte Verfärbung unter ihren Augen deutete darauf hin, dass auch sie nicht besonders gut geschlafen hatte.

»Haben Sie an mein Telefon gedacht, Salome?«

»Ich habe Ihnen schon gesagt, es ist den Patienten nicht erlaubt, Kontakt zur Außenwelt aufzunehmen.«

»Ich möchte keinen Kontakt zur Außenwelt aufnehmen. Aber auf dem Handy sind ein paar Spiele, mit denen ich mir die Zeit vertreiben kann.«

»Sie sind ganz schön gewitzt, Mr. Conolly. Haben Sie gestern Ihre Kapseln genommen?«

Er lachte, vielleicht etwas zu laut, obwohl er sich schrecklich fühlte und alles in ihm danach gierte, den Medikamentenplaner aufzureißen und sich die nächste Kapsel Harmony einzuwerfen. »Alles brav geschluckt, so wie von Kashani verordnet.«

»Ihr Laken ist durchgeschwitzt. Ich werde das Bett lieber neu beziehen.«

Er schwang die Beine möglichst effektvoll aus dem Bett und tapste zum Fenster. Mit den Thrombosestrümpfen sah er aus wie Ludwig XIV., aber Salome störte sich nicht daran, sondern verrichtete stur ihre Arbeit. Bill ließ den Blick über die Birken schweifen, die den Mittelpunkt des verwilderten Rasengrundstücks bildeten, drehte sich um und versuchte, ein Lächeln aufzusetzen. »Wie lange arbeiten Sie schon für ihn? Für Kashani.«

Sie warf das schmutzige Laken auf den Boden und holte ein neues vom Wagen, der vor der Tür stand. Die Versuchung, ihr zu folgen, war groß, aber er dachte an die anderen Pfleger, die draußen lauerten. Er musste seinen Ausbruch vorbereiten. Einen *Plan* entwickeln. Außerdem musste er vorher noch seine kleine Investigativrecherche zum Abschluss bringen, was zugegebenermaßen ein recht sportliches Unterfangen darstellte.

»Na, kommen Sie schon. Sie können Ihre Arbeit auch machen, *während* Sie mir antworten.«

»Ich bin seit drei Jahren in dieser Klinik beschäftigt.«

»Und während all dieser Zeit haben Sie nicht bemerkt, dass hier irgendwas nicht mit rechten Dingen zugeht?«

Sie hielt inne, und Bill stellte triumphierend fest, dass er ins Schwarze getroffen hatte.

»Sie täuschen sich in Dr. Kashani. Er ist ein guter Mensch.«

»Klar.«

»Er ist akribisch, und er opfert sich für seine Patienten auf. Suchtpatienten zu helfen ist sein Lebensinhalt. Sein eigener Sohn ist nämlich drogenabhängig. Darum nimmt er ja auch die Obdachlosen in das Programm auf.«

»Stimmt, die Obdachlosen! Ich wette, Kashani weint sich jede Nacht in den Schlaf im Gedenken an die vielen armen Seelen da draußen, die er noch nicht eingesammelt hat.« Als sie nicht antwortete, stieß Bill sich von der Kante des Fensterbretts ab und näherte sich Salome. »Der Patient in Zimmer 17 … ist das Kashanis Sohn? Bekommt er deswegen eine Sonderbehandlung?« Sie wich halbherzig vor ihm zurück, und er griff nach ihrem Arm. Ihre Haut war ebenso kalt wie seine. »Ich meine, vielleicht sind wir alle hier ja nur so was wie die Versuchskaninchen, um die Therapie von Kashani junior zu finanzieren! Was glauben Sie, Salome? Sind wir Versuchskaninchen?«

»Lassen Sie mich los«, flüsterte sie. »Bitte.«

Er blinzelte und trat einen Schritt zurück. »Entschuldigen Sie.« Er hatte ihr keine Angst einjagen wollen. Er wollte, dass sie wiederkam. »Ich … ich bin irgendwie … Es muss an den komischen Kapseln liegen, dass ich so aufgebracht bin. Können Sie mir sagen, was da drin ist?«

Sie schlug die Augen nieder und faltete das frische Laken auseinander.

»Kommen Sie schon. Ich meine, ich *nehme* das Zeug, also habe ich doch ein Recht darauf, das zu erfahren, finden Sie nicht?«

»Die Kapseln enthalten Acetylsalicylsäure, um die Wirkung der Thrombosestrümpfe zu unterstützen.«

»Ich meine nicht *die* Kapseln.« Er öffnete den Medikamentenplaner und nahm eine der unbeschrifteten Kapseln heraus. »Ich meine *diese* hier. Was enthalten die?«

Sie schluckte, während sie das Laken glattstrich. »Ein Mittel, um Sie auf die Therapie auf Station F vorzubereiten.«

»Station F – wie ›Final‹ oder was?«

Sie blickte ihm in die Augen. »Sie täuschen sich in Dr. Kashani. Sie täuschen sich wirklich.«

»Und wenn *Sie* sich in ihm täuschen? Vielleicht gilt das auch für den Patienten auf Zimmer 17. Vielleicht hat Kashani Ihnen auch da die Unwahrheit ges …«

»Ich darf Ihnen keine Auskunft über andere Patienten geben!«

»Das verlange ich doch gar nicht, ehrlich.« Er versuchte es mit einem schelmischen Grinsen, von dem er irgendwie das Gefühl hatte, dass es ihm misslang. »Sie könnten die Tür offen stehen lassen, dann kann ich mir selbst ein Bild von der Lage in Zimmer 17 machen.«

Sie lächelte flüchtig.

Sie mag dich. Also bleib dran.

Er zog sich wieder an das Fenster zurück und klopfte gegen die Scheibe. »Aber wahrscheinlich haben Sie recht. Kashani ist ein barmherziger Samariter. Wenn ich seine Anweisungen befolge, werde ich übermorgen verlegt und in zwei, drei Wochen geheilt entlassen. Richtig? Ich meine, aus welchem Grund sollten die Fenster hier sonst verriegelt sein?«

Salome biss sich auf die Lippen und raffte die schmutzige Wäsche zusammen. »Wenn Sie noch etwas brauchen, dann drücken Sie bitte die Klingel, ja?«

»Ich brauche mein Telefon«, sagte er düster.

5

»Fünfzig Pfund?«

»Fünfzig Pfund mal dreißig oder vierzig Namen, die Tian und Troy in den letzten Tagen an Jelly weitergegeben haben«, berichtete Shao. »Plus die Fahrräder als Prämie.«

»Was für Namen?«, wollte Powell wissen.

»Von ehemaligen Kunden in Canning Town, Stratford und Barking. Leute, die während der letzten Jahre guten Umsatz gebracht hatten, aber dann irgendwann durch die Drogensucht ihre Existenz verloren haben.«

»Und um diese Namen in Erfahrung zu bringen, braucht Costello einen dreizehnjährigen Jungen?«

»Costello und Jelly kümmern sich um das große Geschäft. Dann gibt es da, grob vereinfacht, die mittlere Ebene, zu der Gregory Turbin und Jack Bannister gehört haben – aber die Gesichter der Kunden kennen nur Läufer wie Troy oder Wallace.«

»Und wieso Tian?«

»Vermutlich weil sie Ersatz für Wallace brauchen, der immer noch mit einem kaputten Arm im Krankenhaus liegt.«

Nein, sondern weil sie von Anfang an vorgehabt hatten, sie mit seinem Leben zu erpressen.

Halt die Klappe. Vergiss Costello. Zumindest mal für einen Moment.

Powell zog die Augenbrauen so dicht zusammen, dass sie sich fast über der Nase berührten. Er öffnete das Fenster und setzte sich auf die Fensterbank. Ein Schwall kalter, herrlich klarer Winterluft waberte über den Schreibtisch auf Shao zu. Powell fischte eine Zigarettenpackung aus der Brusttasche und stellte fest, dass sie leer war. Er warf sie in den Papierkorb. »Gut, nehmen wir also an, Costello hat sich entschlossen, so eine Art Kundenrückgewinnungsprogramm zu starten. Wie muss ich mir das vorstellen? Gehen diese Leute nach ein paar Jahren Crystal oder Crack eine Woche mondbaden und nehmen danach ihren alten Job wieder auf?«

»Ich würde sagen, es gibt irgendeinen anderen Grund, warum sie für Costello auf einmal wieder interessant sind.«

»Sie meinen einen anderen Grund als Geld?«

»Vielleicht will er nicht, dass sie in der Gegend rumhängen und seinen aktuellen Kunden die Laune vermiesen.«

Powell sah sie schief an. »Wie war das noch mit dieser Drogenhöhle da in der Fabrikhalle? Die Fabrikhalle in der …« Er schnippte mit den Fingern.

»Gibbons Road.«

»Vielleicht ist das hier ja auch wieder so eine Art soziales Projekt.«

»Die Fabrikhalle war *Deirdres* Projekt. Nachdem sie weg war, hat Costello die Leute oben im Lund Point Tower praktisch verrecken lassen.« Und wieder Deirdres von Schwären zerfressenes Gesicht, als sie vor Shao auf den Grund des Rückhaltebeckens gestürzt war. Shao wischte das Bild zur Seite. »Um so was aufzuziehen, braucht es außerdem Zeit und Leute, und von beidem hat Costello nach der Sache in Creekmouth vermutlich zu wenig.«

»Was glauben Sie dann? Dass er die Leute einsammelt, um sie verschwinden zu lassen?«

»Im Moment weiß ich noch nicht mal, ob Tians Geschichte überhaupt stimmt. Vielleicht hat Troy ihn angelogen, und es ging in Wirklichkeit um was anderes.« Sie schlug die Beine übereinander und verspürte prompt einen dumpfen Schmerz in der Schulter, wo das Lederband des Holsters auf ihre geprellte Rippe drückte. Holster, Beretta, Treppenhaus, Jelly. Es war wie mit einem rosa Elefanten. Jeder Gedanke führte zwangsläufig zu dem Ultimatum, das Costello ihr gestellt hatte. Natürlich war es keine Frage, dass sie Powell davon erzählen würde.

Natürlich.

Sobald …

»Ich könnte der Sache noch mal nachgehen, Guv. Ich könnte zu Jelly fahren und …«

»Vergessen Sie's. Wir haben im Augenblick keine Zeit, uns mit Costello zu beschäftigen.«

»Aber Tian …«

»Ist im Augenblick unwichtig. Sie haben dem Jungen einen Schreck eingejagt, gut so, das reicht fürs Erste. Und falls nicht, wird seine Mutter sich bald wieder bei Ihnen melden.«

Sicher wird sie das. Zum Beispiel morgen Abend, wenn Jelly ihrem Sohn den Kopf abgeschnitten hat.

»Was hat das Verhör von Shelfords altem Kumpel ergeben, diesem Whilmes?«

»Er war immer noch ganz schön durcheinander, hat aber

sofort versucht, auf dicke Hose zu machen. Nach Shelfords Ausstieg damals haben Edwardson und er die Partys allein organisiert.«

Powell warf ihr einen ungeduldigen Blick zu. »Irgendein Hinweis, warum Shelford nach so langer Zeit den Kontakt wiederaufgenommen hat?«

»Whilmes sagte, Shelford hätte nur mit Jake telefoniert und ihm nicht viel gesagt, als sie im Auto saßen. Nur dass er irgendwie panisch gewesen sei und jedes Mal in den Rückspiegel geguckt hat, wenn Whilmes vor einer roten Ampel gebremst hat.«

»Er wusste, dass Seaways ihm auf der Spur war.«

»Laut Whilmes wollte er beim Rave jemanden treffen, der öfter dort auftauchte. Ein Typ namens Ghosh.«

»Adresse?«

»Gibt's nicht. Angeblich lebt er im Wald, mit Wasser aus der Regentonne, eigener Ziege und so. Niemand weiß, wie man ihn kontaktieren kann.«

»Klingt tatsächlich, als hätte Shelford bei ihm untertauchen wollen.«

»Vielleicht, aber ich glaube nicht, dass wir über die Ecke irgendwas über Seaways oder den Würfel herausbekommen.«

»Und die Sache mit der Universität, die Glenda mit Ihnen besprochen hat?«

»Sie hat mich auf einen Umstand aufmerksam gemacht … eine komische Sache … und zwar geht es dabei um den Dekan der archäologischen Fakultät, der …«

Sie unterbrach sich, als es an der Tür klopfte.

Sinclair trat ein. Er nickte Powell und ihr zu und setzte sich auf den zweiten Stuhl vor dem Schreibtisch, als ob er nur kurz auf der Toilette gewesen wäre.

»Sieh mal einer an. Ihnen jedenfalls auch einen guten Morgen.«

»Fahren Sie fort, Shao«, forderte Powell sie auf.

»Äähm, vielleicht darf ich erst mal wissen, wo mein werter Kollege sich den ganzen Vormittag über rumgetrieben hat?«

Sinclair und Powell wechselten einen Blick, bei dem Shao sich vorkam, als hätte sie aus Versehen die Tür zur Herrentoilette geöffnet.

»Ich habe John gebeten, noch einmal das Abteigelände in Augenschein zu nehmen. Was haben Sie in Erfahrung gebracht?«

»Die Wachen wechseln offenbar in drei Schichten. Zwei Wechsel um Mitternacht und um acht Uhr morgens konnte ich beobachten. Ich gehe davon aus, dass der dritte Schichtwechsel um vier Uhr nachmittags stattfindet.«

»Augenblick, Augenblick«, unterbrach Shao. »Wollen Sie sagen, Sie sind von Dagenham gestern Abend nicht nach Hause, sondern haben die ganze Nacht in Abbey Wood verbracht?«

»Ein Teil der Leute, die ich fotografieren konnte, stand unter Bewaffnung mit einer Glock 9 mm am Gürtel sowie einem L22A1-Karabinergewehr – einer Bullpup-Maschinenpistole, die als Teil der SA80-Modellreihe in den achtziger Jahren als Ordonnanzwaffe bei der Armee eingesetzt wurde. Die SA80-Reihe wurde übrigens von Enfield produziert, aber die Variante, die ich fotografiert habe, gibt es unter den offiziellen Modellen nicht, weshalb ich vermute, dass es sich um eine von Seaways optimierte Weiterentwicklung handelt.«

Sie blinzelte in Powells Richtung. »Ich versteh kein Wort von dem, was er da sagt.«

»Keiner der Leute dort verlässt während seiner Freizeit das Gelände. Security, technisches Personal, Leute in Zivil, ganz egal. Sie alle wohnen in den Containern. Heute Morgen um sieben traf ein Lieferwagen ein, der Versorgungsgüter wie Wäsche und Lebensmittel gebracht hat, das meiste davon fertig verpackt auf Rollcontainern und Kommissionierwagen. Die Wachen haben sie in die Lodge getragen. Derselbe Wagen wird heute Abend wieder vorbeikommen, wahrscheinlich mit derselben Ladung, und auf dem Rückweg wird er den Müll und die schmutzige Wäsche mitnehmen.«

»Und woher wissen Sie das?«

»Weil ich dem Wagen gefolgt bin und nachgefragt hab. Er gehört zu einem Catering-Betrieb namens ›Racing Rooster‹, der sich auf die Ausrichtung größerer Firmenevents spezialisiert hat. Also nicht nur Großküche, sondern auch Bereitstellung von Tischen, Stühlen, Gedecken bis hin zur Arbeitskleidung für bedienendes Personal. Lieferung, Abholung und Reinigung inklusive.«

»Racing Rooster?«, murmelte Powell mit hochgezogenen Brauen.

»Klingt wie maßgeschneidert für Seaways«, sagte Shao.

»Die junge Dame am Empfangstresen war übrigens sehr nett, und es gibt einen Einsatzplan, der hinter ihr an der Wand hängt.«

Powell nickte. »Also, zum Lieferwagen.«

»Einen Moment, Guv.« Shao richtete sich im Sessel auf. »Nur damit ich das richtig verstehe. Wir überlegen uns einen Plan, wie wir illegal auf das Gelände vordringen können?«

Powell wedelte mit einem Bleistift, den er sich anstelle einer Zigarette zwischen die Finger geklemmt hatte. »Benjamin Shelford und Hannah Caroll haben beide dort gearbeitet. Zwar in unterschiedlicher Funktion, aber beide waren möglicherweise dem Einfluss des Würfels ausgesetzt.«

»Und Sie glauben, dass der Würfel diese Veränderung verursacht hat?«

»Zumindest müssen wir davon ausgehen«, meinte Sinclair, »dass die Leute auf dem Gelände ebenfalls gefährdet sind.«

»Eben! Also wäre es ja wohl ziemlich bescheuert, da ohne weitere Informationen reinzugehen.«

»Nicht wir gehen rein. Ich.«

Shao lachte auf.

»Ich geh rein, seh mich um, mach ein paar Fotos, installiere eine Wanze und verschwinde wieder. Ich war dem Würfel bereits ausgesetzt, und es hat mir nicht geschadet.«

»Tolle Argumentation! Aber Sie vergessen eine Sache.«

»Und die wäre?«

»Ich lass Sie das auf keinen Fall allein durchziehen.«

»Das hat er auch gar nicht vor«, ging Powell dazwischen. »Sie werden John hineinbringen – und allein wieder herausfahren, um sich dann auf Ihre Position zu begeben.«

»Was für 'ne Position?«

Powell nickte Sinclair zu, der fortfuhr.

»Wir haben also einen Lieferwagen. Und wir haben einen Fahrer. Keine Begleitperson. Der Fahrer bleibt hinter dem Steuer sitzen, während die Leute auf dem Gelände die Beladung und Entladung übernehmen. Es wäre also das Einfachste, den Fahrer abzufangen und an seiner Stelle auf das Gelände zu fahren.«

»Und was, wenn es unter den Fahrern keine Frau gibt? Dann bin ich sofort aufgeflogen.«

»Auf dem Plan bei ›Racing Rooster‹ standen nur Männernamen.«

»Sehen Sie.«

»Also werde ich fahren.«

»Ach so, ja, klar. Gute Idee. Falls wir auf dem Gelände rückwärts einparken müssen.«

»Sie verbergen sich auf dem Hinweg im Fußraum oder auf der Ladefläche.«

Sie zeigte ihm einen Vogel. »Auf der Ladefläche, die von den Seaways-Typen leergeräumt wird. Aber sicher doch.«

»Auf dem Gelände wechseln wir die Uniform, und Sie fahren zurück, während ich untertauche.«

»Und die Wachen am Eingang? Glauben Sie wirklich, die können einen Mann nicht von einer Frau unterscheiden?«

Sinclair hob die Schultern. »Es ist dunkel, und der Wagen wird beim Rausfahren nur durchgewinkt.«

»Und die Kameras? Sie haben das Gelände observiert! Wie können Sie sicher sein, dass die da drinnen Ihr Gesicht nicht längst auf Festplatte haben?«

»Ich habe darauf geachtet, möglichst außerhalb der Kamerafelder zu bleiben. Wir haben zwei Wachen am Tor und zwei weitere an den Containern. Außerdem noch zwei Teams von ebenfalls zwei Leuten, die in Abständen von zehn bis fünfzehn Minuten am Zaun und den Abteimauern patrouillieren. Sobald wir also erst mal drin sind, stehen unsere Chancen gar nicht so schlecht.«

Shao schüttelte fassungslos den Kopf.

»Davon abgesehen haben Sie recht. Ich bin von zweien von ihnen angesprochen worden, und sie kennen meinen Namen. Ich werde mein Äußeres also ein bisschen anpassen müssen und darauf hoffen, dass alles gutgeht.«

Sie warf Powell einen hilfesuchenden Blick zu. »Ehrlich, Guv. Das ist der dämlichste Plan, von dem ich je gehört hab.«

»Es ist die einzige Möglichkeit, die wir haben«, sagte Powell. »Es sei denn, Sie kennen noch jemanden, der zwei Wochen im Einflussbereich des Würfels überlebt hat, ohne sich in einen Tintenfisch zu verwandeln.«

»Und die Wachen am Tor? Was ist, wenn sie den Fahrer kennen?«

Sinclair verschränkte die Hände hinter dem Kopf und ließ die Sonnenstrahlen seine Nase kitzeln. »Auf dem Fahrplan waren allein für diese Woche vier verschiedene Namen eingetragen. Der Name des Fahrers, der heute Abend dran ist, stand zum ersten Mal drauf.«

»Na und? Seine Route könnte überwacht werden. Oder es gibt ein verdecktes Begleitfahrzeug. Oder er steht in Funkkontakt mit den Typen bei der Abtei.«

»Es ist nur ein Lieferservice, Shao. Seaways musste improvisieren. Sie haben den Bauzaun in aller Eile hochgezogen, und außer uns dreien weiß niemand, was sich unter der Abtei verbirgt.«

»Anscheinend ist die Nähe des Würfels Ihnen doch nicht so gut bekommen. Lesen Sie die Berichte von Weihnachten und von letzter Woche, dann kapieren Sie vielleicht, mit wem wir es zu tun haben!«

»Wir könnten den Lieferwagen durch eine Routinekontrolle

aufhalten«, schlug Powell vor. »Wir könnten sagen, dass sein Rücklicht defekt ist.«

Sinclair schüttelte den Kopf. »Sein Fahrzeug wird in Ordnung sein, und Seaways hat offenbar Möglichkeiten, auf unser Funksystem zuzugreifen. Ich würde einen Unfall vorschlagen. Einen Unfall, den Shao und ich mit zwei getrennten Wagen inszenieren. Kein großer Schaden, aber wir blockieren die Fahrbahn direkt vor ihm.«

»Ach, auf einmal jetzt doch die Agentennummer.«

Powell warf Shao einen tadelnden Blick zu.

»Guv, bedenken Sie doch mal die Konsequenzen. Was ist, wenn Hammerstead das rauskriegt? Und er wird es rauskriegen, früher oder später. Es sei denn, John hat vor, den Fahrer zu massakrieren, was ich nicht hoffen möchte ...«

»Wir werden ihn nur ein bisschen festhalten. Ihm wird kein Haar gekrümmt.«

»Ich bin froh, dass Sie das sagen. Trotzdem sind wir erledigt, und das ganz und gar ohne Anhörung.«

»Hammerstead ist der Grund dafür, dass wir reingehen müssen«, beharrte Sinclair. »Solange er da ist, bekommen wir keinen Durchsuchungsbeschluss für Seaways.«

»Ein Durchsuchungsbeschluss ist nicht das Einzige, worum es hier geht!«

»Mir wird nichts passieren. Und falls doch, werden sie sich hüten, mich umzubringen.«

Shao lachte zornig auf.

»Weil ich der Einzige bin, der Ihnen verraten kann, was sich im Innern des Würfels befindet«, vollendete Sinclair.

Shao starrte ihn an, unsicher, ob er sie gerade verarschte oder komplett den Verstand verloren hatte. Aber vielleicht war es ja auch eine Mischung aus beidem. »Bitte, Guv. Sagen Sie irgendwas.«

Powell zerbrach den Bleistift. »Die Aktion startet heute Abend, und zwar aus zwei Gründen: Erstens müssen wir das Wochenende nutzen, bevor wir am Montag wieder auf der

Anklagebank sitzen, und zweitens wird die Dunkelheit John auf dem Gelände den entscheidenden Vorteil verschaffen. Bis dahin werden Sie sich hinlegen und etwas Schlaf nachholen. Shao und ich werden uns inzwischen einen detaillierten Schlachtplan überlegen.«

Shao vergrub das Gesicht in den Händen. Durch einen Fingerspalt erkannte sie, wie Sinclair nickte und aufstand.

»Ach ja«, sagte Powell. »Ich hab hier übrigens noch was, das Sie bei Ihrem Einsatz vielleicht gebrauchen können.« Er öffnete eine Schublade und zog eine Beweissicherungstasche heraus. Die Innenseite der durchsichtigen Folie war blutverschmiert. Darin befand sich der Silberdolch. »Ich denke, bei Ihnen ist er besser aufgehoben als im Labor.«

Shao hatte nach dem Dolch greifen wollen, doch ihre Hand blieb wie erstarrt in der Luft hängen.

Auf einmal wusste sie, wo sie die Mäanderbänder von den Fotos des Würfels schon mal gesehen hatte.

6

Es überraschte Bill, dass Salome vor Ende ihrer Schicht noch mal zurückkehrte.

Zuvor hatte er die Zeit genutzt, sich sorgfältig in seinem Zimmer umzusehen. Die Tür zum Gang war verschlossen, natürlich. Genauso wie das Fenster, dessen Griff er noch einmal überprüft hatte. Er war tatsächlich verriegelt, und die Scheiben bestanden aus Sicherheitsglas und waren alarmgesichert.

Der Raum bot ansonsten wenig, woran sich der Blick festhalten konnte. An den Wänden weiß überstrichene Raufasertapete, auf dem Boden Florteppich, mit Spuren von Bettrollen zwischen Tür und Bett. An der gegenüberliegenden Wand ein halbwegs geschmackvoller Kleiderschrank aus Eiche, in dem seine Jacke, sein Pullover und seine Hose sowie passende frische Unterwäsche untergebracht waren. In der Jacke befanden sich sein Portmonnaie, seine Papiere und seine Schlüssel. Alles war da, bis auf das verdammte Telefon. An der Wand neben dem Schrank war ein Tisch befestigt, ebenfalls Eiche. Links und rechts davon zwei Designerstühle mit beigefarbenen Plastikschalen. Schräg darüber, knapp unterhalb der Decke, ein 20-Zoll-Fernseher, der nicht angeschlossen war.

Auf immer noch recht wackligen Beinen inspizierte er das Badezimmer. Die Wände ringsum weiß gefliest, fast bis zur Decke. Becken, Handtuchhalter, billige Armaturen. Die barrierefreie Dusche war durch einen Plastikvorhang abgetrennt. Links hinter der Tür befand sich die Toilette, mit einem weißen Hängeschrank darüber. Die Türen waren verschlossen. Wahrscheinlich enthielt er Pflaster, Verbände, Einmalhandschuhe und so weiter. Bill drehte sich auf der Türschwelle um und blickte zurück ins Zimmer. Vielleicht lag es an der neuen Perspektive, dass ihm auf einmal die Verblendung des Lüftungsschachtes ins Auge fiel. Sie befand sich in der Decke neben dem Fernseher und praktisch direkt über dem Wandtisch.

Interessant.

Die Zimmertür wurde geöffnet.

»Mr. Conolly?«

Vor Schreck zog er sich ins Bad zurück und verriegelte die Tür. Draußen fiel die Zimmertür ins Schloss. Lautlos ließ er sich auf den geschlossenen Klodeckel sinken und horchte.

Schritte, die sich dem Bett näherten.

Und verstummten.

Bill wartete ab.

Der Besucher wartete auch ab.

Wie zum Teufel sollte er erklären, dass er aus eigener Kraft auf die Toilette gegangen war, wo er doch eigentlich im Harmony-Rausch im Bett liegen und maximal in seine Flasche hätte pinkeln können? Er könnte immerhin so *tun,* als ob er high wäre. Ein bisschen torkeln, Unsinn brabbeln. Andererseits ging es hier nicht darum, ein paar Züge Gras vorzutäuschen. Harmony war wie ein Panzer, der über einen hinwegrollte, ein Challenger 2, mit dem Koloss von Rhodos obendrauf. Es gab einfach keine Erklärung dafür, dass er es auf seinen eigenen zwei Beinen in die Toilette geschafft hatte.

Schließlich wurde es Bill zu dumm. Er stand auf, drückte die Spültaste und wusch sich flüchtig die Hände. Mit einem Lächeln auf den Lippen öffnete er die Tür.

Es war Salome, die an seinem Bett stand.

»Gott sei Dank, ich dachte schon …«

Er verstummte, als er ihr graues Gesicht bemerkte. Sie wirkte noch erschöpfter als heute Vormittag. Ihr Blick huschte zur Zimmertür, als fürchte sie, dass Dr. Kashani oder einer der Pfleger hereingestürmt kam.

»Also, was kann ich für Sie tun?«, fragte Bill leutselig, während er sich auf dem Bett niederließ.

»Haben Sie … haben Sie das ernst gemeint, was Sie gesagt haben?«

»Dass ich mein Handy wiederhaben möchte?«

»Dass Sie Journalist sind.«

Bills Stirnlappen waren sofort da. Trotzdem, alte Reporterregel: Nie alle Trümpfe auf einmal aus der Hand geben. »Warum fragen Sie?«

»Ich habe über Sie recherchiert. Ich habe Ihren Kanal gefunden. Wild-Bill.com. Sie haben viele Zuschauer.«

Bill lächelte selbstbewusst.

Ihr Blick ging wieder zur Tür. »Allerdings … Ich bin mir wirklich nicht sicher, ob ich …«

Er hielt Abstand von ihr, legte sich hin und zog die Bettdecke hoch. Und stellte zufrieden fest, wie Salome sich beruhigte. »Doch, doch, Sie sind sicher. Ich spüre es. Genau aus diesem Grund sind Sie zu mir gekommen.« Er nickte ihr aufmunternd zu, während er jeden Blick nach oben zum Lüftungsschacht vermied.

Sie atmete tief ein, als wisse sie nicht recht, wo sie ansetzen sollte. »Alles … alles ist so anders seit ein paar Tagen. Als wenn … es ist, als wenn jemand nachts in Ihre Wohnung kommt und einen Tisch umstellt. Und dann wieder verschwindet. Und Sie wissen genau, dass da jemand gewesen sein muss, obwohl sich rein gar nichts verändert hat. Verstehen Sie, was ich meine?«

»Bis auf den Tisch.«

Salome nickte.

»Ich verstehe sehr genau, was Sie meinen. Und was genau ist – der Tisch?«

»Zum Beispiel die Abläufe bei der Visite! Die Fallbesprechungen, die Medikationen, die Art, wie mit den Patienten umgegangen wird! Und mit uns Pflegekräften. Die Art, wie er uns ansieht ... Als ob wir – *Vieh* wären.«

»Dr. Kashani?«

Sie schluckte.

»Erzählen Sie mir alles, was Sie auf dem Herzen haben.«

»Ich dachte schon, dass er vielleicht selbst krank ist. Jedenfalls sieht er furchtbar aus. Sie können das wahrscheinlich nicht verstehen, weil Sie nicht wissen, wie er *vorher* war. Er war ... immer guter Laune. Und hilfsbereit, jedem gegenüber. Und Dr. Larkin und Dr. Palmer sind auch so komisch geworden. Obwohl sie schon vorher komisch waren, aber nicht *so* komisch, wissen Sie? O Gott, ich rede so einen Unsinn. Sie müssen denken, dass ich den Verstand verloren habe.«

»Dann wären wir jetzt schon zwei.«

Das Lächeln, mit dem er die Zähne bleckte, brach das Eis.

Sie trat näher, als suchte sie plötzlich Schutz bei ihm, und sprach noch leiser als bisher. »Außerdem frage ich mich, wann eigentlich Dr. Brent zurückkommt! Er sollte vor vier Tagen wieder da sein! Dann hieß es irgendwann, vor zwei. Ich meine, es ist eine *Vortragsreise*, was kann es denn da für Verzögerungen geben?«

»Vielleicht ist ihm was zugestoßen.« Bill machte eine abwiegelnde Handbewegung, die, wie er erhofft hatte, genau das Gegenteil bewirkte.

»Das habe ich mich auch schon gefragt, aber wir erfahren ja nichts! Keiner von den Ärzten redet mit uns, auch nicht

Dr. Larkin, der *dauernd* geredet hat. Immer. Und jetzt stecken sie nur noch zu dritt die Köpfe zusammen. Und um die Patienten kümmert sich von den dreien keiner mehr. Auf einmal fallen Therapiesitzungen aus oder werden genauso wie wichtige Untersuchungen einfach auf nächste Woche verschoben. Dabei war Dr. Kashani die Studie doch immer so wichtig! Ich meine, wenn wir Schwestern uns nicht an den Plan halten würden …«

»Sie meinen, die Patienten werden mit Harmony ruhiggestellt?«

In ihren Augen spiegelte sich jetzt die nackte Angst. »Ich weiß nicht, was in den Kapseln ist, ich schwöre es. Aber sie sind ganz neu. Und sie tun den Patienten nicht gut. Es kann natürlich daran liegen, dass sich die anderen Patienten alle in einem viel schlechteren Zustand befinden, aber …«

»Wie meinen Sie das, in einem schlechteren Zustand?«

Sie suchte nach Worten. »Ich … ich habe schon viele Drogensüchtige gesehen. Hier in der Klinik und draußen. Und ich weiß, dass die neuen Patienten, die in den letzten Tagen reingekommen sind – und es sind wirklich *viele* reingekommen, wissen Sie? –, dass keiner von denen reif ist für eine Therapie. Und schon gar nicht für eine experimentelle Studie.«

Bill schlug die Handballen zusammen. »Ich wusste es!«

»Ich habe das Gefühl, es geht nur noch darum, dass alle Patienten so schnell wie möglich auf Station F verlegt werden! Die einzige Ausnahme ist der Mann in Zimmer 17.«

»Was wissen Sie über diese Station?«

»Sie ist neu und wurde vor ein paar Tagen im Keller eröffnet. Aber außer den Ärzten hat niemand Zutritt, aus Sicherheitsgründen.«

»Interessant. Aber irgendjemand muss doch dort arbeiten.«

Salome hob die Schultern. »Dr. Kashani hat nur gesagt, dass die Patienten dort einer sehr *speziellen* Therapie unterzogen werden. Im Rahmen der Studie. Eine radikale Umstellung der Medikation für sehr kurze Zeit.«

»Was heißt das, für kurze Zeit?«

»Damit sie gleich danach, also innerhalb von vierundzwanzig Stunden, die Klinik verlassen können.«

»Und diesen Unsinn nehmen Sie ihm ab? Ich meine, was ist, wenn er die Patienten verschwinden lässt?«

Sie starrte ihn bestürzt an.

»Sie haben selbst gesagt, dass die Leute, die neu aufgenommen werden, völlig entkräftet sind. Dann bekommen sie außerdem noch Harmony und können das Bett nicht mehr verlassen.«

»I-ich … ich weiß nicht. Ich weiß nur, dass ich nicht die Einzige bin, die sich Gedanken macht. Das gesamte Personal … alle tuscheln hinter Kashanis Rücken. Aber ihn und Dr. Larkin und Dr. Palmer, die kümmert das überhaupt nicht. Sie sind fast nur noch auf Station F, wo die Therapie endet!«

»Salome. Haben Sie jemals *gesehen*, dass von dort jemand entlassen wurde?«

Sie zögerte und schüttelte schließlich den Kopf. »Aber die Station ist ja auch ganz neu und … und … Es tut mir leid, Mr. Conolly, ich bin so dumm! Bestimmt mache ich mir völlig unnötig Sorgen. Entschuldigen Sie bitte, dass ich Sie belästigt habe!«

»Nein-nein-nein-nein-nein, Salome. Es ist *ganz* wichtig, auf sein Bauchgefühl zu hören. Und es ist noch *viel wichtiger*, dass Sie sich an mich gewendet haben!«

»Aber …«

»Was wissen Sie über den Mann in Zimmer 17?«

»Ich … ich sagte ja schon, ich habe ihn noch nie gesehen.«

»Ist es Kashanis Sohn? Mit welcher Diagnose wurde er eingeliefert? Wie lange befindet er sich schon dort? Welchen Eindruck macht er? Es muss doch eine Patientenakte geben, die Sie einsehen können!«

Sie schüttelte den Kopf. »Dr. Kashani hält die Akte unter Verschluss. Er spricht nur mit Dr. Palmer und Dr. Larkin darüber.« Ihre Stimme begann zu zittern. »Ich habe das Gefühl, dass ich einen schrecklichen Fehler mache, aber *nichts tun* ist bestimmt auch ein Fehler, und darum dachte ich …«

Er umfasste ihre Hände und drückte ihre Finger. »Es war richtig und wichtig, dass Sie zu mir gekommen sind. Und das Zweitwichtigste ist jetzt, dass ich an mein Telefon komme. Ich muss den Daily Globe und meine Mitarbeiter von WildBill.com darüber informieren, was hier vor sich geht. Sobald die Öffentlichkeit davon erfährt, wird Kashani …«

»Ich kann Ihnen Ihr Telefon nicht bringen!« Sie entzog ihm Hand und wich zurück. »Er wird es bestimmt herausfinden, und dann …«

»Dann sagen Sie mir, wo sich das Schwesternzimmer befindet.«

»Was?«

»Ich meine, liegt es auf dieser Seite des Ganges oder gegenüber?«

Sie blickte sich verunsichert um, als müsste sie sich erst orientieren. »Es liegt auf dieser Seite, da hinten.« Sie deutete auf die Wand hinter sich, an die der Fernseher montiert war. »Aber ich kann das nicht machen, wirklich nicht! Ich habe mir etwas anderes überlegt. Wir dürfen eigentlich unsere Telefone nicht mit auf die Zimmer nehmen, aber …« Sie griff in die Tasche und zog ihre Hand halb hervor, so dass Bill das Handy darin sehen konnte. »Sie könnten einen kurzen Anruf machen, und dann müssten Sie mir das Handy sofort wieder zurückgeben.«

»Das machte ich, Salome. Sie können sich auf mich verlassen! Geben Sie her.«

Sie wollte die Hand aus der Tasche ziehen – und fuhr zusammen, als sich die Zimmertür öffnete.

Dr. Kashani trat ein, auf den Lippen das breiteste Lächeln, das Bill jemals gesehen hatte. »Salome! Ich habe mich schon gefragt, wo Sie stecken.«

»Entschuldigung, Dr. Kashani, aber … aber Mr. Conolly … Er hat … Er …«

»Mirriis … iss … sooo üüübel …« Bill gab ein Stöhnen von

sich, dass man mit viel Phantasie als Würgen hätte bezeichnen können.

»Mr. Conolly ist irgendwie an die Klingel gekommen und …«

»Klinggggelll.« *Okay, Alter. Übertreib's nicht.*

»… und da ich das Gefühl hatte, dass er sich übergeben muss, habe ich mich außerdem entschlossen, seinen Puls und seinen Blutdruck zu messen. Nur um sicherzugehen.«

Kashani nickte verständnisvoll. »Und wie sind sein Puls und sein Blutdruck?«

»D-der Puls liegt bei 55 Schlägen pro Minute, und der Blutdruck bei … 75 zu 110.«

»Mmmffff«, macht Bill erschöpft.

»Das ist aber sehr erstaunlich bei der Dosis, die ihm verabreicht wurde.« Kashani setzte sich auf das Bett und legte Bill die Hand auf die Stirn. »Hören Sie mich, Mr. Conolly?«

»Hmmmmmm …« Bill rollte mit den Augen, wobei ihm auffiel, dass Kashanis jetzt ein sehr viel größeres Pflaster am Hals trug als bei ihrer letzten Begegnung. Salome hatte recht. Er sah schlecht aus.

»Er hat jedenfalls keine erhöhte Temperatur. Sind Sie sicher, dass er in den letzten Tagen regelmäßig seine Medikamente eingenommen hat?«

Salome nickte und deutete auf den Medikamentenplaner auf dem Nachtisch.

»Gut. Ich werde nur schnell die Infusion für die Nacht einhängen.« Kashani zauberte einen Infusionsbeutel aus der Tasche und tauschte ihn gegen den alten Beutel am Ständer aus. »Ich habe die Diazepam-Dosis geringfügig erhöht, so dass er sich während der nächsten zwölf Stunden so richtig ausschlafen kann. Und morgen ist die Übelkeit dann auch gar kein Thema mehr. Nicht wahr, Mr. Conolly?«

»Ggfmf … üübl …«

»Sehr richtig, Mr. Conolly.« Kashani drückte das Ende des Schlauchs in den Luer-Lock-Anschluss der Butterfly-Kanüle an Bills Handgelenk. Sofort begann die Infusion zu laufen.

»Salome, Sie werden ihm die Medikation für morgen schon heute Abend verabreichen. Ich denke, morgen früh ist er dann so weit, dass wir ihn verlegen können.«

»Natürlich, Dr. Kashani.«

Er warf Salome einen kühlen Blick zu und schloss mit einem aufmunternden Lächeln in Bills Richtung die Zimmertür hinter sich. Gemeinsam lauschten Bill und Salome, wie Kashanis Schritte auf dem Flur verklangen.

Salome atmete aus.

Bill richtete sich auf. »Glauben Sie, er hat was gemerkt?«

»Ich weiß nicht. Aber Sie müssen vorsichtig sein!«

»Sie wollten mir Ihr Telefon geben.«

»Nehmen Sie bitte erst die Kapseln heraus. Sie dürfen sie auf keinen Fall einnehmen.«

»Ich weiß.« Er nahm die Kapseln aus der Mulde für Sonntag und schob alle bis auf die Aspirin-Kapsel unter sein Kissen. Dünnes Blut und ein klarer Kopf konnten helfen bei dem, was er heute Nacht vorhatte. Nachdem er mit einem Glas Wasser nachgespült hatte, reichte Salome ihm das Handy.

»Wie ist der Code?«

»Sieben-drei-acht-neun-zwei-fünf.«

»Sie machen's ja kompliziert.« Er tippte grinsend die Zahlen ein. »Ich nehm für so was immer meinen Geburtstag.«

»Aber bitte wirklich nur einen Anruf, okay?«

»Keine Sorge. Ich lösch anschließend die Verbindungsdaten aus dem Speicher.« Er blinzelte, rief die Telefon-App auf und tippte Sheilas Nummer ein. »Ach, Mist.«

»Was?«

»Nichts. Hab mich vertippt.«

Er versuchte, den Korrekturbutton zu drücken, aber die Taste schien unter seinem Griff wegzurutschen. *Alle* Tasten verschoben sich auf einmal und sanken auf den Boden des Displays wie roher Kuchenteig. »Hey, was …?«

»Mr. Conolly? Ist alles in Ordnung?«

Er musste sich am Bettrand festhalten. Das Handy fiel

scheppernd auf den Boden, und Bill sank in das Kopfkissen. Der Raum über ihm drehte sich. Der Infusionsständer auch. Hatte er etwa doch die falsche Kapsel eingenommen? Aber so schnell konnte die Wirkung doch unmöglich einsetzen.

»Mr. Conolly ...!«

Sheila.

Er wollte Salome Sheilas Nummer mitteilen, aber aus seinem Mund drang nur ein leises, zusammenhangloses Gebrabbel.

Kashani.

Die Infusion.

Und er war auf den ältesten ...

... den ältesten ...

... den ...

... ältesten Trick der ... Welt ...

Reingefallen.

7

»Ach, komm schon, Betty, du weißt genau, dass ich nichts dafür kann.«

»Wieso kannst du nichts dafür, he?«

»Weil Moore gestern gefahren ist, und Philipp vorgestern. Wir haben einen Dienstplan, und da kann ich nicht einfach ...«

»Dir ist dein Dienstplan also wichtiger als die Familie?«

»Das hab ich nicht gesagt, Betty.«

»Hey, Jason, hör dir das mal an.«

»Jetzt komm schon ...«

»Deinem Dad ist seine Arbeit wichtiger als die Familie. Na, was sagst du dazu, Jason?«

»Verdammt, Betty, er kann nichts dazu sagen. Er ist *zwei Monate alt*!«

»Alt genug, um zu merken, dass sein Vater sich aus der Verantwortung stiehlt!«

»Das ist doch Blödsinn. Ich mach nur noch die Fahrt nach Abbey Wood, und dann bin ich ...«

»*Ich* stehle mich nicht aus der Verantwortung, Mark!«

»Natürlich nicht …«

»Das Gör will was essen. Ich bin da. Das Gör schreit um drei Uhr nachts, weil ihm langweilig ist oder was weiß ich. Ich bin da.«

»Du machst das großartig, Betty. Ehrlich. O Scheiße! Fuck!«

»Was ist denn jetzt schon wieder?«

»Irgend so ein betrunkener Penner, direkt vor mir. *Hey, mach die Augen auf, Mann!*«

»Egal, ob er betrunken ist oder nicht, er kann dich nicht hören.«

»Der Typ ist voll wie 'n Eimer! Fährt Schlangenlinien.«

»Du warst auch nicht gerade nüchtern, als du gestern nach Hause gekommen bist.«

»Ich hab nur zwei Gläser mit … Hey! Ach, Mann, verdammte Scheiße, Mann!«

»Mark? Mark, alles okay bei dir?«

»Ich hab dir ja gesagt, der ist voll! Jetzt ist er 'nem andern hinten rein! Der Kotflügel ist total im Eimer.«

»Heißt das jetzt, du kommst noch später nach Hause?«

»Ich muss kurz raus, Betty.«

»Mark, ich warte hier seit …«

»Ich komm hier nicht weiter, die stehen quer auf der Straße! Ich meld mich gleich wieder, okay?«

»Nicht nötig. Ich muss sowieso die Windeln wechseln.«

»Ich liebe dich, Betty. Bis nachher.«

Mark Brennan ließ das Handy in die Tasche gleiten und rutschte vom Fahrersitz seines Transporters. Der Focus, der ihm vorausgefahren war, hatte mit dem linken Kotflügel den Kofferraum eines Golfs gestreift. Der Fahrer diskutierte mit der Fahrerin des Golfs, deren Gesicht vor Zorn gerötet war. Auf dem Beifahrersitz des Kleinwagens saß ein Typ Mitte fünfzig, vielleicht ihr Vater, der jetzt ausstieg, um seiner Tochter beizuspringen.

»Hören Sie zu«, lamentierte der Focus-Typ, »das war wirklich ein dummer Fehler. Ich werd für den Schaden aufkommen, okay?«

»Für den Schaden aufkommen? Das ist der Wagen meiner *Mutter*! Wissen Sie, wie die austickt, wenn ich ihr erzähl, dass mir einer hinten reingefahren ist?«

»Sie konnten doch gar nichts dafür. Außerdem hab ich nur die Stoßstange touchiert.«

»Sag's ihm, Daddy! Sag, was Mum mit mir macht!«

»Sir, meine Tochter hat recht. Meine Frau wird ihr die Hölle heißmachen, wenn sie davon erfährt – und Ihnen gleich mit.«

»Entschuldigung«, ging Brennan dazwischen. »Aber Sie stehen mitten auf der Straße, und keiner kommt mehr durch. Ich mein', wenn ich Ihnen irgendwie behilflich sein kann ...«

Die Frau und der Typ aus dem Focus wechselten einen Blick.

»Vielen Dank, Sir«, sagte Sinclair und zog seine Beretta. »Ich glaube, das können Sie tatsächlich.«

»Was? Aber ...«

»Klappe und zurück in den Transporter. Los, schnell.«

»Okay, okay ...«

Sinclair warf Shao seinen Wagenschlüssel zu, und die warf ihn weiter zu ihrem »Vater«. Dann holte sie eine von zwei Taschen aus dem Kofferraum des Golfs und folgte Sinclair und Mark zum Transporter, wo sie neben Sinclair auf dem Beifahrersitz Platz nahm.

»Okay, kann losgehen!«

»Losgehen?«, ächzte Brennan.

»An der Route hat sich nichts geändert«, sagte Sinclair. »Fahren Sie einfach weiter nach Abbey Wood.«

Brennans Blick ging von einem zum anderen und wieder zurück.

»Los jetzt!«, rief Shao.

Mit zitternden Fingern startete er den Motor. Sobald der Golf auf den Bürgersteig gerumpelt war, rangierte Brennan umständlich am Kombi vorbei. Durch den Fensterschlitz hörte er, wie ein Fußgänger sich anbot, die Polizei zu rufen.

»Danke, nicht nötig«, sagte Powell, der gerade in den Focus stieg und den Motor anließ. »Die Polizei ist glücklicherweise schon da.«

8

»Die halbe Titelseite darüber, dass eine Leiche aus der Gerichtsmedizin des Yard verschwunden ist?«

»Sie wurde *gestohlen*, Walter.«

»Bist du wirklich sicher, Sheila? Außerdem haben wir die Story doch schon online gebracht und … Ich meine, wie wäre es, wenn wir stattdessen die Sache in Dagenham …«

»Die Sache in Dagenham bringen *alle* als Aufmacher. Wir liefern noch ein paar mehr Informationen.«

Walter Phelps nickte langsam und ohne zu verstehen, so wie alles, was er in seinem Leben tat, atmen, essen, auf die Toilette gehen, langsam und ohne zu verstehen geschah. Gemächlich zog er ein verklebtes Stofftaschentuch aus der Hose, das schwarz vor Tabaksaft war, und Sheila beobachtete angewidert, wie er die erloschene Bruyèrepfeife darauf ablegte. Mit zwölf Jahren Zeitungsjunge, mit vierzehn Bote der Redaktion und mit neunzehn die erste Festanstellung als Redakteur, mit einem niegelnagelneuen Schwarzweißfernseher als Einstandsgeschenk. Walters Abfindung im Falle einer ebenso verdienten wie rechtswidrigen Kündigung wäre so hoch ausgefallen, dass sie beschlossen hatte, das Geld lieber in eine neue Server-Infrastruktur zu investieren. Das Ergebnis war, dass Walter Phelps noch weitere zweieinhalb Jahre seinen Tabaksaft auf ihren Schreibtisch tropfen lassen würde.

»Aber was ist, wenn es dieser Superintendent ist, der in der Sache Dreck am Stecken hat? Der Telegraph und der Guardian haben Hammersteads Aussagen nicht in Zweifel gezogen.«

»Ich hab mit Powell gesprochen.«

»Ich meine, wir könnten auch einen Artikel aus ›Gesundheit und Wissen‹ anteasern. Angeblich soll in einer Entzugsklinik in Rainham eine revolutionäre Studie starten, die …«

»Walter. Es gibt sogar ein Dokument, das die Beschlagnahme durch Seaways bestätigt.«

Phelps stopfte nachdenklich die Pfeife. »In dem Artikel steht davon aber nichts.«

»Weil wir erst mal nur anfüttern. Wie beim Karpfenangeln mit Dad und dir damals. Zwei Wochen Vorbereitungen, und erst dann wird der echte Köder ausgeworfen.«

Auf Walters Lippen lag plötzlich ein Lächeln, und Sheila ließ es geschehen, dass er sich über den Tisch beugte und ihr selig ihre Hand tätschelte. »Ich verstehe ja, dass du dir Sorgen machst. Wegen Bill. Aber meine Aufgabe war es immer, das kleine Mädchen von Daddy Gerald vor schweren journalistischen Fehlern zu bewahren!«

Sie erwiderte sein Lächeln. Offenbar hatte der schwerste Fehler darin bestanden, keinen Kredit aufzunehmen, um die Server-Infrastruktur *und* die Abfindung zu bezahlen. »Wir bringen den Artikel, Walter. Alles andere fügt sich.«

Wie in Zeitlupe entzündete er die Pfeife und ließ das zusammengefaltete Taschentuch in der Hosentasche verschwinden.

Der Vibrationsalarm schob ihr Handy über den Tisch.

»Tut mir leid, aber da muss ich rangehen.«

»Natürlich, Sheila. Wir sehen uns dann bei der Konferenz.«

Phelps erhob sich umständlich und schlich so langsam zur Tür, dass Sheila schon fürchtete, Powell werde auflegen, bevor endlich die Tür zuschnappte.

»Ja?«

»Offenbar haben Sie noch eine andere Quelle beim Yard.«

»Ich wusste gar nicht, dass Sie eine Quelle sind, Superintendent. Haben Sie schon angefangen, nach meinem Mann zu suchen?«

»Tut mir leid, aber die Sache in Dagenham hat alles verändert.«

Im Hintergrund Autos, Motorräder. »Sind Sie gerade an einer Straße?«

Das Surren einer Autoscheibe. Die Geräusche wurden

dumpfer. »Ich brauche den Ordner mit Lockharts Unterlagen«, sagte Powell, »und zwar noch heute.«

»Und ich sagte, ich habe den Ordner nicht mehr.«

Eine kurze Pause. »Sie möchten mehr über Ihren Mann wissen? Gut, dann hören Sie zu. Der Name der Toten, deren Leiche gestohlen wurde, ist Hannah Caroll. Ihr Tod hängt mit den Ereignissen in Abbey Wood zusammen und möglicherweise auch mit dem Fall Baltimore. Wie die Toten in Stratford hat sie sich vor ihrem Ableben *verändert* … Einem Mann, der mit ihr zusammen auf dem Abteigelände gearbeitet hat, ist dasselbe zugestoßen.«

Sheila hatte sich einen Stift genommen und in Steno mitgeschrieben. »I-ich verstehe nicht. Was hat das alles mit Bill zu …?«

»Wie es aussieht, liegt die Ursache für die körperlichen Veränderungen *unter der Erde* – tut mir leid, dass ich das im Moment nicht genauer erklären kann –, und es gibt Hinweise, dass der U-Bahnhof in Aldwych dabei eine Rolle spielt.«

Aldwych. Die Gegend, in der Bill verschwunden war.

Sheilas Hand verharrte über dem Papier. »Heißt das etwa, Bill könnte ebenfalls …?«

»Es heißt, dass Sie *nichts* von dem, was ich Ihnen gerade gesagt habe, bringen werden. Und dass ich heute Abend um elf bei Ihnen bin, um den Ordner abzuholen.«

»Um *elf*? Da hatte ich eigentlich vor …«

»Ich würde gern früher kommen, aber leider habe ich bis dahin Wichtigeres zu tun.«

Powell legte auf, bevor sie antworten konnte.

Sheila schob mit bebenden Fingern das Handy zur Seite – und nahm es wieder auf, um nach einer drei Tage alten SMS zu suchen, die der Grund für das ganze Durcheinander war.

9

»Was haben Sie vor, Mann?«

»Keine Sorge, Ihnen passiert nichts.« Sinclair blickte stur durch die Windschutzscheibe, doch wie um seine Worte Lügen zu strafen, lag die linke Hand mit der gesicherten Beretta auf seinem Schoß, so dass die Mündung auf den Bauchnabel des Fahrers zeigte. »Wie heißen Sie?«

»Mark … Mark Brennan.«

»Wo haben Sie Ihr Handy, Mark? In der Tasche?«

Mark nickte und deutete auf die rechte Brusttasche seines Anzugs, auf dem in Brusthöhe das Logo von ›Racing Rooster‹ prangte: ein Hahn, der auf einem Bratrost auf Rädern fuhr und lachte.

»Ich werd mich jetzt zu Ihnen rüberbeugen und das Handy an mich nehmen. Machen Sie lieber keine hastige Bewegung.«

Sinclair fischte das Handy aus der Tasche und lehnte sich wieder zurück. »Ist ›Racing Rooster‹ eine gute Firma?«

»Wie meinen Sie das?«

»Ich meine, ob ›Racing Rooster‹ Ihnen so viel zahlt, dass Sie bereit wären, dafür Ihr Leben aufs Spiel zu setzen.«

Mark starrte ihn an und schüttelte langsam den Kopf.

»Das ist gut zu wissen.«

»Mark?« Es war das erste Mal, dass Shao das Wort ergriff. »Wer hat Ihnen gesagt, dass Sie die Lieferung übernehmen sollen?«

Er blickte sie entgeistert an. Anscheinend war er bisher davon ausgegangen, dass Sinclair sie ebenfalls als Geisel genommen hatte. »O Gott, Sie beide kennen sich, oder? Das heißt, der Unfall war nur inszeniert, damit ich anhalte und … und …«

»Ganz ruhig, Mark. Mein Partner hier hat die Wahrheit gesagt. Ihnen wird nichts passieren.«

Aber sein Adamsapfel hüpfte immer noch fast bis an die Decke. »Heißt das, dass der Mann in Ihrem Wagen … Ich hab doch gehört, dass er Polizist war!«

»Die PIN, Mark.«

»Was?«

»Die PIN«, wiederholte Sinclair ruhig. »Von Ihrem Handy.«

»Die PIN. Klar. Also, die ist ... die lautet eins-eins-eins-eins.«

Sinclair schaltete das Display frei und öffnete die Anrufliste. »Bethany Brennan. Ist das Ihre Frau?«

»Ja, ich ... Ja, Betty ist ... Wir sind verheiratet. Sie macht sich bestimmt Sorgen, wenn ich zu spät nach Hause komme. Sie macht sich immer Sorgen. Wir ... Wir haben auch einen kleinen Sohn. Er heißt Jason und ist einfach, er ist ... Also, wenn Sie ihn kennen würden, wie er lacht und wie er ... *scheißt,* also ich meine ... Ich will damit sagen, er ist doch erst zwei Monate alt und ...«

»Seid ihr immer allein?«, fragte Sinclair.

»Wie? Was meinen Sie mit allein?«

»Auf der Tour nach Abbey Wood. Ich weiß, Sie fahren zum ersten Mal, aber Frank, Philipp und Butch – sind die auch allein gefahren?«

»Butch? Woher ...? Ja. Immer allein.«

»Danke, Mark. Das ist eine sehr gute Nachricht.«

Brennan nickte und richtete den Blick wieder nach vorn. Auf dem Lenkrad zeichneten sich dunkle Schweißflecken ab.

Dafür kommen wir in die Hölle, dachte Shao, während sie weiterhin versuchte, eine coole Miene zu bewahren. Sie fragte sich, ob Sinclair die gleichen Gewissensbisse verspürte. Oder ob bei ihm gerade etwas ans Licht kam, von dem sie schon die ganze Zeit über das Gefühl hatte, dass es in ihm lauerte.

Bis zur Ankunft an der New Road in Abbey Wood hatten sie alles in Erfahrung gebracht, was sie über die Anlieferung wissen mussten – Einfahrt, Ausladen der Wäschekörbe und Rollcontainer, Einsammeln der Müllsäcke, Örtlichkeiten, wer, wie, wo, was –, so dass Sinclair Brennan mit einem Wink der Beretta bedeutete, den Wagen an den linken Bordstein zu fahren.

Hinter ihnen hielt Powell, der ihnen die ganze Zeit über gefolgt war.

»Hey, das ist doch der Wagen von Ihnen und Ihrem ...«

»Steigen Sie bitte aus und ziehen Sie Ihren Anzug aus.«

»Wie?«

Sinclair hob die Brauen, und Brennan folgte hastig dem Befehl. Eine Minute später saß Sinclair wieder hinter dem Steuer, nur dass er jetzt Brennans Anzug trug, der um die Schultern ein wenig spannte. Außerdem waren die Hosenbeine zu kurz, so dass das schwarze Neopren des Knöchelholsters herauslugte, in dem der Silberdolch steckte, aber das würde in der Dunkelheit niemandem auffallen.

Shao half Powell, Mark Brennan zum Beifahrersitz des Focus zu geleiten.

Powell griff auf die Rückbank. »Hier ist ein Pulli, den können Sie überziehen. Und hier ist auch eine Flasche Wasser für Sie.«

Mark streifte sich den Pullover über und trank, als wäre er drei Tage durch die Wüste geirrt. Dann wischte er sich nach Luft schnappend über den Mund. »Sind Sie wirklich von der Polizei, Sir?«

»Auf Wiedersehen, Mark«, sagte Shao, »und grüßen Sie Betty und Jason von uns.«

Powell warf ihr einen bösen Blick zu, als sie die Beifahrertür schloss. Aus dem Augenwinkel sah sie, wie Brennans Kopf zur Seite sank – die K. o.-Tropfen begannen zu wirken.

Sie kehrte zum Transporter zurück, öffnete die Tasche und warf Sinclair Baseballkappe, Perücke und eine Brille mit Fensterglasern zu.

»Blond? Ist das Ihr Ernst?«

»Hab ich ab und zu bei Observationen benutzt. Schätze, Sie müssen sie hinten aufschneiden, damit sie passt. Darum die Baseballkappe.«

»Hm.«

Zehn Minuten später erkannte sie Sinclair kaum wieder. Er hatte sich die langen blonden Haare zu einem Zopf zusammengebunden und die Baseballkappe verkehrt herum übergestülpt. »Und?«

»Hinreißend.«

»Dann los.«

Shao kroch in den Fußraum des Transporters, und Sinclair startete den Motor.

Der Nachthimmel schien die Farbe aus den Baumriesen zu saugen, deren kahle Winterskelette die Ostseite der New Road säumten. Shao zählte fröstelnd die Kronen, bis sie die Einmündung in die Abbey Road erreichten. Genau hier hatte sie mit Zuko im Lkw die Verkehrsinsel gerammt und war anschließend in die Vorgärten der Häuserreihe gedonnert.

Sie tastete nach der Tasche in ihrem Rücken und kämpfte damit, den Gedanken an Zuko loszuwerden, bis Sinclair erneut abbremste.

An der Einfahrt zur Abteiwiese warteten zwei Uniformierte. Sie trugen Kevlarwesten und an einem Riemen um die Schulter jeweils ihre Maschinenpistolen.

Sinclair ließ die Scheibe runterfahren und übte sich schon einmal ein wenig darin, die Schultern hängen zu lassen.

»Lieber spät als nie, was?«

»Tut mir leid, gab unterwegs 'n Unfall mit Stau. Ich bin übrigens zum ersten Mal da. Wo muss ich hin?«

Einer der beiden deutete zum Containerdorf am südlichen Ende des Geländes. »Immer dem Weg nach und dann vor dem zweiten Container halten.« Er hob das Funkgerät. »Wir melden Sie an.«

Sinclair grinste. »Das ist supernett, Jungs. Hab zwei dicke Fässer Kartoffelbrei mit Würstchen geladen.«

Der Mann drehte sich zu seinem Nachbarn um. »Danny, morgen gibt's schon wieder Kartoffelbrei mit Würstchen.«

»Wie bitte? Soll das vielleicht 'n Witz sein?«

»Genau das war's«, sagte Sinclair. »Nur 'n Witz. Macht's gut und bis gleich.«

Der Uniformierte nickte. Sinclair rückte sich die Brille zurecht und ließ die Scheibe hochfahren. Der Transporter rumpelte über Furchen, die andere Wagen gegraben hatten, in Richtung der Container.

»Was sollte denn der Scheiß, von wegen Kartoffelbrei?«

»Liegen bleiben und entspannen. Läuft alles.«

In Abständen von etwa fünfzig Yards waren Lichttraversen auf Metallträgern befestigt. Sie wiesen Sinclair den Weg wie auf einer Landebahn, bis sie das Containerdorf erreichten. Hellweiße Strahler malten die Umrisse von vier Männern an die Wellblechfassade des zweiten Containers. Im Gegensatz zu den Typen am Tor trugen sie keine MPis, sondern nur Pistolen am Gürtelholster. Einer von ihnen, ein blonder Kerl mit Stiernacken und breiten Schultern, winkte. Sinclair ließ den Transporter bis vor seine Füße rollen. Der Stiernacken gab den anderen ein Zeichen, sich um die Ladung zu kümmern.

»Scheiße.«

»Was?«, flüsterte Shao alarmiert.

»Einer der beiden, die mich gestern am Zaun gesehen haben.«

»Was?«

Er zog die Handbremse an und drehte den Schirm der Mütze nach vorn. »Wünschen Sie mir Glück.«

»Scheiße.«

Er stieg aus und schlug die Tür sofort wieder zu, damit das Innenlicht erlosch. Mit hängenden Schultern schlurfte er auf den Blonden zu. »Tut mir ehrlich leid wegen der Verspätung«, nuschelte er und schob sich die Brille hoch. »Ein Unfall auf der Plymouth. Und der Feierabendstau natürlich.«

»Was soll das? Wieso bleibst du nicht in der Karre?«

Sinclair machte ein überraschtes Gesicht und deutete nach hinten, wo die drei anderen bereits die Ladeklappen geöffnet hatten. »Ich dachte, ich helf euch beim Ausladen.«

»Drinbleiben und warten, bis wir fertig sind.«

»Gut, gut, von mir aus. Ist ja euer Kram.« Er blinzelte in den Nachthimmel. »Aber ist es vielleicht okay, wenn ich eine rauche? War 'ne ewig lange Fahrt und …«

»Kannst du auch, wenn du im Wagen sitzt.«

»Okay, stimmt. Klar.« Er stieg ein und kurbelte die Scheibe runter. »Ist auf jeden Fall gemütlicher hier drin.«

»Und halt deine verdammte Klappe!«

Sinclair hob die Hand. »Auf jeden Fall.«

Er drehte den Rückspiegel leicht, so dass er sehen konnte, wie der Blonde durch den Morast nach hinten stapfte, wo seine Kollegen die ersten Rollcontainer von der Ladefläche gehoben hatten. Sie waren mit Nahrungsmittelkartons beladen, wie er vermutet hatte. Gemächlich angelte er die Chesterfieldpackung aus der Brusttasche, die Powell ihm geliehen hatte, und ließ das Feuerzeug aufschnappen. Der Qualm trieb ihm die Tränen in die Augen. Er blies den Rauch nach draußen, während zwei der Männer mit der Ware in Richtung der Wohncontainer verschwanden.

»Scheiße, muss das sein?«

Er reagierte nicht auf Shaos Flüstern, weil der Blonde ihn weiterhin über den Spiegel im Blick hatte. Sinclair grinste und tippte sich gegen die Mütze.

»Hey, Blade«, drang es hinten aus dem Wagen. »Kannst du mal mit anpacken?«

Sinclairs Grinsen wurde noch breiter. »Blade, hm?«

Der Stiernacken wandte sich genervt ab und verschwand hinter der Ladetür. Kurz darauf schob auch er einen der Rollwagen seinen beiden Kameraden hinterher.

»Hat er Sie erkannt?«

»Nein.«

Shao ächzte. »Scheiße, woher wollen Sie das wissen?«

Sinclair klemmte sich die Zigarette zwischen die Lippen und öffnete die Tür. »Bin gleich wieder da.«

»Was?«

Er schlug die Tür zu und näherte sich dem Heck. Gerade schob der vierte Mann Wäschekörbe nach vorn, die fein säuberlich gebügelte Uniformhemden und Hosen enthielten. In einem der Körbe lagerten schusssichere Westen.

»Du meine Güte. Ich wusste gar nicht, dass wir so was im Programm haben.«

»Haben Sie nicht gehört? Sie sollen vorn bleiben!«

»Ich wollt nur 'n bisschen helfen. Damit meine Alte nicht wieder so 'n Stress macht, wenn ich so spät nach Hause komm. Ich heiß übrigens Mark.« Er streckte die Hand aus.

Der andere ignorierte sie und schob einen der Wäschekörbe nach vorn. »Hier, stell die einfach auf den Boden, so dass die anderen sie abholen können.«

»Aber klar doch.« Sinclair nahm den Korb in Empfang. »Ich stell ihn hier auf die Seite. Genau so, okay?«

Der Uniformierte schob den zweiten Korb rüber, der die Westen enthielt. Danach verschwand er hinter einem der mannshohen Rollwagen, die noch auf der Ladefläche warteten.

Sinclair klopfte gegen seine Brusttasche. »Ach du Scheiße, Mann. Ich glaub, ich hab irgendwo vorne meine Zigaretten verloren. Ist es okay, wenn ich kurz …?«

Er wartete die Antwort nicht ab, sondern blickte zu den Wohncontainern hinüber. Die drei anderen Männer waren noch immer verschwunden. Schnell griff er sich eine der Westen sowie ein Uniformhemd und eine Hose und lief nach vorn zur Fahrertür, wo er die Sachen auf den Sitz warf.

»Mann, so 'n Mist«, nölte er laut, während er sich bückte und über den Boden tastete. Aus dem Augenwinkel sah er, wie Blade und seine beiden Kameraden den Container verließen. »Ah, da sind sie ja.« Sinclair richtete sich auf.

Der Stiernacken deutete auf Sinclair. »Was ist mit dem Clown da vorne? Wieso ist der nicht im Wagen?«

Der Mann auf der Ladefläche antwortete irgendwas.

Sinclair hob die Hände. »Tut mir leid, Mann, mir sind die Zigaretten runtergefallen.« Er stieg ein und schloss die Tür hinter sich.

Der Blonde schickte ihm über den Rückspiegel einen feindseligen Blick hinterher, aber Sinclair wandte sich ab und schob sich eine Strähne zurück in den Nacken. Inzwischen hatte Shao die Kleidung und die Weste vom Fahrersitz geräumt.

»Alles in Ordnung da draußen?«

»Alles bestens«, erwiderte er leise und tippte gutgelaunt aufs Lenkrad, bis sie hörten, wie der vierte Mann von der Ladefläche sprang. Blade schlug gegen die Seitenwand.

»Immer sachte, Junge«, murmelte Sinclair und startete den Motor. Mit ein paar Rangierzügen wendete er den Transporter und steuerte den Kotflügel eine Handbreit an den Beinen des Blonden vorbei in Richtung Ausgang. Zum Abschied tippte er sich ein weiteres Mal an die Mütze.

»Okay, wir haben dreißig Sekunden. Ab jetzt.«

Der Wagen zuckelte im Schritttempo unter den Lichttraversen hindurch, während Sinclair sich Baseballmütze, Perücke, Brille herunterriss und Shao in die Hand drückte. Danach folgten das ›Racing-Roosters‹-Hemd und die Hose. Shao schlüpfte hinein und zog den Hosenbund stramm. Im Spiegel kontrollierte sie den Sitz ihrer neuen Frisur.

»Steht Ihnen tatsächlich.«

»Klappe.«

Sinclair machte ihr Platz, indem er in Unterwäsche auf den Beifahrersitz rutschte, und Shao quetschte sich hinters Steuer. Er griff sich die Uniformklamotten, die Weste und dann die Tasche und ließ die Beifahrerscheibe runterfahren. Er wog die Weste in der Hand. »Das sind mindestens fünfzehn Kilo. Klasse 3, zum Schutz gegen Vollmantel- und Hartkerngeschosse.«

»Und?«

»Die Typen auf der *Baltimore* hatten nur Westen der Klasse 2.«

»Ich meine, wollen Sie sich nicht anziehen?«

»Keine Zeit mehr.«

Gerade hatten sie die drittletzte der Lichttraversen passiert. Die Einfahrt lag nur noch fünfzig Yards entfernt. Shao ließ den Wagen leicht nach links ausscheren, so dass die Beifahrerseite für ein paar Sekunden im Dunkeln lag. Sinclair warf die Tasche und die Klamotten aus dem Fenster und sprang ohne ein Wort des Abschieds hinterher.

Shao ließ die Scheibe hochfahren und zog sich die Baseballmütze tiefer ins Gesicht.

Die beiden Uniformierten unterhielten sich und winkten, ohne den Kopf zu heben.

Shao winkte zurück und bog auf die Abbey Road ein. Die leichten Kopfschmerzen, die eingesetzt hatten, als sie auf das Gelände gefahren waren, verschwanden. Zweihundert Yards weiter riss sie sich die Perücke vom Kopf, setzte den Blinker und bog in die New Road ein. Im Focus hing Mark Brennan immer noch schlafend auf dem Beifahrersitz. Powell wartete mit der zweiten Tasche am Heck und reichte sie ihr durch die offene Beifahrerscheibe herein.

Knapp zehn Minuten später hatte Shao die Siedlung südlich der Woolwich Road erreicht und parkte ihren Wagen am Ende der Sackgasse. Von hier aus war es eine knappe halbe Meile durch den Wald, über hügeliges Gelände, immer dem Pfad folgend, den sie auf dem Handy markiert hatte. Einmal streifte sie den knorrigen Ast einer Eiche, dessen Zweige ihr wie Finger in die Augen stachen. Sie blieb stehen und wartete, bis ihr Blick wieder klar war.

Fünf Minuten später erreichte sie endlich die Anhöhe und fröstelte, als sie die Erle erblickte. Die Augen des erhängten Mönchs schienen sie erneut anzustarren.

Richard de Lucy I. …

Sie wischte den Gedanken fort. Tatsächlich hatte sie von hier aus das ganze Gelände perfekt im Blick. Sie fröstelte, als sie die Strahler vor dem Zelt über der Lady's Chapel entdeckte.

Also war der Zugang in die Tiefe, anders als der Rest der Abtei, offenbar nicht wieder verschwunden. Warum sonst hätte Seaways exakt diese Stelle absperren sollen?

Sie ließ die Tasche vom Rücken rutschen. Zwei Minuten später hatte sie den Schalldämpfer und das Zielfernrohr auf den Lauf von Antwons MP5 geschraubt und fixierte die Waffe mit dem ausklappbaren Behelfsstativ auf dem Waldboden. Natürlich wäre ihr ein richtiges Scharfschützengewehr aus dem Depot der Firearms Unit lieber gewesen, aber dann hätte Powell auch gleich direkt bei Hammerstead anrufen und ihn über ihren Plan informieren können. Und zum Unruhestiften taugte die MP5 allemal. Shao ließ den Sucher über die Abteiwiese gleiten, bis sie die Lichttraverse gefunden hatte, an der John den Transporter verlassen hatte. Als Letztes steckte sie die Kopfhörer ins Ohr und stellte die Verbindung zu Powell her.

»Bin in Position. Hat er sich schon gemeldet?«

Powell verneinte, während Shaos Blick zu einer Eule glitt, die zwei Bäume weiter auf einem Ast hockte und auf Beute lauerte.

»Er sagte übrigens, Seaways hat die Westen verstärkt, auf Schutzklasse 3.«

Schaudernd dachte sie an die Tentakel mit den hornigen Aufsätzen, die aus Shelfords Körper gewachsen waren, und versuchte, sich zu entspannen.

Die Zeit zu nutzen, um durchzuatmen und mit der Mulde zu verschmelzen, in die sie sich geschmiegt hatte.

Sofort nachdem er den Lieferwagen verlassen hatte, kroch Sinclair in Richtung des Maulbeerbaums. Von hier waren es nur ein paar Yards bis zur nördlichsten Grundmauer, deren Überreste halbhoch aus dem vertrockneten Heidekraut ragten. Im Schatten der Mauer angekommen, streifte er sich die Uniform über und schnallte sich die Weste um. Das Gewicht drückte auf seine Rippen, als er sich mit dem Rücken zur Mauer in die Höhe schob, bis er den Großteil der Wiese überblicken konnte. Außer am Eingangstor und bei den Wohncontainern waren keine Wachen zu sehen. Das Zelt an der Lady's Chapel lag dreihundert Yards nordöstlich, mit mehreren Mauerresten dazwischen.

In der Tasche, die er mitgenommen hatte, befanden sich

neben einem Gürtelholster, das jenen der Wachen ähnelte, die Beretta inklusive zweier Ersatzmagazine, die Wanze, die er installieren würde, sowie ein Multiband-Walkie-Talkie, das er ebenfalls im Gürtel verstaute. Nachdem er die leere Tasche zwischen den Sträuchern versteckt hatte, dunkelte er das Handydisplay ab und steckte sich das Bluetooth-Headset in die Ohren. Nach der vereinbarten Zeitspanne rief er Powell an, der eine Konferenzschaltung mit Shao herstellte.

»Ich brauch wahrscheinlich acht bis zehn Minuten bis zum Zelt. Was ist mit der Patrouille?«

»Ist gerade auf der anderen Seite«, erwiderte Shao.

»Ich lass die Leitung offen, melde mich aber erst wieder, wenn ich drin bin. Falls der Empfang unter der Erde zu schlecht wird, melde ich mich über das Walkie-Talkie.«

»Verstanden«, sagte Powell.

Sinclair schlich geduckt im Schatten der Grundmauer entlang Richtung Osten, wo das Gelände am schlechtesten ausgeleuchtet war. Die Mauer endete an einer zweiten Mauer, die quer in Nord-Süd-Richtung verlief und die westliche Fassade der alten Mönchsunterkünfte gebildet hatte. Sie führte in gerader Linie auf das ehemalige Kirchenschiff zu, an dessen Südostecke sich die Lady's Chapel befand.

»Stopp. Sie kommen näher. Von Süden. An der Außenseite der Mauer.«

Sinclair huschte zu einem der Durchbrüche, wechselte auf die Innenseite, und presste sich flach zwischen die Sträucher. Schon am Vortag war ihm der schlechte Zustand der Wiese aufgefallen. Jetzt aber, als er auf dem Boden lag, bemerkte er außerdem den fauligen Geruch, den die Sträucher verströmten.

Kurz darauf vernahm er Schritte und Stimmen. Sie kamen näher, an der Mauer entlang. Auf seiner Höhe verharrten sie. Sinclair bewegte sich nicht. Ein Rascheln über ihm. Der Strahl einer Taschenlampe glitt über die Mauerkante – und erlosch.

Die Schritte entfernten sich.

Shao seufzte erleichtert. »Warten Sie lieber noch etwas.« Und zwanzig Sekunden später: »Okay, weiter.«

Er richtete sich auf und wäre dabei fast auf der fauligen Masse ausgerutscht, in die sich ein Teil der Sträucher verwandelt hatte. Je näher er dem Zelt kam, desto schlimmer wurde es. Die verbliebenen, halb vertrockneten Zweige ragten wie brüchige Strohhalme in den Himmel. Er hatte etwa die Hälfte der letzten Mauer hinter sich gebracht, als bei den Wohncontainern Stimmen laut wurden.

»Was ist da drüben los?«

Ein Moment der Stille, in dem Shao vermutlich ihr Visier justierte.

»Drei Männer, allesamt MPis. Sie nähern sich dem Zelt!«

Sinclair duckte sich. »Eine Patrouille?«

»Nein, sieht nach was anderem aus.«

Zwischen den Sträuchern hindurch versuchte er, Einzelheiten zu erkennen. Drei Silhouetten folgten dem ausgetretenen Pfad, der auf die Lady's Chapel zuführte. Einer der drei war der Stiernacken namens Blade. Seine Begleiter unterhielten sich, aber Blade sagte kein Wort. Auf halber Strecke blieben sie stehen. Sinclair sah, dass sie gestikulierten, aber er konnte nicht verstehen, was sie sagten.

Dann machte sich Blade auf zur Lady's Chapel, während sich die beiden anderen auf Sinclair zubewegten.

Er riss den Kopf runter.

»Okay, der Blonde ist im Zelt. Aber Sie müssen da weg. So schnell wie möglich.«

Aber wohin?

In seinem Rücken erspähte er einen Durchbruch, an dem er vorhin vorbeigekommen war. Auf allen vieren robbte er dorthin zurück, legte sich auf der anderen Seite flach auf den Boden und lauschte.

»Sie sind stehen geblieben. Diskutieren. Wahrscheinlich sind sie gleich wieder weg.«

Sinclair atmete aus – als plötzlich etwas um seine Beine strich. Und miaute.

»Hau ab!«, murmelte er. »Weg da!«

Er erntete ein beleidigtes Miauen.

»Verdammt, ist das 'ne Katze?«

»Ein Kater. Und ich hab das Gefühl, er will spielen.«

Das Tier wälzte sich an seinem Hosenbein und riss mit seinen Krallen an den vertrockneten Zweigen. Das Rascheln war nicht zu überhören.

»Dann töten Sie ihn, oder er tötet Sie!« Shao keuchte auf. »Zu spät, die kommen näher! Sie müssen da weg.«

»Geht nicht.«

»Was?«

Ein paar Yards vor ihm begrenzte der Zaun das Areal. Davor freie Fläche. Die Schritte waren jetzt noch vier, fünf Yards entfernt. Es brauchte nur einer von beiden einen Blick über die Mauer zu werfen …

»Ich hab den Vorderen im Visier. Soll ich ihn ausschalten?«

Sinclair atmete flach. Lauschte.

Der Kater wälzte sich weiter im Dreck.

»Da vorne«, sagte der Typ, den Shao im Fadenkreuz hatte, und kam näher.

»Okay, ich schalte ihn aus. Auf drei.«

Sinclair hatte Zweifel, dass die MP5 über die Entfernung zuverlässig ihren Dienst tun würde.

»Eins.«

Ganz abgesehen davon, dass sich der zweite Gegner sofort in Deckung werfen und Alarm schlagen würde.

»Hey, Perry. Ich glaub, hier drüben ist es. Leuchte mal.«

»Zwei.«

Eine Taschenlampe, dann der Sicherungshebel einer Pistole.

Ein Schaben auf der Mauerkante.

Sinclair packte den Kater, der erschrocken die Krallen ausfuhr, und warf ihn über die Mauer.

Ein Aufschrei.

Fauchen.

Ein Fluch, gefolgt von einem Lachen, als der Kater davonstob. Und dem Lichtkegel, der über die Mauerkante huschte.

»Scheiße, Mann, das Vieh hättest du fast erwischt.«

Knirschende Schritte direkt an der Mauerkante. Der Lichtstrahl huschte über Sinclair hinweg in die Dunkelheit, kroch über den Bauzaun hinauf zum Stacheldraht.

»Jetzt komm schon.«

Aber die Schritte entfernten sich nicht.

Sinclair vernahm das Schleifen von Kleidung an der Mauer.

»Mann, was soll das … Das war nur ’ne Katze und …«

Ein Kopf, der sich über die Mauerkante beugte und Sinclair ins Gesicht starrte.

Als eine Kugel, abgefeuert aus Shaos MP5, über die Mauerkante kratzte.

»Fuck, was …?«

Sinclair ließ den Typen nicht ausreden, sondern fuhr hoch und schlug ihm die Beretta gegen die Schläfe, so dass er zu Boden ging. Der zweite Kerl griff nach seiner Waffe.

»Stopp, keine Bewegung!«

Der Mann erstarrte.

Aus dem Augenwinkel erkannte Sinclair, dass der erste das Bewusstsein verloren hatte. Mit dem Fuß zog er die Pistole zu sich heran, dann das Walkie-Talkie. »Die Hände hinter den Kopf, und dann langsam hinknien.«

Der zweite Mann gehorchte. »Das überlebst du nicht, Junge.«

»Gesicht auf den Boden.«

Sobald der andere auf dem Bauch lag, verpasste Sinclair auch ihm einen Schlag mit der Beretta. Danach warf er die Walkie-Talkies und die Schusswaffen über den Zaun. »Shao?«

»Scheiße, ich hab auf die Schulter gezielt!«

Die ganz normale Streuung, die eine MP5 trotz Zieloptik auf diese Distanz verursachte.

»Und jetzt?«, ächzte sie. »Ich meine, wir können sie doch nicht einfach da liegen lassen.«

»Also soll ich sie umbringen?«

»Was? *Nein!*«

»Dann müssen wir wohl oder übel das Risiko eingehen.«

Powell meldete sich. »Wir brechen ab.«

Sinclair schüttelte den Kopf. »Die beiden schlafen noch zehn oder fünfzehn Minuten. Und ein zweites Mal kommen wir nicht mehr so einfach hier rein.«

»Fuck«, sagte Shao.

»Ja, fuck.«

Powell holte tief Luft und ließ einen Seufzer hören. »Also gut, John. Fahren Sie fort.«

»Danke, Guv.«

Die Mauer war auf den letzten Schritten vor dem Zelt nur noch hüfthoch, so dass er sich wieder auf alle viere niederließ. Nur wenig später konnte er die Zeltplane mit der ausgestreckten Hand berühren. Er blickte auf die Uhr. Kurz vor acht. Er tippte auf eine Wachablösung nach der halben Schicht. Schritte auf der Treppe, die in die Tiefe führte. Die Wache, die von Blade abgelöst worden war, kehrte an die Oberfläche zurück und entfernte sich in Richtung der Wohncontainer. Sinclair wartete ab, bis der Mann in einem davon verschwunden war.

»Alles klar, ich geh jetzt rein.«

Immer noch auf allen vieren huschte er in das Zelt und richtete sich auf. Der Eingang in die Tiefe wurde von einem Strahler erhellt, der an der mittleren Zeltstange befestigt war. Sinclair warf einen Blick nach unten – niemand zu sehen – und setzte den Fuß auf die erste Stufe, als er etwas Kaltes an seiner Kehle spürte.

»Dachte ich mir doch, dass mit dem Clown irgendwas nicht stimmt.« Ein höhnisches Grinsen, ganz nahe an seinem linken Ohrläppchen, dann wieder die Stimme des Stiernackens. »Nicht bewegen, oder ich schlitz dir die Kehle auf!«

»John?«, vernahm er Shaos Stimme.

Sinclair hob die Hände. »Blade, richtig?«

»So nennt man mich, ja … Bist du allein?«

Er nickte. »Und Sie?«

Der Kerl in seinem Nacken grinste, so dass Sinclair den sauren Atem riechen konnte. »Weg mit der Waffe.«

Sinclair zückte die Beretta und ließ sie zu Boden fallen. Blade kickte sie davon.

»Sind Sie noch im Zelt?«, fragte Shao. »Falls ja, reißen Sie das Ding mit einem Schlag ein, dann kann ich ihn vielleich … «

Ihre letzten Worte bekam er nicht mehr mit, weil der Blonde ihm die Hörer aus den Ohren gerissen und nach draußen geworfen hatte. »Ich wusste schon gestern Morgen, du stinkst. Und als dann dieser komische Typ mit dem Lieferwagen aufgetaucht ist … «

»Sie haben ’ne gute Nase.«

Blade drückte die flache Klinge gegen Sinclairs Kehle. »Bulle oder nicht – wenn ich will, stech ich dich jetzt und hier ab, und keiner wird deswegen die Ermittlungen aufnehmen, kap … «

Sinclair riss den Kopf zur Seite und spürte einen leichten, brennenden Schmerz an der Kehle. Er rammte dem Hünen den Ellbogen in die Seite, genau an der Stelle unterhalb der Achsel, wo die Rippen zwischen Brust- und Rückenplatte der Weste ungeschützt waren. Aber die Rumpfmuskeln des Stiernackens waren wie Stahlseile. Er wollte ausholen, da schlug Sinclair ihm die Handkante in die Kehle. Der Kehlkopf brach mit einem Knacken. Im Zurücktaumeln hätte der Blonde fast das Zelt eingerissen.

Sinclair torkelte nach hinten, nur zwei Schritte, aber davon war einer zu viel. Unter ihm Leere. Instinktiv krümmte er sich zusammen und schützte seinen Kopf mit den Armen, so dass er die Treppe hinunterkullerte wie ein Igel. Ein paar der Stöße wurden von der Weste abgefangen, die meisten nicht. Irgendwas krachte gegen seinen Hinterkopf. Als er die Augen aufschlug, drifteten die Stufen über ihm auseinander wie bei einer Doppelbelichtung.

Genauso wie Blade, der runterstolperte, röchelnd, Blut spuckend, die eine Hand an der Kehle, in der anderen das Messer, und sich nach vorn fallen ließ. Die Klinge schrammte über Sinclairs Weste. Blade versuchte, sie ihm in die Seite zu stoßen, aber Sinclair wehrte die Klinge ab und brach seinem Gegner die Fingerknöchel. Das Messer klirrte zu Boden. Der Blonde gurgelte. Wahrscheinlich hatte der Schlag gegen den Kehlkopf die Luftröhre zerrissen. In ein, zwei Minuten würde er an seinem eigenen Blut ersticken. Das knochige Gesicht war auf einmal ganz nah, Blut sprühte von den zerbissenen Lippen. Sinclair versuchte es mit weiteren Nierenschlägen, aber der Typ war voller Adrenalin und fühlte keinen Schmerz. Sinclair drückte den Oberkörper nach links, machte sich krumm, noch krummer, und endlich ertastete er den Dolch im Knöchelholster. Der Stich traf den Blonden seitlich in den Nacken und durchtrennte die Halswirbelsäule. Die Hände fielen von Sinclairs Kehle wie Blutegel, die ihre Mahlzeit beendet hatten, und der Oberkörper krachte auf seinen Brustkorb. Er wälzte die Leiche zur Seite und rang nach Luft.

Irgendwann nahm er seine Umgebung wieder wahr, die metallenen Wände des Ganges, der vom Absatz der Treppe zum Raum mit dem Würfel führte, die Leiche neben sich, das Blut auf den Stufen. Er schlich nach oben, wo er die Beretta einsteckte und aus dem Zelt spähte. Die Headset-Kopfhörer lagen wahrscheinlich irgendwo im Gras, unauffindbar. Aber wenigstens keine Patrouille, keine Wache, die sich näherte.

Er kehrte zurück nach unten, steckte das Messer und die Schusswaffe des Toten ein und vergewisserte sich, dass der Gang bis zum Schott immer noch leer war. Dann zückte er das Handy. Powell und Shao waren immer noch dran.

»John? John, hören Sie mich?«

»Scheiße, Mann, sagen Sie was!«

»Was.«

Powells Ausatmen. »John, Gott sei Dank. Sind Sie verletzt?«

»Nicht der Rede wert.«

»Wer war das?«, zischte Shao.

»Ein Irrer. Zum Glück für uns, denn anscheinend hat er gedacht, er könnte mich allein erledigen. Ich hab ihn mit dem Dolch ausgeschaltet.«

»Mit dem Dolch«, sagte Shao. »Und? Waren wieder diese komischen Linien darauf zu sehen?«

Sinclair warf einen Blick auf die Klinge, nachdem er sie notdürftig vom Blut gesäubert hatte. »Nein, da ist nichts.«

»Ich bin trotzdem sicher, dass sie da drauf waren! Als de Lucy damit den Kokon aufgeschnitten hat, hab ich sie auch ...«

»Darum kümmern wir uns später«, unterbrach Powell. »Was ist mit den beiden Männern an der Mauer?«

Es dauerte einen Moment, bis Shao antwortete. »Die sind noch an ihrem Platz. Alles ist ruhig. Keiner ist auf dem Weg zum Zelt.«

»John, haben Sie eine Möglichkeit, die Leiche aus dem Weg zu schaffen und die Spuren zu beseitigen?«

»Ohne Putzkolonne? Kaum. Aber wie es aussieht, ist hier unten sowieso keine Wache mehr – jedenfalls im Augenblick.«

»Ich kann in zehn Minuten bei Ihnen sein«, warf Shao ein.

»Kommt nicht in Frage«, knurrte Powell. »Wir halten uns an den Plan.«

Sinclair nickte. »Dann geh ich jetzt rein. Wahrscheinlich wird gleich die Verbindung abbrechen. Ich meld mich über das Walkie-Talkie.«

»Viel Glück!«

Die milchig schimmernden Metallwände des Ganges waren in weiches, schattenloses Gelblicht getaucht, das keinen Ursprung zu besitzen schien. Nirgendwo Abluftrohre oder zumindest Lüftungsschlitze, dennoch spürte Sinclair den kaum wahrnehmbaren Luftzug, als er sich in Richtung des Schotts bewegte.

Das Schott öffnete sich lautlos. Dahinter führte der Gang weiter, zu einem zweiten Schott. Alles war so, wie Sinclair es von seinem Verlassen des Abteigeländes vor sechs Tagen in

Erinnerung hatte. Auf halber Entfernung zum zweiten Schott blieb er stehen und öffnete das Holster der Beretta.

Noch fünf Schritte.

Die Schottwand verschwand ebenfalls lautlos in der Wand.

In dem Bereich des Raumes, den Sinclair einsehen konnte, hielt sich niemand auf. Nur jede Menge Schreibtische, Rechner, Bildschirme. Er ging weiter, so dass sich der Winkel weitete.

Der Würfel.

Er schien äußerlich unverändert, wenn man von den LED-Strahlern absah, die ihn von allen Seiten in grellweißes Licht tauchten. Vor ihm stand ein Mann innerhalb des Chaos aus Rechnern und verschiedenen Apparaturen: jede Menge Spektrometer und weitere Analysegeräte, deren Zweck und Funktion Sinclair unbekannt waren. Ein paar davon waren beschädigt und in einer Ecke gestapelt wie Sperrmüll. Spuren des Unfalls, bei dem Hannah Caroll verletzt worden war?

Die Gestalt des Mannes im Profil: hochgewachsen, schlank, dünnes, graues Haar. Sinclair war sicher, dass es sich um Prof. Dr. Allan Spencer handelte, den Dekan der Archäologischen Fakultät. Arbeitete er allein hier unten?

Sinclair suchte nach weiteren Spuren des Unfalls, doch wenn sie existiert hatten, waren sie von Seaways beseitigt worden – was nichts daran änderte, dass irgendetwas *anders* war als vor einer Woche. Nicht die Rechner, nicht die Spektrometer, nicht Spencer.

Vielleicht der Würfel, in dem es immer noch tieffrequent rumorte, wie an jenem Tag, als Shao ihn aus der Abtei gerettet hatte.

Sinclair beobachtete, wie Spencer sich an einem der Apparate zu schaffen machte, der neben einem der Rechnermonitore aufgebaut war.

Auf Zehenspitzen schlich Sinclair weiter und verbarg sich hinter einem der Schreibtische. Er zückte das Handy und schoss ein paar Fotos, vom Würfel, von den Laborapparaturen und von Spencer. Auf dem Monitor vor Spencer lief eine Videoaufnahme, die Teile der Würfeloberfläche in einer Großaufnahme zeigte – und wie sich die Linien und Symbole darauf scheinbar ohne äußeren Einfluss zu neuen Formen zusammenfanden. Sinclair schaltete auf Video um, aber die Bildstabilisatorfunktion reichte nicht aus, um sein plötzliches Zusammenzucken auszugleichen. Fast wäre er mit dem Kopf an die Tischplatte gestoßen.

Die Mäanderbänder, vernahm er Shaos Stimme in seiner Erinnerung, während sich das unterschwellige Wummern des Würfels tiefer und tiefer in seinen Bauch und in seine Gedanken wühlte und an der Barriere seiner verlorenen Erinnerungen rüttelte.

Die klirrende Stimme.

Er selbst, inmitten der riesigen schwarzen Quader, auf dem Metallgitter und unter seinen Füßen die undurchdringliche, ölige schwarze Flut. Der salzige Geschmack von Schweiß auf seinen Lippen.

Hatte er die zwei Wochen, die ihm fehlten, wirklich an jenem geheimnisvollen Ort verbracht, von dem Dr. Campbell gemutmaßt hatte, dass er sich im Innern des Würfels befand?

Aber wie sollte das möglich sein?

Der Würfel war viel zu klein dafür.

Der Würfel war lediglich …

Allan Spencer!

Er hatte sich umgedreht und fixierte Sinclair ohne Anzeichen von Überraschung. Der Blick seiner dunklen Augen war kühl und nüchtern, fast wie nach innen gerichtet, und die Schwärze der Pupillen erinnerte Sinclair an die ölige Flut, die um die Quader schwappte.

Es war, als ob die Luft sich auf einmal in Teer verwandelt hatte, in dem Sinclair sich nur noch wie in Zeitlupe bewegen, atmen und denken konnte. Als stünde es in Spencers Macht, die physikalischen Gesetze nach Belieben zu verändern oder gar aufzuheben. Und da begriff Sinclair: Spencer war der

Grund dafür, dass er den Weg hierher auf sich genommen hatte. Da war etwas, das sie beide verband, obwohl sie Gegner in einem Kampf waren, von dem Sinclair bisher nicht einmal gewusst hatte, dass er ihm bevorstand.

Aber spürte Spencer es auch?

Der Professor hatte den Kopf schräg gelegt, wie um zu lauschen, und dann …

Wandte er sich wieder den Zahlenkolonnen auf seinem Bildschirm zu.

Er hat dich nicht gesehen.

Aber er muss dich gesehen haben.

Er hat dich nicht gesehen.

Quatsch, er muss dich ges…

Vielleicht bist du nicht wichtig, nicht wichtig für ihn.

Vielleicht …

Stimmen auf dem Gang, der zur Treppe führte. Also hatten sie Blades Leiche gefunden. Schritte von Stiefeln, die den Metallboden in Schwingung versetzten. Sie kamen näher.

Sinclair blieben nur Sekunden, um sich zu entscheiden.

Der Gang auf der anderen Seite des Labors!

Er riss die Beretta aus dem Holster. In Spencers Rücken huschte er geduckt von Schreibtisch zu Schreibtisch, die Deckung der Rechnertower und Monitore nutzend.

Er hatte den Raum etwa zu drei Viertel durchquert, als sich hinter ihm das Schott öffnete.

»Da ist er!«

Zwei, drei, vier Männer in Uniform, die mit Maschinenpistole aus dem Gang gerannt kamen, sich im Raum verteilten und ihn ins Visier nahmen. Und sofort das Feuer eröffneten.

Er ließ sich fallen und sprang zur Seite, als auch schon der Schreibtisch, hinter dem er eben noch gehockt hatte, von Projektilen zerfetzt wurde.

Die Garbe folgte ihm in Richtung des Ganges. Sinclair schlug einen Haken, hechtete über einen der Tisch hinweg und setzte zum Sprung an. Eine der Kugeln erwischte ihn mitten in der

Luft, bohrte sich in seine Weste und ließ den Sprung in einem Sturz enden, der ihn mit dem Rücken gegen die Kante des Ganges knallen ließ. Vollgepumpt mit Adrenalin, ignorierte er den Schmerz, warf sich in den Gang und entging der nächsten Salve um Haaresbreite. Die Kugeln jaulten über die Metallwand und verendeten als Querschläger irgendwo über ihm im Korridor.

Er gab ein paar Schüsse ab, um sich Luft zu verschaffen, und warf sich herum, weiterstolpernd, in Richtung eines Schotts, wobei er sich am liebsten die Weste heruntergerissen hätte, die auf seine Brust drückte wie ein Elefantenfuß. Das Schott glitt zur Seite. Dahinter erstreckte sich der Gang, schnurgerade und endlos, ohne Deckung. Im Laufen riss er das Walkie-Talkie raus.

»Sinclair hier! Kommen!«

Knistern im Lautsprecher, dann Shaos Stimme. »Die sind auf einmal alle zum Zelt gerannt!«

»Schätze, ihr müsst ab jetzt ohne mich auskommen.«

»Was?«

»Komm nicht hier runter. Haltet euch an den Plan! Ihr müsst …«

Ein helles Klacken hinter sich ließ ihn herumfahren.

Ein zylinderförmiger schwarzer Gegenstand, der auf ihn zuflog. Eine Blendgranate, gefolgt von zwei Nebelwerfern, die ihm fast bis vor die Füße rollten!

»John, bist du noch da? Hörst du mich?«

Sinclair ließ das Walkie-Talkie fallen und warf sich nach vorn auf den Boden, als es hinter ihm gewitterhell aufblitzte. Den Kopf nach unten und die Hände auf die Ohren gepresst, raubte ihm der Knall trotzdem die Orientierung. Irgendwo im Nebel hinter sich sah er die Umrisse der Gegner.

Mündungsblitze.

Er feuerte zurück, bis das Magazin der Beretta leer war.

Er wusste nicht, ob er getroffen hatte, aber im Nebel kamen die Umrisse näher. Er ließ das Magazin ausrasten. Tastete nach dem Ersatzmagazin. Zu langsam. Schon hatten sie ihn erreicht, nahmen ihn ins Visier, brauchten nur noch abzudrücken …

Als ein Knall durch den Gang hallte, wie das Schnalzen einer Peitsche.

Sinclair sah etwas Dunkles durch die Luft fliegen, und im nächsten Moment brach der erste der Uniformierten vor ihm zusammen. Sein Kopf rutschte von den Schultern und kullerte Sinclair vor die Füße.

Ein zweiter Kopf folgte.

Und ein dritter.

Bevor die restlichen Männer in Panik geraten konnten, stürzten auch sie der Reihe nach zu Boden. Ihre kopflosen Leiber säumten den Gang wie Zinnsoldaten, die vom Schlachtfeld gefegt worden waren.

Hinter den Leichen, zwischen den sich lichtenden Nebelschwaden, näherte sich etwas.

Ein Mensch.

Obwohl nicht alles an ihm menschlich war.

Über der Brust war der Kittel aufgerissen, und um ein dunkles, mit einem kreisrunden Wulst versehenes Loch herum schlängelten sich lange, wirbellose Glieder wie Tentakel eines Tintenfisches. Ihre Enden waren mit scharfen Hornplatten besetzt, von denen Blut tropfte. Im Innern des Wulsts in Spencers Brust wurde ein Maul sichtbar, wie bei Shelford, nachdem er sich verwandelt hatte.

Halb auf dem Rücken liegend, kroch Sinclair rückwärts, versuchte Abstand zwischen sich und Spencer zu bringen, der ihm nicht folgte, sondern ihn nur schweigend musterte.

Sinclair tastete nach dem Beinholster.

Spencers Blick sog sich fest an der silbern glänzenden Klinge des Dolches – auf der plötzlich dünne schwarze Linien erschienen und in komplizierten, sich verändernden Strukturen über das Metall liefen.

»Woher hast du die Karinna?«

»Was?«, ächzte Sinclair.

Eines der Tentakel schlängelte sich über den Boden und huschte auf Sinclair zu. Im nächsten Moment fühlte er eine kalte, glitschige Berührung im Nacken.

Sinclair stieß den Tentakel weg und robbte weiter, aber da waren plötzlich noch mehr glitschige Tentakel, die an seinen Armen und Beinen entlangglitten.

Er warf sich herum und feuerte wild.

Die Kugeln stanzten Löcher um das Maul in Spencers Brust und schleuderten den Professor nach hinten.

Sinclair sprang auf die Beine, wobei er drei, vier weitere Schüsse abgab, bis das Magazin leer war.

Und rannte.

Hinter ihm ertönte ein heiseres, schnarrendes Geräusch, das entfernt einem Lachen ähnelte. Unmenschliche Laute, die kaum mehr waren als eine Erinnerung an Spencers Stimme.

Sinclair blickte sich nicht um, sondern rannte, obwohl ihm klar war, dass er dem Ding nicht entkommen konnte. Es war sein Instinkt, der ihn vorantrieb, während ihm das Spencer-Ding auf den Fersen blieb, röchelnd, zischend und schmatzend, und die Tentakel rechts und links an Sinclair vorbeischlängelten, um sich wie eine Zange um seinen Hals zu schließen und …

Etwas riss an ihm.

An seinem Kopf, seiner Haut, seinen Muskeln und Knochen, als wären da Metallspäne in seinem Innern, Milliarden von Spänen, die sich im Bruchteil einer Sekunde neu ausrichteten wie im Einflussbereich eines elektrischen Feldes.

Und dann waren die Tentakel fort.

Von einer Sekunde auf die andere gab es keine Spur mehr von ihnen, genauso wenig wie von Spencer und dem Gang, durch den Sinclair vor ihm geflohen war.

Nur die Metallwände waren geblieben.

Sie umfassten einen Raum, in dem ein Junge von sechzehn Jahren vor einem Tisch stand und Sinclair interessiert musterte.

»Sie vermögen also die Barriere zu überwinden«, stellte Richard de Lucy ohne Überraschung in der Stimme fest.

TEIL FÜNF
Magoi

1

Der Schmerz. Real.

Das Gewicht der Weste auf seiner Brust. Real.

Also musste auch der Raum um ihn herum real sein, auch wenn er wie ein Blase wirkte, die sein halluzinierender Verstand in den Korridor gepresst hatte: ein ovales Gebilde, das sich vorn und hinten zu jenem schmalen Gang verjüngte, in dem er sich vor den Seaways-Söldern und dem Professor

Dem Tentakelmonster!

verschanzt hatte. Wände und Decke der Blase gingen fugenlos ineinander über, wie Meer und Himmel, die am Horizont zu einer Einheit verschwammen.

Direkt vor ihm schwebte eine metallisch schimmernde, ebene Fläche. Wie ein Tisch ohne Beine und erst recht ohne Stühle, auf denen Sinclair hätte Platz nehmen können. Da war nur die sonderbare Fläche, aus der ihm das auf den Kopf gestellte Spiegelbild des Jungen entgegenblickte, der ihm auf der anderen Seite gegenüberstand.

Der Junge, der ihn gerettet hatte.

Der Junge, der, falls Shaos Beschreibung stimmte, Richard de Lucy wie aus dem Gesicht geschnitten war.

Diesmal war er nicht nackt, sondern in ein hellblaues ärmelloses Gewand gekleidet, das wie ein altgriechischer Chiton an den Schultern mit Nadeln und an der Hüfte mit einem Gurt zusammengehalten wurde. Darüber trug er einen Mantel, ein Himation aus dickem Leinen, das ebenfalls Blau war, allerdings dunkler, und das unter seiner linken Achsel hindurchführte und über die rechte Schulter geschlungen war.

»Diese Umgebung ist Ihnen fremd«, stellte er mit einem Blick seiner dunklen Augen fest. »Ich nehme an, eine klassisch viktorianische Einrichtung würde eher Ihren Wünschen entsprechen?«

»Ich habe keine Wünsche, die Einrichtung dieses Raumes betreffend.«

»Ich würde Ihnen gern etwas zu essen oder zu trinken reichen, weil das in Ihrer Kultur so üblich ist, aber leider ist dieser Ort nicht entsprechend ausgestattet.«

Sinclair blickte sich um. »Wofür ist er denn ausgestattet? Wo befinden wir uns hier?«

»An demselben Ort, an dem Sie vorher waren. Der Ort, an dem Sie dem entarteten Magoi begegnet sind.«

»Magoi?«

»Glücklicherweise ist er vorläufig nicht imstande, die Barriere zu überwinden – genauso wenig wie die Menschen, um derentwillen ich sie errichtet habe.« Der Junge fing Sinclairs stirnrunzelnden Blick auf. »Die Strukturveränderung aufrechtzuerhalten kostet allerdings Energie, so dass der Schutz früher oder später erlöschen wird.«

Der Junge machte eine Pause.

Sinclair wartete darauf, dass er weitersprach.

»Wer den Gang betritt, wird beim Durchqueren, ohne es zu bemerken, an den Ausgangspunkt unter der Lady's Chapel zurückgeführt. Allerdings verfügt der Magoi womöglich über die Fähigkeit, die Veränderung zu durchschauen oder sogar zu beeinflussen. Welch ein Glück, dass sein vorwiegendes Interesse derzeit dem Kyvos gilt.«

Sinclairs Sinne blieben wach. Die Umgebung im Auge behalten, nach möglichen Tentakeln Ausschah halten – und gleichzeitig *verstehen*, was der Junge ihm mitteilte. »Nur fürs

Protokoll. Das Monster, in das sich Allan Spencer verwandelt hat, bezeichnest du als Magoi?«

»Nicht Spencer. Sondern das Wesen, das sich in ihm eingenistet hat.«

Der Schatten. »Und wenn ich dich richtig verstehe, behauptest du, dass dieses Ding über ähnliche Fähigkeiten verfügt wie du. *Magische* Fähigkeiten?«

»Die Magoi haben sich einen anderen Zugang zur Welt erschlossen. Einen Zugang, der nicht ohne Grund verboten war.«

»Stecken die Magoi auch hinter Seaways?«

Um die vollen Lippen des Jungen spielte ein amüsiertes Lächeln, aber vielleicht hatte er auch nur Mitleid. »›Seaways Public Limited Company‹ ist eine Begrifflichkeit für eine juristische Person, die in den Kategorien, in denen ich denke und handle, keine Bedeutung besitzt.«

»Ich spreche von den Menschen dahinter.« *Falls es Menschen sind.* »Besitzen sie in deinen ›Kategorien‹ eine Bedeutung?«

»Nicht in den Kategorien, von denen ich gerade gesprochen habe.«

Sinclair kam sich vor, als würde er mit einem Bot chatten. Einem Bot, der darauf trainiert war, sich so unverständlich wie möglich auszudrücken. »Also geht es um die Schatten?«

»Der Zugang, den sich die entarteten Magoi geschaffen haben, ist auf Zersetzung und Verheerung ausgerichtet. Aus diesem Grund versuche ich, sie von diesem Ort fernzuhalten.«

Der Raum wurde von einem dumpfen Geräusch erschüttert, das Sinclair an das Wummern der schwarzen Quader erinnerte.

»Ist er das? Spencer?«

Der Junge nickte.

»Und wie lange, meinst du, kannst du ihn fernhalten?«

Der Junge senkte den Blick und fuhr mit der Hand über den Tisch, als wäre es ihm möglich, die Antwort auf die Frage aus der Oberflächenstruktur abzulesen. »Ich glaube, uns bleibt Zeit, einige Ihrer Fragen zu diskutieren.«

2

»Weißt du, warum Schimmel immer weiß sind?«, fragte Kimberley und zog die Daunendecke noch ein Stück weiter hoch, obwohl Pam bereits das Gefühl hatte, mit den Beinen in einem Backofen zu liegen. Aber sie wusste, wenn sie die Decke abstreifen würde, würde Kim sich beschweren, und auf eine Diskussion dieser Art hatte sie im Moment keine Lust. Nicht jetzt, während sie jede Sekunde Caitlins Anruf erwartete.

»Ich weiß nicht«, sagte Pam nach einigem Nachdenken. »Ehrlich gesagt, dachte ich, dass man sie Schimmel nennt, *weil* sie weiß sind.«

»Es liegt am Gen!« In Kims Augen blitzte es triumphierend. »Es ist ein Gen, das die Pferde haben oder nicht haben, und wenn sie es haben, bedeutet es, dass ihr Fell mit der Zeit weiß wird. Sie sind von besonderem Blut.«

Von besonderem Blut. Natürlich. Womit klar war, aus welcher Richtung diese Information stammte.

»Caitlin hat außerdem gesagt, wenn sie noch besonderer als besonders sind, dann können sie zum Beispiel weiße Punkte auf grauem Fell bekommen, so wie Sterne am Nachthimmel. Dann sind sie Apfelschimmel, so wie das Pferd von Pippi.« Kim kuschelte sich in das Kissen. »Ich mag Pippi, obwohl sie so traurig ist.«

»Pippi ist traurig?«

»Bestimmt ist sie traurig, weil sie doch keine Familie hat, sondern nur Freunde. Und weil ihr Dad ganz weit weg ist und sie nie sehen kann.«

Pam legte das Buch auf den Nachttisch. *Aber Freunde kann man sich aussuchen. Eine Familie nicht.*

Sie hatte Mühe, sich auf das Gespräch zu konzentrieren, weil ihre Gedanken ständig zu der Nachricht abschweiften, die Scott ihr übermittelt hatte. Immer wieder Sinclair. In Dagenham hatte er Shelford umgebracht – oder besser gesagt: die Kreatur, in die Shelford sich verwandelt hatte –, und jetzt war er in das Areal in Abbey Wood eingedrungen, hatte einen ihrer Leute getötet und sich anschließend im Korridor jenseits des Labors in Luft aufgelöst wie David Copperfield persönlich. Natürlich hatte Pam eine Idee, was passiert war, auch wenn sie nicht wusste, wie das möglich sein sollte. Bei ihrer ersten Erforschung des Labyrinths vor einer Woche, als sie noch in der Nacht nach dem Feuergefecht mit Sadako Shao und Zuko Gan auf das Abteigelände zurückgekehrt war, war sie zum ersten Mal mit den mysteriösen Eigenschaften des scheinbar schnurgeraden Korridors konfrontiert worden. Scott hatte den Wissenschaftlern daraufhin untersagt, den Gang zu betreten – sicherlich vermutete er wie Pam in diesem rätselhaften Phänomen eine Erklärung dafür, dass die sterbende Rachel Briscoe Mitte Dezember, also zu einem Zeitpunkt, als sich der Würfel noch weit vor der Themsemündung im Bauch des LASH-Carriers befunden hatte, die Abtei St. Lesnes zu ihrem Ziel erkoren hatte. Etwas war außer Kontrolle geraten, und diese Situation hätte Randolph Scott nach Pams Meinung mindestens genauso viel Kopfzerbrechen bereiten müssen wie der Würfel selbst, von dessen Enträtselung er regelrecht besessen war. So aber würde er nur dafür sorgen, weitere Geister heraufzubeschwören, die er nicht mehr kontrollieren konnte. Das Unglück im Labor, die Öffnung des Würfels für einige Sekunden … Sie würde handeln müssen, um weiteres Unheil zu verhindern.

Und natürlich musste Scott büßen für das, was er Vincent Costigan angetan hatte.

Und Kim.

Und ihr.

Fast hätte sie aufgestöhnt, als Kim zufällig ihren Unterarm berührte. Der Verband unter dem Ärmel dämpfte den Stoß, aber die Stelle, an der Sinclairs Kugel sie erwischt hatte, pochte immer noch wie ein zweites Herz.

»Ich würde Daddy gern wiedersehen.«

»Was?«

»Daddy. Ich will ihn wiedersehen.«

»Natürlich wirst du ihn wiedersehen, und auch sehr bald, das sagte ich ja.«

»Wann bald?«

»Schlaf jetzt, Kim. Morgen wird ein anstrengender Tag.«

Für uns beide.

Pam kroch, sich auf dem rechten Arm abstützend, aus dem Bett, und Kimberley schmiegte sich seufzend an das Kissen. Dabei drückte sie ihr Kuscheltier an ihre Brust, einen löchrigen, einäugigen Hasen, den Porter für sie gefertigt hatte. Porter. Ihm musste Pam noch Bescheid geben, falls sie länger wegbleiben würde.

Ihr Handy auf dem Nachttisch meldete sich. Anonymer Anruf.

»Guten Abend, mein Kind. Wie geht es Kim?«

Sie sah Caitlin vor sich, wie sie im großen Zimmer der Villa in Gainsborough Gardens saß, auf dem Sofa mit den Blümchen im Damast, während ihre Finger über die Griffe des gußeisernen Kaminbestecks strichen.

»Gut. Danke.«

»In zwei Stunden wird dich in Greenwich ein Wagen abholen. Dein Flug nach Rom geht um drei.«

Vermutlich würde es keinen Flug nach Rom geben, denn bisher war noch keines der Treffen mit Solo Morasso so verlaufen, wie Caitlin es zuvor angekündigt hatte.

»Und bitte sei pünktlich. Er hat maximal eine halbe Stunde für dich reserviert.«

3

Trotz der Schweißperlen auf der Stirn fror Shao, während sie, die Tasche mit der MP5 auf dem Rücken, zurück in Richtung Auto joggte, dem Drang widerstehend, auf dem Absatz kehrtzumachen und wenigstens zu versuchen, Sinclair aus dem Schlamassel rauszuhauen.

Komm nicht hier runter. Haltet euch an den Plan! Ihr müsst …

Kurz darauf war die Verbindung über das Walkie-Talkie tot

gewesen. Endlich erreichte sie den Transporter und warf sich hinter das Steuer. Wie ein Zombie raste sie über die Woolwich Road und bog in die New Road ein, wo Powell auf sie wartete. Schweigend verfrachteten sie Mark Brennan, der schnarchte wie ein Walross und ungefähr genauso viel wog, auf den Fahrersitz des Transporters.

Zurück in Sinclairs Focus sagten weder Powell noch Shao ein Wort. Die Straßen in Abbey Wood und Woolwich waren wie leergefegt, ebenso der Blackwell-Tunnel, und so bogen sie bereits eine halbe Stunde später auf den Firmenparkplatz des Daily Globe in Wapping ein.

Sheila Conolly erwartete sie persönlich am Haupteingang und öffnete die breite Glastür mit ihrer Magnetkarte. Sie trug ein anliegendes schwarzes Kostüm, und ihre kurz geschnittenen Haare waren so perfekt verstruwwelt, als hätte sie gerade erst ihren Arbeitstag begonnen.

»Guten Abend, Superintendent! Sie sind früher dran als erwartet. Ist das ein gutes oder ein schlechtes Zeichen?«

Powells Blick war eine mahnende Botschaft, und Sheila Conolly geleitete sie zu einem Lift; einem Schacht aus Stahl und verspiegeltem Glas, das von innen durchsichtig war. Es wirkte, als würde das Foyer vor ihnen in der Tiefe versinken.

Die Türen öffneten sich.

»Hier entlang, bitte.«

Sheila Conollys Büro lag am Ende eines mit Florteppich bespannten Traktes. Der Panoramablick über die Themse war selbst bei Nacht … nun ja, nicht zu vergleichen mit dem winzigen Ausschnitt des Yachthafens, den Shao von ihrem Küchenfenster in Britannia Village aus sehen konnte. Die Bürowände ebenfalls aus Glas, sogar die Schreibtischplatte, vor der zwei mit schwarzem Leder bezogene Stühle standen.

»Bitte, nehmen Sie Platz.« Sheila ließ sich ihnen gegenüber hinter dem Schreibtisch nieder. »Was kann ich für Sie tun, Superintendent?«

»Der Ordner«, sagte Shao heiser.

Sheila musterte sie mit hochgezogenen Brauen. »Offen gesagt, kann ich mich nicht daran erinnern, dass wir uns schon einmal begegnet sind.«

»Detective Shao, ist mir ein Vergnügen.«

»Und da Sie sich offenbar auf mein Telefonat mit dem Superintendent beziehen, wissen Sie sicherlich auch, dass sich der Ordner nicht mehr in meinem Besitz befindet.«

Powell lehnte sich nach vorn, ein Gesicht wie ein Falke, zum Stoß bereit. »Sie kennen den Inhalt, Mrs. Conolly. Also wissen Sie, wie wichtig er für uns ist.«

Sheila Conolly hatte sich zurückgelehnt und spielte mit einem silbergrauen Kugelschreiber, auf dem die Aufschrift *Daily Globe – Für die Wahrheit* kaum noch erkennbar war. »Ich dachte, wir hätten in dieser Sache eine Abmachung.«

Shao blickte sich um. »Normalerweise würde ich sagen, im Wandtresor hinter dem Bild. Aber in diesem beschissenen Raum gibt es tatsächlich weder Bilder noch Wände.«

»Wir brauchen diesen Ordner«, sagte Powell.

Sheila tippte mit dem Stift auf den Tisch. »Zuerst muss ich wissen, ob ich Ihnen vertrauen kann.«

Shao riss ihr den Kugelschreiber aus der Hand und knallte ihn auf den Tisch. »Jetzt pass mal auf, Süße. Dein Mann ist nicht das einzige Opfer in diesem Fall – und die Chancen, ihn lebend wiederzusehen, sinken mit jeder Minute!«

In Sheilas Augen funkelte es. »Endlich werden wir konkret, Detective Shao.«

»Wo ist der Ordner?«

»Ich habe Ihnen die Wahrheit gesagt. Ich *kann* Ihnen das Material nicht zur Verfügung stellen.«

»Und warum nicht?«, fragte Powell.

Sheila starrte aus dem Fenster in die Nacht. Sie presste die Lippen zusammen. »Weil Bill es mir untersagt hat.«

»Wie bitte?«, ächzte Shao.

Powell gab einen undefinierbaren Laut von sich und kniff sich in die Nasenwurzel. »Was zum Teufel soll das bedeuten?«

Sheila stellte ihre Handtasche auf den Tisch und fischte das Handy heraus. »Er hat mir eine Nachricht geschickt. Am Mittwoch. Ich bin damit nicht zur Polizei gegangen, weil ich dachte, dass die sowieso nicht viel ausrichten kann. Ich bin zu *Ihnen* gegangen.«

Sie entsperrte das Display und legte es vor Powell und Shao auf den Tisch.

Hi Sheila. Ich muss ein paar Tage zur Ruhe kommen. Bitte sprich mit niemandem über die Sache. Liebe dich. Bill.

4

Bill träumte von Salome.

Dass sie Dr. Kashani umgarnte und ihn davon abbrachte, den nächsten Infusionsbeutel an den Ständer zu hängen. Der Beutel mit der durchsichtigen Flüssigkeit in Kashanis Hand wurde immer größer, während Kashani selbst kleiner wurde, so klein, dass er davongewirbelt wurde, als Salome einen Staubsauger einschaltete. Der Sog zerrte auch an Bill, und er trug ihn durch das Fenster in Richtung Themse, wo er stromaufwärts trieb, an Sheilas Bürofenster in Wapping vorbei, die ihm zuwinkte. Bill winkte zurück und knallte mit dem Ellbogen gegen das Bettgestell.

Der Schmerz brachte ihn zu Bewusstsein.

Wirklich zu Bewusstsein.

Anders als in den ersten Nächten, als der Harmonyrausch immer bis in die Morgendämmerung angedauert hatte – als bereits die nächste Kapsel auf ihn gewartet hatte.

Jetzt aber war er schlagartig klar. So klar, dass alles in seinem Körper nach der nächsten Dosis schrie, um ihn die Kälte, den Schüttelfrost und das Brennen und Zerren in den Gliedern vergessen zu lassen. Er war kein Experte für Greater H, aber die Geschwindigkeit, mit der die Abhängigkeit eingetreten war, jagte ihm Angst ein. War es möglich, dass Kashani ihm mit der Infusionslösung eine aufgerüstete Version verabreicht hatte?

Wie aber passte das dazu, dass er bereits jetzt, noch bevor die Nacht überhaupt angebrochen war, wieder bei klarem Verstand war?

Der Infusionsbeutel war leer und ebenso wie die Bettdecke in silbrig-weißes Mondlicht getaucht. Die Uhr an seinem Handgelenk stand auf kurz vor elf.

Bill schwang die Beine aus dem Bett und rutschte wie in Zeitlupe von der Matratze. Der Boden unter seinen Füßen war eiskalt.

Salome.

Sie musste die Infusion gestoppt haben. Bestimmt hatte sie den Schlauch abgekoppelt und den Inhalt des Beutels in der Toilette entsorgt, um den leeren Beutel anschließend wieder an seinen Platz zu hängen.

Kluges Mädchen.

Sie hatte ihm wertvolle Stunden geschenkt.

Zeit, die er nutzen musste.

Er zog den Schlauch aus der Luer-Lock-Verbindung. Sofort lief das Blut aus der Kanüle, also riss er sie kurzerhand ebenfalls heraus. Nach wenigen Sekunden hörte die Blutung auf.

Der erste Schritt.

Sein rechtes Bein gehorchte ihm schon besser, wenngleich das Brennen in den Nervenbahnen mit jeder Minute zuzunehmen schien.

Der zweite Schritt.

Der dritte. Und vierte.

Schweißüberströmt erreichte er die Toilettentür.

Das Licht im Bad ergoss sich wie Feuer in seine Augen. Unter dem Spülstein stand ein Plastikhocker, der als Sitzhilfe beim Duschen verwendet werden konnte. Bill kehrte ins Zimmer zurück und stellte ihn auf den Wandtisch. Überprüfte die Konstruktion, indem er sich mit seinem ganzen Gewicht an den Hocker hängte. Danach kletterte er hinauf. Um ein Haar wäre er abgerutscht und samt Hocker auf dem Linoleum gelandet, aber dann hatte er es geschafft und fühlte unter seinen Fingerkuppen die vier Kreuzschrauben, mit denen die Blende in der Decke verankert war. Ihm brachen zwei Fingernägel ab, ohne dass sie sich bewegt hatten.

Er kletterte hinunter, holte sein Portmonnaie aus dem Kleiderschrank und nahm eine Fünfpence- und eine kleinere Zehnpencemünze heraus.

Die Fünfpencemünze war zu groß, aber der Zehner passte perfekt in den Schlitz. Innerhalb weniger Sekunden hatte er die erste Schraube herausgedreht. Die anderen drei folgten noch schneller. Er warf die Metallblende und die Schrauben auf das Bett und steckte die Hände in den Schacht über sich.

Tastete umher.

Der Schacht war, abgesehen von ein paar Staubflocken, die auf ihn herabschwebten, leer. Und er schien groß genug zu sein, um sich darin zu bewegen.

Bill stieg wieder hinunter und tauschte den Hocker gegen einen der größeren Plastikschalenstühle, auf den er zusätzlich den Hocker stellte. Er kam sich vor wie ein Zirkusartist, als er, sich mit der rechten Hand am Infusionsständer abstützend und in der linken die Münzen, das gewagte Konstrukt erklomm.

Oben angekommen, warf er in geduckter Haltung einen Blick in den Schacht, der sich zu beiden Seiten in der Finsternis verlor. Nur an einer Stelle entdeckte er einen Lichtschimmer. Es war die Richtung, in der sich das Schwesternzimmer befand.

Er richtete sich so weit auf, dass er mit dem Kopf an die Decke des Lüftungsschachts stieß, und krümmte sich nach vorn, bis er bis zum Bauchnabel auf dem Boden des Schachts lag. Er streckte die Hände aus, drückte sie links und rechts gegen die Blechwand und versuchte, sich nach oben zu ziehen, ohne versehentlich mit den Füßen den Hocker umzustoßen. Es war schwieriger, als er gedacht hatte. Im Grunde unmöglich. Zunächst protestierten nur die Muskeln in seinen Oberarmen, dann rauschte das Blut in seinen Ohren, und ihm war, als würde sein Kopf platzen, bis er sich Zoll um Zoll … um Zoll … endlich so weit vorbearbeitet hatte, dass er bis zur Hüfte in den Schacht eingetaucht war!

Von jetzt an war es ein Kinderspiel. Sobald er es geschafft hatte, gab er sich eine Minute, um Luft zu holen. Es wurden drei draus, bis das Sausen in den Ohren verebbte. Rechts und links kaum einen Fingerbreit Platz, schob er sich vorwärts, dabei lautlos nach Luft ringend, während sein Kopf sich anfühlte wie eine Kanonenkugel, die in ein zu enges Rohr gestopft worden war.

Unendlich langsam rückte der Lichtschein näher.

Etwa auf der Hälfte war er kurz davor aufzugeben, aber die Vorstellung, wie er aus dem Schwesternzimmer heraus ein Video für Wild-Bill.com drehte, verlieh ihm Kraft. Am besten vor dem offenen Schrank, mit seinem Handy und seiner verfluchten eigenen Akte in der Hand. *Sadistischer Arzt der Folter überführt – Wild-Bill-Reporter ermittelt im Sumpf des britischen Gesundheitssystems.* Er dachte an Danger und Menace, die gewiss ein wenig … unkonventioneller formuliert hätten. Also bitte, let the dogs out. *Menschenversuche mitten in London! Bill Conolly von Wild-Bild.com stoppt den irren Doktor der Rainham-Recovery-Klinik!*

Auf einmal würde alles zu einer einzigen großen Erzählung. Sein überwältigender Erfolg mit Wild-Bill.com in Sachen *Baltimore,* der verzweifelte Versuch der Mainstreammedien in Person von Susan Waite, den neuen Kometen am Journalismushimmel zu diskreditieren, verbunden mit Lockharts Recherchen, dass auch Logan Costello, der Mafiapate von London, in den Baltimore-Fall verstrickt war. *Mainstreammedien und Mafiapate versuchen gemeinsam, investigativen Reporter von Wild-Bill.com mit Harmony zum Schweigen zu bringen!*

Eins hängt mit dem andern zusammen, Sheila. Du wirst schon sehen, was ich meine.

Er war noch fünf oder sechs Yards vom Schwesternzimmer entfernt, als er die Stimme einer Frau vernahm.

»… o Mann, echt jetzt? … Ich hab's doch gleich gewusst. Ich hab ihr gesagt, dass dieser Typ nichts für sie ist, aber sie wusste ja wieder mal alles besser …«

Anscheinend machte sich nicht jede der Schwestern so viele Gedanken über das Klinikgeschehen wie Salome, aber wenigstens redete die Tussi so laut, dass er keine Angst zu haben brauchte, sich durch das Schaben der Kleidung auf dem Blech zu verraten.

Endlich hatte er die Verblendung erreicht und warf einen Blick nach unten.

Die Nachtschwester, blond, üppig, Ende dreißig, saß allein an einem Tisch, der vor einer schmalen Küchenzeile stand, vor sich eine Kaffeetasse und ein paar Ablagefächer, die mit Patientenakten und anderen Dokumenten gefüllt waren. Hinter ihr der rote Spind, von dem Salome erzählt hatte.

Der Spind mit dem Handy!

»Ja, ja, genau, genau, und weißt du was, Karen, *genau* so hab ich ihr das auch gesagt, und weißt du, was sie daraufhin meinte? Sie hat doch allen Ernstes gesagt, dass ich …«

Sie stockte, als an einem elektrischen Bord an der Wand eine Diode aufleuchtete.

»Ach, Mist, ich muss aufhören. Kann ich dich zurückrufen? … Ja, okay … dann bis gleich.«

Sie verließ das Zimmer, und Bill starrte sekundenlang auf das Handy, das sie auf dem Tisch hatte liegen lassen.

Aber selbst wenn es ihm in dem engen Schacht gelingen sollte, die Hand mit der Zehnpencemünze nach vorn zu bekommen – was praktisch *unmöglich* war, falls er an seinem Arm nicht ein oder zwei bisher unbekannte Gelenke entdeckte –, wie sollte er mit der Münze die Schrauben herausdrehen, deren Köpfe sich außen, auf der *anderen Seite* der Blende befanden?

Bill

du

Idiot.

Er sann nach irgendeinem Geistesblitz, der seinen Plan retten würde, irgendein winziges Detail, das er vorhin sorgfältig bedacht und jetzt vorübergehend vergessen hatte, aber da war nichts, und sein Hirn fühlte sich auf einmal an wie ein platter Fahrradschlauch.

Schlimmer noch, er musste zurückrobben – mit den Füßen voran! –, die Pyramide hinabklettern, ohne den Hocker oder den Stuhl umzustoßen, die Pyramide mit der Verblendung in der Hand wieder hinaufklettern und sie anschrauben, um wenigstens die Spuren zu verwischen, die er mit seiner komplett sinnlosen Aktion verurs…

Ein Licht.

Ungefähr zehn Yards vor ihm, bevor der Lüftungsschacht an einer Metallwand endete.

Zimmer 17.

Dunkel erinnerte er sich an die Aussicht während seiner ersten Tage in der Klinik: auf den Garten hinter dem Klinikgebäude und auf die Schilfwiesen, die sanft zum Themseufer hin abfielen.

Bill schob sich vorwärts, nicht gerade lautlos, aber dafür zügig, bevor die Nachtschwester zurückkehrte. Lediglich zwei weitere Zimmer waren zu überbrücken, deren Lüftungsöffnungen er jetzt, da sich seine Augen an die Dunkelheit gewöhnt hatten, deutlich erkennen konnte.

Das Rauschen in den Ohren kehrte zurück, aber es war jetzt das Rauschen von Stromschnellen, die ihn flussabwärts rissen, dem Ort der Verheißung, der Wahrheit entgegen.

Den Geruch von Fäulnis und Blut, der ihm entgegenwaberte, nahm er zunächst kaum wahr.

In den beiden Zimmern auf dem Weg dämmerten Patienten reglos in ihren Betten vor sich hin, und Bill verstand jetzt, was Salome damit gemeint hatte, dass sie sich in einem »schlechten Zustand« befanden. Ausgemergelte Körper, hohle Wangen und Augen, die tief in den Höhlen lagen.

Junkies.

Und zwar nicht erst seit jemand eine tägliche Kapsel Harmony in ihren Medikamentenplan integriert hatte. Er bildete sich ein, dass ihre Blicke seinen Bewegungen hinter der Verblendung folgten, als flehten sie stumm um eine Möglichkeit, dem Gift zu entkommen.

Ich helfe euch. Sobald ich einen Ausweg gefunden hab, helf ich euch.

Die letzte Blende.

Inzwischen war der Gestank nach Wundbrand und Fäulnis so stark geworden, dass er Bills Kehle reizte.

Der Patient in Zimmer 17 lag auf seinem Bett – eine aufgeschwemmte Gestalt, deren Silhouette sich unter dem Laken abzeichnete. Schwarzes, schweißnasses Haar umrahmte ein von Schwären und Eiterbeulen bedecktes Gesicht, das Bill nur zu gut kannte.

Es gehörte Constable Matthew Rowles, der ihn in der U-Bahn-Station Aldwych überrascht und hierhergebracht hatte.

5

»Entschuldigung, darf ich?«

»Bitte sehr.«

Shao griff sich das Handy und wischte durch die früheren Nachrichten von Bill. Soweit sie es überblicken konnte, waren sie in einem ähnlichen Stil verfasst. Die meisten begannen mit »Hi Sheila« und endeten mit »Liebe dich. Bill.«

Trotzdem. »Sind Sie sicher, dass die Nachricht echt ist?«

Sheila Conolly streckte die Hand aus, und Shao gab ihr das Handy zurück. »Nein, ich bin *nicht* sicher. Aus diesem Grund habe ich Ihren Chef gebeten, diskret zu ermitteln.«

»Ohne mir von der Nachricht zu erzählen«, wandte Powell ein.

»Allerdings liegt unser erstes Gespräch inzwischen zwei Tage zurück, und wenn ich gewusst hätte, dass ich jetzt immer noch genauso schlau bin wie vorher, hätte ich wohl stattdessen …«

»Haben Sie mal versucht, ihn anzurufen?«

Ein vernichtender Blick. »Das Handy ist permanent ausgeschaltet. Offenbar hat er es nur am Mittwoch eingeschaltet – für ein paar Minuten, um mir diese Nachricht zu schicken.«

»Oder es war jemand anderes, der verhindern möchte, dass Sie Bill finden.«

»Was Sie nicht sagen.«

»Jedenfalls lebt er wohl noch. Oder warum sonst sollte jemand einen solchen Aufwand betreiben?«

»Versuchen Sie, mir Mut zu machen, Detective? Machen Sie lieber Ihre Arbeit.«

»Dann geben Sie uns endlich den Ordner«, sagte Powell, der die letzten Sätze mit steinerner Miene verfolgt hatte. »Oder ich rufe augenblicklich ein Team zusammen, das das gesamte Gebäude auf den Kopf stellt.«

Sheilas Kiefer mahlten. »Achtundvierzig Stunden Exklusivität – sobald der Fall abgeschlossen ist. Im Gegenzug erhalten Sie unterstützende Berichterstattung während der gesamten Dauer der Anhörung. Ist das ein akzeptables Angebot, Superintendent?«

Shao fand, dass Powell außerordentlich gnädig war, indem er nicht einfach aufstand und ihr den Hals umdrehte.

Sheilas Wangen entspannten sich, dann ein vorsichtiges, verkrampftes Lächeln. »Vierundzwanzig Stunden?«

6

Rowles' Gesicht lag halb im Kopfkissen vergraben, das von Blut- und Eiterflecken übersät war. Er hatte den Blick zum Fenster gerichtet, *falls* er überhaupt noch irgendwohin blickte, denn der Geruch, der von dem Bett aufstieg, war der Gestank eines Toten, der aus irgendeinem rätselhaften Grund immer noch atmete. Das Laken über der aufgedunsenen Brust hob und senkte sich im Einklang mit einem heiseren, kehligen Röcheln, das Bill in der Stille eine Gänsehaut verursachte.

Er wollte sich schon durch das Lüftungsgitter bemerkbar machen – aber irgendetwas an dem Anblick weckte sein Misstrauen. Eine ganze Menge an dem Anblick weckte sein Misstrauen, je länger er darüber nachdachte. Zum Beispiel, dass sich neben dem Bett kein Infusionsständer befand. War Rowles' »Behandlung« abgeschlossen? War dies der *Endzustand*, den die Teilnehmer der Studie nach einer gewissen Zeit automatisch erreichten? Aber warum dann Rowles, nachdem er doch offensichtlich mit Kashani zusammengearbeitet hatte? Und wieso war er in diesem Fall nicht schon längst auf Station F verfrachtet worden?

Rowles blinzelte. Wie alte, ledrige Lappen schoben sich seine Lider über die Augäpfel. Und wieder zurück. In den tiefschwarzen, blutumkränzten Pupillen spiegelte sich das Mondlicht. Rowles seufzte und drehte den Kopf. Sein Oberkörper wurde von einem Hustenanfall zerrissen, der irgendwo auf halbem Wege zwischen den rot durchtränkten Daunen verebbte. Unendlich langsam hob er den Kopf an und richtete den Blick auf das Lüftungsgitter.

Bill zuckte zurück und stieß mit dem Kopf gegen die obere Wand. Das Scheppern pflanzte sich durch den Schacht fort bis in die nächsten Zimmer.

Bill erstarrte.

Rowles erstarrte.

Aber er sagte nichts, sondern sah einfach nur zu ihm hinauf, aus dunklen Fischaugen, in deren Blick sich keine Frage, keine Verwunderung, ja nicht mal Interesse zeigte.

Logisch. Was auch immer Rowles zugestoßen war, er würde seinen Hintern nicht mehr aus diesem Bett herausbewegen.

Schritte auf dem Gang.

Zwei Menschen.

Die Tür wurde geöffnet, und Kashani trat ein, gefolgt von einem weiteren Arzt, bei dem Bill vermutete, dass es sich um Dr. Larkin handelte. Sie schoben ein Bett vor sich her, das sie ohne ein Wort neben dem von Rowles abstellten.

Darin lag ein Mann. Bill schätzte ihn auf sechzig Jahre. Graues, gewelltes Haar umrahmte ein schmales Gesicht mit einer geraden Nase, einem leicht vorstehenden Kinn und hoch angesetzten Wangen. Wahrscheinlich ein neuer Patient, auch wenn er gemessen an seinem Alter kräftig und gesund wirkte. Nur sein Blick flatterte, als sei er betäubt worden und würde jetzt langsam erwachen. Am Fußende des Bettes lag ein zusammengefaltetes Stück Stoff, vielleicht ein Schlafanzug.

Gleich holen sie den verdammten Ständer und den Medikamentenplaner, und dann ergeht es ihm wie allen anderen.

Stattdessen schlug Kashani das Laken zurück, und Bill erkannte, dass der Grauhaarige mit breiten, weißen Ledergurten an Fuß- und Handgelenken und unter den Achseln fixiert war. Ein weiterer breiter Gurt zog sich vom Schritt bis an den Halsansatz und war zu beiden Seiten am Bettgestell befestigt.

Im anderen Bett legte Rowles röchelnd den Kopf auf die Seite und betrachtete den Grauhaarigen. Fast, als würde er ihn taxieren. Kashani fing Rowles' Blick auf und nickte Dr. Larkin zu, der zur Tür ging und das Licht löschte.

Die Umrisse von Rowles und dem neuen Patienten standen Bill noch für Sekunden vor Augen. Er versuchte, sie mit einem Blinzeln zu verscheuchen, und tatsächlich bildeten sich in der Dunkelheit neue Konturen: Kashani und Larkin, die wie zu Salzsäulen erstarrt vor den Betten standen. Als würden sie auf etwas warten. Und dann ein schwarzes, zusammengeballtes Etwas, wie ein schwarzer Schleier auf Bills Netzhaut, nur dass der Schleier *echt* war und über Rowles' Gesicht schwebte. Bills Atem setzte aus. Sein Denken setzte aus, als ihm klarwurde, dass es genauso ein schwarzes Ding, ein lebendiger Nebelstreif gewesen war, der ihm in der U-Bahn-Station Aldwych über das Gesicht getastet hatte. Allerdings hatte der Grauhaarige nicht so viel Glück. Der schwarze Nebel zog sich in die Länge, als würde er zum Sprung ansetzen, und mit einem Schlag schwebte er nicht mehr über Rowles, sondern über dem Grauhaarigen und schlüpfte in seinen halbgeöffneten Mund. Der

Grauhaarige bäumte sich auf, ballte die Hände zu Fäusten – und sank in das Kissen.

Larkin schaltete das Licht wieder ein. Bill schloss geblendet die Augen. Als er sie wieder öffnete, lösten Kashani und Larkin die Ledergurte. Der Grauhaarige richtete sich auf und griff nach dem zusammengefalteten Stück Stoff. Ein Arztkittel, den er sich mit sicheren, wohlbemessenen Bewegungen überstreifte. Kashani, Larkin und er ergriffen, ohne ein Wort miteinander zu wechseln, das Bett, in dem er gelegen hatte, und schoben es zur Tür hinaus.

Kashani schloss als Letzter die Tür.

Keiner der drei hatte dem sterbenden Constable Matthew Rowles noch einen Blick gegönnt. In Rowles' Gesicht war jetzt nichts mehr von dem hintergründigen Spott zu lesen, mit dem er Bill betrachtet hatte. Stattdessen sprühte blutiger Speichel von seinen Lippen, als er mit aller Kraft, die ihm verblieben war, den Rücken durchdrückte. Die Pupillen zuckten hilflos umher. Bis sie Bill wiederfanden.

»T…«

Bill drückte seine Nase gegen das Lüftungsgitter. »Constable?«

»T…«

Bill steckte einen der Finger durch den Schlitz. »Ich bin hier. Ich kann Sie hören. Was haben diese Typen mit Ihnen gemacht?«

»T… ut … mir l…«

»Was tut Ihnen leid?«

Rowles' Blick rutschte zur Seite weg, zurück in Richtung Fenster.

»Hey, Rowles!«

Aber Rowles konnte nichts mehr sagen.

Die Bettdecke bewegte sich nicht mehr.

Bills Finger lagen wie erstarrt auf dem Lüftungsgitter, während sich Rowles' Anblick in sein Gedächtnis einbrannte. Er dachte an die Begegnung in Aldwych, die gerade mal eine Woche her war. Er war betrunken gewesen, und doch hatten seine Sinne irgendetwas an Rowles wahrgenommen, das ihm Angst eingeflößt hatte. Jetzt wusste er, dass es das Nebelstreif-Ding in ihm gewesen war. Sie hatten in der U-Bahn-Station auf ihn gelauert. Aber warum hatten sie von Rowles Besitz ergriffen und ihn verschont?

Sie nehmen also Drogen, Mr. Conolly.

Er schob sich, während die Gedanken in seinem Kopf rotierten, langsam zurück in Richtung seines Zimmers.

Es musste etwas mit der angeblichen Therapie zu tun haben, mit Harmony. Die Patienten davon abhängig zu machen war das neue Ziel der Therapie, die ursprünglich vielleicht einmal, ganz sicher sogar, einem guten Zweck gedient hatte. Nämlich, bevor Dr. Kashani … von einem der Nebelstreif-Dinger in Besitz genommen worden war.

Er war nett und hilfsbereit, jedem gegenüber. Und Dr. Larkin und Dr. Palmer sind genauso komisch geworden.

Als wenn jemand nachts in Ihre Wohnung kommt und einen Tisch umstellt.

Die Nebelstreif-Dinger waren in die Körper von Dr. Kashani, Dr. Larkin und Dr. Palmer gefahren, und das Pflegepersonal hatte die Veränderung zwar bemerkt, konnte sie aber nicht einordnen. Natürlich konnten sie sie nicht einordnen. Oder waren die Pfleger ebenfalls heimgesucht worden? Was war mit Salome? Was, wenn sie ihm nur etwas vorgespielt hatte?

Wohl kaum.

Es konnte aus seiner Sicht nur einen Grund geben, warum die Nebelstreifen das Risiko eingingen, nicht *alle* Bediensteten der Klinik in Besitz zu nehmen. Sie waren zu wenige und hatten sich darum zunächst auf das Führungspersonal gestürzt. Außerdem waren da die Geschwüre auf Rowles' Gesicht und an seinen Händen. Er war innerhalb weniger Tage verfallen. Bill dachte an die Pflaster an Kashanis Hals. Wie viel Zeit blieb dem Nebelstreif in Kashani noch, bis auch er sich ein neues Opfer suchen musste?

Darum haben sie auch die Therapie beschleunigt.

Was bedeutete, dass er sich ebenfalls beeilen musste. Er musste hier raus, um die Öffentlichkeit zu informieren.

Liebe Zuschauer und Fans von Wild-Bill.com! Ihr seid immer noch schockiert von den schlampigen Ermittlungen der Polizei im Fall Baltimore? Heute habe ich ein Thema für euch, von dem ich bis vor ein paar Tagen selbst nicht geglaubt hätte, dass ich mal darüber berichten würde …

Er erreichte das Schwesternzimmer. Die Blonde war zurückgekehrt und quatschte immer noch in ihr Telefon. »… aber meinst du nicht, dass es ihr jemand *sagen* muss? Wir können doch nicht einfach *zuschauen,* wie sie von diesem Dreckskerl …!«

Er versuchte, sich einen Plan zurechtzulegen. Zuerst Salome. Er musste ihr begreiflich machen, was er herausgefunden hatte. Nein, er musste ihr klarmachen, in welcher Gefahr sie *beide* schwebten, damit sie ihm half, aus der Klinik herauszukommen. Und wenn das nicht möglich war? Dann musste sie eben versuchen, Dr. Brent zu kontaktieren. Oder irgendjemand anderen, der in der Lage war, in der Klinik aufzuräumen.

Sheila.

Sicherlich hatte sie inzwischen den Wagen in der Nähe der Aldwych Station gefunden. Und damit auch die Unterlagen von Lockhart. Ein Schauer durchfuhr ihn, als er sich vorstellte, wie Sheila ebenfalls die U-Bahn-Station aufsuchte und den Nebelstreif-Dingern begegnete.

Nein. Sie ist clever. Sie würde niemals ohne Absicherung da reingehen.

Was ihn zu einer bohrenden Frage brachte, der er seit Tagen ausgewichen war, ohne sich dessen bewusst zu sein: Würde Sheila überhaupt *wollen,* dass er gefunden wurde? Was, wenn sie sogar froh war, dass er endlich verschwunden war?

Endlich erreichte er sein Zimmer und ließ sich mit den Füßen voran langsam herabrutschen, bis er die Sitzfläche des Hockers unter seinen Füßen hätte spüren müssen.

Aber da war nichts.

Für einen Moment zappelten seine Füße hilflos in der Luft, dann verloren seine schweißnassen Hände auf dem Blech des Lüftungsschachts den Halt, und Bill krachte schwer wie ein Sack Kartoffeln auf die Tischplatte, die unter seinem Gewicht nachgab, und mit dem Steiß auf das Linoleum, auf dem er sich in seinem Schmerz wälzte, bis er die Stühle gewahrte, die jemand ordentlich an ihre ursprünglichen Plätze links und rechts vom Wandtisch gestellt hatte.

Jemand, der jetzt auf Bills Bett saß.

In einen weißen Kittel gekleidet und das graue gewellte Haar zu einem Seitenscheitel gekämmt, beobachtete er Bill dabei, wie er sich auf die Beine quälte.

»Gestatten, Prof. Dr. Jeremias Brent, Leiter der Rainham-Recovery-Klinik. Ich freue mich sehr, Mr. Conolly, dass wir uns endlich kennenlernen.«

7

»Sie können die Weste ablegen. Selbst wenn es dem entarteten Magoi gelingen sollte, zu uns durchzubrechen, wird sie Ihnen bei der Auseinandersetzung mit ihm höchstens hinderlich sein.«

Sinclair rührte sich nicht. Im Gesicht des Jungen spiegelten sich weder Spott noch Verärgerung darüber, dass er seinen Ratschlag ignorierte. Das Gesicht blieb eine Maske höflicher Freundlichkeit, während er offenbar auf die nächste Frage wartete.

Sinclair entschloss sich, das Spiel mitzumachen, vielleicht auch deswegen, weil die dumpfen Schläge jenseits der Wände zuletzt schwächer geworden und schließlich verebbt waren.

»Er hat aufgegeben«, erklärte der Junge, »zumindest für den Moment.«

»Anscheinend weißt du sehr viel über diese Anlage. Ich nehme kaum an, dass sie zur ursprünglichen Abtei von Lesnes gehört, sondern nachträglich angebaut wurde.«

»Das würde ich so nicht sagen.«

»Und wie würdest du es dann sagen?«

»Dass der umgekehrte Fall zutrifft.«

Sinclair beschloss, zunächst nicht weiter darauf einzugehen. »Und du und dein Vater, ihr seid hier als so eine Art Hausmeister installiert?«

»Ich habe keinen Vater.«

»Du bist also nicht der Sohn von Richard de Lucy?«

»Ich bin Richard de Lucy.«

»Und der Mann, dem meine Kollegin kürzlich hier begegnet ist? Er hat sich ebenfalls Richard de Lucy genannt.«

»Das ist richtig.«

Irgendetwas hielt Sinclair davon ab, den Jungen etwas härter anzupacken. Vielleicht die bisweilen gekünstelte Ausdrucksweise. Vielleicht auch die Geste der Selbstsicherheit, mit der er sich vorbeugte und mit dem Fingernagel über die Tischplatte strich. Für einen flüchtigen Moment wirkte es, als ob sich das Metall unter ihm … bewege. Wellen schlage. Dann war der Eindruck auch schon wieder vorüber.

»Was ist das hier für ein Ort? Welchem Zweck dient er?«

»Es tut mir leid, aber das darf ich Ihnen nicht sagen.«

»Ist er eine Illusion? So wie die Abteigebäude, die vor ein paar Tagen auf der Wiese zu sehen waren?«

»Das Erscheinen der Abtei war ein Fehler erster Ordnung. Die Folge eines Angriffs durch einen weiteren entarteten Magoi vor einigen Wochen. Es kostete mich große Mühe, ihn abzuwehren. Dabei wurden ausschlaggebende Strukturen beschädigt, wodurch weitere Fehler erster und zweiter Ordnung auftraten, deren ich teilweise erst in den Tagen nach dem Angriff gewahr wurde. Einige davon konnte ich inzwischen beheben.«

»Weißt du, wie sich das anhört? Als hättest du diesen Mist auswendig gelernt für den Fall, dass dich mal jemand danach fragt.«

»Ich konnte nicht vorhersehen, dass Sie zurückkehren würden. Eigentlich bin ich davon ausgegangen, dass die Magoi Sie vorher töten würden.«

»Wer sind die Magoi? Woher kommen sie? Wie können sie den Körper eines Menschen … in Besitz nehmen?«

»Der Vorgang ist nicht vollständig erklärt, könnte aber mit ihrer Entstehung zusammenhängen. Leider sind meine Informationen dazu unzureichend, da meine Genese zum Zeitpunkt ihrer Entartung bereits abgeschlossen war.«

»Deine Genese?«

»Es tut mir leid, aber ich darf Ihnen weitere Einzelheiten dazu nicht darlegen.«

»Sagt wer?«

De Lucy schwieg.

Er rührte sich auch nicht, als Sinclair den Tisch umrundete und sich ihm näherte. Er griff de Lucy an der Schulter und drückte ihm sanft den Silberdolch in die Seite. »Wie es aussieht, hast du mich vor dem Tentakel-Ding im Labor gerettet, aber das bedeutet nicht, dass ich mich mit Halbwahrheiten abspeisen lasse.«

»Ich habe nichts zu Ihrem Davonkommen beigetragen. Sie selbst haben die Entscheidung getroffen, die Barriere zu überwinden.«

»Ich habe überhaupt keine Entscheidung getroffen! Ich bin nur abgehauen!«

Der Junge machte keine Anstalten, sich aus Sinclairs Griff zu befreien. »Werden Sie mich töten?«

»Ist das denn überhaupt möglich?«

»Die Karinna in Ihrer Hand wurde zu einem anderem Zweck geschaffen, aber Sie können sie auch in dieser Weise benutzen, wenn Sie möchten.«

Sinclair ließ den Dolch sinken und trat zurück. »Was hat es mit dem Dolch auf sich? Was bedeuten die Linien, die manchmal auf der Klinge erscheinen?«

»Es sind kanalisierte Energien, die im Moment der Verschmelzung sichtbar werden.«

»Der Verschmelzung?«

»Der Vorgang erfordert einen Gegenpol, mit dem der Dolch sich verbinden kann.«

Sinclair betrachtete die Klinge von beiden Seiten, als könne er an ihr ablesen, was die Worte des Jungen bedeuteten. »Warum erzählst du mir das?«

»Sie trafen die Entscheidung, mich danach zu fragen.«

»Nein, ich meine, warum erzählst du mir *das*, während du bei anderen Fragen sagst, dass du mir keine Auskunft geben kannst!«

De Lucy senkte den Kopf. Eine Geste, die Schuldbewusstsein demonstrieren sollte? »Leider konnte ich bisher nicht alle Fehler erster und zweiter Ordnung beheben. Dadurch mangelt es mir an Informationen, die ich zur Beurteilung von Situationen benötige.«

»Passiert mir auch öfter. In dem Fall werf ich einfach eine Münze.«

»Ich habe etwas Ähnliches getan.« Der Junge hob den Kopf und erwiderte Sinclairs Blick. »Aus diesem Grund habe ich mich entschieden, Sie nicht am Anleger in Creekmouth sterben zu lassen.«

Sinclair spürte auf einmal ein Kribbeln auf seiner Kopfhaut. Als hätte ihm jemand einen Stromstoß verpasst. »Du warst in Creekmouth? An Heiligabend?«

»Nicht in dem Sinne, wie Sie es meinen, aber ich war an den Ereignissen beteiligt.«

Sinclair nickte nachdenklich. »Und du hast mich beschützt … genauso wie Zuko und Shao in der Kanalisation.« Er wog den Dolch in der Hand. »Und jetzt? Hättest du einfach zugelassen, dass dieses Ding da draußen mich erledigt?«

»Die Beschädigung der Strukturen schränkt meine Möglichkeiten ein. Die Integrität der Barriere sicherzustellen war wichtiger.«

De Lucy hielt seinem Blick stand.

»Diese Schatten, die in die Körper von Menschen schlüpfen

können«, fragte Sinclair weiter. »Du hast sie als *entartete Magoi* bezeichnet. Warum entartet?«

»Der Begriff Schatten ist gut gewählt. Einst wurden so die körperlosen Seelen der Abgeschiedenen bezeichnet – als ›Daimones‹.«

»Als Dämonen?«

»Die Magoi waren Menschen, doch jetzt sind sie weder das noch das Gegenteil. Etwas Fremdes hat ihre Körper zersetzt, so dass sie sich einen Ersatzkörper suchen müssen, um zu wirken.«

»Also sind sie nicht irgendwelche Höllenmonster, sondern eher so eine Art … Geister.«

»Die Bedeutung des Begriffes ›Dämon‹ hat sich im Laufe der Zeit unter dem Einfluss eurer Kultur gewandelt. Was ein Hinweis darauf sein mag, dass auch schon zu früheren Zeiten einige von ihnen den Weg hierher fanden. Es liegt in ihrer Natur, das Dunkel zu suchen und sich vor den Menschen zu verbergen.«

»Woher kommen sie?«

»Selbst wenn ich die Antwort kennte, wäre ich möglicherweise nicht befugt, sie auszusprechen.«

»Meinst du, es ist dir auch möglich, dich normal auszudrücken? So dass andere dich verstehen?«

»Ich will es versuchen.«

»Schön. Fangen wir einfach mal mit den Magoi an. Was ist mit denen, die nicht entartet sind?«

8

Die Steinbank am Olympia Way und die blendenden Strahlen der Wintersonne, nur durchschnitten von den Stahlseilen der *Emirates Airline*. Das schleifende Geräusch, mit dem die Gondeln ein paar Yards weiter in die Schiene der Bodenstation überführt wurden. Und Vince.

Heute, exakt eine Woche später, war es anderthalb Stunden vor Mitternacht, und die Gondeln ruhten und hingen wie schwarze Steine an den Seilen, die irgendwo über ihr in der Nacht verschwanden. Und Vincent war tot.

Pam schlenderte an der verlassenen Gondelstation vorbei zum Parkplatz an der Phoenix Avenue. In den Scheiben des Mitre Buildings spiegelte sich der Mond.

Die Limousine, die sie zum Flughafen bringen sollte, war pünktlich. Pam öffnete die Fondtür und stieg ein – nur mäßig überrascht, dass die gegenüberliegende Sitzbank bereits belegt war. Von einem ledernen Dokumentenkoffer und einem Mann, der neben dem Koffer saß. Er trug das dichte schwarze, nur mit Gel zu bändigende Haar streng zurückgekämmt, wobei die Ansätze der Schläfen eine Spur grauer wirkten als bei ihrem letzten Treffen. Solo Morasso alterte in Würde: Zwei Kränze feiner Linien um die Augenwinkel, die sein Lächeln hätten spöttisch wirken lassen, falls er jemals gelächelt hätte; die Haut zwischen den leicht aufgeworfenen Lippen und dem markanten Kinn, die, obwohl immer noch glatt und geschmeidig, erste Anzeichen von Trockenheit zeigte; und natürlich die Augen, deren Pupillen von einem derart dunklen Grün waren, dass sie ebenso gut pechschwarz hätten sein können, denn nichts spiegelte sich darin: kein Zorn, keine Freude, keine Neugier und kein Entsetzen. Als Freund einer makellosen Erscheinung war Morasso es gewohnt, sich auch die Menschen, mit denen er zu tun hatte, maßschneidern zu lassen. Pam hatte diese Herabsetzung stets klaglos ertragen, obgleich sie im Stillen oft gerätselt hatte. Spielte er dieses Spiel um seiner selbst willen – oder für die Sache, der er zu dienen vorgab?

Er kam auf den Punkt, ohne auf den Grund seiner überraschenden Anwesenheit in London einzugehen. »Sie wollten mich sprechen?«

»Es geht um Scott. Und um den Würfel.«

»Ich bin auf dem Weg nach Canary Wharf. Sie haben also eine halbe Stunde.«

Kurz vor elf.

Die dritte Etage des Forest Gate war menschenleer.

Powell hatte sich auf Sinclairs Stuhl eine Zigarette angezündet und schlug den Ordner auf. Shao begnügte sich mit der digitalen Variante, die Sheila ihnen parallel per E-Mail hatte zukommen lassen.

»Konzentrieren Sie sich auf alles, was mit Seaways und der Baltimore-Sache zu tun hat. Ich nehme mir inzwischen Hammerstead vor.«

»Geht klar, Guv.«

Offenbar hatte Sheila Conolly während der letzten Tage an nichts anderem als an diesen Dokumenten gesessen. Alle Scan-PDFs, die Shao aufrief, waren chronologisch sortiert und mit Kommentaren versehen, in denen sie die wesentlichen Punkte zusammengefasst hatte, was Shao eine Menge Zeit sparte. Auf diese Weise verwandelte sich Detective Inspektor Aldous Lockhart innerhalb einer halben Stunde vom miesepetrigsten Arschloch der Londoner Polizeigeschichte in einen mit allen Wassern gewaschenen Ermittler, der die Ergebnisse seiner über mehrere Jahre zurückreichenden Nachforschungen aus einem einzigen Grund vor seinen Kollegen versteckt hatte – um sich vor dem Einfluss von Seaways auf den Polizeiapparat zu schützen, den er als Hauptproblemquelle im Fall Baltimore ansah.

Zunächst hatte Lockhart die wichtigsten Punkte über die geschäftlichen Verbindungen von Seaways PLC zusammengetragen. Die Reederei hatte ihren Sitz in Panama. In London existierte nur eine Vertretung, die standesgemäß in den obersten Stockwerken des One Canada Square in Canary Wharf untergebracht war. Aus ihren eigenen Recherchen wusste Shao, dass das Impressum der Website wenig aussagekräftig war; allerdings hatte Lockhart jede Menge Informationen über den Anwalt Ernest Beaufort zusammengetragen, der Vincent Costigan aus der Arrestzelle des Forest Gate gepaukt hatte. Ein paar alte Fotos zeigten Beaufort beim Abendessen mit Logan

Costello. Der zweite Mann, über den Lockhart recherchierte, hieß Randolph Scott – ein Name, den Costello ebenfalls erwähnt hatte. Angeblich war Scott in einer »hohen Position« bei Seaways tätig, obwohl in den offiziellen Unterlagen dazu kein Wort zu finden war. Lockhart berief sich bei seiner Aussage auf verschiedene Quellen innerhalb des Unternehmens, darunter Benjamin Shelford. Und Beaufort. Shao runzelte die Stirn. Welches Interesse sollte Beaufort gehabt haben, mit der Polizei zusammenzuarbeiten? Oder hatte Lockhart ihn in der Hand gehabt, möglicherweise wegen seiner Verbindungen zu Costello? Was, wenn jemand hinter Beauforts Verbindung zu Lockhart gekommen war und ihn deswegen hatte verschwinden lassen? Leider war es zu spät, um Glenda anzurufen, die vielleicht schon etwas über die Hütte auf Foulness Island herausgefunden hatte.

Eine Aussage darüber, ob auch Randolph Scott Informationen an Lockhart weitergegeben hatte, fand Shao nicht. Sie vermutete eher das Gegenteil. Scott schien so etwas wie der Drahtzieher hinter Seaways zu sein, die Spinne im Netz, die Lockhart hatte zu Fall bringen wollen. Wenn Shao die Informationen richtig deutete, dann war Scott an einer Holding namens Morasso Invest beteiligt, die über verschiedene Tarnfirmen in Steuerparadiesen exakt fünfundsiebzig Komma eins Prozent der Stammaktien von Seaways hielt. Der Rest befand sich in Streubesitz. War Scott also nicht nur der Boss von Seaways, sondern auch von – Morasso Invest?

Alles, was Lockhart über MI herausgefunden hatte, war, dass dieser Investor – oder nur Scott? – die treibende Kraft hinter mehreren Expeditionen an verschiedene abgelegene Orte der Welt gewesen war, die Seaways während der letzten Jahre unternommen und als »Forschungsreisen« deklariert hatte. Keine dieser Expeditionen hatte irgendein nennenswertes Ergebnis hervorgebracht. Mit Ausnahme der Reise zu den Azoren, die Scott im November letzten Jahres gestartet hatte. Eine Notiz, die Lockhart handschriftlich in eines der Dokumente eingefügt hatte, besagte, dass Scott am 10. Dezember 2018, also vor etwa vier Wochen, zwei für dieses Jahr geplante neue Expeditionen abgesagt hatte und noch am selben Tag mit einem Hubschrauber in Richtung Azoren aufgebrochen war.

Weil sie den Würfel gefunden hatten.

Das war allerdings keine Neuigkeit, denn Lockharts Kumpel George Dixon hatte Zuko und ihr kurz vor seinem Tod dasselbe erzählt. Neu war ihr allein, dass Dixon sich offenbar auf Lockharts Informationen bezogen hatte, als er behauptet hatte, der Würfel sei auf die *Baltimore* verfrachtet worden, die ihrerseits im Bauch eines hochseetauglichen LASH-Carriers zur Themsemündung transportiert worden sei.

Shao rieb sich erschöpft die Stirn.

Wie der Würfel an den Anleger von Creekmouth gelangt war, wusste sie längst.

Die Frage war, wie verflixt nochmal er von dort in die Abtei gelangt war.

»Der Würfel«, sagte Pam.

Morassos Miene blieb steinern wie die Fassade des Einfahrtstores vor dem Blackwell Tunnel, durch das sie in diesem Augenblick glitten.

»Scott hat ihn mit einem Carrier nach England bringen lassen, der …«

»Über die Zusammenhänge bin ich informiert.«

Pamela nickte, während der Tunneleingang sie verschluckte. Die Limousine überholte einen Lkw, der seltsam lautlos an ihnen vorbeizugleiten schien. »Dann wissen Sie auch, dass sich der Würfel jetzt auf dem Gelände der Abtei von Lesnes befindet?«

»Und ich bin darüber vermutlich genauso erstaunt wie Sie, als Sie ihn dort entdeckt haben.«

Sie spürte, wie die Verspannung in ihrem Unterleib nachließ. »Wir wissen immer noch nicht genau, was in Creekmouth passiert ist. Fest steht nur, dass der Abtransport verhindert wurde –

von einem unserer eigenen Leute. Sein Name war Russell Lynch.«

»Der Mann, der von Logan Costello zur Verfügung gestellt wurde.«

Natürlich wusste Morasso auch davon. Die Frage war, wie viel er *damals* gewusst hatte – als Scott sich entschieden hatte, mit Costello geschäftlich in Kontakt zu treten.

»Costello hat die Bergung mit ein paar seiner Leute ›abgesichert‹. Seine Bedingung dafür, dass wir den Anleger nutzen durften. Aber Lynch war schon länger bei uns, und zwar wegen eines Deals, den Ernest Beaufort und Shirley Lancashire in Scotts Auftrag mit Logan Costello ausgehandelt haben. Ich weiß von Beaufort, dass er sich mit einem Polizisten getroffen hat, der in der Sache ermittelt hat. Er hat auch Scott davon erzählt. Kurz darauf war er tot.«

»Und?«

»Scott ist paranoid. Er hat Beaufort getötet, weil er verhindern wollte, dass Sie von dem Deal mit Costello erfahren.«

»Haben Sie dafür Beweise? Und wissen Sie, worum es bei diesem Deal ging?«

Pam war nicht wohl in ihrer Haut, aber sie hatte ihre Entscheidung getroffen. »Natürlich. Es ging um Harmony.«

»Wenn ich das alles richtig verstehe, Guv, dann ging es bei der ganzen Sache um Harmony!«

Mit der Lesebrille auf der Nase wirkte Powell wie ein Uhu, der im Schlaf gestört worden war.

»Lockhart schreibt hier, es war ein Deal. Ein Deal über den Kauf von Greater H, den Seaways mit Logan Costello abgeschlossen hat!«

Powell drückte die Zigarette aus. Es war die siebte oder achte innerhalb der letzten Stunde. »Wollen Sie damit sagen, Seaways hat das Zeug *hergestellt*?«

»Auf synthetischem Weg. Nur sie kannten die Formel, und Logan Costello hat testweise den Vertrieb übernommen.«

Wovon der Wichser Costello ihr natürlich nichts erzählt hatte.

»Falls Sie mich veräppeln wollen, Detective …«

»Es steht hier schwarz auf weiß, Guv. Und Harmony *ist* eine synthetische Droge, soweit stimmt das also! Und es stimmt auch, dass die genaue Zusammensetzung bisher ein Geheimnis ist. Das war ja einer der Gründe, warum es uns im Drug Squad nie gelungen ist, die Lieferkette nachzuverfolgen.« Sie scrollte ein paar Seiten zurück. »Sagt Ihnen der Name Randolph Scott etwas?«

»Bin mir nicht sicher. Ich glaube, Sheila Conolly hat ihn erwähnt.«

»Er hat Ernest Beaufort beauftragt, den Deal mit Costello einzufädeln. Und zwar ging es dabei wohl nicht in erster Linie um Geld, sondern darum …« Sie runzelte die Stirn und zog den Ausschnitt größer. Lockhart und seine Sauklaue. »… sondern darum, dass er das Zeug auf seine Wirksamkeit testet. Ist das zu fassen?«

»Sie meinen, Costellos Kunden waren für Seaways die Versuchskaninchen?«

»Bei jeder neu entwickelten Droge gibt es am Anfang Unsicherheiten. Die Gefahr der Abhängigkeit, Nebenwirkungen und so weiter. Das ist wie bei Medikamenten. Die werden ja auch an irgendwelchen armen Schweinen in der Dritten Welt getestet, die keiner vermisst, wenn's schiefgeht.«

»Jetzt kommen Sie mir bitte nicht mit Ihren Verschwörungstheorien …«

»Allerdings ergibt das irgendwie keinen Sinn. Harmony wird als geiler Scheiß für Leute mit Kohle verkauft. Wieso sollte Costello seine zahlungskräftigste Klientel als Laborratten für Seaways missbrauchen?«

Powell säuberte nachdenklich seine Brille. »Da haben wir doch die Verbindung, nach der Sie gesucht haben. Die Süchtigen in der Fabrikhalle, die in den Lund Point Tower umgesiedelt wurden. Und nachdem dort die Spinne gewütet hat, braucht Costello neue Testobjekte. Darum die Liste, die Tian und Troy erstellt haben.«

Shao nickte langsam. Was Powell sagte, klang schlüssig … und doch passte es nicht richtig zusammen. »Harmony wird seit etwa einem Jahr verkauft. Wir konnten die Zusammensetzung trotz x-facher Versuche nie eindeutig bestimmen, weil … Wenn ich mich richtig erinnere, passten einige der chemischen Bauteile nach Ansicht des Labors nicht zusammen. Als hätte jemand bei der Herstellung die Naturgesetze ausgehebelt.«

Powell blinzelte skeptisch.

»Ich glaube, dass Costello die Leute auf der Liste für was anderes braucht. Und trotzdem lag Lockhart richtig. Seaways steht in den Bilanzen perfekt da. Wenn die mit einem Gangster wie Costello zusammenarbeiten, dann bestimmt nicht wegen der Kohle, die er ihnen bietet.«

»Es muss also noch einen anderen Grund geben.«

»Zwischen Seaways und Costello gab es offenbar einen regen Austausch, sogar personell. Ich meine, Russell Lynch zum Beispiel hat erst für Costello und dann für Seaways gearbeitet.«

Powells Augen wurden schmal. »Woher wissen Sie das? Dass er für Seaways tätig war?«

»Das Jahr, als er verschwunden war! Die Gerüchte, dass Costello ihn verliehen hatte, im Rahmen eines Werksvertrags.«

»Sie sagen es. Nur Gerüchte.«

»Aber nehmen wir doch einfach mal an, es wäre so, dann … dann …« Sie presste die Hände gegen die Stirn und rieb sich die Augen. Sie hatte keine Ahnung, was dann war. Der Würfel, die *Baltimore*, Seaways, Russell Lynch, Costello und Harmony – alles ballte sich in ihrem Kopf zu einem teerigen Klumpen, der ihre Gehirnwindungen verstopfte.

Powells Brille war immer noch nicht sauber. Mürrisch nahm er sie ein zweites Mal ab und malträtierte sie mit dem Ärmelsaum. »Durchdenken wir es doch einmal von Anfang an.«

Shao seufzte. Von Anfang an, das bedeutete, von dem Moment, als Sinclair und Zuko im Duke of Dublin Rachel Briscoe über den Weg gelaufen waren. Gut. Sie rekapitulierte. »Rachel Briscoe ist von diesem Schattending heimgesucht worden – wahrscheinlich in der U-Bahn-Station von Aldwych, wo sie ihr Handy verloren hat.«

Powell nickte.

»Danach irrt sie tagelang durch die Stadt, erst zur Abtei von Lesnes und dann später, als ihr Körper völlig im Eimer ist, in Richtung Creekmouth. Im Duke of Dublin angekommen, springt das Schattending, wahrscheinlich aus reinem Überlebensinstinkt, von Briscoe auf Finneran über.«

»Und von Constable Finneran auf Russell Lynch, der auf der *Baltimore* im Auftrag von Seaways Wache schiebt – weil dort ein Drogendeal ablaufen sollte?«

Shao stellte sich den Würfel vor, wie er bis an die Decke mit Harmonypäckchen gefüllt war. Und das Labor, in dem es hergestellt wurde, befand sich auf dem Meeresboden in der Nähe der Azoren. *Glückwunsch, Detective. Sie haben den Fall gelöst.* »Okay, sagen wir mal, der Würfel hat nicht *direkt* was mit den Drogen zu tun, aber zwischen dem, was er ist – oder was *in ihm* ist –, und Harmony gibt es irgendeine Verbindung. Das bedeutet, dass es auch zwischen der Spinne, die Jagd auf Drogensüchtige gemacht hat, und dem Würfel eine Verbindung gibt.«

»Und zu den Schatten?«

»Klar, weil die die Spinne gelenkt haben.« Wieder sah sie Deirdre vor sich, wie sie hinter der Mensch-Spinne-Mutation aufgetaucht war. Wie die Spinne von Zuko abgelassen hatte, als Deirdre es ihr *befohlen* hatte … Und Deirdres zerstörter Körper, der zu Boden sank, nachdem der Schatten ihn verlassen hatte.

Hör auf.

Powell klopfte die letzte Chesterfield heraus und warf die zerknüllte Packung in den Papierkorb. »Wir folgen also nicht verschiedenen Menschen, sondern einem einzigen *Schatten.* Einem Schatten, der sehr zielstrebig ist. Als würde er einer

Kompassnadel folgen, läuft er als Rachel Briscoe zuerst zur Abtei und dann, nach dem Wechsel in den Körper von Linus Finneran, nach Creekmouth, wo sich zu diesem Zeitpunkt der Würfel befindet.« Er ließ sein Feuerzeug aufschnappen. »Ich schätze, das bringt uns zur entscheidenden Frage.«

Shao schlug mit der flachen Hand auf den Tisch. »Was ist in dem verfluchten Würfel?«

»Die Drogen dürften allerdings kaum der Grund dafür gewesen sein, dass Russell Lynch mit allen Mitteln versucht hat, in die Nähe des Würfels zu gelangen.« Pam blickte aus dem Fenster nach oben, wo die Lichter in der Mitte der Fahrbahn wie ein gespiegelter Fahrstreifen vorüberhuschten. »Lynch war seit Monaten bei uns. Er war clever. Fähig. Darum hat Costigan ihn ja ins Team aufgenommen.«

»Vielleicht war er *zu* clever für Costigan«, merkte Morasso mit unüberhörbarer Süffisanz an.

Pam schüttelte den Kopf. Sie hatte lange darüber nachgedacht. »Zu Beginn der Aktion auf der *Baltimore* hat Lynch sich noch verhalten wie immer. Aber als er uns unten beim Würfel überrascht hat, war er völlig verändert.«

»Hat Mr. Costigan ihn seinerzeit überprüft?«

»Mehrmals. Ich bin der Überzeugung, dass er vertrauenswürdig war – und dass ihn irgendwas in dieser Nacht verändert hat. Das ging einer Reihe von Leuten so, angefangen bei Rachel Briscoe, die mit Scott an Bord des Carriers war, als der Würfel gehoben wurde. Sie hat noch auf der Reise einen Zusammenbruch erlitten.«

Morasso gab ihr mit einem kaum wahrnehmbaren Senken der Augenlider zu verstehen, dass sie fortfahren sollte.

»Scott hat sie nach London gebracht. In den Tagen danach verhielt sie sich normal. Nur ein bisschen aufgeregt. Hat wegen der Bergung des Würfels im Internet recherchiert, allerdings nichts, worüber man sich Sorgen machen müsste, solange es keine weiteren Zeugen gibt, die Verbindungen ziehen.«

»Wofür Sie in Schottland gesorgt haben, wenn ich richtig informiert bin.«

»Aber dann hat sie die U-Bahn-Station aufgesucht. Als wir sie Tage später auf den Überwachungsvideos wiederfanden, war ihr Körper von Tumoren zerfressen – genauso wie der von Russell Lynch in der Küche von Deirdre Watkins.«

»Und wo ist die Verbindung?«

»Linus Finneran. Ein Sergeant des Forest Gate Police Department, dessen Weg wir von einem Pub in der Green Street, wo Rachel Briscoe gestorben ist, bis zur *Baltimore* nachvollziehen konnten. Es ist von Briscoe auf Finneran und dann von Finneran auf Lynch übergesprungen.«

»Es?«

»Ich weiß, wie das klingt, aber ich habe keine andere Erklärung. Wahrscheinlich wurde Deirdre Watkins zum vierten Opfer. Sie ist seitdem verschwunden. Den Zerstörungen der anderen Körper nach zu urteilen, müsste sie inzwischen tot sein.«

Morasso gab mit keiner Miene zu erkennen, was er von der Idee hielt. »Haben Sie Russell Lynch getötet?«

Pam schüttelte den Kopf. »Ich bin in das Haus rein, aber bevor ich ihn erledigen konnte, sind zwei Polizisten aufgetaucht.«

»Und Costigan?«

»Hatte ihn im Visier. Aber ich hab ihm befohlen abzubrechen.«

Morasso nickte. »Vernünftig.«

»Am nächsten Tag hab ich Beaufort gefragt, ob ein zweites Team auf Lynch angesetzt war. Er sagte nein.« Sie schloss die Augen. Rote Blitzer auf der Netzhaut, von der Lichthupe eines BMW, der ihnen an der Stoßstange klebte. Morassos Chauffeur ignorierte ihn.

»Also wusste noch jemand, dass Lynch besessen war, und hat deshalb Jagd auf ihn gemacht.« *Besessen.* Die Gleichmut, mit der Morasso ihre Schlussfolgerung akzeptierte und weiterführte, bereitete Pam Unbehagen. Wie so oft hatte sie das Gefühl, dass er ihr mehr als nur einen Schritt voraus war.

»Ich meine, dieses Ding in ihm war verdammt zielstrebig. Um an den Würfel zu gelangen, hat es jeden getötet, der ihm in die Quere kam.«

Jeden bis auf Costigan und Sie, las sie in Morassos Blick.

Und wenn das *Ding* in Costigan tatsächlich den Würfel als Ziel gehabt hatte – warum war es dann vom Schiff geflohen, kurz bevor es sein Ziel erreicht hatte?

»Eine interessante Theorie.« Morasso zupfte einen seiner Manschettenknöpfe zurecht. »Worum handelt es sich bei dem Wesen, das die vier Menschen in Besitz genommen hat? Gibt es noch mehr davon? Wir sollten versuchen, das herauszufinden.«

»Und alles dafür tun, sie vom Würfel fernzuhalten.«

»Gibt es Hinweise darauf, dass Mr. Scott mit dieser Aufgabe überfordert ist?«

Hinweise? Geduldig berichtete sie von den Absonderlichkeiten, die sich auf dem Abteigelände zugetragen hatten und für die weder Scott noch Allan Spencer bisher den Hauch einer Erklärung geliefert hatten. Sie erzählte von den Abteigebäuden, die in der Nacht von Samstag auf Sonntag in voller Größe auf dem Areal aufgetaucht waren, und von dem Zugang in die Tiefe, der immer noch existierte. Von dem Gang hinter dem Würfel, der ohne eine Krümmung wieder zurück zum Einstiegspunkt an der Lady's Chapel führte. »In der Abtei ist irgendetwas«, schloss sie ihren Bericht, »oder irgendjemand, der versucht, einen Teil dieses Ortes vor uns geheim zu halten.«

»Was nichts mit dem Würfel zu tun haben muss.«

»Aber der Würfel bringt seit seiner Bergung nichts als Unheil«, beharrte sie, »so viel steht jedenfalls fest.«

»Es sind drei Punkte, die zusammenhängen.« Shao streckte Daumen, Zeige- und Mittelfinger aus. »Die Schatten, der Würfel und die Abtei.« Sie rief ein Dokument auf, in dem sie abgespeichert hatte, was sie über die Entstehung von St. Lesnes herausgefunden hatte. »Die Gebäude der Abtei wurden vor über achthundert Jahren erbaut, und zwar von einem Mann namens Richard de Lucy, der ein enger Vertrauter des Königs war. Der Bau war eine Art Sühne für einen Mord, an dem de Lucy beteiligt gewesen sein soll. Jedenfalls ist er drei Monate nach Fertigstellung überraschend gestorben.«

»De Lucy?«

»Er hat sich erhängt, und zwar im Wald hinter der Abtei – genau dort, wo ich den toten Mönch gesehen habe.«

»Und Sie wollen mir jetzt erzählen, dass dieser Mönch, den sie gesehen haben … der tote Richard de Lucy von damals gewesen ist?«

»Ich will Ihnen nur sagen, dass ich ihn gesehen habe.«

»Ich weiß, dass Sie ihn gesehen haben.«

»Ich habe ihn gesehen«, beharrte sie.

Powells Gesicht verschwand in einer Wolke aus blauem Dunst.

»Nehmen wir doch mal an«, sagte Shao, »ein gewisser Richard de Lucy ist damals tatsächlich da oben im Wald gestorben. Was verbindet ihn mit dem de Lucy, der Zuko und mir zum Siel gefolgt ist? Und was verbindet ihn mit dem Jungen, dem Sinclair und ich in der Abtei begegnet sind?«

»Vielleicht die Abstammung?«

»Aber sicher doch, und tausend Jahre lang ist all den de Lucys aufs Verrecken kein anderer Vorname eingefallen.«

»Worauf wollen Sie hinaus?«, erwiderte er verärgert. »Dass wir es mit so was wie Klonen zu tun haben?«

»Ich will darauf hinaus, dass es einen Grund geben muss, weshalb sie sich seit so langer Zeit an diesem Ort aufhalten! Eine Aufgabe. Vielleicht wollen sie das Geheimnis der Abtei bewahren. Und sie konnten den Würfel zu sich holen. Durch Magie oder Teleportation oder was weiß denn ich.«

Powell hob die Brauen so weit, dass sie fast die Decke berührten.

»Ich meine, Fakt ist doch, der Würfel verschwindet von der *Baltimore* und taucht kurz darauf unterhalb der Abtei wieder auf. Glauben Sie ernsthaft, die seltsamen Brüder aus der Abtei haben nichts damit zu tun?«

»Ich bin gerade dabei, mir abzugewöhnen, an irgendwas zu glauben.«

Shao unternahm einen letzten Versuch, die verbliebenen Puzzleteile zusammenzukratzen. »Das Ganze ist passiert, direkt nachdem Seaways den Würfel über tausend Seemeilen hierher nach London geschleppt hat. Ich stell mir das einfach vor: Randolph Scott, der offenbar die treibende Kraft hinter der Expedition war, steht da wie ein Idiot. Er sucht den Würfel, der auf einmal weg ist – und da tauchen die Schatten und die Spinne auf der Bildfläche auf und finden ihn.«

Powell wiegte den Kopf. »Und dann?«

»Zuko und ich folgen ihrer Spur, ohne zu wissen, worum es geht. Aber Seaways weiß es. Also lauern Scotts Leute Zuko und mir an der Abteiruine auf. Wir sind störendes Beiwerk, weshalb sie versuchen, uns loszuwerden, was ihnen in Zukos Fall auch gelingt. Am nächsten Tag steht der Bauzaun, und sie haben freien Zugriff auf den Würfel.«

Powell klopfte auf den Tisch, so dass die Zigarettenasche in Shaos Richtung fiel. »Und dann passiert es. Die Mutation von Hannah Caroll und Benjamin Shelford. Aber wodurch wird sie ausgelöst?«

»Entweder hat es was mit dem Würfel zu tun – oder mit der Abtei. Oder mit beidem. Auf jeden Fall erwischt es Caroll und Shelford, wie Sie sagen, erwischt *mindestens* die beiden. Sie verwandeln sich in etwas, das … das …« Sie sah Powell hilflos an.

»Das der Mutation von Spinne und Mensch ähnelt, der Sie begegnet sind?«

»Damit hätten wir also wiederum drei Parteien, die miteinander auf Kriegsfuß stehen: de Lucy in seiner Abtei, die Schatten und Seaways.«

Powell drückte die Zigarette aus und zog eine neue Packung aus der Schublade. »An die Schatten kommen wir nicht ran. Und an de Lucy vermutlich auch nicht so einfach.«

»Bleibt Seaways.«

Powell tippte mit der neuen Zigarette auf Lockharts Ordner vor sich auf dem Tisch und griff nach dem Feuerzeug. »Was uns zum Thema Hammerstead bringt – und dazu, was ich über ihn herausgefunden habe.«

»Ähm, Guv. Würde es Ihnen was ausmachen, wenn ich kurz das Fenster aufmach?«

»Es gibt außer Scott und diesen … Wesen also noch jemanden, der ein Interesse am Würfel hat.«

Morasso nickte zum Zeichen, dass er Pam folgte, und sie erzählte weiter. Es war, als ob sie sich alles von der Seele redete, von der Auseinandersetzung auf dem Gelände der Abtei vor einer Woche, von Scotts Entscheidung, den Würfel zu sichern, indem er den Bauzaun errichten ließ, und von dem Vorfall, der Hannah Caroll, Benjamin Shelford und eine Reihe weiterer Leute das Leben gekostet hatte. Dabei hielt sie Morassos unbewegtem Blick die ganze Zeit über stand, und als die Limousine zwischendurch den Blackwell-Tunnel verließ, hatte Pam das Gefühl, aus einer tiefen Schlucht ans Licht zu gelangen. Wie der Wagen, in dem sie saß, glitt sie geräuschlos über alle Narben hinweg, die Scott in ihre Seele geschnitten hatte, und wehrte sich nicht länger gegen die Trauer, die sie seit Vincents Tod verdrängt hatte.

Es folgte Schweigen, während der Wagen die Schleife über die East India Dock Road fuhr und schließlich auf dem Kreisel das Betonungetüm des Aspen Way unterquerte.

»Was, glauben Sie, hat Scott mit dem Würfel vor?«

Sie hob die Schultern. Das war die Frage, über die sie sich seit Tagen erfolglos den Kopf zerbrochen hatte. »Ich weiß es nicht.«

Vielleicht lag es an der gelben Straßenbeleuchtung, dass

Morassos kantiges Gesicht auf einmal fahl und kraftlos wirkte. Er zückte ein Taschentuch und schnäuzte sich. Eine unvermutet menschliche Geste, die er vielleicht genau aus diesem Grund eingesetzt hatte.

Was, wenn er dich genauso aufs Glatteis führt, wie Scott es getan hat? Wenn es Scotts und sein gemeinsamer Plan war und er schon alles gewusst hat, bevor du eingestiegen bist?

»Was ist mit Hammerstead?«, fragte Morasso, nachdem er offenbar alle Optionen durchgegangen war. »Könnte er uns vielleicht noch einmal den Rücken freihalten?«

Sie schüttelte den Kopf. »Ich fürchte, Hammerstead ist das nächste Problem.«

»Ich erspare Ihnen die Details seines Lebenslaufes.« Die Asche fiel neben der Akte auf den Schreibtisch, während Powell durch die Seiten blätterte. Er wischte sie beiläufig weg. »'79 als Detective Constable in den Polizeidienst übernommen, Bestnoten, Beförderungen, Detective Chief Inspector innerhalb von zwölf Jahren, dann Superintendent und schließlich Deputy Commissioner. Den Job hat er allerdings nur ein Jahr ausgeübt, bevor er zum Staatssekretär berufen wurde.«

»Er wurde also ständig weiterbefördert, weil er jedem um sich herum auf den Sack gegangen ist.« Shao hatte die Ellbogen auf den Tisch gestützt und den Kopf in die Hände gelegt, als würde sie Powell bei einer Gutenachtgeschichte lauschen.

»Oder weil er sich die Erfolge anderer ans Revers geheftet hat.« Powell atmete aus und wedelte den Rauch von der Akte. Shaos sehnsüchtiger Blick glitt zum Fenster, das sie leichtsinnigerweise wieder geschlossen hatte. »Wobei ich ihm zugestehe, dass er clever ist. Jeder Zug auf dem Schachbrett erfolgte zum maximalen eigenen Nutzen.«

»Darf ich, Guv?«

»Wie? Ach so, ja, klar.«

Sie stand auf und öffnete den Riegel. Auf dem Parkplatz des Forest Gate standen nur noch ein paar Dienstwagen, wie schlafende Hunde in einem riesigen Bett aus Stein. Und ihr CR-Z.

»Aber jeder macht irgendwann auch mal einen Fehler.« Powell schwenkte die Zigarette und tippte auf die Seite, die er aufgeschlagen hatte. Ein eingescanntes Foto, auf dem in grober Körnung zwei Menschen in einer Hotellobby abgebildet waren.

»Er hat sich 'ne Geliebte geangelt?« Sie dachte flüchtig an Antwon und fühlte sich unangenehm berührt. Zumal sie insgeheim etwas Spektakuläreres erwartet hatte. Zwar erinnerte sie sich, an Hammersteads Finger einen Ring gesehen zu haben, aber außer seiner Frau würde eine kleine Affäre heutzutage wohl niemanden mehr hinter dem Ofen hervorlocken.

Powell legte den Kopf schräg. »Ich glaube nicht, dass es ein Treffen mit einer Geliebten war.« Er schob ihr den Ordner rüber. Shao warf einen zweiten Blick auf das Foto. Trotz der schlechten Bildqualität waren die Umrisse der Frau gut zu erkennen, das schmale Becken, die flachen Brüste. Der Körper schlank und sehnig. Sie blätterte um und stieß auf weitere Fotos. Es war fast wie ein Daumenkino, in dem sich die Frau aus der Lobby bewegte.

»Das ist sie«, flüsterte sie so heiser, dass sie ihre eigene Stimme kaum wiedererkannte. »Die Frau, die Zuko und mir aufgelauert hat – zusammen mit Vincent Costigan!«

Und die mit ihren Helfern die Leiche von Benjamin Shelford aus der Lagerhalle gestohlen hatte!

Unter dem letzten Foto hatte Lockhart mit dickem Filzstift in drei Zeilen ihren Namen notiert.

Pamela

Barbara

Scott

Powell drückte seine Zigarette auf dem Schreibtisch aus. »Was, wenn nicht Randolph Scott der Schlüssel zu allem ist – sondern diese Frau? Ist sie mit Scott verheiratet? Haben sie

Kinder? Wo verdammt nochmal wohnen sie? Sobald wir das zusammengetragen haben, fahren wir zu Hammerstead.«

»Sie wollen ihn aus dem Spiel nehmen?«

Powell grinste über beide Ohren. Es sah irgendwie furchterregend aus. »Wenn er durch unseren Erfolg zum Premierminister ernannt wird und damit endgültig aus unserem Gesichtskreis verschwindet, sollte uns das doch nur recht sein, oder?«

9

»Die Magoi haben vor langer Zeit existiert. Offenbar haben nur jene von ihnen ›überlebt‹, die entartet sind.«

»Vor wie langer Zeit?«, fragte Sinclair.

»Ich weiß nicht, ob ich dazu befugt bin, Ihnen dies darzulegen.«

»Und was haben sie mit dem Würfel zu tun?«

»Der Kyvos ist ein Werkzeug, um sie in die Schranken zu weisen. Als er in Creekmouth an Land gebracht werden sollte, habe ich mich darum entschieden, ihn sicherzustellen.«

Kyvos. Sinclair erinnerte sich an diese Bezeichnung des Würfels, die auch der von einem ›Dämon‹ besetzte Constable in Belvedere verwendet hatte. Sinclair spürte, wie er über den Begriff ›Dämon‹ stolperte. Er beschloss, die entarteten Magoi weiterhin lieber als ›Schatten‹ zu bezeichnen. »*Du* hast also den Würfel sichergestellt?«

»Ich habe mich bemüht, das Richtige zu tun.«

»Du hast ihn hierhergeholt? *Während* ich drin war?«

De Lucy nickte.

»Und wie hast du das angestellt? Etwa auch mit Magie? Ich meine, was unterscheidet dich dann von den Magoi?«

»Meine Methoden sind jenen, die sie anwenden, ähnlich. Aber die Magoi akzeptieren keine Regeln und verwenden Magie in ihrer reinen Form, die stets Zersetzung und Verheerung mit sich bringt.«

»Sagtest du bereits. In Ordnung, lassen wir das mal so stehen. Fragt sich immer noch, warum du das getan hast. Den Würfel hierherzubringen.«

»Ich habe vermutet, dass er in seinem jetzigen Zustand eine Gefahr darstellt. Allem Anschein nach hatte ich recht.«

»Und warum lässt du dann zu, dass Spencer daran arbeitet? Du könntest ihn doch einfach von hier verschwinden lassen. Ihn zum Beispiel dahin zurückbringen, wo er hingehört. Auf den Meeresgrund.«

»Es ist mir noch nicht möglich, den Würfel zu bewegen.«

Noch nicht. Offenbar sprach der Junge von einem Prozess, einer Art Wachstum, das durch den ›Tod‹ des ›alten‹ Richard de Lucy in der Kanalisation von Stratford eingeleitet worden war. Auf einmal verbanden sich in Sinclairs Kopf zwei Enden eines Fadens. »Wenn du den Würfel aus der *Baltimore* geborgen hast, dürftest du das Schiff anschließend auch in die Luft gejagt haben.«

»Das war notwendig, um Ihre Spuren zu verwischen.«

»*Meine* Spuren?«

»Schon damals wies einiges daraufhin, dass Sie anders sind. Sie konnten den Würfel betreten. So wie Sie vorhin auch die Barriere überwinden konnten. Also habe ich … wie sagten Sie? … eine Münze geworfen.«

Und mich gerettet. Schönen Dank auch. Sinclair glaubte zu begreifen, wovon de Lucy sprach. Auch die Oberfläche des Würfels hatte, in sehr viel konkreterer Form, eine Barriere dargestellt, die er passiert hatte. Abermals stiegen die Bilder aus den Tiefen seiner Erinnerung empor. »Ich habe etwas gesehen. Ich weiß nicht, ob es real war, aber ich erinnere mich an eine schwarze, ölige Flut, die zwischen riesigen Quadern herumgeschwappt ist.«

»Die schwarze Flut«, widerholte de Lucy nachdenklich. »Das ist eine sehr treffende Bezeichnung.«

»Also gibt es diesen Ort im Innern des Würfels wirklich?«

»Der Würfel hat eine besondere Bedeutung.« Er strich erneut mit dem Finger über die schwebende Platte zwischen ihnen. Diesmal wurde sie flüssig wie die Oberfläche eines Weihers. Sanfte Wellen wurden aufgeworfen, die jedoch nicht von de Lucy verursacht wurden, sondern von allen Rändern des Tisches auf seine Hand zuliefen. Und etwas entstehen ließen. Eine handgroße Ausgabe des Würfels, die wie aus flüssigem Metall auftauchte. Die Wellen flossen weiter – und warfen sich an vier weiteren Punkten auf, die jeweils im gleichen Abstand um den Würfel herum angeordnet waren. Als würde dort noch etwas *anderes* aus der Tischplatte emporsteigen. Aber dann erstarrten die Wellen plötzlich. Der Würfel verflüssigte sich und versank. Die Oberfläche war wieder starr und glatt.

»Was war das? Diese vier anderen Punkte, die …?«

»Die Beschädigungen sind umfassend.« Fast klang de Lucy verärgert. »Wo auch immer die entarteten Magoi auftauchen, zerstören sie die Symmetrie.«

Das dumpfe Wummern jenseits der Wände wiederholte sich.

»Es wird Zeit, Ihnen den Ausgang zu zeigen.«

»Du willst mich einfach so rauskomplimentieren? Und Allan Spencer vor die Füße werfen?«

»Es gibt noch einen anderen Weg als den, der an dem entarteten Magoi vorbeiführt.«

»Halte, warte! Ich … ich bin einem von ihnen begegnet! Einem Magoi. In einem Haus in Belvedere, ganz in der Nähe von hier, hat er versucht, meinen Körper in Besitz zu nehmen – aber es hat nicht geklappt.«

Irgendwas krachte von der anderen Seite gegen die Wand. Das dumpfe Geräusch pflanzte sich bis in Sinclairs Eingeweide fort.

»Sie müssen jetzt gehen! Das Tor in der Kanalisation konnte ich zerstören, aber die Magoi lernen dazu.«

»Das Tor? Was für ein Tor?«

»Sie unterschätzen die Gefahr, in der Sie sich befinden, John Sinclair.«

»Du meinst den Bereich hinter dem Siel! Aber was für ein Tor soll dort gewesen sein?«

»Ihre Existenz ist nicht angepasst an das Leben hier. Sie können nur in jenem Bereich unterhalb der Stadt existieren. Um ihn zu verlassen, benötigen sie einen Wirtskörper.«

»Was offenbar nicht sehr lange funktioniert.«

»Darum versuchen sie, die Wirte umzuformen … zu besseren Gefäßen.«

Die Metallwand erzitterte jetzt unter den Schlägen. In Sinclairs Kopf jagten sich die Gedanken. *Bessere Gefäße …* »Ist das in Spencers Fall gelungen? Verfault sein Körper deshalb nicht?«

In diesem Augenblick zerriss die Wand. Etwas Schwarzes, Glitschiges zwängte sich durch den Spalt und züngelte in Sinclairs Richtung.

De Lucy riss ihn zurück und deutete auf den Ausgang auf der anderen Seite. »Folgen Sie dem Gang weiter. Ich werde versuchen, etwas Zeit für Sie herauszuschlagen.«

»Warum tust du das?«

In de Lucys Gesicht regte sich kein Muskel. »Weil ich hoffe, dass Sie es wert sind, John Sinclair.«

Sinclair wollte etwas erwidern, doch da schnellte eines der Tentakel durch die Luft und bohrte sich in de Lucys Rücken. Mit einem Ruck riss der Fangarm den Körper des Jungen mit sich und schleuderte ihn gegen die Wand.

Sinclair feuerte in den Spalt.

De Lucy sank röchelnd zu Boden. In seinem Blick lag kein Schmerz, als er die Worte zwischen Blut und Speichel hervorpresste. »Folgen Sie dem Fleisch, John, und Sie finden das Tor.«

10

Paul F. Hammerstead wohnte – wo sonst? – in Belgravia, in einer kleinen Nebenstraße abseits der Botschaften, mit freiem Blick auf den Park am Warwick Square. Säulengestützte Eingangsportale und Zäune aus senkrechten Metallstäben, die jemand wie Lanzen zur Abwehr gegen wilde Tiere in den Boden gerammt hatte.

Hammersteads Säulen trugen die Hausnummer 14, in

schwarzen Metalllettern, die wie Schmutzflecken auf der schneeweißen Fassade prangten.

Powell hatte von unterwegs angerufen, zuerst auf Hammersteads Handy, dann auf dem Festnetz, und beide Male eine ausführliche Nachricht hinterlassen.

Auch die Hausfront war dunkel. Nachdem Shao zweimal geklingelt hatte, zückte sie das Pickset. Innen neben der Tür war eine Alarmanlage untergebracht. Zehn Sekunden nachdem Shao die Tür geöffnet hatte, begann der stumme Alarm zu blinken. Powell rief den Notruf, gab seine Dienstnummer durch und forderte einen Streifenwagen zur Verstärkung an.

Im Erdgeschoss lagen Küche, Vorratskammer und ein museumsreifes Wohnzimmer, in das Shaos Wohnung in Britannia Village sieben- oder achtmal reingepasst hätte. An den Wänden brechend volle Bücherregale, Enzyklopädien und juristische Nachschlagewerke, das Zeug halt, mit dem Arschlöcher wie Hammerstead Besucher einzuschüchtern versuchten. Darüber hinaus eine Ottomane vor dem Kamin, ein aufgeklappter Flügel, dessen lackiertes Gehäuse im Mondlicht glänzte, und, als schwarzer Scherenschnitt vor dem Terrassenfenster, eine Büste von irgendeinem vollbärtigen Typen mit verstrubbelter Frisur, bei deren Anblick Shao um ein Haar das Herz stehengeblieben wäre.

»Das ist Platon«, flüsterte Powell, nachdem sie beherzt zur Waffe gegriffen hatte.

Im Obergeschoss ein weiteres Lesezimmer, das eher wie ein persönliches Büro eingerichtet war, ein Ankleideraum und zwei Kinderzimmer von ebenfalls musealem Charakter, mit Postern von Guru Josh und Captain Hollywood Project an den Wänden. Shao wurde schlagartig klar, dass selbst ein Typ wie Hammerstead wahrscheinlich irgendwann einmal Kinder großgezogen haben musste. Ihre Mutter kam ihr in den Sinn, und der Gedanke, dass diese in ihrem früheren Zuhause vielleicht ein ähnliches Memento mori pflegte, verursachte ihr Übelkeit.

Eine Übelkeit, die sich verstärkte, als Powell auf die angelehnte Tür am Ende des Flurs deutete. Zwischen Zarge und Türblatt zeichnete sich der Umriss eines Bettgestells ab.

»Mr. Secretary? Sir? Superintendent Powell. Ich habe bei Ihnen angerufen. In meiner Begleitung befindet sich Detective Constable Shao.«

Shao zog die Waffe.

Powell drückte die Tür auf. »Sir?«

Hammerstead lag neben seiner Frau im Bett. Belinda Hammerstead ruhte auf der Seite, das halbe Gesicht der Nachttischlampe zugewandt, auf deren Schirm sich die andere Hälfte in Form von Blut- und Knochensplittern verteilt hatte. Ein einziger Schuss von hinten, wahrscheinlich ohne jede Vorwarnung.

Die Waffe lag auf Hammersteads Brust, eine Smith & Wesson Modell 500, die auch einem Elefanten den Schädel zertrümmert hätte. Ein Schuss durch den Kiefer nach oben ins Hirn. Hammerstead hielt den Griff umklammert, während er die andere Hand nach seiner Frau ausgestreckt hatte, wie um sie im Tod noch einmal in den Arm zu nehmen.

TEIL SECHS
Harmony

1 Die Zubringerstraße entlang bis hinter die Bahngleise. Dann rechts ab auf die Arterial und am Ende der Marschen wieder rechts auf die New Tank Hill.

Salome Adhout lenkte den Wagen durch den Regen, der kurz nach Mitternacht eingesetzt hatte, ins Zentrum von Purfleet, das aus drei kleinen Reihenhaussiedlungen bestand plus Tankstelle und Kirche, eben alles, was man zum Leben braucht.

Vor dem einzigen Bahnhof der London Overground großflächige Werbeanzeigen, an denen sich die Herzen der Lower Middle Class wärmen konnten. *Zu wenig Platz? Unsere Duschtüren werden in neun verschiedenen Größen geliefert.*

Salome Adhout hielt vor der Telefonzelle, der einzigen, die es weit und breit noch gab, und blickte in den Rückspiegel. Die Siedlungen lagen im Dunkeln, ebenso der Bahnhof, auf dem vor einer Stunde der letzte Zug abgefahren war.

Sie ließ den Motor laufen und huschte, die Handtasche schützend über dem Kopf, auf die andere Straßenseite.

Der Griff des Hörers in der Telefonzelle war klebrig, und Salome hielt ihn so weit vom Ohr weg, dass sie das Freizeichen gerade noch hören konnte. Eine der Ziffern, die sie sich aus den Kontakten von Bill Conollys Handy gezogen und auf das Handgelenk notiert hatte, war verwischt. Eine Null oder eine Neun? Sie entschied, dass es eine Neun war, und tippte die Nummer ein.

Freizeichen. Dann endlich der Anrufbeantworter, während aus Richtung der Arterial Road ein Scheinwerferpaar aufblitzte. Eine weibliche, selbstbewusst klingende Stimme, die verkündete, dass die Besitzerin des Anschlusses zurzeit nicht verfügbar war, aber *selbstverständlich* so schnell wie möglich zurückrufen würde. Der Lichtkegel der Xenon-Scheinwerfer flutete das Innere der Telefonzelle.

»Mrs. Conolly?« Salome verschluckte sich fast. »Sie kennen mich nicht, aber ich kenne Ihren Mann. Er war bei uns. Das heißt, er ist bei uns, aber heute haben sie ihn abgeholt und nach unten gebracht, auf Station F. Ich bin mir nicht sicher … aber die Menschen, die sich verändert haben … der Patient in Zimmer 17 …« Sie fuhr herum, als die Xenon-Lichtquelle plötzlich ganz nah war. »Ich habe Informationen darüber, dass der Patient in Zimmer 17 kein …«

Dann nur noch ein Knall, gefolgt von endlosem Schmerz.

2

Um halb vier morgens schloss Shao ihre Wohnungstür auf, ließ Tasche und Jacke auf dem Weg zum Schlafzimmer fallen und torkelte ins Bett.

Sie träumte von Pamela Scott, die kein Gesicht besaß und eine automatische Waffe auf sie richtete. Was eine ziemlich gute Zusammenfassung dessen war, was sie über diese Frau rausgefunden hatte. Um kurz vor vier klingelte ihr Handy. Vier Anrufversuche hintereinander, bis sie endlich ein Augenlid nach oben gezerrt bekam.

»Sinclair hier. Hätten Sie Lust vorbeizukommen?«

»Was? Wo?«

»Bei mir zu Hause.«

Eine halbe Stunde später parkte sie ihren Wagen vor seinem Grundstück in der Dames Road, Ecke Thorpe. Das einzige Haus in der Reihe mit einem Dschungel als Vorgarten und einem halben Dutzend Rankhilfen, die jemand wie Sperrmüll auf die Sträucher geworfen hatte. Direkt gegenüber, hinter kahlen Eichen und Buchen, die Wanstead-Wiesen mit einem Kinderspielplatz, dessen Schaukeln und Klettergerüste sich wie Stahlskelette in der Dunkelheit abzeichneten.

Sinclair empfing sie frisch geduscht in Jeans und Pullover. In der Küche brutzelte eine dreifache Portion Spiegeleier und Schinken.

»Für Sie auch was?«

»Danke, nicht um diese Zeit.«

»Setzen Sie sich.«

Guter Tipp. Aber wohin? Die Küche war leer bis auf eine Arbeitsfläche, unter die ein Hocker geschoben war. In einer Maschine auf der Fensterbank dampfte eine halbvolle Kanne Kaffee. Sinclair zog die Pfanne vom Herd und schaltete die Platte aus. In einer Schublade fand er Messer und Gabel und ließ sich auf dem Hocker nieder.

»Sind Sie gerade erst eingezogen?«

»Warum?«

Drei Minuten später hatte er den Schinken und die Eier mit zwei Tassen Kaffee heruntergespült und berichtete, was er in der Abtei erlebt hatte. Shao lauschte und ignorierte dabei den wachsenden Knoten, den seine Schilderungen in ihrem Kopf verursachten. Als er geendet hatte, hallte die Wirkung seiner Worte nach wie Regentropfen in einem Rinnstein.

»Also hat de Lucy das Siel in der Kanalisation zugemauert?«

Sinclair hob die Schultern. »Ich vermute, dass die Mauer genauso eine ›magische‹ Illusion ist wie die Abtei – um von dem abzulenken, was sich dahinter verbirgt.«

»Wie sind Sie beide verblieben?«

»Er hat darauf bestanden, dass ich ihn zurücklasse. Ich habe also den Weg genommen, den er mir beschrieben hat, und bin irgendwo im Wald östlich der Abtei rausgekommen.«

»Und Spencer? Ist er Ihnen gefolgt?«

»Nicht dass ich wüsste. Vielleicht ist es de Lucy gelungen, ihn aufzuhalten.«

Shao nickte und schürzte die Lippen. »Dämonen und Magie.

Klingt ziemlich übergeschnappt, wenn Sie mich fragen.« Wobei sie das Wort ›Magie‹ Powell gegenüber schließlich selbst in den Mund genommen hatte.

Sinclair schob die leere Pfanne zur Seite. »De Lucy hat gesagt, dass die Schatten ein Tor bauen – und zwar im zweiten Anlauf, nachdem sie es in Stratford schon mal versucht haben.«

Shao erinnerte sich an das Bild des älteren Richard de Lucy, wie er in die Finsternis hinter dem Siel eingetaucht war. Die Schatten hatten versucht, von de Lucy Besitz zu ergreifen, mit der Folge, dass er vor Shaos Augen buchstäblich auseinandergefallen war. »Und jetzt möchte er, dass wir seinen Job übernehmen?«

»Ich hab das Gefühl, dass die Schatten für ihn eher so was wie ein Nebenkriegsschauplatz sind. Da unter der Abtei ist irgendwas. Eine Anlage, ein *Ort*, keine Ahnung was. Und de Lucy ist dazu da, es zu beschützen.«

»Gegen den Magoi, der ihn im Körper von Rachel Briscoe angegriffen hat.«

»Das war der erste Angriff. Dabei wurde diese Anlage oder was auch immer es ist stark beschädigt. De Lucy konnte den entarteten Magoi vertreiben, aber nicht vernichten. Das hat er dann in Stratford nachgeholt.«

Shao runzelte die Stirn. Die Vorstellung, dass Richard de Lucy als einsamer Rächer auf der Suche nach den Magoi durch London streifte, kam ihr aberwitzig vor.

Und doch … sie dachte an Russell Lynch, der von einem Scharfschützen getötet worden war, kurz nachdem der Schatten ihn verlassen hatte. Damals waren sie überzeugt gewesen, dass Vincent Costigan geschossen hatte, obwohl sie ihm die Tat nicht hatten nachweisen können. »Und was genau haben Sie jetzt vor? Rausfinden, wo das Tor ist, und sich ein paar Pfund Semtex besorgen?«

Sinclair feuerte die Pfanne in die Spüle. »Zuerst dachte ich, dass es unter der Abtei entsteht. Dass das vielleicht der

Grund dafür ist, dass sich ein Magoi in Allan Spencer eingenistet hat.«

»*Falls* sich ein Magoi in ihm eingenistet hat«, wandte Shao ein, »und nicht irgendwas Schlimmeres. Ich meine, wieso verfault sein Körper nicht einfach wie die aller anderen Wirte? Wieso verwandelt er sich in einen verdammten Dr. Octopus?«

»Darauf hat de Lucy mir leider keine Antwort mehr geben können – falls er sie überhaupt kennt.« Sinclair starrte aus dem Fenster. Hinter den Eichen färbte sich der Horizont orange. »Er sagte, die Schatten versuchen, die Wirte umzuformen. Er nannte sie Gefäße. Sie optimieren sie, damit sie die Magoi dauerhaft aufnehmen können.«

Shao lief es eiskalt den Rücken runter, als die Verbindung vor ihrem geistigen Auge auftauchte wie eine Luftblase, die aus dem Wasser nach oben schoss. »Die Harmony-Opfer im Lund Point Tower. Zuko und ich haben nie rausgefunden, wofür die Spinne sie eigentlich gesammelt hat. Aber sie hat es im Auftrag des Schattens getan, der in Deirdre genistet hat, da bin ich sicher.«

»Aber die Magoi brauchen lebende Wirte, keine toten«, widersprach Sinclair. »Und außerdem, warum sollten sie ihnen Arme und Beine abschneiden?«

»Und wenn die Opfer im Tower nur so was wie Versuchskaninchen waren? Vielleicht ging es darum, Magoi und Wirt durch die Gabe von Harmony zu … *harmonisieren?*«

Er warf ihr einen stirnrunzelnden Blick zu. »In der Armbeuge von Allan Spencer hab ich jedenfalls keine Einstiche gesehen.«

Shao dachte an Costello, für den es das perfekte Geschäft gewesen war, bevor Seaways ihm offenbar den Hahn zugedreht hatte. *Und jetzt braucht er den Stoff aus der Asservatenkammer, um seine Verpflichtungen zu erfüllen.* Mit Unbehagen dachte sie daran, dass die Frist, die Costello ihr gegeben hatte, heute Abend ablief. Und an Shenmi und dass sie ihr versprochen hatte, sich um Tian zu kümmern.

»… im Lund Point Tower nicht die Magoi.«

»Entschuldigung, was haben Sie gerade gesagt?«

»Ich sagte, dass die Idee mit den Versuchskaninchen vielleicht gar nicht so schlecht ist. Aber zu dem Zeitpunkt, als Deirdre Watkins die Leute in der Fabrikhalle und später im Lund Point Tower gepäppelt hat, waren die Magoi noch gar nicht aufgetaucht. Es muss also noch jemand anders im Spiel sein.«

Sie fragte sich, ob Sinclair vielleicht Gedanken lesen konnte. Sie erzählte ihm, was Powell und sie rausgefunden hatten.

»Seaways hat den Würfel geborgen«, fasste Sinclair zusammen, »und jetzt sind die Schatten hinter dem Würfel her *und* hinter den Süchtigen. Irgendwie hängt das alles miteinander zusammen.«

»Durchsuchungsbeschluss«, erwiderte sie lapidar.

Sie tauschten einen Blick.

Keiner von ihnen sprach es aus, aber es hatte zweifellos seine Vorteile, dass Hammerstead tot war.

3

Um halb zehn traf der Beschluss im Forest Gate ein. Eine Stunde später brachen Powell, Sinclair und Shao zusammen mit drei Dutzend Sonderfahndern des Murder Investigation Team in Richtung Canary Wharf auf. Sie stellten die insgesamt zwölf zivilen Einsatzwagen an den Nordkolonnaden ab, auf der dem Eingang des One Canada Square abgewandten Seite. Kurz darauf bogen die Einsatzwagen der Firearms Unit um die Ecke, und eine weitere Viertelstunde später ergossen sich die insgesamt über fünfzig Einsatzkräfte aus den Fahrstühlen und den Nottreppen auf der Nord- und Südseite in die sechs obersten Etagen des Gebäudes, in denen die britische Zentrale der Seaways Public Limited Company residierte. Leere Empfangssäle und Gänge, ein paar viel zu große Büros mit bodentiefen Fenstern und protzigen Artdéco-Skulpturen. Die Telefon- und Computertastaturen auf den aufgeräumten Schreibtischen aus Walnussholz wiesen keinerlei Spuren der Benutzung auf, und auch die Besuchersessel aus Echtleder wirkten allesamt unberührt.

Auf der höchsten Etage wurden Sinclair, Shao und Powell von der Justiziarin Dr. Shirley Lancashire empfangen, brünett, schlank, dunkelblaues Business-Kostüm, die sie mit einem unverbindlichen Lächeln um die Mundwinkel zum Büro von Randolph Scott führte.

Es war ebenso leer wie die Büros auf den unteren Etagen. Shao fühlte Wut in sich aufsteigen, während Sinclair durch den Raum streifte wie ein Tiger, den Kopf leicht nach vorn gerichtet, darauf trainiert, seine Beute zu erschnüffeln.

»Wo ist er?«, fragte Powell, der ihnen auf dem Fuß gefolgt war. »Wo ist er?«

»Ich habe leider keine Einsicht in Mr. Scotts Kalender, aber ich erinnere mich, dass er von einem privaten Termin heute Morgen gesprochen hat.«

»Wann hat er davon gesprochen?«

»Gestern. Da habe ich ihn zuletzt gesehen.«

»Dann rufen Sie ihn an«, verlangte Powell.

»Das habe ich versucht, nachdem Miss Hersh vom Empfang mir Ihr Kommen angekündigt hat. Aber sein Handy ist ausgeschaltet. Es tut mir leid, dass ich Ihnen nicht weiterhelfen kann.«

Hinter Shaos Stirn pochte es. »Ich wette, Sie haben auch seine Privatnummer.«

»Wie bitte?«

»Und wenn Sie ihn sprechen, fragen Sie ihn am besten gleich, wann die nächste Lieferung an Costello erfolgt. Damit wir vorbereitet sind.«

»Ich habe keine Ahnung, wovon Sie reden.«

»Sie haben keine Ahnung, wovon ich rede?«, erwiderte Shao. »Dabei haben Sie nach Beauforts *Ausscheiden* doch die Geschäfte mit Costello übernommen!«

»Ich werde am besten noch einmal versuchen, Mr. Scott zu

erreichen. Vielleicht hat er sein Telefon in der Zwischenzeit eingeschaltet.«

»Hannah Caroll.« Sinclair stand jetzt so dicht hinter Lancashire, dass er sie in den Nacken hätte beißen können. »Wohin haben Sie ihren Leichnam bringen lassen?«

»Es tut mir leid, Detective Sinclair, aber ich weiß wirklich nicht, wovon Sie sprechen.«

»Der Leichnam, den Sie aus unserer Rechtsmedizin entführt haben!«, fauchte Shao.

Lancashire nickte, als würde sie erst jetzt begreifen. »Ich darf Ihnen dazu keine Auskunft erteilen. Wie Sie der Verfügung entnehmen konnten, die Staatssekretär Hammerstead unterzeichnet hat, unterliegt unsere Kooperation mit den exekutiven Behörden in diesem Fall der besonderen Geheimhaltung.«

»Die Männer, die zusammen mit Ihnen in der Rechtsmedizin aufgetaucht sind«, sagte Powell. »Wir brauchen die Namen.«

»Sie meinen die Polizisten vom Yard?«

»Wir meinen *Ihre* Leute«, erwiderte Sinclair. »Vier Typen in Tarnanzügen, an deren Namen Sie sich bestimmt erinnern können.«

»Ich kann nur mein Bedauern wiederholen, aber ich bin in dieser Sache zu Stillschweigen verpflichtet. Allerdings stelle ich Ihnen natürlich gern die Personaldaten unserer Sicherheitsabteilung zur Verfügung, falls Ihnen das weiterhilft.«

»Das würde ganz sicher weiterhelfen«, sagte Shao. »Vielleicht befand sich ja einer davon vor ein paar Stunden in Belgravia und hat die Gehirne von Hammerstead und seiner Frau über das Kopfkissen verteilt.«

»Staatssekretär Hammerstead ist tot? Das ist ja furchtbar. In den Nachrichten wurde nichts dergleichen berichtet.«

Shao wusste nicht, welche Möglichkeit sie abstoßender fand: dass Lancashire ihnen das perfekte Theater vorspielte oder dass Hammersteads Tod sie tatsächlich überraschte und vollkommen kaltließ.

»Allan Spencer«, sagte Sinclair. »Fällt Ihnen zu dem Namen etwas ein?«

»Haben Sie ihn engagiert?«, fragte Shao. »Oder war das die Idee von Randolph Scott?«

Powell stippte eine Zigarette aus der Packung. »Sie werden uns über alle Einzelheiten Auskunft erteilen, die das Projekt auf dem Abteigelände betreffen. Und Sie werden uns alle entsprechenden Unterlagen aushändigen.«

»In diesen Räumen ist das Rauchen leider untersagt, Superintendent.«

Sinclair machte eine umfassende Handbewegung. »Diese Büros hier und die Räume auf den Etagen unter uns. Ist das alles, was Seaways in diesem Gebäude angemietet hat?«

»Alle Büros, ja. Außerdem gibt es noch einen Serverbereich im Keller.«

»Schlüssel.« Powell streckte die Hand aus.

Lancashire nickte. »Soweit ich weiß, gibt es eine komplette Etage, auf der die Server für alle Firmen aus dem Gebäude untergebracht sind. Vier der Räume gehören uns. Ich werde Ihnen einen Mitarbeiter zur Verfügung stellen, der Sie nach unten führt.«

Der Mann, den Shirley Lancashire Sinclair und Shao zur Seite stellte, hieß Jerome Morris und bot an, dass sie ihn Jerry nannten. Er trug einen Kinnbart und hatte einen Kopf, der im Vergleich zu seinem Körper seltsam schmal wirkte, so dass seine Augen hinter der Nickelbrille eng zusammenstanden. Auf dem Weg nach unten erklärte er Sinclair und Shao, dass sämtliche Daten in einem firmeneigenen Intranet abgelegt waren, welches die verschiedenen Standorte von Seaways miteinander verband. Der Zugriff sei von einem beliebigen Rechner mit Internetzugang aus möglich, allerdings nur mit Zwei-Faktor-Authentifizierung und sofern die persönliche Zugangsberechtigung erstmalig von einem authentifizierten Mitarbeiter bestätigt worden sei.

»Und wie viele Mitarbeiter sind authentifiziert, diese Bestätigung zu erteilen?«, fragte Shao, während die Fahrstuhltüren vor ihnen auseinanderglitten.

»Das hängt von der Zugangsberechtigung ab, die erteilt wird. Unser Netzwerk besitzt mehrere Ebenen und ist zusätzlich horizontal abgegrenzt, so dass eigentlich nur die Systemadministratoren den kompletten Überblick haben.«

»Also Leute wie Sie«, erwiderte Sinclair.

Das Grinsen ließ seinen Kopf breiter wirken, allerdings nur die untere Hälfte. »Also Leute wie ich, genau. Wir könnten genauso gut oben im Büro bleiben, und ich gebe Ihnen vom Rechner aus einen umfassenden Überblick.«

»Erst nachdem wir uns die Räume angesehen haben.«

Achselzucken. »Sie beide sind heute der Boss.«

Die vier Räume, die Seaways angemietet hatte, lagen auf einem schnurgeraden Gang dreißig Yards vom Fahrstuhl entfernt nebeneinander und waren jeweils mit einem Magnetkartenscanner gesichert. Jerry führte sie zur ersten Tür und zog seine Karte durch das Lesegerät. »In jedem der Räume steht ein Terminal, aber ich bevorzuge diesen Raum, weil er die besten technischen Voraussetzungen aufweist.«

»Und die wären?«, erkundigte sich Shao.

Wieder ein Grinsen. »Er liegt am nächsten zum Fahrstuhl.«

Jerry drückte die Tür auf und tauchte in eine Finsternis ein, die vom Surren unzähliger Lüfter erfüllt wurde. Im nächsten Moment flammten LED-Röhren auf. Sie standen vor einem halben Dutzend Reihen mannshoher Serverschränke, in deren Glastüren sich das Licht spiegelte. Hinter ihnen glitt die Tür mit einem sanften Klicken ins Schloss.

Das Terminal stand rechts vor der Tür.

Jerry runzelte die Stirn. »Merkwürdig. Die Festplatten müssten sich eigentlich im Ruhezustand befinden.«

Shao stellte sich auf die Zehenspitzen, um über seine Schulter hinweg einen Blick auf den Monitor zu werfen. »Ich dachte, die Rechner hier laufen im Dauerbetrieb.«

»Ich meine die *lokalen* Festplatten von dem Ding hier … aber wie auch immer.« Er gab seine Zugangsdaten in das Authentifizierungsfenster ein und ließ ein schnaufendes Kichern hören. »Ich hoffe, Sie haben mehr als nur einen USB-Stick dabei, falls Sie irgendwelche Daten rüberziehen wollen.«

»Wir wollen nur einen ersten Blick darauf werfen«, sagte Shao vorsichtig, während sie beobachtete, wie Jerrys Finger über die Tastatur flogen. »Den Rest erledigen die Fachleute, sobald sie oben fertig sind.«

»Wie viele Zugänge zu diesem Raum gibt es?«, fragte Sinclair, der zwischen den aufgereihten Serverracks entlangschritt.

Jerry runzelte die Stirn. »Zugänge?«

Sinclair bewegte den Zeigefinger. »Es gibt einen Luftstrom, selbst jetzt, während die Tür zu ist. Also gibt es mindestens noch zwei weitere Zugänge.«

Jerry blinzelte an die Decke. »Na ja, es gibt die Kühlanlage, die die warme Luft über einen zentralen Lüftungsschacht abführt. Und außerdem natürlich die Verbindungstüren zu den Nebenräumen. Ich meine, wir haben hier über hundert Rechner mit insgesamt über tausend Prozessorkernen im Dauerbetrieb. Selbst wenn wir die in einem Raum unterkriegen würden, und das ist nicht der Fall, wegen der mangelhaften Glasfaserausstattung, was meiner Ansicht nach ein Skandal ist bei einem Gebäude, das gerade mal ein paar Jahre alt ist … also, äh, selbst dann würden uns durch die Abwärme innerhalb von Stunden die Prozessoren wegschmelzen.«

»Die Zwischentüren lassen sich ebenfalls mit der Magnetkarte öffnen?«

»Nur die zu unseren Räumen natürlich. Allerdings gehe ich lieber außenrum, weil die Racks nebenan so eng stehen, dass man die verdammte Tür von dieser Seite kaum aufmachen kann … Was ist das denn?«

»Was?«

Jerry schob sich die Brille nach oben und deutete auf den Monitor. »Es sieht aus, als hätte sich jemand Zugang verschafft.«

»Wer?«

»Kann ich leider nicht einsehen. Der Zugang wird von einer Anwendung verwaltet, die ... na ja, ich weiß gar nicht, ob Sie überhaupt berechtigt sind, das zu erfahren.«

»Der Durchsuchungsbeschluss gilt auch für diese Räume.«

»Ach so. Hm. Aber ich meine, selbst *ich* dürfte von dieser Sache eigentlich nichts wissen. Es ist nicht mein ... mein Hoheitsgebiet, verstehen Sie?«

»Welche Sache?«, fragte Sinclair.

Jerry kratzte sich hinter den Ohren und schien vor ihren Augen immer weiter zu schrumpfen. »Es gibt ... na ja, es gibt einen bestimmten Bereich innerhalb des Netzwerks, der besonders geschützt ist. Oder sagen wir lieber *versteckt*, denn bis vor ein paar Wochen wusste nicht mal ich, dass er existiert. Bin nur durch Zufall drauf gestoßen, als ich mir aus Langeweile ein paar alte Protokolle angesehen hab, die auf den ausrangierten Festplatten untergebracht waren ...«

»Was für ein Bereich, Jerry?«

»Er ist komplett abgeschottet, mit eigenem Zugang, und zwar noch mal komplizierter als bei unserem Hauptsystem. Um da reinzukommen, brauchen Sie mindestens vier Faktoren.«

»Faktoren?«, hakte Shao nach.

»Ich habe bisher nur zwei identifizieren können. Das liegt nicht daran, dass ich den Rest nicht knacken könnte. Das Problem ist wie gesagt, ich muss die zuständigen Protokolle erst mal *finden.* Anscheinend hat sie jemand ganz unten in der Tiefe unseres Netzwerks verborgen.«

»Randolph Scott?«

»Das kann ich Ihnen erst sagen, wenn ich drin bin, aber das wird wahrscheinlich noch Monate dauern. Ich hab ja auch zu tun tagsüber, und ...«

»Wir brauchen die Daten *jetzt.*«

Er überlegte. »Dann müssen Sie die Rechner direkt anzapfen. In diesem Fall könnten Sie einige der Authentifizierungsstufen umgehen, die … Moment mal.« Seine Finger huschten über die Tastatur. »Es scheint, als hätte unser Spion genau das getan.«

»Was?«

»Der Zugriff hat in diesem Raum stattgefunden – und wurde kurz vor unserem Eintreten abgebrochen.«

Shao lief es eiskalt über den Rücken.

»Es müsste … es müsste einer der Rechner in der zweitletzten Reihe sein, die Schränke mit den Nummern … warten Sie …«

Ihr Blick ging zu Sinclair, der nickte und mit der Beretta in der Hand zwischen den Schrankreihen verschwand.

Shao folgte ihm.

Einer der Racks sah aus wie der andere, und genauso glich eine Reihe der anderen bis aufs Haar. Auf der Rückseite zog sich ein Gang an der Wand entlang. Sinclair gab Shao ein Zeichen. Sie schlich an ihm vorüber und richtete die Waffe in den Gang vor ihnen.

Leer.

Ebenso der nächste.

Blieben noch zwei, also musste der nächste Gang derjenige sein, von dem Jerry gesprochen hatte.

»Ich hab's gleich«, vernahm sie seine Stimme aus Richtung der Tür. »Es ist der Server mit der Nummer …«

Die letzten Worte wurden von einem Ploppen abgeschnitten. Ein Rumpeln folgte.

Sinclair und Shao sprinteten zurück zum Terminal. Jerrys Leiche lag in einer Blutlache.

Sinclair riss die Tür auf.

Irgendwo auf dem Gang fiel eine andere Tür ins Schloss.

Shao deutete mit der Waffe nach links. »Die Treppe am Fahrstuhl!«

Sinclair deutete zum Notausgang. »Ich nehm die andere Richtung!«

Shao erreichte den Fahrstuhl, als die Kabine gerade den 44. Stock erreichte. Also musste der Mörder die Treppe genommen haben, die rechts vom Fahrstuhl nach oben führte.

Falls er nicht drüben bei Sinclair ist.

Sie hastete die Stufen hinauf. Zwei Etagen weiter oben lag das Foyer mit dem Ausgang auf die Südkolonnaden, aber sie nahm, einfach nur ihrer Intuition folgend, den Ausgang auf der ersten Kelleretage, der in die langgestreckte unterirdische Mall unterhalb der Kolonnaden führte. Zur Hälfte Imbisse, zur Hälfte gepflastert mit teuren Boutiquen und Elektronikläden, erstreckte sie sich vom One Canada Square bis zum DLR-Bahnhof auf der Westseite. Hipster mit Beats-Kopfhörern, Shopping Queens mit vier verschiedenen Einkaufstaschen unter den Armen. Shao kämpfte sich durch die Menge vor bis zu einem Hot-Dog-Laden, vor dem sich eine Gruppe von Anzugträgern drängelte. Dahinter weitere Klamotten- und Schuhläden, außerdem kleine teure Lebensmittelgeschäfte und Konditoreien. Zwei junge Mütter mit Kinderwagen, miteinander schwatzend. Rechts davon, im Getümmel, der schwarze Pferdeschwanz einer Frau, der wie eine Haifischflosse auftauchte und wieder verschwand. Ein Typ, der aus einem Handyladen kam und ein Ladekabel aus der Verpackung riss. Nirgendwo jemand, der aussah, als hätte er gerade einem IT-Spezialisten den Hinterkopf weggeschossen.

Eine Tür fiel ins Schloss.

Auf dem Schild darüber stand, dass sie zur Nottreppe führte.

Shaos Handy meldete sich. Sinclair. Sie klemmte sich die Ohrhörer des Headsets ins Ohr und nahm den Anruf entgegen.

»Auf dieser Seite ist niemand, jedenfalls nicht bis zum siebten Stock!«

»Vielleicht weiter unten. Jemand ist gerade durch den Notausgang, der zu Ihrer Treppe führen müsste.«

»Alles klar.«

Shao riss die Tür auf und rannte über den Gang. Er führte

zur zweiten Treppe, wie sie vermutet hatte. Zwei Stufen auf einmal nehmend, hetzte sie die Stufen hoch.

Sie erreichte den ersten Stock, als sich über ihr eine Tür schloss. Im zweiten Stock traf sie auf Sinclair. »Entweder er ist hier raus, oder eins weiter oben!«

Sinclair machte kehrt und hetzte aufwärts. Sie nahm sich den zweiten Stock vor. Die Tür führte auf eine Art Promenade, die brechend voll war. Restaurants reihten sich aneinander, die Stühle drinnen alle besetzt, und selbst draußen saßen ein paar Leute unter Heizpilzen. Der Mörder hatte höchstens zehn Sekunden Vorsprung, er musste also direkt vor ihr sein.

»Hier oben ist niemand«, ertönte Sinclairs Stimme im Ohrhörer.

Shao fluchte. »Das ist hier 'ne einzige riesige Fressmeile. Was ist, wenn der sich einfach hier irgendwo hingesetzt hat?«

Da, inmitten in der Passanten: ein schwarzer Pferdeschwanz, der zur Seite schwang, als die Frau einen Blick über die Schulter warf.

Die Promenade erstarrte.

Das ist sie. Scheiße, das ist sie!

»Shao?«

»Scott!«

»Was?«

»Ich hab sie gesehen! Es ist Pamela Scott!«

Shaos Blick flog durch die Menge. Der Pferdeschwanz war verschwunden. »Sie ist irgendwo vor mir und läuft in Richtung DLR!«

»Ich nehm die nächste Treppe. Falls ich keine finde, treffen wir uns am Bahnsteig.«

»Geht klar.«

Shao passierte das letzte der Restaurants, einen Italiener, der Pizza auch zum Mitnehmen anbot. Ein kurzer Blick auf die Gäste. Ein älteres Ehepaar nahe der Fensterscheibe, das irgendwie verängstigt wirkte. Der grauhaarige Mann hatte das Messer in der Pizza versenkt, aber er schnitt nicht weiter. Neben ihm ein Schatten. Die Mündung einer Waffe, die sich auf Shao richtete.

Sie warf sich zu Boden.

Im nächsten Moment splitterte die Fensterscheibe.

Gäste schrien auf, ein weiterer Schuss, der einem Kellner, der gerade vorbeiging, das Tablett aus der Hand fegte. Der dritte traf ihn in den Bauch.

»Polizei«, schrie Shao. »In Deckung!«

Aber selbst wenn sie die Lottozahlen von nächster Woche vorgelesen hätte – niemand hörte auf sie. Alles sprang durcheinander und rannte sich gegenseitig über den Haufen, und in dem Chaos, irgendwo hinter der zerstörten Fensterscheibe, tauchte Pamela Scott zwischen den Flüchtenden unter.

Shao folgte ihr durch die panische Menge und bemerkte, dass das Headset vor ihrem Kragen baumelte. Sie stopfte sich die Hörer zurück ins Ohr.

»… in Ordnung?«

»Mit mir schon, ja. Sie ist hier, in einem Restaurant!«

Ein Kellner hinter dem Tresen, der mit aufgerissenen Augen nach draußen starrte, auf seinen verwundeten Kollegen. Shao schrie ihn an, dass er einen Notarzt rufen solle, aber sie musste ihre Worte wiederholen, bevor er endlich reagierte. Die Flüchtenden strömten an ihr vorbei zum Ausgang. Shao kämpfte sich in die andere Richtung durch, bis sie den mittleren Teil des Restaurants erreichte, der wie leergefegt war.

»Fuck! Da ist eine Tür nach hinten raus.« An der Tür drängelten sich ebenfalls Menschen. »Polizei! Keiner rührt sich! Ich hab gesagt, keiner rührt sich, Polizei! – Weg da!« Sie schob eine Frau zur Seite, die ihr Kind auf dem Arm trug. Ein Typ mit Aktentasche stolperte ihr vor die Füße. Dann war sie endlich am Ausgang, der auf die Nordseite der Promenade führte.

Pamela Scott rannte Richtung DLR. Auf ihrem Rücken tanzte eine Umhängetasche. Mit der Waffe in der Hand teilte sie eine Traube von Touristen wie Moses das Rote Meer.

»Sie läuft zum Bahnhof!«

»Verstanden.«

Shao gelang es, den Abstand geringfügig zu verkürzen, bevor Pamela Scott auf der Rolltreppe verschwand, die zur Bahnstation führte. Zehn Sekunden später hatte Shao die Rolltreppe erreicht. Am unteren Absatz flankte Pamela Scott über die Pforten der Eingangssperre.

»Sie will zum Bahnsteig! Obere Ebene!«

Shao sprang von der Rolltreppe, als sich ihr ein hagerer Security-Mitarbeiter in den Weg stellte.

»DC Shao, Metropolitan Police! Weg da!«

Vielleicht glaubte er ihr, vielleicht auch nur der Waffe in ihrer Hand, jedenfalls wich er zur Seite. Shao setzte über die Zugangssperre hinweg und rannte über eine Brücke in Richtung einer weiteren Rolltreppe, die zum Bahnsteig führte. Auf der Brücke auf der anderen Seite erblickte sie Sinclair.

»Unten, auf dem Bahnsteig!«

Pamela Scott sprintete an einem Zug entlang, der gerade seine Türen geschlossen hatte und anfuhr. Sie sprang über die Gleise auf den gegenüberliegenden Bahnsteig. Der automatisch geführte Zug blieb abrupt stehen. Eine Alarmsirene ertönte.

Sinclair, der gerade die Rolltreppe erreicht hatte, sprang die ersten Stufen wieder hoch und rannte die Brücke entlang zum zweiten Bahnsteig.

Shao folgte Pamela Scott über die Gleise, wobei sie darauf achtete, nicht mit der Stromschiene in Berührung zu kommen. Auf dem anderen Bahnsteig hielt der Zug Richtung Tower Gateways.

»Polizei! Stehen bleiben!!«

Pamela Scott rannte eine junge Frau über den Haufen und hechtete auf den Einstieg zu, aus dem gerade ein übergewichtiger Typ mit Business-Rucksack stieg.

»Stehen bleiben!«

Der Fettsack erstarrte auf der Schwelle, so dass Pamela Scott nicht an ihm vorbeikam. Sie riss ihn an der Jacke heraus und drückte ihm die Pistole gegen die Schläfe.

»Keine Bewegung!«

Shao blieb stehen, die Waffe auf Pamela Scotts Kopf gerichtet. Auf der anderen Seite erschien Sinclair.

»Waffen runter, oder er ist tot!«

Der fette Typ wurde kalkweiß, als er begriff, dass von ihm die Rede war. »Bitte, ich …«

»Halt's Maul!«

»Waffe runter!«, schrie Shao.

Pamelas Blick flog zwischen ihr und Sinclair hin und her. Aber ganz egal, wie weit sie auseinanderstanden, der Typ an der Tür war so fett, dass selbst ein Elefant in seinem Windschatten hätte verschwinden können.

Die Warnleuchte über den Türen blinkte auf, und Shao erkannte in Pamelas Augen, was sie vorhatte.

»Stehen bleiben!«

Sie gab einen Warnschuss ab, aber gerade als sich die Türen zu schließen begannen, stieß Pamela Scott ihre Geisel nach vorn. Der Fettsack ruderte mit den Armen, und irgendeine Schnalle seines Rucksacks blieb an Scotts Tasche hängen, als sie in den Wagen zurückwich. Der Dicke taumelte Shao entgegen und riss die Umhängetasche mit sich. Gleichzeitig versuchte Sinclair, die nächste Tür zu erreichen, aber Pamela Scott richtete die Waffe auf ihn. Die Kugeln durchschlugen das Plexiglas, und Sinclair warf sich auf den Boden.

Shao sprang an dem Fettsack vorbei, aber da waren die Türen vor ihrer Nase schon zu.

Pamela Scotts kalte Miene hinter der Scheibe.

Der Zug ruckte an.

Shao schlug gegen das Plexiglas. »Scheiße, scheiße, scheiße!« Sie trat gegen den letzten Wagen, der Richtung Norden aus der Station schoss. Ihr Blick suchte eine der Kameralinsen an der Decke, die den Bahnsteig im Auge behielten. »Wer guckt uns hier eigentlich zu? Wieso stoppt nicht jemand diesen beschissenen Zug!«

Sinclair hatte die Handyverbindung unterbrochen und rief Glenda an. »Wir brauchen eine Fahndung nach Pamela Barbara Scott. Schlank, schwarze schulterlange Haare, Pferdeschwanz, Alter zirka fünfunddreißig … Ja, fährt gerade in einem Zug der DLR zwischen Canary Wharf und West India Quay Richtung Tower Gateway. Stoppt den Zug und sperrt alle Bahnhöfe Richtung Norden ab, auch Richtung Stratford und Canning Town. Für den Fall, dass sie am West India Quay umsteigt, nehmen Shao und ich den nächsten Zug in die Richtung.«

»Vergiss es«, fauchte Shao und steckte die Waffe ein. »Das hat doch keinen Sinn! Wir haben sie verloren!«

»Ähm, vielleicht auch nicht.«

Der fette Typ mit dem Rucksack tippte Shao auf die Schulter. Er war immer noch bleich, und in seinen hellen Augenbrauen hatten sich Schweißtropfen gesammelt.

In der Hand hielt er die Umhängetasche von Pamela Scott.

4

»Bitte, Dr. Lancashire«, sagte Powell und schob den Stuhl zurück, »nehmen Sie Platz. Möchten Sie etwas trinken? Kaffee, Wasser?«

»Danke, nicht nötig.«

Er ließ sich ihr gegenüber nieder und tippte auf die Taste der Fernbedienung, die die Videokameras links und rechts hinter ihm aktivierte. »Befragung von Dr. Shirley Lancashire, Justiziarin von Seaways PLC, im Fall Baltimore, durchgeführt von Detective Chief Superintendent James Powell, Datum: 12. Januar 2019 …« Er warf einen Blick auf seine Armbanduhr. »… 15 Uhr 53. Dr. Shirley Lancashire verzichtet ausdrücklich auf einen juristischen Beistand, obwohl sie darüber aufgeklärt wurde, dass das Verhör möglicherweise über eine Befragung als Zeugin hinausgeht. Ist das korrekt, Dr. Lancashire?«

»›Möglicherweise‹, Superintendent?«

»Beantworten Sie bitte die Frage.«

»Es erscheint mir ungewöhnlich, dass ein Detective Superintendent das Verhör persönlich durchführt. Allerdings ging es ja bereits durch die Presse, dass hier am Forest Gate andere Regeln gelten. Und ja, ich verzichte auf einen juristischen Beistand.«

»Sie arbeiten als Justiziarin für Seaways PLC und haben diesen Posten von Ernest Beaufort übernommen?«

»Das ist richtig.«

»Wissen Sie, wo Mr. Beaufort sich zurzeit aufhält?«

»Er wurde vor einigen Tagen von seinen Aufgaben bei Seaways entbunden und hat noch am selben Tag das Gebäude am One Canada Square verlassen. Sein derzeitiger Aufenthaltsort ist mir nicht bekannt.«

»Er besitzt eine Fischerhütte auf Foulness Island, nahe der Themsemündung. Dort haben Kollegen von uns vor einer halben Stunde seine Leiche gefunden.«

»Wie schrecklich. Ist er ertrunken?«

»Nicht ganz. Sie haben unter Beaufort gearbeitet?«

»Ich denke, das wissen Sie.«

»Also wussten Sie, dass er tot ist?«

Sie schlug die Beine übereinander und überlegte einen Moment, bevor sie antwortete. »Nein, das wusste ich nicht.«

Powell begann in den Notizen zu blättern, die Glenda ihm auf die Schnelle zusammengestellt hatte. »Offenbar hat er vor etwas mehr als einem Jahr im Auftrag von Randolph Scott Kontakt zu einem Mann namens Logan Costello aufgenommen. Es ging um größere Lieferungen von Harmony, einer Droge, die Logan Costello seit etwa einem Jahr exklusiv im Londoner Stadtgebiet vertreibt. Seaways verfügt über die technischen Möglichkeiten, Harmony herzustellen, und wir haben die Aussagen von Zeugen über die gute Zusammenarbeit, die Beaufort und Costello während der vergangenen Monate gepflegt haben.«

Ein spöttischer Zug umspielte ihre Mundwinkel. »Gibt es

darüber hinaus irgendwelche Beweise für diese Anschuldigungen?«

»Wir haben sogar die Aussage eines Zeugen, der bei der Verhandlung zugegen war.«

»Das hört sich gut an. Dann befragen Sie doch den.«

»Sie waren also nicht in die Lieferungen involviert und besaßen auch keine Kenntnis darüber?«

»Seaways ist eine Reederei. Wir transportieren Container und Frachtgut im Auftrag unserer Kunden und sind nicht verpflichtet, die Ladung zu kontrollieren.«

»Ich rede nicht vom Transport, sondern von der Herstellung der Droge. Kennen Sie eine Frau namens Pamela Barbara Scott?«

Ein winziger Moment der Abwägung. »Natürlich. Dem Namen nach.«

»Es handelt sich um die Frau oder Exfrau von Randolph Scott. Leben die beiden zusammen? Haben sie Kinder?«

Lancashire hob die Brauen. »Über das Privatleben meines Vorgesetzten bin ich nicht informiert.«

»Aber Sie sind Pamela Scott schon einmal bei Seaways begegnet?«

Wieder tat sie, als müsse sie nachdenken. »Ich will es nicht ausschließen.«

»Ist sie bei Ihnen angestellt?«

»Ich dachte, Sie haben Zugriff auf Personalakten.«

»In den Akten gibt es keinen Eintrag auf ihren Namen.«

»Dann beantwortet das wohl Ihre Frage.«

»Es gibt *überhaupt* keine Akten über Randolph und Pamela Barbara Scott. Keine Geburts- oder Heiratsurkunden, kein Eintrag im Wahlregister, und auch das Finanzamt weiß nichts über sie.« Powell blätterte weiter. »Sie bezeichnen Randolph Scott als Ihren Vorgesetzten. Wie kommt es dann, dass er nicht bei Seaways London angestellt ist? Ich finde hier nur … ah, hier steht es ja: eine Beteiligung von Randolph Scott an einer Holding namens Morasso Invest.«

»Ich denke, das beantwortet Ihre Frage. Falls das schon alles ist, was Sie wissen wollten, wundere ich mich ehrlich gesagt, wieso Sie mich überhaupt herbestellt haben.«

Powell griff in die Aktentasche neben seinem Stuhl und zog ein Tablet heraus. Er löste die Bildschirmsperre und legte es auf den Tisch. »Nein, das ist noch nicht alles, Dr. Lancashire. Dieses Video haben wir auf dem Laptop gefunden, den Pamela Scott auf der Flucht verloren hat.«

Lancashire beugte sich vor, und Powell hatte den Eindruck, dass ihre Neugierde echt war. Er ließ das Video ablaufen. »Wissen Sie, wo das ist?«

»Schwer zu sagen. Die Auflösung ist nicht sehr gut.«

»Aber Sie erkennen, dass der Mann dort Professor Allan Spencer ist, der sich mit seinen wissenschaftlichen Mitarbeitern unterhält?«

»Ich erkenne auf dieser Aufnahme einen Mann, der sich mit einigen anderen Leuten unterhält.«

»Und das Ding im Hintergrund? Der Würfel?«

Sie hob die Schultern. »Den habe ich noch nie zuvor gesehen.«

»Wir haben nicht nur Seaways unter die Lupe genommen, Dr. Lancashire, sondern auch die archäologische Fakultät der Universität von London. Die Frau neben Spencer müssten Sie eigentlich wiedererkennen. Es ist Hannah Caroll, die als Linguistin unter Spencer an der Fakultät tätig war. Sie wurde von Ihnen für das Projekt auf dem Abteigebäude abgeworben, und vorgestern lagen auf einmal ihre Überreste auf unserem Untersuchungstisch. Zumindest für ein paar Stunden.«

»Ich sagte schon, dass ich Ihnen dazu keine Auskunft erteilen kann.«

»Doch, dürfen Sie. Das Innenministerium hat den unerklärlichen Alleingang von Staatssekretär Hammerstead bedauert und die Geheimhaltung in dieser Sache aufgehoben.«

»Interessant. Dürfte ich die entsprechenden Dokumente einsehen?«

»Eine Ausfertigung dürfte innerhalb der nächsten Stunde eintreffen. Bis dahin müssen Sie auf mein Wort vertrauen.«

Lancashire erwiderte seinen Blick und schürzte die Lippen. Sie beugte sich noch einmal über das Tablet. »Ich erinnere mich an den Namen Hannah Caroll, aber der Leichnam, den wir beschlagnahmt haben … tut mir leid, ich erkenne wirklich keine Ähnlichkeit.«

»Die beiden anderen Männer auf dem Video haben wir noch nicht identifiziert. Dafür aber den im Hintergrund. Sein Name war Benjamin Shelford. Er war ebenfalls Mitarbeiter bei Seaways, und zwar in einer Abteilung, die für Sicherheit zuständig ist. Erinnern Sie sich an ihn?«

Sie lehnte sich wieder zurück. »Wir haben vorgestern seinetwegen telefoniert.«

»In diesem Telefonat erklärten Sie mir, dass Shelford das Unternehmen vor einigen Tagen verlassen habe. Nachdem er – ebenso wie Mr. Beaufort – von einem Tag auf den anderen von allen seinen Aufgaben entbunden worden sei. Und wie Mr. Beaufort, so hat auch Mr. Shelford wenige Tage, vielleicht sogar nur wenige Stunden nach der Beendigung seiner Tätigkeit für Seaways, auf mysteriöse Weise das Leben verloren.«

»Das tut mir aufrichtig leid, aber Sie insinuieren mit Ihren Worten einen Zusammenhang zwischen den beiden Fällen. Gibt es dafür Indizien?«

Powell schob die Finger über die gläserne Oberfläche, und die Aufnahme zeigte denselben Ausschnitt des Labors mit dem Würfel, nur einige Minuten später. »Ich möchte, dass Sie sich den Schluss der Aufnahme sehr genau ansehen.« Er tippte auf das Abspielen-Symbol. »Das da beim Würfel sind Hannah Caroll und einer der Wissenschaftler. Hier am Schreibtisch, das ist Allan Spencer. Und dann …«

Ihm entging nicht, dass Lancashire für einen winzigen Moment den Atem anhielt, als etwas *Schwarzes* aus dem Innern des Würfels spritzte. Der größte Teil der Substanz traf den Mann neben Hannah Caroll, aber auch die Archäologin blieb nicht verschont. Dann fand die Mutation statt. Mit leicht hochgezogenen Augenbrauen verfolgte Lancashire, wie der verwandelte Wissenschaftler seinen Kollegen und mehrere der Wachleute tötete, die in den Raum stürmten.

Powell drückte auf die Pause-Schaltfläche, und das Bild erstarrte. »Außerdem hat es noch Hannah Caroll erwischt – sowie die Leute im Rettungswagen, die sie getötet hat, nachdem sie sich ebenfalls verwandelt hat.«

»Sind Sie sicher, dass die Aufnahme nicht manipuliert wurde?«

»Unsere Experten haben sie überprüft. Sie ist echt.« Vermutlich konnte sie sich zusammenreimen, dass ihnen dafür viel zu wenig Zeit geblieben war. Egal. »Dieses Video wurde unterhalb der Abteiruine von St. Lesnes in Abbey Wood aufgenommen – auf dem Gelände, das Ihr Unternehmen vor kurzem im Auftrag der Londoner Polizei abgesperrt hat.«

Lancashire legte die Stirn in Falten. »Das klingt in der Tat beunruhigend.«

»Wissen Sie, was mich an der Aufnahme am meisten *beunruhigt* hat, Dr. Lancashire? Wie gelassen Allan Spencer in diesem Chaos geblieben ist. Im Gegensatz zu Ihren Wachleuten hat er es sogar geschafft, das Monster zu erledigen.«

Sie breitete die Arme aus. »Ich denke, es wäre an der Zeit, dass Sie mir detailliert erklären, was genau Sie von mir erwarten.«

»Zunächst möchte ich wissen, warum Pamela Scott in Ihrem Serverraum nach dieser Aufnahme gesucht hat.«

»Hat sie das?«

»Sie wurde von meinen Leuten überrascht und hat auf der Flucht zwei Menschen getötet. Zwischen den Bahnhöfen Canary Wharf und West India Quay hat sie in einem fahrenden DLR-Zug die Notbremse gezogen und ist seitdem verschwunden.«

»Ich bin über dieses Verhalten von Mrs. Scott genauso schockiert wie Sie. Zum Glück gibt es, wie Sie vorhin selbst festgestellt haben, keine offizielle Verbindung zwischen Seaways und ihr.«

»Was nichts daran ändert, dass Seaways für die Vorgänge auf diesem Video die Verantwortung trägt.«

»Ich verspreche Ihnen, ich werde der Sache nachgehen und Sie bei der Aufklärung des Vorfalls, so weit es mir möglich ist, unterstützen.«

»Ich glaube, dass es an der Zeit ist, die Karten auf den Tisch zu legen. Wer steckt hinter Seaways und Morasso Invest?«

Sie lächelte mild. »Jetzt verwirren Sie mich. Sie selbst sagten vorhin doch: Seaways ist eine Aktiengesellschaft, und Morasso Invest ist der größte Anteilseigner.«

»Ist Randolph Scott der Kopf von Morasso Invest?«

»Ich fürchte, da kann ich Ihnen nicht weiterhelfen. Was ich tun kann, ist, Ihnen eine Liste der derzeitigen Anteilseigner von Seaways zukommen zu lassen. Darauf finden Sie sicherlich auch die Kontaktdaten der Holding, die Sie genannt haben, so dass Sie dort …«

»Diese Liste liegt uns bereits vor. Ist ein hübsches Potpourri.« Er blätterte in den Unterlagen. »Firmen in Singapur, auf den Marschall-Inseln und in Macao. Wer auch immer dieses Geflecht geschaffen hat, war allerdings so freundlich, einige der Firmen in *britischen* Steuerparadiesen anzusiedeln. Unter anderem hätten wir da die … Morasso Banking Cooperation Holdings PLC auf den Kaimaninseln sowie die Agricultural Bank of Bermuda, Letztere mit einer Bilanzsumme in Höhe von mehreren Milliarden Euro. Ich wusste gar nicht, dass die Landwirtschaft auf den Bermudas ein solch einträgliches Geschäft ist.«

»Sie würden sich wundern, womit die Menschen heutzutage spekulieren.«

»Ich wundere mich lieber über die Eigentümerschaft dieser beiden Firmen. Sie gehören … oh, darf ich meinen Augen trauen? … jeweils zu hundert Prozent zu Morasso Invest.«

»Was nicht verboten ist, wenn ich richtig informiert bin.«

Powell nahm die Brille ab. »Wer oder was ist Morasso? Eine weitere Gesellschaft? Oder steckt eine einzelne Person dahinter? Wir wissen, dass Randolph Scott große Energie darauf verwendet hat, den Würfel auf dem Video in seinen Besitz zu bringen. Hat er dabei im Auftrag eines Dritten gehandelt?«

»Ich fürchte, selbst wenn es dazu Unterlagen bei Seaways gibt, müsste ich die erst einsehen, um mir ein Bild zu machen. Oh, ich vergaß. Die liegen ja bei Ihnen.«

»Wir haben außerdem Fotos, die belegen, dass Pamela Scott in Kontakt zu Staatssekretär Paul F. Hammerstead stand. Möglicherweise hat sie ihn bedroht. Vielleicht hat sie ihn sogar ermordet.«

»Dazu kann ich nichts sagen.«

»Sie sind also niemals zusammen mit Pamela Scott bei Hammerstead gewesen?«

»Ich bin überhaupt nie bei Mr. Hammerstead gewesen.«

»Aber Sie haben nach Beaufort den Kontakt zu ihm übernommen – genauso wie im Fall Logan Costello?«

Sie legte den Kopf schräg. »Vielleicht habe ich Ersteres – offiziell.«

»Tja. Wie fühlt es sich eigentlich an, diese Suppe auszulöffeln, die Randolph Scott Ihnen durch sein Untertauchen eingebrockt hat?«

»Ich bin sicher, er wird sich schon bald bei Ihnen melden und alle Vorwürfe gegen sich entkräften.«

In der Aktentasche klingelte Powells Handy. »Dann sollte er sich besser beeilen, denn in dieser Sekunde haben drei Teams der Firearms Unit das Gelände um die Abteiruine umstellt und warten nur noch auf den erweiterten Durchsuchungsbeschluss. Ich nehme an, dass er jeden Moment eintreffen wird.«

»Müssen Sie da nicht rangehen?«

Er warf einen Blick aufs Display. Sheila Conolly. »Ja, was gibt es? Das ist ein ungünstiger Zeitpunkt.«

»Mr. Powell? Ich habe vorhin einen Anruf bekommen!«

»Was für einen Anruf?«

»Von einer Frau, die behauptet hat, während der letzten Tage bei Bill gewesen zu sein.«

Powell sah zu Shirley Lancashire rüber, die zur Seite blickte und tat, als würde sie nicht zuhören. Und vielleicht stimmte das sogar.

»Was hat sie gesagt?«

»Ich war gerade nicht am Platz, darum hat sie mir eine Nachricht hinterlassen. Darin sprach sie von einer … *Station*, auf der Bill untergebracht sein soll.«

»Was bedeutet das?«

»Das weiß ich ja gerade nicht. Die Nachricht brach ab, bevor sie es erklären konnte, weil … weil irgendetwas passiert ist. Ich habe nur einen Schrei gehört, und dann war die Verbindung weg. Natürlich habe ich zurückgerufen, aber es geht niemand ran.«

»Eins nach dem anderen. Enthält die Nachricht einen Hinweis auf den Aufenthaltsort?«

»Ich … nein. Nein, ich glaube nicht.«

»Schicken Sie sie mir. Ich melde mich, sobald ich sie mir angehört habe. Danke.«

Er ließ das Handy zurück in die Tasche gleiten und steckte das Tablet ein. »Ich muss Sie leider bitten, uns noch eine Weile Gesellschaft zu leisten, Dr. Lancashire.«

»Ich stehe zu Ihrer Verfügung, Superintendent.«

Er verließ das Zimmer und blieb auf dem Gang stehen, als Sheilas Audio-Nachricht eintraf. Er hörte sie ab und schickte sie an Glenda weiter. Mit versteinerter Miene betrat er den Nebenraum, von dem aus Sinclair und Shao das Verhör verfolgt hatten.

»Was ist los, Guv?« Shao rutschte von der Tischoberfläche, auf der sie es sich bequem gemacht hatte.

»Wir müssen sie laufenlassen.«

»Was?«

»Aber erst morgen früh. Jedenfalls sofern wir bis dahin keine neuen Anhaltspunkte haben.«

Shao fluchte. »Und was ist mit dem Video?«

»Wie Sie selbst mitbekommen haben, liefert sie uns keinen Beleg dafür, dass die Experimente in der Abtei auf Anweisung von Seaways durchgeführt wurden …«

»Natürlich wurden sie auf Anweisung von Seaways durchgeführt!«

»… und solange wir nicht ausschließen können, dass die Leute da unten allein durch das Wirken von Professor Allan Spencer gestorben sind, können wir Lancashire und Scott nicht mal wegen fahrlässiger Tötung drankriegen.«

»Und was ist mit Pamela Scott? Sie hat vor unseren Augen zwei Leute erschossen!«

»Schleppen Sie sie her und beweisen Sie, dass sie im Auftrag von Seaways gehandelt hat.«

Sinclair schüttelte den Kopf. »Wenn sie das getan hätte, hätte sie sich wohl kaum heimlich ins System gehackt.«

Shao ließ ein verächtliches Schnauben hören. »Also spielt Scott gegen Scott. Oder umgekehrt.«

Powell nickte in Richtung Scheibe. »Und genau das weiß Lancashire auch.«

»Fuck, fuck!« Shao schlug mit der Faust gegen die Tapete, dass ihre Fingerknöchel schmerzten. »Bin ich vielleicht die Einzige, die gerade das Gefühl hat, ein scheiß Déjà-vu zu erleben? Ich werd nicht zulassen, dass die hier rausspaziert wie Costigan vor einer Woche!«

»Dann schaffen Sie mir Scott herbei, egal ob sie oder ihn. Am besten beide. Oder Allan Spencer, und zwar ohne dass er mir mit seinen Tentakeln das Revier zerlegt.«

»Was ist mit der Firearms Unit?«, fragte Sinclair. »Ist der Durchsuchungsbeschluss für die Abtei schon eingetroffen?«

»Liegt seit einer Stunde warm und trocken in meinem Postfach, aber ich werde einen Teufel tun und Leute von uns da reinschicken, solange nicht klar ist, über welche Fähigkeiten Spencer tatsächlich verfügt.«

Shao dachte an Costellos Ultimatum, das heute Abend ablief. Von welcher Seite man es auch betrachtete, es war der perfekte Sturm. »Na, dann bleiben wir doch einfach hier sitzen und drehen Däumchen, während Spencer da unten noch ein paar ahnungslose junge Männer und Frauen verheizt!«

»Die Abtei ist jetzt nicht wichtig«, sagte Sinclair. »Wir müssen uns um die Schatten kümmern.«

»Ach«, giftete Shao, »worum handelt es sich denn bitte schön bei Spencer?«

»Ich meine damit, wir müssen den Ort finden, an dem sie das Tor zusammenbauen!«

Powell zückte sein Handy. »Sheila Conolly hat mir vorhin eine Nachricht weitergeleitet, die uns vielleicht helfen kann.« Er legte das Telefon auf den Tisch und ließ die Nachricht ablaufen.

»Mrs. Conolly? Sie kennen mich nicht, aber ich kenne Ihren Mann. Er war bei uns. Das heißt, er ist bei uns, aber heute haben sie ihn abgeholt und nach unten gebracht, auf Station F. Ich bin mir nicht sicher … aber die Menschen, die sich verändert haben … der Patient in Zimmer 17 …« Die Anruferin unterbrach sich mit einem Schluchzer. *»Ich habe Informationen darüber, dass der Patient in Zimmer 17 kein …«* Es folgte der Schrei und gleich darauf der Abbruch der Verbindung.

Ein Klopfen an der Tür.

Glenda.

»Guv? Ich hab die Verbindungsdaten gecheckt. Es handelt sich um eine Telefonzelle in der Nähe des Overground-Bahnhofs von Purfleet.«

»Schicken Sie ein paar Sonderfahnder hin. Sie sollen rausfinden, ob es Anwohner gibt, die die Anruferin gesehen haben.«

»Patient, Station, Zimmer«, meinte Sinclair. »Vielleicht eine Klinik in der Nähe, bei der die Frau gearbeitet hat.«

»Ich hab außerdem die Log-Dateien von Bill Conollys Handy bekommen. Zu dem Zeitpunkt, als die SMS an Sheila Conolly abgeschickt wurde, befand es sich irgendwo auf der Themse.«

»Mist«, fluchte Shao.

Powell sah auf die Uhr. »Ich würde sagen, wir gehen beim Essen noch mal alle Punkte durch, und danach setzen wir das Verhör fort.«

Sinclair schüttelte den Kopf. »Ich glaube nicht, dass Lancashire uns zu dieser Klinik führen kann.«

Powell wandte sich an Shao. »Was ist mit Ihnen? Keinen Appetit?«

»Ich komm gleich nach.«

Sinclair musterte sie stirnrunzelnd, sagte aber nichts und schloss die Tür hinter sich.

Shao lehnte sich gegen den Tisch und schloss die Augen. Atmete durch.

Im Verhörraum fixierte Shirley Lancashire die linke der beiden Kameras, als ahnte sie, dass Shao in genau diesem Moment ihren Blick suchte.

Shao presste die Lippen zusammen, bis der letzte Blutstropfen daraus verschwunden war, und begann zu tippen.

Habe, was Sie wollen. Wo treffen wir uns?

5

»Wie geht es dir?«

»Es geht mir gut«, sagte Bill aus voller Überzeugung.

Salome zog die Stirn kraus, ganz leicht nur, und Bill erhaschte einen Blick auf eine niedliche Falte über ihrer Nase. Im nächsten Moment fiel eine Strähne darüber, eine Strähne ihres glatten, schwarzen, seidig schimmernden Haares, das sich bei jeder Bewegung in Wellen zu bewegen schien wie die Oberfläche eines Ozeans.

»Du darfst nicht aufgeben, Bill!«

»Ich gebe nicht auf«, sagte er lächelnd und stellte sich vor, wie es wäre, die Hand in diesen Ozean zu tauchen, die Berührung auf den Fingerkuppen zu spüren. Wie es wäre, ihre Wange zu streicheln oder die makellose Haut ihrer Halspartie, die unter dem Kragen des Schwesterndresses hervorlugte. Den Kopf zu bergen an ihrer Brust, wo er geschützt war vor dem Zugriff der Ungeheuer, die in der Dunkelheit lauerten. In der Dunkelheit des Schachts, der zu Zimmer 17 führte, wo …

»Du musst stark sein!« Salomes Blick wurde flehend. *»In der Nacht konnte ich dir helfen, aber jetzt bist du ganz allein. Also darfst du auf keinen Fall aufgeben!«*

»Was muss ich tun, Salome?«

»Öffne die Augen. Sieh dir an, wohin sie dich gebracht haben.«

Er tat es.

Und erblickte das Licht.

Erst dachte er, es wäre der übliche Schleier, der den Blick beim Aufwachen trübte, aber als er blinzelte, war das Licht immer noch da, und es war so grell, dass es ihm in den Augen brannte.

Er versuchte, den Kopf abzuwenden, der sich anfühlte, als hätte jemand Schrauben hindurchgetrieben, von vorn nach hinten, um ihn auf der Liege zu fixieren.

Neben ihm eine Bewegung.

Eine Hand, die sich auf seine Schulter legte.

Ein Gesicht, das im Dunkeln lag.

Das Licht war jetzt nicht mehr so hell, und Bill fiel auf, dass es flackerte. Eine Glühbirne, umgeben von einem alten Emailleschirm, der über ihm pendelte, als der Kopf des Mannes dagegenstieß. In seinen Händen blitzte etwas Metallisches, mit dem er sich über Bills Brust beugte.

Bill spürte ein Brennen, genau dort, wo sich die Finger befanden, aber er war nicht in der Lage, die Dinge in einen Zusammenhang zu bringen. Benommen hob er den Kopf, so weit es ihm möglich war, aber ein großes grünes Tuch verdeckte die Sicht. Jemand hatte es zwischen Bills Schlüsselbein und Brust aufgespannt.

»Hören Sie auf. Bitte.«

Bill wusste nicht, ob er die Worte gesagt oder nur gedacht hatte. Die linke Hand kam wieder zum Vorschein. Sie war jetzt blutig und griff nach dem schmutzigen Lampenschirm und brachte sie zur Ruhe.

»Wo bin ich hier?«

Der Mann hob den Kopf, so weit, dass Bill den Mundschutz sehen konnte. Er war blutbefleckt und halb unter das Kinn gerutscht. »Sie sind auf Station F, Mr. Conolly.«

Es war Dr. Jeremias Brent, der Leiter der Rainham-Recovery-Klinik, der in Zimmer 17 von einem Schatten befallen worden war. Er ließ das blutige Skalpell zu Boden fallen.

»Sind Sie etwa auch Chirurg?«

»Keine Angst, Mr. Conolly. Der Eingriff wird nur wenige Minuten dauern.«

Bill schloss die Augen, in der Hoffnung, dass Brent und das flackernde Licht verschwunden sein würden, wenn er sie wieder öffnete. Aber sie waren beide noch da.

»Warum?« Bill ächzte und hatte das Gefühl, dass seine Zunge irgendwo festhing. »Warummm machen Sie das mit mir?«

»Der Einsatz eines Portkatheters mit der damit verbundenen Möglichkeit der Einleitung des Dissoziativums direkt in die Hauptvene ist leider notwendig, um die in der finalen Phase unserer Studie erhöhte Konzentration des NDMA-Antagonisten für den menschlichen Körper verträglich zu machen.«

»Was?«

»Machen Sie sich keine Gedanken, Mr. Conolly. Es war nur ein kleiner Schnitt.«

»Ein kleiner Schnitt? W-wo?«

»Zwischen Delta- und Großem Brustmuskel. Danach werde ich den Port in eine Tasche des Unterhautfettgewebes schieben, die Vena Cephalia öffnen und den Katheter platzieren. Sie werden sehen, bevor wir richtig angefangen haben, sind wir praktisch auch schon wieder fertig.«

Bills Augen weiteten sich, als er über Brents Schulter Salomes Gesicht erblickte.

»Er lügt, Bill! Du darfst ihm nicht vertrauen.«

»Heißßßt das, ich bekomme gar keinen Portkatheee … dings?«

Dr. Brent lächelte unter der OP-Maske. Anscheinend hatte er nicht gehört, was Salome gesagt hatte.

»Du musst kämpfen, Bill. Kämpfe dagegen an! Nur dann wirst du das hier überleben!«

Bill nickte. Überleben klang gut. Kämpfen auch. Es klang außerdem logisch. Er musste dagegen ankämpfen. Aber wie sollte er das machen, wenn er sich nicht bewegen konnte?

Dr. Brent griff nach einem neuen Skalpell. »Tut mir leid. Ich muss doch etwas tiefer hinein.« Er beugte sich wieder nach vorn, so dass sein graues Haupt die flackernde Birne verdeckte.

»Ich möchte, dass Sie das unterlaaassen.«

»Gleich ist es vorbei, Mr. Conolly.«

»Ich meine, d…ddas da … wwas Sie da machen. Mir den Portka…ka…dings …«

Dr. Brent lächelte jetzt so breit, dass seine Mundwinkel seitlich hinter der OP-Maske hervorzukriechen schienen, und Bill spürte auf einmal ein dunkles Wühlen in seiner Brust, an einer Stelle, an der die örtliche Betäubung zu enden schien. Ein grässlicher, greller Schmerz, als die Klinge ihm das Gewebe zwischen Delta- und … und … Dingsmuskel … die Stelle, von der Dr. Brent gesprochen hatte …

Unterhautfettgewebe.

NDMA-Anta…go…

Scheiße.

Bill zog die Brauen zusammen und warf dem Stümper einen vernichtenden Blick zu. »Sie könntennn mich wenigstens mal richtig narkotisiiiernnn …!«

6

Die Anzeige am Armaturenbrett zeigte zwei Minuten vor sechs.

Shao linste über die Stahlbrüstung auf den zwei Etagen tiefer liegenden Bahnhofsvorplatz. Sie hatte den Wagen am nördlichen Ende des Parkhausdecks abgestellt, gleich neben der Box für die Einkaufswagen. Von hier aus war der Blick über den Platz, die High Street und den Eingang des Stratford Shopping Centre geradezu perfekt. Fünf Halbebenen unter Shao schimmerte das weiße Zeltdach des Busbahnhofs, auf dem die Regentropfen tanzten. Ein Mann im hellen Mantel floh mit einer Zeitung über dem Kopf in Richtung Bahnhofshalle, und eine Obdachlose in einem durchnässten Parka durchforstete den Mülleimer an der Fußgängerampel. Eine weitere Frau, einen Rollkoffer in der Rechten und eine quengelnde Tochter an der Linken, starrte unter dem Rand des Zeltdachs empor in den Himmel, offenbar in der Hoffnung, dass die Regenwolken verschwanden.

Sonst niemand.

Punkt sechs Uhr, Nachrichten. Der Radiosprecher krächzte, als hätte er gerade eine Erkältung auskuriert. Ein Unfall im Hafen, bei dem Giftgas entwichen war. Ein versuchter Bombenanschlag in Manchester, Trump, Putin und so weiter. Shao beobachtete, wie sich das Parkdeck um sie herum leerte. Drüben die Tochter der Kleinen, wie sie sich losriss und in einer Pfütze tanzte. Ihre Mutter schrie sie an und gestikulierte, bis der Rollkoffer in die Pfütze fiel und die Tochter zu heulen anfing.

Dann endlich, an der Fußgängerampel: ein fetter Typ in einem braunen Regenumhang, der in Richtung Zeltdach wackelte.

Mit schweißnassen Händen warf Shao den Motor an und ließ den CR-Z zur Ausfahrt gleiten. Eine Minute später bog sie auf die Busspur vor dem Zeltdach ein.

Der Wagen bekam Schlagseite, als Jelly sich auf den Beifahrersitz plumpsen ließ.

»Was ist? Ist das Pedal abgebrochen?«

»Sehr kleidsam. Wo ist Costello?«

Er bleckte die Zähne. »Geschäfte. Was hast du denn gedacht?«

»Es war abgesprochen, dass er dabei ist.«

Er grinste, ohne sie anzusehen. »Dachtest du, du kannst einfach so mit ihm quatschen, ohne dass wir ein paar Vorkehrungen treffen? Los, fahr schon.«

Shao stieß einen unhörbaren Seufzer aus und fädelte sich in den Einbahnstraßenverkehr auf der Great Eastern ein.

»Ist doch eigentlich eine gute Gelegenheit. So lernen wir uns endlich mal kennen.« Er ließ einen fahren. »Kann ich mir vorstellen, dass dir da das Herz aufgeht. Allerdings, da wird nichts laufen zwischen uns. Bist nicht mein Beuteschema.«

»Du meinst, ich *passe* nicht in dein Beuteschema.«

»Allein die Titten. Da vorne rechts übrigens.«

Sie setzte den Blinker und bog auf die High Street ein.

»Wie du siehst, bin ich für vollkommene Aufrichtigkeit unter Geschäftspartnern.«

Shao blickte in den Rückspiegel, um zu überprüfen, ob Jelly sie mit seinem Gelaber von irgendwas Wichtigem ablenken wollte. Aber der Golf, der seit der Bushaltestelle an ihrer Stoßstange klebte, bog an der Romford Richtung Norden ab.

»Wie isses mit dir? Bist du in 'ner Beziehung?«

Sie deutete auf die nächste Kreuzung. »Und weiter?«

»Links rum.« Er schüttelte den Kopf. »Aber vielleicht leckst du auch Muschis. Du hast so was Verbissenes an dir. Ich kannte mal 'n Typen, der hatte auch diesen Blick. Weißt, was der gemacht hat, um runterzukommen? Klassische Musik hören. Mondscheinsonate und so.«

»Fahren wir auch irgendwohin, oder muss ich mir deine Texte bis ans Ende meines Lebens anhören?«

»Er meinte außerdem, ab irgendeinem Punkt wiederholt sich alles. Alles bleibt gleich. Immer.«

»Ist das der Grund, dass ihr Kinder die Adressen von alten Kunden ausgraben lasst?«

Diesmal hörte sich sein Lachen irgendwie angestrengt an. »Da hat wohl der Bengel gequatscht, wegen dem wir jetzt hier rumfahren.«

»Fass Tian einmal an, und du weißt, was mit dir passiert.«

Jelly schlug sich auf die Schenkel. »Glaubst du, ich vergreif mich an 'nem Kind, einfach nur so? So was mach ich höchstens, wenn ich aufs Kreuz gelegt werd.«

»Ich hab nicht vor, euch aufs Kreuz zu legen.«

»Klar, natürlich nicht.« Er klopfte auf den Fensterrahmen und zog die Brauen zusammen. »Aber was, wenn doch? Ist wie bei Hypothenuse und Antithenuse. Eine von beiden Sachen ist wahr.«

Der Scheibenwischer kämpfte gegen die Wassermassen. Auf Jellys Seite verlief die endlose Ziegelsteinmauer der Manor Road, auf ihrer Seite kroch hinter einem Stacheldrahtzaun ein Zug der DLR der Station Abbey Road entgegen – der *falschen* Abbey Road, wie eine Tafel auf dem Bahnsteig enttäuschten Touristen verkündete. Sie erreichten Canning Town, ohne dass Jelly zwischendurch Luft geholt hätte, und passierten, was für ein Zufall, Tians Schule in der Barking Road, wo der Fettsack noch mal wissend die Augenbrauen hob.

Danke, hab's kapiert, Arschloch.

Nach ein paar sinnlosen Kurven durch Nebenstraßen schnippte Jelly mit den Fingern. »Okay, kannst zurückfahren.«

»Wohin zurück? Etwa nach Stratford?«

Als sie die Great Eastern erreichten, hatten sich wenigstens die Regenwolken verzogen. Ohne den Smog hätte man sogar die Sterne sehen können.

»Scheiße, Mann, schon fast sieben. Hab Jasmine gesagt, bevor sie nachher kommt, soll sie einkaufen gehen, aber weißt du, was sie darunter versteht? Pizza bestellen. Außerdem nimmt sie immer mit Thunfisch. So, da geht's rein.«

Er deutete auf die Parkhauseinfahrt des Stratford Shopping Centre.

»Echt jetzt?«

»Vorletztes Deck, da halten wir.«

Shao fuhr dieselben Kurven wie vor anderthalb Stunden. Die Decks lagen auf halber Höhe gegeneinander versetzt, so dass man rechts jeweils das Halbdeck darüber und darunter einsehen konnte. Die untersten drei Ebenen waren etwa halbvoll gewesen, auf der vierten standen noch zwanzig Fahrzeuge und auf der fünften, auf der sie vorhin auf Jelly gewartet hatte, nur noch ein halbes Dutzend. Die sechste und siebente waren komplett leer.

»Halt da vorne an. Bei den Einkaufswagen.«

Sie ließ den Wagen ausrollen und schaltete den Motor aus.

Jelly wuchtete sich aus dem Wagen, dessen Chassis wie von einer Welle angehoben wurde. Er watschelte um den Kofferraum rum zur Fahrertür.

»Aussteigen und dann zwei Schritte weg vom Wagen und Hände ausstrecken.« Sie zögerte. »Hey, kein Grund, sich einzuscheißen. Je schneller wir hier fertig sind, desto besser.«

Sie öffnete die Tür, stieg aus, wobei sie Jelly nicht aus den Augen ließ, und spreizte die Beine, in der Erwartung, seine gierigen Finger sogleich in ihrem Schritt zu spüren. Stattdessen zückte er einen stabförmigen Metalldetektor und führte ihn über ihre Ärmel, über den Rücken und die Jackentaschen.

»Handy raus. Wagenschlüssel kannst du behalten.«

Sie zog es aus der Tasche, und Jelly schaltete es aus und steckte es ein. Auf der linken Seite schlug der Detektor erneut an.

Sie überreichte ihm die Beretta. »Warum hast du mich nicht schon am Bahnhof gefilzt?«

Jelly schnaufte grinsend. »Zu viel Aufsehen. Außerdem meint Costello, dass du nicht so dumm bist, einen Peilsender mit dir rumzutragen. Oder bist du?«

Sie ließ es geschehen, dass Jelly den Detektor über ihre Hüften, Beine und Füße führte.

»Das Handy kriegst du hinterher wieder. Ist ja auch für dich besser, wenn es keine Aufzeichnung von der Sache hier gibt, oder?« Er grinste und steckte sich die Pistole in den Hosenbund. »Wahrscheinlich glaubst du, dass Costello auf dich steht. Aber ich sag dir, wenn du den Stoff nicht dabeihast, war's das für dich.«

»Liegt im Kofferraum.«

»Was du nicht sagst. Aufmachen.«

»Erst, wenn ich Tian gesehen hab.«

»Aufmachen.«

Shao holte tief Luft und öffnete den Kofferraum.

Jelly beugte sich über die beiden prallgefüllten schwarzen Taschen. Er behielt Shao im Blick, während er den Reißverschlüsse aufzog und zwei, drei Päckchen prüfte.

»Zufrieden?«

»Sieht gut aus. Ich hoffe, ihr habt das Zeug schön schattig gelagert, wie guten Wein.« Er schlug die Klappe zu. »Okay, ich sag dir, wie's läuft. Du schließt jetzt den Wagen ab und gehst zur Auffahrt. Oben wartet Costello, und zwar auf dieser Seite, gleich gegenüber. Du gehst ihm langsam entgegen, immer an der Brüstung entlang, so dass ich dich sehen kann. Er übergibt dir den Jungen, und du machst den Kofferraum auf, damit ich die Taschen rausholen kann. Anschließend verpissen wir uns alle nach Hause. Klar?«

»Und du?«

Er grinste breit. »Ich pass auf, dass deine hübsche Karre hier nicht wegrollt. Passt mir ganz gut, muss sowieso noch mal pissen.« Er verscheuchte sie mit einer Handbewegung. »Na los, mach dich weg. Oder willst du zusehen?«

Shao schloss den Wagen ab und lief los.

Die Auffahrt lag am Ende des Decks. Auf dem nassen Asphalt spiegelten sich die Deckenlampen, und über die Brüstung schwappte der entfernte Lärm der Great Eastern, die unendlich weit weg zu liegen schien.

Auf dem Oberdeck angekommen, entdeckte Shao siebzig Yards entfernt den dunkelblauen Lexus. Er stand schräg gegenüber, so dass sie ihn von unten nicht hatte sehen können. Costello lehnte an der Tür und rauchte eine Zigarette.

Sie blieb an der Balustrade, während sie sich ihm näherte, wie Jelly es verlangt hatte. Der Fettwanst stand an der Brüstung, Handy unterm Kinn, und fummelte an seinem Hosenschlitz.

Auf Höhe des Lexus gab Costello ihr ein Zeichen und warf die Zigarette weg.

Sie näherte sich ihm.

»Guten Abend, Detective. Ich gebe offen zu, Sie haben mich schon wieder überrascht. War gar nicht so einfach, den Abend freizuschaufeln.« Shao fiel auf, dass er verhärmter wirkte als vor zwei Tagen in Stifford. Im grellen Licht der Neonröhren hatte sein Gesicht kaum noch etwas gemein mit den Fotos, die sie aus dem Drug Squad kannte.

»Wo ist Tian?«

Er trat von der Tür weg, und Shao erblickte Tians bleiches Gesicht auf dem Beifahrersitz. Costello klopfte gegen die Scheibe. Tian drückte die Tür auf, als würde sie Tonnen wiegen.

»Komm endlich raus und geh zu ihr.«

Tian schlug die Augen nieder, als er auf Shao zuging.

»Geht's dir gut?«

Er nickte stumm.

Costello nickte. »Schön, dass wir das geklärt haben. Dann bitte ich jetzt um die Ware.«

Shao drückte auf die Taste ihres Autoschlüssels. Auf dem Halbdeck unter ihr leuchtete es gelb auf.

»War mir eine Freude, mit Ihnen Geschäfte zu machen, Detective.«

Sie schob Tian zur Seite und trat Costello in den Weg. »Eine Sache wäre da noch.«

»Ich hab hier noch 'n bisschen zu tun, Baby, aber in einer Stunde bin ich zu Hause.«

»Kein Problem, hab mir 'ne Pizza bestellt.«

»Wieso 'ne Pizza, verdammt?«

»Ich wollte ja, aber du hast gesagt, Stacey soll mitkommen, und weil keiner auf Kilian aufpassen konnte, hab ich ihr gesagt …«

»Du hast diesen ekligen Pudelverschnitt in meine Wohnung gelassen?«

»Stacey hat ihn auf den Arm genommen, und als er so rumgezappelt hat, hat sie ihn neben sich gesetzt.«

»Auf das Sofa?«

»Ich dachte, er war ja gerade erst draußen, also konnte eigentlich nichts passieren, aber …«

Jasmin stammelte irgendwas, das Jelly nicht verstand. Er unterbrach die Verbindung und zog wutentbrannt seinen Schwanz aus der Hose. Drei Stockwerke unten ihm schlichen ein paar Anzugträger mit ihren Aktenkoffern Richtung Parkhaus. Den Letzten erwischte er. Der Typ sprang vor Schreck fast zurück auf die Fahrbahn und schrie.

Jelly lachte wütend. »Halt die Fresse, oder es gibt noch 'ne Ladung!«

Hinter ihm leuchteten die Blinker auf, und die Schlösser des CR-Z entriegelten sich. Für eine Sekunde glaubte er noch ein anderes Geräusch zu hören, hinten beim Wagen. Er wandte sich um, aber das Deck hinter ihm war leer. Er sah wieder nach unten. Der Penner mit dem Aktenkoffer hatte sich verpisst.

Den Rest musste er regelrecht rauspressen. Wie bei seinem Opa, der an einem Blasentumor verreckt war.

Die letzten Tropfen, endlich.

Und das Entsichern einer Beretta in seinem Nacken.

»Sauber abschütteln bitte – und langsam.«

»Noch eine Sache?«

Costellos Blick durchbohrte Shao, während sie sicher war, dass er gleichzeitig die Lage links und rechts von ihnen sondierte und wahrscheinlich sogar in seinem Rücken. Er war der Typ Mensch, der die Schwingung eines einzelnen Moleküls wahrnahm.

»Es passt nicht zusammen.« Sie deutete auf das untere Deck, in die Richtung, in der ihr CR-Z aufgeleuchtet hatte. »Als wir die Taschen im April sichergestellt haben, war das höchstens ein Schlag, aber kein Knockout. Shepherd war immer der Überzeugung, dass sie eine Möglichkeit haben, das Zeug selbst herzustellen.« Tian trat instinktiv einen Schritt zurück und suchte hinter ihr Deckung. »Er wusste ja nichts von dem Deal, den Sie mit Seaways abgeschlossen hatten.«

Für ein paar Sekunden glich das Parkdeck mit Costello darauf einem Standbild. »Ich werde jetzt in diesen Wagen steigen, Detective, unten die Taschen in Empfang nehmen und dann mit Jelly das Parkhaus verlassen. Vielen Dank für Ihre Kooperation.«

»Haben Sie auch das mit Beaufort verhandelt? Oder hat Scott sich selbst die Hände schmutzig gemacht?«

Auf der Auffahrt tauchte Jelly auf. Drei Schritte hinter ihm ging Sinclair, die Waffe im Anschlag.

»Ich musste pissen«, ächzte Jelly, als wäre das eine Erklärung für alles.

Costellos Blick ging zwischen Jelly und Shao hin und her. Er sagte nichts.

»Weg von dem Wagen«, befahl Sinclair und warf Shao ihre Beretta zu.

Sie entsicherte sie und richtete sie auf Costello. Er hob langsam die Hände und machte einen Schritt zur Seite. »Ich hoffe, Ihnen ist klar, dass der Junge damit erledigt ist – genauso wie Sie beide.«

»Lauf zum Eingang«, sagte Shao zu Tian, ohne sich umzudrehen. »Lauf, so schnell du kannst, und sieh dich nicht um.«

»Ich musste echt pissen«, jammerte Jelly, »darum bin ich ans Geländer.« Sinclair befahl ihm, die Klappe zu halten, aber er redete einfach weiter. »Da unten waren irgendwelche Typen, von denen hab ich einen erwischt. Er hat mich sogar gesehen und …«

Jelly warf sich auf dem Absatz herum und rannte auf Sinclair zu. Der zögerte einen Moment, senkte die Waffe und schoss Jelly in den Oberschenkel. Jelly stolperte weiter und riss Sinclair zu Boden.

Costello warf einen Blick auf die offene Autotür.

»Denken Sie nicht mal dran!«, schrie Shao.

Sinclair und Jelly bildeten ein Knäuel. Erst war Sinclair oben, dann Jelly. Die Beretta schrammte über den Asphalt. Sinclair hieb nach Jellys Solarplexus, und sein halber Unterarm versank zwischen den Fettringen. Jelly griff nach der Pistole und richtete die Mündung auf Sinclair.

Shao jagte ihm eine Kugel in die Schulter.

Jelly sackte nach vorn, wobei er Sinclair unter sich begrub.

Costello zog den Wagenschlag hinter sich zu und startete den Motor. Die Reifen radierten über den Asphalt. Shao zog den Stecher durch. Die Kugel zerkratzte den Asphalt an der Stelle, an der der Lexus eben noch gestanden hatte. Sie schickte drei Kugeln hinterher. Die letzte erwischte den rechten Vorderreifen.

Costello fuhr weiter.

Shao rannte zu Jelly, der immer noch nicht außer Gefecht gesetzt war, und stieß ihm den Fuß in die Seite, so dass er von Sinclair runterrollte. Jellys Gesicht war kalkweiß, und er spuckte Blut.

Sinclair sprang auf die Beine und schüttelte sich.

»Alles okay?«

»Ich nehm die Treppe!«

Shao nickte und sah ihm nach, während Blut von Jellys Lippen sprühte.

Hinter ihr stand Tian.

»Ich hab doch gesagt, du sollst verschwinden! Verpiss dich nach Hause, deine Mutter wartet auf dich!«

Tian nickte unter Tränen und machte, dass er wegkam.

Shao kniete vor Jelly, dessen Blick flackerte. Seine Jacke hatte sich dunkelrot verfärbt. Sie versuchte, ihn auf den Rücken zu drehen, um zu sehen, ob die Kugel glatt durchgegangen war, aber ihre Hände tasteten hilflos durch die Fettmassen. Auf dem Halbdeck unter ihr schlingerte der Lexus vorbei und hätte dabei um ein Haar ihren CR-Z über die Brüstung geschoben.

Shao riss sich die Jacke vom Leib.

»Sag Jasmin …«

»Halt die Fresse und drück das hier auf die Wunde!«

Sie zog ihr Handy aus seiner Jackentasche und sprang auf.

»Notrufzentrale, was kann ich für Sie tun?«

»Detective Constable Sadako Shao, Metropolitan Police Department, Dienstnummer KF-854. Schusswechsel auf dem obersten Parkdeck des Stratford Shopping Centre. Ein Verletzter. Vielleicht Lungendurchschuss.«

»… sag ihr, das mit dem Sofa …«

»Verstanden, DC Shao. Ein RTW ist unterwegs.«

Jellys Kopf fiel zurück. »… is' nich' … schlimm …«

Sie ließ ihr Handy in der Jacke verschwinden. »Sag's ihr selber, Arschloch!«

Sie rannte in Richtung Auffahrt.

Das Treppenhaus lag neben dem Lift auf der Nordostseite des Parkdecks. Sinclair riss die Metalltür auf und hastete die Stufen hinunter. Costello war ihm, kaputter Vorderreifen eingerechnet, zwei, höchstens drei Decks voraus.

Sinclair übersprang die letzten Stufen der Treppe in den vierten Stock und riss die Tür auf.

Costellos Scheinwerfer direkt vor ihm.

Der Kotflügel riss die Türfüllung mit sich. Sie knallte Sinclair gegen Schulter und Knie. Er wurde ins Treppenhaus zurückgeschleudert. Zurück nach draußen, Beretta aus dem Holster. Zwei gezielte Schüsse, während Flammen über seine Kniescheibe leckten. Die Heckscheibe splitterte, dann erreichte der Wagen die Auffahrt.

Sinclair humpelte zurück ins Treppenhaus, wobei er auf dem Treppenabsatz fast weggeknickt wäre. Im letzten Moment erwischte er das Geländer.

Die Schmerzen ignorierend, kämpfte er sich die Stufen hinunter.

Costello duckte sich, als die Kugeln hinter ihm die Scheibe zerfetzten. An der Auffahrt schrammte das linke Vorderrad über den Kantstein. Costello gab Gas, und seine Finger krampften sich um das Lenkrad. Sein Verstand hatte ihm von Anfang an gesagt, dass Shao falsch spielte, vielleicht musste sie das als Bulle auch einfach, aber hatte er vielleicht eine Wahl gehabt? Jelly und die anderen gingen immer noch davon aus, dass er die Zügel in der Hand hatte, aber er ritt praktisch auf einem Araber-Vollblut, mit nichts in der Hand als seinem eigenen Schwanz.

Eine Mutti in einer Familienkutsche, die direkt vor ihm aus der Parktasche setzte.

Der Lexus schoss auf die Lücke zu, die immer kleiner wurde, weil die Alte offenbar blind war, dann grub sich das Heck des Van in seinen Kotflügel. Costello bekam einen Schlag ab, als der Lexus mit dem Heck gegen die Brüstung knallte. Instinktiv rammte er den Fuß aufs Gaspedal. Blech kreischte, und die Kuh im Van starrte ihn an, als sich das Heck freiwühlte. Endlich machte der Lexus einen Satz nach vorn und bog auf die Rampe ein.

DC Shao konnte sich glücklich schätzen, dass er nicht die Angewohnheit hatte, seine schlechte Laune an Kindern auszulassen.

Nicht der Junge würde für die Scheiße hier bezahlen.

Nicht der Junge.

»KF-854 an MP! Schusswechsel im Parkhaus des Stratford Shopping Centre! Verfolge Verdächtigen in einem dunkelblauen Lexus!«

Shao wiederholte den Funkruf, während sie den CR-Z über das sechste und fünfte Halbdeck jagte.

»MP an KF-854. Verstärkung ist unterwegs.«

Shao warf das Funkgerät auf die Konsole und hätte fast ein Pärchen überfahren, das seinen Einkaufswagen quer über die Fahrbahn schob. Im letzten Moment fuhr sie einen Schlenker. Die Frau schrie irgendwas, und ihr Typ schüttelte die Faust in Shaos Richtung.

Sie tippte aufs Gas und wählte auf dem Handydisplay Sinclairs Kontakt aus.

Er ging nicht ran.

Sinclairs Knie brannte wie Feuer, als er die Metalltür der dritten Ebene aufstieß. Costellos Wagen näherte sich mit quietschenden Reifen. Sinclair richtete die Beretta auf die Windschutzscheibe.

Costello gab Gas, haarscharf an der Brüstung entlang, um Sinclair wie ein Kaugummi an das Geländer zu drücken.

Sinclair blieb trotzdem stehen und drückte ab.

Zwei, drei, vier Mal.

Und warf sich über die Fahrbahn in Richtung der Parktaschen. Costello riss das Steuer herum. Die Kühlerhaube des Lexus folgte Sinclair, um ihn gegen den Kühlergrill eines Jeeps zu nageln. Sinclair hechtete über die Kühlerhaube. Hinter ihm schrammte der Lexus über den Kotflügel. Costello kurbelte wie ein Irrer am Lenkrad. Der Lexus sprang vorwärts wie ein angeschossenes Tier. Sinclair feuerte auf die Hinterreifen und verfehlte sie. Er rannte zurück zur Brüstung und kletterte über das Geländer. Hinter ihm rasselte der Lexus die Auffahrt runter. Sinclair sprang. Der Aufprall ließ einen weiteren Lavaschwall durch sein Knie schießen. Sinclair ignorierte den Schmerz und sprang auf die Fahrbahn. Der Lexus schleuderte direkt auf ihn zu.

»Stehen bleiben!«, schrie Sinclair und jagte zwei Kugeln in die Windschutzscheibe, die knapp an Costello vorbeizischten.

Sinclair richtete die Waffe auf Costellos Stirn.

Der Wagen bremste nicht.

Drei.

Zwei.

Eins.

Sinclair riss die Waffe hoch und sprang zur Seite.

Der Lexus jagte haarscharf an ihm vorüber.

Sinclair schickte ihm ein paar Kugeln hinterher, die den Kofferraum perforierten.
Die Rücklichter verschwanden in der Abfahrt.

Die zweite Ebene!
Costello presste beide Hände aufs Lenkrad, weil irgendwas die Lenkung beschädigt hatte und der Wagen immer wieder nach links auszubrechen drohte. Vor ihm leuchtete die Konsole wie eine Lampionkette: Türen offen, Reifendruck überprüfen, Servicewerkstatt informieren.
Halt die Fresse.
Zwanzig Yards vor ihm das Hecklicht eines Skoda, der gemütlich in Richtung Abfahrt rollte. Costello drückte ihn mit dem Kotflügel zur Seite wie Pappmaché. Endlich tauchte vor ihm die Abfahrt zur ersten Ebene auf.
Wie in Zeitlupe kam sie näher, als im Rückspiegel auf einmal Scheinwerfer aufleuchteten.
Eine weiße Karre, die in surreal hohem Tempo zu ihm aufschloss.

Der demolierte Lexus vor ihr schlingerte wie ein leckgeschlagenes Schiff Richtung Ausfahrt. Links in einer Reihe die Kassenautomaten und hinter der Schranke eine Box mit zwei Reihen Einkaufswagen. Der Lexus raste auf die Automatensäulen zu, als wollte er sie als Slalomstangen benutzen. Die erste Kasse knickte unter dem Aufprall weg wie ein Halm im Wind, aber Costello gelang es tatsächlich, die Gewalt über den Wagen zurückzuerlangen.
Shao fuhr bis auf ein, zwei Yards auf. Im Schein der Lichthupe erkannte sie die Einschusslöcher in der Scheibe und dachte beklommen an Sinclair, von dem sie auf dem gesamten Weg vom Oberdeck bis hierher nichts gesehen hatte.
Noch mal die Lichthupe. Verdammt, was glaubte der Idiot, wie weit er mit der Schrottkarre kommen würde?
Noch dreißig Yards bis zur Ausfahrt, als irgendwo vor ihr ein

Schatten über die Brüstung des zweiten Decks fiel. Das Vorderrad des Lexus rumpelte über den Kantstein, der sich zwischen den beiden Schranken an der Ausfahrt erhob. Shaos Hoffnung, dass der Schlagbaum den Wagen aufhalten würde, zerbröselte, als der Lexus die Schranke aus der Halterung riss.

Der Weg nach draußen war frei – als sich aus der Box eine Kette aus zwei Dutzend Einkaufswagen löste und auf die Fahrbahn rollte!

Costellos Ausweichmanöver kam zu spät. Die Schnauze des Lexus verhedderte sich in der Wagenreihe. Die platten Reifen drehten ins Leere.

Aus der Box humpelte Sinclair, die Beretta auf Costello gerichtet.

Shao trat auf die Bremse und sprang aus dem Wagen.

»Raus aus der Karre! Sofort!«

Costello hob die Hände und versuchte, mit dem Ellbogen die verklemmte Fahrertür aufzudrücken. Mit Shaos Unterstützung gelang es ihm. Sie riss ihn aus dem Wagen und drückte seinen Oberkörper auf den Boden.

»Was ist mit Jelly?«, fragte Sinclair.

»Notarzt ist unterwegs. Vielleicht schafft er's, vielleicht auch nicht. Wie geht's Ihnen?«

»Nur hingefallen, nichts weiter.«

Gemeinsam legten sie Costello Handschellen an und zogen ihn auf die Beine.

»Hübsche Zirkusnummer«, spottete Shao, »aber in zwei Minuten hätten wir sowieso den gesamten Bezirk abgeriegelt, bis runter nach Canning Town!«

Costello warf ihr einen grimmigen Blick zu. »Glauben Sie, die Polizei interessiert mich? Ohne den Stoff hab ich ganz andere Probleme.«

Sinclair nickte. »Und genau darüber unterhalten wir uns jetzt.«

7

Dunkelheit.

Die kleine Beule tat kaum weh, als Bill mit den Fingerspitzen drüberfuhr. Der Port fühlte sich an wie eine Murmel oder ein Spielstein, den jemand unter dem Teppich versteckt hatte. Nur dass der Teppich seine Haut war. Wenn er draufdrückte, spürte er das Ziehen zwei Fingerbreit weiter oben, dort, wo sich der Schnitt befand, durch den der Port unter seine Haut geschoben worden war.

Verkrustetes Blut zwischen seinen Fingerkuppen.

Und etwas, das sich anfühlte wie Metallklammern. Die Wunde war nachlässig getackert worden wie ein Stapel Papiere.

Keine Wundauflage. Kein Verband.

Was, wenn die Operation noch im Gange war? Mit Entsetzen kam ihm die Möglichkeit in den Sinn, dass das Anästhetikum versagt hatte und er vorzeitig aufgewacht war.

Aber die OP-Lampe an der Decke war verschwunden.

Bill versuchte, den Schmerz zu ignorieren, sich aufzurichten – und wurde von einem Schwindel erfasst, der ihn zurück auf die Unterlage sinken ließ. Der Plastikbezug einer dünnen Matratze. Er lag immer noch auf der OP-Liege.

Er versuchte, das Dunkel um sich herum zu durchdringen. Drei oder vier Yards links von ihm entdeckte er die schattenhaften Umrisse einer Tür oder eines bodentiefen Fensters. An der Decke über sich ein einzelner dunkler Punkt, möglicherweise eine Lampe. Und rechts neben sich … ein Schrank oder ein Tisch, auf dem etwas lag. Ein Sack vielleicht oder …

Bill drehte sich auf die Seite und versuchte, die Umrisse in den Blick zu bekommen, als könne er sie auf diese Weise zwingen, Gestalt anzunehmen und ihr Geheimnis preiszugeben.

Er streckte die Hand aus und ertastete den Tisch.

Er entpuppte sich als ein zweites Bettgestell.

Mit einer zweiten Matratze.

Bill krallte sich am Metallrahmen fest und versuchte, ihn zu sich heranzuziehen, bis ein reißender Schmerz durch seine

Brust schoss. Er tastete über die Wunde und spürte das frische Blut.

Lieber die andere Hand benutzen.

Er wälzte sich auf den Bauch und griff zu. Die Metallrollen bewegten sich mit einem leisen Quietschen. Und blockierten.

Bill spürte, wie der Schwindel nachließ. Er kam wieder in Form.

Er legte sich auf die Seite, zog die Beine an und stemmte den Oberkörper nach oben. Langsam, um die Wunde nicht weiter aufreißen zu lassen, verlagerte er das Gewicht auf den Ellbogen, dann auf die Hand, und schließlich schwang er die Beine mit einem Ächzen von der Liege.

So saß er wohl eine Minute da und starrte auf den nackten Patienten im anderen Bett, während der kalte Schweiß über seinen nackten Rücken perlte. Er war offenbar nackt wie Bill. Sie hatten ihnen nicht mal ein OP-Hemd gegeben, geschweige denn eine Decke. Dafür spürte Bill, wie seine Kräfte weiter zurückkehrten. Die Klarheit.

NDMA-Hemmer.

Das bedeutete, dass sie ihm den Port verpasst hatten, um ihm das Harmony in noch höherer Dosis als bisher zu verabreichen. So hoch, dass es seinen Venen und am Ende vielleicht auch seinen Kreislauf überlasten würde, wenn der Wirkstoff nicht über die Hauptvene in maximaler Geschwindigkeit in alle Bereiche seines Körpers verteilt würde.

Auf Station F endet die Therapie.

Aber wann würde der letzte Abschnitt beginnen?

Wie viel Zeit blieb ihm, bevor sie den Port anstachen?

Der Gedanke an Salome schmerzte. Bestimmt hatte sie inzwischen von seiner Verlegung erfahren, aber würde sie auch das Risiko eingehen, nach ihm zu suchen? Er musste einen eigenen Weg hier raus finden und …

Stimmen. In seinem Rücken, hinter der Tür. Und sie kamen näher.

Bill zog die Beine an und legte sich zurück auf die Matratze.

Die Beine ausgestreckt, die Hände flach neben den Körper, so wie in dem Moment, als er aufgewacht war.

Er hatte gerade die Augen geschlossen, als die Tür aufgerissen wurde.

Schritte von zwei Personen.

Männer.

War einer von ihnen Brent? Oder Kashani?

Bills Körper erstarrte zu Eis, als sich jemand über ihn beugte, um seine Wunde zu inspizieren.

Im Dunkeln.

Die Fingerspitze, die ihn berührte, war warm und trocken, nicht kalt und verschwitzt wie bei ihm. Zielsicher, direkt an der Wunde. Dann weiter runter, zum Port.

Ruhig und langsam weiteratmen.

Er stellte sich vor, wie sie ihn betrachteten, mit glühenden Augen, die die Finsternis durchdrangen und den Grund seiner Seele ausforschten. Seinen Pulsschlag. Seinen Kopf. Seine Gedanken.

Sie wissen, dass du aufgewacht bist und ihnen Theater vorspielst. Gleich schlagen sie ihre Klauen in dein Fleisch und zerfetzen dich. Oder bringen dich wieder rauf, in Zimmer 17, um mit dir dasselbe zu machen wie mit Brent. Um dich zu einem von ihnen zu machen. Sie werden dich …

Die Hand auf seiner Brust verschwand.

Bills Liege wurde zur Seite geschoben. Die Metallrollen der zweiten Liege bewegten sich quietschend. Sie führten sie um ihn herum aus dem Zimmer und schlossen die Tür.

Bill blieb zurück. Atemlos und kalt wie ein Eisblock.

Bis er es endlich wagte, ein einzelnes Auge zu öffnen und einen Blick in die Dunkelheit zu riskieren.

Sie waren fort. Verschwunden.

So wie die Liege mit dem Patienten, der neben ihm gelegen hatte.

Bill richtete sich auf, presste die Hand auf die verfluchte Wunde und rutschte von der Liege. Seine Fußsohlen klatschten auf kalten Betonfußboden. Er tastete sich vor, in die Richtung, wo sich die zweite Liege befunden hatte.

Die Finsternis war leer. Bis seine Fingerspitzen gegen eine Steinmauer stießen.

Also war er der Nächste, den sie holen würden.

TEIL SIEBEN
Station F

1

Die Tür, durch die die beiden Männer mit der Liege verschwunden waren, besaß keinen Riegel und ließ sich auf quietschenden Rollen zur Seite schieben. Dahinter lag ein Korridor mit mehreren Türen. Von den Wänden dazwischen bröckelte der Putz. Unter Lampenschirmen aus weißer Emaille flackerten trübe Glühbirnen.

Bill tastete sich zur ersten Tür vor. Unter seinen Füßen spürte er die Splitter einer abgeplatzten Bodenfliese. Er zog die Tür auf und schlüpfte hindurch. Fand einen alten Drehschalter, der über Putz verlegt war.

Vor ihm lag der OP-Saal, in dem Dr. Jeremias Brent ihm den Port eingesetzt hatte. An der Rückseite, vor einer blutverschmierten Arbeitsfläche, standen mehrere Infusionsständer. Auf dem Boden lagen Skalpelle in einer Blutlache. Spuren von Metallrollen, die in Richtung Korridor führten.

In einem Wandschrank mit weißen Lamellentüren fand Bill einen alten Kittel. Er schlüpfte hinein, hob eines der Skalpelle auf und steckte es sich in die Brusttasche. Zurück an der Tür, löschte er das Licht und näherte sich der zweiten Tür auf dem Korridor.

Auch sie stand offen.

Auch hinter ihr nichts als Finsternis.

Er drehte das Licht an und fand sich in einem zweiten OP-Saal wieder. In der Mitte stand ein leerer OP-Tisch, ansonsten dasselbe Bild: offen stehende Schränke, verschmutzte Arbeitsflächen und ein halbes Dutzend leerer Infusionsständer.

Hinter den folgenden Türen wieder dasselbe.

Er befand sich in einem Schlachthaus.

Die letzte Tür führte auf einen weiteren Korridor, der im rechten Winkel zum ersten verlief. Auch hier waren die Bodenfliesen teilweise zerbrochen. Feuchtigkeit hatte den Putz aufquellen und abplatzen lassen, und in den Spalten und Rissen nistete Schimmel.

Noch mehr Türen, zu beiden Seiten.

Die vierte stand halb offen. Dahinter diffuses Halbdunkel.

Lautlos näherte sich Bill der Tür und vernahm die Geräusche von Metallrollen, die über die Fliesen kratzten.

Keine Stimmen. Vorsichtig lugte er hinein.

Ein Mann und eine Frau, beide in Arztkitteln. Den Mann hatte er in Zimmer 17 gesehen. Wahrscheinlich Dr. Larkin. Dann war die Ärztin wohl Dr. Palmer, von der Salome erzählt hatte. Auf der Liege, die sie ins Zimmer geschoben hatten, lagen zwei abgemagerte Männer in blutbefleckten Patientenhemden. Hinter ihnen die Umrisse weiterer Betten, von denen jedes mit einem Infusionsständer versehen war. Die Betten standen dicht an dicht, ohne einen Fingerbreit Platz dazwischen, und auf jedem lagen zwei oder drei Patienten. Sie waren nackt oder trugen schmutzige OP-Hemden und waren jeweils über ihren Port mit einem Infusionsschlauch verbunden.

Die Haltestangen der Rahmen klirrten gegeneinander, als Larkin und Palmer das neue Bett an seine endgültige Position schoben. Larkin griff nach einem Infusionsständer, der an der Wand gestanden hatte, und hängte zwei Infusionsbeutel ein. Dr. Palmer führte die Kanüle in die Portmembranen der Patienten ein. Das Rascheln der schmutzigen Arztkittel und das Schleifen der Infusionsschläuche auf den Metallrahmen der Betten waren die einzigen Geräusche in der Stille. Palmer gab Larkin ein Zeichen. Er öffnete die Zugänge an den Infusionsbeuteln und wandte sich zur Tür.

Hastig zog Bill sich zurück und suchte nach einer weiteren offenen Tür auf dem Gang. Schräg gegenüber wurde er fündig, schlüpfte hindurch und verharrte flach atmend im Schatten des Türblatts, während Larkin und Palmer sich näherten.

Und innehielten.

Atmen. Als lausche jemand an der Tür, hinter der Bill kauerte. Bill befahl seinem Herz, leiser zu schlagen.

Dr. Larkin und Dr. Palmer setzten sich wieder in Bewegung. Ihre Schritte entfernten sich, und das Licht im Korridor erlosch. Die Tür am Ende des Ganges fiel ins Schloss.

Bill wartete. Und wartete noch etwas länger.

Bis die aufgestaute Luft seine Brust zum Platzen zu bringen drohte. Leicht schwindelig lehnte er sich gegen den Türrahmen. Mit drei Sätzen huschte er über den Gang und schloss die Zimmertür hinter sich. Ein altmodischer Drehschalter ließ zwei Glühbirnen aufflackern, die in rostigen Wandleuchtern steckten.

Außer den Betten und den Lampen gab es keine Einrichtung. Kein Fenster. Die gemauerten Wände waren ebenfalls von Feuchtigkeit und Flechten überzogen. Bill merkte erst jetzt, wie sehr die Schimmelsporen seine Atemwege reizten.

Dreizehn Patienten, die sich auf insgesamt fünf Betten verteilten. Im ersten Bett lag ein Mann, der höchstens zwanzig Jahre alt war. Langes, strähniges Haar verdeckte einen Teil seines Gesichts. Hinter den halbgeöffneten schmalen Lippen fehlten zwei Schneidezähne. Bill berührte ihn an der Schulter. Die graue, schlecht durchblutete Haut wirkte wie ausgetrocknet. Der Infusionsbeutel war noch prall gefüllt. Bill suchte nach einem Verschluss an der Unterseite und fand einen Plastikstift, der abgebrochen war. Auch eine Klemme suchte er vergeblich.

Also musste er die Kanüle aus dem Port ziehen. Bill schauderte, als seine Hand über die leichte Erhebung tastete, die er auch auf seiner eigenen Brust erspürt hatte. Der Schlauch endete in einer weißen Plastikfassung. Er zog daran, aber die

Portnadel steckte fest, als hätte sie sich mit Widerhaken in die Membran verbissen.

Bill ließ los und untersuchte die zweite Gestalt auf dem Bett, ein Mädchen, vielleicht ein, zwei Jahre jünger als der Mann. Auch ihr Gesicht hatte sich unter der intravenösen Gabe der Droge in eine Ruine verwandelt. Infusionsbeutel, Schlauch, Port. Nirgendwo eine Möglichkeit, die Infusion zu unterbrechen. Auch nicht bei den anderen Opfern, bei denen die Beutel schon fast leergelaufen waren.

Bill fiel auf, dass ihre Körper noch in einer weiteren Hinsicht auf die Harmony-Überdosis reagiert hatten: in Form aufgewölbter, fast glühender, nesselfieberähnlicher Flecken und Quaddeln, die ihren gesamten Körper bedeckten. Bill streckte eine Fingerkuppe aus und berührte eine der Quaddeln. Er hatte damit gerechnet, dass die Haut durch die Schwellung hart und gespannt war, stattdessen spürte er kaum einen Widerstand. Fast war es ihm, als wolle die Haut des Patienten seine Fingerkuppe umschließen und aufnehmen, *mit ihr zusammenwachsen …*

Hastig zog Bill seine Hand zurück. Der Patient seufzte leise auf.

Bill rüttelte ihn an der Schulter. Keine Reaktion.

Er überlegte fieberhaft, was er tun konnte.

Das Skalpell in seiner Brusttasche. Er zog es heraus und durchtrennte den Infusionsschlauch. Die Harmony-Lösung plätscherte aus dem zerschnittenen Ende auf den Boden. Bill zerschnitt den nächsten Schlauch. Und den nächsten, bis er in einer Pfütze von Harmony stand.

Mehr konnte er für die Leute nicht tun.

Er löschte das Licht und öffnete die Tür. Der Korridor war immer noch leer. Er schlich im Dunkeln zurück zur Zwischentür, die in den ersten Korridor führte. Er hatte gerade den OP-Saal erreicht, in dem er sich mit dem Kittel versorgt hatte, als irgendwo vor ihm Schritte aufklangen.

Bill verbarg sich hinter der Tür und lauschte.

Schritte.

Und wieder das Quietschen von Metallrollen, das sich näherte.

Er griff in seine Brusttasche.

Sie war leer. Er hatte das Skalpell in dem Zimmer mit den Betten liegen lassen!

Flach atmend tastete er sich an der Wand entlang und wäre fast über die Infusionsständer gestolpert. Dahinter musste sich irgendwo der Wandschrank befinden. Bill öffnete eine der Lamellentüren und griff hinein. Enge Fächer, die dicht an dicht mit Kartons gefüllt waren. Leise riss er einen davon auf. Gummihandschuhe.

Das Quietschen der Metallrollen war noch fünfzehn, höchstens zwanzig Schritte entfernt.

In den Kartons im Fach darunter Wundauflagen verschiedener Größe und Form. Hinter der zweiten Schranktür ein paar achtlos übereinandergestapelte Kartons, die allesamt leer waren. Hastig schloss er die Schranktür und tastete sich weiter bis zu einer Arbeitsfläche. Ein Metallsieb, das jemand umgedreht und dessen Inhalt auf der Arbeitsfläche verteilt hatte: Klemmen, Skalpellhalter, chirurgische Pinzetten. Mit der flachen Hand glitt er darüber, bis er einen schneidenden Schmerz verspürte. Warmes Blut lief an seinem Handballen herunter.

Er umfasste den Griff des Skalpells, als das Quietschen der Metallrollen direkt vor der Tür verstummte. Mit drei Schritten huschte er zurück zum Schrank, zwängte sich zwischen die Kartons und schloss die Lamellentür vor sich. Die Faust um das Skalpell gepresst, starrte er durch die Lamellen ins Dunkel.

Die Tür zum Gang wurde geöffnet.

Ein Lichtstreifen fiel auf den Boden. Bill erkannte die Beine eines Mannes, der eine Liege hinter sich herzog. Es war nicht Larkin.

»O Gott, was ist das hier?« Eine helle Frauenstimme. »Wo ist denn der Lichtschalter?«

»Wir brauchen kein Licht.«

Die Stimme gehörte Kashani, auch wenn er so stark röchelte und schnaufte, dass Bill ihn kaum wiedererkannte.

Kashani schob die Liege unter die dunkle OP-Lampe.

Auf der Liege befand sich ein blutverschmiertes Laken, unter dem ein Arm heraushing. Vom kleinen Finger floss ein Rinnsal Blut und benetzte die Fliesen. Kashani riss das Laken zur Seite.

»Der Ständer!«, befahl er, während er die Schranktür neben Bill öffnete und den Karton mit den Handschuhen herausriss. Auf Kashanis Stirn erkannte Bill im Halbdunkel mindestens so viele Schweißperlen, wie er auf seiner eigenen spürte. Sie mischten sich mit dem Blut, das aus zwei eitrigen Wunden am Haaransatz rann. Auch am Kragen, an den Schultern, den Händen, überall Eiter und Blut. Kashani warf die Tür zu und durchwühlte die Fächer unterhalb der Arbeitsfläche. Lautlos streckte Bill den Oberkörper leicht durch, bis er einen Blick auf die Patientin werfen konnte.

Ihr Hemd war zerrissen, und aus der Brust ragte der Splitter einer Rippe. Die Beine waren nur noch eine blutige Masse, und ein Fuß baumelte wie an einem einzelnen Muskel neben der Liege … Weiter oben der Halsansatz, das blutverschmierte Kinn, die aufgerissenen Wange, in der fahl der Kieferknochen schimmerte.

Es war Salome.

Die Frau hinter ihr wirkte kreidebleich. Es war die Pflegerin, die im Schwesternzimmer telefoniert hatte. »Dr Kashani! Ich glaube, sie atmet nicht mehr!«

Kashani schien gefunden zu haben, was er suchte: einen weiteren Infusionsbeutel, den er an einem der Ständer befestigte.

»Dr Kashani, ich kann das nicht verantworten. Wir müssen die Frau in ein Krankenhaus bring…«

»Beatmen Sie. Und Herzmassage. Ich bin gleich so weit.«

»Aber ich weiß doch gar nicht, wie …?«

»Herzmassage!«

Die Krankenschwester zuckte zusammen und beugte sich

über Salome. Ihre Bewegungen erfolgten hektisch, in ihren Augen leuchtete Panik.

»Das reicht.« Kashani wischte ihre Hand zur Seite und wühlte mit der Kanüle in der Brustwunde, bis er die Hauptvene gefunden hatte.

»Dr. Kashani, ich will auf der Stelle wissen, was hier los ist! Wieso rufen wir keinen Notarzt?«

»Weitermachen!«

Die Krankenschwester rührte sich nicht.

»Weitermachen, sofort!«

»Ich kann das nicht verantworten! Diese Frau braucht auf der Stelle einen *richtigen* Arzt, sonst …«

Sie schrie auf, als Kashani sie über den Tisch zu sich heranzog. Sein Kopf zuckte nach vorn, und Bill sah, wie ein schwarzes Nebelstreif-Ding aus seinem Mund quoll. Es wechselte in den Körper der Krankenschwester über, deren Widerstand augenblicklich erlahmte. Kashanis Körper knickte ein und knallte auf den Boden, wo seine rechte Hand noch einmal zuckte und dann stilllag.

Die Krankenschwester führte die Behandlung fort – jetzt mit ruhigen, präzisen Bewegungen. Sie massierte Salomes Herz, während sie mit der anderen Hand den Infusionsbeutel zusammenpresste, so dass die Lösung mit Rekordgeschwindigkeit den Weg in die Vene fand.

Und Salome reagierte.

Dort, wo die Haut noch intakt war, breiteten sich die Nesselflecken aus. Eine Überreaktion, die so schnell erfolgte, dass die Haut förmlich aufgeworfen wurde und zu platzen drohte. Die Schwester stoppte die Infusion und schlug auf Salomes Herz ein, bis das Blut zu den Seiten wegspritzte. Bill hatte das Gefühl, den Verstand zu verlieren, als sich die roten Flecken auf Salomes Haut tatsächlich für einen Moment zurückbildeten.

Bis der Prozess stockte.

Die Krankenschwester schlug wieder zu. Wieder und wieder,

mit stoischer Gleichmut, bis Salomes Rippen mit einem hörbaren Knacken zerbrachen.

Die Schwester hielt inne, taxierte Salome ein, zwei Sekunden – und stieß die Liege fort, so dass Salomes Leichnam herunterrutschte und auf den Boden klatschte.

Bill sank mit einem leisen Keuchen zurück – und biss sich auf die Lippen.

Zu spät.

Der Blick der Schwester richtete sich auf die Nische, in der er hockte.

2

»Es tut mir leid, Mr. Sinclair, aber ich glaube nicht, dass ich Ihnen weiterhelfen kann. Mein Mann ist heute noch nicht nach Hause gekommen.«

Sinclair klemmte sich das Handy unters Kinn, während er sich auf den Weg zum Konferenzraum machte, und blätterte durch die Unterlagen, die er sich ausgedruckt hatte. Kashanis Adresse, Familienstand, Informationen der Zulassungsstelle. »Arbeitet er denn öfter so lange?«

»In letzter Zeit häufig, ja. Es geht um eine neue Studie, die er zusammen mit Dr. Brent entwickelt hat. Sie startet diese Woche.«

»Ich verstehe, Mrs. Kashani.« Als er am Fahrstuhl vorbeikam, sprang Glenda hinter ihrem Tisch auf und wedelte mit einem weiteren Ausdruck. Sinclair ging zu ihr, während er weitersprach. »Nur hab ich es gerade in der Klinik versucht und konnte Ihren Mann nicht erreichen.«

»Ja. Ja, das kann sein. Also, es ist möglich, weil … Sie müssen wissen, dass er sich manchmal auch um Navid kümmert.« Ein Seufzer, der von Herzen kam.

»Einen Moment, Mrs. Kashani.«

»Von Raye und Donovan«, sagte Glenda. »Die Telefonzelle in Purfleet.«

»Was für eine Telefonzelle?«

»Da hat sie gestanden, an der Stelle. Bis letzte Nacht jemand drüber weggerast ist. Donovan meinte, Baghvarty geht davon aus, dass zum Zeitpunkt des *Unfalls* jemand drinstand und telefoniert hat.«

Sie schob den Zettel oben auf den Stapel, und Sinclairs Lippen formten ein *Danke.* »Mrs. Kashani, ich bin wieder dran. Sie haben eben einen Namen genannt …«

»Navid, ja. Das ist Tareks Sohn, aus seiner ersten Ehe. Er ist drogensüchtig, und mein Mann versucht schon seit Ewigkeiten, ihn von einer Therapie zu überzeugen.«

»Im Rahmen der neuen Studie?«

»Er meinte vor einigen Wochen, dass er noch mal mit Navid sprechen sollte. Aber er hatte nicht mehr viel Hoffnung. Trotzdem kümmert er sich sehr um ihn, auch wenn …«

»Auch wenn?«, fragte Sinclair, als sie nicht weitersprach.

»Auch wenn er diese Woche wirklich kaum Zeit gehabt hat. Wie gesagt, die Studie macht sehr viel Arbeit.«

»Mrs. Kashani. Geht es Ihrem Mann gut?«

»Wie bitte?«

»Hat er in den letzten Tagen abgenommen? Sah er ungesund aus, oder hatte er Verletzungen, für die er keine Erklärungen liefern konnte?«

»Was … Nein. Nein, nicht dass ich wüsste. Aber wenn Sie den Unfall meinen … Außer der Tür ist Gott sei Dank nicht viel passiert.«

»Ein Unfall mit dem …« Wo war noch mal der Ausdruck der Zulassungsstelle? »… mit dem Seat Alhambra?«

»Ja, aber das war schon letzten Dienstag auf dem Weg nach Hause. Es war Glück im Unglück, weil jemand in der Klinik eine Werkstatt kannte. Die haben die Beifahrertür gleich am nächsten Morgen ausgetauscht.«

Die Beifahrertür.

Der blaue Van, mit dem die Schatten nach dem Angriff in dem verlassenen Haus in Belvedere davongerast waren. »Danke, Mrs. Kashani. Sie haben mir sehr geholfen.«

»Soll mein Mann Sie vielleicht anrufen, sobald er hier ist?«

»Nein, ich glaube, das ist nicht nötig. Bitte entschuldigen Sie nochmals die späte Störung. Auf Wiederhören.«

»Auf Wiederhören, Mr. Sinclair.«

Er betrat den Konferenzraum, in dem sich bereits die beiden Teams der Firearms Unit versammelt hatten: vierzehn breitschultrige, junge *Authorised Firearms Officers* in den wolfsgrauen Uniformen des Specialist Firearms Command, das yardintern als SCO19 bezeichnet wurde. Sie alle trugen das Rangabzeichen eines Constable auf den Schultern und hatten brav wie Schuljungen in den Sitzreihen vor Powell Platz genommen. Der Superintendent saß ihnen gegenüber an einem langezogenen Tisch, flankiert von Shao, einem grauhaarigen Chief Inspector und zwei Sergeants, denen die Leitung der beiden Einheiten übertragen worden war.

Ein Stuhl zwischen Powell und Shao war noch frei. Sinclair ließ sich darauf nieder und sagte leise: »Costellos Angaben waren richtig. Ich hab gerade mit der Frau des stellvertretenden Klinikleiters gesprochen. Sieht aus, als wäre ihr Mann einer der Ersten, die übernommen worden sind.« Er zeigte Powell und Shao ein Bild, das er auf der Internetseite der Klinik gefunden hatte.

»Das ist er«, flüsterte Shao. »Das ist der Typ, dem Jelly in der Tennishalle das Greater H verkauft hat!«

Powell nickte und warf dem Chief Inspector einen Blick zu.

Das Gemurmel zwischen den Stühlen verebbte.

»Meine Herren«, sagte Powell vernehmlich, »ich stelle mich kurz vor. Detective Superintendent James Powell. Das sind meine beiden leitenden Ermittler Detective Inspector John Sinclair und Detective Constable Sadako Shao. Meine Herren, ich danke Ihnen schon jetzt für Ihren Einsatz. Bevor ich beginne, möchte ich Sie zunächst darüber informieren, dass in Abbey Wood zeitgleich eine zweite Operation stattfindet. Sie wird ebenfalls von zwei Teams des SCO19 mit jeweils acht AFOs absolviert, die vorab gebrieft wurden. Also, zur Sache.«

Er drückte auf die Fernbedienung, und an der Wand hinter ihm erschien eine Karte des östlichen London, auf der am äußersten rechten Rand die Rainham-Recovery-Klinik markiert war und etwas weiter westlich, auf der anderen Seite der Themse, die Abteiruine in Abbey Wood.

»Zwei Einsatzorte, derselbe Fall. Aus diesem Grund werden Chief Inspector Ross« – er warf dem Grauhaarigen an seiner Seite einen Blick zu – »und ich den Einsatz von einem Helikopter aus koordinieren, wobei wir natürlich in ständigem Kontakt mit den leitenden Beamten vor Ort stehen. Auf Ihrer Seite, in der Klinik, sind dies Sergeant Fuller und Sergeant Bale.« Fuller und Bale nickten beflissen, und Powell zielte mit dem Laserpointer auf die Klinik. »Die Rainham-Recovery-Klinik ist eine Entzugsklinik für Drogenkranke. Sie wurde vor beinahe fünfzig Jahren eröffnet und in einem Gebäude untergebracht, das zuvor als städtisches Krankenhaus gedient hatte und vor der Neueröffnung kernsaniert wurde. Es liegt umgeben von einem Streifen Marschland am Themseufer. Es wird also nicht ganz einfach, ungesehen auf das Gelände zu gelangen, aber die Dunkelheit wird uns Schutz geben.« Er schaltete zu einer Aufnahme des Haupteingangs. »Wie Sie sehen, ist das Gebäude dreistöckig und hat einen L-förmigen Grundriss. Der längere Gebäudeteil schließt vorn an den Haupteingang an, der kürzere liegt hinten, in Richtung Themse. Laut Website der Klinik sind auf den einzelnen Etagen die Stationen A bis E mit den Patientenzimmern untergebracht. Wir gehen von einer Einzelbelegung sowie vorsichtshalber von einer maximalen Auslastung aus. Außerdem gibt es offenbar noch eine Station F, die sich nach Informationen, die uns erreicht haben, ›unten‹ befindet, wahrscheinlich im Keller, denn auf den oberen Stockwerken und im Erdgeschoss ist für eine weitere Station kein Platz mehr vorhanden. Leider sind die Grundrisse aus der Zeit vor der Sanierung nicht mehr verfügbar, so dass wir uns in dieser Hinsicht überraschen lassen müssen. Unsere Annahme ist jedenfalls, dass sich ein halbes Dutzend Zielobjekte in der

Klinik befinden, ein Großteil davon auf Station F, darunter der stellvertretende Leiter der Klinik, Dr. Tarek Kashani, sowie vermutlich weitere Angehörige des Ärzte- oder Pflegepersonals. Die Zahl ist allerdings nur eine Schätzung. Es könnten genauso gut weniger oder doppelt so viele sein. Wir haben jedoch Gründe anzunehmen, dass die Ressourcen unserer Gegner begrenzt sind und nicht alle Mitarbeiter des Klinikpersonals in die … Verschwörung verwickelt sind.«

Ein bisschen viel »vielleicht« und »wir nehmen an«, dachte Sinclair bitter. Das Flüstern unter den AFOs bewies, dass auch die Uniformierten sich ihre Gedanken machten. Ein blonder Constable in der zweiten Reihe meldete sich.

»Sprechen Sie, Constable Tiernan«, forderte Chief Inspector Ross ihn auf.

»Nur um sicherzugehen, Superindendent: Verstehe ich das richtig, dass Sie uns auffordern, Jagd auf Ärzte und Krankenschwestern zu machen?«

Sein Grinsen erstarb, als er das Stirnrunzeln des Chief Inspectors bemerkte.

»Genauso ist es«, antwortete Powell, »und selbst Patienten könnten involviert sein, wenngleich wir im Moment davon ausgehen, dass sie vornehmlich als Geiseln gehalten werden.« Er warf einen Blick auf die Uhr. »Da der Zugriff auf eine Stunde nach Mitternacht angesetzt ist, erlauben Sie mir bitte, mich im Folgenden kurzzufassen: Sie werden auf Gegner treffen, die nicht als solche identifizierbar sind. Schlimmer noch, diese werden aus dem Hinterhalt agieren und Waffen benutzen, die möglicherweise ebenfalls nicht als solche erkennbar sind. Eine Art asymmetrischer Kriegsführung also, und viele von Ihnen werden jetzt denken, dass Sie im Rahmen Ihrer Ausbildung für Counter Terrorist and Serious Armed Crime Operations auf exakt einen solchen Einsatz vorbereitet worden sind. Es tut mir leid, Ihnen das sagen zu müssen, aber das ist ein Irrtum.«

»Eine Frage, Superintendent«, meldete sich einer der beiden Sergeants an Powells Seite.

»Bitte, Sergeant Fuller.«

»Auf welcher Grundlage erfolgte diese Einschätzung des Gefährdungspotenzials?«

Powell griff wieder nach der Fernbedienung. »Ich werde Ihnen jetzt ein Video zeigen, das vor einigen Tagen in einer geheimen Anlage unterhalb der Abteiruine aufgenommen wurde. Anschließend berichten DI Sinclair und DC Shao von ihren persönlichen Auseinandersetzungen mit den Gegnern, von denen ich gerade gesprochen habe. Beide werden Sie außerdem in die Handhabung der Ausrüstung einweisen und Sie anschließend in Ihren Einsatzwagen zum Zielort begleiten.«

»Unserer Ausrüstung? Mit Verlaub, Sir, aber …«

»Ich spreche nicht von *Ihrer* Ausrüstung und Ihren Waffen, Sergeant, die Ihre Leute selbstverständlich bei sich tragen werden. Ich spreche vom Anlegen der Schutzanzüge der Kategorie III, die sie *unter* Ihrer Kleidung tragen werden, um die Möglichkeit eines Körperkontakts mit den Zielobjekten zu minimieren – und von den batteriebetriebenen Strahlern da drüben in der Kiste, deren Zweck wir Ihnen im Anschluss an unseren Bericht erläutern werden.«

»Wir verfügen über ausreichend Helmlampen und außerdem Infrarotsichtgeräte«, widersprach Fuller. »Mit Letzteren können wir Zielpersonen selbst bei völliger Dunkelheit …«

»Sie werden die Helmleuchten brauchen, das kann ich Ihnen versprechen«, fiel Powell ihm ins Wort. »Darüber hinaus ist es nicht allein wichtig, was *wir* sehen, sondern was unsere *Gegner* sehen. Aber dazu später.« Er rief ein Foto der Überreste von Hannah Caroll auf. »Bei diesem Bild handelt es sich um eine Aufnahme aus der Rechtsmedizin des Yard vor zwei Tagen. Was Sie sehen, sind die Überreste einer Frau, die vor ihrem Tod auf die dargestellte Weise mutiert ist und mit ihren neuen *Gliedmaßen* drei Menschen getötet hat. Wie diese Mutation abgelaufen sein könnte, werden Sie jetzt auf dem Video verfolgen können, auf dem eine andere Person eine ähnliche Veränderung durchmacht und ein halbes Dutzend Spezialkräfte einer Sicherheitsfirma ausschaltet, bevor sie selbst eliminiert wird.«

Im Raum war es totenstill geworden.

Powell ließ das Video ablaufen. »Dieser Raum ist wie gesagt ein Labor unterhalb der Abteiruinen von St. Lesnes – also der Einsatzort Ihrer Kollegen in diesem Fall.«

Verwirrte Blicke, als sich die schwarze Flut aus dem Würfel über die Wissenschaftler ergoss. Ein paar der Constables, die offenbar immer noch an einen Scherz glaubten, stießen ihre Nachbarn an, aber das Grinsen auf ihren Lippen erstarb, als sich der Labormitarbeiter neben Hannah Caroll in ein Tentakelmonster verwandelte. Selbst auf der Stirn von Chief Inspector Ross, der den Film vorab gesehen hatte, glitzerten plötzlich Schweißperlen.

Als Allan Spencer nach der Waffe griff, stoppte Powell das Video. Die Tentakel auf dem Standbild hinter ihm schienen nach seinem Hinterkopf zu greifen, als er weitersprach. »Wir vermuten, dass unsere Gegner in der Klinik nicht auf dieselbe Weise mutieren werden, allerdings sind sie beteiligt an den Ereignissen auf diesem Video, haben sie vermutlich sogar *ausgelöst.* Was genau das bedeutet, wird Ihnen im Folgenden DI Sinclair erläutern. Bitte, John.«

Powell schob ihm die Fernbedienung rüber, aber Sinclair ließ sie auf dem Tisch liegen und stand auf.

»Danke, Guv. Ich möchte nicht viel hinzufügen. Nur, dass wir es mit *Wesen* von amorpher Substanz zu tun haben. Wir bezeichnen sie als *Schatten.* Nach unseren Informationen verhalten sie sich wie Parasiten. Sie sind in der Lage, durch Körperöffnungen, vielleicht sogar durch die Haut in den Leib eines Menschen einzudringen und diesen zu *übernehmen.* Die Persönlichkeit des Wirtes wird ab dem Moment der Inbesitznahme unterdrückt. Der Wirt sagt und tut nur noch das, was der Schatten will. Dieser benutzt den jeweiligen Körper und zehrt von ihm wie eine Art Vampir. Nach allem, was wir wissen, zeigen sich nach ein paar Tage die ersten Symptome: eiternde oder faulende Wunden sowie Blutungen bis hin zu Tumoren. Bald darauf stirbt der Wirt an Organversagen, und der Schatten muss sich einen neuen Leib suchen. *Jeder*, dem Sie begegnen, könnte einen solchen Schatten in sich tragen: Männer, Frauen, vermutlich selbst Kinder. Ihre *Kollegen* könnten in der Klinik übernommen werden, ohne dass Sie es bemerken. Ich habe gesehen, wie eins dieser Wesen in den Körper eines bewaffneten Söldners geschlüpft ist, der daraufhin das Feuer auf seine Kameraden eröffnet hat. Die Schatten können sich also perfekt tarnen, und sehr wahrscheinlich hören und sehen sie besser als wir. Möglicherweise können sie sich im Dunkeln orientieren, und mit *Sicherheit* können sie ihren Wirt zwingen, in eine Kugel oder eine offene Klinge zu laufen. Da die Schatten einen sterbenden Wirt einfach verlassen können, gibt es keine Möglichkeit, sie mit einer herkömmlichen Waffe zu töten.«

»Mit Verlaub, Detective Sinclair«, fiel ihm abermals Sergeant Fuller ins Wort, »aber falls das stimmt, was Sie da sagen – und es fällt mir ehrlich gesagt schwer, das zu glauben –, warum sind wir dann überhaupt hier?«

Sinclair hatte durchaus bemerkt, dass sich auch unter den AFOs Zweifel breitgemacht hatten. Ein paar von ihnen warfen sich Blicke zu oder scharrten mit den Füßen. Constable Tiernan flüsterte seinem Nachbarn etwas ins Ohr und grinste.

Sinclair ließ sich davon nicht beirren. »Sie sind hier, Sergeant, weil es auch eine andere Seite der Medaille gibt. Die Schatten fürchten das Licht. Nicht, solange sie sich in einem Wirt aufhalten und seinen Körper offenbar wie eine Art Schutzhülle verwenden – aber sobald sie ihn verlassen, sind sie für den Moment des Übergangs angreifbar und können, *wie ein gewöhnlicher Schatten*, durch Licht ausgelöscht werden.«

»Durch Licht?«

»Womit ich zu den Strahlern komme, die der Superintendent erwähnt hat.«

Captain Ross räusperte sich vernehmlich. »Moment, Moment, Detective. Verstehen Sie mich bitte nicht falsch, aber sollten wir trotz der Erfahrungen, die Sie gemacht haben und die ich gewiss nicht anzweifeln möchte … Sollten wir nicht trotzdem in Erwägung ziehen, dass es möglicherweise eine ganz … andere Erklärung für die Phänomene gibt, die Sie geschildert haben?«

Sinclairs Blick glitt zu Shao.

Sie erhob sich ebenfalls. »Erlauben Sie mir, an DI Sinclairs Stelle zu antworten, Chief Inspector.«

»Bitte.«

»Sicherlich ist Ihnen ebenso wie allen anderen Anwesenden hier das Weihnachtsattentat von Creekmouth ein Begriff, ebenso wie die Tatsache, dass es abseits der Explosion noch weitere Tote im Distrikt Stratford gab, die mit dem Attentat in Verbindung gebracht wurden.«

Ross nickte.

»Diese Opfer waren in der Regel vor ihrem Tod von einem Schatten befallen. Wir haben verschiedene Stadien des Verfalls gesehen, und wir sind von Menschen attackiert worden, die lebenden Leichnamen glichen und die wenige Sekunden später, *nachdem der Schatten sie verlassen hatte,* tot zusammengebrochen sind. Wie der Superintendent eingangs sagte, müssen wir uns darauf einstellen. Auf ihre Art zu kämpfen. Die Dunkelheit ist ihr natürliches Refugium. So werden sie bei unserem Eindringen möglicherweise den Strom abstellen, um sich einen Vorteil zu verschaffen. Für diesen Fall brauchen wir die Strahler.« Sie deutete auf die Kartons in der Ecke. »Das plus die Schutzanzüge ist leider alles, was wir in der kurzen Zeit auftreiben konnten, aber es wird Ihre eigene Ausrüstung sinnvoll ergänzen.«

Schweigen folgte, aber wenigstens las Sinclair in einigen Gesichtern echte Sorge, dass an ihren Erzählungen etwas dran sein könnte. Nur Constable Tiernan trug immer noch sein Grinsen zur Schau.

»Unser Ziel«, fuhr Shao mit trockenem Mund fort, »ist es zunächst, die Wirte zu identifizieren und auszuschalten. Erst in zweiter Linie geht es darum, die Patienten zu retten. Eigensicherung geht vor Fremdsicherung. Erlauben Sie keinem Menschen, das Gebäude zu verlassen, solange Sie nicht sicher sind, dass sich kein Schatten in ihm befindet.«

Tiernan hob den Zeigefinger, als wäre er in der Schule. »Aber wenn ich Ihren Kollegen richtig verstanden hab, wissen wir doch gar nicht, ob so ein Ding in einem von uns drin ist oder nicht?«

»Richtig, Constable, das macht die Aufgabe ja so schwierig.«

Sinclair sprang ihr zur Seite. »Die Wirte, denen wir bisher begegnet sind, hatten auffallend schwarze Pupillen, aber wir können nicht sagen, ob das wirklich ein Erkennungsmerkmal ist.«

Shao fuhr fort: »Es bleibt uns also nur, auf Hinweise zu achten. Auffälliges Verhalten, Persönlichkeitsveränderungen und so weiter.«

Tiernan grinste. »Sie meinen, wenn Kersh hier neben mir eine Waffe auf mich richtet, wäre das eine solche Persönlichkeitsveränderung?«

»Davon können Sie vermutlich ausgehen.«

»Dann kennen Sie ihn aber nicht so gut wie ich, Detective! Kersh hat schon immer gern mit Waffen rumgespielt.«

Vereinzeltes amüsiertes Gemurmel, das abermals erstarb, als Chief Inspector Ross die Augenbrauen zusammenzog. »Noch eine Bemerkung dieser Art, Tiernan, und Sie können den Einsatz in Hemd und Unterhose von der Themse aus verfolgen.«

»Entschuldigung, Sir.«

Ross wandte sich an Powell. »Bleibt die Frage, warum wir unbedingt heute Nacht zuschlagen müssen. Wäre es nicht besser, erst noch mehr über diese … Parasiten in Erfahrung zu bringen?«

»Sie verfolgen ein Ziel«, sagte Sinclair. »Sie wollen einen Zugang öffnen – zu einem nicht näher bekannten Bereich, in dem möglicherweise noch mehr von ihnen lauern. Diesen Zugang vermuten wir irgendwo unterhalb der Klinik, möglicherweise auf Station F, und ihn zu zerstören, bevor er geöffnet wird, ist unsere Aufgabe.«

Shao setzte sich, und Sinclair bemerkte, wie Ross die Augenbrauen hob, als wäre er kurz davor, kopfschüttelnd den Raum zu verlassen.

»Meine Herren«, bekräftigte Powell. »Ich möchte abschließend noch einmal betonen, dass niemand von uns weiß, womit genau wir es hier zu tun haben. Wir können nur sagen, dass bisherige Spekulationen zum Beispiel über einen sich ausbreitenden Erreger oder eine Seuche, die die Opfer befällt, zu kurz gegriffen haben. Wir behaupten keineswegs, dass die Schatten Geister oder Spukgestalten sind. Im Gegenteil, sie sind real und brandgefährlich. Wir müssen bei der Bekämpfung auf absolut alles gefasst sein.«

Powells Blick glitt zu Ross, der wie von einem unsichtbaren Gewicht niedergedrückt sitzen geblieben war und schließlich das Wort übernahm.

»Danke, Superintendent. Kommen wir damit zum Einsatzplan. Sergeant Fuller und Sergeant Bale werden mit ihren Teams in getrennten Wagen zum Einsatzort fahren. Damit Ihnen unterwegs nicht langweilig wird, bekommt jeder von Ihnen eine kleine Mappe mit Reiselektüre, in der alle wichtigen Informationen über das Areal, die Klinik und die Zielobjekte in so klaren Worten zusammengestellt sind, dass selbst Constable Tiernan sie versteht. Eines der Teams wird in Begleitung von Detective Shao auf der Vorderseite eindringen, das zweite in Begleitung von Detective Sinclair auf der Rückseite, wo sich ein direkter Zugang zum Keller befindet. Der Einsatz beginnt um Punkt ein Uhr, also in knapp zwei Stunden. Gibt es dazu noch noch Fragen?«

Niemand rührte sich.

»Sergeant Fuller, Sergeant Bale, Sie haben das Wort.«

Sinclair wechselte einen Blick mit Shao.

Wie es aussah, war er nicht der Einzige, der von dem Gefühl geplagt wurde, dass sie geradewegs auf eine Katastrophe zusteuerten.

3

Auf dem Hof warteten die beiden schwarzen Mercedes-Transporter des Specialist Firearms Command wie hungrige Löwen in der Nacht. Sinclair stieg zusammen mit Sergeant Fuller und Team A in den ersten Wagen, Shao quetschte sich auf die Rückbank des zweiten, zwischen Tiernan und seinen Kumpel Kersh. Beide verfügten über Schultern wie Stahlträger, die knapp neben Shaos Ohren endeten. Powell hatte das Revier zusammen mit Chief Inspector Ross vor einer halben Stunde verlassen, in Richtung Wanstead Flats, wo ein Hubschrauber auf sie wartete.

Das Asphaltband der North Circular Road flog am Seitenfenster vorüber. Shao nahm die Plakate kaum wahr, die im gelben Licht der Straßenlaternen aufblitzten. Auf ihrem Schoß lag die Mappe, in der Glenda die wichtigsten Fakten über die Klinik und die Schatten zusammengestellt hatte. Neben ihr rutschte Tiernan hin und her wie ein Teenager auf dem Weg zu seinem ersten Date.

»Auch einen?« Er hielt ihr eine Kaugummipackung vor die Nase.

»Nein, danke.«

»Jetzt kommen Sie schon. Ich bin gar kein so übler Typ. Kersh kann das bestätigen.«

Kersh lächelte schüchtern und knetete seine Nase.

»Und falls Sie Sorge haben, dass wir die Sache zu leicht nehmen, wir haben ziemlich heftigen Scheiß da hinten im Gepäck.«

»Gut zu wissen.«

»Zum Beispiel die MCX. Das ist ein Karabinergewehr, leicht wie 'ne Feder, liegt perfekt in der Hand. Mein persönliches Lieblingsteil.« Tiernan zwinkerte Kersh zu. »Kersh steht eher auf Schrotflinten, aber auch da haben wir was im Angebot. Die 870er von Remington. Nichts Ultramodernes, aber grundsolide. Durchladen, abdrücken, Blutpudding – das ist Kershaws Welt!« Tiernan lachte und hob tatsächlich die Hand zum High Five. »Was ist mit Ihnen, Shao? Ich schätze, so 'ne Flinte ist Ihnen zu brutal. Sie sind eher der filigrane Typ, würde ich sagen. Da passt unsere Glock 17. Ist das neuste Modell, eine M17 von 2016, leicht, handlich, zuverlässig, damit treffen sie einen Hasen auf der Flucht auf dreißig Yards …«

Shao dachte an ihre 870er von Antwon, die sie für heute Abend Sinclair überlassen hatte.

Sie schlug die Mappe auf.

Vielleicht war es doch besser, sich alles noch mal genau durchzulesen.

4

»CW-167 an CW-952. Hören Sie mich?«

Sergeant Rico Costas Blick schweifte über den Nachthimmel östlich der Abteiwiese, wo der Hubschrauber ein paar hundert Yards entfernt über den Baumwipfeln blinkte. »Laut und deutlich, Sir.«

»Lagebericht.«

Costa wandte den Kopf. Unterhalb des Bauzauns duckten sich die Silhouetten der anderen drei BMW-X5-SUVs in die Parkbucht. »Team C an Team D. Seid ihr in Position?«

»Bestätige«, ertönte Evertons Antwort in seinem Ohr, und Costa stellte sich vor, wie der kleine kriegsgeile Scheißer mit der Hand über den Lauf seines Karabinergewehrs strich. Everton, der an allen anderen AFOs vorbei zum Sergeant befördert worden war, weil Ross und sein Vater im selben Cricketclub spielten. Kein Zweifel, Everton war ein guter Soldat, aber zum Anführer fehlten ihm einfach ein paar graue Zellen, ein Defizit, das sein Vater ständig hintenrum mit Geld und guten Worten zu kompensieren versuchte.

»CW-952 an CW-167. Beide Teams in Position.« *Und jetzt*

verpisst euch endlich da oben, sonst können wir uns gleich telefonisch anmelden.

»Danke, Sergeant. Die Teams A in Rainham sind ebenfalls am Einsatzort eingetroffen. Halten Sie sich bereit.«

»Verstanden, CW-167, Ende.«

Der Hubschrauber schwebte in Richtung Themse davon.

Ein Knuff in die Seite.

Constable Emma Watkins, hochstehende Wangenknochen, blaue Augen, seit drei Jahren dabei. In all der Zeit hatte sie nie einen aus der Truppe rangelassen. Außer Costa letzte Nacht, so dass er seitdem mit einem gewissen Erstaunen grübelte, ob er die Frau seines Lebens gefunden hatte.

Ems Finger auf seinem Unterarm elektrisierten ihn. »Hey. Glaubst du das, was Ross und der Typ vom Forest Gate da erzählt haben?«

»Ich weiß nicht. Keine Ahnung.«

»Hey, was labert ihr da vorne?« Bones auf der Rückbank. »Em, wenn ihr kuscheln wollt, tu dir keinen Zwang an. Wir können ja schon mal aussteigen.«

Emma zeigte ihm, ohne sich umzudrehen, den Mittelfinger, und Bones und Brad kicherten wie Schuljungs.

»Ihr haltet jetzt beide die Klappe«, knurrte Costa, den wegen des Einsatzes ein furchtbar schlechtes Gefühl plagte. Die Erzählungen und die Videos von den Tentakelungeheuern. Er fragte sich, ob die beiden da hinten bei dem Vortrag überhaupt zugehört hatten.

Emma und er wechselten einen Blick.

»Ziehen wir's durch«, sagte Emma zweideutig.

Costa nickte. »Ziehen wir's durch.«

Das Funkgerät knisterte.

»CW-167 an CW-952. Es geht los.«

5

Den Wind im Rücken, näherte sich Sinclairs Team der Klinik von Süden, über die Marschwiesen. Vorn die AFOs in drei Zweiergruppen, jeder mit Weste, Helm und Nachtsichtgerät über dem Schutzanzug, der bis auf das Gesicht jeden Quadratzoll des Körpers abdeckte. Der partikel-, spritz- und sprühdichte Anzug besaß eine dreiteilige Kapuze, die durch einen Gummizug eng an Stirn, Wangen und Kinn anlag. Zur Bewaffnung zählten jeweils eine Schrotflinte und ein Karabiner, die die Männer auf dem Rücken trugen. Dazu neben einem Fernglas je drei Handgranaten, eine Glock 9 mm und ein Armeemesser im Gürtel; auf Letzterem hatten Shao und Sinclair bestanden, obwohl Stichwaffen nicht zur standardmäßigen Ausrüstung des SCO19 zählten. Sinclair selbst trug statt eines Messers den Silberdolch in der Scheide, den Shao ihm zusammen mit der Remington schweren Herzens überlassen hatte. Die Kommunikation lief über Handys, die einschließlich des gefilterten Funkkanals aus dem Hubschrauber zu einer Konferenz zusammengeschaltet waren. Jeder der AFOs wie auch Sinclair besaß am Gürtel einen Drücker, mit dem er sich in das Gespräch einschalten konnte. Constable Mahone, der allein in vierter Reihe lief, trug außerdem die Rucksäcke, in denen die Strahler untergebracht waren. Den Abschluss bildeten Sergeant Fuller und Sinclair, der selbst unter »leichter« Bewaffnung – Beretta, Silberdolch und Schrotflinte – spürte, wie der Schweiß in Strömen an der Innenseite des Schutzanzugs runterlief. Außerdem drückten die verschweißten Nähte unter der kiloschweren Schutzweste in die Haut. Aber der Anzug war besser als nichts, und besser als nichts war in dieser Nacht verdammt viel.

Drei Minuten nichts als Atmen, Schnaufen und das Schmatzen von Stiefelsohlen im Morast, bis sie sich dem Gelände so weit genähert hatten, dass sie die Fenster in der Fassade ausmachen konnten. Nirgendwo im Haus brannte Licht, so dass sich das Gebäude wie ein schwarzer Scherenschnitt vor den grauweiß qualmenden Schloten des Fairview Industrial Park abzeichnete.

Auf dem Personalparkplatz an der Südostseite brannte einsam eine Laterne. Im Lichtkreis standen ein paar Wagen, darunter Kashanis dunkelblauer Van. Sinclair erkannte ihn sofort wieder, obwohl jetzt nicht nur die Beifahrerseite demoliert war. Stoßstange, Kühler und Motorhaube waren eingedrückt, die Frontscheibe zierte ein Spinnennetz. Wie bei einem Wagen, der über eine Telefonzelle hinweggebrettert war.

Vom Parkplatz lief, am längeren Flügel des Gebäudes entlang, ein schmaler, verwitterter Plattenweg, der nach ein paar Yards auf einen Maschendrahtzaun stieß. Zunächst hinter einem wuchernden Kirschlorbeer verborgen, verlief der Zaun anschließend frei über die Südost-, Südwest- und Nordostseite des Geländes und rahmte damit die Rückseite des Grundstücks, ein verwildertes Rasenstück mit einer Reihe verkrüppelter Birken in der Mitte, vollständig ein.

Fuller dirigierte das Team über den Plattenweg zum Zaun. Im Streulicht der Parkplatzlaterne schimmerte ein einfaches Riegelschloss. Nirgendwo an der Fassade Kameras, wie Sinclair erleichtert feststellte.

»Hartley, Ihr Job.«

Einer der AFOs schlich vor und machte sich mit einem Pick am Schloss zu schaffen. Fünf Sekunden später schnappte der Riegel auf. Sanft drückte Hartley das Tor auf, so dass einer nach dem anderen durchschlüpfen konnte.

Direkt an der Fassade war es beinahe windstill, so dass Fuller den Befehl erteilte, neben dem Plattenweg zu laufen, um jedes überflüssige Geräusch zu vermeiden. Hinter den Scheiben befanden sich laut den Plänen die Patientenzimmer von Station A, um die sich Shaos Team kümmern würde. Sie waren allesamt dunkel, und die Vorhänge waren zugezogen. In den Scheiben spiegelten sich die Silhouetten der Polizisten, unter den Anzügen, den Westen und der restlichen Ausrüstung waren die Körperformen kaum zu erkennen. Über Sinclairs Kopf schwebte ein fernes Licht am Nachthimmel: der Hubschrauber mit Powell und Chief Inspector Ross, der auf halber Strecke zwischen Abbey Wood und Rainham über dem Fluss Position bezogen hatte.

Sie erreichten die Rückseite des Gebäudes und damit das Stationszimmer. Ebenfalls dunkel.

»Verdammt«, knurrte Fuller, »haben die keine Nachtbesetzung?«

Daran schloss sich der Verwaltungstrakt an, der sich über den gesamten kürzeren Teil des Gebäudes erstreckte. Sinclair versuchte, das Dunkel hinter den Scheiben zu durchdringen: Computerbildschirme, Bürostühle, Aktenschränke. Keine offenen Papiere oder rumliegende Stifte, ja, nicht mal ein ungeleerter Papierkorb irgendwo – als hätte in den Räumen seit Tagen niemand mehr gearbeitet.

Sie erreichten die Mitte der Rückseite, wo der Plattenweg in eine Stiege mündete, die, von zwei gusseisernen Geländern gesäumt, runter zu einer Kellertür führte.

Fuller deutete auf den Bewegungsmelder, der über der Kellertür angebracht war. Wieder war es Hartley, der eng an der Mauer entlang auf die Kellertreppe zuschlich und über das Geländer kletterte. Der Bewegungsmelder, der einen Bereich von 45 bis 135 Grad vor der Fassade erfasste, blieb stumm.

Hartley kappte die Stromzufuhr und formte Daumen und Zeigefinger zu einem O.

Fuller gab das Zeichen vorzurücken.

Mit einem mulmigen Gefühl in der Magengrube folgte Sinclair den AFOs zur Stiege, an deren Absatz Hartley inzwischen die Kellertür entriegelt hatte.

Irgendwie ging alles zu glatt.

Andererseits, woher sollten die Schatten wissen, dass sie heute Nacht zuschlagen würden? Oder seine erste Befürchtung entsprach der Wahrheit, und die Schatten waren bereits verschwunden.

Sie haben das Tor fertiggebaut und sind …

Hartleys Hand lag auf der Türklinke, aber Fuller gab ihm das Zeichen zu warten und drückte die Taste an seinem Gürtel.

»CW-714 an CW-167. Sind in Position.«

Einen Moment Stille, dann krächzte die Stentorstimme von Chief Inspector Ross auch in Sinclairs Ohrhörer. Das Flappen der Rotoren wurde fast vollständig weggefiltert.

»CW-167 an CW-714, verstanden. Ende.«

Es folgte kein weiteres Wort. Zwei Minuten lang angespannte Gesichter und Atemwolken, die in der Luft kondensierten. Sinclairs Blick schweifte über die Gesichter der jungen Männer – Hartley, Wright, Shan, Watts, Cosmo, Carpenter und Mahone, wenn er sich die Namen richtig gemerkt hatte –, während vom Fluss das langgezogene Signal eines Schiffshorns herüberdröhnte.

Endlich knirschte es erneut in Sinclairs Ohr.

»CW-167 an CW-714. Zugriff.«

Auf dem Parkplatz angekommen, sprangen Tiernan und Kershaw aus dem Transporter, öffneten das Schließfach im Kofferraum und verteilten die Waffen. Kershaw musterte Shaos MP5 anerkennend.

»Wusste gar nicht, dass das Forest Gate so was Feines auf Lager hat«, feixte Tiernan.

Auf Befehl von Sergeant Bale näherten sie sich in Zweierreihen der gläsernen Fronttür. Sie war verschlossen. In der Finsternis hinter der Scheibe erkannte Shao die Umrisse eines Tresens mit einem Computerbildschirm darauf.

Das Codeschloss neben der Eingangstür war außer Betrieb.

»Sind Sie sicher, dass wir hier richtig sind, Detective?«

Shao ignorierte die Frage und ließ den Blick über die dreistöckige Fassade schweifen. Auch in den Zimmern des ersten und zweiten Stocks herrschte Dunkelheit.

Einer der Constables kniete neben der Tür und öffnete das Gehäuse des Codeschlosses. »Sieht aus, als wäre das Ding tot. Keine Stromversorgung.«

»Und die Tür?«, fragte Bale.

»Halbe Minute, Sarge.«

Shao rief sich den Grundriss ins Gedächtnis. Zwei Stationen auf jeder Etage, wovon jeweils eine im vorderen und längeren sowie eine im hinteren und kürzeren Gebäudeteil untergebracht war. Im Erdgeschoss befand sich nur Station A, die sich direkt an die Lobby anschloss. Auf der Rückseite, hinter den Büros, der hauswirtschaftliche und technische Bereich, in dem auch die komplette Elektrik untergebracht war. Nach den Unterlagen verfügte jede Etage über einen eigenen Sicherungskasten.

Sehen wir's positiv. Wenn die Schatten den Strom ausgeschaltet haben, gibt es immerhin keine Probleme mit der Alarmanlage.

»Et voilà«, sagte Farnham, stand auf und schob die Glastür zur Seite.

Geduckt schlichen die Männer in das Foyer. Shao drückte auf den Lichtschalter. Nichts. Links hinter dem Tresen führte eine doppelflügelige Milchglastür zu Station A. Dahinter lag ein Gang, an dem sich die Patientenzimmer links und rechts aufreihten.

Bale befahl Tiernan und Kershaw, die Führung zu übernehmen. »Kershaw folgt mit dem ersten Strahler. Die anderen dahinter in Formation.«

Der grelle Lichtkegel wanderte über grauen Florteppichboden, dann über die altmodische Tropenholztäfelung an den Wänden, die mit Fotos der Londoner Docklands aus der ersten Hälfte des 20. Jahrhunderts geschmückt waren. Anscheinend war die Klinik seit der Gründung vor fünfzig Jahren nicht mehr renoviert worden.

»Vorrücken!«

Tiernan und Kershaw schlüpften über die Schwelle. Dahinter folgten nicht weniger breite Männer, Gallagher und Kelly. Dann, etwas schmächtiger, Hughes und Farnham. Dann Shao selbst, allein, und zum Abschluss, mit dem zweiten Strahler in der Hand, ein kräftiger AFO namens Briggs, der den ganzen Abend über noch keinen Ton gesagt hatte. Und Bale.

Die Türen der Patientenzimmer waren mit Ziffern aus Messing nummeriert. Neben jedem Türknauf befand sich ein Klingelknopf, wie in einem Park für betreutes Wohnen.

Tiernan blieb vor der ersten Tür stehen und drehte leise den Knauf.

Der Raum dahinter lag im Dunkeln, der Vorhang war zugezogen, so dass kein Mondlicht hereinfiel. Ein strenger Geruch nach altem Schweiß, Ausscheidungen und Blut stieg Shao in die Nase. Ihre Helmleuchte riss ein zerwühltes Bett, einen Tisch, zwei Stühle und einen zweitürigen Kleiderschrank aus der Dunkelheit. Vor dem Nachttisch standen ein Paar ausgetretener Lederpantoffeln. Daneben ein Infusionsständer, dessen Beutel leer war.

»Das Bad.«

Tiernan öffnete die Tür, und Kershaw leuchtete hinein.

»Keiner zu Hause, Detective.«

Über Kershaws Schulter hinweg entdeckte Shao ein schmutziges Waschbecken und eine Duschzelle, in der verschmierte Hemden und Handtücher lagen. In ihrem Rücken schob Gallagher den Fenstervorhang zur Seite. Das Mondlicht fiel auf ein paar Zeitschriften auf dem Tisch und auf eine Vase mit Tulpen, die ohne Wasser vertrocknet waren.

Bale, der auf der Türschwelle stehen geblieben war, zerbiss einen Fluch. »Anscheinend sind wir zu spät gekommen.«

Fuller nickte Hartley zu, der leise die Tür aufdrückte. Fullers Männer passierten die Tür in Zweierreihen. Die Gummisohlen ihrer Stiefel glitten beinahe lautlos über die beigefarbenen Bodenfliesen, während sie sich, die MCX-Gewehre schussbereit in den Händen, abwechselnd vorarbeiteten bis zu einer Zwischentür, in die ein Sichtfenster aus Plexiglas eingesetzt war.

Der Korridor dahinter erstreckte sich rechts und links über die gesamte Länge beider Gebäudeflügel. Fuller teilte das Team auf. Fuller, Hartley, Wright und Sinclair übernahmen den kürzeren Flügel und arbeiteten sich im Licht ihrer Helmleuchten Tür für Tür auf ein Kellerfenster am Ende zu, durch das ein schmaler Streifen Laternenlicht in den Gang fiel.

Die Räume waren fast alle gleich groß: vier oder fünf Yards tiefe Seitenwände, Feuchtigkeitsflecken und Regale, Schränke und Kisten mit jeder Menge Plunder, der sich in fünfzig Jahren Klinikbetrieb angesammelt hatte. Die nackten Glühbirnen, die von der Decke hingen, hatten allesamt keinen Strom.

Keine frischbezogenen Betten.

Keine Patienten.

Auch hinter der letzten Tür nur ein weiterer Raum voller Regale, in denen sich diesmal kaputte Röhrenfernseher, Radios, Kassettenrekorder und Teile alter Badarmaturen befanden.

»CW-714 an CW-745. Habt ihr was gefunden?«

»Nichts, was ich nicht auch bei uns auf dem Wochenflohmarkt bekommen könnte«, knurrte Fuller.

Das Laternenlicht schien wie ein Spot auf seine Züge, als er Sinclair einen mürrischen Blick zuwarf. »Station F, hm?«

»Rund eine Woche zu spät«, meinte Gallagher und blätterte durch die Zeitschriften. Die neuste trug das Datum vom letzten Montag.

Nein, das ist nicht möglich. Shao spürte einen seltsamen Druck auf ihrem Hinterkopf, als ob sich die Decke des Zimmers langsam auf sie herabsenkte. *Das ist einfach nicht möglich.*

Im Schrank jede Menge Hemden, Unterwäsche, Schuhe, alles an seinem Platz. Sie lüftete die Bettdecke. In einer Mulde in der Mitte der Matratze entdeckte sie dunkle Spritzer. »Das ist Blut. Und die Bettdecke ist noch warm.«

»In Ordnung«, sagte Bale. »Sehen wir uns die anderen Zimmer an.«

Wie Sinclairs Team teilten sie sich in zwei Gruppen auf, die allerdings direkt nebeneinander agierten: Hughes, Farnham, Gallagher und Kelly übernahmen mit einem der Strahler die linke Seite des Ganges, Tiernan, Kershaw, Briggs, Bale und Shao die rechte. Für Minuten unterbrachen nur die leisen Geräusche ihrer Stiefelsohlen die Stille. Je weiter sie vordrangen, desto enger schien der Gang zu werden, und desto mehr hatte Shao das Gefühl, dass der zunehmend süßliche, morbide Geruch ihr den Atem raubte.

Im siebten Zimmer fanden sie den ersten Patienten.

»Was heißt das, die Etage steht leer?«

»Es heißt das, dass es hier jede Menge Gerümpel gibt, Chief, aber keine Station F.«

Ross schickte einen Fluch durch die Leitung.

Da schaltete sich Powell ein. »Unsere Hinweise, dass diese Station existiert, sind belastbar. Sie muss da unten irgendwo sein.«

»Bei allem Respekt, Superintendent, dann kommen Sie doch her und gucken selber nach. Oder diskutieren Sie das mit Ihrem Detective aus, der anscheinend gerade eine neue Armatur für sein Badezimmer sucht.«

Fuller leuchtete Sinclair hinterher, der zwischen den Kisten und Kartons im letzten Zimmer umherkroch und den Inhalt durchwühlte.

»Hey, Sinclair, vielleicht möchten Sie Ihrem Boss erklären, was hier schiefgelaufen ist?«

In den Kartons befanden sich nichts als alte Sanitärrohre, Dichtungen und Zulaufschläuche. Ein paar Schritte weiter ein Haufen ausrangierter Radio- und Fernsehgeräte.

»John?«, ertönte Powells Stimme im Ohrhörer.

»Es ist, wie der Sergeant gesagt hat, Guv. Wir haben alle Räume gesichert und nichts gefunden. Keine Patienten und auch keine Hinweise, dass in diesem Stockwerk mal welche einquartiert worden sind.«

»Gottverdammt«, murmelte Powell.

»Na, bitte«, meinte Fuller zufrieden. »Dann können wir jetzt also unsere Sachen packen und gehen.«

Sinclair drehte sich um – und verharrte. Er leuchtete zur Tür, dann zur Rückwand und zwängte sich an ein paar Kisten mit

Kabeln, Schläuchen und Fernsehfernbedienungen vorbei, bis er die Regale erreichte, in denen sich ausgeschlachtete Radios und Bildschirmröhren stapelten.

»Hey, Sinclair. Was ist los mit Ihnen? Haben Sie gehört, was ich gesagt hab?«

Die Wand hinter den Regalen war mit langen Dielenbrettern vernagelt.

Fuller verdrehte die Augen. Einer der AFOs hatte inzwischen den Raum betreten und leuchtete über die Kisten. »Scheiße, die haben wirklich jeden Mist aufgehoben.« Er bückte sich und zog grinsend einen zerfetzten, kopflosen Teddybären aus einer der Kisten. »Hey, Sarge, vielleicht noch keine Idee, was Sie Ihrer Tochter zum Geburtstag schenken können?«

»Kommen Sie mal her«, sagte Sinclair.

Fuller ließ einen Seufzer hören und schob Tiernan zur Seite. »Was ist?«

Sinclair deutete zurück auf die Tür, durch die sie eingetreten waren, und dann auf die Wand. Er streckte die Arme aus. »Das Zimmer ist weniger tief als die anderen, so als würde sich hinter den Brettern noch ein Raum befinden. Auf den Grundrissen ist keiner eingezeichnet, und es gibt auch keinen anderen Zugang.«

»Und? Was soll das heißen?«

»Guv. Sagten Sie nicht, dass die Klinik erst seit einem halben Jahrhundert existiert?«

»So ist es. Leider gibt es keine Unterlagen mehr darüber, welche Teile des Gebäudes beim Umbau abgerissen oder stillgelegt wurden.«

Fuller wischte sich über die Stirn. »Was wollen Sie damit sagen, Sinclair? Dass Ihre geheime Station F auf fünf mal drei Yards hinter einer alten Bretterwand eingerichtet wurde?«

Sinclair fegte die Bildschirmröhren aus dem Regal, packte einen der Pfosten und zog das Regal zur Seite. Die Bretter dahinter schlossen dicht aneinander. An den Enden oben und unten glitzerten Stahlnägel. Unter Fullers kopfschüttelndem

Blick griff er sich eine Eisenstange aus einer der Kisten und hebelte eines der Bretter von der Wand. Es knirschte, als sich die Nägel aus dem Mauerwerk lösten.

Er leuchtete in den Spalt.

»Haben Sie was gefunden?«, fragte Powell.

Sinclair trat zurück und machte Fuller Platz, der in das Dunkel hinter der Bretterwand linste und hörbar die Luft einsog.

»Ich glaub, wir haben hier wirklich was.«

Er lag auf dem Rücken in seinem Bett, den Mund und die Augen aufgerissen. Das Gesicht bestand nur noch aus Haut und Knochen. In der linken Brust steckte eine Butterfly-Kanüle, von der jemand den Schlauch abgerissen hatte. Auch der Ständer mit dem Infusionsbeutel fehlte.

Shao tastete nach dem Arm. Kalt, aber nicht eiskalt. »Überdosis.«

»Überdosis?«, ächzte Tiernan. »Ausgerechnet hier?«

»Sie dachten, dass ihnen keine Zeit mehr blieb, und haben ihm Greater H in hoher Dosierung in die Hauptvene gejagt, und das hat er nicht vertragen.«

Briggs und Kershaw wechselten einen Blick.

»Augenblick«, wandte Bale ein. »Sie haben gesagt, die Patienten werden als Geiseln gehalten – nicht, dass sie mit Drogen vollgepumpt werden.«

»Wir haben gesagt, wir wissen es nicht genau. Es gibt Hinweise darauf, dass die Schatten sich diese Entzugsklinik gezielt ausgesucht haben. Möglicherweise sind die Patienten für ihre Zwecke besonders geeignet.«

»Besonders geeignet?«

Shao versuchte, ihre Worte mit Bedacht zu wählen. »Es wäre möglich, dass der intensive Harmony-Konsum den Organismus der Opfer verändert. Vielleicht macht er ihn irgendwie *passender* für die Schatten.«

Bale starrte sie an. »Ich hab das Gefühl, ich versteh einen Scheißdreck von dem, was Sie da sagen.«

»Wie schon gesagt, gehen wir davon aus, dass sie einen Übergang schaffen, durch den noch mehr von ihnen hierherkommen. Also brauchen sie mehr Wirte. Am besten natürlich solche, die länger durchhalten als ein paar Tage. Schließlich dürfte es ihr Ziel sein, uns zu infiltrieren. Es wäre möglich, dass die Droge dazu einen Beitrag leistet.«

Bale kratzte sich am Kinn und warf Briggs und Kershaw einen Blick zu, der verriet, was er über Shaos Ausführungen dachte. Das Ticken des analogen Weckers auf dem Nachttisch war das einzige Geräusch in der Stille.

»Sie meinen, es hört sich verrückt an, Sergeant? Da kann ich Ihnen nur beipflichten.«

Bale schüttelte den Kopf, als würde er darüber nachdenken, seine Gewehre zu schultern und nach Hause zu gehen. »Schön. Nehmen wir einfach an, es stimmt, was Sie sagen. Also, das mit der Überdosis. Dann wäre es wichtig zu wissen, wie lange der Kerl hier schon tot ist. Wie viel Zeit ist vergangen, seitdem sie begonnen haben, die Leute aus den Zimmern zu holen?«

Shao drehte den erstarrten Leichnam auf die Seite. Beginnender Dekubitus am Hintern und an den Schulterblättern. Außerdem Totenflecken auf dem Rücken und an den Waden. »Zwölf Stunden wahrscheinlich. Mindestens acht.«

»Acht Stunden«, flüsterte Tiernan und fasste in Worte, was jeder von ihnen in diesem Moment dachte. »Ich meine, gibt es *irgendeinen* verdammten Hauch einer Chance, dass sie nicht längst das gesamte Gebäude leergeräumt haben?«

Das war der Augenblick, in dem weiter hinten auf der Etage das schleifende Geräusch alter Elektromotoren einsetzte.

Fuller befahl Hartley und Watts, gemeinsam mit Sinclair die restlichen Bretter von der Wand zu reißen. Dahinter kamen Eisenstäbe zum Vorschein, die über flexible Querstreben verbunden waren – ein zusammenfaltbares Eisengitter, wie es in der ersten Hälfte des letzten Jahrhunderts als Barriere vor Fahrstuhlkörben eingesetzt worden war.

Sinclair leuchtete durch das Gitter nach unten. »Wir haben hier einen Fahrstuhlschacht, Guv. Er reicht mindestens ein Geschoss weiter in die Tiefe. Die Kabine …« Er leuchtete nach oben. »Die Kabine scheint irgendwo über uns zu stehen. – Helfen Sie mir mal, Hartley.«

Mit vereinten Kräften gelang es ihnen, das Schloss aufzubrechen. Die Stäbe kreischten, als er das Gitter zur Seite schob und den Kopf durch den Spalt steckte. Umrisse von Stahlseilen, die über eiserne Zahnräder liefen. Der Fahrstuhlkorb stand drei Stockwerke höher. Aus der Kabine fiel ein Lichtschimmer in den Schacht.

»Sieht aus, als gäbe es hier doch Strom.«

Fuller schnaubte. »Wollen Sie mich verarschen?«

In dem Moment zuckten die Stahlseile, und der Fahrstuhlkorb über ihnen setzte sich in Bewegung.

Das schleifende Geräusch zerschnitt die Stille um sie herum wie eine Klinge.

»Was ist das?«, flüsterte Tiernan.

»Hört sich an wie eine Maschine«, murmelte Shao. »Vielleicht ein Fahrstuhl.«

Kurz darauf erschienen die Gesichter von Kelly und Gallagher in der Tür. Hinter ihnen schwebten zwei weitere Lichter wie Glühwürmchen: die Helmlampen von Hughes und Farnham.

»Verdammt, hört ihr das?«

»Shao meint, es könnte ein Fahrstuhl sein.«

Gallagher schüttelte den Kopf und murmelte irgendwas Unverständliches.

»Was ist mit den Zimmern auf der anderen Seite?«, fragte Bale. »Irgendwas gefunden?«

»Drei Tote, Sarge. Bei zwei von denen hat die Leichenstarre eingesetzt, beim dritten würde ich eher sagen, sie ist schon wieder vorbei.«

Kershaw ließ ein Schnauben hören, und Tiernan schürzte die Lippen, als wolle er einen Priem auf den Teppich spucken.

»Und was machen wir jetzt?«, fragte Gallagher.

Bale überlegte nicht lange. »Checkt die restlichen Zimmer, und zwar zügig. Und dann nehmen wir uns die Büros und Technikräume vor.«

Sinclair zog unwillkürlich den Kopf ein und ließ die Schrotflinte von der Schulter gleiten. Die AFOs nahmen rechts und links von ihm Aufstellung, während sich die Kabine vor ihnen immer weiter absenkte.

»Licht!«, zischte Fuller.

Hartley brachte den Strahler in Position.

Beklommen verfolgten die Männer, wie die Stahlseile in der Luft zitterten.

Die Kabine erreichte den ersten Stock.

Dann das Erdgeschoss.

Die Karabiner ruckten hoch, als die Unterkante des Korbs am oberen Ende des Spalts sichtbar wurde. Die Finger am Auslöser, verfolgten die AFOs atemlos, wie die Kabine tiefer sank.

Und noch tiefer.

Bis sich ihnen der Innenraum offenbarte.

Watts gab ein Stöhnen von sich, und Sinclair spürte, wie etwas in seiner Brust zu Eis gefror.

Wie hypnotisiert starrten sie auf das, was unter dem Knirschen und Rattern der Seilzüge wie in Zeitlupe an ihnen vorüber in die Tiefe glitt.

Kelly, Gallagher, Farnham und Hughes waren im Dunkel auf der anderen Seite des Korridors verschwunden.

Shao verließ das Zimmer mit dem Toten als Letzte und folgte Bale, Tiernan, Kershaw und Briggs zur nächsten Tür, während sie versuchte, das entfernte Kreischen und Schleifen zu ignorieren. Sie fanden ein weiteres zerwühltes Bett mit blutbespritzten Bezügen, aber keine Leiche. Ohne ein weiteres Wort verließen sie das Zimmer wieder.

Drei Räume weiter machte der Korridor einen Knick nach

rechts. Zehn Yards bis zu einer Milchglastür, die den Beginn des Bürotrakts markierte. Auf halber Strecke befand sich die letzte Tür von Station A. Sie besaß einen Glaseinsatz. Das Schwesternzimmer dahinter lag im Dunkeln.

Tiernan drehte den Knauf.

Die Tür war verriegelt.

Bale gab Kershaw ein Zeichen, der den Strahler durch das Fenster richtete. Der Lichtkeil wanderte über Aktenschränke, Bürostühle und einen Schreibtisch.

»Keiner drin.«

Kershaw wandte sich ab, als er plötzlich innehielt.

Sie alle hatten das Geräusch vernommen, kaum hörbar, wie das leise Reiben einer Schuhsohle auf weichem Teppichboden.

Hinter der Tür.

Tiernan fing Bales Blick auf und ging vor dem Schloss in die Knie. Der Pick tastete über die Stifte, dann schnappten Riegel und Falle zurück. Tiernan drückte die Tür auf.

Briggs ging voran. Dann Kershaw mit dem Strahler. Danach Bale und Shao. Kershaw leuchtete jeden Winkel aus. Die Wände waren wie auf dem Gang mit Holz getäfelt. Das Licht huschte über die Schreibtischplatte, den Aktenschrank und den Boden zu einem großen Blumenkübel, aus dem der geflochtene Stamm einer Glückskastanie ragte.

Und über einen Fuß, der hastig hinter den Kübel zurückgezogen wurde.

»Bin ich bescheuert, oder habt ihr das auch gesehen?«

Hartley wischte sich über das Gesicht, so dass die Kapuze des Schutzanzugs verrutschte. Der Gummizug hatte auf seiner Wange einen roten Abdruck hinterlassen.

Wright und die anderen starrten einander an, während Fuller nach Luft schnappte wie ein Fisch auf dem Trocknen.

»Das sah aus wie … Das sah aus wie … wie …«

»Wie ein Mensch«, vollendete Sinclair und schob sich die Flinte zurück auf die Schulter.

In den nackten, besudelten Oberkörper war ein Schlauch eingeführt gewesen, der zu einem Beutel an einem Infusionsständer geführt hatte. Das Gesicht blutverschmiert, die Augen verdreht, hatte der Mann nach Luft gerungen, während schaumige Blasen auf seinen Lippen geplatzt waren.

Mit einem hellen Krachen setzte der Fahrstuhlkorb auf dem Boden des Schachts auf.

Sinclair hörte, wie ein Metallgitter zurückgeschoben wurde. Die Metallrollen des Bettes quietschten, als der Patient aus dem Lift gezogen wurde. Das Schleifen und Rattern setzte erneut ein, und kurz darauf glitt der leere Liftkorb an ihnen vorüber nach oben.

In der folgenden Stille vernahmen sie das leise Quietschen der Metallrollen, das sich ein Stockwerk unter ihnen entfernte.

Sinclair stellte die Flinte in die Ecke, nahm Hartley den Strahler ab und leuchtete in den Fahrstuhlschacht. Die Stahlstreben, die den Rahmen des Schachts bildeten, waren stark verrostet, wirkten aber stabil. Der Schacht endete wie erwartet ein Stockwerk tiefer, allerdings nicht auf einer ebenen Fläche, sondern in einem Gewirr riesiger Zahnräder und Treibscheiben, die das Getriebe der Fahrstuhlkonstruktion bildeten. Sinclair schnallte sich den Helm und die schusssichere Weste ab.

Fuller stellte sich ihm in den Weg. »Darf man fragen, was das werden soll?«

»Sie leuchten mir, und sobald ich unten bin, werfen Sie mir die Ausrüstung und den Strahler runter. Und meine Flinte. Dann folgen Sie, einer nach dem anderen.«

Fuller gab einen undefinierbaren Laut von sich. »Das ist doch verrückt! Kommt überhaupt nicht in Frage!«

»Wir haben die gesamte Etage abgesucht. Es gibt nirgendwo eine Treppe nach unten. Dieser Schacht ist der einzige Weg. Aber Sie können natürlich auch auf den Knopf drücken und bequem mit der Kabine nach unten fahren, falls Sie nichts dagegen haben, sich direkt von den Schatten in Empfang nehmen zu lassen.«

Fuller schüttelte den Kopf und schnaubte. »Aber wäre es nicht besser, wir warten, bis der Korb ein zweites Mal runterfährt? Nur damit wir wissen, welches Zeitfenster wir zur Verfügung haben.«

»Und wenn das gerade der letzte Patient war?«

Fuller seufzte. »Mahone, Sie übernehmen den Strahler. Wright, sehen Sie nach, ob Sie in diesem Gerümpel irgendwo ein Kabel oder ein Seil finden, mit dem wir die Ausrüstung nach unten befördern können.«

Sinclair löste die Lampe vom Helm und leerte eine der Kisten aus, in die er Helm, Weste und Schrotflinte legte. Die Lampe band er sich vor die Stirn und streckte den Kopf durch den Gitterspalt. Der Fahrstuhlkorb befand sich immer noch in der dritten Etage. Sinclair zwängte sich durch den Spalt und überprüfte die Trittfestigkeit der Querstrebe unterhalb des Gitters. Sie hielt sein Gewicht mühelos aus.

Hinter ihm erschien Mahone mit dem Strahler.

»Leuchten Sie hier rüber. Und nicht zu weit nach unten. Wir müssen es den Schatten ja nicht zu leicht machen.«

Der Schacht besaß insgesamt vier Stahlträger, einen an jeder Ecke, die in jedem Geschoss mit Querträgern stabilisiert wurden. Mit dem Rücken zur Schachtwand, ging Sinclair langsam in die Knie – und wäre um ein Haar abgerutscht. Im letzten Moment klammerte er sich an den Stahlträger links von sich. Seine Handfläche brannte, als Rostpartikel ihm die Haut aufrissen.

Vorsichtig verlagerte er das Gewicht nach vorn, drehte sich um die halbe Achse und rutschte am Träger entlang nach unten. Endlich erschien vor ihm das Gitter des Untergeschosses. Dahinter flackerte diffuses Licht. Sinclairs Schuhspitze berührte eines der Zahnräder. Er umfasste die Stäbe des halboffenen Gitters, zog sich nach vorn und spürte festen Boden unter den Füßen.

»Alles klar?«

Sinclair blickte in den Strahler und hob den Daumen. Der

Raum hatte dieselben Maße wie ein Stockwerk weiter oben. Der einzige Unterschied waren die Glühlampen unter den verrosteten Emailleschirmen, die großflächige Schimmelflecken an Wand und Decke in unruhiges gelbliches Licht tauchten. Die Sporen, die durch die Luft schwebten, legten sich wie ein pelziger Flaum auf Sinclairs Zunge und Gaumen. Auf dem Boden dunkelbraune Spuren, die über die Fliesen zu einer Tür führten.

Hinter ihm landete Mahone mit einem Sprung zwischen Fahrstuhlmotor und Gitter und nahm die Kiste mit den Waffen in Empfang. Die anderen AFOs folgten im Abstand von wenigen Sekunden.

Fullers Blick glitt über die Lampen. »Scheiße, aus welchem Jahrhundert sind die denn?«

»Sagen Sie nichts gegen Artdéco. Wird gerade wieder modern.«

Nachdem sie ihre Ausrüstung wieder angelegt hatten, schickte Fuller Hartley und Wright zur Tür. Dahinter erstreckte sich ein Gang mit gekachelten Wänden, der ebenfalls von alten, schwachen Glühlampen erhellt wurde und angefüllt war mit leeren Betten und umgestürzten Wäschecontainern, aus denen blutige Kissen, Laken und Bettdecken quollen.

Sie hatten Station F gefunden.

Tiernan riss das Gewehr hoch. »Rauskommen!«

Für einen Moment herrschte Stille. Dann ein Schluchzer. Zwischen Aktenschrank und Blumenkübel erschienen zwei Füße, gefolgt von den Hosenbeinen einer Frau, die sich zitternd aus der Nische schob.

»Aufstehen«, blaffte Bale, »und zwar so, dass wir Ihre Hände sehen können!«

Sie trug weiße Schwesternkluft. Lange schwarze Haare fielen ihr bis auf die Schultern und verdeckten das Gesicht. Mit einer zittrigen Handbewegung strich sie sich eine Strähne aus der Stirn. Dunkler Teint, indische Wurzeln.

»Wer sind Sie?«

»Taniya Verma. Ich bin die Nachtschwester.«

Sie sprach akzentfreies Englisch, und ihre Augen waren vermutlich von Natur aus schwarz wie das Meer bei Nacht.

»Sind Sie allein?«

Die Schwester öffnete den Mund, aber alles, was Shao vernahm, war ein unverständliches Krächzen. Sie nickte.

»Warum haben Sie sich eingeschlossen?«

Nervös starrte Taniya Verma auf die Gewehre, die auf sie gerichtet waren. Ihre Wangen glänzten im Schein des Strahlers. Die Schweißflecken unter ihren Achseln mussten nichts zu bedeuten haben, aber Shaos Hand krampfte sich um den Griff der Beretta, als sie das Pflaster am Ellbogen bemerkte.

»Was ist hier passiert?«, fragte Bale. »Wo sind die Patienten von Station A?«

Verma starrte ihn an, als hätte sie die Frage nicht begriffen. Als er die Frage in barschem Ton wiederholte, barg sie das Gesicht in den Händen und begann zu schluchzen.

»Hey, keine Angst«, sagte Shao und deutete auf den Schreibtischstuhl. »Setzen Sie sich erst mal.«

Wie in Zeitlupe griff Verma nach der Armlehne und ließ sich auf den Stuhl sinken.

»Ich bin Detective Constable Shao. Wir sind von der Metropolitan Police und wurden beauftragt, die Patienten in Sicherheit zu bringen. Miss Verma, haben Sie verstanden, was ich gesagt habe?«

»Ich … ich bin mir nicht sicher, Detective.«

»Wie viele Patienten befinden sich auf der Station?«

»Drei… dreiundzwanzig.«

Bale schnaubte. »Dreiundzwanzig Leute, die tot oder verschwunden sind! Davon müssen Sie doch was mitgekriegt haben!«

Shao warf ihm einen stirnrunzelnden Blick zu.

»Tot?« Verma schloss die Augen. Sie sog die Luft ein und presste die Lippen zusammen, als würde sie sich an ein schreckliches Bild erinnern. »Ich habe sie gesehen. Wie sie sie abgeholt haben.«

»Wen haben Sie gesehen?«, hakte Shao nach.

»Dr. Brent. Und Dr. Kashani.«

»Die Leiter der Klinik?«

»Aber sie waren nicht allein. Dr. Larkin und Dr. Palmer waren bei ihnen.«

»Wann sind sie aufgetaucht?«

»Kurz nachdem ich die Schicht angetreten habe. Um halb elf. Sie sind abwechselnd rein in die Zimmer, und dann haben sie die Patienten weggebracht. Einen nach dem anderen.«

»Und wohin?«, fragte Bale.

Taniya Verma deutete in Richtung der Zwischentür auf dem Gang. »Zu den Büros. Ich verstehe das ja auch nicht. Ein paar Minuten später sind sie zurückgekommen. Allein. Um den nächsten Patienten zu holen.«

Shao musterte sie aufmerksam. »Und Sie haben sich nicht erkundigt, was das zu bedeuten hat?«

»Dr. Kashani sagte, die Patienten würden verlegt, zur Untersuchung.«

»Verlegt nach Station F?«

Sie blickte Shao überrascht an und nickte. »Dabei hab ich noch nie vorher von der Station gehört!«

»Was glauben Sie, wo wir sie finden könnten?«

Taniya Verma hob die Schultern. »Ich arbeite doch nur hier, auf Station A. Ich hab natürlich gefragt, was das zu bedeuten hat, aber Dr. Kashani sagte, diese Untersuchungen sind neu angesetzt worden. Zur Vorbereitungen der Studie, die er mit Dr. Brent entwickelt hat.«

Sie zuckte angstvoll zusammen, als Kelly, Gallagher, Farnham und Hughes in der Tür auftauchten. In leisen Worten setzte Farnham Bale darüber in Kenntnis, dass die restlichen Zimmer leer waren.

»Und die Infusionen sind Teil der Studie«, wandte Shao sich wieder an Taniy Verma.

Sie starrte Shao an, als wüsste sie nicht, worauf sie hinauswollte.

»Wir haben die Ständer auf den Zimmern gesehen. Ich meine, ist es üblich, dass Patienten auf diese Weise therapiert werden?«

Wieder hob sie die Schultern. »Eigentlich nicht, aber es kommt vor.« Sie schüttelte den Kopf, und Shao sah, wie sich Tränen in ihren Augen sammelten. »Ich weiß wirklich nichts über diese neue Therapie. Ich arbeite doch nur als Aushilfe hier, und immer nur nachts. Das ist meine erste Schicht seit zwei Wochen.«

»Und als sie das letzte Mal hier waren, war noch alles in Ordnung.«

Verma nickte schluchzend.

»Wer hat die Übergabe mit Ihnen gemacht? Jemand muss Sie doch informiert haben.«

»Das waren Lydia und Agnes. Sie sagten, es wäre nichts Besonderes vorgefallen.« Wieder schüttelte sie den Kopf. »Ich wollte meine Runde machen, eine halbe Stunde nach Dienstantritt, wie immer. Ich wollte raus aus dem Zimmer, da standen Dr. Kashani und Dr. Brent auf einmal vor mir. Und sagten, ich solle hierbleiben, weil sie sich um die Patienten kümmern.«

»Und dann haben sie Sie eingeschlossen?«

Sie barg den Kopf zwischen den Händen. Ihre Schultern zuckten. »Ich wusste nicht, dass die Patienten tot sind, ich schwöre es! Wenn ich das gewusst hätte, dann … dann …« Sie hob den Kopf und sah erst Shao, dann Bale hilfesuchend an. Ihr Blick verriet, dass sie keine Idee hatte, was dann passiert wäre.

»Schon gut, Miss Verma«, sagte Bale. »Zwei meiner Männer werden Sie auf den Parkplatz begleiten und Ihre Personalien aufnehmen.« Er gab Farnham und Hughes einen Wink. »Danach fahren Sie nach Hause und halten sich zu unserer Verfügung.«

»Danke, das ist wirklich sehr nett von Ihnen.«

»Eins verstehe ich nicht, Miss Verma«, sagte Shao. »Kashani und Brent hatten sie hier eingeschlossen. Die Maßnahme war ganz offensichtlich rechtswidrig, und sie hinderte Sie daran, Ihrer Aufsichtspflicht nachzukommen, richtig?«

Taniya Verma starrte Shao an, als hätte sie keine Ahnung, worauf sie hinauswollte.

»Wissen Sie, was ich an Ihrer Stelle getan hätte, Miss Verma? Ich hätte als Erstes den Notruf gewählt.« Shao deutete auf das Telefon in der Ladeschale.

Verma blinzelte und kniff die Lippen zusammen. Sie nickte. »Das hab ich ja versucht. Aber es funktioniert nicht. Ausgerechnet heute. Komisch, oder?«

Shao ging zur Ladeschale und nahm das Telefon heraus. Keine Verbindung zur Basisstation. Sie legte den Apparat wieder zurück. »Okay. Und die Wunde?«

»Was?«

»Am Unterarm.«

Verma folgte ihrem Blick. »Ach so, die. Das war heute Morgen im Bad. Ich wollte ein Handtuch aus dem Schrank holen und … Warum ist das denn wichtig?«

»Was dagegen, wenn ich sie mir mal ansehe?«

»Ich denke, das reicht jetzt«, ging Bale dazwischen. »Wir haben hier noch eine Menge zu erledigen. Bringt die Frau nach draußen.« Er gab Hughes und Farnham einen Wink.

»Nur einen Blick«, beharrte Shao.

Bale starrte sie an. Seine Kiefer mahlten aufeinander.

»Miss Verma, wären Sie so nett und würden das Pflaster entfernen?«

»Aber …«

»Bitte.«

Sie schluckte und zupfte vorsichtig an einer Ecke des Pflasters. Mit einem Ruck riss sie es herunter. Keine eiternde oder schwärende Wunde, sondern eindeutig ein Kratzer, der bereits verschorft war.

»Sind Sie jetzt zufrieden, Shao?«, blaffte Bale ungeduldig.

Shao nickte. »Entschuldigen Sie, Miss Verma. Kommen Sie gut nach Hause.«

»Vielen Dank, Detective.«

Farnham und Hughes nahmen sie in die Mitte, während Bale sich an die anderen wandte.

»Wir machen inzwischen mit den Büros weiter, und zwar nach wie vor in zwei Teams. Bis Hughes und Farnham zurück sind, unterstützen Sie, Kershaw, Kelly und Gallagher. Ihren Strahler übernimmt Tiernan.«

»Alles klar, Sarge.«

Der Lichtkeil zuckte über den Boden, als Kershaw den Strahler übergab. Die Gesichter von Taniya Verma und ihren beiden Begleitern, die gerade die Tür erreicht hatten, lagen im Dunkeln, als die Schwester lautlos zusammensank.

Im selben Moment zog Hughes die Glock aus dem Gürtel, schoss Farnham in den Kopf und richtete die Waffe auf Bale.

Fuller gab den Männern das Zeichen zum Vorrücken.

Die erste Tür auf der rechten Seite bestand aus Metall. Sie war nur angelehnt. Hartley und Shan, blond und einen halben Kopf größer als Hartley, glitten über die Schwelle.

»Gesichert!«

Weitere flackernde Glühbirnen, die die roten Blutspritzer auf den Laken und Kissen in erdbraune Flecken verwandelten. Ein halbes Dutzend Betten, die allesamt zerwühlt und besudelt waren – als seien die Patienten gerade erst herausgezerrt worden. Dazwischen Infusionsständer, die wie Laternenmasten aufragten. Ein paar der Beutel waren zur Hälfte gefüllt. Fuller löste einen vom Haken. Er war nicht beschriftet. Die glasklare Flüssigkeit schwappte hinter dem Plastik umher.

»Wussten Sie das, Sinclair? Dass das hier keine Psychoklinik ist, sondern ein verdammtes Schlachthaus?«

Sinclair schüttelte den Kopf.

In den nächsten Räumen fanden sie noch mehr Betten. Noch mehr Infusionsständer.

»Sarge!«

Einer der Männer torkelte aus der nächsten Tür. Sinclair und Fuller schlossen auf und warfen einen Blick über die Schwelle. Der Raum war ausgestattet wie ein Operationssaal.

Auf der blutüberströmten Liege in der Mitte lagen die Extremitäten eines Menschen: Arme und Beine, die mit groben Schnitten vom Rumpf abgetrennt worden waren. Der Leib und der Kopf waren verschwunden.

»Scheiße«, flüsterte Sergeant Fuller.

Einer der Männer stützte sich an den Türrahmen und röchelte, als müsse er sich übergeben.

Überall auf dem Boden Blut.

Sinclairs Blick glitt über die Arbeitsfläche, über einen umgestoßenen Korb mit Skalpellen hinweg zu einer Schranktür, die geöffnet war. Die Kartons und Verpackungen im Schrank waren zerdrückt. Fußabdrücke. Als ob sich dort jemand versteckt hätte und dann entdeckt worden war.

Schleifspuren, die zur OP-Liege führten …

»Sarge! – Hier!«

Hartley deutete auf Fußabdrücke, die durch die Blutlache zu einer Zwischentür führten.

Hartley öffnete sie.

Im selben Moment ging das Licht aus.

»Strahler an!«, rief Sinclair. »Sofort!«

Zwei Strahler flammten auf und tauchten den OP-Saal in grelles Licht. Fuller drückte auf den Lichtschalter an der Wand. Nichts geschah. Hartley, der auf der Schwelle der Zwischentür stehen geblieben war, gab ein Röcheln von sich. Sinclair fürchtete schon, dass er von einem Schatten in Besitz genommen worden war, als Hartley sich gegen die Zarge lehnte und den Blick auf den Raum dahinter freigab. Zwei Leichen, ein Mann und eine Frau, die in einer Wolke aus Verwesungsgestank auf dem Boden lagen.

Hartley warf Sinclair einen panischen Blick zu.

»Keine Sorge. In toten Körpern können sie sich nicht verbergen.« Sinclair drückte sich an Hartley vorbei und kniete sich vor die Leichen. Das Gesicht und der Halsansatz des Mannes waren von Eiterbeulen und schwärenden Wunden übersät. Sein Körper war es, der den Geruch verursachte, denn die Wunden der Frau wirkten frisch. Sie sah aus, als wäre sie von einem Bus überfahren worden.

Oder von einem blauen Seat Alhambra.

»Der Mann ist Kashani, der stellvertretende Leiter der Klinik. Der Zustand kommt ungefähr hin, wenn er vor einer knappen Woche übernommen wurde.«

»Fuck«, murmelte Hartley.

Mit spitzen Fingern zupfte Sinclair das Portmonnaie aus der zerfetzten Jeans der Frau und warf einen Blick auf den Führerschein. »Salome Adhout.«

»Eine Patientin?«, fragte Fuller.

»Eher eine Mitarbeiterin. Und sie war nicht besessen.«

»Woher wollen Sie das wissen?«

Sinclair berichtete von dem Anruf, der Sheila Conolly erreicht hatte, ohne auf die Hintergründe einzugehen. »Wahrscheinlich ist Kashani ausgestiegen, hat gesehen, dass sie noch lebt, und hat sie zurück in die Klinik gebracht.«

Hartley gab einen würgenden Laut von sich.

»Und zu welchem Zweck?«, fragte Fuller.

Sinclair deutete auf die Einstichlöcher in der Brust der Toten. »Sie hat Infusionen verabreicht bekommen, in die Hauptvene. Ich tippe auf Harmony oder irgendein Derivat der Droge. Aber es war zu spät. Salome Adhout ist gestorben, als die Schatten sie gerade transportbereit schneiden wollten, und für eine Leiche haben sie keine Verwendung.«

Im grellen Licht der Strahler wirkte Fullers Gesicht jetzt kreidebleich. »Das ist … Das ist …«

»Kranker Scheiß«, hauchte Hartley.

Sinclair stand auf. »Wir sollten beim anderen Team nachfragen, ob sie in den Etagen überhaupt noch irgendwelche Patienten gefunden haben.«

Fullers Hand glitt zum Drücker an seinem Gürtel – und erstarrte. »Verdammt, hören Sie das?«

Schüsse.

»Runter!«

Shao stieß Bale zu Boden. Die Kugel grub sich in die Holzvertäfelung über ihr. Sie riss sich die MP5 von der Schulter, während Tiernan und Ian noch mit offenen Mündern zu begreifen versuchten, was vor sich ging. Die Kugeln zerfetzten Hughes' rechten Arm und wischten ihm die Glock aus der Hand. Ohne einen Schmerzensschrei von sich zu geben, bückte er sich und griff sich Farnhams Pistole. Shao jagte ihm eine Garbe gegen die Weste, die ihm die Rippen hätte brechen müssen, aber Hughes ächzte nicht mal und richtete die Waffe auf Tiernan. Shao zielte auf seine Stirn. Die Garbe zerfetzte Hughes den Schädel. Er fiel nach hinten, und etwas Schwarzes löste sich aus seinem Rachen.

»Weg von ihm«, schrie Shao, »und Licht!«

Tiernan verknotete sich fast die Hände, als er den Strahler auf Hughes' Leiche zu richten versuchte. Der Schatten huschte auf Kershaw zu.

»Nach hinten! Ins Licht!«

Shao zerrte Kershaw mit sich. Der Schatten zuckte zurück, als Tiernan den Strahler schwenkte. Sie versammelten sich um den Schreibtisch. Mit aufgerissenen Augen verfolgten sie, wie das schwarze Nebel-Ding durch das Halbdunkel in Richtung Blumenkübel wischte.

»Da drüben ist er!«, schrie Shao.

Tiernans Hand zuckte hoch.

Gallagher, der den zweiten Strahler trug, drehte sich einmal um die eigene Achse. »Scheiße, das Ding ist zu schnell!«

Der Schatten jagte auf Bale zu. Shao riss Gallagher den Strahler aus der Hand und leuchtete Bale ins Gesicht. Der Schatten, der gerade in seinem Mund verschwinden wollte, wich zur Seite aus – und geriet in den Lichtkegel von Tiernans

Strahler. Wild zuckte er hin und her, ohne Fluchtmöglichkeit, und in seinem Innern ballte sich der Nebel zu einem schwarzen Klumpen, als würde er sich vor Schmerzen krümmen. Die Ränder faserten aus, und die Reste des schwarzen Knäuels in seinem Innern stoben wie in einer lautlosen Explosion auseinander.

Der *Dämon* war vernichtet.

Shao half Bale auf die Beine und richtete ihren Blick auf die Leichen an der Tür.

»So eine verdammte Scheiße«, röchelte Kershaw.

Tiernan sagte überhaupt nichts mehr, sondern starrte immer noch auf die Stelle, an der der Schatten zerfasert war.

Shao kniete zwischen den Leichen. Hughes und Farnham war nicht mehr zu helfen. Sie drehte Taniya Verma auf den Rücken. Ihre Augen waren aufgerissen, ebenso der Mund, als hätte sie im Moment des Todes versucht, nach Luft zu schnappen. »Der Schatten war noch nicht lange in ihr. Deshalb konnte sie uns täuschen.«

»Und wieso ist sie dann tot?«, keuchte Bale. »Hatten sie nicht gesagt, die Wirtskörper sterben erst nach ein paar Tagen?«

Shao hob die Schultern. »Vielleicht hat der Schatten ihr vegetatives Nervensystem kollabieren lassen. Damit sie uns nichts verraten kann. Wir haben ja gesagt, wir wissen noch nicht genug über diese Viecher.«

Sie stand auf und blickte in die Runde. Die Gesichter der Männer waren bleich. Bale stellte die Verbindung zum Hubschrauber her.

»CW-823 an CW-167, kommen. Ich wiederhole, CW-823 an CW-167, kommen!«

»Ross hier. Was gibt es?«

»Wir hatten einen Zusammenstoß. Hughes und Farnham sind tot. Außerdem ein Opfer aus dem Klinikpersonal. Ihr Name war Taniya Verma.«

Ross fluchte. »Was ist passiert?«

Bale erläuterte es in knappen Worten.

Shao deutete auf die beiden toten Polizisten. »Nehmt ihnen die Waffen ab.«

Tiernan bückte sich und sammelte Farnhams Schrotflinte, das MCX und die Pistole ein. Kershaw tat dasselbe bei Hughes.

»Nehmen Sie auch das Nachtsichtgerät mit. Man kann nie wissen.«

Während Bale seinen Bericht an Powell und Bale fortsetzte, starrte Tiernan in die Runde. »Und was machen wir jetzt?«

Sie fanden die Antwort draußen aus dem Gang, als erneut das entfernte Jaulen der Elektromotoren einsetzte.

Die Schüsse waren kaum zu hören.

Sergeant Fuller wollte die Verbindung zu Shaos Team herstellen, aber Sinclair hielt ihn zurück.

»Wir bringen uns nur selbst in Gefahr, wenn wir Kontakt aufnehmen.«

Fuller wurde bleich, als er begriff, was Sinclair damit meinte. *Falls das andere Team von den Schatten in Besitz genommen wird.*

»Was schlagen Sie vor?«

»Wir halten uns an den Plan.«

»Aber das sind unsere Leute da oben – und Ihre Kollegin!«

»Und sie haben Nachtsichtgeräte und Strahler, genau wie wir. Wir müssen herausfinden, wo sich das Tor befindet. Den Übergang zu zerstören ist das Einzige, was jetzt zählt.«

Fuller fuhr sich über den Mund und nickte. »In Ordnung.«

Er wies die Männer an, mit der Durchsuchung fortzufahren. Mit Strahlern bewaffnet, schlichen Hartley und Wright zur Tür, die zurück auf den Gang führte.

»Der Korridor ist sauber, jedenfalls im Moment.«

Die anderen fünf folgten, danach Sinclair und Fuller. Der Korridor verlief weiter in Richtung Südosten. Die Luft schien mit jedem Schritt feuchter und stickiger zu werden. Von der Decke tropfte Wasser. Sie passierten eine weitere Tür. Hartley drehte am Knauf und drückte sie mit der Mündung des Gewehrs auf. Ein weiterer OP-Saal. Auch hier funktionierte das Licht nicht. Die Lichtkegel streiften benutzte Skalpelle und Knäuel von Verbandszeug, das sich mit Blut vollgesogen hatte. Und Körperteile. Ausschließlich Extremitäten. Mahone suchte Halt am Türrahmen und übergab sich.

»Tut mir leid, Sir …«

»Still!«, zischte Sinclair.

Ein Geräusch.

Vor ihnen auf dem Gang.

Sie tauchte im Lichtkegel der Strahler auf wie aus einem dunklen Wald – mitten auf dem Korridor, der eben noch menschenleer gewesen war: eine leicht untersetzte Frau in einem Arztkittel, die ein Krankenbett vor sich herschob. Ihre Haut war blass und schründig, ihre schmutzigen, verschwitzten Haarsträhnen achtlos hinter die Ohren zurückgestrichen. Sinclair hegte keinen Zweifel daran, dass sich in ihrem Körper ein Schatten versteckte.

Sie blieb stehen und erwiderte den Blick der Männer. Die Mündungen der Gewehre schienen sie nicht zu beeindrucken. Vielleicht konnte sie die Waffen auch nicht erkennen, weil Hartley den Strahler auf sie gerichtet hielt.

Sinclair trat auf sie zu, die Beretta im Anschlag. »Metropolitan Police Service! Sie gehören zum Klinikpersonal?«

»Natürlich, Mr. Sinclair.« Ein spöttisches Lächeln umspielte ihre Mundwinkel, als sie seinen Namen nannte, und ihre tiefschwarzen Pupillen reflektierten das Licht der Strahler. »Ich bin die leitende Ärztin von Station F – Dr. Ellen Palmer.«

6

Bis zu diesem Zeitpunkt war alles wie am Schnürchen gelaufen.

Der provisorische Checkpoint am Eingang des Bauzauns hatte verlassen dagelegen, ebenso der untere Teil des Abteigeländes, auf dem die Pflanzen so großflächig verdorrt und verrottet waren, als wären sie von der Druckwelle einer atomaren Explosion dahingerafft worden. Dagegen sprach allerdings die Anzeige des Personendosimeters, das jeder von ihnen auf Anordnung des Superintendents aus Newham am Gürtel trug. Auf dem Gelände war keine außergewöhnliche radioaktive Strahlung messbar.

Zehn Minuten nachdem Costa und seine Leute den Eingang an der Abbey Road passiert hatten, erreichten sie die Container rund um die Lodge. Vor dem Eingang parkte ein halbes Dutzend Kleintransporter sowie zwei 7,5-Tonner, vor denen das andere AFO-Team unter Evertons Führung bereits auf sie wartete.

Evertons Hand beschrieb einen Halbkreis, der die Wohncontainer einschloss. »Die verdammten Dinger sind alle leer. Und wenn ich leer sage, meine ich *komplett* leer, Costa. Den Inhalt haben wir da drin gefunden.«

Er deutete auf die Wagen hinter sich. Costa warf einen Blick auf die Ladefläche der beiden 7,5-Tonner: angebrochene Nahrungsmittelvorräte, Kleidung, aber auch Uniformen, Waffen und Munition. Ein paar Säcke waren zum Bersten mit Schmutzwäsche gefüllt, und in einem der Transporter fanden sich Rollcontainer mit Bildschirmen, Rechnern, Strahlungsmessern und weiteren elektronischen Geräten. So als sei man im Begriff gewesen, das Gelände generalstabsmäßig zu räumen, als … was geschehen war?

Costa ließ den Blick über das Gelände schweifen. »Warum sind die weg, ohne die Fahrzeuge mitzunehmen?«

Everton grinste. »Vielleicht, weil sie mitgekriegt haben, dass wir im Anmarsch sind?«

Oder weil das, was die Pflanzen zerstört hat, auch für Menschen nicht gerade ungefährlich ist.

Costa schickte Bones, Emma und zwei weitere Leute los, um die Rückseite des Geländes in Augenschein zu nehmen. Aus Evertons Team nahmen sich jeweils zwei Männer die West- und Ostseite vor. Nach ihrer Rückkehr erstattete Costa Ross und Powell im Hubschrauber Bericht.

»CW-952 an CW-167. Das Gelände ist verlassen, jedenfalls der oberirdische Teil. Die Container wurden geräumt, aber der Inhalt steht noch auf dem Gelände. Es gibt keine Anzeichen für eine Flucht zu Fuß oder mit anderen Fahrzeugen. Erbitte Anweisungen.« Er wischte sich über die schweißnasse Stirn, während er darauf wartete, dass das Funkgerät Ross' Antwort ausspuckte. Irgendwo hinter seiner Stirn pochte ein Kopfschmerz, der bereits eingesetzt hatte, als sie das Gelände betreten hatten. Ausgerechnet jetzt. Er hatte sonst nie Kopfschmerzen.

Endlich meldete sich Ross. »Anzeichen von Kampfhandlungen?«

»Negativ, soweit wir es beurteilen können. Die Untersuchung des unterirdischen Teils steht noch aus.«

Superintendent Powell schaltete sich ein. »Dringen Sie wie besprochen in das Labor vor. Beide Teams bewegen sich nur zusammen oder maximal in Sichtweite voneinander entfernt. Sobald Sie Anzeichen entdecken, dass dort unten etwas nicht stimmt, treten Sie den Rückzug an und verlassen das Gelände.«

»Verstanden. Ende.«

Everton, der mitgehört hatte, ließ ein Schnauben hören. »Sobald etwas nicht stimmt? Was genau meint er denn damit, he?«

»Du hast das Video doch gesehen«, sagte Costa.

Everton spuckte aus. »Einen Scheiß hab ich – oder glaubt ihr ernsthaft, dass da unten irgendwelche Tintenfischmonster auf uns lauern?«

Niemand sprang auf seine Bemerkung an. Costa fiel auf, dass auch Brad und Bones blass aussahen. Und Emma.

»Ich sag euch«, nölte Everton weiter, »das Ganze ist 'ne Riesenverarsche. Die wussten die ganze Zeit, dass wir kommen.«

Costa gab Everton insgeheim recht. Natürlich war davon auszugehen, dass Seaways etwas gewusst oder geahnt hatte, spätestens nach der Durchsuchung der Büroetagen in Canary Wharf, von der Powell berichtet hatte. Auch die zurückgelassenen Wagen sprachen dafür, dass an der Sache was faul war.

Keine Sorge, Everton, dachte Costa mit einem mulmigen Gefühl im Magen. *Du bekommst dein Geballer noch.*

Sein Blick glitt hinüber zum Zelt, dessen Plane lose über dem Eingang in das Labor flatterte. »Okay, Leute, ihr habt es gehört. Wir rücken vor. Einstieg immer zu zweit, wir sichern uns gegenseitig. Der Gang unten dürfte breit genug sein, dass wir die Zweierreihen beibehalten können. Wie der Superintendent gesagt hat: Was auch immer da unten passiert, wir entfernen uns maximal auf Sichtweite voneinander, und sobald jemand Anzeichen für einen Hinterhalt feststellt, heißt es Rückzug. Verstanden?«

Die Männer nickten.

Unter ihren Gummisohlen suppte der morastige Untergrund, der weicher und glitschiger wurde, je näher sie dem Zelt kamen. Costa gab Bones ein Zeichen, die Plane zur Seite zu ziehen.

Brad ging als Erster rein.

»Zelt ist gesichert.«

Everton, der wenigstens schlau genug war, um zu kapieren, dass er mit der Führung beider Teams überfordert war, warf Costa einen fragenden Blick zu.

Costa nickte. »Dann sorgt mal für freie Sicht.«

Mit ein paar Handgriffen hatten Everton und seine Leute die Zeltstangen und Heringe aus dem Boden gerissen und zur Seite gefegt.

Aus dem Loch im Boden drang fahles Licht.

Bones hakte den Geigerzähler am Gürtel ein und zog am Gummizug seines Schutzanzugs, bis er eng an den Wangen anlag. »Leute, ich frag mich ernsthaft. Was helfen uns diese scheiß Anzüge, wenn diese Schattenviecher durch den Mund reinschlüpfen?«

Emma schenkte ihm ein mildes Lächeln. »Dann halt besser die Klappe.«

»Wenigstens ist dein Arschloch da drin sicher«, murmelte Brad und gab Bones einen Klaps auf die Schulter.

Everton und die anderen grinsten.

Costa stellte erneut die Verbindung zum Hubschrauber her. »CW-952 an CW-167. Wir sind jetzt am Einstieg. Bis hierhin ist alles ruhig. Niemand zu sehen.«

»CW-167 an CW-952. Viel Glück, Gentlemen.«

Everton ließ die MCX effektvoll von der Schulter gleiten und küsste den Lauf. »Der erste Tentakel gehört mir, Leute!«

Em verdrehte kaum merklich die Augen. Costa kam in den Sinn, dass sie selbst schwitzend und mit Schutzanzug und kugelsicherer Weste hinreißend aussah.

»Alles klar, Jungs! Dann vorwärts!«

Evertons Team ging zuerst. Danach Costas Leute, mit Costa und Emma an vorletzter Stelle. Den Abschluss bildeten Bones und Brad.

Etwa vierzig Stufen erwarteten sie. Zu beiden Seiten Steinwände, die in weiches, gelbes Licht getaucht waren. Keine Lichtquelle. Costa spürte den sanften Luftstrom auf seiner verschwitzten Stirn. Wahrscheinlich eine Klimaanlage, die irgendwo in der Tiefe arbeitete. Aber keine Geräusche. Selbst das Rascheln der vertrockneten Sträucher und das sanfte Rauschen der Baumwipfel über ihnen war in der Sekunde verstummt, in der sie den Schacht betreten hatten – als wäre dies der Eingang in eine Welt, die mit dem realen London über ihnen nicht mehr das Geringste zu tun hatte.

Am unteren Treppenabsatz hielt Everton inne. Die Wände des Gangs waren aus Metall, so wie der Superintendent vom Forest Gate sie ihnen beschrieben hatte.

Ein paar Yards vor sich erblickte Costa das Schott. Er gab Everton die Anweisung vorzurücken, und die Schottwand glitt leise zur Seite. Dahinter setzte sich der Gang fort, bis zu einem zweiten Schott, das ebenfalls geschlossen war. Die Mündungen von zweieinhalb Dutzend MPis waren darauf gerichtet, als Everton einen Schritt nach vorn machte.

Wie die erste Trennwand verschwand auch dieses Schott ohne einen sichtbaren Schlitz zu hinterlassen in der Wand.

Dahinter erschienen ein Computerterminal und ein ID-Scanner.

»Scheiße, wo sind wir hier?«, murmelte Emma. »Etwa auf der Nostromo?«

Wieder rückten Evertons AFOs als Erstes vor. In Zweierteams, sich gegenseitig sichernd, erreichten sie die Schreibtische, die ebenfalls leergeräumt waren. Nichts war zurückgelassen worden bis auf den Würfel, der sich hinter den Glasscheiben befand, an derselben Position wie auf dem Video. Costa schickte Brad und drei andere Männer in Richtung des gegenüberliegenden Korridors, in dem sie verschwanden. Bones, Emma und die anderen wirkten irgendwie hilflos, wie sie in ihren Schutzanzügen zwischen den leeren Schreibtischen standen, und Costa hatte für eine Sekunde das Gefühl, als müsste er sich irgendwo abstützen. Dann war der Eindruck auch schon wieder vorüber. Die Kopfschmerzen waren in dem Augenblick schlimmer geworden, als sie das Labor betreten hatten. Als würde eine zentnerschwere Grabplatte auf seinen Schädel drücken.

Everton hob die Hand. »Hört ihr das, Leute?«

Ein tiefes, kaum wahrnehmbares Wummern, das sich in den Körper fraß. Costa vermutete, dass es vom Würfel ausging. Irgendetwas rumorte darin, wie in einer Maschine. Der hintere Bereich des Würfels lag im Dunkeln, als hätte jemand einen Schleier darübergelegt. Auch hier im Labor war keine Lichtquelle zu erkennen, die für das unheimliche Spiel von Licht und Dunkelheit verantwortlich hätte sein können.

Und keine Menschen.

Everton richtete das Gewehr auf das Dunkel hinter dem Würfel.

»Was ist los?«

»Irgendwas ist da hinten. Es hat mit dem beschissenen Würfel zu tun. Ich kann es spüren.«

»Wir alle spüren es«, entgegnete Emma. »Jedenfalls die von uns, die nicht vollkommen taub sind.«

»Brummt euch auch so der Kopf von diesem verdammten Geräusch? Ich hab das Gefühl, irgendwas bohrt meinen Schädel an.« Er drückte sich den Zeigefinger gegen den Hinterkopf. »Hier, mittenrein, wie mit einer scheiß Fräse!«

»Halt die Klappe«, murmelte Bones und fummelte an seinem Geigerzähler herum.

Everton reckte das Kinn vor. »Ich soll die Klappe halten? Hast du gerade gesagt, ich soll die Klappe halten, Bones?«

Emma trat zwischen die beiden. »Er meinte nur, du sollst dich entspannen, okay? Wir sind hier alle nervös genug.«

Costa näherte sich der Tür, die in die Wand aus Glas eingesetzt war. »Wir sichern hier erst mal alles. Danach sehen wir uns den Korridor da hinten genauer an und finden raus, wohin er führt.«

Er drückte die Klinke herunter.

Verriegelt.

Everton klopfte mit dem Lauf gegen die Scheibe. »Sieht mir nicht aus wie Panzerglas. Zwei, drei Kugeln, und die Sache ist erledigt.«

Er zuckte zusammen, als das Geräusch ertönte.

Nicht das Wummern aus dem Würfel. Es war ein hellerer Laut, als ob hinter der Glasscheibe irgendjemand oder irgendetwas an der finsteren Oberfläche des Würfels kratzte.

Costa bedeutete Emma und den anderen, ein paar Schritte zurückzutreten. Er nickte Everton zu, der die Waffe hob.

Die Füllung der Tür ging als Scherbenregen zu Boden.

Costa bedeutete Emma, ihn zu begleiten.

Splitter knirschten unter ihren Füßen, als sie die Tür passierten. Die Kopfschmerzen explodierten hinter Costas Stirn. Emmas Schatten an seiner Seite schien zu verschwimmen.

Konzentrier dich, verflucht.

Er hörte, wie sie leise aufseufzte. Spürte sie etwa dasselbe wie er? Er warf einen Blick zurück zu Bones, der bestimmt etwas gesagt hätte, wenn der Geigerzähler oder das Dosimeter …

Costa vergaß den Gedanken, als er die zahllosen dünnen Linien auf dem Würfel erblickte. Wie Flussläufe schienen sie die Symbole einzubetten, sie zu schützen, zu liebkosen …

Emmas Berührung an seiner Schulter.

Costa realisierte, dass sich das Geräusch wiederholt hatte. Es kam von links. Er bedeutete ihr, sich an der Kante des Würfels zu postieren, um ihm wenn nötig Feuerschutz zu geben. Er bemerkte, dass die Mündung ihrer Waffe zitterte. Emmas Augen glänzten wie im Fieber.

Costa sprang vor.

Neben dem Würfel war nichts.

Nur leerer Metallfußboden.

Und wieder das Geräusch. Jetzt war deutlich zu hören, dass es ein Stöhnen war, ein heiseres Krächzen. Und es war *hinter* dem Würfel aufgeklungen, irgendwo in der bleiernen Dunkelheit.

Bones und Brad rückten nach und folgten Emma und ihm bis zur Kante.

Dasselbe Spiel noch mal.

Costa sprang vor.

Die Mündung seines MCX sank zu Boden.

Emma lugte neben ihm um die Ecke und stöhnte auf. Intuitiv versuchte Costa zu zählen. Fünf, zehn, zwanzig. *Mindestens* zwanzig Menschen, die verschnürt und geknebelt wie Brennholzkeile zu einem Haufen aufgeschichtet waren. Die meisten von ihnen ohne Bewusstsein. Vielleicht sogar tot.

Emma wollte an ihm vorbei, helfen, doch Costa hielt sie auf.

»Aber …«

»Niemand fasst sie an, hörst du?« Er drückte auf die Taste an seinem Gürtel. »CW-952 an CW-167. Kommen. CW-952 an CW-167. Ich wiederhole, kommen.«

Keine Antwort.

Costa wandte sich an Everton. »Schick zwei Leute an die Oberfläche. Wir müssen Ross Bescheid sagen, dass wir ein Ärzteteam brauchen.«

»Einen Moment. Kannst du uns vielleicht erst mal sagen, was überhaupt los ist?«

»Komm her und sieh's dir an.«

Costa machte Everton Platz, während eine innere Stimme ihn davor warnte, in seiner Wachsamkeit auch nur eine Spur nachzulassen. Sie ging unter im Pochen der Kopfschmerzen, das jeden kritischen Gedanken zersetzte.

Everton bekam ebenso große Augen wie Costa und Emma, als er die Menschen sah. Die meisten von ihnen trugen Tarnkleidung, die sie als Sicherheitspersonal von Seaways auswies. Sieben weitere waren in Zivil gekleidet. Wahrscheinlich die Wissenschaftler, die sich hier unten tummeln sollten. Nur wenige Augenpaare standen offen, aber die Blicke waren verschleiert, als hätte ihnen jemand etwas verabreicht, um ihren Widerstand auszuschalten. Keinem von ihnen wuchsen Tentakel aus dem Körper, und von Allan Spencer fehlte jede Spur.

»Was ist das denn für eine abgefuckte Scheiße?«

»Ich hab gesagt, du sollst Hilfe holen.«

Costa kniete vor einem der Gefesselten, ein blonder Mann in einem Laborkittel, dessen Augen offen standen. Costa befreite ihn vorsichtig von seinem Knebel. »Sergeant Dennis Costa, Specialist Firearms Command. Verstehen Sie, was ich sage?«

Der Blonde nickte schwach.

»Wie heißen Sie?«

Keine Antwort.

»Können Sie mir sagen, wer Sie gefesselt hat?«

Der Mann öffnete die spröden Lippen, auf denen ein paar feine Bläschen zerplatzten.

»Macht sie los! Alle!«

»Aber eben hast du doch gesagt ...«

Costa ignorierte Emmas Einwand und löste dem Blonden die Handfesseln. Der Mann seufzte dankbar und schluckte.

»Er ... Er hat uns ...«

Er gab ein Röcheln von sich, dann rutschten seine Pupillen zur Seite weg. Er hatte das Bewusstsein verloren. Costa tastete über seinen Hinterkopf. Kein Blut, keine fühlbare Verletzung. Aus dem Augenwinkel sah Costa, wie Everton und die anderen sich daran machten, die restlichen Gefangenen zu befreien.

Costa schüttelte den Kopf. *Erst will ich wissen, was hier vorgefallen ist … Erst will ich …* Er versuchte, den Gedanken zu Ende zu denken, aber in seinem Kopf war auf einmal nur noch Schmerz. Nur Hämmern.

Emma sagte irgendwas, aber er verstand sie nicht.

»… Ordnung mit dir …?«

Als würde etwas mit Hammer und Meißel in seinen Schädel vordringen. Etwas Fremdes.

Auch das Wummern und Dröhnen im Innern des Würfels hatte an Lautstärke zugenommen, und Costa hatte das Gefühl, dass die Resonanzen das Blut in seinen Adern zum Kochen brachten.

Emma sagte irgendwas und deutete auf den Gang, aus dem sie gekommen waren und in dem in dieser Sekunde Brad und die drei anderen auftauchten, die Costa zur Erkundung losgeschickt hatte – obwohl sie doch in dem Korridor auf der *anderen* Seite des Labors verschwunden waren.

Der Gefesselte riss die Augen auf.

Everton schrie irgendwas.

Und Emma gestikulierte und deutete auf die dünnen Linien auf der Oberfläche des Würfels, die auf einmal in Bewegung gerieten und sich zu neuen Formen zusammenschlossen.

Die Oberfläche des Würfels wurde transparent, und heraus schoss ein Meer an öliger schwarzer Flüssigkeit.

7

»Sie werden uns nicht daran hindern, das Tor zu öffnen.«

Mit teigigen, eiterbeulengespickten Fingern umklammerte Dr. Ellen Palmer das Bettgestell und zog es zu sich heran, als Sinclair näher trat.

»Darf ich?«

Ein misstrauischer Blick aus Augen, die schwarz wie Kohlestücke in den Höhlen lagen. Eine eitrige Wunde zog sich quer über die rechte Wange, und die Haut darunter lag wie ein toter Lappen über dem Knochen, so dass der Mundwinkel bei jeder Lippenbewegung grotesk nach unten rutschte. »Warum nicht?«

Sinclair hob die Bettdecke an, die den Patienten wie ein Leichentuch bedeckte. Darunter lag der Rumpf eines Mannes, dem Arme und Beine abgeschlagen worden waren. Dünne Rinnsale von Blut quollen aus den Wunden, die notdürftig abgebunden waren. Die Pupillen waren erweitert, Atmung und Puls wahrscheinlich herabgesetzt. Jedenfalls spürte er nicht mehr, was mit ihm geschah – vermutlich weil er bis obenhin mit Harmony vollgepumpt war.

»Wo bringen Sie ihn hin?«

»An einen Ort, an dem sein Leib in einen neuen Zustand übergehen wird.«

Ein neuer Zustand? Also hatte Shao mit ihrer Vermutung doch recht gehabt? »Sie meinen, wo er als Gefäß für weitere Magoi dienen soll, die durch das Tor kommen?«

Sie versuchte, die Lippen zu schürzen, doch der Ausdruck misslang kläglich. »Sie wissen viel – und doch sind Sie komplett ahnungslos.«

»Dann klären Sie mich auf. Warum haben Sie ihm die Glieder abgeschnitten?«

»Warum nicht, wenn wir sie nicht brauchen?«

Ihre Kaltblütigkeit wirkte umso bizarrer, als auch der Organismus, den der Schatten in Besitz genommen hatte, offenkundig kurz vor dem Zusammenbruch stand. Palmer wischte sich schniefend über die Nase, aus der mit Eiter vermischtes Blut auf ihren Kittel tropfte.

»Und die Toten da hinten?« Sinclair deutete in Richtung des OP-Saals, in dem sie die Leichen von Dr. Kashani und Salome Adhout gefunden hatten. »Braucht ihr die auch nicht mehr?«

Ellen Palmer zwinkerte ihm zu – oder war es einfach nur ein letztes Feuern verendender Nervenstränge, das ihr Lid zucken ließ? »Ich werde jetzt gehen.«

»Du wirst nirgendwo hingehen.« Sinclair legte die Hand auf das Bettgestell. »Schon gar nicht mit ihm.« Er richtete die Waffe auf ihre Brust. »Du verrätst mir, was ihr mit den Patienten vorhabt – oder deine Reise endet genau hier. Die Strahler erleuchten den gesamten Korridor. Du wirst keine Möglichkeit bekommen, dir einen neuen Wirt zu suchen.«

Sie lächelte schief. »Und du wirst niemals erfahren, was du wissen willst.« Aus ihrem Ärmel rann Blut, als sie nach dem Bettgestell griff, und ihre Worte klangen wie ein feuchtes Schmatzen, als würde sich in ihrem Mund etwas verflüssigen, während sie sprach. »Er muss zum Tor.«

Sinclairs Finger berührte den Druckpunkt. Doch er schoss nicht.

Stattdessen ließ er zu, dass Palmer sich mit dem Patienten auf dem Bett zurückzog. Die schief sitzende Maske, die ihr Gesicht war, lächelte, als sie sich umdrehte und mit dem Bett im Schlepptau davonschlurfte, eine schmierige Blutspur auf den Fliesen zurücklassend, von der nicht klar war, ob sie von ihr oder dem Patienten stammte.

Sinclair hörte, wie die AFOs hinter ihm aufrückten. Er bedeutete ihnen mit einem Wink stehen zu bleiben. »Wir halten Abstand.«

Sergeant Fuller ächzte. »Aber wir können sie doch nicht einfach gehen lassen!«

»Der Mann auf dem Bett ist tot.«

»Was?«

»Er hat aufgehört zu atmen, als ich ihn untersucht habe.« Sinclair ließ Ellen Palmer nicht aus den Augen, wie sie sich mit schleppenden Schritten der vorletzten Tür auf dem Gang näherte.

»Und warum nimmt sie ihn dann mit?«

»Weil sie glaubt, dass ich es nicht bemerkt habe.«

Palmer war vor der Tür stehen geblieben und warf Sinclair aus ihren schwarzen Augen einen unergründlichen Blick zu. Sie legte die blutverschmierte Hand auf den Knauf.

Sinclair schoss ihr in den Kopf.

Eine Sekunde lang stand sie da wie erstarrt, dann fiel der Körper nach hinten und knallte auf die Fliesen. Aus dem fauligen Mund huschte der Schatten und flüchtete, da in nächster Nähe kein Wirt zu finden war, unter das Bett.

»Kommen Sie, Fuller, aber langsam!«

Die AFOs folgten ihnen. Zusammen mit den Helmlampen fluteten die Strahler das Bett mit Licht wie den Mittelkreis eines Fußballstadions.

Sinclair ging in die Hocke, leuchtete unter das Bett und stand wieder auf. »Nichts.«

»Er kann doch nicht weg sein.«

Sinclair riss die Bettdecke zur Seite. Ein paar der AFOs sogen scharf die Luft ein, als er den Leichnam zur Seite drehte. Aus der Blutpfütze darunter löste sich etwas Schwarzes und jagte zur Decke.

»Draufhalten!«

Die AFOs schwenkten die Strahler nach oben. Der Schatten wischte zur Seite, um den Lichtkegeln zu entkommen, und versuchte dabei immer wieder, die Tür zu erreichen.

»Einen der Strahler auf die Tür!«

Der Schatten wich aus, huschte unter das Bett – und jagte wieder darunter hervor, als Sinclair darunter leuchtete. Für einen Moment zitterte der Schatten in der Luft, als könne er sich nicht entscheiden, wohin er als Nächstes fliehen sollte, dann schien sich die Schwärze in einem letzten Aufbäumen in ihr *Innerstes* zurückzuziehen … und zerfaserte.

Fuller keuchte und wischte sich über die Stirn.

»Geben Sie den anderen Bescheid, dass wir einen der Schatten erledigt haben.« Sinclair schob das Bett mit der Leiche von der Tür weg und drehte den Knauf. Die Tür war nicht verriegelt.

Hinter ihm versuchte Fuller vergeblich, die Verbindung zum Hubschrauber herzustellen. »Daran müssen die Scheißbetondecken schuld sein.«

Sinclair öffnete die Tür. Dahinter waberte nichts als Finsternis. Der Lichtfinger seines Helms verlor sich in der Schwärze. An der Wand neben der Tür ein staubbedeckter Drehschalter. Sinclair betätigte ihn. Kein Licht glomm auf. Sinclairs Blick glitt über die Wände rechts und links der Tür. Großflächige Schimmelflecken, zwischen denen sich ein paar dünne, aderähnliche Erhebungen erstreckten – wie Kabel, die jemand über die Wand verlegt hatte. Sinclair berührte eine der ›Adern‹, die sanft pulsierte und unter dem Druck seiner Finger zur Seite wegglitt. Ein paar Yards vor ihnen wurden die Adern dicker und waren miteinander verwachsen, als wären sie Teile eines Geflechts, dessen größter Teil vor ihnen in der Dunkelheit verborgen lag.

Fuller befahl Hartley, den Strahler in die Dunkelheit zu richten. Nach sechs oder sieben Yards wurde der Lichtkeil von der Finsternis verschluckt. Dort, wo der Raum hätte enden müssen, war *nichts* – außer einer abgrundtiefen, lichtlosen Schwärze.

Kein Raum.

Kein Gebäude.

Vielleicht nicht einmal mehr eine Wirklichkeit.

»Und jetzt?«, murmelte Fuller beklommen.

Sinclair ließ die Remington von der Schulter rutschen. »Sehen wir uns das an.«

Kelly und Gallagher hatten gerade die Tür zum Verwaltungstrakt geöffnet, als Bale das Gespräch mit Powell und Ross beendete. Die beiden hatten geschockt gewirkt, aber es war verdammt nochmal was anderes, fünfhundert Yards über der Themse in einem Hubschrauber zu sitzen, als durch dieses Mausoleum zu wanken und Hughes und Farnham und der Krankenschwester in die erstarrten Augäpfel zu blicken.

Selbst der Bürotrakt atmete auf einmal den Gestank des Todes, als hätten sich die Holzvertäfelungen mit dem Leid und dem Schmerz der Patienten aufgeladen wie eine alte Batterie.

»Es ist also tatsächlich ein Fahrstuhl«, sagte Shao, nachdem das Quietschen der Motoren erneut verstummt war.

»Vielleicht haben sie den Letzten nach unten gebracht«, flüsterte Kershaw.

»Finden wir's raus«, sagte Bale.

Die Worte rauschten an Shao vorbei. Sie hätte sich am liebsten irgendwo hingesetzt und den Kopf zwischen den Händen vergraben. Die Gesichter der Toten umtanzten sie, das Loch in der Stirn von Farnham, das zerschossene Gesicht von Hughes und der aufgerissene Mund von Taniya Verma. In den Reigen mengten sich die blutverschmierten Grimassen der Patienten, die sie gefunden hatten. Sie öffneten ihre Münder, aus denen Schatten quollen und sich auf Shao stürzten.

Sie fuhr zurück und schnappte nach Luft.

»Hey«, sagte Bale, dem sie auf die Füße getreten war. »Alles in Ordnung?«

»Ja. Tschuldigung.«

Keiner der anderen AFOs hatte ihren Aussetzer bemerkt. Sie alle versuchten, den Wahnsinn zu verdrängen, indem sie sich auf eingeübte Routinen zurückzogen und streng in Zweierreihen zwischen den Büros entlangschlichen. An den Wänden hingen keine Zeichnungen, sondern stylische Schwarzweißfotos, die die Docklands in heutigem Zustand zeigten. Die Wolkenkratzer in Canary Wharf wirkten wie Grabsteine auf einem Friedhof.

Zwei Bürotüren standen offen. Die Räume dahinter waren leer. Keine Bewegung irgendwo, kein Schatten, der sich auf sie stürzte, als Kershaw und Gallagher jeden Winkel ausleuchteten.

Bale zupfte am Gummizug seiner Kapuze, um sich den Schweiß von der Stirn zu wischen.

Nach dem Bericht von Sinclairs Team lag der verborgene

Fahrstuhlschacht am Ende des Korridors, also genau dort, wo sich auch die Räume für die Haustechnik befanden. Es war die letzte Tür auf dem Gang. Dahinter kam nur noch eine Glastür, hinter der die Nottreppe lag.

Die Tür zum Technikraum war abgeschlossen.

Tiernan kniete sich hin und fummelte die Picks aus den Taschen seines Rucksacks. Kurz darauf schnappte das Schloss auf, und die Metalltür schwang knarrend nach innen.

Verwesungsgeruch, der sich wie eine Glocke über Shao stülpte. Ein kleiner Schreibtisch mit einem alten Laptop, einem Röhrenfernseher und ein paar Familienfotos. Ein freundlicher grauhaariger Mann um die fünfzig mit seiner Frau und zwei erwachsenen Töchtern. Daneben ein bemalter Zwerg mit Zipfelmütze, der ein Schild in der Hand trug. »Ein Mann für alle Fälle: Phil Mulligan.«

Der Raum besaß einen Durchgang in der Rückwand, der zu einer Art Werkzeug- und Hauswirtschaftsraum führte. Eine Werkzeugbank mit mehreren Schränken, Werkzeugsets und einer Zwinge aus Gusseisen. Unter dem Tisch standen ein halbes Dutzend Propangasflaschen. In ein paar Kästen an der Wand lagen, inmitten von Kabeln und Steckerbuchsen, ausgeschlachtete Radios und Modems. Der Mann für alle Fälle Phil Mulligan lag auf dem Boden vor dem Sicherungskasten, dem Gestank nach zu urteilen bereits seit ein paar Tagen. Neben seiner rechten Hand lag ein verrosteter, beinahe handlanger Eisenschlüssel. Fliegen stoben auf, als Shao über die Leiche hinwegstieg und den Kasten öffnete.

»Und wo ist jetzt der scheiß Fahrstuhl?«, meinte Tiernan.

Kershaw richtete den Strahler auf die Rückwand, in die eine Tür mit einem faltbaren Metallgitter eingepasst war. Das Gitter war halb zur Seite geschoben. Der Lichtschein fiel auf Stahlstreben und Seilzüge.

»Das soll der Fahrstuhl sein?«

Shao hatte inzwischen den Hauptschutzschalter gefunden. Er war hochgeklappt. Sie griff danach und …

Eine Hand packte sie am Bein, eine andere rammte ihr das Ende des Eisenschlüssels ins Bein. Der Schmerz leckte wie Feuer über ihre Oberschenkelmuskeln. In einem Reflex zückte sie ihr Messer und stieß es Phil Mulligan in die Brust. Aus seinem Rachen raste etwas Schwarzes auf sie zu!

Shao widerstand dem Instinkt, sich wegzudrehen. Der Lichtstrahl ihrer Helmleuchte erwischte den Schatten, während der Arm des tödlich verwundeten Hausmeisters von ihr abfiel wie ein erschlaffter Feuerwehrschlauch. Mulligans Leib drehte sich im Fallen um, und das Messer wurde ihr aus der Hand gerissen. Der Schatten wich aus. Im nächsten Moment spürte sie ihn in ihrem Nacken! Sie duckte sich und stolperte zurück, wobei sie zwei der Gasflaschen umstieß. Vielleicht war es tatsächlich der Schutzanzug, der sie rettete, vielleicht auch Bale, der mit dem Strahler in der Zwischentür auftauchte. Draußen im Vorraum schrie einer der AFOs auf.

»Raus hier«, brüllte Shao und stieß Bale in Richtung Korridor.

Über seine Schulter hinweg sah sie, wie ein Schatten in Kellys Mund schlüpfte.

Kelly riss die Pistole hoch.

Shao stieß Bale zur Seite, aber die Kugel hatte nicht ihm gegolten, sondern dem Strahler in seiner Hand. Die Leuchtdioden zerplatzten. Shao erwiderte das Feuer und spürte gleichzeitig, wie etwas an ihrem Hals nach einem Weg in ihren Körper suchte.

»Kershaw! Licht!!«

Kershaw wusste nicht, wohin er zuerst leuchten sollte, aber der Schein des Strahlers reichte aus, den Druck von Shaos Hals verschwinden zu lassen. Shao stieß Bale ins Vorzimmer, folgte ihm und warf die Tür hinter sich zu.

Gallagher hatte in Panik das Feuer auf Kelly eröffnet und erwischte ihn an der Schulter. Kelly schlug den Lauf von Gallaghers Gewehr zur Seite, stieß Gallagher die Glock in die Magengrube und drückte ab. Tiernan drehte durch, und bevor Shao ihn aufhalten konnte, schoss er Kellys Schädel in Fetzen. Im Fallen riss Kelly Bale um. Der Schatten floh aus seinem Mund und rettete sich hinter Bales Rücken, bevor das Licht des Strahlers ihn zersetzen konnte.

Shao richtete den Strahler auf Bale, der sich instinktiv wegdrehen wollte. »Nicht abwenden, Sarge! In das Licht sehen! Sehen Sie ins Licht!«

Bale schnaufte, während der Strahler seine Nasenlöcher ausleuchtete.

»Wo ist das Scheißvieh?«, schrie Tiernan und fuchtelte mit dem Gewehr.

»Einer ist im Werkraum eingesperrt«, rief Shao, obwohl sie kaum glaubte, dass die Tür den Schatten aufhalten würde, »und einer ist irgendwo hier auf dem Boden.« Sie schwenkte ihre Taschenlampe, konnte aber nichts entdecken.

Tiernan kippte den Schreibtisch um. Der Laptop und der Röhrenfernseher zersplitterten auf dem Boden.

Zwischen Shaos Füßen röchelte Gallagher. Blut pulste aus der Wunde über seinem Bauchnabel.

Shao drehte sich wild um die eigene Achse, sah in die bleichen Gesichter von Tiernan, Kershaw und Briggs, deren Blick in Panik flackerten.

»Shao«, sagte Gallagher unter ihr ruhig.

Die Mündung seiner Glock explodierte – und die Kugel erwischte den Strahler, den Kershaw getragen hatte. Die zweite Kugel traf Kershaw ins Herz, dann richtete Gallagher die Waffe auf Shao. Für den Bruchteil einer Sekunde starrte sie in die Mündung, die im Licht ihres Helmscheinwerfers glänzte. Der Lauf zuckte – als Bale Gallaghers Hand zur Seite schlug. Die Kugel jagte an Shaos Ohr vorbei in die Decke. Tiernan richtete das Gewehr auf Gallaghers Kopf.

»Nein«, schrie Shao und trat Gallagher die Pistole aus der Hand. Aber da war der Schatten schon aus ihm herausgeschlüpft und in Tiernan gefahren. Shao duckte sich – eine halbe Sekunde bevor die Garbe über sie hinweg in die Zwischentür jagte. Für einen Sekundenbruchteil dachte Shao an die Gasflaschen dahinter, dann an den zweiten Schatten, der die Löcher in der Tür nutzten mochte, um zu ihnen nach vorne zu gelangen.

Nein, nicht, solange die Helmleuchten funktionieren.

Sie warf sich auf Tiernan, schlug ihm das Gewehr aus der Hand und drückte ihm die Mündung der Beretta gegen den Kopf.

»Keine hastige Bewegung, oder du bist tot!«

Tiernan hatte die Augen aufgerissen, sein Kehlkopf hüpfte wie ein Pingpong-Ball. »Bitte nicht …«, flüsterte er.

»Halt's Maul!«

»Bitte nicht schießen!«

»Ich sagte, halt's Maul!«

Aber scheiße, seine Panik klang echt. *Und seine Augen sind nicht mehr schwarz!*

Hinter ihr stemmte sich Bale auf die Beine.

Shao kreiselte herum und richtete die Waffe auf ihn.

Blaue Augen. Genauso wie Tiernan.

»Wo ist das Scheißding?«, keuchte Bale.

Alle Augen richteten sich auf Briggs, der hinter dem umgestürzten Schreibtisch in Deckung gegangen war.

»Aufstehen!«, schrie Shao.

Briggs gehorchte. Shaos Helmlampe leuchtete sein verschwitztes Gesicht aus.

Braune Augen.

Braun, nicht schwarz.

Oder?

Doch. Braun.

»Wo verdammt nochmal ist dieses Scheißding?«, wiederholte Bale.

Shao senkte den Blick zu Gallagher.

Er war tot.

Vielleicht war auch der zweite Schatten in den Nebenraum

geflüchtet. Shao hatte keine Lust, es rauszufinden. »Raus hier! Zurück auf den Gang!«

Die drei stolperten nach draußen, Shao hinterher. Sie zog die Tür hinter sich ins Schloss.

In Bales Blick irrlichterte es. »Glauben Sie wirklich, dass die Tür sie aufhalten wird?«

»Da drin ist keiner mehr am Leben, den sie besetzen können, und unter der Tür durch können sie nicht, solange wir die Lampen draufhalten.« Sie nahm ihren Helm ab und platzierte ihn so, dass die Tür vom Lichtkegel abgedeckt wurde. Flüchtig dachte sie an ihr Messer, das noch in Mulligans Leiche steckte. In die leere Lederscheide an ihrem Gürtel hätte jetzt ganz prima der Dolch gepasst, aber den hatte ja Sinclair. Falls er ihn noch hatte.

Tiernan röchelte und presste die Hände gegen den Kopf. Die Augen quollen ihm schier aus den Höhlen. »Es war in *mir* drin. Ich hab gefühlt, wie es in mir drin war … Ich hab gefühlt, wie es denkt. Wer es *ist*. Wollt ihr wissen, was für ein abgefucktes Gefühl das war?«

»Ich jedenfalls nicht.« Es war das erste Mal, dass Briggs was gesagt hatte.

Tiernan lachte verzweifelt auf.

Shao deutete auf die Nottreppe hinter der Glastür. »Wir könnten versuchen, in den ersten Stock zu kommen. Der Sicherungskasten dort liegt direkt über uns.«

Tiernan sah Briggs an und Briggs Bale.

Bale nickte. »Klingt vernünftig.«

Die AFOs stemmten sich auf die Beine und näherten sich der Tür. Shao fragte sich, ob sie überhaupt aufstehen konnte. Ihre Beine fühlten sich an wie taub. Vielleicht weil sie längst so tot war wie Gallagher, Kelly und Kershaw und es bloß noch nicht mitgekriegt hatte. Sie dachte an Tiernan, der den Schatten in sich gehabt hatte. Vielleicht wusste er jetzt alles über sie. Woher sie kamen, was sie vorhatten. Das Irrlichtern in seinem Blick deutete allerdings darauf hin, dass es nicht allzu viel Sinn ergab, ihn im Augenblick danach zu fragen.

Mit einem mulmigen Gefühl griff sie nach ihrem Helm. Die Tür zum Hausmeisterraum lag plötzlich wieder im Dunkeln. Hastig folgte Shao den anderen ins Treppenhaus und schloss die Glastür hinter sich.

Die Lichtkegel der Helmleuchten tanzten über die Stufen.

Oben eine weitere Tür.

Nicht abgeschlossen.

Auf dem Gang dahinter wieder Teakholz und Messingschilder, als hätte sie jemand zurückgebeamt auf Station A. Der Technikraum lag wie im Erdgeschoss gleich links. Da Kershaws Rucksack neben seiner Leiche im Erdgeschoss zurückgeblieben war, blieb ihnen nichts anderes übrig, als die Tür aufzubrechen. In dem Raum stapelten sich Wäschecontainer und Putzzeug. Dahinter der Durchgang. Der Sicherungskasten stand offen.

Shao schob die Schutzschalter nach oben.

Licht.

Über ihr, aber auch im Vorzimmer.

Und auf dem Gang draußen.

Überall Licht, Licht – *Licht*!

Shao sank mit dem Rücken gegen die Wand und spürte auf einmal, dass sie in ihrem eigenen Schweiß badete, der den Schutzanzug bis zum Kragen füllte, und sie spürte das Gewicht ihres Helms und der Weste und der MP5 auf ihrem Rücken. Heiße Tränen brannten Furchen in ihre Wangen. Gallaghers mitleidloser Blick, als er auf sie angelegt hatte. Kelly, dessen Gesicht in einem Nebel aus Blut explodiert war.

Sie verbarg das Gesicht in den Händen.

Und spürte den stechenden Schmerz in ihrem Oberschenkel, an der Stelle, wo Phil Mulligan sie erwischt hatte. Der gesamte Bereich fühlte sich taub an, und erst als sie mit der Hand darüber fuhr, bemerkte sie, dass der rostige Schlüssel immer noch in der Wunde steckte. Sie zog ihn heraus und stöhnte auf, als sich der Schmerz Bahn brach.

Der Halm des Schlüssels war fast so dick wie ihr kleiner Finger und besaß einen wellenförmigen Bart, der jetzt blutverschmiert war. Gerade wollte sie ihn fortschleudern, als sie hörte, wie Bale auf dem Korridor sein MCX entsicherte.

Als hätte auch sie einen Wippschalter, sprang sie auf. Tränen weg, raus auf den Gang.

Bale, Briggs und Tiernan hatten die Gewehre in Anschlag gebracht. Auf eine Frau in Schwesterntracht, die ein paar Yards vor ihnen auf dem Gang stand. Kleidung, Gesicht und Hände blutüberströmt, torkelte sie auf sie zu.

»Bitte. Helfen Sie mir …«

Hartley trug einen der Strahler und übernahm zusammen mit Wright die Spitze. Danach Shan und Watts sowie Cosmo und Carpenter. Sergeant Fuller hatte darauf bestanden, dass Sinclair erst in dritter Reihe ging. Den Abschluss bildete Fuller selbst zusammen mit Mahone, der mit dem zweiten Strahler die Gruppe in helles Licht tauchte.

Sie alle bewegten sich behutsam und vorsichtig, wie auf einem zugefrorenen See, doch es war nicht allein der Untergrund, der in diesem Raum *merkwürdig* war. Das Adderngeflecht, das sich auch über die Seitenwände erstreckte, verlor sich im Dunkel rechts und links neben ihnen. *Die Wände selbst* verloren sich, als würden sie aufgesaugt von der Schwärze, und Sinclair verspürte einen schalen, fremdartigen Geschmack auf der Zunge. Als wäre die Angst der Männer um ihn herum kondensiert und hätte sich, vermischt mit Schimmelsporen, als pelziger Flaum auf seine Schleimhäute gelegt. Der Lichtkreis der Strahler wurde *kleiner*, je tiefer sie in den Raum vordrangen. Als würden die Kegel der Lampen gefressen von etwas, das in der Finsternis lauerte und sich von Licht ernährte wie ein Schwarzes Loch.

Hartley und Wright, die mit jedem Schritt langsamer geworden waren, hielten inne und drehten sich um. Ihre Helmleuchten waren nur noch zwei matt glimmende Punkte in der Dunkelheit.

»Sarge, der Boden.«

Die Strukturen der Fliesen waren jetzt vollständig verschwunden, als stünden sie auf nichts als purer, verdichteter Schwärze.

»Stehen bleiben«, befahl Fuller. »Keiner rührt sich.«

Hartley und Wright schwenkten die Strahler umher, aber die Finsternis war wie ein Mantel, der sich um die Gruppe gelegt hatte.

Über ihre Körper tastete.

Sie analysierte.

Sinclair bückte sich und strich über den Boden. Er fühlte, dass da etwas war, *irgendetwas*, das vor der Berührung zurückwich … wie Treibsand? Dann war der Boden, der nicht zu sehen war, auf einmal wieder trittfest wie Beton.

»Wo sind wir hier?«, ächzte Fuller.

»Jedenfalls nicht mehr im Keller der Klinik.«

»Sondern?«

Sinclair dachte an die ölige schwarze Flut, die die Quader im Innern des Würfels umschwappt hatte. Diese Schwärze hier war anders und mit der schwarzen Flut dennoch irgendwie … verwandt.

»Sarge …?« Es war Hartley, der gesprochen hatte. »Da vorne.«

Vor ihnen glomm ein scharlachroter Lichtpunkt, der, da war Sinclair sich sicher, eben noch nicht da gewesen war. Sein Ursprung lag vielleicht zwanzig Yards vor ihnen, außerhalb des Lichtkreises.

Sie setzten sich in Bewegung und gingen darauf zu. Langsam.

Der Lichtpunkt wurde zum Eingang eines Korridors, der wie das abgerissene Ende eines Riesenschlauchs in der Finsternis baumelte.

»Weiter vorrücken«, befahl Fuller, »und sichert euch gegenseitig.«

Hartley hielt inne.

»Was ist los?«

»Hier ist irgendwas, Sarge, das …« Er drehte sich im Kreis und schlug sich auf den Helm.

»Was ist da?«, zischte Fuller.

»Ich weiß es nicht, Sarge. Es ist … Es ist … Ich hab das Gefühl, da ist …«

»Wright!«, sagte Sinclair. »Nehmen Sie ihm den Strahler ab!«

Wright gehorchte und richtete das Licht auf Hartley, in dessen Augen Panik leuchtete.

»Da ist nichts.«

»Jetzt ist es weg!«, flüsterte Hartley.

»Richtet beide Strahler nach innen«, sagte Sinclair, »auf die Gruppe. Und seht euch gegenseitig an, damit euer Gesicht nicht im Dunkeln liegt.«

Die Männer gehorchten, mit dem Ergebnis, dass jeder die Angst in den Augen des anderen erkannte.

»In Ordnung. Weiter vorrücken.«

Niemand murrte, dass es auf einmal Sinclair war, der die Befehle gab. Im Seitschritt arbeiteten sie sich voran, wie Tänzer, die Mündungen der Gewehre am Kopf des Gegenübers vorbei in die Finsternis gerichtet.

Flache Atemzüge, unstete Blicke.

Und wieder das Gefühl, auf Treibsand zu laufen.

Wright sank darin ein und riss die Arme hoch. Der Strahler knallte vor ihm auf den unsichtbaren Boden. Wright fing sich wieder.

Hartley hob den Strahler auf. »Alles klar, Mann?«

Wright schluckte. »Alles klar. Für einen Moment dachte ich … ich dachte, ich würde versinken.«

Sinclair setzte den Fuß vorsichtig auf und spürte Widerstand.

Ebenso beim nächsten Schritt.

»Weiter vorrücken!«

Endlich erreichten sie den Anfang des scharlachrot glimmenden Korridors.

»Normalen« sichtbaren Boden unter den Füßen zu haben beruhigte die Männer, auch wenn an diesem Korridor ansonsten gar nichts normal wirkte. Der Boden und die Wände waren ebenso gefliest wie in der Klinik, nur dass die Fliesen und Kacheln hier schmutzig, porös und teilweise zerbrochen waren. Auch das Mauerwerk wirkte marode und war fast vollständig von dem geäderten Geflecht überzogen. Zwischen den Adern waren Trümmer aus der Wand gebrochen und lagen über den Boden verstreut oder zu Schutthaufen aufgetürmt wie nach einem Bombenangriff. Durch die Löcher, die zurückgeblieben waren, fiel das scharlachrote Licht, das den Korridor erhellte. Es schien zu pulsieren, doch das lag an den Öffnungen in der Wand, die sich unter den Bewegungen des Geflechts öffneten und schlossen wie Augen. Sinclair warf einen Blick durch eines der Löcher, das nicht vollständig überwuchert war. Alles was er sah, war ein Leuchtstreifen in einiger Entfernung, der flackerte wie der Draht einer riesigen Glühlampe.

»Ah, verdammt!«

Einer der AFOs – Cosmo –, der zurücksprang und mit dem Fuß aufstampfte, um den sich ein hauchdünner, schwach glimmender Faden geschlungen hatte. Das Ende schwebte scheinbar schwerelos in der Luft und bewegte sich auf Cosmos Hosenbein zu.

»Scheiße, was ist das?«

Wright zückte sein Messer und schnitt den Faden durch, der zu Boden fiel und erlosch. Carpenter kam ihm zu Hilfe und zerhackte das Stück des Fadens, das von Cosmos Stiefel bis zu dem Geflecht in der Wand führte. Die abgeschnittenen Stücke wurden farblos und zerfielen zu Staub, doch als Carpenter die Klinge in das Geflecht rammte, zuckte es nur kurz über die Oberfläche. Sonst geschah … nichts.

»Es ist ein Lebewesen«, sagte Sinclair. »Vielleicht ein Pilz oder so was.«

»Wir könnten das Ding abfackeln«, schlug Hartley vor.

Carpenter nickte. »Bin dabei.«

»Nicht, solange wir nicht wissen, wie groß es ist und welchen Zweck es erfüllt.« Sinclair leuchtete den Korridor entlang. Ein paar Yards vor ihnen wurden die Adern dünner, und das Geflecht endete so wie auf der anderen Seite in ein paar fadendünnen Ausläufern. »Wäre nicht clever, das Haus anzuzünden, in dem man sich befindet.«

Fuller wischte sich über die Stirn. »Wollen Sie sagen, dieses Ding ... *ist* die Wand?«

»Sehen wir uns lieber die nächste Tür an.«

Sie befand sich hinter einem der Schutthaufen, die sich im Korridor auftürmten. Splitter knirschten unter Hartleys und Wrights Schuhen, als sie sich rechts und links des Rahmens postierten.

Fuller nickte.

Hartley riss die Tür auf und leuchtete in das Dunkel.

Der Raum glich einem der OP-Säle unterhalb der Klinik. Nur dass er ebenfalls halb zerstört war. Die gleiche Arbeitsfläche, die gleichen Schränke, deren Holz allerdings halb verfault war. Statt eines OP-Tisches häuften sich in der Mitte des Raumes ein halbes Dutzend Metallliegen, die achtlos übereinandergeworfen worden waren. Zwischen den blutgetränkten Matratzen lugten Zipfel zerrissener Bettlaken hervor. Der Verwesungsgeruch verursachte Sinclair Übelkeit.

»Was zum Teufel ist das hier?«, flüsterte Fuller.

»Wir sind immer noch in der Klinik. Aber an einem anderen Ort.«

»An einem anderen Ort?«

Ein Aufschrei auf dem Korridor, dann zwei Schüsse. Sinclair und Fuller hasteten zurück, gefolgt von Hartley und Wright.

Constable Shan schrie und wand sich auf dem Boden. Die anderen waren vor ihm zurückgewichen.

»Was ist mit ihm?«

Mahone hatte seine Glock in der Hand, die auf Shan gerichtet war. In Shans Weste blitzten zwei deformierte Geschosse.

»Er hat uns angegriffen!«

»Was?«

Mahones Kehlkopf hüpfte. »Er ist einfach auf uns los, ohne Vorwarnung!«

Shan wälzte sich auf den Bauch, seine Hände und Beine zuckten. Fuller ging neben ihm in die Knie.

»Shan, hören Sie mich? – Shan!«

»Weg von ihm«, sagte Sinclair.

»Reden Sie mit mir, Shan! Was …«

Im nächsten Moment brach etwas aus Shan hervor und durchschlug die Kevlarschichten auf der Rückseite seiner Weste. Ein rosa glitzerndes Ding, das pochte wie ein riesiges Herz, das jemand Shan auf den Rücken geklebt hatte. Fuller stolperte zurück, während eine zweite Wucherung die Vorderseite von Shans Weste zerfetzte – ein bleiches, glitschiges Ding, das entfernt an einen riesigen Arm erinnerte. Es packte Mahone und zerschmetterte seinen Schädel an der Wand. Shan wälzte sich röchelnd auf die Seite. Sein Hals brach auf und wölbte sich nach außen. Rohes Fleisch quoll aus dem zerplatzenden Schutzanzug, über den eine Blutfontäne hinwegschwappte. Sinclair riss sich die Flinte vom Rücken und jagte eine Schrotladung in das aufgeworfene Fleisch. Die anderen Männer feuerten aus allen Rohren.

»Rückzug!«, brüllte Sinclair. »Wir müssen zurück!«

Eine Garbe fegte in die Decke, als ein weiterer der Männer sich verwandelte. Sinclair glaubte, dass es Carpenter war, aber der Kopf war zur Seite geklappt wie der Deckel einer Konservendose, und heraus brachen einzelne Fleischfetzen, die wie eigenständige Lebewesen über den Korridor krochen. Ein Arm, der sich in so etwas Ähnliches wie einen Stachel verwandelt hatte, durchbohrte Wrights Brust und nagelte ihn an die Türzarge.

Hartley brüllte irgendwas und feuerte auf das Monstrum.

»Den Strahler!«, schrie Sinclair. »Blendet sie mit dem Strahler!«

Der bleiche Riesenarm fuhr durch die Luft und erwischte Fuller am Kopf. Sinclair riss ihn zurück und stieß ihn auf den erstarrten Watts zu, der die Szene mit seinem Strahler ausleuchtete, als wäre er Kameraassistent in einem Actionfilm.

»Bringen Sie ihn raus hier!«

Watts überwand seinen Schrecken, warf sich Fuller über die Schulter und wandte sich zur Flucht.

Sinclair drehte sich um und sah gerade noch, wie Wright im Sterben mutierte. Aus seinem Bauch brachen Darmschlingen, die zu Boden klatschten, wo sie sich in Würmer verwandelten, die an ihrer Hinterseite immer noch mit Wrights Leichnam verbunden waren. Als sie auf Sinclair zukrochen, spannten sich ihre Leiber, bis sich ein Haufen Fleisch und Knochen aus Wright löste. Seine Haut blieb wie ein leerer Mantel an der Wand hängen. Sinclair riss die Flinte hoch und feuerte. Die Schrotpartikel perforierten die vorderste Front der Würmer, aber da hatte sich der Rest von ihnen schon auf Cosmo gestürzt und ihn unter sich begraben. Sinclair sah nur noch seine zuckenden Beine, über die Blut spritzte. Der Einzige, den es noch nicht erwischt hatte, war Hartley. Seinen Strahler wie einen Schutzschirm vor der Brust, bewegte er sich rückwärts auf Sinclair zu, als der Stachel von der Seite heranwischte und sein Knie durchbohrte. Hartley schrie auf und knickte ein. In Panik schoss er auf den Stachel, der zurückzuckte. Sinclair zog Hartley auf die Beine und jagte dem Monster, das einmal Shan gewesen war, eine zweite und dritte Ladung Schrot in die Brust.

Die restlichen Würmer glitten auf Sinclair zu. Er riss Hartley den Strahler aus der Hand und zerrte ihn, seine Schmerzensschreie ignorierend, mit sich zum Anfang des Korridors, wo sie in die Schwärze eintauchten. Irgendwo vor sich erkannte

Sinclair die Umrisse von Watts und Fuller. Er warf sich Hartley über die Schulter und wollte auf die beiden zulaufen – als sich etwas um sein Bein schlang und ihn zurückriss. Hartley stürzte.

Sinclair zückte den Dolch und zerschnitt einen der Würmer, der ihm gefolgt war. Die beiden Hälften glitten auseinander und zogen sich in die Finsternis zurück.

»Hartley! Hartley!«

Sinclair leuchtete mit dem Strahler umher und entdeckte Hartley rechts von sich. Er wirkte seltsam klein – bis Sinclair kapierte, dass sich der Boden in Treibsand verwandelt hatte, der Hartley unerbittlich in die Tiefe zog.

»Nehmen Sie meine Hand!«

Hartley packte sie, und Sinclair versuchte ihn herauszuziehen, während irgendwo in seinem Rücken Schüsse aufblitzten. Was auch immer an Hartleys Beinen zog, war stärker. Hartley verschwand im Boden.

Sinclair warf sich herum und hetzte in die Richtung, in der er die Tür zum Klinikkorridor vermutete.

Vor ihm in der Dunkelheit rührte sich etwas.

Er riss die Beretta hoch.

»Nicht!«

Fuller, der neben Watts hockte. Watts' Bauch hatte sich in ein Maul mit Riesenzähnen verwandelt, das offenbar begonnen hatte, seine eigenen Gliedmaßen zu verschlingen, bevor Fuller das Magazin seines MCX hineingejagt hatte.

»Kommen Sie, Sarge!«

Benommen ließ Fuller das Gewehr fallen. Sinclair schleppte ihn vorwärts. Mit dem Strahler leuchtete er die Umgebung vor sich ab.

Und entdeckte die Tür.

Noch fünf Yards.

Noch zwei, als sich irgendetwas hinter ihnen mit schmatzenden Lauten näher schob. Sinclair schoss über die Schulter, ohne hinzusehen, und stieß Fuller auf die Tür zu.

Sie stolperten auf den Klinikkorridor.

Sinclair schleuderte die Türfüllung hinter sich ins Schloss und warf sich herum, die Beretta im Anschlag.

Wartete, dass das schmatzende Ding die Tür aus dem Rahmen sprengte.

Aber nichts geschah.

Nach einer halben Minute ließ er die Beretta sinken. »Alles in Ordnung?«

Fuller rieb sich die Schläfe, auf der eine mächtige Beule angeschwollen war. Sein Gesicht war blutüberströmt.

»Lassen Sie mal sehen.«

»Was … was ist mit den Jungs?« Fuller nuschelte, und seine Pupillen waren halb verdreht. Offenbar hatte er vom Kampf nur die Hälfte mitbekommen.

»Sie sind tot.«

Fuller sank mit dem Rücken gegen die Wand. Sinclair erkannte, dass er außerdem eine Schusswunde im rechten Oberschenkel hatte. Vielleicht hatte er sich beim Kampf gegen Watts selbst verletzt. Sinclair schnitt die Hose auf. Die Kugel war glatt durchgegangen, aber aus der Wunde pumpte es wie aus einer zerfetzten Pipeline. Er löste Fullers Gürtel und band ihm das Bein unterhalb der Hüfte ab.

»Können Sie laufen?«

Fuller schüttelte den Kopf. »Geben Sie mir etwas Zeit, okay?«

»Zeit haben wir nicht. Ich muss wieder da rein. Das Tor zerstören.«

Fuller sah ihn an, als hätte er den Verstand verloren.

Sinclair überprüfte das halbvolle Magazin der Beretta und drückte sie Fuller in die Hand. »Im Korridor da drin liegen ausreichend Schusswaffen und Handgranaten, um den gesamten Korridor in die Luft zu jagen. Zusammen mit dem Strahler und der MCX sollte Ihnen die Beretta reichen.«

»Reichen wofür?«

»Um die nächsten Minuten zu überleben. Funken Sie Bale an und erklären Sie ihm, wo sie Sie abholen können.«

»Und was mache ich, wenn … wenn Bales Leute auch tot sind?«

Sinclair hob die Schultern. »Die Batterien im Strahler reichen auf jeden Fall ein paar Stunden.«

Fuller schloss die Augen und nickte.

Sinclair überprüfte den Sitz des Dolches an seinem Gürtel – einer Waffe, in die er aus irgendeinem Grund mehr Vertrauen setzte als alle Gewehre, Flinten und Glocks des SCO19 zusammengenommen –, nickte Fuller zum Abschied zu und kehrte zurück in die Finsternis hinter der Tür.

»Stehen bleiben!«, brüllte Tiernan und jagte zwei Kugeln neben ihr in den Boden. »Keine Bewegung!«

Die Frau verharrte, wobei ihre Beine so stark zitterten, dass sie sich kaum auf den Beinen halten konnte.

»Was machen Sie hier?«

»Ich … ich arbeite hier …«

»Hier auf der Station?«

Sie nickte.

»Name?«

»Gail … Finch.«

Shao hatte ebenfalls ihre Beretta entsichert. »Was ist mit den Patienten, Miss Finch? Sind sie noch auf ihren Zimmern? Oder sind die genauso tot wie die auf Station A?«

Gail Finch hatte die Augen geschlossen. Ihre Lippen bebten. »Was?«

Tiernan hob die Waffe. »Der Sarge hat Sie was gefragt, Schwester!«

Sie schluckte. »Bitte helfen Sie mir. Ich … ich hab mich hier versteckt. Ich dachte, sie finden mich, aber dann … dann hab ich die Schüsse gehört.«

Shaos Blick glitt über das Blut auf ihrer Tracht, an ihren Händen. Sie schien nicht verletzt zu sein. Also war es das Blut anderer Menschen.

»Machen Sie die Augen auf, Miss Finch.«

»Wie bitte?«

»Sie sollen uns ansehen«, fauchte Tiernan, »damit wir einen Blick in Ihre scheiß Augen werfen können!«

Gail Finch fuhr zusammen und nickte. Zögernd hob sie den Kopf, als sich neben ihr eine Tür öffnete. Ein Schuss blitzte auf, und Gail stürzte durch den Kopf getroffen zu Boden.

In der Tür erschien eine Gestalt.

»Scheiße!«, brüllte Tiernan und drückte ab. Die Gestalt wich zurück, und die Garbe perforierte das Türblatt.

»Aufhören! Scheiße, verdammt, sofort aufhören!«

»Feuer einstellen, Tiernan!« Bales Blick heftete sich auf die Leiche von Gail Finch, aus deren Mund ein Schatten drang und unter dem Licht der Deckenlampen hilflos hin und her zuckte ... und schließlich zerfaserte.

»Rauskommen!«, rief Shao in Richtung Tür. »Und zwar unbewaffnet und mit erhobenen Händen!«

Etwas Schwarzes flog aus der Tür und rutschte vor ihre Füße. Eine Smith & Wesson-Pistole, 9 mm.

Der Mann, der sie geworfen hatte, kroch auf allen vieren über die Schwelle. Er war Mitte, Ende dreißig und trug nichts als einen blutbefleckten Kittel auf dem Leib, den er sich irgendwo übergestreift haben musste. Die Haare hingen ihm wirr ins Gesicht. »Ich hab sie gesehen. Im Keller, als sie Salome umgebracht haben. Ich hab gesehen, wie das schwarze Ding aus Kashani raus und in *die da* reingeschlüpft ist!«

»Aufstehen!«

Der Mann gehorchte.

»Augen auf.«

Er hob die Lider und versuchte ein Lächeln, das gründlich misslang. Blaue Augen, die Shao ebenso wiedererkannte wie die auffallend großen Vorderzähne.

»Schön, dass wir Sie endlich gefunden haben, Mr. Conolly.«

Fuller richtete den Strahler auf die Metalltür, hinter der Sinclair vor einer Minute verschwunden war.

Mit zitternden Händen schob er den Ohrhörer, der ihm beim Kampf jenseits der Tür herausgefallen war, zurück an seinen Platz.

Und vernahm Powells abgehackte Stimme.

»KF-239 an Team A und B. Sinclai…ao! Ist da irgendjemand von Team A oder B, der … hören … Kommen!«

Fuller spürte Hoffnung in sich aufglimmen. Wenn Bales Leute noch am Leben waren, dann fanden sie vielleicht wirklich einen Weg, ihn hier rauszuholen. »Hier CW-745! Ich höre Sie, Superintendent.«

»Shao … Sinclair … Sie mich?«

»Hier CW-745! Hier spricht Sergeant Fuller. Ich höre Sie, Superintendent.«

»… da unten irgendje…llo?«

»Superintendent?«, ächzte Fuller.

Eine Sekunde später vernahm er die Stimme von Sergeant Bale. »… re Verluste … Farnham, Hughes und …ndung zu Team A zuletzt …«

Fuller nahm alle Kraft zusammen, aber es drang nur ein kraftloses Röcheln aus seinem Mund, das von den beiden Stahlbetondecken über seinem Kopf offenbar vollständig verschluckt wurde. »Hier CW-745 an KF-239 … Superintendent. Sergant Bale. Falls mich *irgendjemand* da oben hören kann – ich … ich …« *Ich war drüben. Auf der anderen Seite. Und bin als Einziger lebend zurückgekommen.* »Das gesamte Team A ist … ist … Verdammt nochmal, hört mich da draußen jemand?«

Nach einer kurzen Pause erneut Powell: »… eue Situation auf …bteigelände. Team C und …orten nicht mehr …em Abteigelän… …ie Erde aufgebro… ist.«

Die Erde aufgebrochen?

»… anz Abbey Wood …iegt unter ei…eer aus …arzer Flut …«

TEIL ACHT
Tote Zone

1

Die Finsternis hüllte Sinclair ein wie ein Tuch.

Es waren vielleicht fünfzig Schritte gewesen zwischen der Tür, die er gerade hinter sich geschlossen hatte, und dem Beginn des Korridors auf der anderen Seite.

Fünfzig, die ihm erschienen wie fünftausend, als die Schwärze näher rückte und den Schein seiner Helmleuchte fraß.

Geh weiter. Geh einfach weiter. Nicht das Vertrauen in die eigene Stärke war es, das ihn vorwärtstrieb, sondern die Gewissheit, dass ihm keine andere Möglichkeit blieb, wenn er das Tor finden und zerstören wollte. Die Klinik war leer gewesen, also hatten die Schatten die Gefäße bereits in Position gebracht.

Allerdings hatte Shaos Theorie aus seiner Sicht immer noch einen Haken. Die Verabreichung von Harmony ergab Sinn, falls die Droge die zukünftigen Wirtskörper tatsächlich veränderte und befähigte, einen Schatten länger als nur ein paar Tage in sich aufzunehmen. Aber warum schnitten die Schatten diesen Gefäßen dann zuvor Arme und Beine ab?

Weil sie sie nicht mehr brauchen.

Der Schatten in Ellen Palmer hatte es selbst gesagt, und Sinclair dachte mit Schaudern an die Mutationen, die Tentakel, die Allan Spencer entwickelt hatte. Wenn es den Schatten gelang, die Veränderung wie in Spencers Fall unter Kontrolle zu bekommen, konnten sie auf ihre menschlichen Extremitäten womöglich verzichten.

Aber hatten sie ihre menschlichen Wirte nicht zuletzt auch deswegen gewählt, um sich unerkannt unter den Menschen zu bewegen? Und warum hatte Allan Spencer dann noch über alle Arme und Beine verfügt? Außerdem war er ganz offensichtlich auch nicht harmonysüchtig gewesen, bevor der Schatten in ihn gefahren war.

Längst hätte er auf die Leiche von Watts stoßen müssen. Die Stelle passieren müssen, in der Hartley in der Finsternis versunken war.

Stattdessen erreichte er den Korridor auf der anderen Seite und die Überreste der anderen Polizisten. Die Hälfte von ihnen hatte sich vor ihrem Tod verwandelt, und die anderen hätte es vermutlich auch noch erwischt, wenn sie nicht vorher von den Mutierten zerrissen worden wären.

Nur er, Sinclair, war verschont geblieben.

Aus demselben Grund, aus dem Schatten ihn nicht in Besitz nehmen konnten? Aber er war nicht Clark Kent, sondern nur ein einfacher Detective Inspector des Forest Gate Police Department im Londoner Stadtteil Newham, der sich durch einen Korridor bewegte, der nicht mehr Teil der Wirklichkeit war.

Und überlebte.

Sie vermögen also die Grenze zu überwinden … Bist du ein Deszendent der Großen Mutter? … Wie kann es sein, dass du den Kyvos betreten hast – und noch am Leben bist?

Die Große Mutter.

War sie so etwas wie der gefährlichste und mächtigste aller Schatten? Ihr Ursprung?

Und die ölige schwarze Flut im Innern des Würfels – war sie der nachtschwarzen Finsternis, die ihn umgab, in irgendeiner Weise ähnlich? Vielleicht so etwas wie die feststoffliche Variante davon?

Finsternis ist keine Materie, schoss es ihm durch den Kopf.

Aber was, wenn die schwarze Flut auch keine Materie war?

Zwischen den Toten lagen die blutverschmierten Waffen. Er schob sich einen der MCX-Karabiner über die Schulter, entnahm den anderen die halbleeren Magazine und stopfte sie zusammen mit einem Fernglas und einem Nachtsichtgerät in Hartleys Rucksack. Außerdem löste er Shan, Carpenter, Mahone und Wright die Handgranaten vom Gürtel. Er wollte schon weitergehen, als er an Wrights Beinlappen an der Türzarge ein Knöchelholster entdeckte. Er nahm es an sich – einschließlich der Glock, die darin steckte, und band es sich um. Die zersprungenen Fliesen knirschten unter seinen Sohlen, als er die Tür zum OP passierte.

Weitere Türen.

Er öffnete die ersten beiden, nur um festzustellen, dass sich dahinter das gleiche Bild verbarg: alte OP-Säle, angefüllt mit verstaubten Schränken und rostigen Arbeitsgeräten. In der Mitte verbogene Bettgestelle, auf einen Haufen geschleudert wie Sperrmüll. Dazwischen schmutzige Matratzen und Fetzen blutgetränkter Bezüge. Spuren aus vertrocknetem Blut, die von Betten oder Rollwagen herrührten, führten über den Korridor zu einer Zwischentür.

Dahinter lag ein Treppenhaus.

Die Spuren endeten vor der Treppe. Das Geländer war von schwarzer Schmiere überzogen. An den Wänden schillerten Schimmelflecken, die pulsierten. Als atmeten sie, während sie ihn dabei beobachteten, wie er die Stufen erklomm.

Auf dem mittleren Treppenabsatz blieb Sinclair stehen.

Da war etwas in der Wand.

Ein … Relief?

Die knochige Struktur erinnerte Sinclair auf den ersten Blick an das Gerippe eines kleinen Menschen, vielleicht eines Kindes. Der linke Arm stand in einem grotesken Winkel ab und wirkte eher wie Überreste eines viel zu großen Flügels. Sinclair tastete über die Struktur und …

Etwas schoss aus der Wand und klatschte auf sein Handgelenk.

Fäden.

Fein und klebrig spannen sie sich um seinen Unterarm und

zogen ihn auf die Wand zu. Sinclair stemmte sich gegen den Sog, aber immer mehr Fäden lösten sich aus der Mitte des Skeletts und umwickelten seine Schulter! Der Kraft, die auf ihn wirkte, hatte er nichts entgegenzusetzen.

Der Dolch!

Mit der freien Hand riss er ihn heraus und zog die silberne Klinge über die Fäden.

Sie zerrissen mit einem peitschenden Knall. Die Enden kräuselten sich zu beiden Seiten und zerfielen ... Sinclair säbelte weiter, keuchend, stöhnend, bis die restlichen Fäden wie auf einen geheimen Befehl von ihm abließen und sich in die Wand zurückzogen. Er stolperte nach hinten und zog die flache Seite der Klinge über seine Schulter. Letzte Überreste der Fäden zerfielen.

Auf dem oberen Stufenabsatz blieb Sinclair stehen. Flüchtig hatte er das Gefühl, sich übergeben zu müssen. Er atmete tief durch, als könne er die Eindrücke dieser bizarren Umgebung auf diese Weise loswerden.

Vor ihm befand sich ein Fenster, durch das ein scharlachroter Schimmer ins Treppenhaus drang. Er befand sich nicht mehr auf halbem Weg zwischen Keller und Erdgeschoss, sondern im zehnten oder zwölften Stock eines Hauses! Tief unter sich erblickte er graue Flecken im Dämmerlicht. Die Silhouette einer Stadt, die ihm höchstens entfernt bekannt vorkam. Trümmer, zerstörte Häuser, aufgerissene Straßen und Bahngleise.

Dahinter wand sich das tiefschwarze Band der Themse wie eine Anakonda um die Landzunge von Belvedere und Abbey Wood.

2

Shao hatte das Gefühl, dass sich der Boden unter ihren Füßen in Gummi verwandelte. *Ganz Abbey Wood liegt unter einem Meer aus schwarzer Flut.*

»Schwarze Flut?«, hakte Bale mit dünner Stimme nach.

Briggs hob die Schultern. »Vielleicht ein Stromausfall.«

Tiernan ließ ein krächzendes Lachen hören. Bill Conolly, der als Einziger das Gespräch mit Powell und Ross nicht verfolgen konnte, lehnte mit dem Rücken an der Holztäfelung und versuchte, in Shaos Miene zu lesen, was Powell ihr mitteilte.

»Die Elektrizitätswerke haben keine Störung gemeldet. Allerdings haben wir Dutzende Notrufe von Anwohnern. Die meisten sind mitten im Gespräch abgebrochen. Nicht weil die Handymasten überlastet wären, ich meine, das sind sie *auch*, sondern weil die Anrufer während des Telefonats attackiert wurden. Von Nachbarn, Verwandten, Mitbewohnern …«

Von Menschen, die zu Tentakelmonstern mutiert sind.

»Offenbar handelt es sich um denselben Vorgang wie bei Hannah Caroll«, sprach Powell Shaos Gedanken aus, »nur dass es diesmal Hunderte Menschen betrifft. Vielleicht Tausende.«

»Was bitte schön ist diese schwarze Flut?«, wiederholte Bale.

Tiernan hob den Kopf, und irgendetwas an seinem irrlichternden Blick ließ Shao vermuten, dass er vielleicht mehr darüber wusste als jeder andere von ihnen. »Sie haben das Zeug auf dem Video doch gesehen, Sarge.«

»Welches Video?«, fragte Bill.

Shao bedeutete ihm mit einer Handbewegung, die Klappe zu halten, und rutschte mit dem Rücken am Türrahmen in die Hocke. Dabei spürte sie einen Widerstand an ihrem Gürtel. Der eiserne Schlüssel, den der Hausmeister ihr in den Oberschenkel gerammt hatte. Offenbar hatte sie ihn in der Hektik in die leere Messerscheide gesteckt. Die Wunde schmerzte kaum noch, würde sich aber vermutlich entzünden. Sie schob den Schlüssel zurück und konzentrierte sich auf Powell. »Sie müssen das Gelände abriegeln lassen, Guv. Und Truppen reinschicken, die sich um die Veränderten kümmern.«

»Sind bereits auf dem Weg, Shao. Es gibt vielleicht sogar

einen Hoffnungsschimmer. An einzelnen Stellen zeigen sich Lichtinseln, die größer werden. Als würde dieses Zeug mit einer irrsinnigen Geschwindigkeit im Boden versickern.«

Tiernan legte den Kopf in den Nacken und holte tief Luft. »Weil es von *ihr* angezogen wird!«

Shao warf ihm einen Blick zu.

»Aber das spielt keine Rolle mehr, weil es sowieso zu spät ist. Ich weiß, was sie vorhaben. Einer von denen war in mir drin, also hört auf meine Worte!«

»Halten Sie die Mund«, sagte Bale.

»Was ist mit Ihnen?«, fragte Powell. »Wie weit sind Sie mit der Evakuierung der Klinik?«

»Die Patienten sind tot«, antwortete Shao. »Jedenfalls die, die wir gefunden haben. Der Großteil wurde offenbar schon zum Tor gebracht. Und wir haben Conolly gefunden.«

»Lebendig?«

Sie warf ihm einen Blick zu. »Er sieht zwar aus wie Siegfried, nachdem er in Drachenblut gebadet hat, aber ich würde sagen, es geht ihm gut, ja.«

Bill hob den Daumen und grinste.

»In welchem Stockwerk sind Sie jetzt?«

»Erste Etage. Die Schatten waren uns auf den Fersen, aber wir haben es geschafft, den Strom hier oben wieder einzuschalten. Für den Moment dürften wir in Sicherheit sein.«

»Hat Sinclair sich zwischenzeitlich bei Ihnen gemeldet?«

»Nein, aber da ist vermutlich immer noch jede Menge Stahlbeton zwischen uns.«

Ein Rauschen in der Leitung, gefolgt von einem Stöhnen.

»CW-745 … Full … ich jemand?«

»Fuller!«, entfuhr es Shao. »Hören Sie uns, Sarge? Wo sind Sie? Und was ist mit den anderen? … Sarge?«

Wieder ein Rauschen, gefolgt von ein paar unverständlichen Satzfetzen. Dann wurde die Verbindung besser.

»… etzt in der Nähe des Fahrstuhlscha … ier ist … rbindung besser.«

»Berichten Sie, Sergeant«, sagte Powell. »Wie ist die Situation?«

»… Situa… st verdammt schle… ürde ich sagen. Sie sind alle …«

»Was haben Sie gesagt? Wiederholen Sie!«

Rauschen, Knistern.

»…ekt am Fahrstuhlschacht. Ist die Verbindung hier besser?«

»Hört sich so an, Sergeant. Wie geht es Ihnen?«

Fuller ächzte. »Den Umständen entsprechend, würde ich sagen. Wir … wir haben Station F gefunden. Und den Raum, der in den Korridor auf der anderen Seite geführt hat.«

»Was für einen Korridor?«

»Da drüben ist alles kaputt. Und in so komisches Licht getaucht. Und vor dem Korridor, da war nur Schwärze, die das Licht geschluckt hat. Wir sind durch, und als wir auf der anderen Seite angekommen sind, wurden wir angegriffen.«

Shao hatte Mühe, Fullers Worten zu folgen.

»Angegriffen?«, hakte Powell nach.

»Von Shan und Carpenter und … unsere eigenen Leute! Sie haben sich verwandelt. Wir mussten sie erschießen.«

Wie bitte?

»Ich bin zurück, mit Watts im Gepäck. Aber unterwegs … Watts hat sich verwandelt, und dann kam Sinclair …«

Fuller berichtete, was passiert war, und Shao hatte das Gefühl, als würde ihr jemand den Boden unter den Füßen wegziehen.

»Was ist mit Sinclair?«

»Er ist noch mal rein. Allein. Sagte, er muss sich um das Tor kümmern …« Fuller unterbrach sich. »Scheiße!«

»Was ist los?«

»Das Licht ist ausgegangen! Der ganze Korridor ist auf einmal stockdunkel.«

»Haben Sie eine Lampe?«

»Sinclair hat mir einen Strahler dagelassen. Warten Sie

mal …« Shao vernahm ein Klicken. »Alles klar, das Ding funktioniert.«

Shao atmete auf und tauschte einen Blick mit Bale.

»Shao«, sagte Powell, »gibt es von ihrer Position aus einen sicheren Weg in den Keller?«

»Weiß nicht, Guv. Vielleicht über die Nottreppe.«

Tiernan und Briggs starrten sie an, als hätte sie den Verstand verloren, und auch Bale schüttelte den Kopf.

»Ich möchte nicht unhöflich sein, Superintendent«, schaltete er sich ein, »aber nach dem, was mit Team A passiert ist, werde ich meine Leute auf keinen Fall in diesen komischen Korridor schicken.« Als Powell nicht antwortete, runzelte Bale die Stirn. »Superintendent? Sind Sie noch da?«

»Entschuldigen Sie, Sergeant. Wir haben gerade die Meldung erhalten, dass es in Abbey Wood weitere Massaker gegeben hat. Die schwarze Flut fließt immer schneller ab oder verschwindet. Man sieht offenbar eine Menge Leute, die mit dem Zeug in Berührung gekommen sind und überlebt haben – und jetzt ihre Häuser verlassen.«

»Überlebt?«, echote Shao. »Ich denke, wir können eher davon ausgehen, dass sie kontaminiert sind.«

»Jedenfalls bewegen sie sich auf das Themseufer zu.«

»Wieso das denn?«

»Ich konnte sie bisher leider nicht fragen, Detective. Aber selbst wenn, glaube ich kaum, dass sie mir antworten würden. Wenn die Aussagen der Kollegen stimmen, haben sich die Menschen, die von der Flut erwischt wurden, verwandelt.«

»Was?«

»Von hier oben gibt das Ganze ein ziemlich merkwürdiges Bild ab. Wir sehen nur einen Haufen Punkte, die sich durch die Straßen wälzen. Und ganz egal, ob verwandelt oder nicht, sofern sie sich noch bewegen können, folgen sie offenbar alle demselben Weg Richtung Themse – wie Schlafwandler!«

Briggs grinste. »Vielleicht finden sie ihre neuen Tentakel scheiße und wollen sich ertränken.«

Tiernan versank in unverständliches Murmeln.

»Was auch immer hier los ist«, sagte Powell, »zerbrechen Sie sich nicht den Kopf darüber. Finden Sie einen Weg in den Keller.«

Fuller ließ ein Schnauben hören. »Bale hat recht. Auf keinen Fall darf noch mal jemand von uns durch diese scheiß Tür gehen!«

»Das verlangt auch niemand, Sergeant, aber mit der Wunde im Bein werden Sie kaum so einfach die Treppe hochspazieren.«

»Es gibt keine Treppe, die in dieses zweite Kellergeschoss führt. Nur den verdammten Fahrstuhl.«

»Haben Sie versucht, die Kabine zu rufen?«

»Die Idee ist mir gekommen, Superintendent. Hab alle Tasten gedrückt, aber es sieht aus, als bräuchte man einen Schlüssel, um das verdammte Ding in Betrieb zu nehmen.«

Shao tastete nach der Messerscheide. »So ein altmodischer Eisenschlüssel mit Wellenbart?«

»Weiß nicht. Ja, könnte sein. Warum?«

Sie zog ihn hervor und zeigte ihn Bale. »Vielleicht finden wir einen Weg, um Sie rauszuholen.«

Briggs zeigte ihr einen Vogel.

Bale schüttelte den Kopf. »Selbst wenn der Schlüssel, den wir hier haben, passt, ist das zu gefährlich. Der Fahrstuhl ist uralt und hat, wie es aussieht, eine offene Gitterkabine. Was ist, wenn wir stecken bleiben, während um uns herum das Licht ausgeht?«

»Bale hat recht, Superintendent. Mir geht's gut hier unten. Mit dem Strahler halte ich auf jeden Fall bis zum Morgen durch.«

»Und was glauben Sie, was dann passiert, Fuller? Dass bei Ihnen da unten dann die Sonne aufgeht, oder was? Team B wird Sie rausholen, ob Sie wollen oder nicht. Die Diskussion ist beendet.«

Bale schüttelte resignierend den Kopf. Tiernan und Briggs ergaben sich in ihr Schicksal.

Shao stemmte sich auf die Beine. »Bleiben Sie einfach direkt am Fahrstuhl sitzen, Sarge. Wir nehmen die Nottreppe bis ins erste Kellergeschoss und kommen dann mit der Kabine zu Ihnen runter.«

3

Sinclair wusste nicht mehr, wie viele Stufen und Stockwerke er hinabgestiegen war. Stockwerke, die es eigentlich überhaupt nicht hätte geben dürfen. Genauso wie die Welt außerhalb des Hauses. Die Treppe endete an einer breiten Tür, deren Sichtfenster beschlagen und schmutzig waren.

Er wischte über die Scheibe. Dämmriges Licht fiel herein.

Er öffnete die Tür und trat nach draußen. Er stand auf einer Straße, von der er wusste, dass sie im Stadtteil Rainham nicht existierte. Eine mehrspurige, aufgerissene Asphaltbahn, an der rechts und links abgestorbene Bäume ihre Äste auswarfen. In zweiter Reihe erhoben sich Gebäude, die den Wolkenkratzern um St. Paul's oder in Canary Wharf ähnelten. Allerdings waren die Fassaden brüchig und von Rissen durchzogen.

Woher die scharlachrote Färbung des Dämmerlichts kam, blieb rätselhaft. Große Teile der Stadt waren in Nebel gehüllt. Wenn Sinclair die Straßenflucht hinunterblickte, war es ihm, als würde die Fahrbahn in der Ferne von einem blinden Fleck auf seiner Netzhaut verschluckt. Alles, was weiter weg war als zweihundert Yards, löste sich in diesigen Nebelschwaden auf.

Er überquerte die Straße. Durch die Spalten im Asphalt hatten sich schwarzgraue, wie verbrannt wirkende Sträucher gewühlt, die ihre Ranken über Bürgersteige und Autokarosserien warfen. Die verrosteten Wracks reihten sich mit eingeschlagenen Scheiben am Straßenrand. Ein Lkw stand quer über der Straße. Sinclair umrundete ihn und sah, dass die Hinterachse halb im Asphalt versunken war. Dahinter stand eine rostbraune Limousine, deren Marke nicht zu identifizieren war. Die Gitterstäbe eines Grundstückszauns ragten aus dem

Heck, als wären sie mit dem Kofferraumdeckel verwachsen. Die Scheiben des Wagens waren schwarz. Sinclair versuchte, die Tür zu öffnen, doch der weiche Kunststoff verbog sich unter dem Druck seiner Finger. Die Scheiben fühlten sich an wie Glas, aber …

Ein Geräusch in seinem Rücken, irgendwo zwischen welkem Gestrüpp. Das Gittertor neben dem Wagen stand offen. Drei unterschiedlich hohe Stufen führten hinauf zu einer Eingangstür, die keine Füllung besaß.

Sinclair ließ das MCX von der Schulter rutschen und trat durch den dunklen Türrahmen. Vor ihm lag ein leerer, großer Raum, der vielleicht mal ein Foyer hatte werden sollen. Wände im Rohbau und nackter Estrichfußboden.

Ein Schleifen, irgendwo hinten im Dunkeln.

Sinclair trat darauf zu.

Das Geräusch näherte sich. Langsam schälte sich ein buckliger Umriss aus dem Dunkel, eine Frau von achtzig oder neunzig Jahren, der die Haare wirr in die Stirn fielen. Sie trug einen Rock, der wie eine Schleppe über ihre Beine fiel, und streckte die Hände nach Sinclair aus. Die Schleppe rutschte zur Seite. Darunter kam etwas Ledriges, Mumifiziertes zum Vorschein, ein *zweiter* Körper oder zumindest der obere Teil davon, der mit dem Leib der alten Frau verwachsen war und den sie wie eine leblose Hülle hinter sich herzog. Er besaß einen viel zu großen Schädel, von dessen Kieferknochen das Fleisch faulte.

»Bitte … helfen Sie mir …«

Die Worte kamen aus dem Mund der Frau, doch auch der faulige Kiefer zu ihren Füßen bewegte sich und gab raschelnde Laute von sich.

»Bitte … Ich brauche Ihre Hilfe …«

Sinclair richtete den Karabiner auf ihre Brust. »Stehen bleiben.«

Mit schlurfenden Schritten setzte sie ihren Weg fort, immer dieselben Worte murmelnd. »Bitte … helfen Sie mir …«

Sie war nur noch eine Armlänge von der Mündung entfernt,

als ihr Körper in sich zusammenfiel wie ein Ballon, aus dem die Luft entwich. Dafür füllte sich der Ledersack zu ihren Füßen mit Fleisch und Knochen!

Eine faulige Hand packte Sinclair.

Er stieß sie weg und trat nach dem ledrigen Ungetüm, das zurückstolperte. Die abgelegte Haut der alten Frau rutschte hinterher und breitete sich wie ein Sack über das Ungeheuer. Als es sich erhob, hatte es wieder die Gestalt der Alten.

»Bitte … helfen Sie mir …«

Die Mündung des MCX blitzte auf.

Die Frau sah nach unten, auf den fauligen Schädel zu ihren Füßen, den die Kugel durchlöchert hatte. Der Schädel zerfiel. Die Knie der Frau zitterten, und dann sank sie mit einem Seufzer in sich zusammen. Als Sinclair den Rock zur Seite trat, wirbelte nichts als graue Asche auf. Das Zwitterwesen war verschwunden.

Sinclair kehrte auf die Straße zurück, umrundete das Haus und war fast ein wenig überrascht, dass der Laster und der Pkw immer noch vor dem Eingang standen.

Erst jetzt fiel ihm das Straßenschild auf.

Surrey Street.

Dort hatte die U-Bahn-Haltestelle gelegen, in der Rachel Briscoe verschwunden war! Die dunkelrote Fassade der Bahnstation wirkte wie ein Überbleibsel aus einer anderen Epoche. Die Kacheln waren abgefallen und auf dem Bürgersteig zersplittert. Durch die Trümmer huschten kleine schwarze Punkte, vielleicht Kakerlaken.

Auch das Gebäude auf der anderen Seite befand sich im Rohbau. Oberhalb der sechsten oder siebten Etage knarrten und ächzten nackte Stahlträger, die im Dunst verschwanden – als ob gewaltige Kräfte an ihnen rissen.

Sinclair ging weiter, bis sich aus den scharlachroten Schwaden das Flussufer schälte. Die Promenade des Victoria Embankment hatte sich in Geröll verwandelt. Seifiges Themsewasser schwappte über die Steine. Das gegenüberliegende

Ufer lag hinter einer scharlachroten Nebelbank verborgen, die über das Wasser zog, und statt der Waterloo Bridge, die rechts von ihm über den Fluss hätte führen müssen, waren da nur die Umrisse eines schmalen Stahlkonstrukts vor ihm in den Schwaden.

Er trotzte seinem Instinkt und betrat die Brücke.

Die Geräusche seiner Schuhsohlen auf dem nackten Asphalt wurden vom Nebel geschluckt. Zwanzig oder dreißig Yards weiter drehte er sich um die eigene Achse. Der Anfang der Brücke war nicht mehr zu sehen – genauso wenig wie die andere Seite. Die gesamte Welt um Sinclair herum war im Nebel verschwunden.

Je weiter er ging, desto spröder und unebener wurde der Asphalt. Er war von denselben geäderten Strukturen durchzogen, denen Sinclair im Korridor begegnet war.

Die Brücke endete abrupt, als wäre sie einfach nicht weitergebaut worden. Nur die Adern spannten sich baumstammstark aus der Konstruktion heraus in den Dunst. Die Oberfläche der Stränge glitzerte wie rohes Fleisch.

Immer noch verschluckte der Nebel alle Geräusche – als hätte er sich zum Ziel gesetzt, den Rest dieser bizarren Welt vor Sinclair zu verbergen.

Und wenn dieser Rest überhaupt nicht existierte?

Sinclair verspürte den Drang umzukehren. Als wollte ihn irgendjemand oder irgendetwas zwingen, von seinem Ziel abzulassen, sich nicht zu verlieren in dieser Welt, die unmöglich existieren konnte.

Hatte er das Tor bereits durchschritten – vielleicht in dem Augenblick, als er die Finsternis zwischen den beiden Korridoren hinter sich gelassen hatte?

Nur, warum *benutzten* die entarteten Magoi das Tor dann nicht? Worauf warteten sie?

Oder hatten sie es bereits benutzt, und das, was er um sich herum sah, war das Ergebnis? Der Asphalt unter ihm wurde weich

wie Treibsand
und er stolperte nach vorn.

Ein Schritt vor ihm befand sich der Abgrund.

Sinclair stürzte über die Kante. Im Fallen warf er sich herum und klammerte sich an eine der Adern, die in den Nebel ragten. Es fühlte sich an, als griffe er in weiches Gummi. Seine Finger fanden auf der glitschigen Masse kaum Halt. Eine zweite Ader, die links von ihm ein paar dünnere Verzweigungen ausgebildet hatte! Das Gewicht der Weste und der Waffen zerrte an ihm, während seine Finger Stück für Stück weiter abrutschten.

Wenn es ihm gelang, hinüberzuspringen und die dünnen Stränge beim ersten Versuch zu packen …

Zu spät. Er fiel.

4

Sergeant Bale und Constable Briggs gingen voraus und sicherten die erste Halbtreppe, die von der zweiten durch einen Wandvorsprung getrennt wurde. Danach kam Tiernan, der weiterhin Selbstgespräche führte, bis Bale ihm etwas ins Ohr zischte, das ihn verstummen ließ. Shao und Bill Conolly bildeten den Abschluss.

Sie passierten ein Fenster, das nach Norden wies. Die entfernten Lichter der A13 und der parallel verlaufenden Bahngleise – entfernte Signale aus einem anderen Leben.

Sie erreichten die Tür, hinter der der Bürotrakt und schließlich Station A begann. Der Verwesungsgeruch war auch hier im Treppenhaus noch wahrzunehmen. Hinter dem Glas die Umrisse der Tür zum Hausmeisterraum. Der Spalt darunter immer noch dunkel.

Auf dem nächsten Treppenabsatz blieb Bale stehen. »Hier liegt jemand.«

Conolly und Shao verharrten. Briggs und Tiernan brachten ihre Gewehre in Anschlag. Vor Bale ragte ein Fuß aus der Dunkelheit. Der Lichtkegel von Bales Lampe huschte über den Körper.

»Ich glaub, das ist einer von den Ärzten, und er ist tot.«

Bale bückte sich, um den Leichnam zu untersuchen, als Shao aus dem Augenwinkel eine Bewegung wahrzunehmen glaubte. Sie riss den Kopf herum – und entspannte sich.

»Was ist los?«, flüsterte Conolly.

»Ich dachte, da war etwas. Hinter der Glastür.«

Aber da war nichts als Dunkelheit.

Behalt die Nerven, verdammt nochmal.

»Sarge?« Briggs' Finger krampften sich um den Griff des MCX.

»Alles in Ordnung«, erwiderte Bale und stand auf, »wenn man mal davon absieht, dass der Typ halb vergammelt ist. Er hieß Gerald Larkin. War offenbar Stationsarzt. Und er hatte ein Handy bei sich.«

Bale hob die Hand, und Shao brauchte den Bruchteil einer Sekunde zu lange, um zu erkennen, dass das Ding in seiner Hand kein Handy war, sondern seine Glock.

»Tiernan!«

Es war Briggs, der Bale zurückstieß, und die Kugel, die Tiernan gegolten hatte, hackte eine Handbreit neben ihm in die Wand. Briggs gab einen zweiten Feuerstoß ab, aber da war Bale schon hinter dem Vorsprung verschwunden.

»Zurück«, schrie Shao, »alle zurück!«

Briggs und Tiernan folgten ihr rückwärtsgehend, als Bales Kopf erneut erschien. Die Mündung der Glock blitzte auf. Die Kugeln sirrten über die Stufen und erwischten wie durch ein Wunder weder Briggs noch Tiernan. Bill schrie auf und hätte um ein Haar seine Smith & Wesson fallen lassen. Sein Handgelenk blutete. Er stolperte die Treppe hoch.

»Feuer!«

Briggs und Tiernan jagten zwei Garben in die Dunkelheit. Splitter platzten aus der Mauer. Bale antwortete mit zwei, drei Schüssen, blieb aber in Deckung. Kurze Feuerstöße abgebend, folgten Briggs und Tiernan Shao nach oben, als sie in ihrem Rücken einen Schrei vernahm.

Bill starrte auf die Glastür, hinter der fünf oder sechs Gestalten erschienen waren. Männer und Frauen in blutverschmierter Pflegertracht. Keiner von ihnen wirkte nervös oder verängstigt. Keiner von ihnen hatte *normale* Augen.

»Weiter hoch, in den ersten Stock!«

Briggs und Tiernan folgten ihnen, als Bale unter ihnen seine Deckung verließ. Er feuerte auf Briggs. Shao jagte ihm eine Garbe in die Schutzweste, die ihn die Treppe hinunterfegte.

»Los, schneller!«

Briggs stolperte ihr entgegen. Sie zog ihn zu sich und spürte Blut an seiner Schulter.

Tiernan sicherte den Rückzug an den bleichen Gestalten hinter der Tür vorbei, die keine Anstalten machten, sie anzugreifen. »Soll ich sie umlegen?«

»Nein, wir müssen hoch!«

Auch wenn einige von ihnen aussahen, als ob sie seit Tagen besessen waren, zeigte sich an Tiernan, dass es sich immer noch um Menschen handelte.

Am nächsten Vorsprung blieb Shao stehen und brachte erneut die MP5 in Anschlag, um Briggs und Tiernan Feuerschutz zu geben. Sie stolperten an ihr vorbei. Eine Bewegung weiter unten. Shao feuerte in die Finsternis. Bale verschwand hinter der Wand. Shao hastete die Halbtreppe hoch und zog sich hinter den Vorsprung zurück. Im ersten Stock hatte Bill Conolly den Treppenabsatz erreicht und stieß die Glastür auf.

»Tiernan!«, rief sie nach oben. »Feuerschutz!«

Er drehte sich um und richtete die Waffe auf sie. Shao duckte sich und hechtete die Stufen hinauf.

Auf dem Treppenabsatz kniete Briggs. Der Hals und die Schulter blutverschmiert, kippte er Shao entgegen und hätte sie fast die Stufen runtergerissen.

Tiernan drehte sich um. »Was hat er?«

»Ich glaub, Bale hat ihn erwischt. Achte auf die Treppe!«

Ein Geräusch hinter Tiernan.

Er gab einen Feuerstoß ab.

Bale zog sich zurück.

Oben hielt Conolly immer noch die Tür auf.

Shao schleifte Briggs in seine Richtung, aber auf halber Strecke musste sie passen. »Helfen Sie mir!«

Bill übernahm und zerrte Briggs durch die Tür.

»Vorsicht, Deckung!«

Die Kugeln jagten haarscharf über Tiernan in die Wand. Shao erwiderte das Feuer, während sie sich in Richtung Tür zurückzog. Eine Kugel traf Bales Weste, eine zweite durchschlug seinen Kiefer und verwandelte seine rechte Wange in eine blutige Masse. Bale stürzte die Stufen hinunter, und Tiernan zwängte sich an Shao vorbei durch die Tür.

»Danke!«

»Das wird ihn nicht aufhalten.«

Hinter ihnen schleifte Bill Conolly Briggs rückwärtsgehend auf das Zimmer zu, in dem er sich vor ihnen versteckt hatte.

»Nein, hier rüber!«, schrie Shao und deutete auf den Technikerraum.

»Aber da gibt es Verbandszeug!«

Seine Worte gingen in einem hellen Klirren unter, als die Glastür hinter ihnen sich in einen Scherbenregen verwandelte. Fluchend folgte Shao Conolly, während Tiernan den Rückraum sicherte. Das Letzte, was sie wahrnahm, waren das zerfetzte Gesicht von Sergeant Bale hinter der zerschossenen Glastür – und das Knirschen von Scherben unter einem Dutzend Schuhen, als links und rechts von ihm blutverschmierte Pfleger auftauchten.

Tiernan hechtete ins Zimmer, und Shao rammte die Tür hinter ihm ins Schloss.

Das Stationszimmer mit Akten- und Vorratsschränken und einem ausladenden Schreibtisch.

»Den Tisch! Vor die Tür, schnell!«

Fünf Sekunden später hatten sie die Tür verbarrikadiert.

Draußen auf dem Korridor blieb es still.

»Scheiße, scheiße, scheiße!«, fluchte Tiernan. »Wie konnte das passieren? Der Typ war doch tot.«

Shao wischte sich über die Stirn. »Vielleicht hat der Schatten auch irgendwo auf der Treppe gelauert.«

Conolly rieb sich das Handgelenk. »Jedenfalls sind wir hier erst mal sicher.«

»Genau, Schwachkopf«, fauchte Tiernan, »und die sind draußen und haben den Finger an der Sicherung!« Er hatte den Satz kaum beendet, als auch schon das Deckenlicht erlosch. »Hab ich's nicht gesagt?«

»Ja, haben Sie«, erwiderte Shao, »aber Conolly hat auch recht, wenn er sagt, dass wir Verbandsmaterial brauchen. Wie geht's Ihrer Hand?«

Conolly bewegte die blutüberströmten Finger. »Ist nichts, nur ein Streifschuss.«

Tiernan stieß verächtlich die Luft aus.

»Das ist doch eine gute Nachricht.« Shao löschte ihre Helmlampe. »Wir werden hier drin nur ein oder zwei der Lampen benutzen, um Energie zu sparen. Conolly, Sie kümmern sich um das Verbandszeug.«

Er deutete auf die Schränke an der Rückwand. Zwischen ihnen war eine Tür eingelassen, die in ein zweites Zimmer führte. »Da hinten gibt es noch mehr Kram, Scheren, Pflaster und all so Zeug.«

»Weitere Zugänge von andern Zimmern?«

»Eine Tür, aber die ist verriegelt. Sonst gibt es nur die Fenster an der Rückseite.«

Shao beugte sich über Briggs, der neben der Tür lag und vor Schmerzen stöhnte. Seine Lider flatterten. Vorsichtig zog sie ihm den Helm vom Kopf und drückte ihn Conolly in die Hand. »Nehmen Sie meine Lampe und holen Sie mir Verbandszeug, Schere und Desinfektionsmittel. Schnell.«

Bill verschwand in der Zwischentür.

Tiernan ließ das Gewehr sinken. »Wo hat es ihn erwischt?«

»Wie es aussieht, am Schlüsselbein. Leuchten Sie mal. Wir

müssen ihm die Weste ausziehen. Und den Schutzanzug. Das muss alles runter.«

Gemeinsam pellten sie Briggs aus seinen Klamotten. Dabei stöhnte er immer wieder leise auf und verlor irgendwann das Bewusstsein. Als Shao ihm die Weste unter den Kopf schob, öffnete er die Augen wieder und sah sie an, als wäre er zwei Tage lang weggetreten gewesen.

»Was ist … passiert?«

»Sie haben ein bisschen was abbekommen. An der Schulter. Können Sie den Arm bewegen?«

Er versuchte, nach der Wunde zu tasten, und stöhnte auf. »War anscheinend 'n Volltreffer. Ich glaub, das Schlüsselbein ist hin.«

»Vielleicht ist sie hinten wieder ausgetreten«, meinte Bill, der inzwischen mit zwei Kartons Mullbinden und Wundauflagen zurückgekehrt war. Aus der Tasche zog er außerdem eine Flasche Desinfektionsmittel.

Tiernan lachte auf. »Ist doch egal, ob sie durchgegangen ist oder nicht. Das Schlüsselbein ist im Arsch, und innen drin ist alles voller Knochensplitter. Er wird die Schulter nie wieder bewegen können.«

Shao wandte sich an Bill. »Wenn Sie da hinten auch noch irgendwo Klebeband finden, sind Sie mein persönlicher Held.« Während Bill erneut verschwand, wischte sie Briggs mit ihrem Ärmel das Blut von Gesicht und Hals. »Wir stillen erst mal die Blutung, und dann sehen wir zu, dass wir Sie hier rausbringen.«

Tiernan schnaubte. »Hier kommt keiner von uns mehr raus.«

»Wie wär's, wenn Sie endlich mal Ihre scheiß Klappe halten«, schlug Shao vor, ohne ihn eines Blickes zu würdigen.

Tiernan presste sich den Zeigefinger gegen die Stirn. »Ich weiß es, weil ich weiß, wie sie denken, verstehen Sie? Die lassen uns nicht so einfach gehen. Um nichts in der Welt werden die uns einfach hier rausspazieren lassen!«

Briggs gab einen Seufzer von sich. Seine Pupillen drehten sich nach oben, und er verlor erneut das Bewusstsein.

Shao stellte die Verbindung zu Fuller her. »Sarge, hören Sie mich?«

Es dauerte drei Sekunden, dann ertönte seine brüchige Stimme. »Was gibt es?«

»Schlechte Nachrichten. Bale wurde übernommen. Wir mussten die Aktion abbrechen und haben uns im ersten Stock in einem Zimmer verbarrikadiert.«

Eine weitere Sekunde Stille.

»Ich verstehe.«

»Nein, Sie verstehen nicht, Sarge. Constable Briggs ist schwer verwundet, aber sobald wir ihn versorgt haben, suchen wir uns einen anderen Weg nach unten. Wir werden Sie da rausholen, Sie haben mein Wort drauf!«

»Sparen Sie sich die Mühe, Shao. Ich habe immer noch meine Handgranaten.«

»Die Sie nicht brauchen werden. Das ist ein Versprechen. Ich melde mich.«

Sie unterbrach die Verbindung, als sie vor der Tür Schritte vernahm.

Tiernan riss das Gewehr hoch.

Das Geräusch schwerer, wuchtiger Stiefel.

Und dann Bales Stimme.

»Glaut ier irklich, dass ihr so da-on-ommen erdet?«

5

Sinclair stürzte ins Nichts.

Im nächsten Moment umklammerte eine Hand seinen Unterarm.

»Halten Sie sich fest, Detective!«

Der Nebel war jetzt so dicht, dass er nur die Silhouette eines Kopfes erkennen konnte. Aber die Stimme kam ihm bekannt vor.

Hartley!

Sinclair dachte nicht darüber nach, wie das möglich war. Er klammerte sich an Hartleys Arm und ließ sich von ihm Stück für Stück nach oben ziehen – bis er wieder festen Asphalt unter sich spürte. Mit einer letzten Kraftanstrengung zog er sich hoch und fiel auf den Rücken.

»Das war knapp, Detective.«

Sinclair rückte von Hartley ab und betrachtete ihn. Im ersten Moment hatte es ausgesehen, als hätte Hartley sich auf dem Bauch liegend an das Brückenende herangeschoben. Aber jetzt erkannte Sinclair, dass sein Unterleib mit dem Asphalt verwachsen war.

»Ich hatte Glück im Unglück. An diesem Ort ist der Tod nicht zwangsläufig. Manchmal existiert man auf andere Art weiter.«

»Und auf welche Weise existieren Sie, Hartley?«

Hartley versank ein Stück, bis nur noch seine Brust aus dem Boden ragte. »Mein Körper ist mit dem, was hier existiert, eine Verbindung eingegangen. Ich kann nicht sagen, dass ich darüber sehr glücklich bin, aber da es nicht so aussieht, als könnte ich etwas daran ändern, will ich mich nicht beschweren. Ich verfüge sogar über einen gewissen Bewegungsspielraum, da ich jetzt ein Teil dieser … Zone bin.«

»Was für einer Zone?«

»Es ist eine Blase, die wie ein Geschwür in unsere Welt gewachsen ist.«

Sinclair versuchte Hartleys Worten zu folgen. »Also ist diese Umgebung hier auf eine gewisse Art und Weise … begrenzt?«

»Schauen Sie nach vorn!« Hartley deutete auf das Adergeflecht, das in den Nebel ragte. »Die Zone verwächst mit unserer Welt. Man könnte auch sagen, sie wuchert.«

Erst jetzt fiel Sinclair auf, dass die Brückenkante, über die er gestürzt war, sich jetzt gut zwei Yards von ihm entfernt befand. Als ob unsichtbare Wesen die Brücke heimlich ein Stück weitergebaut hätten, während er sich mit Hartley unterhalten hatte.

„Die Zone adaptiert, verändert sich. Sie ist instabil, besonders an den Rändern, wie Sie soeben erlebt haben.« Hartley bemerkte Sinclairs Blick und nickte. »Auch ich bin davon betroffen. Alles hier ist tot – so wie ich. Vergänglichkeit ist die Kraft, aus der sich alles speist.«

»Eine tote Zone …«, murmelte Sinclair.

»Sie sind wirklich etwas Besonderes, Sinclair. Ein Teil von Ihnen gehört hierher, und dennoch vermögen Sie auf beiden Seiten zu existieren.«

Etwas Besonderes. Sinclairs Gedanken schweiften zu de Lucy, der davon gesprochen hatte, dass es ihm gelungen war, die Barriere um die Abtei zu durchbrechen – als sich irgendwo in den Dunstschwaden ein tieffrequentes Grollen erhob. Der Asphalt unter seinen Füßen vibrierte!

»Sie sind kurz davor, das Tor zu öffnen«, sagte Hartley. »Die jenseitigen Kräfte bestürmen es bereits. Sie wollen herüber.«

»Von welchen Kräften sprechen Sie? Sind es noch mehr Schatten?«

»Ihnen bleibt nicht mehr viel Zeit, das Tor zu zerstören.«

Dafür muss ich es erst mal finden!

Da packte Hartley ihn am Bein. Der Asphalt unter ihm hatte nachgegeben, und Hartleys Oberkörper versank darin. Sinclair wehrte sich, aber Hartleys Griff war zu fest. Sinclairs Beine verschwanden im Boden, dann sein Oberkörper. Von Hartley war schon nichts mehr zu sehen. Sinclair spürte nur noch den eisernen Griff, der ihn immer weiter in die Tiefe riss.

Brust.

Hals.

Und dann …

Er hatte mit so etwas wie flüssigem Teer gerechnet, der sich in seinen Rachen ergoss, aber da war …

Nichts.

Außer dem Sog, der ihn vorwärtsriss und aus der Finsternis herausschleuderte!

Im nächsten Moment stolperte er über staubigen Boden.

In seinem Rücken – da, woher er gekommen war! – befand sich die rissige, graue Fassade eines abbruchreifen Hauses.

Und vor ihm lag der Krater.

Ein riesiges Loch, das sich wie nach einem Kometeneinschlag inmitten einer Kulisse alter Bürotürme aufgetan hatte, zwischen die sich unwirklich und zwergenhaft das Gebäude der Rainham-Klinik duckte.

Die Fassaden der Häuserriesen glühten regelrecht, aber es war ein *dunkles, schwarzes* Licht, das sich in ihren Scheiben spiegelte und das seinen Ursprung im Krater selbst hatte, der zwischen ihnen gähnte wie ein ausgehobenes Grab. Die Kraterwände gruben sich in die Fassaden, Teile der Fundamente waren herausgerissen, und Sinclair konnte in halb eingestürzte Flure und Räume blicken, aus deren Wänden und Decken Fetzen von Stahlträgern ragten.

Unzählige Lichtpunkte tanzten über dem Krater, als würde in ihm ein Feuer lodern, über dem Funken aufstoben.

Lichtpunkte … wie Glühwürmchen. Er erinnerte sich, das Shao davon gesprochen hatte. Die Lichtpunkte hinter dem Siel in der Kanalisation …

Etwa hundert Yards unter ihm, am Boden des Kraters, türmte sich ein mächtiges, ungleichmäßig rund geformtes Etwas.

Sinclair holte das Fernglas aus dem Rucksack und betrachtete das Ding.

Ein fettig glänzender Gewebehaufen aus einer grauen, gallertartigen Substanz. Er maß wohl dreißig Yards im Durchmesser, und seine Oberfläche schien sich beständig umzuwälzen, als wollte sie alles und jeden, der in ihre Nähe kam, *aufnehmen* und in eine andere Welt transportieren.

Oder von dort hierher.

Folge dem Fleisch.

Und auf einmal wusste Sinclair, wozu die Magoi die Harmony-Opfer brauchten.

6

Bales Stimme klang säuselnd, beinahe wie um sie einzulullen. »Al-o Arum mach ier nich eingfach ie Ür auf und eben uns en Schlü-ell? As äre och ür unn alle as Ehste.«

Shao brauchte einen Moment, um zu kapieren, dass Bale von dem Schlüssel sprach, den sie bei sich trug.

Als sie nicht antwortete, schlug er mit der Faust gegen die Tür. »Iier wollen nur en Schlü-ell, versdangden?«

»Dieser verdammte Mistkerl«, murmelte Tiernan und hob die Waffe.

Shao schüttelte den Kopf.

»Nu-un …?«

Wofür will er den Schlüssel? Sie haben doch schon alle nach unten gebracht.

Bales Faustschläge ließ die Tür erzittern.

»Ihr wollt den verfluchten Schlüssel?«, brüllte Tiernan. »Dann holt ihn euch, ihr verdammten Arschlöcher!«

»Nicht!«, zischte Shao und stieß den Lauf zur Seite. »Keine Löcher in der Tür, verstanden?«

Er starrte sie aus geweiteten Augen an, schluckte und nahm den Finger vom Abzug.

»Leuchten Sie wieder auf die Tür, so dass die Ritzen ins Licht getaucht werden!«

Er drehte den Kopf.

Bale ließ ein meckerndes Lachen hören. »As ird euh auh niech elfen … er Schlü-ell! Ssoford!«

Shao sah, wie Tiernans Adamsapfel hüpfte, aber er nahm sich zusammen.

Inzwischen war Bill mit dem Klebeband zurückgekehrt.

»Constable, nehmen Sie das Band und kleben Sie die Ritzen ab. Bill, Sie helfen mir mit dem Verband.«

Gemeinsam drehten sie Briggs auf die Seite, so dass Shao die Wunden an Brust und Rücken mit Desinfektionsmittel ausspülen konnte. Bill drückte auf die Wundauflagen, während sie Briggs' Arm hob, um den Verband darunter hindurchzuführen. Briggs seufzte leise, wachte aber nicht auf.

»Den Rest schaff ich alleine. Sie sagten, in dem Zimmer da hinten gibt es noch eine Tür?«

»Ja, aber wie gesagt, die ist verriegelt.«

»Dichten Sie sie trotzdem mit Klebeband ab. Das Schlüsselloch, jeden Spalt. Und dann durchsuchen Sie die restlichen Schränke. Vielleicht finden wir noch ein paar Sachen, die uns nützlich sein können.«

»Alles klar.«

Shao fixierte den Verband mit zwei Streifen Klebeband, die sie von der Rolle gerissen hatte. Er saß nicht gerade perfekt, aber wenigstens war die Blutung gestillt. Erst jetzt fiel ihr auf, dass die Schläge gegen die Tür verstummt waren.

»Wie sieht's aus, Tiernan?«

Er wischte sich mit der Linken über das Gesicht. »Die Tür ist komplett dicht, da geht nichts mehr durch.«

Hoffen wir es.

»Ansonsten keine Ahnung. Anscheinend haben sie sich verpisst.«

»Behalten Sie die Tür trotzdem im Auge. Wenn irgendjemand versucht durchzubrechen, schießen Sie.«

»Worauf Sie sich verlassen können.«

Shao lehnte sich mit dem Rücken gegen die Wand, nahm den Helm ab und wischte sich den Schweiß von der Stirn. Die Zwischentür, in der Bill verschwunden war, schien sich vor ihren Augen nach oben und unten in die Länge zu ziehen. Sie blinzelte, um den Blick wieder klar zu kriegen, und kapierte, dass es Tränenflüssigkeit war, die sich zwischen ihren Lidern gesammelt hatte.

Eine Bewegung an ihrer Seite. Briggs, der die Augen geöffnet hatte und dessen Blick auf einmal klar war, als hätte er die ganze Zeit über alles mitbekommen.

»Danke, Shao«, flüsterte er kaum hörbar.

»Keine Ursache.«

Er ließ einen Seufzer hören und drehte sich leicht in Richtung Tür. »Das ist …« Er stockte und holte Atem für einen zweiten Anlauf. »Das … ist wohl eine ganz schöne Scheiße, in der wir hier sitzen, wie?« Sein Kopf sank zurück. »Aber wisst ihr, was ich dabei nicht verstehe?« Er schien durch die Decke hindurch zu sehen, so dass Shao sich fragte, ob er vielleicht nur delirierte. »Wozu brauchen sie denn jetzt noch den Fahrstuhlschlüssel, wenn sie vorhin schon alle Patienten nach unten gebracht haben?«

Shao hob die Schultern. »Keine Ahnung. Vielleicht, damit sie selber nach unten kommen.«

Tiernan gab ein Schnauben von sich, das offenbar ein Lachen darstellen sollte.

»Oder sie brauchen ihn für uns«, sagte Shao. »Weil sie vorhaben, uns auch noch zu übernehmen. Vielleicht haben sie nicht mehr ausreichend Wirte für alle Schatten.«

Briggs' Antwort blieb aus. Er hatte erneut das Bewusstsein verloren.

»Das ist ausgemachter Schwachsinn«, murmelte Tiernan.

»Lassen Sie hören, falls Sie 'ne bessere Theorie haben.«

»Sie kapieren es nicht, oder? Bale hat uns gerade mit einem zerschossenen Kiefer zugetextet.«

»Heißt?«

»Heißt, die Wirte, denen wir bisher begegnet sind, waren entweder tot und verfault oder auf dem besten Weg dorthin! Ich meine, Sie haben doch selbst gesagt, dass diese Dinger keine Rücksicht auf ihre Körper nehmen!«

Shao kapierte immer noch nicht, was er damit sagen wollte.

»Ich meine, wenn der einzige Weg in den Keller durch den Fahrstuhlschacht führt, dann werden sie eben springen – ganz egal, ob ihr Wirtskörper dabei draufgeht oder nicht!«

Seine Überlegungen hatten etwas für sich. »Und was haben sie Ihrer Meinung nach dann mit dem Fahrstuhl vor?«

Er tippte sich gegen den Stirn und grinste. Sie brauchen ihn natürlich für *jemand anderen.*«

Shao atmete tief durch. »Und wer soll das Ihrer Meinung nach sein?«

»Jemand, der auf dem Weg hierher ist und der wichtig für sie ist. Jemand, den sie unbedingt brauchen, um ihren Plan auszuführen.«

Shao stemmte sich auf die Beine. »Ihren Plan?«

Tiernan nickte.

»Und Sie kennen diesen Plan.«

Er grinste. »Ich hab ihn *gefühlt*, wissen Sie? Mit allen Sinnen. Hier drin.« Er klopfte sich auf die Brust. »Und in meinem Kopf. Als dieses Ding in mir drin war.«

Sie packte ihn am Kragen und stieß ihn gegen die Wand. »Dann spucken Sie es endlich aus, verdammt nochmal – oder, falls Sie es *nicht* wissen und nur dummes Zeug reden, halten Sie endlich Ihren verdammten Mund!«

Tiernans Adamsapfel hüpfte, als er trocken schluckte. »Ich … ich …«

»Also, was ist jetzt?«

Er kniff die Augen zusammen und verzog das Gesicht, als versuchte er krampfhaft, sich zu erinnern. »Hören Sie! Ich weiß genau, dass ich es weiß, und ich weiß, dass die uns nicht brauchen. Nur den Schlüssel. Ich weiß es, weil … weil …« Sie sah, dass ihm der Schweiß in Strömen von der Stirn lief, und kapierte, dass er den Wahnsinnigen nicht nur spielte. Alle Spannung war auf einmal aus seinem Körper gewichen. Er rutschte an der Wand zu Boden. »Ich weiß nur eins, Shao. Dass ich das nicht noch mal zulasse! Bevor die mich noch mal erwischen, puste ich mir selber den Kopf weg, darauf können Sie sich verlassen.«

Er wandte sich ab und schlug mit der Faust gegen die Wand.

»Es tut mir leid«, sagte sie. »Ich wollte Sie nicht …«

»Hey«, ertönte Bills Stimme aus dem Nebenraum. »Hey, ich glaub, das solltet ihr euch ansehen!«

Shao hielt Tiernan zurück und deutete auf Briggs. »Behalten Sie ihn im Auge – genauso wie die Tür!«

»Geht klar.«

Im Nebenzimmer stand Conolly am Fenster und starrte in Richtung Themse.

»Was ist los?«

»Ich glaube, da kommt jemand. Also mehrere. Ein ganzer Haufen.«

Shao versuchte die Finsternis zu durchdringen, die über den Marschwiesen lag. Tatsächlich bewegte sich etwas in der Nähe des Ufers. »Machen Sie die Lampe aus.«

Jetzt waren die Punkte in der Dunkelheit besser zu erkennen.

»Das sind Menschen«, sagte sie.

»Ich kapier nicht, wo die herkommen. Da hinten ist nicht mal 'ne Uferstraße.«

Auf jeden Fall kamen sie näher.

»Vielleicht Polizei«, sagte Conolly. »Sie schicken Verstärkung, um uns endlich hier rauszuholen.«

Shao bezweifelte, dass Powell weitere Einheiten schickte, ohne ihr vorher Bescheid zu geben, zumal die Lichter über der Themse und dahinter bewiesen, dass sich das Geschehen weiterhin auf Abbey Wood konzentrierte. Offenbar waren die Hubschrauber, von denen Powell berichtet hatte, inzwischen eingetroffen. Einer davon scherte aus und kam näher.

»Das sind auf jeden Fall viele«, meinte Bill und ließ offen, ob er die Lichter am Himmel oder die Leute auf der Wiese meinte. »Hey, sehen Sie mal.«

Sie folgte seinem ausgestreckten Zeigefinger und erkannte, dass eine der Gestalten strauchelte. Die anderen kümmerten sich nicht um sie, sondern liefen weiter. Es waren inzwischen mehr als fünfzig, und ständig schienen weitere an der Uferböschung aufzutauchen, darunter Männer, Frauen und Kinder. Sie dachte an Powells Worte.

Sie bewegen sich wie Schlafwandler.

Shaos Blick blieb an einer Frau hängen, die ebenfalls stürzte. Als sie sich wieder aufrichtete, griff sie nach einem Mann neben sich und schleuderte ihn zu Boden.

Shao hatte das Gefühl, ihr Herz würde gefrieren. Die Frau hatte nicht mit einem *Arm* nach dem Mann geschlagen.

Sondern mit einem Tentakel.

»Shao, hören Sie mich? … Shao!«

Sie löste ihren Blick von der Abteiwiese. »Ja, Guv, bin da.« Sie gab Bill ein Zeichen und deutete auf den Ohrhörer. »Sind Sie das, Guv? Der Hubschrauber, der sich uns nähert?«

»Wir haben ein Problem. Erst haben wir gedacht, dass sich die Mutierten in den Fluss stürzen, um darin zu ertrinken – aber wie es aussieht, …«

»… haben sie ihn durchquert!«

»Dann haben Sie es schon mitbekommen?«

»Ich steh grad am Fenster, mit perfektem Blick auf die Marschwiesen. Wie viele sind es?«

»Die, die schon aus dem Wasser raus sind – hundert oder zweihundert. Aber wenn alle, die sich auf der anderen Seite reingestürzt haben, auch wieder rauskommen …«

Alle wohl nicht, da ein paar von ihnen wahrscheinlich im Wasser mutiert waren. Shao hatte auf einmal das Gefühl, als hätte jemand ihren Kopf in eisiges Wasser getaucht. Sie schlug mit der flachen Hand gegen die Scheibe. »Das ist es, Guv! Die Gefäße!«

»Wie bitte?«

»Wir dachten die ganze Zeit, dass de Lucy damit die Drogensüchtigen meint. Aber die Menschen da draußen – *das* sind die Gefäße, von denen er geredet hat!« Ihr Herz klopfte wie wild, als die Puzzleteile sich endlich zu einem sinnvollen Bild zusammenfügten. »Darum weist Allan Spencers Körper auch keine Tumoren auf! Er hat ja auch die schwarze Flut abgekriegt, so wie Shelford und Hannah Carroll – auf dem Video, als sich der Würfel zum ersten Mal geöffnet hat! Wahrscheinlich war das ein Test oder so was – für das, was jetzt passiert ist! Sie haben den ganzen Stadtteil *geflutet*, und die Kontamination mit der Flut macht die Körper … *geeigneter* für die Schatten!«

»Ich weiß nicht, Shao. Ich würde eher sagen, die Kontamination sorgt dafür, dass sie sich nach und nach in Monster verwandeln.«

»Ja, wenn sie nicht rechtzeitig in Besitz genommen werden! Aber diejenigen, die vorher das Tor erreichen …« Sie stockte. *Dafür brauchen sie also den Schlüssel. Um die Gefäße unbeschadet zum Tor zu transportieren.* »Sie müssen sie aufhalten, Guv! Irgendwie.«

»Das wird nicht klappen. Die Armee konzentriert sich vorläufig auf Abbey Wood. Und selbst wenn ich sie dazu bringen kann, hier vorbeizuschauen, werde ich sie kaum überzeugen können, ein paar harmlose Wiesenspaziergänger wegzupusten.«

»Harmlos? Ein paar von denen verwandeln sich gerade vor unseren Augen!«

»Ich sehe, was ich tun kann. Aber es wäre hilfreich, wenn Sie uns etwas Zeit verschaffen könnten.«

Powell unterbrach die Verbindung.

Trotzdem war da immer noch eine Stimme in ihrem Ohr. Sergeant Fuller, der offenbar mitgehört hatte. Die Kälte fraß sich tiefer in ihre Brust.

»Detective Shao?«

»Fuller?«

»So, wie sich das angehört hat … also, so wie sich das angehört hat, bleiben mir dann wohl nur noch die Granaten, oder?«

7

Es waren die Leichen der Harmony-Opfer, aus denen die Magoi das monströse Gebilde am Grund des Kraters geformt hatten.

An einigen Stellen vermochte Sinclair sogar die Überreste von Rümpfen und Köpfen zu erkennen, die wie halbverdaute Überreste aus der Oberfläche ragten. In der Mitte des Gebildes strömten die Lichtpunkte Schweißfunken gleich aus einem Loch, in dem tiefste Finsternis nistete.

Er ließ das Fernglas sinken.

Die Erkenntnis, dass er das Tor gefunden hatte, ließ ihn kalt und ruhig werden. Es war, als ob sich die Welt um ihn herum verengte auf das einzige Objekt, das für ihn noch wichtig war. Und auf das Fundament der Rainham-Recovery-Klinik gegenüber, das sich jetzt bis zum Grund des Kraters erstreckte, obwohl das Gebäude doch nur zwei Untergeschosse gehabt hatte! Wenige Yards vom Tor entfernt endete es in einer senkrechten Betonwand. In der Mitte der Wand erblickte Sinclair einen gezackten Spalt, in dem sich etwas bewegte. Sinclair sah wieder durch das Fernglas. Ein Mann in einem Arztkittel schob einen Bottich auf das Tor zu, in dem in einer gelblichen Brühe die Torsi dreier Menschen schwappten. Am Tor angekommen, kippte er das Gefäß um, und die Körper rutschten auf die zuckende Masse zu, als würden sie magnetisch davon angezogen. Sie vereinigten sich mit dem Gebilde, das ihre mit Harmony gesättigten Zellen aufnahm wie ein Moloch. Das Letzte, was Sinclair von ihnen sah, waren die entrückten Gesichter, deren Münder zu einem Grinsen verzerrt waren. Dann wurden die Köpfe von dem wuchernden Gewebe verschlungen.

Umgeformt.

Absorbiert.

Sinclair wartete, bis der Weißkittel in den Spalt zurückgekehrt war, und ließ den Rucksack von der Schulter gleiten. Ein Dutzend Handgranaten, von denen wahrscheinlich die Hälfte ausgereicht hätte, um das Tor zu zerstören.

Er umfasste die erste und trat an die Abbruchkante. Nach dem Lösen des Sicherheitsbügels blieben drei Sekunden bis zur Explosion. Der Grund des Kraters lag hundert Yards unter ihm – eine Distanz, für die die Granate im freien Fall etwa vier Sekunden brauchte. Den Luftwiderstand eingerechnet, der sicherlich auch in dieser Welt existierte, fünf oder sechs. Er musste ihr also ausreichend Schwung mitgeben, dass sie ihr Ziel bereits nach der Hälfte der Zeit erreichte. Und treffen.

Er zog den Splint aus dem Bügel, klammerte sich mit der Linken an den Vorsprung und holte aus. Die Granate beschrieb im Fallen einen Bogen, der sie exakt auf den Glühwürmchenreigen zuführte, und explodierte nach zwei Dritteln der Strecke.

Sinclair schleuderte eine zweite Granate – mit so viel Wucht, dass er beinahe über die Abbruchkante gefallen wäre. Auch sie explodierte, bevor sie das Tor erreichte. Er musste näher ran, aber Hartley hatte gesagt, dass das Tor bereits aktiviert worden war. Bis er einen Weg hinunter gefunden hatte, war es vielleicht schon zu spät.

Er schnappte sich den Rucksack und durchsuchte ihn nach irgendetwas, mit dem er den Bügel der Granaten fixieren konnte, aber die Gurte bestanden aus reißfestem Nylon und waren an jeder Stelle doppelt und dreifach mit dem Rucksackstoff vernäht.

Das Band in der Kapuze des Schutzanzugs.

Hastig zog er es heraus, schlang es dreifach und nicht allzu fest um Bügel und Granate, in der Hoffnung dass es sich beim Aufprall in der Kadavermasse von allein lösen würde.

Ein letzter Blick auf das Gesamtkunstwerk, dann holte er aus – da schoss etwas Langes, Glitschiges über die Kante, packte ihn und riss ihn über den Rand des Kraters.

8

»Machen Sie das Fenster auf«, sagte Shao, während sie das Magazin ihrer MP5 überprüfte.

Bill Conolly starrte sie an.

»Aufmachen!«

»Aber das geht nicht. Die sind alle gesichert.«

Sie schob Conolly zur Seite und zerschlug die Scheibe mit dem Griff der MP5. Mit zwei weiteren Schlägen entfernte sie die Scherben aus dem Rahmen.

»Alles in Ordnung?«, rief Tiernan aus dem vorderen Zimmer.

»Keine Sorge«, antwortete Conolly hastig. »Wir improvisieren hier nur ein bisschen!« Und an Shao gewandt: »Wollen Sie das wirklich tun?«

Shao zielte auf den ersten der Menschen, die Powell als Schlafwandler bezeichnet hatte. Zombies war vermutlich die bessere Bezeichnung.

Sie sind zweihundertfünfzig Yards durch die Themse gelaufen. Ganz gleich, welchen Eindruck sie auf dich machen, sie können unmöglich noch am Leben sein!

Inzwischen waren die ersten bis auf fünfzig Schritte an das Gebäude herangekommen: ein Mann in mittleren Jahren in klatschnassem Shirt und Jogginghose, der von der schwarzen Flut wahrscheinlich auf seiner Couch überrascht worden war. Shao visierte seinen Kopf an, und ihr Finger berührte den Auslöser.

Das sind keine Menschen mehr, also schieß!

Sie schwenkte das Gewehr und suchte sich ein anderes Ziel.

Eine ältere, grauhaarige Frau in einem weißen Nachthemd.

Scheiße.

Wieder ein Schwenk. Ein Junge von fünfzehn, sechzehn Jahren.

Scheiße.

Eine blonde, ungelenk staksende Frau, unter deren Umstandskleid sich eine Wölbung abzeichnete.

Scheiße, nein!

Der Bauch der Schwangeren platzte auf, und heraus schoss ein mit einer spitzen Hornkralle besetzter Tentakel, der den Jungen neben ihr am Kopf traf und ihm das Genick brach.

Shaos Kugel ließ den Schädel der Schwangeren explodieren.

Sie schwenkte die Mündung in Richtung der alten Frau im Nachthemd, die gerade in zwei Teile zerfallen war und aus deren Innerem sich ebenfalls tentakelähnliche Gliedmaßen herausschoben. Drei, vier Projektile verwandelten den Leib der Alten in einen rosa Sprühnebel. Immer mehr der Menschen mutierten, und noch viel mehr rückten vom Ufer aus nach.

In der Tür hinter Shao erschien Tiernan und brüllte irgendwas. Sie schrie ihm zu, seine Stellung zu halten, während sie im Dauerfeuer einen Mutierten nach dem anderen erledigte. Die

Zombie-Dinger, die sich noch nicht verändert hatten, latschten seelenruhig neben den Verwandelten her. Offenbar entschied allein der Zufall, ob sie ebenfalls mutierten, von einem der Monster getötet wurden oder unversehrt die Klinik erreichten.

Oder einer Kugel zum Opfer fielen.

Wie durch Watte nahm Shao wahr, dass Conolly neben ihr ein zweites Fenster zerschoss und auf ein paar der Gestalten zielte, die sich aus seitlicher Richtung kriechend, rollend oder auf sehr viel mehr als zwei Gliedmaßen der Fassade näherten.

»Nur die Verwandelten«, schrie Shao zwischen zwei Feuerstößen.

Bill nickte und erledigte ein geiferndes Tentakelmonster, das den zerrissenen Leib eines alten Mannes hinter sich herschleifte. Er tötete noch drei weitere Mutationen, bis der Schlagbolzen der Smith & Wesson auf die leere Kammer traf.

Shao stellte die Verbindung zum Hubschrauber her. »Guv? Es sind zu viele, wir können sie nicht aufhalten.«

»Tun Sie, was möglich ist. Die Hubschrauber sind auf dem Weg.«

Tatsächlich hatten ein paar der Lichter über Abbey Wood ihre Position verändert. Sie kamen näher.

»Bill, laufen Sie nach vorne und holen Sie sich die Waffen von Briggs.«

»Was?«

»Das MCX, seine Schrotflinte und am besten auch die Pistole – schnell!«

Er stolperte davon.

Die Verwandelten waren bis auf zwanzig Yards rangekommen und strebten dem Haupteingang zu, wobei sie Shao direkt vor die Mündung liefen. Sie kam sich vor wie beim Tontaubenschießen.

Ein junger Mann, aus dessen Hüfte zwei Tentakel zuckten. Eine Frau um die sechzig, die mit dem Bauch nach oben vorbeigeschleift wurde, weil aus ihrem Rücken sechs oder sieben ungleiche Extremitäten wucherten. Ein Mädchen, um dessen

Arme und Beine ein Gewirr von Fangarmen zuckte. Shao zielte auf den Kopf des Mädchens, als dieser zur Seite kippte und sich von dem Hautsack löste, in den sich der Körper verwandelt hatte. Sie feuerte auf den Sack, der unter den Einschlägen zerplatzte wie ein überreifer Kürbis.

Shao kapierte, dass ihre Einschätzung falsch war. *Vergiss die Verwandelten! Die Unversehrten sind es, die die Schatten zu ihren Gefäßen erwählen werden! Schieß auf die Unversehrten!*

Sie konnte es nicht.

Ein Mann Mitte fünfzig stürzte unter ihrem Fenster zu Boden. Aus einer Wunde in seiner Brust hing die Lunge nach außen und flatterte unter seinen Atemzügen wie ein Blasebalg. Shao beendete seine Qualen mit einer Kugel. Noch fünf oder sechs Schüsse, dann würde auch das zweite Magazin der MP5 leer und die Waffe wertlos sein. Wo blieb Conolly? Sie erledigte zwei weitere Mutanten, warf einen Blick über die Schulter – und sah gerade noch, wie die Tür zum Korridor unter dem Ansturm der Wirtskörper zersplitterte. Der Erste, der sich durch das Loch in der Tür schob, war Bale. Tiernan riss die Waffe hoch, aber Bale war schneller. Die Garbe traf Tiernan in Brust und Kopf. Danach richtete Bale die Waffe auf Tiernans Helmlampe, die zerplatzte.

Im selben Moment wurde Bale herumgerissen. Shaos Kugel zerfetzte seinen Hals, und er sackte in der halbzerstörten Tür zusammen.

Shao sah, wie im Halbdunkel der Schatten aus ihm flüchtete. »Bill, wo sind Sie? Hier rüber!«

Bill sprang durch die Zwischentür.

Shao hechtete nach vorn, in Richtung ihres Helms, den sie neben Briggs abgelegt hatte. Im Sprung glaubte sie eine Berührung in ihrem Nacken zu spüren, aber vielleicht war das auch nur Einbildung. Im nächsten Moment bekam sie den Helm zu fassen und schaltete die Leuchte ein. Der Strahl glitt über die Tür, dann über die Wand und die Decke. Nirgendwo ein Schatten.

In der Zwischentür tauchte Bill auf, mit Briggs' Helm in der Hand.

»Tür zu, verbarrikadieren Sie sich!«, trieb Shao ihn zurück.

Bill gehorchte, als Shao aus dem Augenwinkel auch schon die Bewegung bemerkte. Der Schlag erwischte sie an der Schläfe. Der Helm rutschte ihr aus der Hand und über den Boden. Die Lampe erlosch. Im nächsten Moment fühlte sie Briggs' Gewicht auf ihrem Brustkorb, plus Weste plus das MCX in seinen Händen. Seine Augen waren tiefschwarz. Shao schlug ihm gegen die verwundete Schulter, so dass die Knochen darunter knackten, aber genauso gut hätte sie mit der Faust gegen eine Wand schlagen können.

Briggs öffnete röchelnd den Mund.

Nein. Nicht.

Im selben Moment flackerte die Lampe an ihrem Helm auf und tauchte Briggs' blutverschmierte Fratze in grelles Licht. Der Schatten, der seinen Mund gerade verlassen wollte, zog sich in den Rachen zurück. Der Druck des MCX auf ihren Hals nahm wieder zu.

»Der Schlüssel«, röchelte Briggs.

Fick dich!

Sie wollte die Worte ausspucken, bekam jedoch keine Luft. Panik übermannte sie. Aus Briggs wurde Jelly, der sie im Treppenhaus zu Boden drückte. Sein Gesicht verschwamm vor ihren Augen.

Der Schlüssel.

Sie fingerte ihn aus der Messerscheide und schleuderte ihn gegen die Wand, wo er klirrend zu Boden fiel.

Briggs ließ von ihr ab und kroch auf den Schlüssel zu.

Shao schnappte sich ihre MP5.

Briggs drehte sich um und hob das MCX.

Shao schoss ihm die letzte Kugel in den Kopf und sah noch, wie er gegen die Wand knallte und zu Boden rutschte, sah, wie der Schatten aus seinem Mund schlüpfte, dann erlosch ihre Helmlampe.

Scheiße, nicht jetzt!

Sie packte ihren Helm und schüttelte ihn.

Die Lampe flackerte auf.

Und erlosch wieder.

Eine Berührung an ihrem Hals.

Ein sanftes Streicheln, als der Schatten ihr Kinn hinaufhuschte.

Shao presste die Lippen zusammen, hielt sich die Nase zu – und spürte, wie der Schatten über ihre Wange glitt. Instinktiv fuhr sie sich über das Gesicht, versuchte, das *Ding* wegzuwischen, aber ebenso gut hätte sie versuchen können, einen Nebelschweif zu vertreiben. Ihr Herz hämmerte, ihre Lungen gierten nach Sauerstoff. Sie wälzte sich zur Seite, aber der entartete Magoi folgte ihrer Bewegung. Er klebte wie ein Klette auf ihrem Gesicht und lauerte darauf, dass sie den Mund öffnete.

Mit letzter Kraft stemmte sie sich auf die Beine.

Atme, oder du wirst ersticken.

Sie musste es tun.

Sie musste.

Musste.

Jetzt.

Die Tür wurde aufgerissen.

Bill Conolly. Der Schein seiner Helmlampe traf Shao wie ein Spot. Der Schatten huschte zur Decke. Conolly folgte ihm, und Shao sah, wie der Schatten von einer Ecke des Raumes zur anderen wischte. Aber er fand kein Versteck, ballte sich zusammen und verendete.

»Alles in Ordnung?«

»Ja.«

»Wirklich?«

»Ja, gottverdammt! Danke.«

»Keine Ursache. Ich hatte schon befürchtet, Sie wären …«

Hinter ihnen splitterte die Tür, und Bales Leiche stürzte zu Boden. Ihm folgten die blassen Gestalten der Pfleger.

Zwei von ihnen stürzten sich auf Shao, drei weitere auf Bill Conolly. Einer bückte sich nach dem Schlüssel.

Shao riss die MP5 hoch, gefolgt von einem Moment des Zögerns, da die Wirtskörper unbewaffnet waren.

Einem Moment.

Klick.

Ach ja.

Ein Schlag fegte ihr die MP5 aus der Hand, dann raste eine Faust auf ihre Schläfe zu und schaltete endgültig das Licht aus.

9 Fuller drückte sich mit dem Rücken an das kalte Fahrstuhlgitter und warf einen Blick zwischen seine Beine, wo er die drei Handgranaten sauber und griffbereit in einer Reihe platziert hatte. Das Pochen in seinem Oberschenkel war einer umfassenden Taubheit gewichen, die sein gesamtes Bein ergriffen und den Schmerz in eine entfernte Erinnerung verwandelt hatte.

»Shao?«

Keine Antwort.

Fuller schloss die Augen und lauschte auf Geräusche draußen auf dem Korridor. Aber die Schatten hatten sich zurückgezogen, als hätten sie beschlossen, ihm die Entscheidung zu überlassen, die unabwendbar war.

»Detective Shao? Hören Sie mich?«

Ihr Versprechen hatte ihm imponiert, obwohl sie natürlich beide gewusst hatten, dass sie es nicht würde halten können.

Als sie auch nach dem dritten Versuch nicht antwortete, unterbrach er die Verbindung und schaltete den Strahler aus. Mit ruhiger Hand griff er in der Finsternis nach der Granate, die ihm am nächsten lag. Den Splint fand er buchstäblich mit geschlossenen Augen.

Und zuckte zusammen.

War da ein Geräusch gewesen?

Nach drei Sekunden entspannte er sich wieder. Langsam

atmete er aus, zog den Splint aus dem Sicherheitsbügel und drehte den Unterarm, um die Granate aus der offenen Hand rollen zu lassen. Da packte etwas seine Faust und drückte den Bügel zurück in die Ausgangsposition.

Fuller ließ einen erstickten Seufzer hören. Eine Stimme, heiser und ganz nah an seinem Ohr.

»Es tut mir wirklich leid«, flüsterte Dr. Jeremias Brent, »aber wir brauchen den Fahrstuhl noch.«

10

Das dunkle, glitschige Ding umklammerte seine Rippen. Ein Knirschen, das im Fauchen der Luft um ihn herum unterging, als die Abbruchkante über ihm verschwand. Sinclair hatte das Gefühl, dass sein Körper in der Mitte durchbrach, als der Tentakel zurückschnellte und ihn auf den Grund des Kraters riss.

Alles um ihn herum drehte sich.

Aus den wirbelnden Blitzen schälte sich das Gesicht von Allan Spencer. Er sah aus wie ein Mensch, wenn man von den mächtigen Tentakeln absah, die aus seinem Rücken wucherten und in hornähnlichen Spitzen endeten. An einem von ihnen ließ er Sinclair baumeln wie an einer Angelrute.

Sinclair wollte die Granate auf ihn zu werfen, als ihm auffiel, dass seine Hand leer war. Sie musste ihm bei Spencers Angriff aus den Fingern gerutscht sein und lag jetzt womöglich oben an der Steilkante. Oder …

»Willkommen, John Sinclair!«

John drehte sich halb. Keine Chance, an das Knöchelholster mit der Glock zu gelangen. Aber vielleicht an den Silberdoch.

Spencer durchschaute ihn.

»Du bist nicht der rechtmäßige Besitzer der Karinna! Du verstehst es nicht einmal, sie richtig zu benutzen.«

Sinclair ließ den Arm sinken. »Wer seid ihr? Und was wollt ihr hier?«

»Der Kyvos wurde von seinem Platz entfernt. Das war der

Anfang. *Wir* sind der Anfang – und wir werden euer Ende sein.« Spencer verstärkte den Griff und holte Sinclair zu sich heran. »Du existierst unter uns, und du widerstehst uns. Also werden wir genau untersuchen, was du bist. Darum wirst du mit uns gehen.«

Aus dem Augenwinkel nahm Sinclair das Gewebe des Tors wahr, das im Schein der Lichtpunkte schimmerte. »Mit euch gehen? Ein bisschen spazieren, oder was?«

Er versuchte den nächsten Schlenker zu nutzen, um Spencer einen Tritt zu verpassen, aber der Tentakel, an dem er hing, schnellte blitzartig zurück.

Entweder jetzt oder nie!

Sinclair streckte sich nach der Messerscheide – als Spencer ihn mit einer halben Drehung auf den Kopf stellte. Sinclair spürte, wie der Dolch aus der Scheide rutschte und gegen seine Fingerkuppen schlug. Blind griff er zu und spürte den Griff zwischen seinen Fingern. Die Klinge durchtrennte den Fangarm wie Butter. Spencer stieß einen Schrei aus, der nichts Menschliches an sich hatte. Der Tentakel gab Sinclair frei, und er knallte mit der Schulter auf einen Felsvorsprung und landete zwei Sekunden später im Morast zu Füßen des Tores.

Jedes Glied schmerzte, als er sich auf den Rücken rollte und Spencers Tentakel wirbeln sah.

Wo war der Dolch?

Einer der Fangarme raste auf ihn zu.

Sinclair warf sich zur Seite und hechtete hinter ein Betonfragment, das aus einem der Hochhausfundamente herausgebrochen war. Die Deckung würde ihm nur einen winzigen Aufschub verschaffen, denn auch die Gewehre und der Rucksack lagen oben am Kraterrand. Nur die Glock im Knöchelholster war noch da. Sinclair riss sie heraus, federte hoch und feuerte die Hälfte des Magazins auf Spencer ab. Im Bruchteil einer Sekunde bildeten sich schuppenartige Hornplatten vor Spencers Brust, die die Kugeln abfingen. Querschläger jaulten in alle Richtungen.

Spencer wartete nicht ab, bis das Magazin leer war, sondern riss das Betonteil mit zwei Tentakeln in die Höhe und schleuderte es auf Sinclair.

11

»Shao … Hey, Shao.«

Schmerzen, dann Licht.

Gefolgt von Conollys Schneidezähnen in Großaufnahme.

Shao Kopf fühlte sich an, als hätte ihn jemand aufgebohrt und durch einen Trichter mit glühender Lava gefüllt. »Was ist passiert?«

»Die Dinger haben Sie ausgeknockt. Erst dachte ich, jetzt sind wir beide dran, aber dann sind sie einfach so wieder raus. Anscheinend wollten sie nur den Schlüssel.«

Ein eisiger Hauch, der über ihren verschwitzten Nacken wehte. Sie drehte den Kopf und stellte fest, dass sie sich im rückwärtigen Raum befand, unterhalb des zersplitterten Fensters, zusammen mit Bill. Das Licht seiner Helmleuchte schmerzte sie mehr als die Beule, die an ihrer Schläfe wucherte. Conolly hatte ein paar Kisten aus den Schränken gezogen und mehr schlecht als recht versucht, die Zwischentür zu blockieren. Lässig nahm er auf ihnen Platz und spielte mit der Smith & Wesson in seiner Hand. Wahrscheinlich hätte er sie sich in die Hose geschoben wie John Wayne, falls er eine angehabt hätte.

»Ich hab sie hier reingezogen und die Tür dichtgemacht, wie Sie gesagt haben. Schätze, die Typen sind wir erst mal los.«

»Wie lange war ich weg?«

»Weiß nicht. Eine Minute? Zwei?«

Sie stemmte sich hoch und warf einen Blick aus dem Fenster. Der Rasen war übersät mit Überresten der Verwandelten. Zwischen ihnen torkelten immer noch Zombies in Richtung Klinikeingang, und weitere krochen über die Böschung am Ufer.

Wir können sie immer noch aufhalten.

Sie stellte die Verbindung zu Fuller her. »Sarge, hören Sie mich?« Keine Antwort. »Sarge?« Sie wandte den Kopf. »Haben Sie was gehört? Sind die Handgranaten explodiert?«

»Was für Handgranaten?«

Shao schüttelte den Kopf. Also war Fuller im letzten Moment aufgehalten worden. »Okay, hoch mit Ihnen.«

»Was?«

Sie schob ihn zur Seite und fing an, die Kisten von der Tür wegzuräumen.

»Hey, hey, einen Moment. Was wird das?«

»Ich geh rüber zum Fahrstuhl und leg das Ding lahm.«

»Rüber? Sie meinen, über den dunklen Gang und so, während diese Besessenen Ihnen Spalier stehen?«

»Was würden Sie denn vorschlagen? Ich bin ganz Ohr.«

»Ich würde vorschlagen, dass wir hier sitzen und darauf warten, dass Ihre Kollegen uns raushauen!«

»Unsere Kollegen? Wen meinen Sie damit? Etwa Fullers Team, das genauso aufgerieben wurde wie wir?«

»Nein, ich meine die Kollegen *da draußen*! Ich meine, irgendein Trupp ist doch bestimmt schon unterwegs hierher, oder?« Seine Stimme hatte bei den letzten Worten an Sicherheit verloren.

So viel zum Thema Wild Bill.

Sie wollte den letzten Karton wegziehen, doch er trat ihr in den Weg.

»Jetzt hören Sie doch mal zu, Detective. Sie sind völlig durcheinander.«

»Gehen Sie von der Kiste weg.«

»Ich meine, alle Achtung, was Sie bis hierher geleistet haben, aber ich für meinen Teil hab diese Woche nicht überlebt, um mich kurz vorm Morgengrauen von einem Haufen mutierter Viecher auffressen zu lassen!«

»Darum bleiben Sie ja auch hier. Sicher verbarrikadiert hinter Ihren Kisten. Ich kümmere mich um den Rest.«

Er lachte auf, sah sie an und verstummte. »Sie meinen das ernst, wie? Haben Sie denn einen Plan? Ich meine, irgendeinen Plan, der über Ich-geh-da-rüber-und-baller-sie-alle-weg hinausgeht?«

Sie räumte die letzte Kiste zur Seite. »Fuller hat sich nicht mehr gemeldet, was bedeutet, er wurde entweder übernommen oder getötet, bevor er die Granaten zünden konnte. Ich hoffe auf Letzteres, denn dann befinden sich die Granaten noch irgendwo da unten in der Nähe des Fahrstuhls.«

»Sie wollen in den Keller? Durch den Fahrstuhlschacht? Das ist doch verrückt!«

»Ich muss nur in den Hausmeisterraum im Erdgeschoss. Da finde ich alles, was ich brauche.«

»Der Hausmeisterraum, aha. Ich kapier gar nichts.«

»Ich nehm Tiernans MCX mit, zusammen mit Briggs' Munition. Das macht insgesamt mindestens zwei Magazine. Und meine Helmleuchte.«

»Sie meinen die, die kaputt ist?«

Sie nahm den Helm ab und schlug mit der Hand dagegen. Die Lampe leuchtete auf. »Geht doch.«

»Sehr witzig.«

Sie überprüfte die Batterie und oberflächlich die Verkabelung im Gehäuse. Keine Spur von einem Wackelkontakt. Sie setzte den Helm auf und schaltete die Lampe aus. Und wieder ein. Und wieder aus.

»Das ist doch Wahnsinn! Ich geb Ihnen einfach meine Lampe, und …«

»Ich brauch nur ein paar Minuten runter und wieder rauf. Sie müssen vielleicht noch ein paar Stunden hier rumhocken.«

Er hob die Hände. »*Nein-nein-nein-nein.* Ich meine, das ist doch unlogisch! Wenn Sie die defekte Leuchte mitnehmen, dann könnte es doch passieren, dass …« Er stockte und blinzelte. »Sie glauben, dass Sie sowieso nicht zurückkommen, oder?«

Sie legte die Hand auf den Türknauf und erstarrte, als sie

das Geräusch der Elektromotoren vernahm. Die ersten Zombie-Dinger waren also beim Fahrstuhl eingetroffen, und die Schatten brachten sie in Gruppen nach unten.

»Leuchten Sie mir und geben Sie mir Feuerschutz, und anschließend schieben Sie die Kisten wieder vor die Tür.«

Er seufzte. »Aye, Lady.«

Sie öffnete die Tür. Bills Leuchte schnitt einen Lichtkeil in die Finsternis des Vorraums. Sie überprüfte Tiernans Gewehr, nahm ihm seine Munition ab und stieg anschließend über die Leiche hinweg, um sich Briggs' MCX zu holen. Zwei Ersatzmagazine an seinem Gürtel, machte drei zusammen mit dem in Tiernans Karabiner. Sie steckte sie ein und überprüfte anschließend Briggs' Waffe. »Rein, raus. Sehen Sie, ist ganz einfach. Und hier stellen Sie von Einzel- auf Dauerfeuer um. Alles klar?«

Sie drückte ihm das Gewehr in die Hand.

»Sie wollen mir sagen, ich soll noch ein paar von den Mutationen erledigen?«

»Vergessen Sie's, das sind zu viele. Das Ding ist für den Fall, dass jemand anders als ich durch diese Tür reinkommt.«

Bill wischte sich den Schweiß aus dem Gesicht und nickte.

Sie schenkte ihm ein letztes, aufmunterndes Lächeln und zwängte sich durch die zerstörte Flurtür. »Bis gleich.«

»Klar.«

12

Sinclair sah den Schatten auf sich zurasen und warf sich nach hinten. Einen Wimpernschlag später bohrte sich der Betonklotz vor ihm in den Boden. Schuttsplitter flogen ihm um die Ohren, dann folgte die Staubwolke, die ihm erneut Deckung gab. Ein Tentakel, das durch den Schleier tastete und um Haaresbreite an Sinclair vorbeiwischte. Leise erhob er sich und hetzte geduckt auf das Loch im Fundament zu – als er mit dem Fuß gegen etwas Schwarzes stieß, das mit einem Knirschen über die Splitter rollte.

Sinclair brauchte einen Moment, um zu realisieren, dass es die Granate war, um deren Bügel sich immer noch das Kapuzenband spannte.

Er hob sie auf und sprang zurück, als sich die Hornspitze eines Fangarms vor ihm in den Boden bohrte. Mit einem Satz war er im Inneren des Kellers. Ein offener Durchgang am Ende des Raumes, der in ein halb aufgerissenes Treppenhaus führte. Sinclair nahm zwei, drei Stufen auf einmal und warf einen Blick über die Schulter. Spencer war nicht zu sehen, aber er vernahm, wie irgendetwas gegen die Fassace schlug und weitere Stücke aus der Betonwand sprengte. Im Laufen zog Sinclair das Kapuzenband um die Granate so fest wie möglich und verstaute sie im Rucksack. Atemlos hetzte er die Stufen zum nächsten Stock hinauf, in dem ein Korridor nach rechts abknickte und in einen Raum führte, dessen Außenwand zur Hälfte verschwunden war. Das Loch in der Fassade bot einen freien Blick auf den Krater und das Tor – und auf Spencer, der sich entschlossen hatte, den Weg über die Fassade zu nehmen und mit insektenähnlichen Beinen über die Betonwand kletterte. Zwei Fangarme schwangen in Sinclairs Richtung, der den Kopf zurückzog und auf dem Absatz kehrtmachte.

Die nächste Treppe hoch, dann über einen Korridor tiefer in das Halbdunkel des Baus hinein, in dessen Wänden es knirschte und rumorte, als ob gewaltige Kräfte an ihnen zerrten. Irgendwo unter sich vernahm er, wie Spencers Körper den Durchgang zum Korridor sprengte. Die Tentakel klatschten auf die Stufen. Sinclair rannte eine halb eingestürzte Etage entlang, sprang über Stahlträger, die aus der Decke gebrochen waren, und erreichte einen leeren Schacht, der vielleicht einmal einen Aufzug aufnehmen sollte und zwei Etagen unter ihm endete. Sinclair blickte in die Höhe und nahm irgendwo weit über sich einen scharlachroten Schimmer wahr. Dazwischen die schwachen Umrisse von Durchbrüchen auf den einzelnen Ebenen, die sich wie Steiglöcher eines Riesen übereinanderreihten. Keine Aufzugseile, keine Träger.

Im nächsten Moment splitterte der Beton hinter ihm, und zwei Tentakel bahnten sich einen Weg durch den Schutt, tasteten umher.

Blieb nur noch der Schacht.

Sinclair schnallte den Rucksack enger, hielt sich mit den Händen an der Kante fest und ließ sich in den Schacht gleiten. Immer noch fünf oder sechs Yards bis zum Grund unter ihm. In diesem Moment brach Spencer in einem Regen aus Betonsplittern endgültig durch die Wand.

Sinclair ließ sich fallen.

13

Dunkelheit umfing sie, und Scherben knirschten unter ihren Schuhen. Shaos Helmleuchte zerrte die Umrisse der zersplitterten Treppenhaustür aus der Finsternis. Durch die Tür hinter sich vernahm sie, wie Conolly fluchend die Kisten aufeinanderstapelte.

Er hatte recht. Der Plan, den sie sich zurechtgelegt hatte, war Wahnsinn, und zwar nicht nur, weil sie schnell sein musste, damit er in Erfüllung ging. Allerdings, *wenn* er in Erfüllung ging, würde den Zombie-Dingern der Weg zum Tor endgültig versperrt sein.

Leise schlich sie die Treppe hinunter und näherte sich der Mauerkante, als die Helmlampe erneut ausfiel.

Dieses verfluchte Scheißding. Shao vernahm ihren eigenen Atem und schlug gegen den Helm. Die Lampe ging wieder an.

Und sofort wieder aus.

Ruhig Blut. Du hast gewusst, dass das passieren kann. Also gib nicht auf. Nicht so kurz vor dem Ziel.

Du wirst sterben, wenn du nicht umkehrst, wisperte eine zweite Stimme in ihrem Kopf. *Ziemlich dämlich, so kurz vor dem Ziel.*

Und dann war doch noch Powell, der sich in die Unterhaltung mengte.

»Shao, hören Sie mich?«

Jetzt nicht, Guv.

»Falls Sie mich hören. Ich hoffe, Sie haben Fuller gefunden und sich mit Conolly und ihm gut verbarrikadiert. Erledigen Sie meinetwegen noch ein paar von den Verwandelten auf der Wiese, aber das hat keine Priorität, denn die Armee rückt gerade mit schwerem Gerät an.«

Gut zu wissen, aber leider zu spät für die, die schon drin waren.

»Ich wiederhole: Das Ausschalten der Mutationen hat keine Priorität mehr. Verbarrikadieren Sie sich irgendwo, wo Sie sicher sind, und warten Sie gemeinsam darauf, dass ...«

Sie riss sich den Hörer aus dem Ohr, so dass Powells Stimme nur noch ein leises Wispern in der Stille war.

Der nächste Schritt. Stufe für Stufe schlich sie voran, auf eine Bewegung in unmittelbarer Nähe lauernd, auf ein lautloses Streichen über ihren Nacken oder ihre Kehle.

Da ist nichts.

Kein Schatten.

Die sind alle beim Fahrstuhl oder schon unten im Keller.

Also – geh – weiter.

Aber es war, als hätte sie ihre Beine frisch aus der Tiefkühltruhe geholt. Jeder verfluchte Muskel wollte offenbar einzeln aufgefordert werden, sich zu bewegen.

Die nächste Stufe.

Die übernächste.

Die Hälfte der zweiten Halbtreppe war geschafft, als sie von unten die dumpfen Schritte auf dem Korridor von Station A vernahm. Sicherlich wurden sie von den Schatten zum Fahrstuhl gebracht, also lauerte vermutlich einer der Magoi an der Tür zum Hausmeisterraum. Plus ein paar von ihnen drinnen, direkt vor dem Fahrstuhl.

Die vorletzte Stufe.

Die letzte.

Sie lugte um die Ecke und erblickte hinter der Glastür die Silhouetten von fünf oder sechs von den Zombie-Typen. Ein

Mann in einem klitschnassen Strickpulli, der zerriss, als sich ein Tentakel daraus hervorgrub, dessen Gewicht den Mann zu Boden drückte. Die verhornte Spitze durchbohrte eine Frau, die hinter dem Mann ging. Keiner der anderen kümmerte sich um die beiden »Sterbenden«.

Die 4,5-mm-Munition aus dem MCX konnten sie allerdings nicht mehr ignorieren. Die Scheiben der Glastür zerbarsten unter der Garbe, und die Zombies zuckten im Stroboskopgewitter der Mündungsblitze. Shao mähte die erste Reihe nieder, dann die zweite. Dann die dritte. Sie wechselte das Magazin und feuerte weiter, bis der Gang bis zum Ende hin angefüllt war mit Leichen.

Kein Schatten, der aus irgendeinem Körper floh.

Ein Atemzug in der Stille, dann schob sie das letzte Magazin ein, sprang durch die zerborstene Scheibe und durch die Tür in den Hausmeisterraum. Die nächste Garbe, wobei sie darauf achtete, den Gasflaschen unter der Werkbank nicht zu nahe zu kommen. Keines der Dinger, die vor dem Fahrstuhl standen, wehrte sich, keiner versuchte zu fliehen, als hätte die schwarze Flut sie in seelenlose Roboter verwandelt.

Nein, nur in perfekte Gefäße.

Unmittelbar vor der Kabine drei Pfleger in Weiß, von denen einer gerade den Schlüssel im Schloss des Bedienfeldes drehen wollte. Die beiden anderen flüchteten in die Kabine. Shao nagelte sie an die Rückwand. Der dritte sackte auf der Schwelle zusammen. Die Schatten flohen aus den sterbenden Körpern und huschten auf Shao zu, aber die Mündungsblitze hielten sie auf Distanz. Shao presste die Fingerkuppe auf den Abzug, als wäre sie mit dem Metall der MCX verschweißt: dreieinhalb Sekunden, bis alle dreißig Kugeln ihres letzten Magazins verfeuert sein würden, aber Shao kam die Zeitspanne wie eine Ewigkeit vor.

Die letzten Sekunden deines Lebens. Sobald das Mündungsfeuer erlischt, werden die Schatten dich …

Dann war es so weit.

14 Sinclair versuchte, den Aufprall abzufedern, trotzdem war es, als ob seine Fußknöchel von einer Gasfeder zusammengepresst würden. Er ließ sich über den Rucksack abrollen – und dachte flüchtig an die Granate darin. Da er eine Sekunde später immer noch an sie denken konnte, bedeutete das wohl, dass das Band gehalten hatte.

Er riss den Rucksack hoch und schob ihn sich wieder über die Schulter. Von oben rieselten Betonsplitter herab, als Spencers Tentakel sich durch die Öffnung schoben und nach Halt suchten. Zwei Sekunden später erschien Spencers Gesicht im Durchgang.

»Ich hatte nicht vor, dir weh zu tun.« Er klang nicht spöttisch, eher ein wenig gelangweilt. »Vielleicht können wir das Spiel abkürzen?«

Sinclair reagierte nicht, sondern setzte den Fuß auf die Unterkante des Durchbruchs, die in Hüfthohe neben ihm verlief. Es war, als ob eine Stichflamme über seinen Fußknöchel leckte. Keuchend schob er sich durch das Loch und torkelte, halb rennend, halb humpelnd, durch einen Gang, dessen linke Seite weggebrochen war und wieder den Blick in den Krater ermöglichte.

Das Tor unter dem scharlachroten Himmel über der Krateröffnung hatte sich verändert. Die Masse hatte sich aufgebläht und spannte sich wie eine Eiterblase über den Kraterboden. Aus der Öffnung in der Mitte stoben Fontänen von Lichtpunkten – als ob sich etwas mit Druck von der anderen Seite seinen Weg bahnte.

Ein Rumpeln und Krachen hinter ihm, als Spencer auf dem Grund des Schachts landete. Im nächsten Augenblick erschien der schmächtige Körper des ehemaligen Dekans der Archäologischen Fakultät auf dem Gang. Die Tentakel waren verschwunden. Spencer wusste, dass er ein verwundetes Tier jagte. Und die Zeit war auf seiner Seite, da das Tor offenbar kurz davor stand, sich zu öffnen.

Sinclair verfeuerte die restlichen Patronen der Glock.

Spencer fing sie mit Leichtigkeit ab. »Wie lange möchtest du diese Farce noch fortsetzen?«

Nun, solange sein Körper durchhielt und er die Hoffnung auf Rettung noch nicht vollständig aufgegeben hatte.

Oder sagen wir lieber: die Illusion.

Der Gang bog ab und führte zurück ins Gebäude. Ins Dunkel. Die Flammen in seinem Knöchel loderten jetzt hoch bis zu den Knien. Rechts und links leere, fensterlose Räume, die in Finsternis versanken. Keine Durchgänge, keine Chance, sich irgendwo zu verstecken.

Ein Gebäude ohne Fenster? Das ist so widersinnig wie alles andere hier.

Der Gang führte immer tiefer in die Dunkelheit, die ihm vielleicht ein wenig Schutz bieten würde – und mündete in einen letzten Raum. Auch hier nichts als glatte, kahle Betonwände, die in der Finsternis kaum zu erkennen waren.

Er saß in der Falle!

»Siiinclair …!«

Spencer ließ sich Zeit, als genieße er die Angst, die in Sinclair hochkroch, während die Schritte in dem finsteren Gang näher kamen.

Sinclair nahm den Rucksack ab und stellte ihn neben sich auf den Boden.

Das Tor würde er nicht mehr zerstören, die Schatten nicht mehr aufhalten können, aber vielleicht bekam er wenigstens die Möglichkeit, Spencer mitzunehmen. Er tastete nach seiner Helmlampe und war selbst überrascht, dass sie noch ging. In ihrem Schein schnürte er den Rucksack auf. Auf dem Boden schimmerte die Granate.

»Versteckst du dich vor mir? Das ist unsinnig, denn die Dunkelheit nützt dir nichts. Ich sehe dich trotzdem.«

Die Schritte waren jetzt höchstens noch dreißig Yards entfernt. Sie wurden begleitet von einem Rascheln und Schmatzen, so dass Sinclair vermutete, dass Spencer erneut seine Tentakel ausgefahren hatte.

Oder seine Insektenbeine.

Oder oder.

Er nahm den Helm ab und legte ihn hinter sich auf den Boden, so dass der Raum einigermaßen ausgeleuchtet war.

Die Granate fest umklammert, stand er auf und erwartete Spencer.

»Oh, du hast uns sogar Licht gemacht.«

Spencer trat aus der Dunkelheit des Ganges in den Lichtkegel. Er sah ganz normal aus. Nichts deutete auf die Mutation hin, die ihn bis eben verfolgt hatte.

Sinclair spürte, wie der Boden unter seinen Füßen vibrierte. Eine Erschütterung rollte durch das Gebäude, und ein Geräusch wie von zerreißendem Schaumstoff zerrte an seinem Trommelfell.

Spencer breitete die Arme aus. »Es ist geschafft! Der Durchgang ist offen. Komm mit mir, John Sinclair, und lass uns gemeinsam herausfinden, wer du bist.«

Danke, kein Bedarf.

Spencer las ihm die Antwort offenbar von den Augen ab. Ein Ruck ging durch seinen Körper. Jeweils drei Tentakel schossen rechts und links aus seinem Rumpf. Zunächst nur wenige Yards lang, züngelten sie über den Beton. »Weißt du, es gibt nichts zu gewinnen. Denn ob ich dich lebendig oder tot mit mir nehme, spielt an dem Ort, der auf uns wartet, keine Rolle.« Sein Hemd riss auf, und in seinem Bauch wurde ein klaffendes, mit Zähnen besetztes Maul sichtbar.

»Meine Güte, du bist wirklich hässlich.«

Spencer erwiderte sein Lachen – und ließ die Tentakel vorzucken!

Sinclair ließ sich fallen und rollte zur Seite. Die Tentakel klatschten über ihm gegen die Wand. Sinclair ignorierte den Schmerz in seinem Knöchel – den Schmerz überall! – und hechtete auf Spencer zu.

Spencers Blick verfolgte ihn, und zunächst begriff er die Gefahr nicht – dann erfasste er die Granate. Schneller als Sinclair reagieren konnte, wischten die Tentakel auf ihn zu und umklammerten seine Hand wie eine Schraubzwinge – als sich über Spencer die Decke veränderte!

Aus dem Beton löste sich ein Kopf.

Gefolgt von einem Oberkörper mit zwei Armen.

Hartley!

Er packte den Professor am Hals und riss ihn in die Höhe.

In die Decke.

Spencers Kopf verschwand darin, und die Tentakel zuckten wild umher. Der Griff um Sinclairs Hand löste sich, und einen Herzschlag später bohrten sich die hornbesetzten Fangarme in die Stelle hinter Spencer, aus der Hartleys Oberkörper herabragte.

»Los, worauf warten Sie!«

Es war Hartley, der geschrien hatte, abgehackt, keuchend, weil die Tentakel durchbohrt hatten, was von seinem Leib noch übrig war.

Sinclair sprang vor und warf die Granate in das schäumende Maul. Reflexartig schnappten die Zähne zu und mahlten aufeinander. Die Tentakel lösten sich aus der Wand und züngelten durch die Luft. Sinclair tauchte unter ihnen und unter Spencer hindurch und stolperte zurück auf den Gang.

Er wusste, dass er nicht schnell genug sein würde.

Nicht mit dem verletzten Fuß.

Aber er wollte es wenigstens versuchen.

15

Klick.

Shao ließ das Magazin ausrasten und zog ein Neues aus dem Gürtel, damit rechnend, dass jede Sekunde etwas Schwarzes über ihr Gesicht, ihre Lippen, ihre Nase huschte und …

Sie hielt inne.

Die Helmlampe! Sie musste irgendwann während des Dauerfeuers wieder angegangen sein!

Sie entdeckte zwei der Schatten schräg neben sich an der Wand und folgte ihnen mit der Lampe. Die Schatten wischten auseinander, um dem Lichtkegel zu entkommen. Der Fluchtweg des ersten endete an der Wand. Er zuckte hin und her, und Shao folgte ihm mit dem Lichtstrahl bis in eine Ecke des Zimmers, aus der er nicht mehr entkommen konnte. Seine Bewegungen wurden langsamer, er zog sich zusammen und zerfaserte.

Tschüs, Dreckstück.

Der zweite und der dritte Schatten waren nirgends zu sehen.

Von irgendwo draußen das Dröhnen der Helikopter. Dumpfe Schüsse aus Maschinengewehren.

Und Schritte draußen auf dem Gang.

Die nächsten Zombies, erst am Anfang des Korridors, aber Shao rannte trotzdem zurück, warf die Tür zu und schob Phil Mulligans Schreibtisch davor. Zwischen den Leichen auf dem Boden suchte sie nach Kelly, Gallagher und Kershaw, nahm ihnen die Magazine ab und schob eins, das voll war, in die Arretierung des MCX.

Atmete einmal durch.

Und rannte zurück zu den Propangasflaschen unter der Werkbank. Mit fliegenden Fingern öffnete sie einen Verschluss nach dem anderen, warf die Flaschen zwischen die Leichen in der Fahrstuhlkabine und drehte den Schlüssel, so dass sich die Kabine ruckelnd in Bewegung setzte. Ihr Plan hätte auch ohne Schlüssel funktioniert, weil das Gas, das schwerer als Luft war, bereits durch die Gitterstäbe und die Ritzen des Kabinenbodens nach unten strömte, aber scheiß drauf, so ging es auf jeden Fall schneller.

Shao sah der Kabine nach, wie sie vor ihr in der Tiefe verschwand, während hinter ihr etwas schwer gegen die Tür krachte. Aber noch hielt der Schreibtisch.

Der Fahrstuhl erreichte das erste Kellergeschoss, als ein weiterer Schlag gegen die Tür, noch heftiger als der erste, Shao zusammenzucken ließ.

Das Licht auf ihrer Stirn erlosch.

Sie schlug reflexartig gegen den Helm.

Ein Mal, zwei Mal.

Die Lampe blieb aus.

Shao riss dass Gewehr hoch und zielte dorthin, wo sie unter sich schemenhaft die Seitenwände der Kabine wahrzunehmen glaubte, als sie eine Berührung im Nacken spürte. Sie zuckte zur Seite und ließ in einem Reflex das Gewehr fallen. Hielt sich die Nase zu und presste die Lippen zusammen. Bückte sich und tastete mit der anderen Hand nach dem Gewehr.

Ein Schatten huschte über ihr Gesicht.

Shao warf sich zurück, kugelte über den Boden und stieß gegen den Schädel eines Toten, dessen Kleider staubtrocken und dessen Haut ledrig, fast mumifiziert war. Phil Mulligan. Sie erinnerte sich daran, wo er gelegen hatte, und sprang empor. Die beiden Schatten folgten ihrer Bewegung, huschten über ihre Kehle, aber da hatte sie schon die Hand am Sicherungskasten und riss die Klappe auf. Der Hauptschalter, der Hauptschalter, der Hauptschalter! Einer der Schatten kroch über ihre Lippen, tastete über ihren Nasenrücken, ihre Augen und am Gummizug ihres Schutzanzugs entlang, um durch eine Lücke zu ihren Ohren zu gelangen.

Fand eine.

In dem Augenblick, als sie den Hauptschalter erwischte.

Das Deckenlicht flammte auf.

Die Schatten zuckten zurück, schafften es aber nicht mal mehr bis zum Schreibtisch.

Die Tür zersplitterte unter dem Ansturm der Zombies. Der Schreibtisch wurde emporgehoben und kippte zur Seite weg. Dahinter jede Menge bleicher Gesichter und Tentakel, die näher kamen.

Shao stolperte zum Fahrstuhl, riss das MCX hoch und richtete die Mündung mit bebenden Fingern auf den schmalen Spalt zwischen den Stahlstreben des Aufzugsschachts und der Gitterwand der Kabine.

Dauerfeuer.

Sie hielt den Finger auf den Abzug gepresst, bis irgendeiner der exakt dreißig Querschläger Funken schlug.

16

Die Druckwelle schleuderte Sinclair durch den Korridor.

Begleitet von Splittern und Fleischfetzen, knallte er auf den Boden und überschlug sich, bevor sich eine Staubwolke über ihn hinwegwälzte und jede Wahrnehmung auslöschte.

Stille.

Gefolgt von einem durchdringenden Sinuston, der sich irgendwo in seinen Gehirnwindungen einnistete und jedes andere Geräusch verschluckte.

Seine Handflächen schabten über Schutt und Gestein. Blut an den Fingern, Staub in der Lunge. Röchelnd kämpfte er sich auf die Beine und wankte in Richtung des scharlachroten Schimmers, bis er den aufgerissenen Teil des Ganges erreichte.

Das Bild, das sich ihm bot, ließ ihn erstarren.

Die graue Masse des Tors hatte sich verfärbt und wirkte jetzt wie lebendes Gewebe, das von pulsierenden, adergleichen Gewächsen durchzogen wurde. In der Mitte war es aufgeplatzt und offenbarte ein finsteres Loch, aus dem *Schatten* nach oben strömten, die wie ein Schwarm Vögel ihre Kreise durch das Kraterinnere zogen – und sich auf die Menschen stürzten, die plötzlich aus dem Fundament der Rainham-Recovery-Klinik strömten.

Sinclair begriff.

Die Gefäße!

Ein Lichtreflex im Augenwinkel.

Auf dem Boden des Kraters, nur wenige Schritte vom Tor entfernt, blitzte ein länglicher, metallischer Gegenstand im Schein der Lichtpunkte, die den Flug der Schatten begleiteten.

Der silberne Dolch, den er im Kampf mit Spencer verloren hatte!

Sinclair kletterte aus dem Gang und rutschte einen Berg aus Schutt hinab, der aus der Fassade gebrochen war. Als er unten ankam, schien sein linker Fuß zu explodieren. Stöhnend sank er auf die Knie und kroch auf den Dolch zu, den Spencer als »Karinna« bezeichnet hatte.

Er hatte sich ihm bis auf Armeslänge genähert, als er die Linienmuster erkannte, die über die Klinge huschten.

Shaos Worte kamen ihm in den Sinn.

Da verschwamm der Dolch vor seinen Augen, während sich einige der Schatten aus dem Strom lösten und ihn umwirbelten! Abermals versuchten sie, in ihn einzudringen. Sinclair versuchte seinerseits den Schmerz zu ignorieren und tastete nach dem Dolch. Ein unhörbarer Schrei klang *in seinem Kopf* auf, und in der nächsten Sekunde zog sich der Schatten aus seinem Rachen zurück. Auch die anderen entarteten Magoi flohen, und es war, als hallte der Schrei, den Sinclair zunächst nur in Gedanken wahrgenommen hatte, vielstimmig durch den Krater.

Einige der Menschen, die bereits von einem Schatten besetzt waren, wandten sich Sinclair zu – als er endlich den Dolch unter seinen Fingern spürte. Es durchfuhr ihn wie ein Stromschlag, denn die Waffe schien sich in flüssiges Feuer zu verwandeln, das durch seine Haut sickerte und seine Adern, seine Nervenbahnen durchrann!

Sinclair hatte das Gefühl, seinen Körper zu verlieren – weil eine fremde Kraft von ihm Besitz ergriff, ihn emporhob und in Richtung des Tors schleuderte!

Sein Arm, der auf einmal mit dem Dolch verwachsen war, pflügte wie eine riesige Klinge durch die Reihen der von Schatten besetzten menschlichen Gefäße, die seinen Weg kreuzten. Blut spritzte, Gliedmaßen flogen davon. Es war, als *wäre* er der Dolch, als hätte er sich die geheimnisvollen magischen Kräfte zu eigen gemacht, die in Wahrheit ihn beherrschten und zu einer Waffe umformten, deren Kraft und Wirkung er sich nicht im entferntesten hätte vorstellen können. Die Schatten flohen aus den zerstörten Gefäßen, flohen *vor ihm*, als er in das Zentrum des Tors eintauchte.

Schwärze umfing ihn.

Und Stille.

Und in seinem Innern glomm etwas auf.

Ein Gefühl.

Ein Gedanke.

Ein Wort.

... Mutter?

In derselben Sekunde verblasste seine Wahrnehmung in einem gleißenden, hellweißen Feuer, das das Tor einhüllte und fraß.

17

Aus der Ferne wirkte die Silhouette friedlich. Friedlicher jedenfalls als Powell, der am liebsten aus dem Helikopter gesprungen wäre, noch bevor dieser auf dem Parkplatz vor dem Klinikgebäude aufsetzte.

Der Transporter von Shaos Team stand verwaist auf dem Asphalt.

»KF-239 an KF-854«, brüllte er gegen den Lärm der Rotoren an, während er sich im Laufschritt dem Eingang näherte. »Shao, verdammt nochmal, hören Sie mich?«

Keine Antwort.

Dasselbe bei Sinclair, von den beiden SCO19-Teams und ihren Kollegen, die sie offenbar zuvor in Abbey Wood verloren hatten, ganz zu schweigen.

Sie sind alle tot.

Erschöpft verfolgte Powell, wie die Transporthubschrauber der Army landeten. Vierzig, fünfzig Mann in Kampfmontur, die im Zwielicht an ihm vorbeihuschten und sich über das Gelände verteilten. Fünf Minuten später war das Klinikgebäude komplett in Flutlicht getaucht. Drei Dutzend der Soldaten drangen mit LED-Strahlern ins Innere vor.

Powell zündete sich eine Chesterfield an und folgte ihnen in den erleuchteten Korridor.

Registrierte die Leichen der »Schlafwandler« auf dem Flur. Keine erkennbare Todesursache. Von der schwarzen Flut, die sie kontaminiert hatte, war nichts mehr zu sehen.

Einige von ihnen hatten sich verwandelt und ihre Begleiter mit hornbesetzten Tentakeln durchbohrt, doch die meisten waren an … *was* gestorben?

Es wirkte, als wären sie einfach zusammengebrochen.

Während die Soldaten in den Nebenzimmern die Patientenleichen aufstöberten und schließlich im Schwesternzimmer auch die ersten Opfer aus dem *Specialist Firearms Command*, folgte Powell der Spur der Leichen bis zum Hausmeisterraum von Phil Mulligan, in dem sie sich zu einem regelrechten Berg türmten.

Ein Berg, der eine zierliche, durchtrainierte Frau verschluckt und davor bewahrt hatte, den Flammen zum Opfer zu fallen, die das Stahlskelett des Fahrstuhlschachtes geschwärzt hatten.

Powell drückte die Chesterfield an der Türzarge aus und winkte die Sanitäter, die den Soldaten folgten, zu sich.

18

Stimmen.
Gesichter.
Hände.

Irgendjemand, der sie packte und von der tonnenschweren Weste befreite. Und den Leichen. Den Schutzanzug aufschnitt und sie auf eine Trage verfrachtete.

Dann wieder Dunkelheit.

In der keine Schatten mehr warteten.

Stattdessen nur

Ruhe

Schweigen.

Es dauerte ewig, vielleicht hundert Jahre, und was Shao anging, hätte es gern auch *noch* länger dauern dürfen, aber die Stille wurde schließlich zunichtegemacht vom Knistern einer Cellophanverpackung.

Shao öffnete die Augen.

Graue Schläfen, grauer Anzug, graues Gesicht.

»Guv?«

Das Geräusch, mit dem Powell das Zellophan zusammendrückte und in der Hosentasche verschwinden ließ, vermengte sich in Shaos Kopf mit dem Fauchen der Flammen, die den Fahrstuhlschacht hochschossen, und mit der Druckwelle, die sie zurückgeschleudert hatte in die weiche Masse der Zombie-Dinger, deren Tentakel nach ihr züngelten und … und …

»Wie …« Sie schnaufte und presste die Luft durch ihre Kehle für einen zweiten Versuch. »Wie lange …?«

Powell schob sich die geschlossene Packung in die Hemdtasche, und Shao stellte sich vor, wie er sie hervorriss, sobald er durch Haupteingang des Krankenhauses nach draußen getreten war. »Sie meinen, wie lange Sie bewusstlos waren? Kommt drauf an, Sie sind zwischendurch ja ein paamal aufgewacht. Insgesamt zwei Tage. Ich schätze, Sie können von Glück sagen, dass Sie *weich* gelandet sind – und dass die Damen und Herrn mit den Tentakeln aufgrund ihres plötzlichen Ablebens keine Lust mehr verspürten, Sie durch den Wolf zu drehen.«

Die Zombie-Dinger, die in den Raum gedrängt waren.

»Also hat Sinclair … Erfolg gehabt?«

»Das wäre möglich.«

Ihr Schädel fühlte sich groß an. *Zu* groß. Sie fand, dass es in der Stille angenehmer gewesen war, und schloss die Augen, um möglichst schnell dorthin zurückzukehren.

»Bill Conolly ist übrigens wohlauf. Ich habe seiner Frau und ihm das Versprechen abgenommen, vorerst nicht über die Sache zu berichten. Vielleicht halten sie sich sogar dran. Ist mir, ehrlich gesagt, auch egal.«

Ein Rascheln, links von ihr.

»Ach, das hätte ich ja beinahe vergessen. Da möchte Ihnen jemand Glückwünsche aussprechen.«

Sie drehte den Kopf und hob die Lider.

»Sarge ...?«

»Hey«, sagte Zuko und lächelte. »Sie sehen ja schlimmer aus als ich.«

Shao grinste schwach und schloss die Augen wieder.

Vielleicht war es ja nur ein Traum, wie er da offensichtlich wach und wohlauf neben ihr in seinem Krankenbett lag. Es fühlte sich einfach zu gut an, darum wartete sie einige Sekunden, bis sie die Augen erneut öffnete.

Zuko war immer noch da.

»Sagen ... Sagen ...«

»Hm?«, machte Powell mit unschuldiger Miene.

Sagen

Sie es

mir schon

Guv

»Was ist mit ...?«

»John«, sagte Powell und warf Zuko einen Blick zu.

Sie wartete auf die

Wahrheit

Antwort.

»Wir haben das gesamte Gebäude durchsucht. Auch die Räume auf Station F, hinter den Trümmern am Fahrstuhl. Alle Türen auf dem Korridor. Wir haben die OP-Tische gefunden, die Leichen von Kashani und Salome Adhout, die Blutspuren, die alle zu der *einen* Tür geführt haben ... aber dahinter ... dahinter war nichts von dem, was Fuller beschrieben hat. Nur ein Haufen Kisten und wertloses Gerümpel.«

Shao presste die Lippen zusammen und lauschte auf das Rascheln des Kissens an ihrem Ohr.

Sie würde einfach noch ein bisschen schlafen.

Ja. Ja, vielleicht war das eine gute Idee.

19

Die zehn Throne mit den übermannshohen Lehnen aus schwarzem Stein waren kreisförmig in exakt gleichem Abstand zueinander angeordnet. Hinter jedem von ihnen ragte, platziert auf einem kunstvoll ziselierten Halter, eine Kerze in die Höhe, deren Flammen die von goldenen Linien durchzogenen Marmorplatten an Boden und Wänden in unruhiges Licht tauchten.

Die Häupter der zehn Könige waren gekrönt mit den heiligen Tieren ihrer Vorfahren, und ihr Blick war fest auf Randolph Scott gerichtet, der im Zentrum des kuppelförmigen Raumes in einem Lichtkegel stand, gekleidet in eine weiße Robe, wie es dem Delinquenten vorgeschrieben war.

Und wie es ebenfalls vorgegeben war, eröffnete der Stier das Tribunal.

»Er hat uns keine Rechenschaft über die erfolgreiche Durchführung seiner Aufgabe abgelegt. Warum nicht?«

Scott war vornehmlich daran interessiert, die nächsten Minuten zu überleben, und wog seine Worte sorgfältig ab. »Ich tat es, um mehr über die Bedeutung und Funktion des Würfels herauszufinden – um Euch anschließend umfänglich Bericht zu erstatten.«

»Diese Entscheidung lag nicht in seinem Ermessen.« Es hatte die Schlange gesprochen, die dem Stier gegenübersaß.

Scott nickte unterwürfig. »Ihr habt gewiss recht. Doch heißt es nicht ohne Grund: Wer Recht erkennen will, muss zuvor in richtiger Weise gezweifelt haben.«

»Du zitierst Demokrit, um ein Experiment zu rechtfertigen, das unzählige Menschen das Leben gekostet hat?« Die Hörner des Ziegenbocks senkten sich, als er Scott aus funkelnden Augen betrachtete.

»Menschen, die nicht von unserem Blut waren«, gab der Bär zu bedenken und wiegte sein mächtiges Haupt.

Scott verkniff sich ein Lächeln, mit dem er die zehn nur weiter gegen sich aufgebracht hätte.

»Er hat die Aufmerksamkeit der Öffentlichkeit auf uns gerichtet«, fuhr der Wolf dazwischen, und die Reißzähne in seinem halbgeöffneten Maul blitzten. »Dieser Fehler ist unverzeihlich!«

Der Stier, der eben noch gegen Scott eingenommen gewesen war, beschwichtigte nun: »Wir haben auch ohne Hammerstead ausreichend Möglichkeiten, die Aufmerksamkeit der Massen in eine andere Richtung zu lenken.«

»Das ändert nichts! Er hat die Möglichkeit, unser Wissen zu mehren, leichtfertig vertan – von der Zerstörung der kostbaren Anlage unterhalb der Abtei ganz zu schweigen.«

Die schwarze Katze und der Hirsch mit dem mächtigen Geweih nickten.

Der Stier wiegte das Haupt und richtete den Blick auf Randolph Scott. »Im Namen von Gadeiros geschehe in Einigkeit der Zehn Könige Folgendes: Er wird sich zu unserer Verfügung halten und die Ereignisse rekonstruieren, soweit das überhaupt möglich ist. Seaways PLC wird liquidiert, um die offene Flanke zu schließen. Sämtliche Verfügungen werden ihm entzogen. Wir werden unsere Möglichkeiten nutzen, den Vorfall aus dem Gedächtnis der Öffentlichkeit zu tilgen.« Er maß die Mitglieder des Tribunals einen nach dem anderen mit seinem Blick. »Wenn wir unsere Kräfte bündeln, sollte es ein Leichtes sein, das Ziel zu erreichen.«

Die anderen neun Könige senkten ihre Häupter zum Zeichen der Zustimmung.

Randolph Scott sank auf die Knie und beugte das Haupt. »Ich werde das Urteil respektieren.«

»Ich gehe davon aus, dass Pam mich verraten hat.«

Randolph Scott warf die Robe auf den Rücksitz der schwarzen Mercedes-Limousine und klemmte sich das Telefon unter das Kinn, um mit der freien Hand die Fondtür zu schließen.

Der Wagen fuhr an.

Scott spürte Wut in sich aufsteigen bei dem Gedanken, dass sie es gewagt hatte, sich hinter seinem Rücken mit Morasso zu treffen. Auch Caitlin würde in dieser Sache noch ihr Fett wegbekommen.

»Und was wirst du jetzt tun?«, erklang es auf der anderen Seite der Leitung.

»Pam ist meine Sache. Du wirst dich weiter der Aufgabe widmen.«

»Dann wird es dich wahrscheinlich freuen zu hören, dass wir letzte Nacht fündig geworden sind.«

Scotts Körper spannte sich, und er presste die Hand gegen die Fensterscheibe. »Welche Form?«

»Nach den Analysen, die mir bislang vorliegen, glaube ich, dass es sich um eine Pyramide handelt.«

In Scotts Mundwinkel kerbte sich ein Lächeln.

Eine Pyramide.

Damit stand fest, dass das Resultat den monumentalen Einsatz wert gewesen war.

Danksagung

Als wir vor zweieinhalb Jahren das Nachwort zum ersten SINCLAIR-Buch *Dead Zone* schrieben, hofften wir, mit *Underworld* zügig nachlegen zu können. Aber John Sinclairs Geschichte hat sich ausgeweitet. Zumal es ja nicht nur seine Geschichte ist, sondern die eines ganzen Universums an Figuren und Schauplätzen, die in unserer Neuinterpretation eine Rolle spielen oder bereits gespielt haben.

Es war nie unser Anliegen, die originale Romanheftserie um den Geisterjäger John Sinclair zu kopieren oder ihr ein möglichst sanftes Update zu verpassen, wie es wohl jede Serie nach fast fünfzigjährigem Bestehen einmal verdient hätte.

Wir wollten interpretieren. Wir wollten John hineinwerfen in die Realität eines Mordermittlers im London heutiger Tage – um ihn anschließend wieder aus dieser Realität herausreißen zu können, wenn wir ihn mit der Existenz des »Übersinnlichen« konfrontieren. Und mit seiner Bestimmung, die in diesem Band mehr als nur angedeutet wird. Aus welchem Grund ist John in der Lage, einem Angriff der entarteten Magoi zu widerstehen? Was verbindet die unheimlichen Schattenwesen mit dem Würfel unterhalb von St. Lesnes? Und was hat es mit Pamela Scott und insbesondere Solo Morasso auf sich, die in dieser Geschichte unzweifelhaft ein ganz eigenes Süppchen kochen?

Wir haben uns die Freiheit genommen, nicht nur Figuren,

sondern auch Schauplätze und Begriffe der Originalserie *neu zu denken* und in vollkommen andere Zusammenhänge zu setzen. Die vielleicht umso interessanter werden, wenn man den Background der Figuren aus der Originalserie kennt. Wir haben dafür jede Menge Kritik geerntet, aber auch begeistertes Lob, das uns bestärkt hat, diesen Weg fortzuführen – auch wenn wir diesmal lieber keine Prognose abgeben möchten, wann das nächste SINCLAIR-Buch beziehungsweise die nächste Hörspielstaffel erscheinen wird.

Ach, Sie wussten noch gar nicht, dass die Geschichte von uns parallel in Hörspielform umgesetzt wird? Ja, was für ein Glück, dass wir es erwähnt haben. Wir empfehlen natürlich jedem, der detailgetreuen, aufwendigen und bombastischen Kinosound liebt, die Hörspiele, die übrigens bei Lübbe Audio erscheinen, auf Herz und Nieren zu testen!

Vorher möchten wir aber noch jenen Leuten unseren Dank aussprechen, die daran mitgewirkt haben, dass dieses Buch, ja, diese Serie überhaupt entstehen konnte.

Das sind neben Jason Dark, dem Schöpfer der Originalserie, vor allem die Teams von Lübbe Audio und FISCHER Tor, namentlich vor allem Verena Märzke und Andy Hahnemann. Außerdem danken wir Hannes Riffel für das akribische Lektorat. Dass wir uns in Newham, Abbey Wood und Woolwich so gut zurechtgefunden haben, verdanken wir wie schon beim ersten Buch vornehmlich Dennis Simcott und David Thorne. Dennis hat außerdem jede Menge Fotos der Originalschauplätze geliefert, von denen einige in den tollen CD-Booklets der Hörspiele abgebildet sind. Haben wir die Hörspiele an dieser Stelle eigentlich schon erwähnt …?

Weiterhin gilt unser Dank allen Freunden und Familienangehörigen, die Verständnis dafür aufgebracht haben, dass wir *schon wieder* monatelang abgetaucht sind, um dem SINCLAIR-Kosmos ein weiteres großes Abenteuer hinzuzufügen. Danke insbesondere an Silke sowie an Birgit und Jochen.

Und natürlich vielen, vielen Dank an euch Leserinnen und

Leser, die sich entschlossen haben, Detective Inspector John Sinclair sowie Shao, Zuko, Powell, Pam und alle anderen Figuren gemeinsam mit uns zu begleiten auf dem Weg nach …

Na, ihr werdet schon sehen!

Dennis Ehrhardt und Sebastian Breidbach
Hamburg, im März 2021